川柳神髄

Senryu shinzui

尾藤三柳評論集

Bito Sanryu Criticism collection

新葉館出版

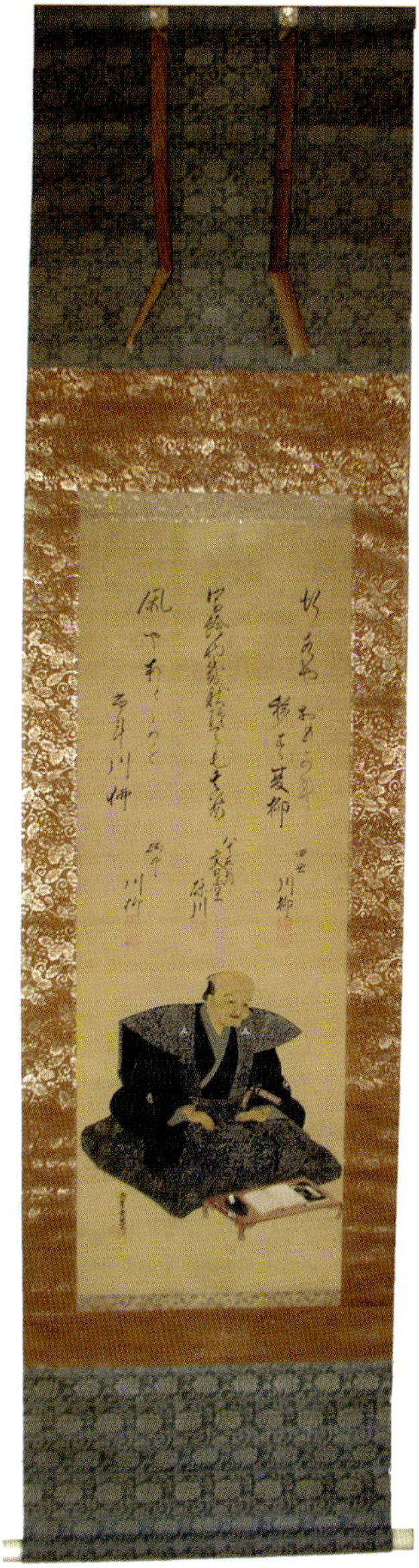

「元祖川柳翁肖像」

（川崎家蔵）

返却時に添えた三柳の短冊を見る川崎氏

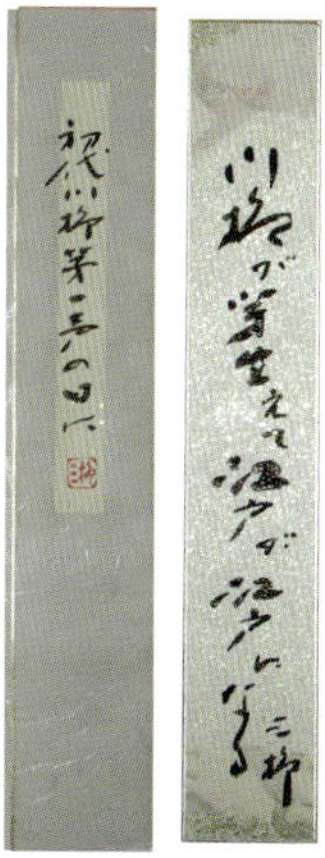

柳祖

川柳 250 年記念の三柳短冊

目で識る川柳 250 年展会場にて

可有忌

住職による供養

祭壇

呉陵軒可有についての三柳談話

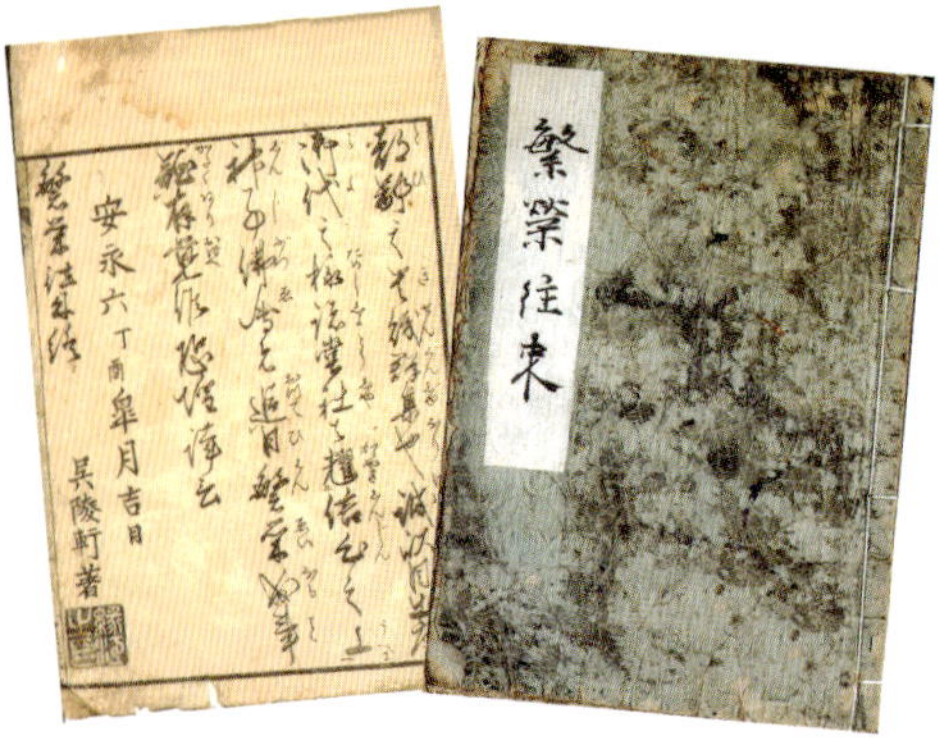

『繁栄往来』の表紙と跋文

呉陵軒可有印
（柳多留初編）
「水禽舎木綿」と読める

川柳忌

川柳忌祭壇

久良伎製作の位牌

大正７年久良岐社の川柳忌祭壇

震災前の龍宝寺本堂と久良伎（右端）

花久忌

花久忌参拝の公論メンバー

花久忌の東岳寺（足立区）

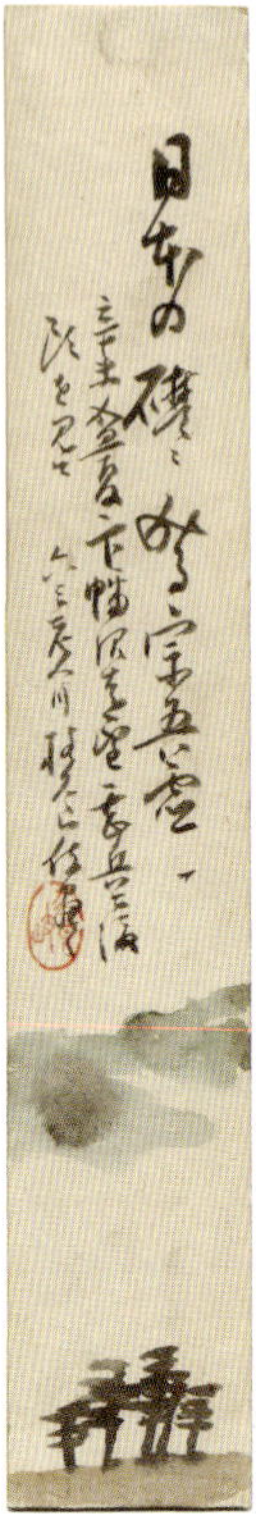

短冊　日本の礎となる宗吾霊　六三老人川柳久良伎書く

阪井久良伎

半切軸　禮帳は徳兵衛とこそ書かれたり　大正壬戌元旦　古句　川柳久良伎

扇面

桜井の宿で不残
いひ含め

直筆手紙類

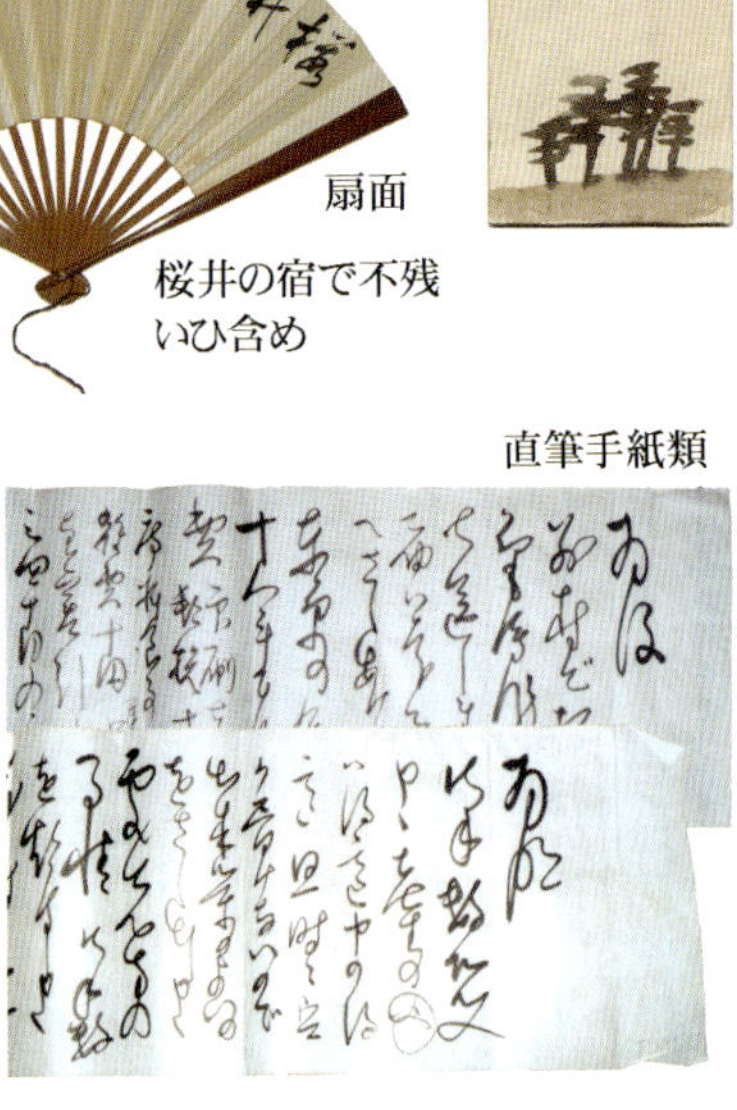

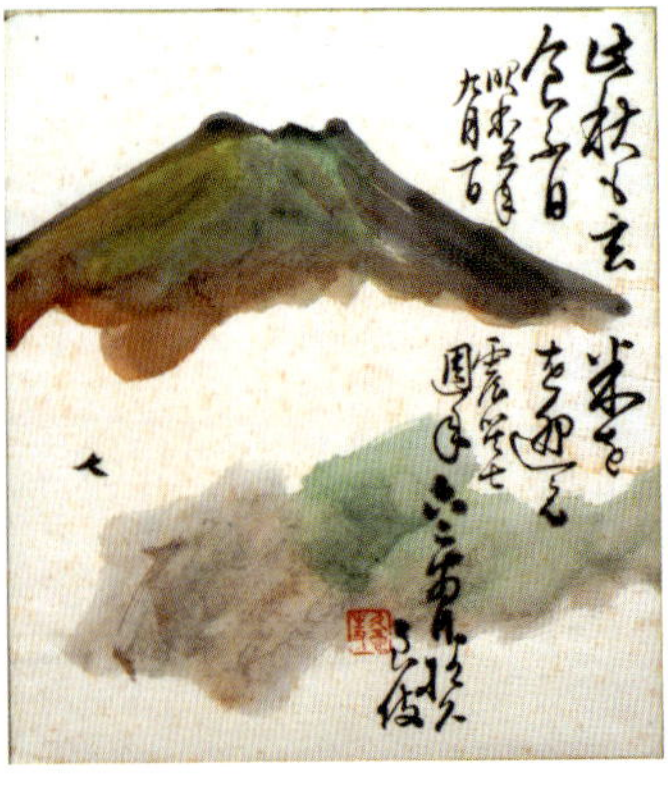

色紙　この秋も玄米を食ふ日を迎え

軸　五月かなもの皆天を志す　雀郎

前田雀郎

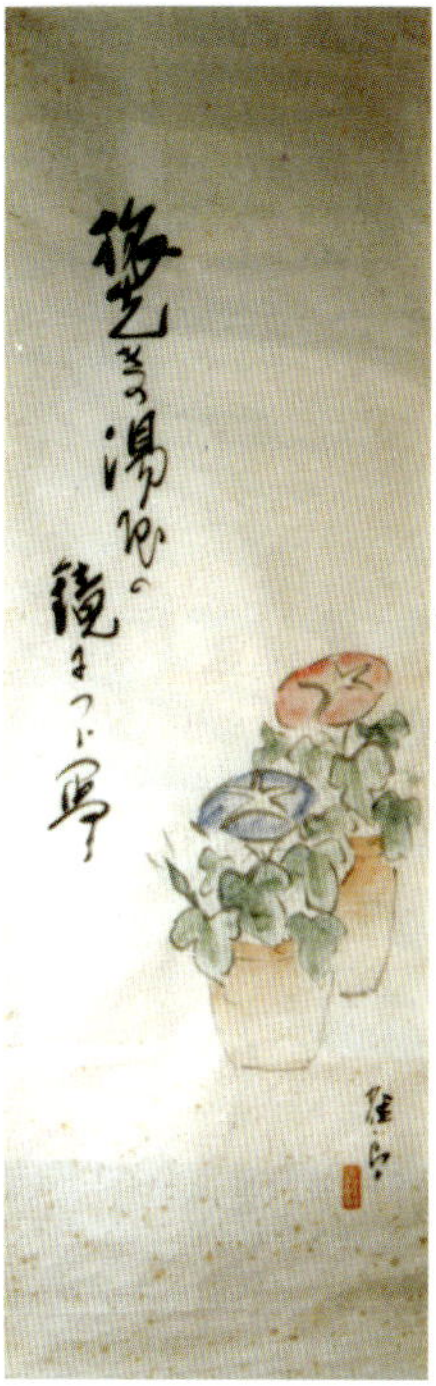

半切　旅先きの湯屋の鏡にフト写り　雀郎

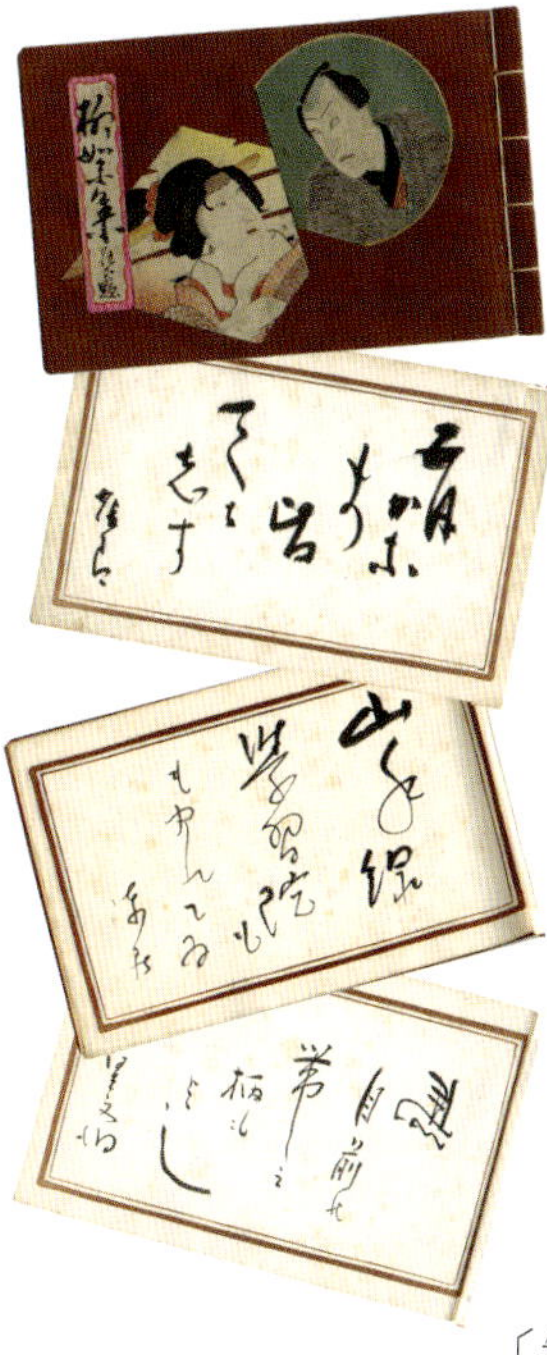

折帳　雀郎題「柳絮集」

短冊　鯛は夢よりぬけて朝の風　雀郎

短冊　チンボコばかり寒い冬の子　雀郎

〔朱雀洞文庫より〕

井上剣花坊

我ばかり憎れて人には憎れさせず　剣花坊

生れては苦界死しては浄閑寺　花酔

花又花酔

われは一匹狼なれば痩身也　三太郎

川上三太郎

〔朱雀洞文庫より〕

吉川英治

はたらいたおれにはあるぞ夕涼み　英治

岸本水府

宝船七人ともにまぶしがり　水府

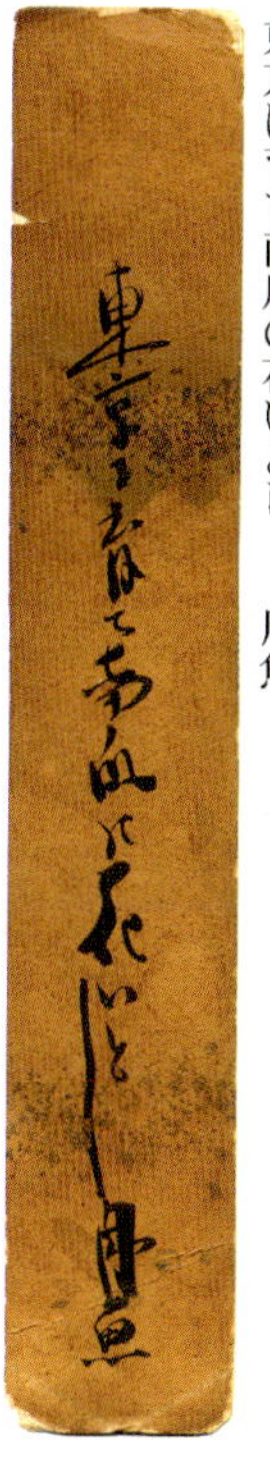

東京に育ち南瓜の花いとし　周魚

村田周魚

〔朱雀洞文庫より〕

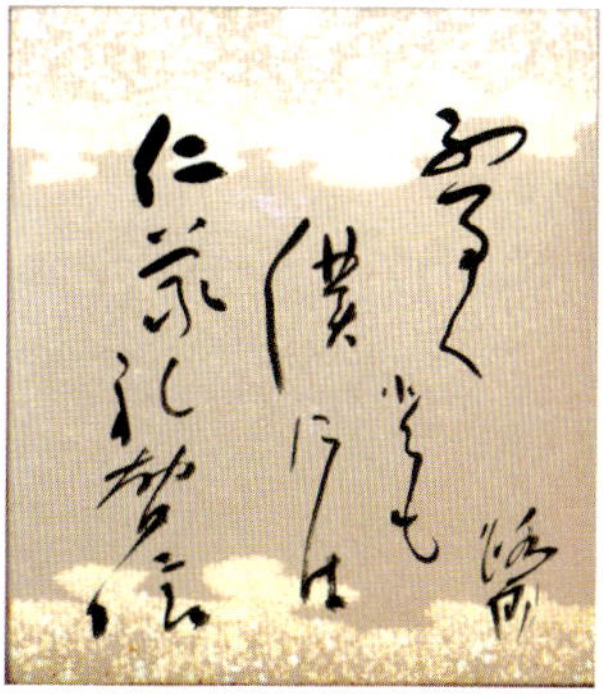

ふるくとも僕には仁義礼智信　路郎

麻生路郎

相元紋太

更生の春だ日本の茜色　紋太

鼎談「言ってみよう」
三柳 - 正敏 - 川柳

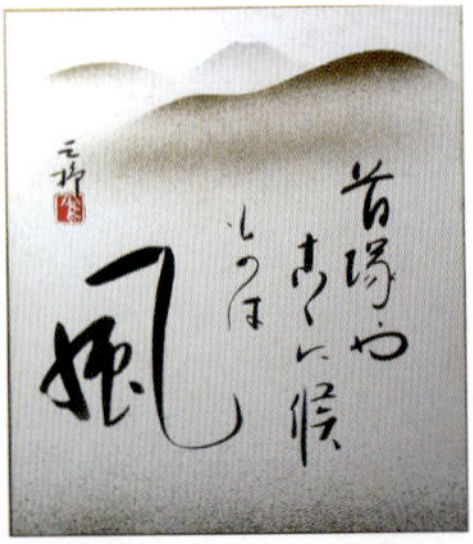

首塚やここに候
ものは風　三柳

対談「はだかの目」大石鶴子さんと対談

朱雀洞

（宮尾しげを画）

夢に痩せたるわが少年の
日にありし　三柳

「朱雀洞」札
（一泉刻）

「朱雀洞」印
（一泉刻）

川柳 250年の日「川柳発祥の地」記念碑の前で

下町をおもへばいつも
灯がともり　三柳

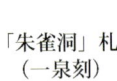

俳諧と川柳　川柳と狂句

文芸の接点

表題の《文芸の接点》というのは、俳諧と川柳の境を、前田雀郎という一人の作家を通じて探ろうとした「雀郎ノート」と、初代川柳に興る前句附の風儀が踏襲される過程で狂句に変異していく現象を検索する意図で筆をとった「狂句」の二編を指し、あとの短編エッセイは、便宜上〈歴史編〉〈作家編〉〈評論編〉〈講演・談話編〉の4部に分けた。

概ねは今世紀に入ってから《川柳公論》の巻頭に書いた四〇〇〇字から五〇〇〇字前後の短い文章だが、それなりの芯は一本通してあるつもりである。実質的な内容のあるものと、読んで面白いものとのどちらを優先させるかで迷い、結局は篇数を何分の一かに絞らざるを得なかった。また、原文には図版・写真版が多く挿入されているが、それらがデジタルに残っているもの以外は外すことを余儀なくされたのは残念である。

事典や解説書、入門書以外で、これまでにまとめた評論に類する散文類では、『川柳二〇〇〇年の実像』（平1、雄山閣）、評論集『柳のしずく』（平4、川柳公論）、『其角メモ』（平9、同）、『選者考』（平11、新葉館出版）などが単刊されているが、それ以後書き溜めた長短のエッセイもかなりの数になったので、この辺で一冊にしておこうと思い立った。

この種の書籍は売れなくてもともと、それなら傘寿の記念と居直ってもよい。自分の頭で考えられるうちに、することをしておかないと、あとで後悔しても始まらない――ということで。

二〇〇九年三月

朱雀洞にて

まえがき

ショートエッセイ集

1 歴史編

2　作家編

3 評論編

4 講演・講話編

文芸の接点

1 歴史編

七七体の発生と発展（メモ）

七七句の独立

まだ早急に音数律と名づけていいものかどうか判断がつきかねるが、この七七という「かたち」がどこから来たのかは、たいへん興味がある。

日本語特有の開口音、等時拍音、アクセントの不在などから、音韻的リズムに代えるのに長短繰り返しの音数律が生れたことは、いまさら繰り返す必要もないが、その原初的形態である長歌は、五七短長の連続の締めくくりとして最後の五七に七を加えた五七七のかたちをとる。この五七の連続が二つという最短詩形の短歌が五七・五七・七、五七ひとつに七が付いた五七・七が片歌である。この片歌を詠み交わした最も古い問答形式が、独吟されるようになって旋頭歌となった。つまり、五七・七‐五七・七である。しかし、短長といっても初めから5音、7音であったわけではない。古くは、恣意的音数（3音、4音、6音、8音など）であったものが、比較的短いものは5音に、長いものが7音へと収斂していったと考えられる。

はまつちどりはまはゆかずいそつたふ（記）

この片歌は六‐六‐五である。

あめつつちどりましととなどさける利目　伊須気余理比売

をとめにただにあわんとわがさける利目　大久米命

片歌の問答として最古のものとされるこれは、四‐七‐七と四‐七‐七で、この四がやがて五になっていく。

長歌にせよ短歌にせよ片歌（旋頭歌）にせよ形の上では七七が連続するが、これはあくまでも五七‐七が原型で、最後につく単独の七とは七七の連音をなさない。

やがて、口調の嗜好が重厚な五七調から軽快な七五調へと移行、調べを一変させるが、それ以前から片歌に五・七五のリズムを持つバリエーションが散見されていた。

片歌には七七（14音）、五七五（17音）五七七（19音）の三種があり、

①**あまなるやおのがものからねをぞなく**　仁徳天皇御製　五七五

②いはでおもふぞ　いふにまされる　　聖武天皇御製　七七

③うつくしきわが若き子を置きてかゆかむ　　斎明天皇御製　五七七（旋頭歌の片歌）

たとえば、この①と②を続けて詠めば、七五調の短歌一首になる。

五七調から七五調への口調の移りによって、短歌を五‐七五の上の句と七七の下の句を上下二元構成の基準と考えるようになり、七七というシラブルが一つの単位として切り離されるようになり、やがて一首の上下を分けて詠む短連歌が生れた。万葉集巻8の尼と家持の短連歌は、七五調である。

佐保川の水をせき上げて植えし田を　　尼

刈るわさ飯はひとりなるべし　　大伴家持

すなわち、上の句と下の句を分けて考えるようになったとき、はじめて七七という形が独立した意味を持ってくる。

上の句と下の句の分離

五七‐五七‐七　↓　五‐七五　／　七七　（五七調↓七五調）

日本の音数律に半独立の形で「七七」が扱われるのは、七五調の成立以後ということ

「武玉川」と慶紀逸

が出来る。短連歌の短句が、長連歌（鎖連歌）の短句となって、時には単独で詠まれることもあったのは、さきの聖武天皇御製（八世紀）に見られる通りである。

　この七七が、後の俗謡、古くは隆達節から、潮来、よしこの、都々逸などの導入（前半部）として用いられたが、この場合の音脚構成は、主として三・四‐四・三に固定されていた。短歌の下の句としては、さまざまな音脚の組み合わせが試みられ、それがそのまま連歌、俳諧の短句に採り入れられた。

　俳諧の連歌（俳諧）から発句の独立があり、『誹諧武玉川』からは本来附句であるべき七七の独立が起こる。

　俳諧の前句附には、七七の附句も多かった。

　（前句）**見るうちに星ばらばらと出にけり**　（『難波土産』元禄5）

（附句）**花のもどりは千両の徳**

また七七は、雑俳の一形式にも取り入れられる。

　折句題「かこ」　**髪をいとふてこごむ雨傘**　（『歌羅衣』初篇　天保5）

特に前句附において意識された。当初は、「五七五」に「七七」を付けるものと「七七」

の前句に「五七五」をつける両形式があった。連句における短句は屈折のない平たい単一風景で、形式・内容とも全体の流れを妨げない部品でしかなかった。これに、意識としての独立感を呼び寄せたのは前句附（階梯としての）の長句題だったといえる。

かれ果てみじかき髪の口をしき　（前句）
琵琶つき立テて其かげに泣ク　芭蕉

芭蕉の独り稽古の一例だが、附け合いの短句だけを抜き出して稽古するということが、独立体のような意識を与えた。ことに、其角系の江戸座を受け継ぐ慶紀逸の俳諧観は「句毎の曲」であり「興をおもて」とするものであり、短句にも単なる附句という以上の独立したおもしろさが要求された。現に、『誹諧武玉川』には、俳諧として詠まれた附け合いの短句を独立単句として扱った。『誹諧武玉川』が前句附と見做された時代もあったが、今日では俳諧の長句と短句を恣意的に抜き出したものと位置づけられている。

『誹諧武玉川』が七七体独立のヒントを提出したといえる。これが七七句、十四字独立の契機となって、雑俳（上下、折句）では早くから独立形式として取り入れられた。

新川柳でこの七七句に最初に目をつけたのが阪井久良伎で、明治三七年ごろから久良岐社中で試作。また明治三八年には「五月鯉」に「武玉川」から例句を抄出紹介して面白さを喧伝した。これが近代川柳との出会いであった。江戸研究家島田筑波はその理論的先駆者で、慶紀逸の伝記などは彼が紹介したものである。

以後、短句を試作する川柳作家が徐々に増えていったが、これを定型にしようといった議論は当時まだなされなかった。

七七定型説と非定型説が現れるのは、大正期に入ってからである。前句附に両種があったのだから、五七五が定型であれば、七七も定型とみるべきであるという説が起こった。しかし、実際には柄井川柳の前句附を経由して五七五は独立した。したがって、川柳では、それ以前の長句に短句をつけた前句附を定型とは見做さない、という説がそれに対抗した。大正期にはそうした議論も行われたが、その後はぱったりと議論が絶えている。

次の例は、昭和初期、前田雀郎の「十四字《じゅうよじ》」である。当時は「十四字詩」などと「詩」をつけた呼び方はされなかった。

いつもの所にすはる銭湯
雪の袂に丁半の銭
チンボコばかり寒い冬の子

こういった調子で、普通に作られていた。しかし、この短詩型の固定した名称は、今もって存在しない。それぞれが恣意的に呼んで、その場その場で合意してきた。しかし、今後なお名無しというわけにはいくまいし、定型、非定型の議論とともに検討されねばなるまい。

十四字の基本形

①二句一章　14音節構成（8音歩2分節　2拍子8拍）
②各句にそれぞれ半呼吸の休止、音量的に上下均衡
③原則として3音（2＋1）、4音（2＋2）の音脚構成
④原則として動詞（現在形）1　＊例外↓戦後の新作に多い
⑤原則として倒置構成（主語が句尾に）　＊例外↓〈例句〉参照
⑥原則として一句一景の体言留め（名詞構文）　＊例外↓〈例句〉参照
⑦有情的機知（フモール、ウエット）

〈例　句〉
④正調　津浪の町の揃ふ命日　武一
真直に出る総領の智恵　武一八
例外　生れた家をきたなかる妾　武五
罪になるとハしらぬ寝すかた　武一八
⑤正調　寒い形に出来るこんにやく　武一七

色には出さぬ京の貧乏　武三
例外　覚へる事は女房が勝　武一
死んて仕廻て見れハよい人　武一三
⑥正調　六月しれる娵の身代　武一
横柄に売る寺の妙薬　武一八
（目医者の顔か真先に見へ　武五）
例外　女の誉る女すくなし　武五
目いしやの皃か見えて手を打　武一（「武玉川」より）

十四音という時間と空間

十四音を読み上げる標準的時間は、二句一章で、読み5秒（十七音は8秒）。独立した十七音について呉陵軒は「一章に問答」といった。格助詞の「ハ」（初篇中一〇・七％）が問答を成立させる。

ところで、七-七で問答は完結可能か？ 問答の逆転。

ひとつは、「ものハ」形式の可能性がある。十七音は解説になりやすい。

例【問答の逆転】（問答）　　　　　　　　　　　武玉川

手拭は肩へ掛けると活きるなり　↓　肩へかけると活る手ぬくい　武二

水引は結んだ形で捨てられる　↓　むすんだ形リて捨たる水引　武三

半日もかけてひとりに見せる髪　↓　ひとりに見せる髪に半日　武一五

茶の花の茶ほど世間を知らぬ也（樽六）　↓　葉ほと世間をしらぬ茶の花　武二

見附番蝿をうつしてかはり合（宝一三・万）　↓　蝿をうつして代る関守　武一

例【「ハ」による武玉川の問答】

娵ハ明りを二口に消す　3・4　5・2（4・3）　武一四

松魚ハ男ふりといひたし　4・3　3・4　武一七

日本の裾ハ風ほとに明く　4・3　5・2（4・3）　武一

住居の智恵ハ越てから出　4・3　3・4　武一

我一生の損ハ女房　2・5　3・4　武五

問答が一句独立の最低条件だとすれば、変則ながら問答の二段構成は成り立つ。俗謡の前半（導入）短歌の下の句（収束）には見られぬ充足感がある。容量を充たした独特の空間は、他の空間に解体できない。十七音のように句中に深い切れ（空間）を持たない異質の緊縮感が特徴。

音数律6つのタイプとアクセント

a類Ⅰ	3・4－3・4	我にふり向く四月朔日	武七
a類Ⅱ	3・4－5・2	二ッ鳴らして袖口の出来	武六
b類Ⅰ	4・3－3・4	湯殿に少し尼の女気	武一四
b類Ⅱ	4・3－5・2	互に笑ふそもそもの文	武二
c類Ⅰ	5・2－3・4	行水の戸を咳て押へる	武九
c類Ⅱ	5・2－5・2	いろいろになる立聞の顔	武一六

頭に「3・4」のくるものを〈a類〉、「4・3」のくるものを〈b類〉、「5・2」のくるものを〈c類〉と分類し、さらに下の句の形によりⅠ、Ⅱに分類する。「4・3」が頭にくると少し重くなる。この場合下を「3・4」にしないと散文化してしまう。これらが基本形になり、ほかはバリエーションになる。

松魚《かつお》ハ男ふりといひたし

を句渡りの法則で読めば「4・6　2・2」の不均衡とはならず、「4・3－3・4」の基本形に還元される。

アクセントはそれぞれ7音を構成する音脚の頭に強いアクセント＊、それに弱いアクセント・が一つずつ対称の位置にくる。次の句の場合、ふたつの「か」に強いアクセントがあることに面白みがある。音がジグザグになり、音量は揃っている。

肩へかけると活る手ぬぐい　（「武玉川」二篇）

〔a類－Ⅰ〕３・４－４・３

|＊かた|・へー|ー＊かけ|・ると|ー|ー‖　|＊いき|・るー|ー＊てぬ|・ぐい|ー|ー‖

いつもの所へすはる銭湯　（前田雀郎）

〔b類－Ⅰ〕４・３－３・４

|＊いつ|・もの|＊とこ|・へー|ー|ー‖　|＊すわ|・るー|ー＊せん|・とう|ー|ー‖

いずれも2音1拍（＊強、・やや強）４拍子　５小節となっている。現在の作品では十四字でも前の「七」とうしろの「七」の音量の異なるものが多く、バランスの崩れたものが少なくない。

〔「川柳学」10号（二〇〇八・五）〕

《武玉川》に学ぶ七七のリズム感

明治の新川柳以降、主として「十四字」と呼ばれて、一部の川柳作家によって実作されてきた短詩型には、まだ確たる名称が無い。いくつかの恣意的呼び名はあるが、これを独立した文芸と見做すためには、やはり固定された名称が必要であろう。

さて、連歌・俳諧の短句にあたる七七調の十四音句を単句の形で扱い、定型の一類として独立の足場をつくったのが、江戸座の高点句集《誹諧武玉川》（寛延三年初篇。以下《武玉川》）を編した慶紀逸《けいきいつ》（一六九四〜一七六二）のユニークな発想に端を発していることは、すでに知られている。

これは、七七体を附句とした前句附が、早い時期に姿を消し、やがて五七五（川柳）独立の契機になったのとは反対の現象だが、この時点で七七体が独立したということではなく、以後の江戸時代では、雑俳の一部で、七七を完結形として取り入れている程度にとどまった。

明治の新川柳以降、《武玉川》への関心が高まり、阪井久良伎主宰の『五月鯉』がこれを取り上げたのをはじめ、島田筑波のごとき研究家や実作者が現われ、さらに前田雀郎など《武玉川》傾倒者の論攷や流布活動を経て、今日なお川柳作家の一部に受け継がれている。

だが、形態としての七七句は、連歌・俳諧の短句としてより以前から存在し、独立形式としても、かならずしも《武玉川》が最初ではない。

七言（7音節）は、日本詩歌の基本的な律調を構成する単位であり、これと五言（5音節）との組み合わせによって長短反復の音数律が生まれた。

その短詩型としての代表が旋頭歌（38音節）と短歌（31音節）であるが、それぞれの半分の歌という意味で、旋頭歌の片歌（五七七・19音節）、短歌の片歌（五七五・17音節、七七・14音節）も同時に行われていた。

短歌の下の句にあたる七七・14音節の片歌として、《菟玖波集》や《袋草紙》に引かれている例に、聖武天皇の御製（八世紀前後）とされる次の句がある。

いはでおもふぞいふにまされる

（言わで思うぞ言うに勝れる）

形式的にも、内容的にも間然するところなく、千年後の《武玉川》の収録句と仮定しても、違和感を覚えさせない独立性を具えている。

また《菟玖波集》には、源頼朝の作として、

誰はやしけん舞沢の水

という片歌が見えている。

「舞沢」は、現在の静岡県浜名郡舞阪町の古名で、「水」は浜名湖、「はやしけん」の囃すは「舞」の縁語である。聖武の御製からほぼ四百年を経ているが、機知的内容を完結させている。

こうして見ると、七七・14音節という形式が、独立性を持ちにくい「短さ」とはいえないようである。

芭蕉が「発句は門人にも作者あり、俳諧は老吟骨を得たり」と語ったという「俳諧」を、発句以外の附句の味わいと解釈すると、芭蕉の附け合いにおけるなかんずく短句(七七句)の見事さがうなずけるのである。

しかし、連歌・俳諧の流れの中では、発句以外の附句(平句)は長句にせよ短句にせよ、一句としての形式・内容以上に附け味が重視されてきた。

これに対して、紀逸を盟主とする江戸座の俳諧では、一句一句の興趣に重きを置いた。紀逸自身、こう記している。「俳諧ハこと更に句毎に曲有て興をおもてとなさてハ俳諧の本意に叶ふへからす」「只付る事のみを専らにすれハ一句前にからみてはたらかれぬもの也」(《武玉川》六篇序)。遠くは其角につながるこの志向が、附句の独立性重視と、

七七体の完結性を喚起して《武玉川》を性格づけた。

さて、この短い音数の中で一句に独立感を与えるためには、内容とともにリズム構成が重要な役割をになうことになり、そのためには七音を支える細分化された音脚の組み合わせが、その枢要な骨格となる。

いはでおもふぞいふにまされる

の音脚構成は、3・4－3・4。

誰はやしけん舞沢の水

は、2・5－5・2。

ともに二つの音脚間に四分の一呼吸、上下の七の間に半呼吸の休止があって、一句に安定をもたらす律格構成になっている。

		I型	II型
a類	3・4	3・4	5・2
b類	4・3	3・4	5・2
c類	5・2	3・4	5・2

そこで、《武玉川》を構成しているリズムを、音脚の組み合わせから大別すると上表の六種になる。

それぞれのタイプによって、当然のことながら一句の印象も変わってくる。発語は、最も軽快な3・4を含む三種の使い分けがあるが、結語は、どの場合も同じ二種類に限られる。

a類　3・4　↓　②1・②2
（四拍四音歩）
b類　4・3　↓　②2・②1・
c類　5・2　↓　②21・②

この音脚構成をさらに細分化すると、a類（3・4）は②1・②2、b類（4・3）は②2・②1・、c類（5・2）は②21・②で、いずれも無音の1拍を加えた4拍、4音歩となり、したがって七七・14音は、8音歩・2分節（二句体）の8拍となる。この中でa類を構成する②1・②2の7音は、終止の機能をもたらす短歌の結句と同じ構造である。
（〇数字はアクセント）

一句一景を描いて、なおかつ潤いと余情がある――この《武玉川》の文芸性を支えているのが、歯切れのいい音脚構成であり、それが当時、独自の都会意識を色濃くしつつあった江戸人の口調に適合したことが、二十数年に及ぶ《武玉川》の人気を支える要因になったといってよい。

江戸言葉や江戸気質といった「江戸的なるもの」が根づき、江戸が真のアイデンティティに目覚める宝暦中期まで刊行が続いた《武玉川》は、《誹風柳多留》に前駆して江戸を先取りしたということができる。

《武玉川》の解題や、編者慶紀逸の事蹟などについては、改めて繰り返さないが、二世巽窓湖十の後援で江戸座の宗匠に列するまでの紀逸の俳諧には、さまざまな俳風が流れ込んでいる。

江戸の中期に一派を樹て、江戸句の名をもって呼ばれた松月堂立羽不角に手ほどきを受け、次いで雪門を継いだ三田白峰（風琴子）から雪中庵（嵐雪）の正意を学んだのち、さらに稲津祇空を通じて芭蕉の昔を問い、其角の活法を伝えられたと自ら記しているように、江戸俳諧のすべてが渾然として、紀逸自身の俳諧を形づくったものだろう。紀逸の父許人も俳諧者だった。

だから、江戸のエキスともいうべき七七の短句には、何よりも歯切れのよい、洗練されたリズム感が求められるが、それを体感するには、勝れた作品を反復して読むことが、いちばん効果的である。

で、以下に《武玉川》一二〇〇〇余句のうち、その一斑を抜粋してみた。

『俳諧武玉川』短句抄

寒い形に出来るこんにやく　（3・4－3・4）　武一七
取付安い顔へ相談　（4・3－3・4）　武一
六月しれる娵の身代　（4・3－3・4）　武一
住居の智恵ハ越てから出　（4・3－5・2）　武一
入歯のくハひかみしめて見る　（4・3－5・2）　武一

目いしやの皃か見えて手を打　（4・3-3・4）　武一
覚へる事は女房か勝　（4・3-5・2）　武一
日本の裾ハ風ほとに明く　（4・3-5・2）　武一
赤子の声ののらぬ吉原　（4・3-3・4）　武一
さし上て見る縫紋の出来　（5・2-5・2）　武二
つまむほと寝て明る初春　（5・2-3・4）　武二
辷た時に悪心ハなし　（4・3-5・2）　武二
忘れたやうな寺の元日　（4・3-3・4）　武一七
女房の異見寝転できく　（4・3-5・2）　武一七
深田のやうに歩行虫干　（4・3-3・4）　武一七
松魚ハ男ふりといひたし　（4・3-3・4）　武一七
横柄に売る寺の妙薬　（5・2-3・4）　武一八
色には出さぬ京の貧乏　（4・3-3・4）　武三
むすんだ形リで捨たる水引　（4・3-3・4）　武三
生れた家をきたなかる妾　（4・3-5・2）　武五
女の誉る女すくなし　（4・3-3・4）　武五

立ちすかた見てみたい寝すかた　（5・2－3・4）　武六
一先夢の覚る三十　（4・3－3・4）　武六
我にふり向く四日朔日　（3・4－3・4）　武七
損から先へ咄す商人　（4・3－3・4）　武九
女房に惚れて家内安全　（4・3－3・4）　武九
逗留客に味な名が付く　（4・3－3・4）　武一三
死んて仕廻て見れハよい人　（3・4－3・4）　武一三
娵ハ明りを二口に消す　（3・4－5・2）　武一四
湯殿に少し尼の女気　（4・3－3・4）　武一四
ひとりに見せる髪に半日　（4・3－3・4）　武一五
人間の尾の見える冬枯　（5・2－3・4）　武一五
罪になるとハしらぬ寝すかた　（3・4－3・4）　武一八
真直に出る総領の智恵　（5・2－5・2）　武一八

〔「川柳公論」149号（二〇〇二・五）〕

阿部川町と高松喜兵衛

まだ甘ひ口調阿部川町の頃

これは、のちに九世緑亭川柳となる万治楼義母子こと前島和橋の作として、明治一八年一一月二三、二四の両日にわたって江東の井生村楼で開巻された祖翁一百年祭の勝句摺り『風柳集』（坤）に掲載された句である。

採ったのは、副評の括囊舎柳袋（のちの八世任風舎川柳）で、内容は、初代川柳を指して阿部川町の名主と駿河の名物、弥勒茶屋（現石部屋）の安倍川餅の甘味とをいい掛けただけの狂句である。

誤れる通説

この当時、初代川柳が浅草阿部川町の名主であったという言い伝えはすでに常識になっていて、疑うものはいなかった。

文字に現われたものとしては、明治一五年柳風会発行の勝句摺り『しげり柳』に、柳風狂句の沿革を記し、初代川柳をもって「浅草阿部川町の坊正」としたのが最も古く、同二二年の『川柳墓参法筵会』（柳風会）には、ほかならぬ義母子が「浅草阿部川町の里正」と記して以後、柳風会以外の出版物にも例えば半沢柳坡の『川柳作法指南』（明治二五）には「浅草阿部川町の里正」、中根香亭「前句源流」（《文芸界》所載、明治三五）にも全く同じ記載がある。

しかも、ことは明治だけに終わっていない。

近代的出版になって以後も変わらず、昭和一〇年、海野夢一仏が心血を注いだ『川柳史講話』でも、天台宗龍宝寺についてはあれだけ克明な調査をしながら、阿部川町については何の再吟味もされず通説に従っている。さらに残念なのは、平凡社の『大百科事典』に本山桂川が書いたほとんど通説を写しただけの「川柳」項目が、昭和六一年の改定後もそのままにされていることである。

もっと呆れるのは、初代川柳のお膝元、新堀端天台宗龍宝寺にある「木枯の句碑」に添えられた旧蹟指定（昭和四五、台東区）の立札にまで「阿部川町の里正」とあること

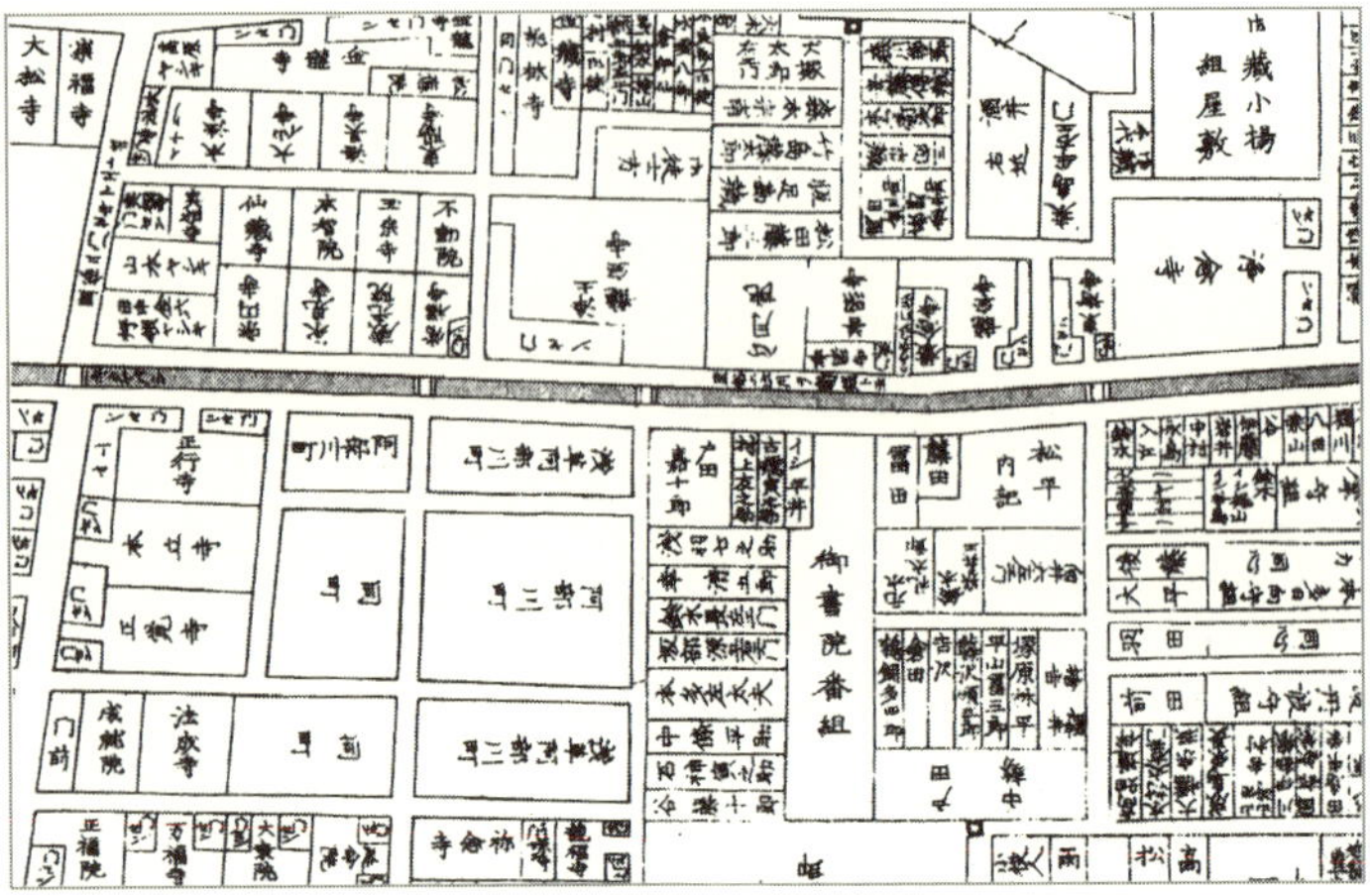

江戸時代の浅草阿部川町　（現台東区元浅草　3～4 丁目）

現在の「正一位孫三稲荷」（台東区元浅草 3 丁目 19 番地）

である。

しかし、結論からいってしまうと、初代川柳の柄井八右衛門が浅草阿部川町の名主であった事実は全くないのである。

これは、どうしたことだろう。それを考える前に浅草阿部川町の成り立ちについて触れておきたい。

阿部川町の沿革

阿部川町というのは、現新堀通りに沿った台東区元浅草3、4丁目にまたがる長方形の一部地域で、江戸造成とともに町づくりが始まった旧い町である。

すなわち、寛永一三年（一六三六）、将軍に随従して駿河国阿部から江戸に入り、町づくりの基礎工事などに従事した御小人衆の拝領屋敷として縄張りされたのが起立で、町内は東西へ約九七間余、南北へ約一四八間余で、総面積は約一万四四〇〇坪（四万七八〇〇平方メートル）に及ぶ。東は新堀川に面し、南は御書院番組屋敷、南と西は鍵の手に寺院に囲まれている。

延宝九年（一六八〇）の《江戸方角安見図》には「御小人町」の名が見えている。

元禄三年（一六九六）四月、代官支配の町屋となって、五月、浅草阿部川町と改称した。住人の先祖が駿河国阿部（郡）の出身であり、町の西側中央部には、阿部川の鎮守

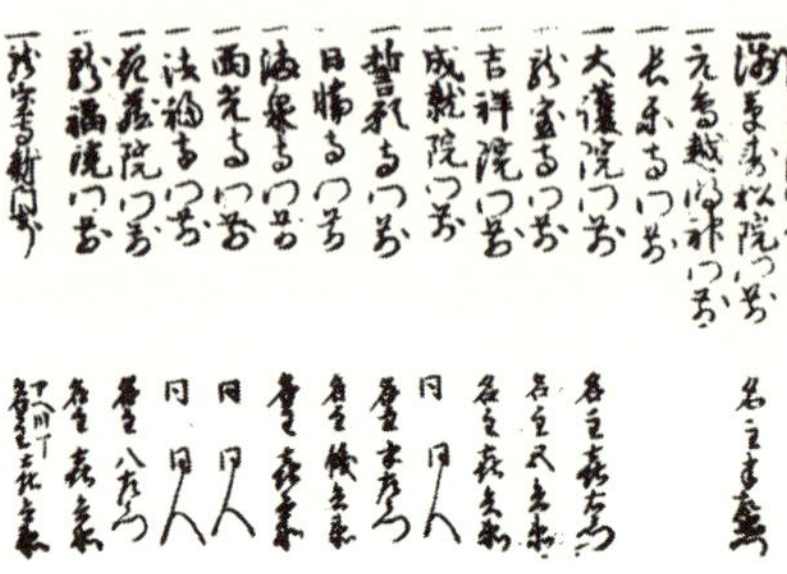

延享三年町鑑

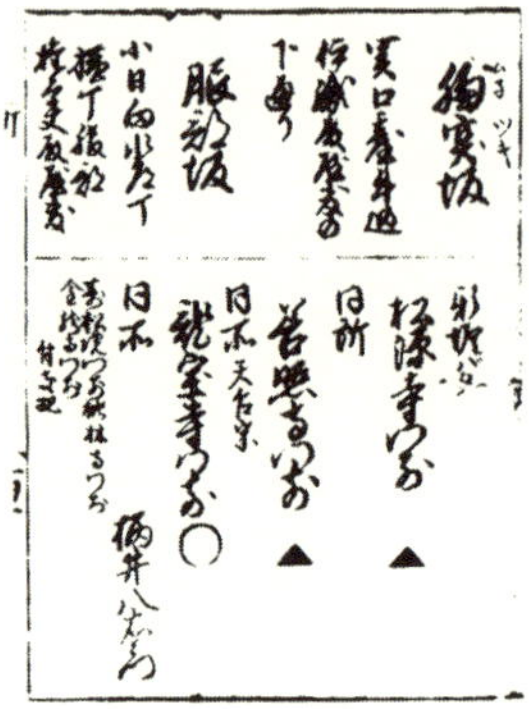

寛政三年町鑑

を勧請した「正一位孫三稲荷大明神」が祀られている。

のちの『御府内備考』によると、この土地の拝領人は一〇九人で、平均一二〇坪の屋敷地を与えられていたが、孫三稲荷を勧請したのは、地内でも最大の土地（二三三坪三合）を有する川村太四郎の先祖（御小人頭か）で、まだ町が起立する以前の慶長年間とされるが、これが町名誕生の契機となった。

この町には、新堀川定浚請負人が常住した。

正徳三年（一七一三）三月には、代官支配が続いてきた阿部川町も、松野壱岐守助義、丹羽遠江守長守のもとで町奉行支配となり、組合橋（こし屋橋）際に高札場が築かれた。同時に、名主番組が定められ、同町は三番組に組み入れられた。

『町鑑』が教えるもの

大岡越前守忠相、諏訪美濃守頼篤が南北の町奉行を務め、町火消いろは四五番組が創設されるなど、江戸の町制もようやく整った享保一四年（一七二九）四月、初めての町鑑『万世町鑑』（江戸新右衛門町・吉田宇白開板）が刊行された。

この中に「名主附并支配之町々」とあって、壱番組から拾八番組までの町名と名主名が記されているが、その三番組に「一　阿部河町　高松喜兵衛」と見えている。町名の「阿部河町」は元文三年（一七三八）二月版から「阿部川町」となる。

延享二年（一七四五）、幕府は江戸市中の寺社門前町を町奉行支配に組み入れたが、この翌延享三年版には初めて「龍宝寺門前」の名が現われ、「名主五兵衛」となっている。同書にはもう一つ「龍宝寺門前」が出て来るが、これは同じ新堀端の並びにある浄土宗龍宝寺で、これには「アベ川丁名主喜兵衛」とあるから、高松喜兵衛が兼ねていたことが分かる。

柄井八右衛門の場合

寛延二年（一七四九）には、番外の新吉原遊廓、寺社門前までを名主番組に加え、一八番組から二一番組に増加し、天台宗龍宝寺など新堀端の寺社門前は、最後の二一番組に組み入れられた。

宝暦七年（一七五七）版の『万世江戸町鑑』では、一九番組から二一番組までを巻末に急遽増補してあるが、この中に「龍宝寺門前　柄井八右衛門」の名が現われる。これは奇しくも、立机と万句合初興行の年だが、実際の名主就任はそれより数年遡ると推定される。

以後、『町鑑』に、二一番組「新堀端天台宗　龍宝寺門前　○　同所　柄井八右衛門」が定着する。○印は「居宅附」の意味。

明和、安永、天明の間、柄井八右衛門が一代だったことは、小祥忌における朱楽菅江の賛辞で分かるが、興味があるのは寛政二年（一七九〇）八右衛門物故の翌年刊行された『万世江戸町鑑』には、「新堀端　天台宗　龍宝寺門前　○　同所　柄井八右衛門」が未訂正であるばかりか、「寿松院門前、桃林寺門前、金龍寺門前　付支配」として三カ所が加えられている。おそらくは最晩年に近辺三カ寺門前の名主を兼ねたとおぼしく、それはそれで納得できるが、通説では、これに「阿部川町」が加わっており、この根拠が全く不明なのである。

名家・高松家

ところで、『町鑑』で見る限り、阿部川町の名主を高松家以外の名主が勤めた記録はない。そればかりか、文化四年（一八〇七）版では、二一番組の肝煎名主を兼ね、支配は三六カ寺門前に及んでいる。名主の減員整理という幕府の意向に沿ったそれ以後も、高松家の支配は増えるばかりで、江戸時代最末期の文久元年（一八六一）版の『増補改正万世江戸町鑑』には「浅草阿部川町（新寺町裏通り）同所山本屋敷、同所東漸寺門前、同所龍宝寺門前、同所東福寺門前、同所実相寺門前、同所遍照寺門前、同所東光院門前、下谷西蓮寺門前　高松喜兵衛」とある。阿部川町草創からは約一五〇年も経ているから高松家もすでに何代目かになっていようが、このまま明治を迎えたことは充分想像できる。この高松家から、明治・大正・昭和三代にわたる化学者、工学博士高松豊吉が出ている。

柄井八右衛門没後の天台宗龍宝寺門前の名主を高松喜兵衛が兼ねたことはあっても、その逆はなかった。それが混同されたのは、「阿部川町名主」という口当たりの良さからだろうが、歴史的に全く根拠のない通説が、学者も物書きも誰一人検証することなしに、一〇〇年もまかり通ってきたことの不思議さ。

川柳二五〇年と直接の関係はないが、このたび、駿河の原地安倍川と、浅草の阿部川町がエールを交換、親交を深めた機会に、当地ならびに初代川柳に関わる私なりの考証を明らかにし、一日も早い誤説の訂正を願うものである。

〔「川柳公論」175号（二〇〇七・九）〕

明治三五年の久良伎

―私説の訂正を含めて―

井上剣花坊が上京、神田雉子町の日本新聞社に入社、新聞《日本》明治三六年七月三日付（第四九九六号）第三面に、〈新題柳樽〉という欄名をつけて、自句を発表し始めたのを、一般には明治新川柳の濫觴とみなしている。

この欄は一一回目から同紙第三面、〈新刊紹介〉の隣に固定され、九月になって初めて読者投句第一号（八日、剣突坊）が掲載された。以後、次第に読者投書欄として定着、新聞川柳欄の端緒を拓くかたちとなった。

しかし、実際にはそれより一年前の三五年の一時期、阪井久良伎が、〈猫家内喜〉と題して、時事狂句を集中的に掲載している。すなわち、明治三五年三月一日（土曜日）、

《日本》第四五〇七号紙上（五面六段目）に〈芽出し柳〉の名のもとに、無記名の時事句五句が掲載された。作者は、不明である（拙著『川柳総合事典』ほかに「久良伎作」としたのは誤り、訂正）が、欄名から推して、この種の欄を新設しようとする意図が窺われる。

これは、当時《日本》の主筆を務めていた古島一雄（古洲のち古一念）の意向が働いていたことが、同人の回想録『一老政治家の回想』の中の「新聞『日本』の思い出」（昭和二五年九月から月刊《中央公論》連載）で明らかになった。

大日本帝国憲法発布の日（明治二二年二月一一日）、文部大臣森有礼が、右翼の暴漢西文太郎に刺殺されるというショッキングな事件の報道を担当したのが古島だったが、その渦中に掲載した無記名の投書（狂句二句）のインパクトが忘れられず、以後、長いあいだ、寸鉄で人の肺腑をえぐるような警句欄への強い望みを抱いていた。

くだんの二句とは、

ゆうれいが無礼の者にしてやられ

廃刀（論）者出刃庖丁を横（腹）にさし　（　）内は古島の記述

というもので、同紙の二月一九日付〈文苑〉に掲載された。無記名ではあったが、作者は当時狂歌・狂文をもって奇傑として知られ、また金石文の大家としても高名な西芳菲山人（西松二郎）であることが判り、事件から十三年を経て、古島はその再現を西に相談するという経緯があったらしい。

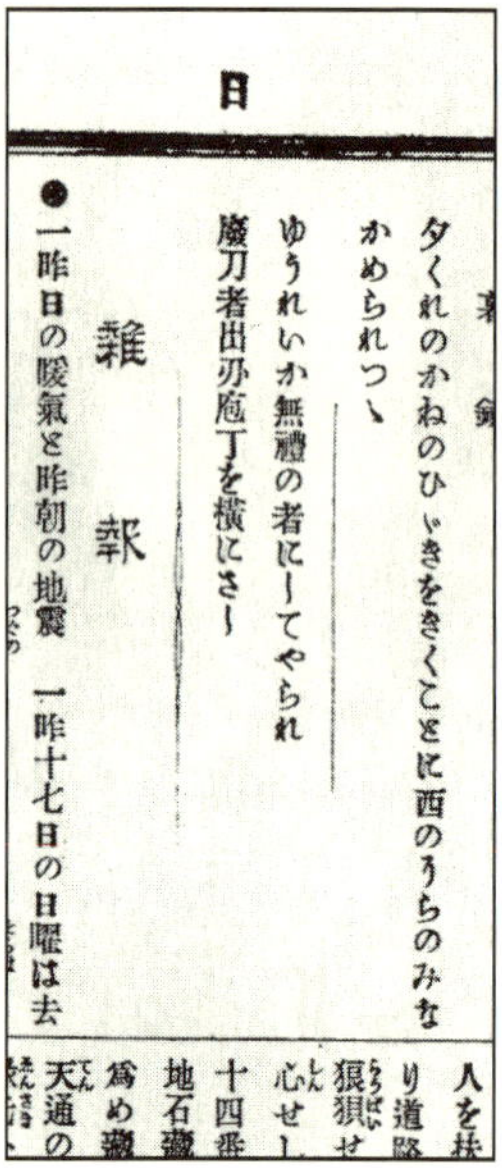
日

夕くれのかねのひゞきをきくことに西のうらのみなかめられつゝ

ゆうれいか無禮の者に一てやられ

廢刀者出刄庖丁を横にさし

雜報

●一昨日の暖氣と昨朝の地震　一昨十七日の日曜は去

人を扶

り道路

狼狽《らうばい》せ

心《しん》せし

十四番

天《てん》通の

明治三五年三月一日の〈芽出し柳〉に無署名で登場する狂句五句は、古島の意に応えようとした西が作句者であったかもしれない。

それに目を留めたのが、阪井久良伎であった。

久良伎は、明治三〇年二九歳の折《日本》に入社、子規の短歌革新を輔け、また独創の「珍派へなづち」や相撲記事ですでに《日本》紙上に知られ、退社後も「後撰へなづち」などの常連投書家であり、前年一二月には新声社から『珍派詩文　へなづち集』（A6判・一一八頁）を出したばかりであった。

『日本』を見る。誰のだか川柳が出てゐる。余りお世辞も云はれない句だ。ソコで葉書を取出して矢鱈に時事狂句をかいて出した」（『文壇笑魔経』明治三五年五月、文星社刊、一四二頁、「三月日記」）

これは、日記冒頭の三月一日の条である。この日「矢鱈に」書いた久良伎作の時事狂句のうち一二句が、翌三月二日の《日本》に〈猫家内喜〉として掲載された。作者名は「へなづち」である。

勲章も瘡も一所にしよってくる

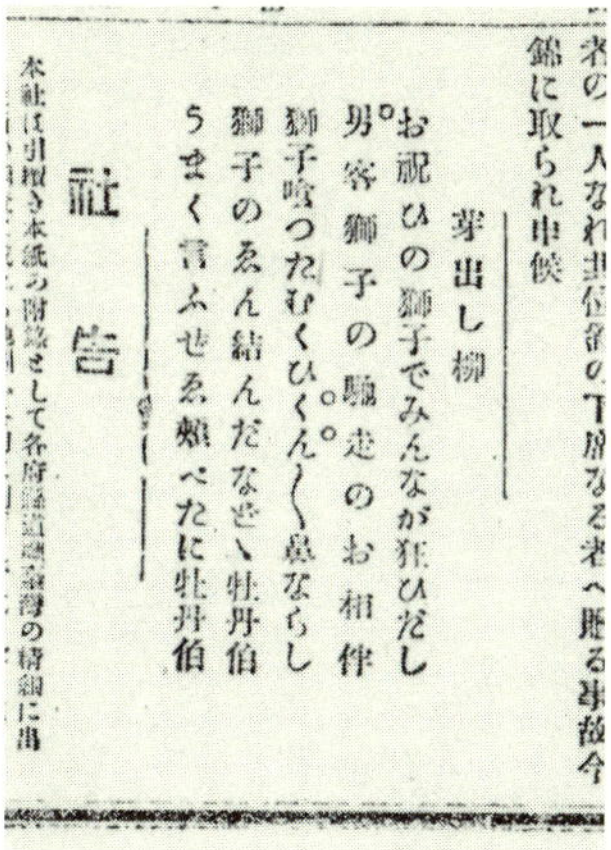
者の一人なれ其位置の下席なる者へ贈る事故今
錦に取られ申候

芽出し柳

お祝ひの獅子でみんなが狂ひだし
男客獅子の馳走のお相伴
獅子喰つたむくひくん〳〵鼻ならし
獅子のゑん結んだなせゝ牡丹伯
うまく言ふせゑ頬ぺたに牡丹伯

社告

本社は引續き本紙の附録として各府縣[illegible]の精細に出

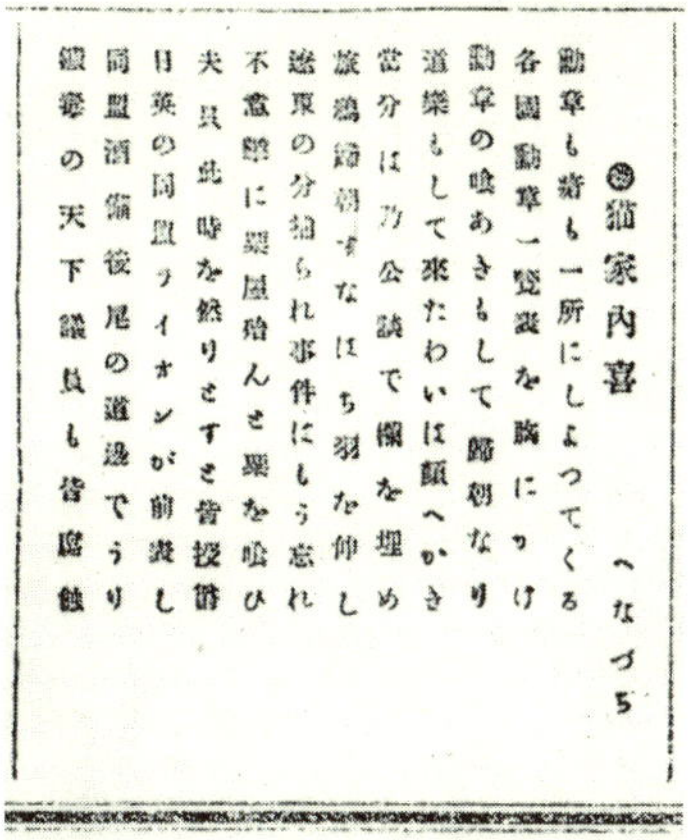
◎猫家内喜　へなづち

勳章も箸も一所にしよつてくる
各國勳章一覽表を腕にかけ
勳章の喰あきもして歸朝なり
道樂もして來たわいは顔へかき
當分は乃公談で欄を埋め
旅鴉歸朝すなはち羽を伸し
邀取の分捕られ事件にもう忘れ
不意擊に[illegible]屋焙んさ栗を喰ひ
夫且此時を然りさすさ皆[illegible]
日英の同盟ラィオンが崩潰し
同盟酒備後尾の道邊でうり
鐵[illegible]の天下議員も皆腐蝕

などは、前日の、

獅子喰つたむくひくん〳〵鼻ならし

の交ぜっ返しである。

以後、〈猫家内喜〉は四日付一五句、五日付一一句、七日付一二句、八日付九句、九日付六句、一一日付六句、一二日付八句、一五日付六句と、断続的につづくが、この時点では久良伎はまだ一投書家に過ぎなかった。だから、投句は編集者によって取捨されている。「苦心の句のべつに削除せらる」として、これに不平を鳴らした久良伎の句が、九日付の日記に出ている。

編輯の鉋やたらに削るなり

久良伎が《日本》に川柳を掲載するのは、これが初めてではない。明治二六年一月二七日付に「川柳のまねこと」と断って自作二句（作者名・徒然坊）を並べているのが初出で、その後明治三四年一月二七日付には〈犬家内喜〉と題して八句（作者名・つれ〴〵）を掲載するなど、作句歴はかなり古い。

注目されるのは、同三四年六月、七月の二回にわたり、雑誌《新声》へ「川柳の研究」を執筆、「狂句の新派を作りたい」といっていることである。表題の「川柳」と文中の「狂句」とは、この時代にあって矛盾しないことに留意する必要がある。

この年刊行した前記の『珍派詩文　へなづち集』にも風刺的な川柳（狂句）が散見される。

さて、〈猫家内喜〉は、欄名ではなく、久良伎の狂句の冠称だった。一〇日の日記には、「時事狂句これが日々の思ひなり」と記しているが、句は一五日を最後に紙上に現れなくなる。

久良伎の句は見られなくなったが、《日本》の短句欄に掲載されたのは〈猫家内喜〉だけではなかった。三日、五日には「柳だるま」、六日には「狂哉」といったように入り交じり、久良伎の名が消えた後も、二五日に「柳だるま」、二五日、二九日に「狂句　天罡星」、二八日に「狂句　半顔」以下、天罡星、柳だるま、半顔の三人で交互につないでいる。

久良伎は、「後撰へなづち」の掲載は継続しながら、時事狂句の方ははやばやと息切れしてしまったらしい。

それについて、久良伎自身にいわせれば「某新聞の依頼で、一昨年の春頃一ケ月ばかり時事の句を日々十数句掲げたが、…中絶になった」（『川柳久良岐点』（明治三七・一一、金色社）ということだが、これは半分本当で、半分は本当ではない。また「新聞と云ふ眼から云ふと、時事の句と云ふに非常に重きを置かれる、然し文芸の眼から云ふと時事の句必ずしも悉くワルクはないが、多くは価値の無いもので、ここに一寸衝突が生ずるのである」（同書）というのも、あとになって言えることで、この時点では「矢鱈に時事狂句を書いて」いたのである。

久良伎の作句放棄は、だから古島の言葉を借りれば、「時事ということがよくわからない」というのが、いちばん事実に近い理由であったと見られる。

古島はさきに、この欄の開設に際して、かつての芳菲山人の起用を私かに思案していたが、すでに松阪の工業学校長に就任していた西は、いったん引き受けたが、職務の多忙で思うに任せず、やがて自分に代わる適任者として、《團團珍聞》の狂句常連であった長崎の半顔を紹介。かたわら「だるま」「だるまろ」などの名で協力はしている。このほか、社中にあった子規の推薦で、当時第四高等学校教授だった藤井乙男（紫影）が候補に挙がっており、「狂哉」もしくは「天罡星」のどちらかがそれに当たると推定される。

要するに〈猫家内喜〉は、久良伎個人の欄ではなかった。したがって、久良伎自身も「時事狂句」といっているように、この欄をもって新川柳を打ち樹てようなどという意思も発想も持っていなかったということである。

つまり、明治三五年という段階で、久良伎と「新川柳」とを結びつけるものは、まだ何もなかった。

その久良伎が、金港堂から文芸叢書『川柳梗概』を刊行するのは明治三六年九月二二日だが、本書でも「川柳」と「狂句」が混在し、「明治の新狂句」などと言ったかと思うと、「川柳」の呼稀に疑問を呈するなど、「新川柳」への明確な方向性は見られない。

ただ、のちに川柳革新の大眼目となった「初代川柳時代への回帰」が初めて言葉にされていることは見落とせない。意識としての「新川柳」はまだ表に現れなかったが、その幽かな芽生えのようなものは感じ取れる。といって、この書を持って「狂句排撃の第一声」とみなすのは早計であろう。

「新川柳」という用語が、一つの方向性を明らかにしながら、それまで同平面で扱われていた狂句と袂を分かつのは、明治三七年に入ってからである。

この年七月には、剣花坊の〈新題柳樽〉が一周年を迎え、投句者の著しい増加とともに、一派を形成するほどの勢力となって世間の注視を集める川柳欄に成長したが、それ以前の四月から、前年一二月に創刊された《電報新聞》に新天地を求めた久良伎が、同紙に連載した論説では、川柳の文芸性を詳細に分析、かつ現状が改革されねばならないことが、初めて明言されている。

同じ時期の剣花坊には、まだまとまった言説がなく、したがって新川柳ならびにその改革の意識を明文化した点で、この久良伎による「川柳講壇」をもって、明治川柳近代化の第一歩と見ることに大きな誤りはなかろう。

八右衛門《はちねもん》の翁《おじ》がはじめし十あまり七文字の歌に我はよりなむ

という一首を詠んで、それなりの実績もある歌人としての過去ときっぱり決別したのも、この前後のことであろう。

同じ久良伎を中興の祖とみなす場合でも、その年度に二年のずれが生じてきたのは、今まで疎かにされてきた同時代の諸資料によって空白を埋めていく過程で見えてきたもので、三五年という時点では、久良伎もただの寄稿家に過ぎなかった。

このとき、三四歳の久良伎は、結婚して五年目、前年一一月下旬に赤十字社病院内科へ入院した病み上がりで、二歳の長男競の子守りと、新居の改築に忙殺されていたことが、日記でわかる。

結論として、新聞《日本》の〈猫家内喜〉は、偶発的なものであって、これをもって新川柳の第一歩としたこれまでの所説は、訂正されなければならない。

〔「川柳公論」167号（二〇〇五・一一）〕

『川柳梗概』と〈川柳講壇〉

――阪井久良岐　改革者への道程――

はじめに

明治中興の祖といわれ、川柳近代化の先覚者と見做される阪井久良伎が、真に革新の意識に目覚めたのはいつか。同じ中興といわれる井上剣花坊より一歩先に、新川柳を理論づけ、啓蒙化に努めた久良伎が、少なくとも、明治三五年という時点では、ごく平凡な一投書家であったことは、一応検索を済ませた。(「明治三五年の久良伎」参照)

その久良伎が、三六年をはさんで一年半後の三七年前半には、急進的改革者になっていた。

その経過を、久良伎の二つのエッセイから追ってみたい。

1

明治三六年九月二二日、金港堂書籍から刊行された『川柳梗概』について、著者の阪井久良伎自身は「明治三十五年の三月『川柳梗概』を著わし、其出版が漸く三十六年の十月頃になった」(『川柳久良岐点』明治三七)と記している。「獅子頭」などの記述によると、初め博文館に持ち込んで断わられ、以後、内外出版協会、某々出版社を経て、「文芸界」編集主任佐々醒雪博士の取り成しで金港堂から出版が決まったとあるが、これはやや訝しい。

というのは、同じ三五年の三月に書かれた久良伎の日記(『文壇照魔経』所載「三月日記」)にも、このことについては一言も触れられておらず、また当時の身辺的な事情から考えても、ただちには信じられない。

「文藝界」創刊号
明治 35 年 3 月

その傍証は『川柳梗概』そのものの中に見られる。

「川柳の歴史などは、近頃柳花生の『川柳難句評釈』を首め、中根先生の『前句源流』武島君の『川柳の変遷及び特質』などいうのに悉く記されてある」

この三月は、金港堂の代表的文芸誌「文芸界」が創刊された月で、他ならぬ久良伎もその創刊号を一六日に購入している。(「三月日記」)

この創刊号には、碩学中根淑(香亭)の画期的エッセイ、前句附以降明治にいたる川柳史を初めて明らかにした「前句源流」の連載第一回が掲載されており、久良伎も当然読んだはずだし、大いに啓発されるものがあったと考える。「前句源流」を引用した『川柳梗概』は当然それ以後に書かれたもので、同じ三月中とは考えにくい。

中根論文と『川柳梗概』の契機には関係がなく、また刊行までに出版社を転々としたことに嘘はないとしても、書き上げた時期は久良伎の記述よりは後ろへずれていたものと推定される。

2

では、この『川柳梗概』を書いた時点で、久良伎の知識はどの程度のものであったか。叙述のなかから断片的な言葉を挙げると、

曰く。「柄井川柳と云ッた人の点をした狂句が大流行したに依ッて、狂句を川柳点と呼び、再び略して川柳と云ッた」「川柳即ち狂句の本体たる前句附」「一の川柳点なる狂句は独立」「ここに一の川柳即狂句を樹立した」「一の川柳点狂句と独立した」「初代川柳時代の狂句」……。

この時代、「川柳」は文芸としての正式な呼称ではなく、歴史的名称としては「狂句」しかなかっ

「文藝叢書　川柳梗概」
明治 36 年 9 月

たが、「川柳」も恣意的俗称として同義に用いられていた。つまり、文政（四世川柳）以来の「俳風狂句」、安政（五世川柳）以来の「柳風狂句」とは別系統で、川柳風狂句↓「川柳狂句」の通称が一般化して、それが別々に「川柳」とも「狂句」とも呼ぶ素地を作ったと思われる。久良伎は無条件に狂句＝川柳という立脚点から所論を展開している。

しかし、もともと前句附という付合形式から生まれた単句には定まった名称がなく、川柳点は文政以前まで主として「前句」とか「川柳風前句」と呼ばれ、久良伎のいうような「川柳点なる狂句」「川柳点狂句」という概念はなかった。

久良伎は、柳多留や万句合についても一部資料を所持し、それなりの知識は持っていたが、まだまだ稚いものであったことが、次の記述でも判然とする。

曰く「『柳多留』は嘉永三年迄に、第三百八十三篇を出し云々」…『誹風柳多留』は天保一一年までに一六七篇をもって終わり、同一三年、五世川柳が創刊した『新編柳多留』系の本も嘉永二年に五五篇までで終わっている。二つの柳多留を通しても二二二篇にしかならない。久良伎の数字が何に依拠したのか皆目わからない。

また、万句合については「此万句合は皆作者の名がのつてある、すなわち牛込の蓬莱とか神田のかきつばたなどいふのは、一段と秀句よみであるのに、『柳多留』に抜粋したのは更に氏名を掲げてゐない、又世間でも頭から川柳と呼んで、誰が詠んだか、一向お関ひなしといふ傾がある」…つまり、久良伎は、「牛込の蓬莱」や「神田のかきつばた」が取次の名であることを知らず、「作者の名」と思い込み、また取次単位の「連」を「其の作家の率いた連中」とするなど、初歩的ミスを犯していたのだ。察するに、万句合興行のシステムもまだわかっていなかったらしい。

この事実は、逆にこの書をまとめた時期が三五年を出ないであろうことを裏付けている。三六年以降の久良伎は、のちに述べるような理由から本格的な勉学に努め、急速に知識を深めているからである。

しかし、『川柳梗概』にも、随所に透徹した言辞が鏤められている、たとえば、「ソレであるから自然ニイチエ流の筆法もあって、人生の裸体的真理を喝破するの妙もある」（五、川柳の価値）などが、それである。

3

これまで言われてきたように、『川柳梗概』をもって、狂句排撃、川柳改革の第一声と見做すのは早計だろう。しかし、明治二五年の『川柳作法指南』（半沢柳坡）、三三年の『川柳難句評釈』（梅本柳花）の一部を除くと、本書が川柳（狂句）評論書の第一号であり、ある意味での啓蒙書であるとはいえる。

一七章に分けた序章では、

「川柳のいかなるものであるか、川柳の今日革新せねばならぬ必要というもの」といい、第十七章には「川柳の革新」という項を立てて、「由来滑稽を侮視し易き文壇は、まだ一人の立つて狂歌狂句の方面に改革を叫ぶものがない」

「彼の天明の時代、和歌といひ俳句といひ狂歌といひ狂句（筆者註＝この時代まだ「狂句」の称なし）といひ、皆悉く発達して遺憾なかりしが如く、明治の新狂句も亦他の韻文と伴ツて発達せねばならぬと思ふのである」

など、現状打破への意欲と、革新への萌芽は窺われる。

そして、本書のなかに、久良伎の川柳理念で核心の一つとなった「初代川柳への回帰」が、言葉として現われる。

「ソレ故に、余は此川柳なる者をして、よく宝暦明和安永天明の昔に復活せしめ、更に一歩を進めて明治の新狂句を作り出すに努めたいのである」

「明治の新狂句を作り出す」という久良伎の願望は、すでに三四年六〜七月、雑誌《新聲》へ連載した「川柳の研究」の中で「狂句の新派を作りたい」といっているのと照応する。

また、初代川柳初期への回帰指向については、これを明治三七年の本格的な改革宣言ともいえる〈川柳講壇〉の文章と較べてみよう。

「ワシはどうか川柳の宝暦安永度の立派な詩として差支えない古調を復活し、一方では新式をも奨励したい」

意識の差こそあっても、その趣旨は殆ど変わっていない。『川柳梗概』では「明治の新狂句」などという未文化な言い方がされている「狂句」も、〈川柳講壇〉では一語も用いられていない。

4

〈川柳講壇〉は、新聞《日本》を離れて、三七年から新天地の《電報新聞》に〈新柳樽〉欄を開設した久良伎が、同紙に連載した川柳論に新原稿を書き足して『川柳久良岐点』に収録した長文のエッセイ。単刊はされていないが、A6判で一五三頁、四六判・一一六頁の『川柳梗概』より文字数は遥かに多く、内容も濃い。

執筆の真の意図は、古巣《日本》で自分が遂に成功しなかったあとを引き継ぐかたちで、三六年七月三日から〈新題柳樽〉欄を開設、投書欄として定着させ、わずか一年ほどの間に「新川柳」のメッカとして持て囃されるまでになった井上剣花坊と、その一派への批判と攻撃にあった。

だから、言葉は激しく、かつ論理的である。このためにだけ、久良伎は研鑽を重ねた。剣花坊というライバルの登場で、久良伎の目標と進路が定まったのである。それまでは、得意の仮色（声色）同様、いわば旦那芸に過ぎなかった。久良伎を本気にさせたことが、改革をより早めたともいえる。

あからさまな個人攻撃的部分を除けば、〈川柳講壇〉は優れた論文あり、当時、これだけの内容を書ける者はいなかったと断言してよかろう。

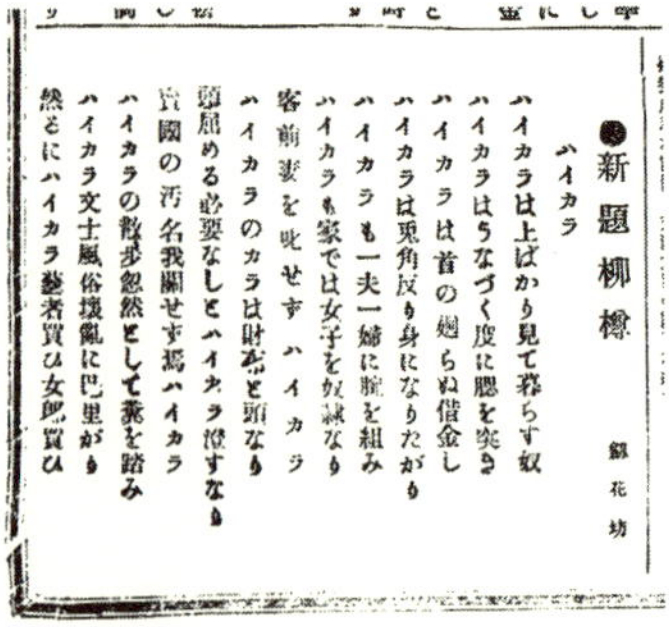
●新題柳樽　劍花坊

ハイカラ

ハイカラは上ばかり見て暮らす奴
ハイカラはうなづく度に腮を突き
ハイカラは首の廻らぬ借金し
ハイカラは兎角反り身になりたがり
ハイカラも一夫一婦に腕を組み
ハイカラも家では女子を奴隷なり
客前妻を叱せずハイカラ
ハイカラのカラは財布と頭なり
頭屈める必要なしとハイカラ澄すなり
貧國の汚名我關せず焉ハイカラ
ハイカラの散歩忽然として糞を踏み
ハイカラ文士風俗壊亂に巴里がり
然るにハイカラ藝者買ひ女郎買ひ

新題柳樽　明治36年7月3日

「全く古川柳が文芸的で、狂句と改称してからの川柳は、形式機智の非文芸に陥った者であるから、ソコで古川柳を奨励し、川柳の真面目を熟知せしめて後に、更に新川柳の活動を期するのである」

これが、覚醒された久良伎の改革理念である。

歴史も見えてきて、このエッセイ唯一の「狂句」の語も、自覚した上で用いられている。

「少子も亦新川柳を興さんと欲せば、蓋ぞ前句附の本《もと》に反らざると云ひたいのである」（「蓋ぞ」以下は孟子の「蓋復反其本」を引いたもの）

5

〈川柳講壇〉は、次の章建てで構成されている。

（一）今の川柳の誤謬　（二）写生の必要　（三）詩的滑稽
（四）駄句の批評　（五）同　（六）川柳の分類　（七）同　（八）同
（九）時間的と空間的　（十）余が経歴　（十一）吾人の心事
（十二）第二回川柳会出席諸君に告ぐ　（十二）三十棒　（十三）歴史の句
（十四）穿ち　（十五）をかし味　クスグリ、当込　（十六）軽味
（十七）形式　（十八）声調　（十九）柳のしもと

このうち、（十二）までが《電報新聞》連載分、（十三）から（十八）までが新たな書

き起こし、(十九)は長野県諏訪の《南信評論》に執筆したものである。

興味があるのは、『川柳梗概』にも〈川柳講壇〉にもある「川柳の分類」の章で、前者は「穿ち、おかしみの二大要素」としているのが、後者では「江戸風に分類すると穿ち、オカシミ、軽みの三ツが要素とされてゐる」とこれを「三大要素」とし、後の書き起こし部分ではそれぞれの章を設けて解説しているが、これがいわゆる三要素を明文化した最初のものだろう。

《日本》の井上剣花坊を正面に置き、《読売新聞》の田能村朴山人、雑誌《文庫》の藤波楽斎ら他選者に対する批判は厳しいが、ユニークな見方も披露している。

「吾社(筆者註=電報新聞)のは多くは下町向き、日本のは学生向き、読売は山の手向きらしく見える」。

これは、三派鼎立といわれたその後の久良岐社、柳樽寺川柳会、読売川柳研究会の句風を論ずる用語として引き継がれている。

さて、『川柳梗概』では、主として写生(詩的写生)の尊重と、「真面目な滑稽詩」と名づけた自然のおかしみが主張の中心になっているが、〈川柳講壇〉では、「主観の履き違え」「堕落主観」「主観の駄句」といった言葉が頻出するように、天保以後の著しい堕落は、誤れる主観主義によるものであり、現在の「新川柳」(筆者註=ここでは〔新題柳樽〕を指す)もそれを曳きずっているというのである。

『川柳梗概』には見られなかったもので、〈川柳講壇〉で主要な部分を占めているのが、

『川柳久良岐点』
明治 37 年 11 月 27 日

同時代の選句やその作品に対する批判と具体的な批評である。

「近来の新川柳と云ふもの頗る土臭く、土臭い斗なら我慢も出来れど、穿ちも何もない只棒のやうな（藤波楽斎の評語を借用）川柳か山柳か何だか分らぬものの流行しはじめ」、ちょっと見には盛況を呈しているが、「古川柳の何たるかを弁へず、人情の穿ちなどはトント御合点にならずして、浅薄露骨なる評語を羅列し、俗悪の声調をもて川柳の本分と心得たは、いくら盲千人の世とは云へ片腹痛き次第ならずや」

この論の標的は、いわずもがな井上剣花坊である。

例句を挙げての具体的な批評を一つだけ掲げてみる。

「…今諏訪新聞第二号に見えたる新題柳樽（筆者註＝井上剣花坊選）第六句の批評をかいつけて見んか

　蚊が鳴く頃に文士も演説し

是でも川柳と申すにや、コンナものが川柳ならば、世の中に川柳程楽なものはなかるべし、浅薄の二字より評なし、子規子の『孑孑の蚊になる頃や文学士』の句の難有味を感ずること深し」

この句は、小島六厘坊の「新題柳樽」初投句の中の一句であった。

三五年の『川柳梗概』から三七年の〈川柳講壇〉までの間に、久良伎は一変したのである。歌人としてそれなりの評価を受け、片手間に川柳を手がけるうち、この方でも先駆者的位置に置かれていることを自覚、機嫌よくそれに甘んじていた久良伎が、それまでのすべてを捨て、川柳を使命とする意識を固め、革新の意思を固めたのは、三七年になってからである。そうさせたのが、その間にはさまる三六年の出来事だった。

6

創刊以来、十数年関係をもっていた新聞《日本》に、突然「地方から某選者」が出てきて「人の折角鈴を垂れて魚を集めてゐる所へ、ザブンと網を打込んで荒らして」しまった。

右の「某選者」が、いうまでもなく三六年七月三日に始まる〔新題柳樽〕の選者井上剣花坊で、これは久良伎にとって青天の霹靂だった。この「三十前後の生若い弱輩」の川柳欄が、九月以降になると投稿者が増加し始め、募集欄として定着していった。久良伎にいわせれば、その欄は「駄洒落はゴザレ、クスグリはござれ何でもかでも、お客様がお笑になればソレで満足」というものであったが、これが間もなく「新川柳」のメッカのごとく持て囃されるようになった。

久良伎はもはや「狂句の新派」とか「明治の新狂句」などと悠長なことはいっていられなくなった。目の前に現われた「新川柳」こそ最大の敵でなければならぬ。俄然、久良伎は目が覚めた。『川柳梗概』当時のやや中途半端な古川柳研究をより深め、新しい文芸理論も身に付けた。
三六、七年時点で古典期や古典句の知識が乏しい剣花坊を嗤い、〈川柳講壇〉では揚げ足取りに似た批判まで個条書きにしている。（十二、三十棒）
例えば、剣花坊が新聞の読者の質問に答えて、

「初代川柳は前句附の名人にして、終に其発句を自が名に呼ばるゝやうに成りし也」

とあるのを取り上げて、

「初代川柳は前句附の名人では無い、前句附の撰者である、御当人の句に『木枯や跡で芽を吹く川柳』『孝行のしたい時分に親は無し』等の句があるが、余り上手でもない、只其撰者としての技倆が百花堂露丸其他の撰者に勝つたから、斯道の月桂冠を戴いたものである、其川柳の句から川柳と呼ばれたか呼ばれぬかは知らぬが、其穿鑿よりは、撰者川柳の名が前句附の総称に呼ばれたことを断るが当然である、（後略）」

と書いている。

概ね久良伎の方が正しいが、久良伎の文にも、わざわざ露丸の名を出すなど衒いがあるうえ、筆が滑って誤りを犯している。人口に膾炙した「孝行の…」の句は、初代川柳の句ではなく、その選句として柳多留二二篇に所載されている。これを初代の句とするのは九世川柳の誤説で、まだ久良伎にもそんな部分が残っていたのだろう。

前にも記したように、ライバルの出現が久良伎の闘争心をかきたてた。この敵を攻撃するための理論武装をする過程で、川柳革新も一歩一歩前進していったと見るのが自然

である。

この年六月五日には、記念すべき新川柳第一回の川柳会を開催、結社久良岐社を結成して近代化のかたちある第一歩を踏み出した久良伎は、以後、剣花坊より常に一歩ずつ前を歩いた。九月一一日、宮崎水日亭の案内で剣花坊が初めて久良伎を表敬訪問して、いったんは和解が成ったかにも見えたが、新聞《日本》に端を発する根深い確執は、両者の生涯をかけて解けることがなかった。

約二年を隔てて書かれた久良伎の二つのエッセイは、新川柳初期のさまざまなことを教えてくれる。

〔「川柳公論」168号（二〇〇六・三）〕

「へなづち」と「へなぶり」

久良伎・朴山人の明治新文芸

「へなづち」と「へなぶり」――この似て非なるものは、ともに明治三十年代、新文芸として創始された。創始者は、前者が阪井久良伎、後者が田能村朴山人である。

へなづち

まず、「へなづち」から見ていこう。

いまだ川柳家として知られる前の阪井久良伎が、明治三四年一二月に刊行した『珍派詩文・へなづち集』という小冊（現代の文庫判）がある。版元は神田錦町の新聲社（のちの新潮社）である。

（註…この書での署名は、すべて「久良伎」となっている。この一両年後、川柳に転じてからは昭和の初期まで永らく「久良岐」を用い、以後再び「伎」に戻って、終焉まで続いた）

はしがきに「此集の滑稽多くは諷刺に出づ。蓋し滑稽の上乗なるものに非ずと雖も、読者をして、何だコイツめと怒らしめ、又は成程フヽンと笑はせる位の、魔力？　は此間に無き事もあらざるべし」とあり、滑稽詩文、茶番、戯作長歌、三題噺、パロディ、狂句など、さまざまな形をとって、主として明星一派の短歌ことに与謝野晶子や赤門派の文士などを揶揄している。

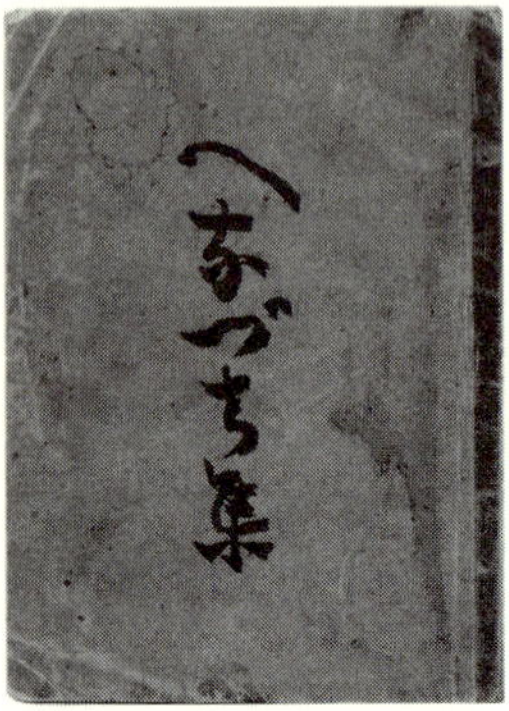
明治 34 年 12 月 13 日発行。発行所・新聲社。タテ 15cm、ヨコ 11cm。81 頁。本文は表題に「珍派詩文」と冠する。

久良伎は、これ以前から新聞《日本》紙上の〈文苑〉欄に、「へなづち」と題する滑稽短歌を数首ずつ断続的に掲載、みずから「へなづち派」「へなづち入道」などと称して、会を結成、その家元を以て任じていた。

この「へなづち」という名称は、明治三一年、尾上柴舟、服部躬治、久保猪之吉らが読売新聞紙上で旗揚げした新派結社「いかづち会」や、それをもじった工科大学系の歌人による「かなづち会」などを、さらに混ぜっ返したもので、

「へなへな」の「へな」の下に同じ「づち」を付けたものである。

「へなづち」(「へなつち」「へなっつち」とも)に文字を充てれば「粘土」で、水の底から取る黒い土のこと。粘りがあるから、壁の下塗り、粗壁に用いられた。鍋釜の鋳掛けにも「へなづち入り」というのがあった。

平田篤胤系の渡辺重石丸(豊城)の塾に学んで徒然坊を名乗り、すでに古典派の歌人として雑誌の選者をつとめ、また明治三三年、栗島狭衣編纂の詩歌集『紫紅集』には、和歌十人の一人として収載されるなど、一家をなしていた久良伎が、社会諷刺的な狂体短歌に転じた契機は、同じ新聞《日本》に在って、短歌革新を唱えた正岡子規に協力する過程で、子規から示唆を受けたものだという。

渡辺重石丸と染筆および代表著述『国本策』

久良伎は、開成中学で子規の後輩にあたり、《日本》では一時籍を同じくしていたが、同じ万葉集でも特に巻十六に見られる戯笑歌の方向に自分を向かわしめたのは子規のアドヴァイスによるものだったと、久良伎自身が記している。

久良伎の「へなづち」活動が盛んになるのは明治三三年から三五年にかけてで、新聞《日本》に、初めて開かれた川柳欄〈猫家内喜〉の署名も「へなづち」と記された。こんなことから、のちに久良伎を指して「川柳新派〈へなづち派〉宗匠」などという奇妙な呼ばれ方もする原因になった。
そんな久良伎が「へなづち」から「川柳」に転じたのは「自分は川柳を通じて江戸っ子の唯美主義民衆短詩を復活せん」と志したからである。この短歌との決別に際して詠んだのが、

八右衛門《ねもん》の翁《をぢ》がはじめし十あまり　七文字の歌に我れはよりなむ

という一首であった。
さて、「へなづち」の実体とはどういうものか。その例を挙げておく必要があろう。

赤天狗さては般若のヒョットコの　遂に外道の我れなり世なり（明星調）
絵にも見よ誰れ腰巻に紅き否む　趣あるかな鰒びとる蜑（同）
こゝにして我が吹く法螺の音高く　お江戸の空に鳴ひゞくらん（迦具士調）
よき音その布団のうちの狭きにも　いきぐるしきまで屁の臭くなる（明星調）
みづからをお多福などゝ云ひますか　タントおツしやいアラよくツてよ君
【註】「何々してよ君」は、与謝野晶子の口真似。

そゞろにもお客集まりて夜は長し　高座の鹿の鼻撫てゐる（明星調）
青蛙殿様蛙雨かへる　まことのみちにかへるすくなき
面の皮あつしくなりて金故は　名さへ惜まぬ世の歌人等
「明星調の狂歌を詠めと人のいひければ」
人ぞおごる、一升樽に焼ずるめ、よいやさツさア、こらさのさの春
「角力戯笑歌」
醜鬼の鬼の鬼竜が爪取に　屈むすなはちはたかれにけり（鬼竜失敗）
日の出づる年の初めの駒が嶽　あなめざましと人仰ぐらし（駒嶽怪勇）
ひゐきなりや、春場所の初の、勝角力、人は常陸へ、金くるゝ今日（擬鬼才女史調）

【註】「鬼才女史」は与謝野晶子。

久良伎は当時、新聞《日本》の相撲記事を担当しており、『体育研究・角力新話』（明治三五・鳴皐書院）の著書もある。

へなぶり

明治三八年刊行の朴念仁著、ポンチ絵入り『へなぶり』（読売新聞社）には、『へなぶり』は本社の朴念仁が狂歌一変の大望を企て」とあり、巻末に「狂歌改良論」を加えている。

「へなぶり」は、読売新聞紙上で、同紙の川柳欄〈こぶ柳〉選者、田能村朴山人（朴念仁）が創始した新狂歌であり、明治三八年二月二四日、次の二首が掲載されたことに始まる。

恋衣みだらな歌を難ずれば　アラ能くツてようと空うそぶきぬ

恋衣すみれの押葉もてあそび　式部三人牛屋から出る

これに〈へなぶり〉と表題し、「朴念仁」と署名されていた。

「恋衣」は、明治三八年一月に本郷書院から刊行された与謝野晶子、山川登美子、増田（茅野）雅子の合同歌集で、『明星』最盛期を背景にしている。付録の長詩編中に、よく知られた「君死に給ふことなかれ」（明治三七年）も収録されている。

「へなぶり」の命名については、この時点では明らかにされておらず、作者にとっては埋め草程度の軽いものだったと思われるが、翌日、翌々日と掲載する間に、想像以上の反響があって、読者からも投書が寄せられるようになった。また、その珍奇な命名がたちまち普及して紙面に定着すると同時に、珍現象も現出した。

東京・下谷に開店した「へなぶり商店」の「へなぶり煎餅」、大津・三井寺下の「へなぶり饅頭」、塩原温泉の「へなぶり盆」など、新しいものに飛びつく明治末期の世相を反映している。また、読売新聞の肝煎で明治座を借り切り、読者参加の文芸劇に「へなぶり劇」の一幕も上演したというから、その隆盛ぶりが想像できる。

同じ三八年六月、〈新川柳〉と欄名を改めた選者・朴山人を会長に、読売川柳研究会が創立され、川柳とともに「へなぶり」の月例会がスタート、一一月には、東光園から月刊『ヘナブリ』が創刊されている。

しかし、翌三九年一一月には、読売新聞の川柳選者ならびに読売川柳研究会の主幹を窪田而笑子に譲り、朴山人は「へなぶり」だけの選者となり、本格的な研究会機関誌〈川柳とへなぶり〉が創刊された。

「へなぶり」の鼻祖・田能村朴山人（1868-1914）。本名・梅士。朴念仁、木念仁とも。大正7年没。47。

この機関誌は二号で廃刊、翌明治四〇年一月〈滑稽文学〉として新装創刊、これが第八号から〈川柳とへなぶり〉と改題、同四一二年七月から再び〈滑稽文学〉となって、同四四年七月、第六巻第六号で終刊となった。編集・発行人も第五号から而笑子に代わっている。

右の改題〈滑稽文学〉第四巻第一号（四二年七月）の巻頭言で、朴山人は「へなぶりの勝利」と題して、「へなぶりは勝てり。へなぶりの主義は、漸く勝を詩壇に収め来れり」と、高らかに宣言している。

軽い動機から出発して、人気の方が先に独走してしまった「へなぶり」の文芸的な意義や性格づけは、あとになってつけ加えられたというべきだろう。

既成の狂歌の形式的な滑稽から内容的な滑稽へ、文語・雅語から現代語へ、というのが二つの柱である。命名についても、おそらく久良伎の「へなづち」を意識しつつ、それに「ぶり」（風、曲）を付した程度の発想であったろう。「ひなぶり」（鄙曲、夷曲）の訛りであるというような附会も、のちになってなされたものである。

明治末年、朴山人は新聞《日本》に移り、ここに「へなぶり」欄を再開、読売新聞では朴山人のあと、ベテラン樽拾と大嶋豊水（時の編集長）が「へなぶり」欄を引き継いだ。大正二年三月には、日本へなぶり会が結成されたが、同年一二月二五日早暁、日本新聞社が全焼、翌三年一月一六日には朴山人が世を去った。

《日本》の「へなぶり」欄は中央新聞に移り、長谷川蝶松と斎藤春告鳥の共選となったが、以後、大正期から昭和初頭にかけて「へなぶり」の普及と定着が進んでいった。この間、何冊かの歌集、雑誌も発行されている。

久良伎の「へなづち」は一時の個人的文芸に終わったが、「へなぶり」は明治の新文芸として雑俳の一角に定着した、これは大衆雑誌の雄、雄弁会講談社などの肩入れが与かって力あったものと思われる。
以下に、知名作家の「へなぶり」を、幾つか引用しておこう。

センブリは胃に好き薬へなぶりは笑ひ薬にならむかも君　朴山人
置炬燵傍にちらばる桜紙花袋集やら『魔風恋風』　梅千代
瓢屋に不忠の声を張り上げて大臣閣下義太夫うなる　樽拾
一列車毎に河童の数減りて貸別荘に秋の風吹く　門外漢
大の字になつて突つ張る酔ひどれを査公その儘ブラ下げて行く　素骨
唐茄子の牢屋に痩せて轡虫啼く夜となりぬ転た寝によき　春告鳥
不景気が女房の皺へ深く沁み萎びた菜つ葉抱えて帰る　蝶松
灯の色の赤い街から落籍されて旦那に釜の水加減聞く　杏園
総領は只平凡に人となり只だ平凡に総領を生む　夢中庵

この「へなぶり」については、阪井久良伎が母屋を取られた恰好である。久良伎が先鞭をつけて、それがいつか別人の手に移っているという例は幾つかあり九段老人を苛つかせているが、この「へなぶり」もその一つで、命名といい、内容といい、「へなづち」

の亜流であることは一目瞭然である。後者がたまたま時流に乗ったというに過ぎない。

大正一五年三月に、「へなぶり」の二世家元を自称する長谷川蝶松が公刊した『評釈・大正へなぶり抄・第一輯』で、久良伎は表紙絵を描き、序文まで寄せているがその中で、自分の創案こそ「ヘナブリの種子となるべき原案で」とか「其当時歌のお仲間森田義郎氏は田能村のやつ久良岐の珍派和歌を横取ったなど云はれたが」などそれとなく憤懣を覗かせながら、朴山人から二代目である長谷川蝶松を「私から見ると三代目である」としているのは、その祖にみずからを置いているからである。

そのころ、読売新聞の川柳選者をしていた朴山人に親書を送って、あなたは川柳はダメだから、後輩の窪田而笑子に譲って、ヘナブリに専念しなさい、と奨めたのも自分であると、久良伎は悪びれもせず記している。

この辺に、明治三四、五年代の「へなづち」と、三八年以降の「へなぶり」との入り組んだ関係がある。


〔「川柳公論」157号（二〇〇三・一一）〕

「花束」の前後

大正中期の久良伎とその周辺

大正の中期に、東京で発行された「川柳花束」(市民詩社)という川柳誌をご存じだろうか。

二十歳の前田雀郎が郷里宇都宮から上京、講談社に入社したのが大正六年、その翌年春、初めて麹町富士見町に阪井久良伎の門を叩いた。その時のことを、雀郎はこう記している。

「私がはじめて富士見町の久良岐社を訪れたのは、大正七年の、日は忘れたが、シットリと朧した四月も末の夜だった。(略)何か社中の集りと見えて、着物の夜叉郎、洋服の東魚、角帯の也奈貴など（略）何でも雑誌を出すとか出さぬとかの相談らしく（略）…」（「川柳きやり」昭和二年一〇月号「九段の一夜」）

雀郎は、宇都宮商業学校在学中の大正三年から地元の宇陽柳風会に籍を置いていたが、右の文章に出てくる夜叉郎（伊東）にしろ東魚（森、当時は斗拱子）にしろ也奈貴（坂下）にしろ、後に知った名前で、この時はもちろん初対面だった。

ところで、この人々がたまたま久良伎居に集まっていたのは、雀郎も記しているように「雑誌を出すとか出さぬとかの相談」だった。

この年四月五日、東京市小石川区宮下町四一番地の市民詩社から「川柳花束」が創刊された。これは、「五月鯉」（明治三八年五月五日創刊）「獅子頭」（明治四二年五月五日創刊）「川柳文学」（大正元年一〇月一日創刊）に次いで久良伎を盟主と仰ぐ四冊目の川柳誌であるが、久良岐社の機関誌とは性格を異にしている。

第一巻第一号はＡ５判、本文一六ページ、写真一葉。

編集人は伊東夜叉郎、発行人は鈴木古城、発行所は同人方（俳美堂）市民詩社。定価は一冊一二銭、郵税（送料）五厘だった。

発行所の「市民詩社」という名称については、巻頭に久良伎みずからが記した「川柳は市民之詩なり」で始まる「発刊之辞」がある。まず「旧江戸を継承したる新東京市民は此尊き伝統ある江戸市民の川柳詩を知らざる可らず」とし、「其統一せる甘美の絶頂点にありし江戸宝暦の文明に想倒し連想して此生存激烈なる都会に人生の慰安を得んとするが吾人の第一歩の階梯なり」と続く—。「古句の快楽美を味い、爰に現代に超越した別天地の美に酔おうと企つる」（明治四二・四、「矢車」第一号序）というのは、明治以来の久良伎の基本的川柳観であった。その「別天地」の江戸を象徴するのが《柳多留》初期の「宝暦」年代だった。

大正六年三月、山梨県甲府の山梨川柳会から創刊された「新宝暦」は、明治三七年久良岐社創立以来の同人で、同三八年同社山梨県支部を設立、山梨県下に新川柳の基を築いた篠原春雨が、久良伎の意を酌んで名づけた同県初の新川柳誌である。

これが、同六年中に八冊発行され、翌七年一月に第二巻第一号（通巻九号）まで発行したが、主宰春雨の転居など身辺の都合で休刊を余儀なくされた。

【註】『川柳総合事典』（尾藤三柳編）所載の項目中「新宝暦」（雨宮八重夫執筆）に「一〇号まで発刊」とあるのは誤り。

春雨が甲州を去り、東京へ寄寓することになって、この「新宝暦」を、東京の有志で続刊する話し合いが進められたが、これが途中で変更になり、新たに創刊されたのが『川柳花束』である。

だから、創刊号の一部には、奇妙な部分がある。

ページ中に、「新宝暦を東京に於て発行するに就て」という春雨の挨拶文が載り、その後に鈴木古城が「春雨兄に答ふ」として「本誌は最初甲府の春雨君が主幹で発行されてゐた「新宝暦」を継承し題号体裁共に其の儘踏襲するつもりであつたが色々都合上さう云ふ訳に行かなくなつた、（略）仮令題号を改めても、宝暦趣味を唱へる点に於ては少しも変らない否な寧ろ一層向上したものを拵へるつもりである、云々」と記している。それでいて、「新宝暦」の会費及び誌代の先払い分は新誌「川柳花束」をもって充当するという。

また、巻末には「甲府より回送の分、本誌其責を負はず」と断りつつ、三ページにわたって旧誌の集稿を載せているが、「次号に回せしもの多し」とある第二号以下には切り捨てられている。

こんないきさつを経て「川柳花束」は生まれたわけだが、ここで多少の矛盾が生じる。初めて久良岐社を訪ねて、たまたま「雑誌を出すとか出さぬ」とかの相談に出会わせたのを雀郎は「四月末」としているが、「川柳花束」は四月五日には発刊されている。この準備は三月中には終わっていなければならない。雀郎自身の文章の中に、「朧」とか「火鉢に手をかざす」とかあるところから推して、「四月末」は「三月末」の記憶違いか、相談の内容が別のものだったのではないかという疑問は残されることになる。

＊

いずれにせよ、新誌は発足した。

代表同人は、坂下也奈貴、伊東夜叉郎、鈴木古城で、ほかに今井卯木、吉田苔虫、篠原春雨、森東魚、大野空蝉の少数同人制で出発したが、久良岐社の旧連を含めておいおい社中も増えていった。

「市民詩壇」に作品を並べているのは、大阪の渡辺虹衣、花岡百樹の大物から、《電報新聞》時代からの異才小峰秀耳、「五月鯉」の同人西尾一童、「獅子頭」の中心栗林古雅（茨城県古河）、山梨の小林流鶯、同飯田琴線、京都の女流河合琴水、神戸ツバメ会の同人駒井みの作、明治四四年横浜に川柳春雨会を創った高木好風、横浜「新川柳」の同人幸塚六橘、牛込区議会議員の矢部赤城子、京橋区議の遠藤蕪川、入谷鬼子母神住職の蓮池繁助、それに高村愛耳、竹江浅峰、さらに朝日新聞記者で俳人の大場柯公、やはり俳人島田五工として知られた秋田能代の北羽新報社長で県会議員でもあった島田柳阿彌など多彩な顔ぶれ。

おもしろいのは、この柳阿彌とともに、俳人の高濱虚子が、

柳阿彌の弟子なれば木瓜《ぼけ》阿彌位なり

という川柳を寄せていることだ。

＊

久良伎の「吉原礼賛」が形を変えて、帝国劇場鶴の会の森律子総見となり、別冊で「森律子宗」まで刊行する入れ込みぶり。句会の会費が茶菓・鮨つきで五十銭の時代に、総見の会費は帝劇の二等席で一円八〇銭だったから、贅沢な遊びである。

発刊を祝した広告の中に、新吉原「大文字楼」の名があるのも、いかにも久良伎の主宰誌らしい。

この時期の東京には、柳樽寺の「大正川柳」、好作家を集めた「紅」、五味茶童の個人誌「黄白」、柴崎南都男らの「すなご」などが覇を競っていたが、市民詩社では、帝劇鶴の会総見などのほかにも、これら一般吟社とは一線を隔したユニークな企画や活動に力を入れた。

「川柳物を覚える会」――これは、出席者各自の研究発表と質疑からなり、毎月二五日五時から、富士見町の久良岐社で開催された。会費無料。

「川柳書道会」――これも毎月一五日、久良岐社で行われ、全紙・半折・色紙・短冊の揮毫を競い、久良伎が選評して三才が決まる。会費五〇銭。「獅子頭」時代に安田依々子が肝煎で行っていた会の復活。

しかし、この年後半には社中の空気があやしくなってきた。

発行者の鈴木古城と発売元の俳美堂が手を引いて、発行所は神田区同朋町一一番地に移り、編集兼発行人が伊東夜叉郎、会計責任者が大野空蝉に替わった。その間の事情は不明だが、一〇月号（第一巻第七号）などは、紙幅も本文四六ページ（写真一葉）と、一挙に拡充されているにも関わらずである。

「五月鯉」「獅子頭」ともに満二年という久良伎主宰誌の短命は「川柳花束」も例外ではなかった。

＊

翌八年二月、小島紺之助と川上日車が川柳革命を唱えて創刊した『楊柳』（大阪）は、「古川柳抹殺論」（紺之助）「先輩無用論」（日車）を掲げ、真っ向から久良岐派攻撃の論陣を張った。久良伎の耽美的江戸趣味、吉原賛美、古川柳一点張りへの嘲笑や蔭口は以前からあったが、これほど正面きった挑戦は初めてで、川柳界に波紋を呼び、当然のことながら久良伎を激怒させた。

この前後から、久良伎は若い前田雀郎を連れて歩くようになった。旧社中はそれぞれ大きくなり、あるいは意に背いて去るものもあり、その分だけ雀郎を可愛がったものだろう。

明治の末に、新川柳草創期から厚い

大正7年3月6日　川柳久良伎誕生祝賀句会　韻松亭

大正７年・久良伎歳誕会。
前列左から栗林古雅、坂下也奈貴、阪井久良伎、矢部赤城子、遠藤蕪川
中列左から吉田苔虫、高木好風、鈴木古城、森東魚
後列左から関口文象、伊東夜叉郎、蓮池繁助、竹江浅峰

信頼を寄せていた安藤幻怪坊に背かれ、いままた、その才を愛してやまなかった伊東夜叉郎と確執を生じていた。

「余の門下に作句の上手な宮崎水日亭、伊東夜叉郎二人があったが、其作句に慢心し、川柳と短歌とをハキ違へたりして余に叛き、余の妨げをして死んでしまった」（『川柳久良伎随筆』「甲信吟遊」）と、名指しで非難している夜叉郎は、大正一〇年二月、みずから代表となった川柳詩社から「川柳詩」を創刊したが、同一五年九月九日、三八歳の若さで急逝した。

また、宮崎水日亭も新川柳初期の代表的な巧作家で、「鹿島みやげ」一五〇句など連作の嚆矢といわれる。一度久良岐社を去り、「川柳花束」では西尾一童として復帰したが、廃刊後は再び離れて、大正後期に没した。

ちなみに、前田雀郎のその後はどうだったか。冒頭に掲げた「九段の一夜」の末尾の部分を引用しておこう。

「それから十年、運命はつひに先生と私とを相異なる両端に向ひ合ひに立たせて仕舞つた。しかしあの春の夜の思ひ出の中にある先生は、（略）いつまでも私の心にその忘られぬ姿を映してゐる」

いまでは、「川柳花束」はおろか、市民詩社の存在さえ知る人はほとんどいない。

〔「川柳公論」１５６号（二〇〇三・九）〕

黄金期への序曲

昭和五年（一九三〇）の川柳界

本年（平成一二年）七〇周年を迎えた川柳研究社の前身である国民川柳会は、国民新聞の投稿作家が選者川上三太郎を戴いて、昭和五年七月に結成された。三太郎はこの前年、国民新聞の川柳選者になったばかりだったが、同時に「国民川柳会報」を発行、これが翌年二月から「国民川柳」となり、昭和九年一月に「川柳研究」と改められ、今日にいたっている。

国民新聞の〈国民柳壇〉は、久しいあいだ高木角恋坊を選者として、多くの好作家を輩出してきたが、川上三太郎に変わって以後の「国民川柳」から「川柳研究」にいたる歴史の中からは、さらに川柳界を代表する、あるいは根幹となる作家や論客を綺羅星のごとく生み出し、川柳界の地図を大きく変えた。

そうした意味でも、昭和五年（一九三〇）という年は特筆すべき年となったが、この年はまた、それ以外のさまざまな点で、川柳界が画期的な展開を見せることになる。

では、この年が川柳史の上にどんな位置付けを持った年であったかを振り返ってみよう。

大きな背景としては、大正期を引き継ぐ既成川柳が、明治新川柳以降、最初の黄金期を迎えるべくスプリングボードへ足を踏み掛けた時期であり、一方、大正後期に勃然と興った新興川柳の火が、すさまじい勢いで全国化していく過程にあった。これほど、新旧がシビアな形で対立した時期は、後にも先にもない。

岩波文庫『誹風柳多留』西原柳雨校訂（昭和５年）

社会的事象としては、まず〈川柳〉というものが客観的に認知された契機ともいうべき『誹風柳多留』の岩波文庫入りがあり、一月（上巻）四月（中巻）七月（下巻）と順次三冊が刊行され、初代川柳評の二四篇までが一般読者の目にも触れやすい環境が作られた。また同じ古川柳を対象として、大衆的な普及に効果を挙げたのが、谷脇素文が画く『川柳漫画全集』（全12巻、平凡社）の刊行で、昭和二年に始まる川柳と漫画のドッキングが、その人気を決定づけた。

川柳の一般的普及は、まず古川柳から始まったといえる。

他方この年、新興川柳の分野でも、鶴彬がナップ（全日本無産者芸術連盟＝昭和三年創立）の機関誌「戦旗」二月号に「プロレタリア川柳」と題する作品を掲載、井上剣花坊は総合雑誌「改造」二月号に「川柳に現れた社会の顔」を執筆、川柳界の外へ向かって発言している。また、白石維想楼（のち朝太郎）編の『昭和新興川柳自選句集』は、大正一四年の田中五呂八編『新興川柳詩集』よりも、さらに進展を見せた新興川柳の昭和作品を提示したものである。

㊤谷脇素文

㊧川柳漫画の濫觴「人情家内喜多留」（大正７年）

とりわけ画期的なのは、国民川柳会結成と時を同じくするこの年七月、剣花坊夫人の井上信子が、柳樽寺川柳会を中心に初の女性作家グループ〈川柳女性の会〉を結成したことである。既成、革新を問わず、組織としての女性作家の集団は、川柳界にエポックを画するものであった。

既成柳壇にあっては、岸本水府が「番傘」一一月号で、はじめて〈本格川柳〉を唱導、保守本流の基本理念を示したことも、歴史的事件の一つだろう。それは今なお、川柳の重要なキーワードとして生き続ける、いわば番傘王国への第一声であったといえる。

この年は、個性のある吟社やグループも、数多く生まれている。

坊野寿山が、寄席芸人を中心に〈川柳鹿連会〉を結成、桝谷紅ン坊（のち志郎）が、奉職する学内に〈日本大学さくら川柳会〉を創設、第二講堂で川柳会を開いたほか、京都では平賀紅寿が京都番傘川柳会、名古屋では奥井千鳳が名古屋番傘川柳会、福島県白河の大谷五花村は、東北川柳社から「東北川柳」（「独活」改題）を創刊するなど、全国で約四十社、四十誌が創立・創刊もしくは改題再発足している。

この時代の日本国内は、エログロ・ナンセンス時代とも呼ばれ、レビューやカフェ、バーが流行するなど人心の弛緩と頽廃化の一方では、経済的不安が深まり、内地の人口六四四四万七七二四人のうち失業者が三二万二千人、全国で二千二百八十九件の争議が起き、一九万人の労働者が参加している。当時の浜口首相が、東京駅頭で右翼の暴漢に撃たれて重傷（翌六年八月死去）を負ったのは、一一月一四日のことだった。

こうした激動の中で内地川柳が隆盛を見せつつある一方、満州事変の前年に当たるこの年は、日本の大陸政策の波に乗って移住した人々による〈大陸川柳〉が、華々しく開花しようとしていた。

大正期にはすでに「南大門」、「むつみ」、「ケイリン川柳」、「芽やなぎ」、「朝鮮川柳」、「あけぼの」、「きぬた」、「鼓」、「壷」、「鯛茶」などの諸誌が刊行されていた朝鮮川柳界が、はじめての全朝鮮川柳大会を京城で開催したのが、この年の一月。

さらに明治末年から川柳の濫觴を見せ、隆盛の道を辿ってきた中国大陸では、当時満鉄の社員として大連にあった石原青龍刀が、大連川柳会から「青泥」を、また同じ大連では和田黙念人、井上麟二（剣花坊次男）らが革新系の「暁」を、撫順では福井天弓が撫順川柳社を興して「蛇尾線」を、それぞれ創刊している。

さて、太平洋をへだてたアメリカ本土ワシントン州シアトル市に〈北米川柳互選会〉が発足したのもこの年で、以後、太平洋戦争開戦までの十余年間にわたって、米国内に二十余の川柳結社が続々と生まれる契機となった。

米国本土には、古くから狂句の同好会があったというが、一九一〇年（明治四三）、本多華坊（のち華芳）らにより川柳の芽が植えつけられ、小さな互選会（蛙鳴会）を開いていたが、これが〈北米互選会〉の前身となり、現在なお活動を続けている。

昭和五年は、海を越えた川柳界にとっても夜明けの年であった。

以上、ざっと概観してきたが、このあと、満州事変から支那事変勃発にいたる時局の進展過程で新興川柳の火が消滅した一方では、既成川柳がいよいよ隆盛を見せることになる。東西の六巨頭に先立って、東京に三巨頭（川上三太郎、村田周魚、前田雀郎）という概念が生まれたのは、昭和十年代半ばからだが、東京における三巨頭時代の開幕が、全国を覆う戦前第一次黄金期の序曲であり、さらにこのピークへ繋がる呼び水となったのが、昭和五年という年であったと位置づけても、そう大きな誤りはなかろう。

＊

なお、私ごとだが、本年いっぱいは仮宅住まいを余儀なくされ、史料や書籍はすべてコンテナ入り、周辺に一冊の参考資料もなく、ほとんど丸はだかのまま筆を執ったため、始終にいたらぬところも多いと思う。ただ、川柳研究社七〇周年という記念の年に、何かのかたちで祝意を表したく、ささやかな一文を記させていただいた。

〔「川柳研究」（二〇〇〇・七）〕

体験的戦中・戦後川柳史

①戦中――その三年九カ月・初心時代

一九四一（昭和一六）年一二月八日の日米開戦から、同二〇年八月一五日の終戦まで、悪い夢を見ていたような満三年九カ月は、川柳にとってもすべての手足をもがれた《落丁の時代》であったことは、三〇年ほど以前に記した（「柳友」昭和四八・一〇〜四九・八）が、私の川柳へのスタートと初期の四年間は、まさにその「落丁の時代」と重ね焼きになっている。

一六年の一二月も押し詰まった一夜、父三笠に伴われて、荒川区日暮里の「かみむら」というそば屋の二階で開かれた「放水路」（高橋健考主宰）の例会に出席したのが始まりだから、すでに茫々六十年の歳月を経たことになる。

当時、私は中学への進学を翌年にひかえた一二歳だったが、それ以前から俳句とも川柳ともつかぬ短詩型には馴染んでいた。というのは、幾つかの木箱にびっしり詰まった父所有の川柳雑誌を、この時期までには大方読み尽くしていたからだ。

小学生のこととて、意味の分からない句も読めない文字もむろんあったが、大正から昭和初期にかけて東京で発行された、主な川柳誌と、誌上で活躍している主な川柳作家の名は無意識に頭に刻み込まれていた。

私にとって川柳誌は、絵本や童話の代わりだった。この時期に蓄積された数多くの句は、現在でも私の無形の財産になっている。

また同じ父の蔵書で『柳多留』にも出遭った（江戸名著全集『川柳雑俳集』）が、これは歯が立たなかった。

初めて句会に出てからというもの、気がつくと川柳を考えているようになった。荒川区には、「放水路」のほかに「一路」（松崎登美路主宰）という会があったが、これにも出席して、初めて一句採用されたのが、昭和一七年で、この時はまだ柳号がなかった。

この年三月、高橋健考が急逝して「放水路」は解散、しかし荒川区に川柳の灯を絶やすまいということで、父が担がれて黎明吟社が発足、昭和一八年六月、「黎明」第一号が創刊された。この時、私も同人の片隅に加えられたが、同じ「黎明」の顔ぶれで現在なお活躍中の作家に、野谷竹路川柳研究社代表、伊藤正紀氏がある。（昭和一八年八月の「川柳きやり」誌に、〈親子作家がこの社にも二組〉と見えているのは、得峰・正紀と三笠・

三柳を指している）

昭和一七年一月、川柳もまた国家体制の潮流の中で、日本文学報国会俳句部会の傘下に川柳分科会として組み入れられ、一五年一二月に結成された日本川柳協会の組織はそのまま包括された。しかし昭和二〇年の自然解体まで、実質的な活動はほとんど手つかずで終わっている。

昭和一七年〜一九年という時点で、東京には、既成の川柳きやり吟社、川柳研究社、柳友会、若雀会、草詩堂、川柳群、川柳文芸社、都鳥吟社、かつしか、藤光会、番茶川柳会、川柳香車、東京川柳会、放水路、一路などに加えて、戦中に創設された雷吟社、桐の花川柳会、黎明吟社、簸川柳会、むらさき吟社、柳の芽青年作家聯盟など、また小集として高円寺句談会、巣鴨の集い、三越川柳会、五曜会、手草会、江戸一会、明窓会、八光会、いづみ会、川柳芝の会、翻訳川柳会などがあり、出席する句会に事欠かなかった。

大正後期から〈みやこ調〉として東京川柳界を風靡、多くの好作家を輩出した《都柳壇》（前田雀郎選）は、一七年九月三〇日限り都新聞が東京新開（国民新聞と合併）となって、都川柳会は丹若会と変わっていた。

一八年になると、米軍機の襲来がしきりになり、四月に開催された「西島〇丸還暦記念大会」（四月四日）の折には、入選句の披講中に警戒警報のサイレンが鳴り響き、すべての灯火を消したうえ、文台にロウソクを立てて続行した。暗闇の中、私も一句の呼名を得たが、句会さなかの空襲は、この時が初めてで、一九年以降は、警報発令下の句会はすべて中止となり、出席の途中からあわてて引き返すこともしばしばだった。

この頃から、川柳界も戦時色が濃くなり、日本川柳協会東京支部の主催で、〈献艦川柳〉の募集や、山本五十六元帥墓参の吟行などが挙行されている。

そうした中で、東京川柳会（伊藤瑤天主宰）の五周年記念で、宿・席題出句無制限という大会が開かれ、磯貝真樹（現俳人・碧蹄館氏）が、二千六百句を風呂敷で運び込んだなどという話題が東京柳界をにぎわせた。この大会には私も出席しているが、一題について一〇〜二〇句がせいぜいだった。

また際立った傾向として、川上三人郎の主宰する「川柳研究」には、女性作家の進出がいちじるしく、その花園から多くの好作者を輩出していたが、一八年一〇月の一六〇号では、女性作家特集を組んでいる。（この女作家のよき理解者であった田辺幻樹が永い闘病の末、三六歳で亡くなったのは、翌一九年三月である。）

一一月には、第一次学徒出陣が実施されて、柳の芽青年作家聯盟の初代幹事長・岡田千万騎（明治大学商学部在籍）が第一陣として海兵団に入団した。私の身近の川柳作家も、一人また一人と戦場へ発っていき、東京の川柳界もさびしさの度を加えていった。

　太平洋戦争も三年目を迎えたが、毎号の表紙に「一億一心・萬魂一丸」と刷り込み、川上三太郎の火を吐くような戦句で飾っていた「川柳研究」第一六二号（昭和一八年一二月）は読者を驚かせた。表紙を開くと、いきなり扉全面に聖戦の詔書が掲げてあり、また二五ページには、昭和一六年一二月八日の大本営陸海軍部発表の原文そのまま【写真】を載せて、全ページにわたって闘い、戦いの文字が乱舞していることだった。

戦時中の川柳雑誌

【上】毎月の報道写真で戦時色そのものの「柳友」の表紙（昭和17年9月号と同19年1月号）

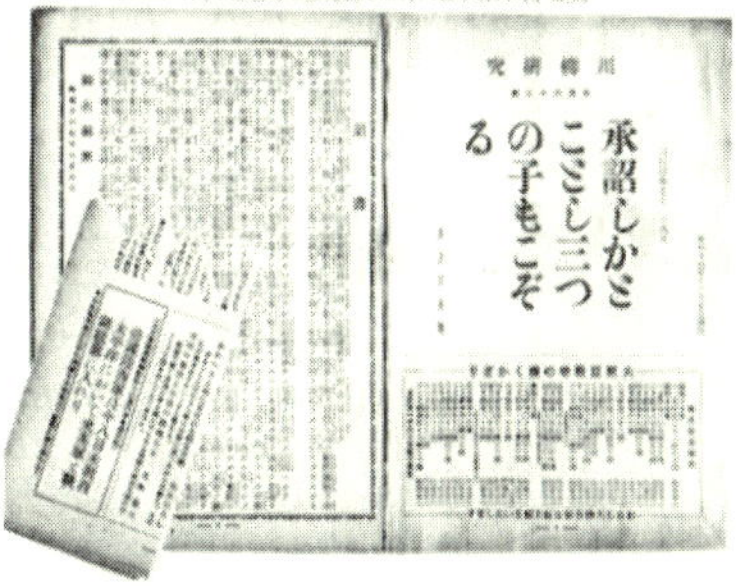

【下】「川柳研究」昭和18年12月号の表紙裏と扉の「詔書」左下は「大本営陸海軍部発表十二月八日午前六時」原文

　川柳研究社では太平洋戦争勃発の日から、例会を「献金句会」と名づけて、会費全額を睦・海軍省へ献金していたが、こうした突出した体制迎合の姿勢が認められたのか、一九年には川柳誌の統廃合が命じられて一県一誌となり、東京では「川柳研究」だけが続刊を許された。

　「川柳研究」より歴史の古い「川柳きやり」の村田周魚は、手塩にかけた主宰誌を奪われるかたちになったが、以後「川柳きやり社報」と名を変えて抵抗を続けた。

他の柳誌はすべて休・廃刊したが、雑誌が無くなっても、句会だけはこれまで以上に盛んになった。産報（産業報国会）句会などの小集を加えると、一日に昼夜二つの句会が重なることも珍しくなかった。

一九年二月の第四回山梨県下川柳大会には、東京からも多くの作家が参加したが、黎明吟社の一人として出席した私が、どうした間違いか一位になり、一四歳六カ月で優勝経歴の第一歩を印すことになった。

赤ちゃんは引き受けました旗を振り

こんな句が、天位になっている。

ジュニアなどという甘えが許されなかった当時、私のような少年が大人社会に何とかついていけたのも、戦時という異常状況下では、句作の対象が極端に限定され、通や粋といった世界も、大人だけが待つ知識も効力を発揮し得ず、ひたすら国家の方向という一点だけに絞られていたからであろう。視界が極限された中では、年齢差もはたらきを持たない。さらには、脂の乗り切った中堅作家が、この時期、ほとんど戦場に在ったことである。

私が初めて選をさせられたのもこの年で、月は忘れたが、浅草・雷中会館で行われた雷吟社（長谷佳宝主宰）の席題「龍宮」（空想吟）だったと記憶している。

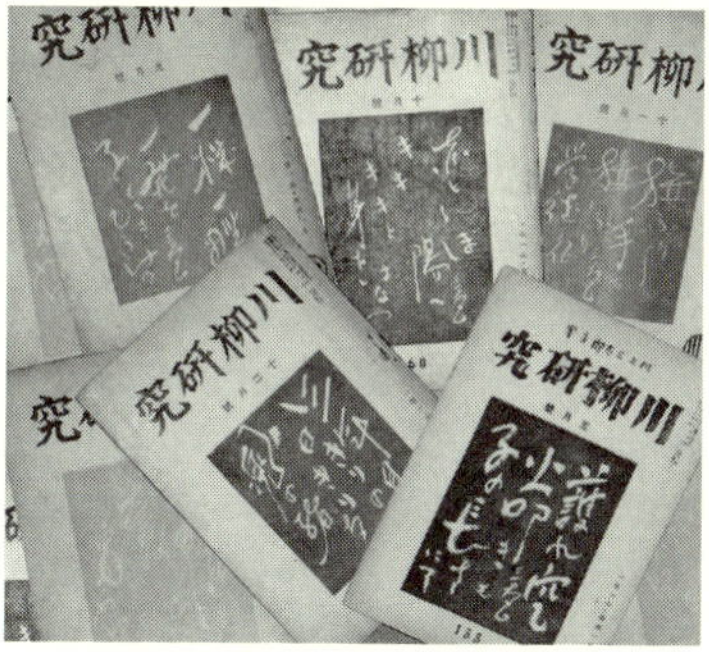

すでに、中年の壮健者まで戦場に駆り出され、国内に残っていたのは、兵役のない老人か中学までの未成年者だけというのは川柳界も同じ状態で、この夜の出席者も選句ばかりか集句全部が記憶できるほど少数だった。

一九年四月に二五周年記念句会を催した東京の中心きやり吟社の、同じ年の一二月句会が、あたかも夜間空襲の翌日とあって、出席者わずか一七名、投句者五名というさびしさであったことが、当時の東京川柳界を象徴していよう。

そして、この頃の句会のありさまを「巻脚絆の膝に鉄兜を置いての句作」であったと、当時の「川柳きやり」は記している。

この年一一月、長老阪井久良伎が、陸軍省から「部外功労者」として表彰されたことは、あまり話題になっていないが、記しておく必要があろう。

昭和二〇年は、戦局いよいよ悪化、東京はもうほしいままに空爆にさらされ、川柳界もほとんど空白に近かった。東京にただ一誌残された「川柳研究」も、すでになかった。空襲の合間を縫って句会はポツポツとあったが、三月一〇日の夜間大空襲では、初代川柳の菩提寺、天台宗龍宝寺が被災、「木枯」の句碑も焼失、また川柳研究社句会の顔として親しまれた相生笑菊ほかの川柳人が焼夷弾の犠牲になった。

翌四月三日には、川柳中興の阪井久良伎が市川真間の寓居で七六歳の生涯を閉じた。

私は中学四年となり、学業より勤労動員に明け暮れており、日曜日だけは母と妹の疎開先青梅に帰っていた。

だから、その間の東京川柳界がどうなっていたか、全く記憶に残っていないが、終戦の詔勅は、勤労動員先の職場で聞いた。その場から解散になり、真昼の陽が照りつける青梅の畑道を帰る途中、呟くともなく呟いていた。

焼け土に蝶もわたしも生きてあり

それから九カ月後の昭和二一年新春、きやり吟社新年句会（一月三日、神田連雀町「すみだ」）には、父とともに出席、村田周魚選「雪の東京」で秀逸を得た。

鈴本ときめる小雪も初春のもの

これが、私の戦後への第一歩だった。（六〇年目の一二月八日記）

〔「川柳公論」１７０号（二〇〇六・七）〕

②戦後—焼け跡から五年間の歩み

第二次大戦後六〇年、川柳は質量ともにかつて例を見ない繁栄を謳歌しているが、敗戦という史上未曾有の絶望の淵から、この小さな文芸がどんな経緯で立ち直り、どんな足取りで今日へ向かって歩みつづけたか、東京川柳界の戦後五年間に限って、大ざっぱだが同時代史として、記憶をたどってみることにした。

廃墟の中の川柳忌【昭和二一年】

あのおぞましい連夜の警戒警報、空襲警報、そして焼夷弾の雨から解放された六〇年前の東京、一面の焼け野原と化した中で、終戦翌年の九月には、戦後第一回の川柳忌が行われている。

例年の会場であった初代川柳の菩提寺、浅草・三筋町（現台東区蔵前四丁目）の天台宗龍宝寺が、昭和二〇年三月一〇日の東京大空襲によって焼亡したため、その本寺にあたる上野山内、東叡山寛永寺で挙行されたこの日が、在京川柳人戦後初の顔合わせであった。

といっても、昭和一九年から二〇年前半にかけても、東京のどこかでは句会が行われていたから、お互いの無事を喜び合うといった深刻な風景は見られなかった。宇都宮に疎開中の前田雀郎も顔を見せ、私事ながらこの時から私は雀郎門の片隅を汚すことになった。旧制高校一年、一八歳で、川柳に接して満四年ほど経ていた。

この時点で、東京には公式の川柳誌はなかった。一九年の雑誌統廃合で、東京に一誌だけ残された「川柳研究」誌は、主宰川上三太郎の離京ですでに無く、老舗きやり吟社の村田周魚が、「社内報」として出し続けたA５判六ページの活版刷りを残すのみだった。

市販川柳誌「川柳祭」

この川柳きやり吟社が、全国唯一の戦中無休刊誌として、同年誌齢三〇〇号を数えている。一〇月には「川柳研究」も復刊したほか、高木震が「草詩」（二月）を、石原吐月峰が「川柳群」（一〇月）を復活。新たに生まれた川柳誌としては、「川柳文芸」（五月）「都踊」（六月）「川柳界」（七月）「日傘」（一〇月）「桔梗」（一〇月）などだが、特筆しなければならないのは、この年一一月に、川柳界の外で一般向きに創刊された「川柳祭」だろう。

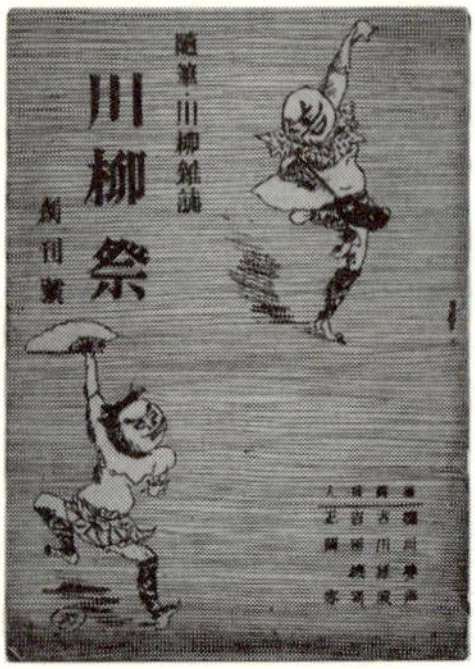

市販川柳誌第１号
「川柳祭」創刊号

同人は久良伎門の作家正岡容、これも久良伎晩年に薫陶を受けた市川市の鴻之台病院長・吉田機司、それに芸界の徳川夢声、映画俳優の古川緑波を加えた四人。発行所は市川市の川柳祭社で、随筆と川柳の月刊誌として市販された。獅子文六や宮田重雄、村松梢風、小泉迂外などが寄稿、一般からは社会風刺の投句を募集した。

敗戦直後の不朽の作とされる

浅草で浅草を聞く焼け野原　　幸一

は、川柳界からの参加である。

だが、同人の多忙と、折からの用紙不足などが重なり、満三年間に二七冊を発行して終刊となった。

「川柳復興大会」【昭和二二年】

戦後東京の川柳界で、まさに画期的ともいうべき「川柳復興大会」が、日本橋人形町の末広亭で開催されたのは、二二年三月二三日であった。

主催は、前年八月に結成された東都川柳長屋連。

長屋連は、東京下町在住の粋人、通人をもって鳴るベテラン作家が寄って、前年八月に初寄合(発足)、一二名の店子と二人の隠居により、趣味に徹しようというグループで、この日に合わせて「ながや」第一号を発行している東京の有力メンバー。

当日の出席者は二一七名。この中には三太郎、雀郎、周魚はもちろん、旧満州国大連から引き揚げたばかりの石原青龍（刀）や、静岡の古老・榎田竹林、前年『亜人句集』を出した山口の吉川亜人、『川柳百人一首』の宮尾しげを、落語家の桂文楽、鹿連会の最右翼・桂右女助（のちの三舛家小勝）などの顔も見えている。

課題は二〇題、これが本当の意味で戦後東京川柳人の総結集となったが、東京でも二百名以上を集めた大会はそれから久しく無かった。

この年五月、東京を代表する主要作家によって川柳人クラブ（初代会長・西島〇丸）が設立され、東京川柳界の公式行事に当たり、京浜交流の基を築く春秋の京浜川柳大会や、年中行事としての川柳忌、花久忌などを定着させた。現在の川柳人協会の前身である。

一方、一一月には、革新的な川柳を目指す中堅、少壮作家の集団である日本川柳作家連盟（日川連）が発足、啓蒙的な会報（昭和二五年から「日本川柳」）を発行し、東京川柳界は二極化の様相を呈しつつ新しい勢力図へ向かって動き出す。

また、石原青龍（刀）が愛知・犬山の「すげ笠」誌上に投した〈川柳非詩論〉を発火点に、東西で論争が盛んになったが、この時期の川柳誌にはそれを充分にフォローする紙幅がなかった。

川柳誌の統廃合以来、休止状態にあった戦前・戦中の機関誌が吟社の復活とともに再刊、句会の数もしだいに増えていった。

なお、この年九月に龍宝寺が再建された。

吟社復活相次ぐ【昭和二三年】

昭和一三年の鶴彬事件以来、活動停止の状態にあった柳樽寺川柳会が復活、「川柳人」を再刊（八月）したのをはじめ、前田雀郎の丹雀会、昭和一八年に結成後、幹事が次々に兵役となって自然休会を余儀なくされていた柳乃芽青年作家聯盟など、休止中の吟社、句会の復活が相次ぎ、その間に新吟社・新機関誌も誕生している。

三月に十四世川柳を襲名した根岸みだ六の東京川柳社から「川柳」（六月）、清水米花の川柳思潮社から「川柳思潮」、また都踊吟社が新たに白帆吟社（山本卓三太）として「川柳白帆」を創刊（四月）、小規模だが好作家を揃えた川柳かつしかグループ（堀口祐助）も、ハガキ判の「川柳かつしか」を遅滞なく発行している。

明治大学商学部に在籍中の昭和一八年四月、柳乃芽青年作家聯盟を結成して幹事長となった岡田千万騎は、同年一二月、第一次学徒出陣で海兵団へ入隊、二〇年九月海軍大尉に任官して復員したが、「柳乃芽」復刊のこの年九月一五日、勤務先で急逝。二六歳だった。

安定のきぎし【昭和二四年】

戦後もやや落ち着きを取り戻し、東京川柳界にも復旧のゆとりが見え始めた。その一例として、恒例の七福神めぐりの復活が挙げられる。

明けて二四年正月、七草の朝、向島三囲神社裏鳥居前に集合した顔触れは、肝煎りの大野琴窓、小川雨後亭のほか、村田周魚、西島〇丸、渡辺桃太郎、竹田花川洞、鈴木一吉、堀口祐助、加藤辰巳、相良佛、牧四方、深山二呂三（カメラ）、大木笛我、品川陣居、尾藤三柳（三笠遅参）の一五名（写真）。戦災を免れた古寺社七カ所を巡って、〈言間団子〉階上で打ち上げ、これが戦後の初行事となった。

この年、きやり吟社は三〇周年（四月）、丹若会は一〇周年（一〇月）をそれぞれ迎えた。

話題としては、英国の文学者で学習院ほかの教授を務めたR・H・ブライス博士の英文『SENRYU』

戦後第1回の向島七福神めぐり

が刊行され、同時に一一月九日付の《朝日新聞》へ、日本人への一言として「俳句と川柳を学べ」が掲載されたことだ。

川柳国際化の糸口がかすかに見えてきた。

他方、巷に吹き荒れる左翼旋風の中で人民川柳社が発足（五月）、イデオロギー川柳もまた復活した。

九月には、川柳人クラブ主宰で、初の剣花坊忌が開催され、中興の祖を偲んだ。

戦中から浅草の東本願寺で句合を開いていた藤光会が東京番傘川柳会と改組（三月）、また講談社系の雑誌に川柳マンガを提供する〈絵になる川柳〉の川柳文芸普及会（藤田小次郎主宰）の結成（七月）、第二次柳友会の発足（九月）もこの年である。

時事川柳元年【昭和二五年】

読売新聞東京本社版の第一面に川上三太郎選の《よみうり時事川柳》が登場するのは四月一日。これが、その後の時事川柳隆盛の端緒となった。

時事川柳を、当代の第一人者が選に当たったこと、大新聞のフロント（政治面）に、しかも連日掲載されるという画期的企画は、それまでの川柳界の常識を破るものとして目を瞠らせたが、以後、時事川柳だけをめざす作家が増加、一つのジャンルを形成していく。

東京の川柳人クラブと横浜の川柳懇話会が共催で春秋二回（春・横浜、秋・東京）開催されることになった交流企画「京浜川柳大会」の第一回が、横浜市内もみじ山の紅葉閣でスタートしたのが、六月二五日（以後は四月二九日）、この日の夕刊で、北朝鮮軍が三八度線を突破、韓国領内へ進攻したこと（朝鮮動乱）を知る。

この大会は、以後半世紀にわたり東京、横浜両川柳界にとってよき刺激となり、戦後作品のいちじるしい向上に寄与した。

岩波文庫の戦後改訂版『誹風柳多留』①（山沢英雄校訂）、『世界の諷刺詩川柳』（R・H・ブライス、吉田機司共著）出る。

＊

「木枯」句碑三建まで【昭和二六年～三〇年】

爾後三〇年まで、社会はまだ不安定だったが、朝鮮動乱の特需景気などによる経済力の回復とともに、東京川柳界は生まれるべき吟社も出揃って、三太郎、周魚、雀郎の三巨頭を中心に、戦後第一期の隆盛期に向かう。

昭和二〇年三月の東京大空襲で破損したままだった龍宝寺の初代川柳句碑が、それから一〇年を経た昭和三〇年九月、全国川柳人有志の浄財で三建され、二建目と同じ久良伎筆の遺詠「木枯」が再び蘇ったこと。なお、このとき同寺境内に川柳会館が併設され、現在も集会などに使われている。

この時点で、東京に川柳の原点であるメッカが戻ってきたのである。

三建直後の〈木枯の句碑〉
（昭和 30 年 9 月）

以上はおおむね拙著『川柳総合事典』（昭和五九年初版・雄山閣出版）と記憶によったものだが、こまかい点であるいは思い違いや誤りがあるかもしれない。名ばかり同時代史とはいっても、茫々六〇年前のことどもである。

思えば永きにわたって川柳を続けてきたものだが、いまさら感慨に耽るほど感傷的でもない。殊に最近は眼が弱くなって、読むのも書くのもかなり難儀である。手許のメモを整理するだけで何冊分かにはなるが、その時間があるかどうか、あまり自信はない。

〔「川柳公論」１６６号（二〇〇五・九）〕

アメリカ川柳の開花

――森脇女史の「あめりか川柳」に触発されて――

一昨年、広島の森脇幽香里さんからいただいた私家版『あめりか川柳』で、シアトルの「北米川柳」が八五周年を迎えて、全米大会を催したことを知った。

森脇さんは、いまや決して盛んとはいえないアメリカ本土の川柳界と、なお交流、指導を続けている数少ない作家で、一九八八年（昭和六三年）に『あめりか川柳』の第一集を出している。

それにしても、「北米川柳」の八五周年というのはすごい。日本国内でも、これより古くから現在に継承されているのは、明治四二年の関西川柳社に始まる番傘本社と、「川柳」（明治三八年）から「大正川柳」→「川柳人」と断続されてきた柳樽寺川柳会の二社だけである。

アメリカ本土に、川柳の芽が移植されたのは、一九一〇年（明治四三）、ワシントン州ヤキマ市に数人のグループ「蛙鳴会」が生まれたのを始まりとする。

これが一九三〇年（昭和五）、本多華坊（のち華芳）によって、シアトル市に「北米川柳互選会」として再発足、アメリカ川柳の中心となった。

こんな逸話もある。一九四一年一二月七日（現地時間）といえば、早朝、日本軍のパールハーバー奇襲によって日米が第二次大戦に突入した開戦の日だが、この日はたまたま北米互選会の月例句会で、夕刻七時から日光楼という店に日本人が集まっていたが、誰もまだ非常事態を知らなかった。会食が終わって、これから句会を始めようとした時、突然アメリカ憲兵が入ってきて、川柳作家の一人、安武雀喜を勾引していった。参会者は、この時はじめて日米開戦を知ったという。

安武雀喜は、大戦後シアトルからシカゴに移り、一九四七年（昭和二二）、清水迷舟、崎村白津らと鹿子（志加子）吟社の創設に参加している。

＊

在米川柳人は、雀喜が勾引された翌四二年（昭和一七）の四月末から五月一七日までに、全員が全米一〇カ所の収容所に入れられたが、四年間の収容所生活の中でも、川柳の灯は消えなかった。

特に、カリフォルニアのマンザナ収容所では、ハーバード大学教授の森田玉兎を選者として、マンザナ吟社を創設、毎週句会を開いていた。四四年（昭和一九）には『森田玉兎句集』も刊行されている。

マンザナも住めば都の風となり　玉兎

また、ツールレーキでは、上野鈍突（アメリカ川柳界三元老の一人）から山本竹冷へと三年間、七〇余名の会員を擁し、四四年（昭和一九）五月、やはり収容所内でツールレーキ吟社を結成、支給される洋紙にコンニャク版で、三〇～七二ページの機関誌「筏」（月刊）を創刊した。同じ年には、上野鈍突の還暦記念句会を、収容所内で行っている。三元老の一人、本多華芳は四二年（昭和一七）五月二日、ハート山収容所で病死、翌年三月二八日には、村岡鬼堂がビャロップ収容所で、終戦を待たずに没した。

日本人収容所あるところに川柳会ありといわれたのが誇張でないことは、終戦で各地の収容所から出所したとき、全米の日本人川柳家は二〇〇名に達していた（昭和二一年現在）ことでも分かる。

＊

収容所での川柳会を単位として、各地で一斉に吟社やグループが発足もしくは再興されるのは、四六～四七年（昭和二一～二二）、つまり終戦と同時である。

おもなものを挙げると、

北米川柳社（シアトル）　市川土偶

素市吟社　（スポーケン）　上野鈍突
桑湾吟社　（サンフランシスコ）
鹿子吟社　（シカゴ）　安武雀喜
つばめ吟社　（ロサンゼルス）　清水其蜩
オンタリオ吟社　（オンタリオ）
桜府吟社　（サクラメント）　上野鈍突
セコヤ吟社　（サンノゼ）
遊堂吟社　（ソルトレイク）　森田玉兎

すこし遅れて、四八年には川柳万発端吟社（ニューヨーク）、タコマ吟社（ワシントン）、ソーン吟社（カリフォルニア）またハワイ、マウイ島にウイロー吟社が誕生した。ハワイには、このあと五一年に馬哇川柳吟社、カウアイ川柳吟社が相次いで発足している。

また、戦前からの各地吟社も相次いで復活した。

これに加えて《ユタ新報》、《羅府新報》、《新日米》、《北米毎日》などの邦字新聞が川柳欄を掲載し始めた。

以後、昭和二〇年代から三〇年代にかけて、アメリカ川柳は黄金期を迎えるが、その反面、個々の作家の高齢化は、いかんともなす術がなかった。

一九四九年（昭和二四）一月の在米作家（一世）の平均年齢は六〇歳、それから二年後の五一年（昭和二六）には、作家が増えた分だけ平均年齢が上がって、六六歳になっているのは皮肉である。
この五一年には、シアトルの大立者・市川土偶と、「川柳志か子」の編集者であったシカゴの小田中曲水が亡くなっている。
義理欠いて達者ならばと思う日々　　土偶
五年前に北米川柳社を再興した市川土偶の最後の作品（辞世ともいわれる）である。
＊

用紙がなく、印刷所が焼け、また雑誌の統廃合などで、逼塞状態にあった日本内地の川柳界に比べると、アメリカ収容所内の川柳は、むしろ優雅なものであった。用紙をはじめ筆記用具など、必要なものはすべて支給されたというから、憂さ晴らしもかねて川柳が盛んになったのであろう。一九四〇年（昭和一五）時点で、一〇社ぐらいに過ぎなかった吟社やグループが、戦後百花斉放の趣を見せたこともうなずける。
この時代の在米作家の作品をいくつか挙げておこう。

四十年居て通訳が要る移民　48　仁熊　烏城
山裾の町は聖歌に暮れて明け　48　森田　玉兎
独立祭祖国の空も星条旗　48　小田中曲水
統制が解けて目に立つ牛の貨車　48　斎藤　一流

勤めの身時に就寝強ひられる　48　上野　鈍突
やや癒えて日光浴をうとんずる　49　市川　土偶
日本ショー絵看板だけ見て通り　51　清水　其蜩
母なりき職を求めて生きんとす　51　米山美津子
（数字は作品年度＝西暦）

米山はシアトル在住の数寡ない女流の一人。
そして、四九年（昭二四）五月二九日、シアトルに建立された本多華芳の句碑の一句。

生きてよし死ねばさばさば世話はなし

＊

それから半世紀余、いまに海のかなたで川柳が続けられていることはうれしい。
川柳公論のハワイ吟行で、日・布親善句会を催したのが一九八三年三月だから、もう二五年も経ってしまったが、あのときホノルルの天台宗別院に駆けつけてくれたマウイの作家たちは、まだ健在だろうか。そんなことがしきりに思われる今日この頃である。
幽香里さんの『あめりか川柳』に触発されて、古いメモを掻き回し、あまり役には立ちそうもないアメリカ川柳界の一側面を抜き出してみた。

〔「川柳公論」１２９号（一九九八・五）〕

2 作家編

第一回「可有忌」に因み

『柳多留』編纂者の比類ない業績

さる五月三日の憲法記念日を期して、初代川柳の菩提寺・天台龍宝寺において、川柳人協会主催による第一回「可有忌」が催された。

呉陵軒可有の位牌

『誹風柳多留』の編・著者、呉陵軒可有（号・木綿）が、「雲晴れて誠の空や蝉の声」の辞世を遺して、江戸・下谷に没したのは、天明七年五月二九日（太陽暦一七六七年七月一四日）、その祥月の五月三日を毎年の行事日と定めた。今年は没後二三五年で、二三六回忌に当たる。天明八年（一七八八）七月二八

第一回可有忌にて。左から脇屋川柳、尾藤三柳、竹本瓢太郎、佐藤美文ほかの各氏。

日に開かれた一周忌の「呉陵軒木綿追善会」以後、二世紀余を隔てて実現した追善の催しである。菩提寺が不詳のため、最も因みのある川柳寺を供養の場とし、新たに調製された位牌（写真）は、同寺に預けられることになった。

これで、川柳の原点となった点者・初代川柳の「川柳忌」、『誹風柳多留』の版元であり、川柳風のスポンサーでもあった花屋久治郎二代の「花久忌」、同書の企画・編纂者である呉陵軒木綿の「可有忌」と、川柳史上に三位一体をなす三恩人の忌日が、川柳界の恒例行事として出揃ったことになり、この意義は何よりも深い。

当日は、さわやかな好天に恵まれ、参集する作家は東京を中心に、関東周辺から八七名。第一回としては、まずまずの盛会で、龍宝寺本堂は膝が触れ合うほど。

まず、当寺住職釋氏による位牌の入魂と読経に続いて参加者一人一人による焼香が行われた。引き続いて記念行事は、竹本瓢太郎川柳人協会会長、今川乱魚全日本川柳協会副理事長の挨拶に始まり、尾藤三柳の講話「呉陵軒可有の業績」がほぼ一時間、最後に宿題の披講があって、有意義に閉会した。

さて、呉陵軒可有については、これまで語られることが寡なかった。研究的側面から書かれたものとしては、尾藤三柳著『川柳二〇〇年の実像』（雄山閣刊、平成元年）中の「《柳多留》編者・呉陵軒の文芸観」が、ほとんど唯一のものである。古川柳学者の間でも、呉陵軒は閑暇に付されているのが、これまでの実情だった。

初めての「可有忌」を機に、呉陵軒の歴史的な業績について、その概要だけでも知ってもらおうという企図が今回の講話の内容で、その骨子と参考資料を二枚のコピーにして配布したが、以下にあらましを再録したい。

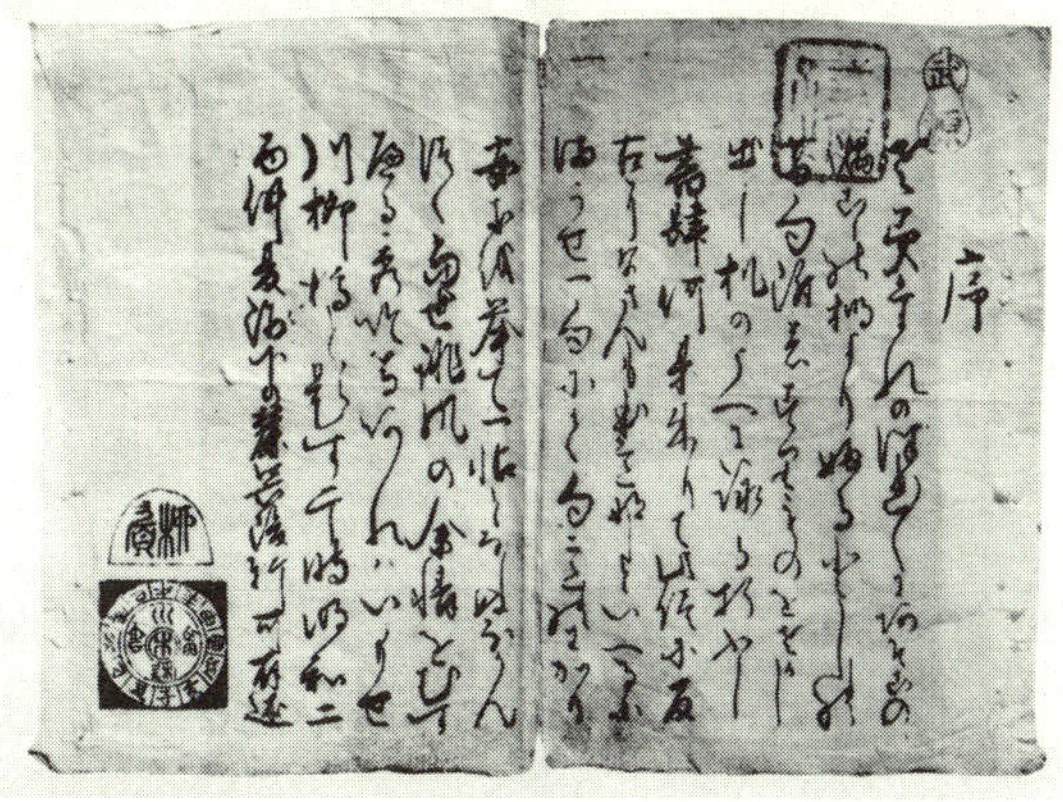

『誹風柳多留』初編（明和２年５月、上野山下竹町２丁目花屋久治郎）の序。発刊の経緯、趣旨を記し、「浅下の麓呉陵軒可有述」と署名。川柳の原典。

呉陵軒可有の業績

1．『誹風柳多留』の企画・編集

版元・花屋久治郎（星運堂）とのタイアップにより、初代川柳評の暦摺りを底本にした単行本化（公刊化）を実現、川柳を形あるものとして後世に残した業績を、まず第一に挙げなければならない。それまで作者だけに配られていた暦摺りが、一般読者を対象にして公刊化されたことによって、この文芸が人口に膾炙していった。

右の企画の発意については、『柳多留』初篇の序文（参考写真版）に明らかにされている。

初篇は、明和二年（一七六五）五月刊行。序一丁、本文四二丁で、七五六句が収録されているが、これは初代川柳が宗匠立机して万句合を開始した宝暦七年（一七五七）から同一三年に到る六年間の勝句（入選句）約九二〇〇句の約八パーセントに当たる。

初代川柳の平均入選率を仮に約三パーセントとして、その中の八パーセントといえば、総句高（応募総数）の〇・二四パーセント。したがって初篇は、五百句に一句強という選び抜かれた珠玉ということができる。名句の宝庫といわれるのもむべなるかなである。

『柳多留』の実現によって、その原典ともいうべき初代川柳評万句合の人気が急速に高まり、初篇刊行のわずか二年後、明和四年の年間総句高は一三万六六一五員に及んだ。一〇日ごとに締め切った一回の開キ（入選発表）にも、判明分だけで二万句を越すこと三

三柳の講話「呉陵軒可有の業績」。龍宝寺本堂にて

回、一万句以上が七四回を記録している。

　前句附の附句が「川柳」の名をもって呼ばれる因となったのも、点者川柳の名を一気に高からしめたこの『柳多留』刊行が引き金になっている。極言すれば、呉陵軒の存在なくして、川柳という文芸名が、今に残ってきたかどうか、これははなはだ疑わしい。

2．独立単句への志向
―収録句の手直し―

『誹風柳多留』のユニークさは、初篇の序にも見えているように、前句・附句がセットになった前句附から前句を省き、「一句にて句意のわかり安きを挙（げ）」て、附句を独立句として扱ったことである。これは、先行する江戸座の『誹諧武玉川』に範を取ったものだが、「今の前句は題にくったくせず」（五篇）とか「前句にかゝわらず」（一六篇）と序文にも繰り返されているように、この前句依存からの脱却が、現在につながる十七音独立への契機となった意義は、川柳の根幹をなすものとして特筆されなければならない。

しかも、一句の独立性補完のため、川柳評万句合の暦摺りから『柳多留』へ撰録するに際して、原句を手直ししていることである。

この原句訂正には、幾つかに類別されるパターンがあり、くわしくは拙著『川柳二〇〇年の実像』をご一読いただければ幸せだが、一例だけを挙げれば、

原句　**先生と呼ゝで灰ふきすてに遣り**　（宝暦12）

修正　**先生と呼ゝで灰ふき捨てさせる**　（初篇）

連用形留めを終止形に改めて一句の直立性を求めるもので、この類にも、「なり（也）留め」「体言留め」などのバリエーションがある。

3．文芸観の確立　―「一章に問答」―

一句独立の基本的な理念となったのが「問答の構造」で、それまでは前句との問答であった附句を独立させるためには、問と答を一句の中に取り込み、二段構成として首尾完結させる―呉陵軒自身の言葉を借りれば「一章に問答」ということである。

この場合、問と答はイコールで結ばれるような予定調和ではなく、その間にアイロニ

ーが働かなければならない、これは前句と附句の場合と同じである。問いに対して、意表を衝いたり、矛盾を感じさせるような答ほどおもしろく、発想から構成の間に機知やウイットが要求される。それが「穿ち」であり、その向こうに物ごとの真実が見えてくるのが上質の問答である。

たとえば、

かんざしもさか手に持《テ》ばおそろしい　（二篇）

はよく知られた句だが、これは、

「簪というものは？」（問）

「恐ろしいもの」（答）

という、意表を衝いた問答の二段構成をとり、その間に「逆手に持てば」という状況を設定したアイロニカルな発想から成り立っている。

このアイロニー論こそ呉陵軒の文芸理念で、これに沿って選択された句々の集積によって、『柳多留』は特徴づけられた。いわれるところの「川柳性」とはこれを指しており、万句合の山をなす原句の中から、呉陵軒が取り出したエキスである。『柳多留』が刊行されて初めて顕在化された「川柳性」とは、だから『柳多留』の本性であり、ひとえに呉陵軒の手になるものであった。

前項と合わせて、ここでも呉陵軒がなかったら、独立単句としての川柳が、二百数十年の歴史を経て今日に伝えられてきたかどうか、これもまた疑わしい。

4．実作者としての手腕　—門下の指導・育成—

初代川柳評の高番に与えられる木綿一反を常にさらっていくことから「木綿」が渾名となり、またそのたびに「ご了見、ご了見」と連衆に詫びるところから「ご了見の翁」と呼ばれ、それを別号にしたという逸話だけでも、呉陵軒がいかにこの道の達人であったかがが分かろう。

もともとの水禽舎縁江という号は、『柳多留』では、篆印（一一篇　参考図版）としてしか用いられていない。

呉陵軒がこの道の先達として、よき指導者であったことは、『柳多留』二篇に見える「景物歌仙」などによる作者・連衆（初代川柳評への投稿者）に対する指針や、門人の数と顔ぶれなどが証明している。

初代川柳評の有力な取次であった桜木連の本拠、山下薩秀堂（東叡山下仲町）の主人「桜木」をはじめ、二代花屋久治郎の「菅裏」、老練の緑枝、井賀など下谷周辺の手取りが門下に名を連ねている。

『柳多留』収録句の原句修正などが、はばかりなくできたという地位も能力も、その実力を知るに充分であり、初代川柳との関係も点者と一投句者という間柄ではなかったことが推察できる。

5. 川柳風における求心力とバックアップ

作者としての呉陵軒の活躍は、三五年から四〇年に及ぶと推定されるが、この間『柳多留』編者としては初篇（明和二年）から二二篇（天明八年）まで二四年間、終始川柳派作家群の中心となり、初代川柳の点業をバックアップした。

暦摺りだけでは分からない作者の表徳が、六篇では桜木、近江、初瀬の各連に属する三五人、八篇では組連を記さず五〇人（うち一四人重出）が紹介され、旧連古参の存在が初めて明らかにされた。これは、世に知られることの殆どない作者たちへの励ましであり、呉陵軒らしい行き届いた読者サービスの一端でもあろう。

『柳多留』の人気は、とりもなおさず初代川柳評の人気に反映し、万句合の句高増加につながる。両者一体の別会や奉納句合、春季角力句合などが、出版元や点者の増収となる。特に、天明二年三月二日開巻の「別会桜題万句合」は、「桜木」（取次・薩秀堂）と「木綿」（呉陵軒）が催主となり、総句高六一六〇員を集めている。

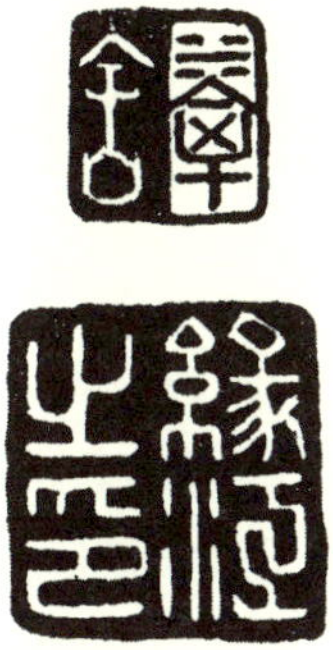

呉陵軒可有の印
㊤「水禽舎」
㊦「縁江之印」
呉陵軒木綿以前の号と推定され『繁栄往来』にも用いられている。

また、初代川柳夫人とされる女柳（天明二年二月一七日没）の追善句合（同年三月二七日開キ）では、催主の清江・一口に加えて、木綿（呉陵軒）が「補助」を務めている。いわば、催主の差し添えで、この両者および女柳と呉陵軒との間には、特別な関係が推測されるが、ここでは触れない。

この句合は総句高二二八二員を集め、番勝句一五四員が二二篇に収められているが、その作者の顔ぶれには当時を代表する表徳が並ぶ。これも、呉陵軒の影響力のしからしめるところだろう。

初代川柳に先立つこと三年四カ月、呉陵軒は世を去るが、その年の一月まで句を見せている『柳多留』二二篇の序に、

「花のあしたより月の最中雪の夕べまで言のはくさのつきせぬたねの功なるゑらみを書キ写してとし〳〵やなぎたると題するも此道のなかたちともなり好士考士のむつましきをねがふ事　呉陵軒述」

とあるのが最後の言葉で、その真意を如実に汲み取ることができる。

好士（作者・連衆）と考士（点者・初代川柳）の「なかだち」に徹し切って、一派の隆盛を導き、その道ひとすじに献身した呉陵軒の思いが、短い行間ににじみ出ているが、この二二篇が世に出る前に、筆者は逝った。

呉陵軒可有の著述
『繁栄往来』
花屋久治郎版

『柳多留』を続刊した二四年の間、ひたすら川柳派のために力を尽くし、他をかえりみなかった呉陵軒については、したがって、傍証となるべき

外側の資料というものが無い。『柳多留』と同じ花屋の刊行になる呉陵軒著『繁栄往来』（安永六年五月）などの小冊も、呉陵軒を知る手がかりは何も残していない。
しかし、川柳を江戸文学の一角に位置づけ、伝統文芸として現在に伝わる基をひらいた『柳多留』の編・著者としての呉陵軒の存在感は大きく重く、かつ燦然と輝いている。

初代川柳評 **〈木綿勝句抄〉** 三柳選

羽のある言い訳ほどはあひる飛ぶ　七
漆臭くない道具は二度目也　九
市に寄りいよいよ罪が重くなり　一〇
琴の音も止んで格子でわるい咳　一〇
角田川二十二三の子をたずね　一一
元船で大の男の針仕事　一一
七草に遣り手も長い爪を取り　一一
二人とも帯をしやれと大屋いい　一一
佃への壱番舟は米屋なり　一一
番頭は女の抜け荷ばかり買い　一一
おらが大屋は小人と儒者はいい　一一
長刀を外して来たと木薬屋　一一

吹き抜きで堀へこられた義理でなし　一二
戸を立てる前三夕の払い物　一四
赤味噌にこげが浮いてて呑める也　一四
惣名代として婆ァ蕎麦の礼　一四
女のすごさ蟹の足がありがり　一七
五十づらさげて笑いに出る女　一七
座頭の声で物申がありますよ　筥二
腰元に出はぐり豊の字を貰い　筥二
蛍雪の明りで通うひと盛り　筥二
御免駕内で見られぬ文を見る　筥二
袴づとめが帰るよと堀でいい　筥二
大文字と蛇の目途中でさし換える　筥二
八重売りをしたと遣手を浅黄にし　筥二
振袖も男の方は高くつき　筥二
寝てかえと下戸雑物を持ってくる　筥二
聞きかじったか物干しで涼み也　筥二
高利がと思し召すなと座頭貸し　筥四
大若衆西を十六枚くれな　筥四

閻魔の口に迷子札ぶら下がり　筥四
片道は舟さと遣手江戸へ出る　筥四
どらが文御持仏の灯で母は読み　筥四
紙代六文やたら出す暮れの文　一八
一本立ちのもみじへは連れがなし　一八
薬湯に人おどかしの刀架け　一八
総泉寺までかえと猪牙大儀そう　一八
沓冠だと唐木屋は安くつけ　一九
簾が降りてと若党駕籠へいい　一九
御亭さんはまた江戸へかと腰を懸け　二一

辞世　雲晴れて誠の空や蝉の声（複製）

【原句の表記は漢字・仮名を適度に入れ換え、読み易い表記に改めた―　三柳】
〔「川柳公論」150号（二〇〇二・七）〕

誹風柳多留における呉陵軒可有の印と署名

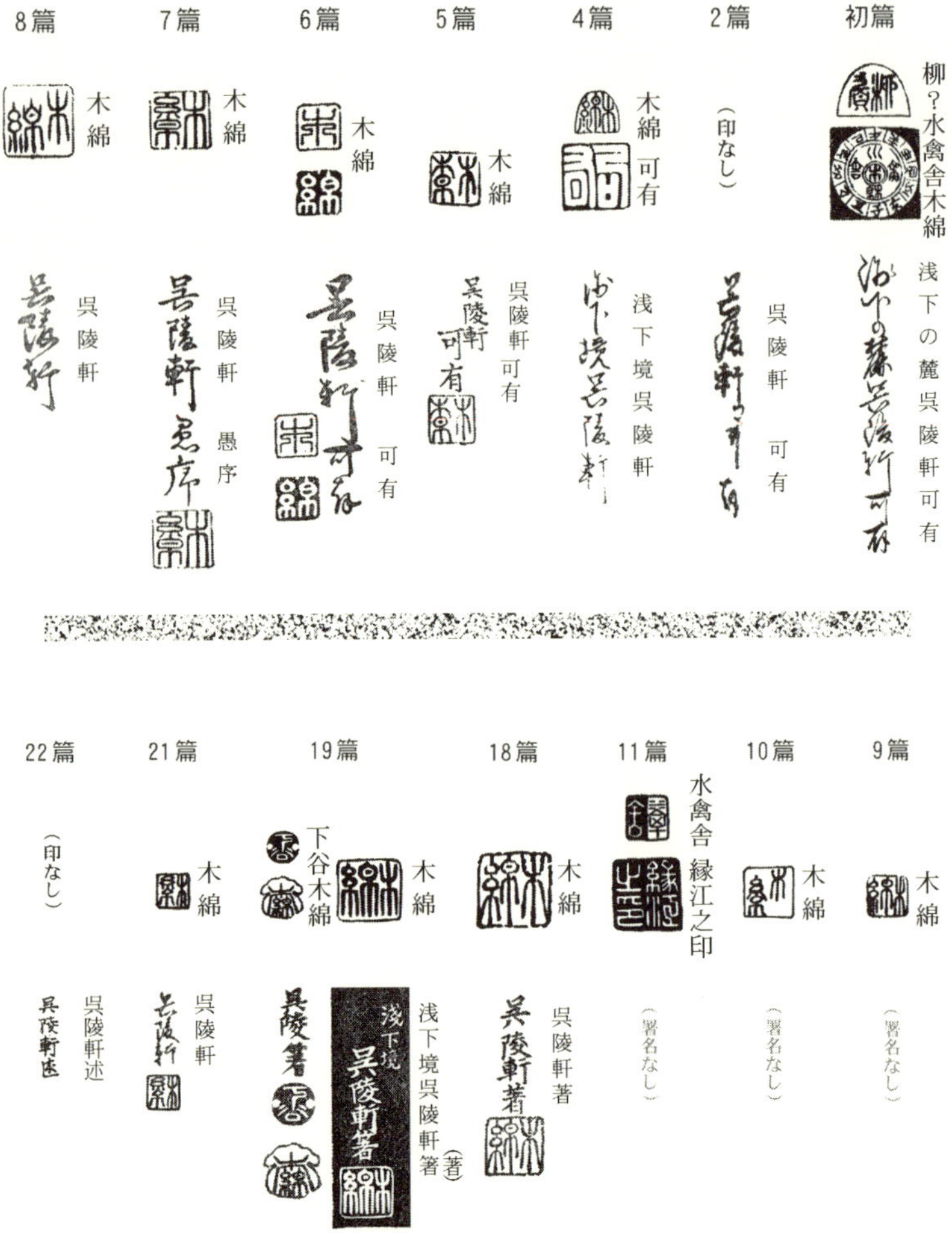

作者としての花屋二代

―― 菅裏と菅子の作品から ――

① 菅　裏

作者として「菅裏《すがうら》」の名が登場するのは、文化二年の桃井庵和笛追善句合（柳多留三一）からだが、編者としては、それより九年前の寛政八年、柳多留二六篇の序文に「星運堂菅裏」として見えている。

この二代目花屋久治郎が、書肆の家督を継いだのは、安永二年、柳多留の篇数では九編以後と推定されるが、この頃すでに、呉陵軒可有の薫陶を受けていたであろうことは、二九篇序の「古呉陵軒のぬし」云々という口調で察することができる。

柳多留板行の共同出資者でもあった上野山下の薩秀堂（板木師・取次の桜木庵）の主人・桜木も柳多留の彫工・啄梓《たくじ》も呉陵軒門下の連衆であったことから類推しても、俳名・

雪成の菅裏が前句附を呉陵軒に学んだとしても不思議はなかろう。

その菅裏が実作者となったのは、初代川柳の継承者桃井庵和笛の没後と思われる。川柳長逝の後、和笛によって何とか繋いでいた川柳風は、和笛の死に際会して最大の危機に直面した。享和の三年間は柳多留も中絶、この間わずかに麹町の初音連（鳥連・窓梅を中心）や下谷の旧連、また文日堂礫川の折句連を主体とする小グループが川柳風を拠りどころに月次を催している程度に過ぎなかつた。

とこうして文化二年六月一日、和笛没後はじめて「惣連衆」が会して、浅草新寺町の西光寺に桃井庵和笛追善句合が行われた。

余談になるが、おもしろいのは、この浄土宗京都知恩院末西光寺の位置が、花屋の菩提寺、禅宗曹洞派南昌山東岳寺と道一つ隔てて隣り合っていることである。東岳寺は昭和三六年、足立区伊興町の別院に移され、現在そこで「花久忌」が催されているが、

境内の花久碑㊧と花久忌当日の東岳寺（足立区伊興町）

西光寺は西浅草一丁目に現存している。

さて、右の総連衆によって立てられた評者が、麹町の主評を務める窓梅と小石川の総帥文日堂礫川で、下谷を代表すべき二世川柳はまだ襲名以前だった。

窓梅・礫川の両評（二人選）による番勝句はそれぞれ七二吟、この窓梅評に三句、菅裏の名がはじめて現われるのが柳多留三一篇である。

盗人は酒屋もち屋に借りが出来

げじげじについあさつてと紺屋言い

変生男子女だに土左衛門

第一句は、『伊勢物語』を下に敷いた詠史句。「盗人」とは在五中将業平のことで、その業平が二条の后をかどわかして都落ちの道中、着のみ着のままで路銀もないから、行く先々で男は酒屋、女は餅屋にそれぞれ借りが出来たろうという穿ち。初代川柳評に採られた凡百の同材句と比べても出色である。

第二句は、「紺屋のあさって」を利かせただけ。ゲジゲジをつかまえて、ふつうなら「おととい来い」とでもいうべきところを、口癖になっているから、つい「あさって」といってしまったという低俗な穿ち。

第三句の「変生男児」は「へんし（じ）ょうなんし」で、「法華経・提婆達多本」の女子が男子に生まれ変わる説話から、水死者が女子でも「土左衛門」と呼ぶのは仏の功徳による成仏か、とまぜっかえしたもの。

以後、勝句を見せているのは文化一二年の六七篇まで一一年間である。文化九年の五九篇以後は、句も序文も「菅裡」と署名を変え、さらに一四年秋、「菅籬」と一字改名したが、柳多留は七〇篇までを編集して、翌一五年（文政元年）五月五日、不帰の人となった。

短命な娘はみんな下駄に成り（三四）

封切ると小ばん百両のびをする（三四）

これは、和笛追善と同じ文化二年中の句。

第一句は、嫁入り用の箪笥を作るために、誕生とともに植えた桐の木が、娘の早逝で無用になり、むなしく下駄材として売られてしまうという、半ばナゾ的な言い回し。

第二句はスケールの大きい句で、菅裏の特徴の一つ。特に座五の擬人法が巧みで、初篇の「百両をほどけば人をしさらせる」の風景と対照的。

文化三年、二代川柳立机記念の独選十会（三五篇）に六句を見せ、以後は特別の会を除いてもっぱら下谷の句筵で作句を続けている。

舌二枚晴れて遣ふは通辞なり（三九）

「通辞」は、現在の通訳を兼ねて長崎で貿易事務などに携わった江戸幕府の役人。オランダ通辞にせよ、唐通辞にせよ、二枚の舌がなければ勤まらない。稼業がら知識が豊富で、題材が新しい。

臍ねらひ雷およびむすこなり　（四一）

これは、文化五年中忍ヶ丘の小林亭で開巻された当座題（即席題）「息子」（二世川柳評）の勝句。句会席題早期のものとしてここに挿んだが、句としては、臍と臍くり、雷と息子を対にしただけの平凡な発想。

面白さあぐらをかいて土手をかけ　（四四）

松諸共によくどしいばばァ出る　（四四）

ころされた袷さし身に化けて出る　（四六）

さしやうを指南して貸す破れ傘　（五一）

第一句は、菅裏らしい大らかな句。吉原通いの急ぎ駕籠で、「あぐらをかいて」土手八丁を駆けるというのが、いかにもいい。「面白さ」が目一杯利いている。

第二句。これも廓の風景。「松」は松の位の太夫、「ばばア」は「遣手」。「よくどしい」は江戸語「欲疾しい」で抜け目のないこと。この客は、よほどのお大尽だろう。

第三句。「ころす」は質に入れることの隠語。冬物の袷を質草にするのは初夏、折りしも初がつおの季節。この刺身を誰よりも早く食するのが江戸っ子の見栄。「殺す」の縁語で「化けて出る」が気の利いた言い方。

第四句。捨ててもいいようなのを貸し傘に。よくある風景だが、中七がユーモラス。このあたりが、脂の乗ったところ。

「菅裡」となって三年目、文化一二年三月一〇日に行われた文日堂礫川在世追福会で残した次の三句が、柳多留所載最後の句となった。

たつ沢を心なき身の馬子に聞き　（六七）

目出たさや年忌に逆朱色上ゲし　（六七）

北方のぼさつおつとめ三分経ゥ　（六七）

第一句。有名な西行の歌「心無き身にもあはれは知られけり鴫立沢の秋の夕暮れ」（新古今集）の文句取り。

第二句。逆修の戒名に入れた朱を、年忌ごとに色上げするという、文日堂の生前追福を祝った句。

第三句。仏教には「法華三部経」「大日三部経」「浄土三部経」などがあるが、これは西方浄土ならぬ北方の楽土（吉原）のぼさつ（遊女）のおつとめ（勤行）だから、「三部経」ならぬ「三分経」（三分は遊女の揚げ代）だろうという洒落。

以上、例句も少ないが、菅裏は、当時の柳多留作者の水準から見て、決して多作家ではなかった。また、故事に材を採った詠史句を好み、ナゾ句的晦渋を楽しむ傾向もあった。トータルとして文章は巧みだが、作者としては中位以上を出なかった印象を受ける。

②菅子

菅子は、文政元年書肆星運堂を相続、三代目花屋久治郎と同時に、芙蓉山人雪成の俳号も三代を襲いでいる。

文政二年、柳多留七二篇にはじめて序をしるし、同四年五月一八日、眠亭賤丸（四世川柳）を催主とする五霊追善会（二世川柳、有幸、雨夕、玉章、菅裏）の相評者に名を連ねている。

才気渙発で、また派手好みの性格と推測され、文政七年、四世川柳の名びらき（襲名）大会を手がけて以後、同六年、四世川柳俳風狂句碑建立（向島・木母寺に現存）末広大会、また天保三年には、川柳・狂句史上最大の大会とされる成田山不動明王奉納狂句合などをはなやかに主催している。

文政期の後半が、花屋としても菅子としても最盛期であったようだ。菅子は、父親菅裏とは反対に、作者としても精力的で、多作家でもあった。文政八年の九一篇巻末に、「菅子独吟」として一一句を並べているのは、編集者の埋め草とみなしても、かなりの自信家であったことが窺える。

四日目に明き樽を売る李太白　（八一）

李白は一日に「酒一斗詩百編」—四日目には四斗樽が一つ空く計算になる。

取組のやうに張出す呉服店　（八七）

呉服屋のにぎやかな張り紙を、相撲の取組びらのようだという、目の利いた見立て。

七景にあとを預けて帰る雁　（八九）

近江八景中の「堅田の落雁」—春になると北へ帰らなくてはならない雁、秋が来なければ八景に数えられないかなしさ。中七が気が利いている。

石は生たが死目にハついあわず　（九二）

これは、名句に数えられる。盤上の石の目の活き死にに夢中になっていて、親の死に目に会えなかったという縁語仕立ての狂句だが、それだけに終わっていない。

菅子は、菅裏とは違って狂句期に作者となったから、発想はすべて狂句である。しかし、目もしっかりと行き届いている。

湯屋の札児手がしわの今日と明日　（九二）

風呂屋の札は、表が「明日休み」、翌日には裏を返して「今日休み」—まさに「児手柏」（葉に裏表の区別がない）である。これも比喩がおもしろい。

比喩のおもしろさでは、

我内へ間者を入ㇽ朝帰り　（九二）

ふみころすやうに俵の縄を〆　（一〇六）

なども同じ。

純狂句の例を幾つか挙げると、

伊勢ものの著述にはいい古事記伝　（九六）

生花にならぬもみぢは切てすて　（一〇〇）
足もとを見て世を渡る庄之助　（一〇六）
外《ト》にでも寝をれと母は内に入れ　（一〇六）
安宅弾く芸者も洒落た茶弁慶　（一二五）

第一句は、伊勢松阪の本居宣長と、その著『古事記伝』を俗言の「伊勢乞食」に言い懸けただけ。

第二句は、仙台高尾。ついに色よい返事をせず、手活けの花にならなかった三浦屋の高尾を、隅田川の三ツ股で吊るし切りにした伊達綱宗。「もみじ」は高尾の紋。

第三句。土俵上で力士の足元を見る行司（木村庄之助）を、俗にいう「足元を見る」に通わせた。

第四句。「外」と「内」の対比。ただし、この句にはそれ以上の母性心理とでもいうべき内容がある。

第五句は、「安宅《あたか》」と「弁慶」を利かせたもの。「茶弁慶」は茶色の弁慶縞。「芸者」は男の芸人。

狂句も、垢抜けしている。

菅子にはまた、末番ねらいという癖があった。ことに末番中の大尾《たいび》には、特別景品として染め手拭が与えられたことは、七七篇の序で柳亭種彦も「一チ句大尾を〆子の兎、此頃はやりの染手ぬぐひ」と書いている。

菅子も一〇七篇の序で「…極末番の手拭壹ツねらふ敵の首でも取ツた心もち、ひっくり返ツて悦ぶものハ　いなり町組の菅子」といっているように、しきりにその種の句をつくっているが、例句は引くまでもあるまい。

さて、前記成田山大会の番勝句四〇三〇吟の柳多留掲載は、句集『芽出し柳』上下を六回に分けて、天保三年の一二二篇から掲載が始まるが、翌四年の一二三、一二四篇、原本の上巻までを刊行して花屋は突如離散、そのまま店も菅子も消息が絶えた。理由は不明だが、明和二年から六八年に及ぶ柳多留出版と花屋の歴史は、ここに終わる。

以後の柳多留は、終刊の一六七篇までを市ヶ谷御門外、奎文閣河内屋、石井佐太郎から続刊された。一二五篇以後の菅子の九句は、行方不明以後のしかも他社版に載っていることになる。

これは、皮肉なことだが、その中におもしろい句があるので、終りに引用しておこう。

扇橋さまと本所で聞いてゐる　（一二七）

本所にある扇橋と、音曲噺の大御所船遊亭扇橋を混同させたナンセンス。しかも、扇橋は狂句においても一方の雄で、真砂連の盟主。都々一坊扇歌など、芸の上でも狂句の道でも弟子が多い。この句が掲載されている一二七篇では評者もつとめている。菅子とももちろん顔馴染だから、いわば楽屋落ちといった句である。

活躍期間は、菅裏より少し長い一四年間だった。

〔「川柳公論」１５４号（二〇〇三・五）〕

大坂「川柳風」の祖

素行堂松纑について

近頃、インターネットオークションによる古書の流通が盛んになったが、この中から、天保二年（一八三〇）に刊行された『狂句梅柳』初篇を買い求めた。これが、大坂で刊行された川柳風狂句の第一号である。編者は、前年大坂に移り住んだ素行堂松纑。書名の「梅柳」は浪花津に咲くやこの花と歌われた大坂の花「梅」と、江戸の宗匠家川柳の「柳」を合わせた、意図のはっきりした命名である。

大坂（河内）は前句附の発祥地であり、江戸の川柳風登場のはるか以前から盛行、前句附の最も古い高点句集『咲や此花』が刊行されたのも、大坂である。

しかし、『誹風《け》柳多留』の出る頃から、勢いは江戸に移り、独立単句（狂句）となってからは、川柳家が宗家の地位を固めて、大坂はその下風、といって悪ければ、後進の地と見做されていた。

松鱸が大坂へ出る以前の文政七年一一月に刊行された『浪華柳多留』初篇〜四篇も、江戸の「柳多留」にならって名づけられている。「柳多留」は、この頃には普通名詞のようになっていたことがわかる。

松鱸の大坂での活動については、すでに先学本田渓花坊の詳しい考証（「三味線草」ほか）があり、今更つけ加えることもないが、もう一度おさらいしておく。

素行堂松鱸は、飛騨高山の産。坂倉氏。江戸へ出て、中橋で医業を営む。狂句を二世川柳門の尚古堂杜蝶に学ぶ。柳多留には、四世川柳立机披露の八三篇(文政六年)に初見、それから成田山奉納大会の一二五編(天保四年)まで九年間に、二四〇句の勝句を見せている。この間、九七篇（文政一〇年）に初めて評者として登場、四世川柳から判者の允可を受けた。

文政一二年、郷里の飛騨高山に帰り、この地に月並を立てて川柳風を鼓吹、翌一三年一月、『狂句柳桜』を編んでいる。この間、自作は「ヒダ高山 松鱸」として、四世への求評も怠っていない。

文政一三年（一八三〇）は一二月三〇日に天保元年となるが、それよりやや以前の晩秋から冬にかけて、松鱸は大坂に出た。はじめは近江町、のち南本町三休橋（ともに現大阪市東区のうち）に庵を結んで、一一月から月並を立て、毎回十題を課して連衆を集めた。

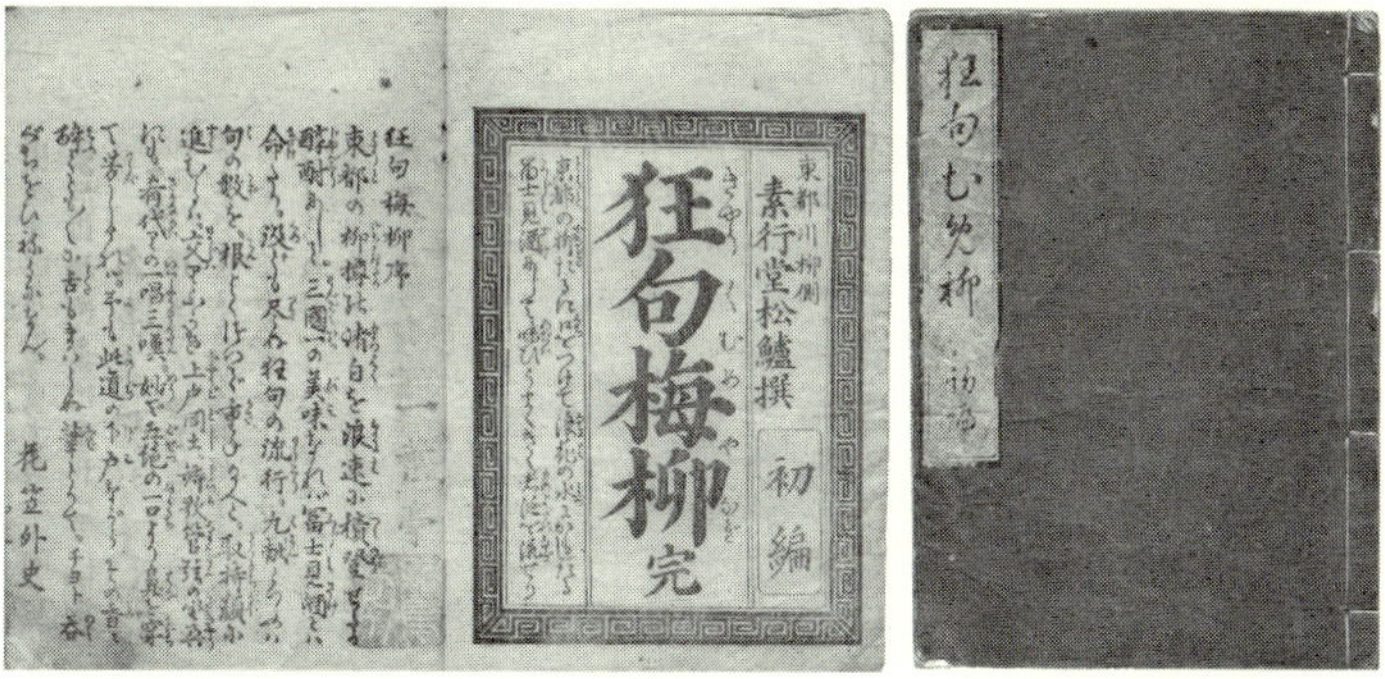

「狂句むめ柳」初編（朱雀洞文庫蔵）

その際、自己の表徳の上に「東都川柳側」を冠することを忘れなかった。江戸川柳宗家の正統を汲む狂句であることを、ことさら誇示したのである。

『狂句梅柳』初篇（題簽には『狂句むめ柳』とある）の版元は大坂心斎橋通順慶町南入の塩屋善助。内容は、第一回の一一月二日から翌天保二年四月五日開巻まで、六カ月間の月並における松鱸の選句を集めたもので、判型も江戸の『柳多留』と全く同じ体裁で、半丁（一頁）九行仕立てである。同書は以後、天保一四年まで一三年間に一二五篇が続刊された。

一方、当地在住で松鱸の門下となった南明閣玉樹、燈下園史友とは白桜社を結び、史友には《柳風の大概》、玉樹には《柳風狂句の伝来》という直筆の各一巻を、天保二年と八年とに与えている。

これは、両巻を所持する渓花坊翁が公にしたものだが、その中でとくに後者には興味を惹く記述がある。

元祖川柳から三代の系譜である。

初代　川柳 ―――― 息　二代
　　　　｜
　　　　□ ―――― 姪　三代

一般には、初代の子または孫の男子とされている三世川柳を、初代の兄弟の娘とする説である。四世の嗣号時に連衆だった松鱸が、その前の三世を知っていても不思議はない。しかも、これは柄井家三代の継承に触れたすべての説に先行する最も古い記録であり、いわば同時代の証言ともいうべきものである。もちろん、直ちには信じがたいが、直ちには捨てがたい。検討する価値のある史料ではあろう。

松鱸の川柳風鼓吹は、次のような行動にも現われている。天保八年に五世

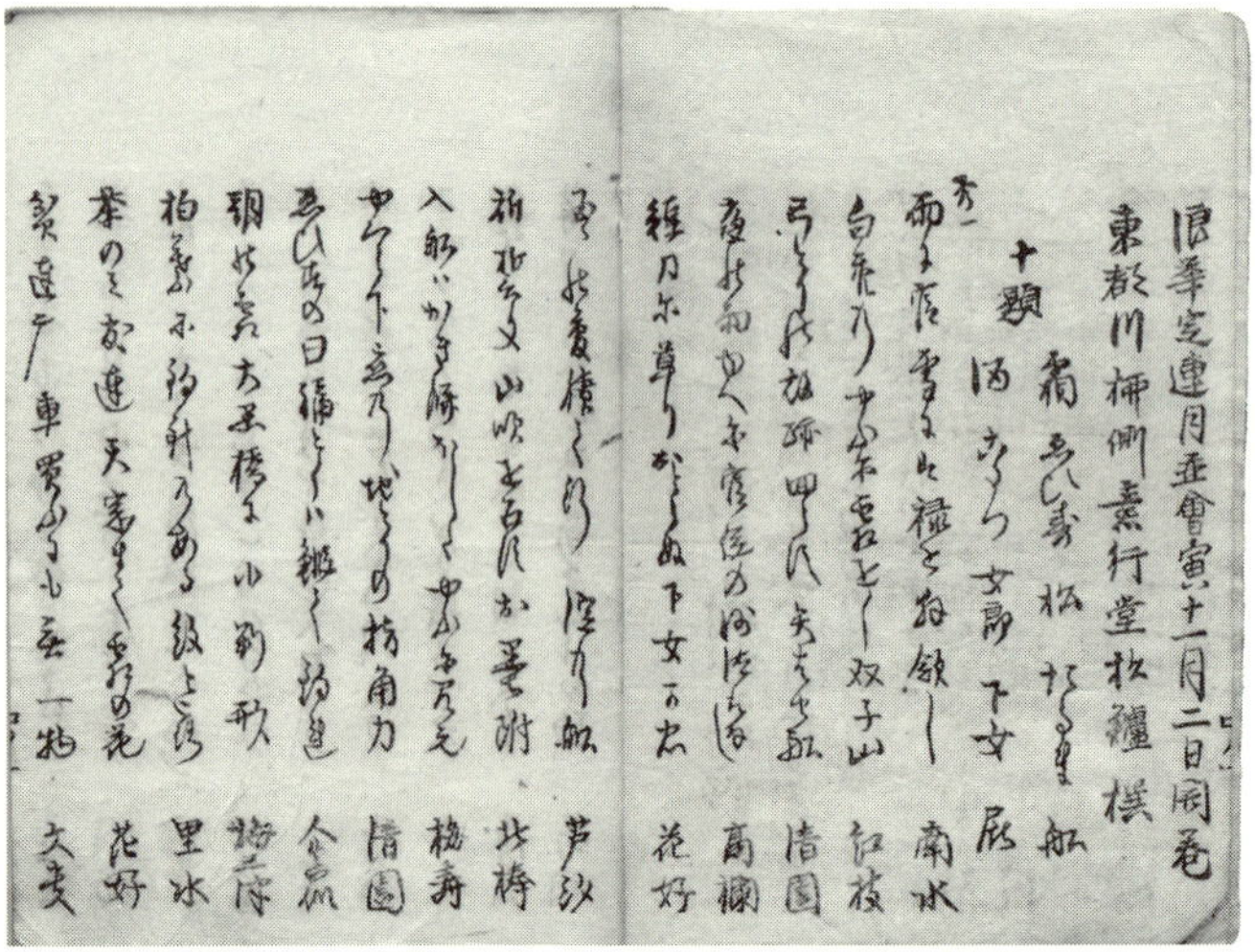
東都川柳側素行堂松鱸撰

『梅柳』第１丁。「東都川柳側素行堂松鱸撰」と見える。

「松盧翁之墓」
（北区兎我野町・圓通院）
2009年2月、存在を再確認
一泉撮影

川柳を嗣いだ佃島の御用漁師水谷金蔵（俳名・鯉斎佃）が、孝養および貧民救済・善導の功で、江戸南町奉行鳥居甲斐守忠燿から銀三枚が下された時、その褒賞の原文を版に起こして、大坂に頒布したというのである。柳風鼓吹にかける松鱸のただならぬ熱意が見て取れる。

「東都の柳樽の諸白を浪速に積登せたる醇酎にして、三国一の美味なれば富士見酒とは命たり」という『梅柳』初篇の序（花笠外史）、また、安政二年第二世素行堂を嗣いだ松斎の「柳の芽を移されしがはじめにて、東京の柳を梅の浪花に植付けられ」という言葉でもわかる通り、この松鱸の情熱によって、大坂の地に初めて川柳風の根が植えつけられ、急速に発展していったのである。江戸の『柳多留』初篇から大坂の『梅柳』初篇まで、六六年の時の差が横たわっている。

大坂に定住して二三年、嘉永六年（一八五三）一一月二六日、松鱸は長逝した。

それ爰が憚りと消《け》る雪達磨

は、その辞世である。墓所は、大阪市北区天満西寺町の円通院に現存する。

翌嘉永七年（安政元年）の小祥忌には、柳風追善会が盛大に開催されている。

その翌安政二年には、松爐亡き後の「東都川柳側」合選による月並会の入選句集である『柳風興句集』（内題『梅柳吾妻振』）初篇が、二世素行堂五手編、松川半山画によって刊行された。

この序で、第一人者となった燈下園史友は、「それ俳諧風興句といへば、大江戸柳樽の抜書、滑稽発句類題集ばかり珍重せし浪速に、今かくさかむなるは、故素行堂翁のいさほし也」と記し、江戸の宗匠五世川柳からは「文音祝章」として、

若木なを盛り見まほし梅柳

の一句が贈られている。

卯（安政二年）の正月から六月にいたる初篇の月並には、二人の選者（柳風燈下園史友と二世素行堂五手）および一三人の評者が登場して、この時代における枝葉の拡がりを想像させる。

その後、明治にいたる大坂の柳風狂句が、どんな経緯を辿ったかを知る資料が私の手許にはないが、『俳風新柳多留』『秀詠妙句　俳風新々柳多留』『満都廼可氛』（素行堂松鱸居士大祥忌追悼柳風集）など改版、改題を含めて、出版物は少なくない。

明治に入っても、『新選川柳点絵草紙』『新撰狂句・川柳五百題』などが大坂版で刊行され、また、素行堂や燈下園などの名跡も明治まで引き継がれてはいる。では、作者たちの活動はどうだったか。

試みに、祖翁一百年祭柳風狂句合『風流集』（明治一八年一一月開巻）の二万三千余句から選ばれた勝句の中に、「大坂」と肩書きした表徳は、岩橘、花鳳、朗、厚丸、山笑など数名に過ぎず、羽前や飛騨、甲州など他の地方に比べると寥々たるものである。

宗家を中心に全国的な組織も固まり、柳風会狂句の最盛期と目される六世〜七世川柳の時代にも、大坂狂句界には目立った動きはなかったように思われる。

新川柳勃興後も、東京では九世川柳を宗家とする旧派柳風会が勢力を保っていた一方、大阪では、四二年二月大阪柳風社から「柳道」が創刊されたが、二号で廃刊となった。素行堂松鱸が手植えした柳も、七十余年を経た明治後期には、かつての面影を失っていたようだ。

そのぶん、大阪の新川柳が足取りも速く、歴史に拘らないユニークな近代化を定着させていったのであろう。

〔「川柳公論」161号（二〇〇四・九）〕

都々一坊扇歌の狂句

――天才的な「言葉あそび」の名手――

都々一坊扇歌といえば、いうまでもなく「どどいつ」の元祖である。天保七年の『東都噺者師弟系図』には、「どど一元祖うかれ節」と見えている。

どどいつには、音曲系と詞章系（「情歌」「街歌」などと呼ばれる創作どどいつ）の二つの流れがあり、この両つながら扇歌を祖としている。そのいずれにおいても端倪すべからざる偉才の持ち主であった扇歌が、一方では卓れた狂句作者であったことは、あまり知られていない。

扇歌は、常陸国久慈郡佐竹村磯部（茨城県常陸太田市磯部）に生まれ、二十歳前後から、按摩を兼ねた門付をしながら奥州路を放浪、文政末年、江戸の土を踏んだ。

江戸では、音曲噺の祖といわれる初代船遊亭扇橋の門人となり、坊主頭に被布といういでたちと、その多芸ぶりで人気を高めていった。持ち芸は、トッチリトン、大津絵節、新内、浮世連ぶし、三味線の曲弾き、せりふ・おとし咄入りよしこの、即席三題、浮世噺、落し咄、なぞ解き（「なぞ坊主」などとも呼ばれた）、横笛など多彩で、「都々一節」はその代表芸であった。

天保二年（二八歳）の七月下旬には名古屋に巡業して、大いに評判を取っているが、この年の五月から、「都々一」の表徳で、『柳多留』に登場する。

＊

四世川柳およびその師文日堂礫川を頂点とする天保狂句の最盛期、宝玉庵三箱を盟主に芸人仲間を中心にした最大グループ「真砂連」には、船遊亭扇橋をはじめ、のちに二代目を継ぐ入船扇蔵、春遊亭花山、月光亭芝丸、清流舎芝川、萬交亭独歩、赤山舎通渋、九十六庵百成、廣流舎栄川、草露庵通蟻、漣亭海魚、物愚斎百々爺、紫楼松蔭、風柳亭通雅、千歳亭松露、大玄堂近賀、林宝舎角丸、和合舎通古などがひしめいていたが、扇歌も同じ連衆の一人として、めきめき頭角を現わした。

その初見が、天保二年五月六日開キの布引会である。評者は四世川柳で、勝句は一句。

おまんまをはりはりで喰う按摩取　都々一　（別篇下）

典型的な縁語構成で、「はりはり」は切干し大根だが、それを表の意味にして、同音で肩の「張り張り」と、按摩の「鍼鍼」が掛けてあるという手の込んだ趣向。

扇歌の句は、これを初見に、天保九年六月二日の「扇橋居士追善会」まで、八年間の二八会に八七句の勝句が『柳多留』に収録されている。年齢的には三十代、芸も句も伸び盛りだったろう。

ちなみに、勝句の内訳は、天保二年、三年が各一句、四年、五年が各一一句、六年の二三句が最も多く、以下、七年七句、八年一一句、最後の九年が二二句となっている。

用いられた表徳は、都ゞ一、都々一、ドゞ一坊、都ゞ一坊、都々一坊、扇歌、扇哥、都々一坊扇歌、都々一坊扇哥の九種類だが、必ずしも意識的に使い分けたとも思われない。版下筆耕者の恣意とも取れる。

＊

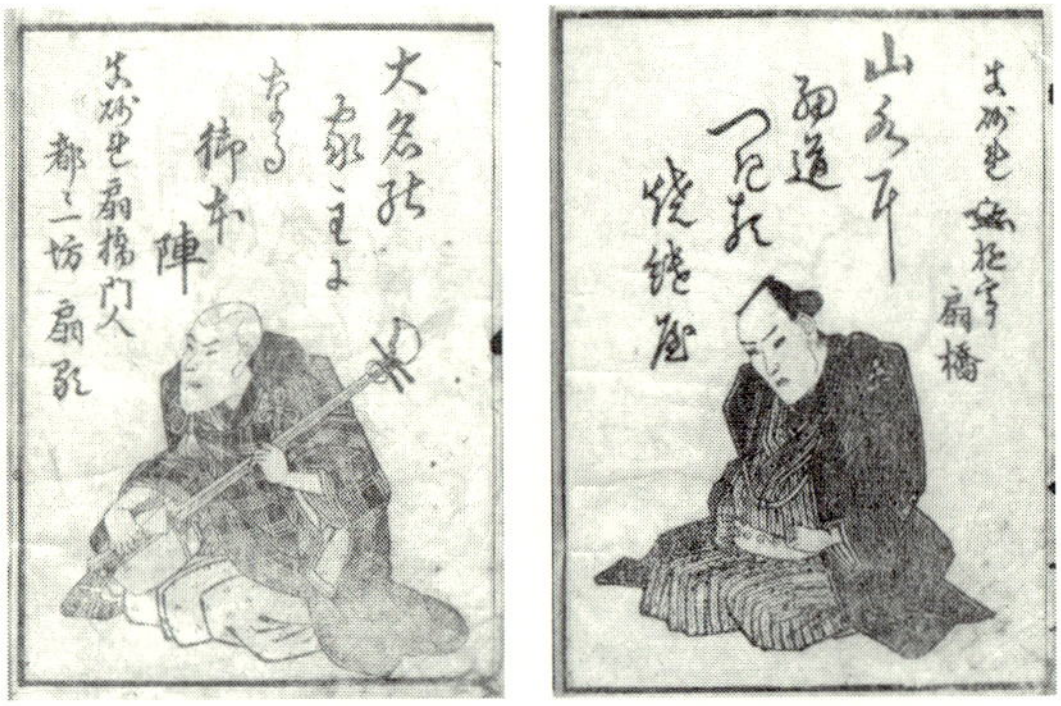

『川柳百人一首』（天保5）より
㊨船遊亭扇橋（4番）と㊧都々一坊扇歌（6番）

図版は、天保五年に刊行された『川柳百人一首』（宝玉庵三筥編、四世川柳撰、歌川国直画、山崎屋清七版）から船遊亭扇橋（掲載順4）と都々一坊扇歌（同6）師弟の肖像を掲げたものだが、このうち扇歌の句、

大名の家主になる御本陣　（一三五篇）

は、天保四年一一月一九日開ｷ櫨庵月並句会での四世川柳評、「家・本」の二字結びである。

この句はいわば正統派で、「大名の家主」という機知的な見立てのおもしろさである。

【註】「二字結び」というのは、季題に「結字」を併せて出題し、既成句との重なりを避けた俳諧のしばり（拘束）から出て、現在でもおこなわれている雑俳の「文字結び」（字結び）の一種。『柳多留』では「言込」とか「結題」として、漢字二字を出題して機知的に読み込ませる「二字結び」がもっぱら行われた。これも類句とマンネリからの逃げ道として考え出されたものだろう。

「謎解き」や「即席三題」など、扇歌が高座で発揮する当意即妙の機知と、狂句の意表を衝く発想の妙とは表裏をなしている。したがって、二字結びのようなヒネリのかかった課題に、特に才気を見せる。

◇「駄・雨」川柳評　櫨庵常会（天保四・一一・二八）

寺の傘豆腐屋の下駄雨知らず

「寺の傘」は京都知恩院、左甚五郎の忘れ傘、「豆腐屋の下駄」は、奥州の大守伊達綱宗が、振舞い水の礼として豆腐屋に与えたという伽羅の下駄。

◇同　　千之評

雨もなくふり付けられた伽羅の下駄

これも伊達綱宗が吉原の三浦屋高尾に通い詰めた伽羅の下駄。「ふり付け」は「降りつけ」と「振りつけ」の両義にかかる。

◇「間・笑」千之・川柳評　同（同）

笑ひ上戸が悔ミとハ間がわるし

◇「葉・太」麹丸・川柳評　同（同）

松葉屋の太夫緑リの成り上がり

「松葉屋」は吉原の大見世。その「松葉」と「緑」（禿＝廓の童女＝に多い名）の縁語仕立てで、「成り上がり」が眼目。

◇「夜・中」川柳評（天保八年正月二三日）

中橋の実母深夜に起される

「実母」は、産前産後の妙薬「実母散」。江戸・中橋の木谷藤兵衛が本舗。真夜中の産気。謎句に属する。

◇「光・板」川柳評（同）

俎板で光リをみがく男達《おとこだて》

俗にいう「俎の長兵衛」―芝居『幡随長兵衛精進俎板』（初代桜田治助作、享和三年八月、江戸中村座上演）を利かせた。

＊

句に註を付けなければならないのはいささか白けるが、しばり（字結び）のない扇歌の句は、さらに奔放である。

以下に、その一部を挙げてみる。

鳩胸と猫背茶杓の裏表　（天保五・四・二五　桜木会）

なんとも奇抜な見立て。

気に入らぬ客もあらうに柳橋　（同五・一〇・二八　江戸川）

「気に入らぬ風もあらうに柳かな」の「風」→「客」、「柳」→「柳橋」のパロディ。

我に口なければバ壁に耳ハなし　（同五・一二・八　大柳）

やや教訓臭はあるが…。

おつとせい転バぬ先の薬なり　（同六・二・七　和歌暮里）

「おっとせい」は老人の強壮剤。膃肭臍は一夫多妻。

蝙蝠が店たてを食ふ橋ぶしん　(同)

橋の下の住居を追われる蝙蝠。「店だて」が妙。

大下馬のあたり諸侯の衣紋坂　(同六・二・二八　真砂)

「大下馬」は江戸城の入口、「衣紋坂」は吉原への入口。

飛車道を突ッ切るやうに堀へ付《つけ》　(同六・三・二七　大柳)

「堀」は山谷堀、吉原通いの猪牙船。隅田川から一直線。将棋盤に見立てた比喩が絶妙。

梅も過ギ桜も過て松の魚　(同六・六・二〇　御田八幡奉額)

「松の魚」は初松魚。松竹梅の勢揃い。

松が岡やさしい声で鬼ハ外　(同七・一二・一五　風柳庵)

「松が岡」は駆け込み寺、北鎌倉の東慶寺。

入婿ハ小糠交りの愚痴をいゝ　(同)

「小糠三合」を利かせた中七の言い回しがうまい。

鋸リの歯屎が雛の肉と成り　（同八・五・二九　衆議判会）

人形の顔はオガ屑を固めて胡粉を塗る。奇想。

石町ハ無常に遠き鐘の声　（同九・六・二　扇橋居士追善）

江戸日本橋石町の「時の鐘」は、寺にも花にも無縁。

徳久利と聞バおつとは無イと言　（同）

「とっくり」と「夫」の語呂合わせ。調子の面白さ。

＊

扇歌の句が見られるのは『柳多留』では一三二篇から一六六篇（『柳多留』の終篇は一六七篇）まで、その間最後の会となった「扇橋居士追善会」で評者をつとめているのは、師の縁につながることからだろう。

　これ以前、芸人としては第一人者となり、門人も抱えて、どどいつ節は民衆唄として江戸市民の間に浸透していった。だが、人気絶頂を迎えたところで天保の改革に際会、江戸での音曲稼業がままならず、一時は京、大坂で興行を続けていたが、天保一四年、老中水野忠邦が失脚、翌弘化元年に寄席営業勝手御免となって、同二年、江戸へ戻った。

　この頃には、狂句も四世川柳から五世川柳に代が移り、天保の改革に迎合するかたちで、《柳風式法》などが明文化され、新しい時代に入っていた。

扇歌は、天保の改革末期の世情を諷して、こんなどどいつを作っている。

そろ〳〵と女髪結櫛そうじ　張替にやる稽古三味線

扇歌の反骨精神のようなものが窺われる。

また、『柳多留』以外で、扇歌の狂句として知られるものに、

上は金　下は杭無し吾妻橋

というのがある。

《土佐日記》の歌から吾妻（嬬）橋とも呼ばれた大川橋は、安永三年一〇月、古くからの竹町の渡しに代わって架橋されたが、武士以外は二文ずつの渡し賃を取られた。金がなければ橋の上は通れないが、下の渡し場も杭が無くなって廃止されているということか。

＊

嘉永五年没というが、享年には諸説がある。

なお、扇歌については、明治三六年一月の《風俗画報》二六二号所載の「都々一節」をはじめ、今泉哲太郎『どゝ一坊扇歌のはなし』（昭和九年）、木村毅『小説・都々一坊扇歌』（昭和二二年）、今泉義文『初代都々一坊扇歌のこと』（昭和三九年）、石川淳『諸

国崎人伝』（昭和四一年）、高橋武子『都々一坊扇歌の生涯』（昭和五四年）、柳生四郎編『都々一坊扇歌』（昭和六一年）、西沢爽『日本近代歌謡史』（平成三年）などがあるが、どの書にも年代の比定などに微妙な誤差のあることが、狂句の実作年代と引き比べる過程で判明した。

一例だけを挙げれば、西沢爽氏の大著『日本近代歌謡史』では、扇歌の師・初代船遊亭扇橋を文政一二年四月没（典拠不明）としているが、実際には、天保五年四月二四日開キの桜木会への出句があり、同年刊の『川柳百人一首』にも現存者として掲載されている。

また、これも同書に「入船扇蔵」として入集している二代目船遊亭扇橋が、襲名後にその名を見せるのは、天保六年六月二〇日の御田八幡奉額会からである。これらを勘案すると、扇橋の没年は天保五年の三～四月以降ということになり、西沢説とは五年のずれが出てくる。

右に挙げた扇歌の狂句は、句のおもしろさもさることながら、その周辺の歴史史料としても、これまでの類推による諸説を覆すに足る、ちいさな一級資料といえるだろう。

〔「川柳公論」１４６号（二〇〇一・九）〕

藤波楽斎と「川柳概論」

明治新川柳にも、主役がいれば、脇役がいる。阪井久良伎、井上剣花坊を主役とすれば、岡田三面子、窪田而笑子は準主役であり、田能村朴山人、市村駄六、藤波楽斎などは脇役、さらに関口文象、金子金比古、近藤飴ン坊、高木角恋坊などはさしあたり青年幹部というところだろう。

これら主役、準主役、脇役、青年幹部らの力があって、川柳は近代化され、今日がある。

ここでは、そのうちの藤波楽斎を取り上げてみた。

明治三七年八月の第二一巻第四号から《文庫》の川柳選者となる硯友社の一員、藤波

『新柳樽』（明治37年8月）と巻頭の「川柳概論」

楽斎は、これと時機を合わせたように、七月と八月に連続して二つの川柳書を刊行している。

一は、『類題川柳名句選』、一は『新柳樽』で、前者は江戸川柳（狂句）を、後者は明治の新川柳を類題別に編集した選句集。発行所はともに内外出版協会である。現在でいう文庫判一三〇〜一四〇ページの小冊だが、『新柳樽』は、新川柳の類題句集として最初のもので、興隆の兆しを見せ始めた新川柳にとっては時宜に適した企画といえる。

当時「新川柳」の名で呼ばれ始めたのは、もっぱら井上剣花坊の〈新題柳樽〉に象徴される新聞《日本》の一派であり、その状況について、楽斎自身つぎのように記している。

「去年七月三日、日本新聞に新題柳樽が起り、井上秋剣なる人、剣花坊と名乗って陣頭に現はれて以来、我れも我れもと川柳に志す者が多くなって、今日の盛大になったのは実に素晴しい勢ひである」

楽斎は「新派の川柳」とはいっているが、「新川柳」の語はあえて用いず、普通には「川柳」と称している。《文庫》七月号の〈文壇無用語〉に「川柳の大流行」を記したのも、ほかならぬ楽斎その人だろう。

事実、〈新題柳樽〉開設一周年の辞で、剣花坊が自信に満ちた鬨の声を挙げているように、わずか一年の間にこの欄から生まれた投稿者群は数百を数えている。

しかし、それらの作家や作品が、楽斎のいうように、「今の川柳をやる人は素養も深く、見聞も広く、詩歌の智識や英漢語二学の趣味を加へ、堂々として、旗鼓相進む次第」というのは、いささかレトリック過剰であろう。この時点では、久良伎の指摘を俟つまでもなく、選者も作者もまだ手探りの幼稚な段階を出ていない。

藤波楽斎は本名岩太郎。慶応義塾を卒業して硯友社に入り、のち《国民新聞》の記者となった文人で、秋声会の俳人としても知られる。

「文藝倶楽部」（博文館）

硯友社中では、巌谷小波（八面子）、岡田虚心（三面子）、小栗風葉などが川柳に関わりを持ち、八面子は「文藝倶楽部」の狂句選者、三面子は万句合の蒐集と研究で一家をなし、風葉は「川柳を研究して一方の選者になる」と宣言、明治三七年一月の《近事画報》に「評釈家内喜多留」を書くほど入れ込んでいた。

さて、楽斎の著書で注目したいのは、『新柳樽』の巻頭に据えられた「川柳概論」である。四〇ページを割いて展開される川柳文芸論は、この時期にあって揺るがせに出来ない内容を持っている。

著者はまず「真の川柳」と「月並狂句」とを比較する。

前者は、曲政の諷刺・事変の批評・輿論の鼓吹・人情の穿鑿・四季の詠物・滑稽なる叙事叙情を旨とし、後者は、材料の卑しき者・極端なる罵言・卑猥なる者・地口又は語呂合せの如き句・月並俳句に類する句・故人の名句を焼直したる句が、それであるという。川柳の方はともかく、狂句の方は敢えて欠点ばかりを取り上げた観があるが、見方としては大略妥当する。

また、川柳は「穿ちが生命」とする立場から、初代川柳が「平民の代表者たる町名主」であり、四代目川柳が「町奉行附同心」だったことが、一般には窺いがたい「穿ちを言ひ易い職業」であったという見解は面白いが、それに付随した累代川柳の記述などに誤った俗説をそのまま引用しているのは、この時代ではやむを得ないかもしれない。

次に、「川柳の種類」として五項目を挙げ、その各項について解説しているが、五項目とは次のようなものである。

（一）想像的川柳　（二）思考的川柳　（三）比喩的川柳
（四）文飾的川柳　（五）写生的川柳

なかんずく著者が強調しているのは、(五)の「写生」で、「この写生こそは是非同好の諸子に発達させて貰はねばならぬ」と記しており、ユニークなのは、これに「叙情の写生」という一項を加え、心理作用の写生について述べていることである。これらをもってして、藤波楽斎が「写生主義」と称される所以であろう。

この「写生」については面白い挿話がある。

楽斎の発表句に、

出来立てのコロッケがある四谷道

というのがあり、新文物の「コロッケ」を利かせた写生句とも思われるが、これに阪井久良伎が異論を唱えた。

これは、実感と仮象の区別を知らないもので、「汚穢極まる悪寒を人に抱かせて、少しも滑稽の感じで、其悪寒を打消す事が出来ぬ」ということを、久良伎が書簡で指摘したところ、楽斎からは、自分の川柳は「汚いのも清いのも皆写生主義から成立してゐるから」一向に関知しない、という返事が来た。これに対して、「写生主義といふことがマダお分りにならぬやうである」と久良伎はいう。それは馬糞を主観でコロッケに見立てただけで、これは客観の句ではなく主観の句である。「写生といふ以上には少なくも客観的でなければならぬ」とし、これも楽斎自身の、

食券を握ると紳士猿眼（『新柳樽』所載）を挙げ、

食券を握る紳士の猿眼

と添削している。

「と」があると無いとの違いだけで、明らかに前者は「理屈」の句であり、後者が「写生」の句であることが分かる。

この「写生主義」論争は、楽斎が久良伎の意見を容れる形で決着がついた。

また、楽斎は（四）の文飾的川柳を、「奇抜」「理窟」「諧謔」「無趣味」の四つに細分化し、それぞれに古川柳から例を引いているが、

冷飯はまじなふやうに茶をかける

を「理窟」に分類し、「土瓶から茶をまはしまはしかけるのが、何かまじなひでもする手つきに似ているといふ理窟の句だ」としたことについても、久良伎は、「これを理屈とした理由が分らぬ。マジナフやうという形容で、少しも理屈は含んで居らぬ」（『川柳講壇』）と評しているが、これは見立てのおもしろさで、古川柳（『柳多留拾遺』十篇）らしい目の利いた句である。

こうした小さな錯誤も随所に見られはするが、川柳をコンパクトに体系化している好エッセイである。「川柳の方では俳句の方で排斥される毒物（「穿ち」を指す）が良薬と

なって」などの気の利いた言い回しや、芭蕉の「不易流行」を敷衍して、川柳を「一時的川柳」と「永久的川柳」に分けるなど、俳人らしい一面を覗かせているのと、類題句集の部立ての最後に「時事諷刺」を加える新時代人らしい両面を併せ持っている。

この楽斎は、明治三七年一〇月、新川柳各派を横に結ぶ川柳研究会の発足二回目に、剣花坊とともに出席、積極的な交流を図っている。

剣花坊の朗々たる披講ぶりと、頂戴互選における楽斎の「頂戴！」という風格ある掛け声が、以後川柳界の名物となった。

この川柳研究会の第三回会合（同年一一月）席上、「妻の怨み」という課題の総互選で、楽斎の、

胸倉を捕るはワイフの加納流

が「満場頂戴」で喝采を受けたことが『文金集』に記されているが、これは「ワイフ」「加納流（講道館柔道）」などの新文物を取り入れた「胸倉を女房関口流に取り」（『誹風柳多留』一六篇）のパロディである。古川柳の造詣においても、他のメンバーより一歩先んじていたことが想像できる。

最後に、当時の著者自身の句のうちから佳句と思われる幾つかを掲げておこう。

京の花高蒔絵から握り飯
稲妻はかみなり様の速記文字
居残って書生配所の月を見る
競争に叩く箔屋と鼈甲屋
オルガン屋一寸君が代ひいて見る
急々如たり寛々如たり電車
踏台へランプをのせる新世帯
ニコリともせぬは楽屋の狂言師

（『新柳樽』より）

〔「川柳公論」１７３号（二〇〇七・一）〕

大阪が生んだ天才

――風雲児・小島六厘坊の五年間――

後添はたびのきらひな女なり

悶えの子血の子恋の子おかめの子

一〇代にして恐るべき早熟の作品を引っ提げ、明治の川柳壇に颯爽と登場、天才の名をほしいままにして足掛け五年、すべてを燃焼しつくし、数え年二三歳で世を去った小島六厘坊――それはまさに一刹那の火花のような生涯だった。

新聞《日本》の井上剣花坊選〈新題柳樽〉に、小島六厘坊の句が初めて現れるのは、明治三七年七月二八日（木曜日）付紙上で、まとめて八句が見えている。時に、六厘坊一八歳。

小島六厘坊

蚊がなく頃に文士も演説し
演説会三文奴が音頭とり
未亡人髪がのびると気がかはり
東亜新字子孑を見て発明し
松山を飯くふ所とロス覚え
松山の食客三杯目にも平気なり
或確かなる筋は確かでないのなり

この最初の句には、阪井久良伎の批判がある。明治三七年一一月二三日発行の『川柳久良岐点』に収録された〈川柳講壇〉の（十九）に、諏訪の《南信評論》に掲載したという一文「柳のしもと」があるが、同句（この時は《諏訪新聞》第二号に同じ句が出ていたらしい）を引用して、

是でも川柳と申すにや、コンナものが川柳ならば、世の中に川柳程楽なものはなかるベシ。浅薄の二字より評なし。子規子の「子孑の蚊になる頃や文学士」の句の難有味を感ずること深し。

とある。

因みに、六厘坊の盟友・七厘坊（のちの川上日車）は、これより一カ月遅れて、八月二九日付に初登場（八句）する。

それはさておき、以後、雪崩を打つように六厘坊作品が紙上を賑わわせ、八月一一日付には、独吟二四句が同欄を占めている。「柳樽寺開基以来出色の文字、千歳に伝はる可き者」と選者の剣花坊も手離しで賛辞を惜しまなかったが、その後やや中だるみ期間を経て三八年と年が改まる。

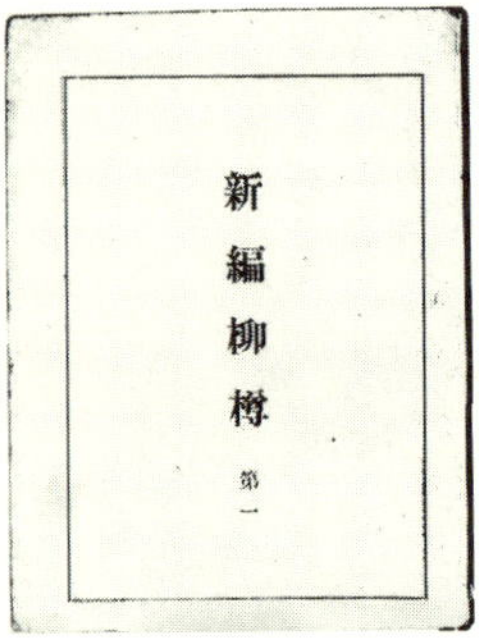

「新編柳樽」第１号
（明 38.5.20）

明治三八年春になって、剣花坊に一書があり、六厘坊が川柳の専門誌を出したいという。この時点で、川柳の専門誌というものはなかった。阪井久良伎の久

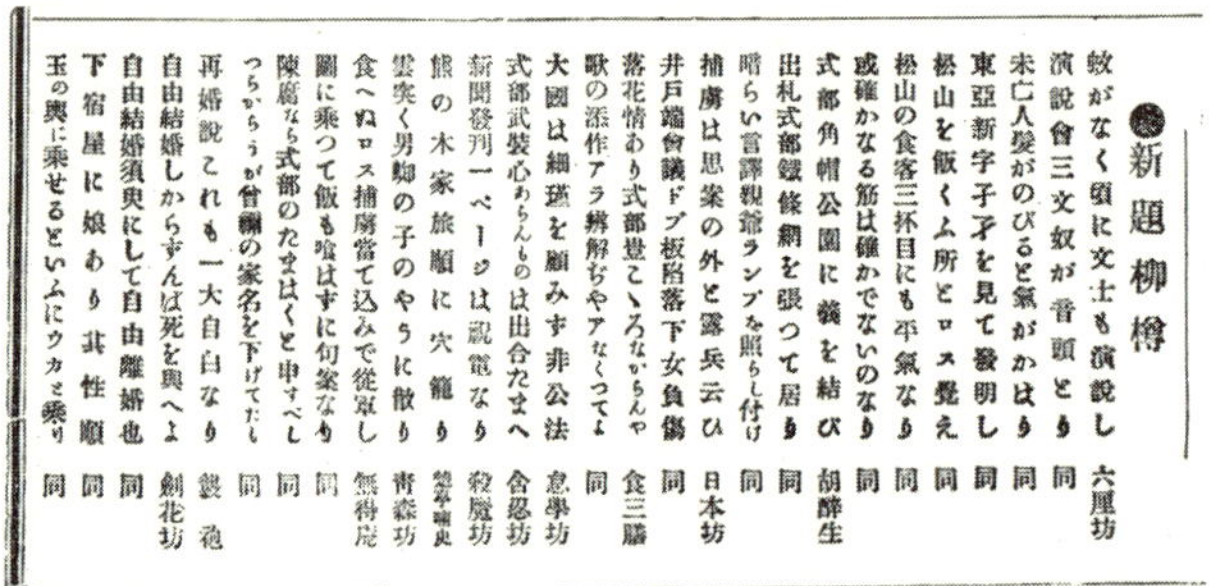
●新題柳樽

蚊がなく頃に文士も演説し　六厘坊
演説會三文奴が音頭とり　同
未亡人髪がのびると氣がかはり　同
東亞新字子孑を見て發明し　同
松山を飯くふ所とロス覺え　同
松山の食客三杯目にも平氣なり　同
或確かなる筋は確かでないのなり　同
式部角帽公園に蟻を結び　胡酔生
出札式部鐵條網を張つて居り　同
暗らい言譯親爺ランプを照らし付け　同
捕虜は思案の外と露兵云ひ　日本坊
井戸端會議ドブ板陷落下女負傷　同
落花情あり式部豈こゝろなからんや　食三膳
歌の添作アラ辨解ぢやアなくつてよ　同
大國は細瑕を顧みず非公法　息學坊
式部武裝心あらんものは出合たまへ　含忍坊
新聞發刊一ページは亂雜なり　殺魔坊
熊の木家族順に穴籠り　鶯亭嘯史
雲突く男蜘の子のやうに散り　青森坊
食へぬロス捕虜當て込みで從軍し　無得屁
圖に乘つて飯も喰はずに句案なり　同
陳腐なら式部のたまはくと申すべし　同
つらからうが曾禰の家名を下げてたもし　同
再婚説これも一大自白なり　鬚魂
自由結婚しからずんば死を與へよ　劍花坊
自由結婚須臾にして自由離婚也　同
下宿屋に娘あり其性順　同
玉の輿に乘せるといふにウカと乘り　同

六厘坊初出の新聞《日本》「新題柳樽」（明 37. 7. 28）

良岐社、《やまと新聞》（市村駄六選）の川端連で、東京においてはその機運が醸成されていたが、現実にはまだ実現していなかった。

この六厘坊の熱意に対して、剣花坊も「今や柳運興隆、まこと旭日東天の勢也」と前置きして「只だ残念なるは川柳専門の雑誌の見当らぬ事是なり」と嘆じ、「此際非常の御奮発祈る所なり」と大いに賛意を表した。

その結果、明治三八年五月二〇日を発行日として、「新編柳樽」第一巻第一号が創刊された。Ａ６判・表紙とも五四頁。奥付には発行所大阪市西区阿波座三番丁廿四、六厘社（編輯兼発行人大浦幸次郎）、印刷所大阪市西区西長堀一丁目七番屋敷、中村盛文堂（中村宗作）。定価は、郵税共金八銭となっている。

だが、結果的にこれが川柳雑誌第一号とはならなかった。同じ月の五日、東京の久良岐社から「五月鯉」、川端連の下萌社から「下毛江」がすでに産声を上げていたからである。

この五月五日には、六厘坊は第一号の編集後記を書いていた。「本号は発行を取急ぎ候為体裁に於て不整頓の所少からず、こは本社の深く謝する所に候以上」――では、その内容を見てみよう。

本文五一頁の七〇パーセント強に当たる三七頁を、剣花坊の「歴史千句」のうち百句、六厘坊の「十八史略」一三二句、同「異邦百句」で占めているが、これはすでに《日本》に掲載されたものの再録で、以下に雑吟として七厘坊一五句、ふくべ一〇句に、東京の角恋坊六句、鳥村五句が並んでいるだけ。ほかには「編輯だより」が四頁という、きわめてシンプルな内容、というより、むしろ準備号といった方がよかろう。

剣花坊の「歴史千句」と六厘坊の「十八史略」は、次号から募集する「咏史（日本）」剣花坊選と「咏史（支那）」六厘坊選の参考作品として掲載したものらしい。

第一号の奥付に「毎月一回二十日発行」とあるが、第二号の発行は一カ月おいた七月一日で、本号には「毎月一回一日発行」に変わっている。

第二号は、巻頭剣花坊選の「日本歴史」に、花類坊、ふくべ、七厘坊、よし（芳）松、松窓、十五楼、沙骨、一寸坊、六厘坊が出句。六厘坊選の「支那歴史」に七厘坊、ふくべ、沙骨、黒主、緑萋々、十五楼、雑吟に、ふくべ三〇句、七厘坊二二句、松窓二四句、桃泉坊一〇句、烏村九句、十五楼九句、芳松五句、咄哉庵四句、くわこく（かこく）三句、幽霊坊三句、沙骨三句、大仏二句。さらに「素人芝居」と題して、七厘坊一七句、一寸坊七句、六厘坊二〇句、郷左衛門二〇句、十五楼一二句、剣花坊五句、洗濱三六句、駿鉄四句、松窓七句、ふくべ六句と、これが詠吟の三本立てで、第一号には六名しか現れなかった作家名も二一名となり、ようやく川柳雑誌の体裁が整う。

巻末には批評らしきものも加わって、早くも久良伎派の「新風俗詩」ならびに久良伎個人に対する揶揄的な攻撃が始まっている。

第二号の編輯だよりで、次号から内容を拡充するから、発行日も多少遅れて「八月五日」にはなるだろうと予告した第三号の発行日は九月一〇日になっている。

この間に何があったかは推測できないが、この号から発行所ならびに事務所は大阪市西区京町堀通一丁目八三の日進社（編輯兼発行人勝田信夫）に移り、六厘社は「大阪柳樽寺」と改称している。前号投句所として発表された京都の斎藤松窓方が京都支部となり、矢野花紅方に紀伊支部も置かれた。

内容は、巻頭が「続浄瑠璃十題」二〇句松窓、「屁二十句」芳松、「八百屋みせ」一〇句日本坊、「雑題」一六句可睡坊、「詠史」八句花紅坊、「川柳忠臣蔵」（大序〜六段目）駄六・文象・飴ン坊・剣花坊・角恋坊・郷左衛門。雑吟が九名。募集吟「桃太郎」「舌切雀」剣花坊選に初めて八厘坊（のちの木村半文銭）の句が二句現れる。

附録として「文学上より見たる川柳の価値」という剣花坊の大上段のエッセイと、「詩の子を嘲る」という明星派を揶揄したと思われる日本坊の洒脱な評論があり、読みごたえある紙面を作っている。

が、このあとが少しおかしい。遅刊を重ねて三号まで出したが、今年中に一〇、一一、一二の三冊を発行することが不可能になった。本業の洋服商はこの三カ月が特に多忙で、雑誌の編集に時間が割けなくなったので、一時休んで来年の一月一日から再発足したい。ついては、誌代前納者のために。三カ月分を一冊にまとめた『新川柳』と題する句集を発行するというのである。既発表の句に新規募集の句を加えて、発行は一一月上旬、一部二二銭（郵券二銭）――これが第四号にあたり、活動は一時中断となるが、第三号で「来春一月一日から花々しく刊行を続けようと思う」といった三九年一月には再刊されなかった。

そうした中で、この年六厘坊は《大阪新報》の川柳選者になっている。数え年二〇歳、見かけは巨漢であったが、肺患があって兵役は免れたのであろう。

気ままといえば気まま、身勝手といえば身勝手な発行者ぶりだが、実働的にも財政的にも同人制度も出来ていない個人経営であってみれば、それも許されたのかもしれない。大阪市南区心斎橋筋大宝寺町北入という中心地で、当時としては最先端ともいうべき小島洋服陳列場（洋服商）を営む善右衛門（通称・善之助）こと六厘坊にしてみれば、そう川柳にばかりのめり込んではいられなかったことは想像に難くない。

それでも、約束より半年遅れて、明治三九年六月には、『葉柳』と名を変えた新装第一号が発行された。発行所も、このときは大阪柳樽寺から「西柳樽寺」に変わっていた。ページ数こそ少ないが、雑誌としての形式も整い、翌四〇年七月には、発行所も大阪市西区京町堀上通三丁目百四十番屋敷の西田當百方に移り、編集兼発行人は京都市下京区三条通烏丸西入御倉町一二番地の斎藤豊次郎（松窓）で、「西柳樽寺清規」なるものに「西柳樽寺は川柳の革新として人事詩を鼓吹するものなり」云々とある。

「新川柳」と銘打つ作品欄や募集欄にも、作家、句数が増えて、順調に続刊された。随所に見える文章にも自信がみなぎっている。

この前後、四〇年三月二四日、阪井久良伎が夫人（素梅女）と息子（高橋柳水）を伴って来阪、西区江戸堀北通二丁目の石浜という下宿に渡辺虹衣を訪ねている。虹衣は久良伎門で「五月鯉」の編集に当たり、この年、《時事新報》の美術記者として大阪に赴任したばかりだった。齢は六厘坊より二つ上の二二歳だった。

そこで、石浜に六厘坊と在阪の花岡百樹を呼んで、句会を開くことになった。百樹もやはり久良岐社にあり、三八年七月には早くも『川柳類纂』を著したが、前年、父祖からの家業を廃して大阪に住居を定め、道修町の日本売薬株式会社大阪支店長になっていた。

㊤第１期「葉柳」（明 39.7）
㊦第２期「葉柳」（明 42.1）

日頃から攻撃目標にはしてきたが、久良伎本人とはもちろん初対面。四〇に手の届こうという親子ほども齢の隔たりがある先輩大家を前に、懸命に背伸びしている自分を感じながら、それでも一歩も退くまいとする勝気な六厘坊。雑談のあと、久良伎と六厘坊、百樹、柳水で出題した七題について競点（互選）を行う経緯については、翌日、六厘坊が日車に宛てた手紙にこと細かく記されている。

久良伎は久良伎で、大きく頑丈な体つきをした六厘坊が、「アタイはソヤ思はん」などと意地を張るのを面白がっている。

六厘坊の性格について、横浜川柳社の論客・安斎一安はこういっている。「氏は詩才に卓越せるの外、其の性格の剛直、血癖また群を圧し、意気天を衝くの概ありであった」

（「新川柳」六一号＝大正二・一「川柳新傾向の沿革」）。また、六厘坊自身も「漱石の口真似ではないが、小生は川柳を作る男である、そして至つて評判の悪い男である、二言目には悪口を言はれる男である」（「葉柳」四二・二）と、みずから認めている。

さて、この頃には西柳樽寺社中にも、松窓、日車に加えて、八厘坊改め半文銭や當百などを協力者とする体制も固まった。「十四字詩に就て」（第三号、三九・一二）などのほか、六厘坊の好エッセイも、この期間に書かれている。

「葉柳」は、ほぼ隔月間のペースで足かけ三年、四一年までに一三冊を出しているが、この時を同じくして興った俳句の新傾向にも少なからず刺激を受けたものと思われる。この時代の「葉柳」は外部へも多少知られるようになり、俳誌『半面』岡野知十主宰などに、作品が取り上げられているが、同人の本業が忙しくなったなどの理由で、これも中絶の余儀なきにいたった。

その空白を埋めるべく、六厘坊は四一年八月から、自宅を発行所として独力で「土団子」なる菊判半裁横綴じの冊子（非売品）を刊行している。

六厘坊自身が「その間のつなぎ」といい、「ほんの間のくさび」といっているように、これについてはあまり記すこともない。

しかし、この秋から六厘坊は療養の身となっている。

半年ほどの空白ののち、明治四二年一月一日、「葉柳」復活号が発行される。本号から

「土団子」第１号（明41.8）

発行所は、大阪市西区北堀江下通一丁目の小島方に移され、名も〈葉柳発行所〉と改称された。句会場も小島洋服陳列場の二階座敷で行われ、この頃から、川上三太郎（当時一九歳）も出席している。すべて華やかに新出発と見えたが、その矢先の同じ一月、六厘坊は喀血した。

したがって、雑誌の発行と歩調を合わせるように、病状は悪化していったらしい。

悪いことも重なった。盟友の西田當百が「葉柳」を去って、横浜川柳社の「新川柳」に移ったのである。

四二年一月号の「新川柳」にはその旨が発表され、當百は作品ばかりか「柳界の現状と希望」という評論まで寄せているから、かねてからその意思は決まっていたと想像される。

「新川柳」は前年（四一年）一月一日創刊、同人は安藤幻怪坊を中心に、岩崎半魔、竹林奈良武、幸塚六橘、塩川喜与志ら一〇人で、流派・傾向を超えた新しい創作を標榜、加えて古句研究を両立させようというユニークな集団だった。

もともと當百の川柳観と葉柳の志向とは相容れないものがあったことを日車は指摘している。（「當百君に与ふ」…「葉柳」己酉第二＝四二・二）。

この予期しなかった當百の離反も、六厘坊の病状にどれほどか影響を与えたかもしれない。雑誌は一応順調に四月陽春号（本号に久良伎来阪の顛末を記した日車宛書簡が掲載されている）を発行したが、この病には鬼門とされる花時が終わった翌五月一六日午後一時帰らぬ人となった。行年二三（数え年）。法名は「釈善悟」という。

辞世　この道やよしや黄泉に通ふとも

また、六厘坊を敬愛し兄事した藤村青明に、

南無葵俗名小島善右衛門

の追悼句がある。

これより先、東京で創刊された「獅子頭」の初句会が行われた五月一五日、阪井久良伎宛に六厘坊から代筆のハガキが届き、すでに腰が立たない状態になり、医師からも読書執筆を堅く禁じられている旨の報せがあったので、有志に呼びかけて激励の絵はがきを送ったが、その翌日、はがきが届かぬ前に亡くなったという。

久良伎は「獅子頭」第二号の二ページを割いた「小島六厘坊氏を悼む」の中で、彼を「喧嘩相手」と呼んでいる。往復する書簡も多く喧嘩腰だったが、その中で彼が、自分は川柳と俳句の間に大なる捨て地があるのが残念でたまらぬ、このまま棄てておくと俳句界から占領されてしまう、これが終生の遺恨だ、力を合わせてこの方面を開拓しよう、という意のことを言ってきたという。その時は久良伎の耳を通り過ぎただけだったが、これは恐るべき洞察力である。

近代化して間もない川柳界に在って、百年先を見通したこの慧眼は、まさに天才の名に恥じない。

俳句・川柳の間には未開拓の草刈り場がある、それをすべて川柳で引き受けようと川上三太郎が唱えたのは、それから数十年も後のことである。

その句作や諸活動を云々する以前に、この一語があるだけで、六厘坊は永遠である、と私は言いたい。

井上剣花坊は、のち雑誌「改造」（昭和五年二月号）の「新川柳に現れた社会の顔」の中で「明治三十三年興隆のそもそもから、僕の門人にして、最も役に立ち、或は立たうとした川柳人が四人居る。大阪の六厘坊、岡山の藤原弘美、東京の白石維想楼、斎藤正次である」といっているが、このうち維想楼（のち朝太郎、昭和四九年）以外の六厘坊（明治四二年）、弘美（大正六年）、正次（大正七年）は、いずれも川柳活動五〜六年までで夭折している。ただし、六厘坊がみずから剣花坊の門人と思っていたかどうかは確言できない。

翌る六月二〇日の午後一時から、小島洋服陳列場の二階座敷で、「故小島六厘坊君追善句会」が開かれた。集まるもの、日車、半文銭、松窓、水平坊、三太郎、常坊、力好、ふくべ、鶴々庵、三楽、五葉、虹衣、當百、卯木の一四名。

五月雨のしめりがちな一日であった。

〔「川柳公論」170号（二〇〇六・七）〕

新堀端と雉子郎

この三月、初代川柳ゆかりの新堀端を吟行しようということになった。

むかしの新堀川に沿って、いまの新堀通りからかっぱ橋道具街通りをほとんど直線に川尻の地点まで歩くと、地図の上でおよそ一七〇〇メートルになる。この間の風景を今昔重ね合わせながら歩こうという趣向である。

そこで、その下調べをしているうちに、当の天台宗龍宝寺と新堀川を隔てた北三筋町（春日通りの造成で分断された北側半分のうち、浅草七軒町に近い一角）の路地裏―現在の元浅草五～八番地と推定――に、若い頃の雉子郎こと吉川英治が住んでいたこと、さらにその後、こんどは龍宝寺と同町内の浅草栄久町一二番地（龍宝寺は三八番地）に家を持ったことを思い出した。

思い出したといっても、もちろん直接知っているわけではない、九十余年も前のことである。

・

その頃二十歳を越えたばかりの吉川英治（本名）は、新聞《日本》の井上剣花坊選〈新題柳樽〉に「浅草　雉子郎」として名を知られ始めていた。

雉子郎が《日本》に登場するのは、明治四四年四月二〇日付けの紙上に、

桂庵《けいあん》に踏み倒さるゝ頬の痩《こ》け

とあるのが最初で、題は「衰」、これが高点となって、賞金五〇銭を獲得している。

この時の「浅草」とあるのが、もと北三筋町の棟割長屋で、「煮豆屋と荒物屋の横で、四軒長屋が二た割りに」なったドブ板のいちばん奥、そこに住む会津出身の蒔絵師塚原盛久の徒弟として、同家に次弟素助とともに住み込んでいた。輸出用の会津塗りの下絵書きが仕事であった。

・

明治四三年一二月末に、横浜桜木町から上京して、まだ一年数カ月しか経っていない、そんなある日、正しくは大正と改元されて間のない暑い夏、創立同人として「大正川柳」の第一号を創刊したばかりの花又花酔が、前触れもなしに訪ねてきた。

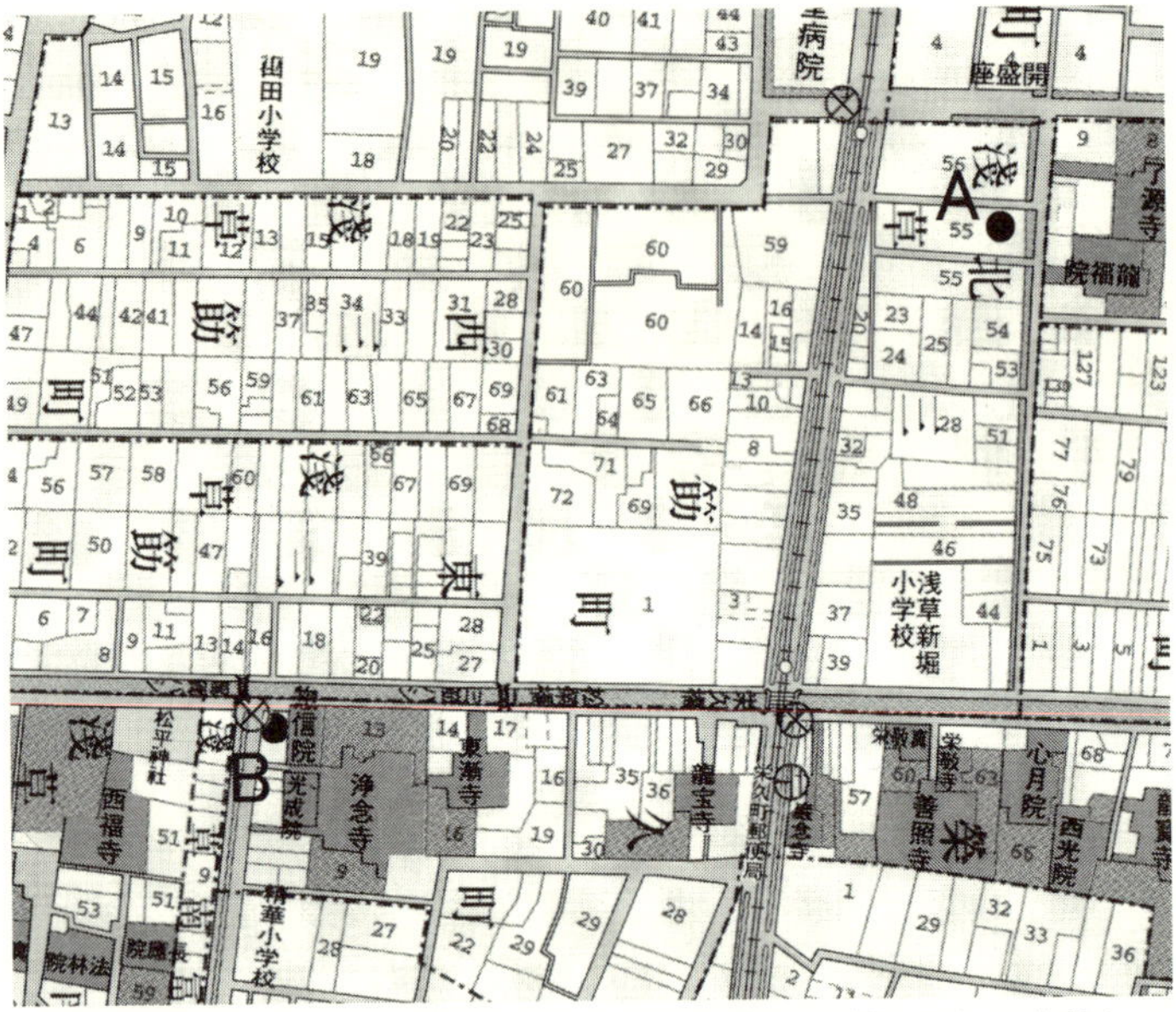

明治末から大正初めの新堀端。天台宗龍宝寺は、新堀通りに直接していた（中央下）。右上 A 地点が北三筋町の雉子郎住み込み先。近くに開盛座がある。左下 B 地点が雉子郎一家が住んだ栄久町 12 番地。

この当時の柳樽寺川柳会は、品川の東禅寺先隣にあったが、そこで「和尚」の剣花坊から、現今《日本》紙上で売り出しの「雉子郎って男」の調査を命じられたのが花酔だった。以下、花酔の「雉子郎発見」（『せんりう』第九号＝昭和三一・一〇）を下敷きに、その風景を再現してみよう。

下谷練塀町に住んでいた花酔は、さっそく「浅草七軒町の開盛座の前、瀬戸物屋の後路次の奥、溝板を踏んで塚原と云う男世帯らしい家」を探し当てたのである。

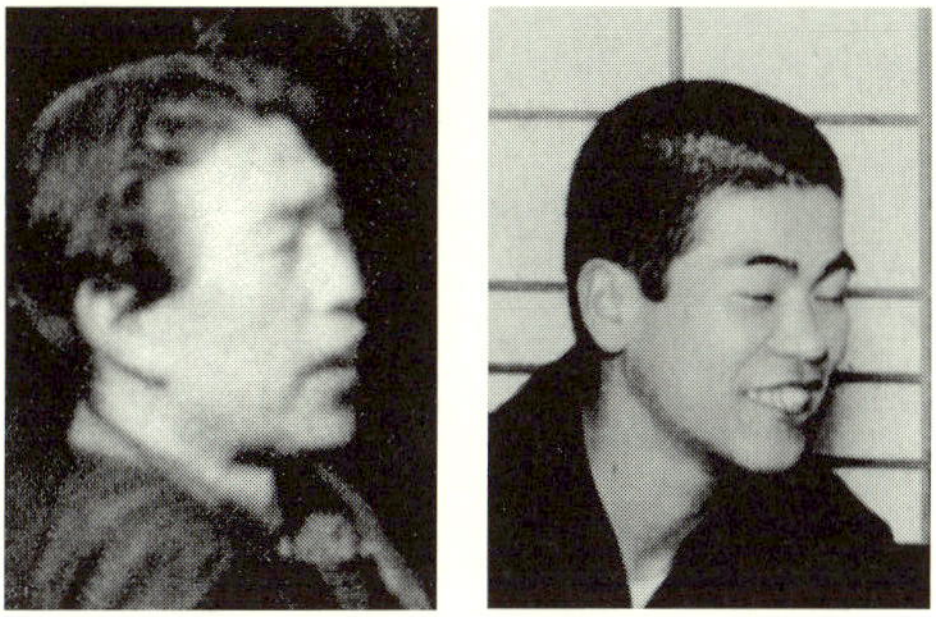

花又花酔㊧と大正４年、23歳の雉子郎㊨

「入口と並んだ勝手口には、仕出しの箱弁当が五ツ六ツ見える」などという風景は、いかにもそれらしく、「まだ旧東京の庶民の暮らしがそっくりその佇、横丁や長屋の隅々にまで残って」いたという吉川英治自身の回想と重なる。

この時、かぞえ年で花酔が二四歳、雉子郎が二一歳。「《日本》川柳へ彗星の如くあらわれ、先輩を薙ぎ倒して、発表毎に高点を浚って仕舞う作家」の「余りの若さ」に、花酔はまずビックリする。「横浜から来たばかりで友人もまだ無い」という雉子郎の終業を待って、二人はほど近い浅草公園へ行った。

雉子郎の服装は「白絣の単衣、カンカン帽」、花酔の方は、「仲で貰った白縮の首抜と云う細い廓つなぎ」という対照的ないでたち。「仲」は吉原、「白縮」は「白縮緬」。縁日商人の取締・花又一家の名跡人でありながら、早くから家を出た花酔は人も知る蕩児で、かつ「廓吟の花酔」として自他ともに許す存在であったことが、この身なりからも察せられる。

当時の浅草には、明治二三年に竣工した名物の凌雲閣通称十二階が健在だった。二人は「池の橋の上で十二階が水に映るのを眺めながら」川柳の話などをして、この日は別れたが、これが縁で以後親しい間柄になる。

雉子郎にとって、花酔は「上京以来初めての友達」であり、川柳界の人間との最初の出会いであった。その花酔の勧めで、引っ込み思案の雉子郎も芝山内金地院の柳樽寺川柳会に出席するようになり、間もなく同人に。

さきにも少し引用したが、吉川英治自身が後に書いた『忘れ残りの記』には、「三筋町」の棟割長屋へ突然訪ねてきたのが井上剣花坊であり、その奨めで句会にも出るようになったとある。が、私はこれを採らない。

ちなみに、雉子郎と一緒に会津塗りの下絵書きをしていた次弟の素助氏は、奥多摩で骨董店を開くかたわら、糟奄と号して日本画を書いていたが、終戦直後、青梅で創立された永倉喜良久らの「川柳ゐろり吟社」に親しく出入りし、同人ではなかったが、表紙絵などを残している。

・

さて、雉子郎は、花酔が訪れた翌大正二年には、蒔絵師塚原の家を出て、下谷西町で独立した。三畳一間の下宿であったが、さらにその翌三年には、雉子郎より後れて上京していた母いと、父直広とともに家族水入らずの居を持つことになる。それが、浅草栄久町一二番地、初代川柳の地元「新堀端」である。

新堀川はまだ昔どおりの水を湛えて南北へ流れていたが、それと交差して阿部川町と三筋町を分ける春日通りはすでに市電の軌道が通っていた。しかし、まだ門前町のなごりを残すこのあたりは、寺と寺に挟まれた一角と想定され、大正初年発行の地図の番地を信ずるなら、現在も同所にある浄土宗浄念寺と小路を隔てた蔵前四丁目一九番地付近に当たるだろうか。

この家には、剣花坊も足を運んだというが、新川柳では十年程前（明治三七年）に久良岐社でやっと発見した初代川柳菩提寺の天台龍宝寺が、すぐ目と鼻の先にあることを雉子郎も剣花坊も気がついていたかどうか。

いずれにせよ、大柄な入道姿の剣花坊と二十代前半の痩せた雉子郎とが、新堀端の柳河岸を連れ立って歩く姿ぐらいは見られたかもしれない。

この時代から、柳樽寺社中における雉子郎のはなばなしい活躍が始まるが、ちなみに父の直広も牛石坊の名で新聞《日本》などに句を見せている。

・

ついでに思い出したが、同じ柳樽寺川柳会にあって剣花坊の片腕といわれた高木角恋坊の墓も新堀端の不動院に現存するが、その角恋坊が阿部川町に生まれたと自称しているのはあやしい。これは柄井八右衛門がのちに阿部川町の名主まで兼ねたという明治以来の妄説を鵜呑みにして、柳祖を慕う心情からとも思われるが、親族もこの事実を否定しているのはおもしろい。

こんなことも、吟行の話題にはなるかもしれない。

〔「川柳公論」158号（二〇〇四・三）〕

「名人・古蝶」作品抄

明治〜大正の陰翳を生きた異色の川柳家

哀れにも猿の生きてるももんじ屋

ももんじ屋は、東両国の角に江戸時代から残る獣肉料理を商う豊田屋。店先に商売物の猪や鹿のほか熊、狸、狐などを吊したおどろおどろしい風景の中に、一匹の猿が生きたまま飼われている、というより己の運命を知らぬまま無心に生かされている小動物の「哀れ」を捉えたこの目を、大正初期の川柳家はまだ、ほかに誰ひとり持たなかった。唯一、近代詩人の目を持って世の中を見た川柳家、それが喜音家古蝶であった。

「才華古蝶子の如く、痩我慢依々の如く、学力筑波の如く、而して社会の諸般の事に通ずる百樹の如くんば、恐らくは完全なる川柳家と云ふべし」

明治四二年五月発行の「獅子頭」第三巻第二号「我為我録」に、阪井久良伎はこう書いている。

いささか説明が必要だろう。「依々」は安田依々（初号依々子、本名・安田周吾）で、「獅子頭」の編集発行人、「筑波」は島田筑波で、『誹諧武玉川』ほか江戸文学の研究家、「百樹」は花岡百樹で、古川柳研究の先駆者であると同時に関西川柳社（のち番傘川柳社）の創立同人でもある。

残る一人「古蝶子」が、以下に述べる〈名人〉喜音家古蝶（本名・金蔵、明治四二年一二月、古蝶子改め古蝶となる）である。

古蝶は、明治四二年五月一五日、第一回獅子頭句会に出席（全出席者四九人）、同年七月の「獅子頭」第一巻第三号から同誌同人となって、本格的に作品を見せはじめる。この年一一月の第一巻第七号には「古蝶子句選」として二八章が一ページ二段の別枠で掲載されている。一二月の改名以降は「霊岸島　古蝶」となり、しだいに多作ぶりを発揮し始める。

第二巻第六号には、「菜花集」として四五章、「風俗詩」として三章、このころの川柳誌としては異例の作品数を見せている。以後、「菜花集」は古蝶作品のタイトルとなり、第三巻第六号にいたっては四ページ半の紙幅に、なんと一七六章を一挙掲載している。一般に多作時代であった当時にあっても、そのエネルギーには驚嘆すべきものがある。

「獅子頭」時代三年間を代表する逸材として、評論の栗林古雅とともに作家としての古蝶を挙げている久良伎は、さらに「吾社中の秀才喜音家古蝶子」と称揚を惜しまない。
（「花束」第一巻第五号、大正七年。《信濃日日新聞》「久良伎柳談」昭和六年）

古蝶は、江戸時代の戯作者山東京山の玄孫にあたるという。山東庵の京伝（伝蔵）・京山（慶三郎）の兄弟は深川佐賀町の回船問屋で、のちに京橋銀座の名主となった京屋（岩瀬）伝左衛門の男。その慶三郎の長女おみねから四代を数えて金蔵（古蝶）にいたる歴とした家柄。

こうした血筋もあってか、古蝶は作句ばかりでなく、古川柳にも造詣が深かったと推察される。「獅子頭」創刊号の「錦粧軒雑説」で、久良伎が「我等が解せざる句に付いて高教を乞ふ」として提出した難句八章のうち、「和泉町下駄と味噌とが名が高し」について、第二号で次のように記している。

「以前和泉町に住ひし七十何歳の老人に尋ねしに、四面《よも》の味噌は確実にて、下駄は和泉町の新道俗に三光新道に下ほうと申す有名なる下駄屋ありしと、因に云ふ三光新道は彼の三座に名高き堺町葺屋町の附近なれば定めし洒落た下駄を売りし者なるべし、又四方味噌店の跡は今の三光衣裳店の所なり」

古蝶はのち、霊岸島から同じ日本橋区内の浜町七番地に移り、そこで大正三年、同じ久良岐社の同人船井小阿彌とともに「花山車」（隔月刊）を発行した。

Ｂ６判・横綴の、ページ数こそ少ないが瀟洒な造りで、古蝶はこれに毎号七十余章から～八十余章の川柳を掲載するかたわら、「浜町比翼人」の名で十首前後の短歌を発表している。雑誌の造り同様、ゆとりのある遊び心を感じさせる。

やはり久良伎門を出た作家正岡容は、古蝶についてこう記している。

「只管織弱な世界をのみうたひつづけた作者ではあらうが、さうした世界をのみ掘り下げつづけた情熱もなかなかできることではない。相当以上の敬意を払っていいとおもふ」(『東京恋慕帖』昭和三三「大正東京錦絵」)

大正三、四年といえば、東も西も川柳界はまだ寥々たるものだが、古蝶は早くから川柳の外にも名を知られ、交際範囲も広かった。

大正五年四月、永井荷風を主筆として、丸ノ内の籾山書店から創刊された月刊誌《文明》の常連執筆者中に、荷風、井上亜々(小説家、俳人)、籾山庭後(のち梓月＝店主仁三郎)、久米秀治、堀口大学、宮川曼魚らとともに喜音家古蝶の名が見えている。

この雑誌には、荷風が一三回にわたって「腕くらべ」を発表するなど、大正七年九月まで三〇冊が発行されているが、その間、大正六年三月一七日付のおもしろいハガキが荷風の書簡集に載っているのが目についた。

「丸ノ内籾山仁三郎」から「荷風あて」のハガキで文面にはこうある。

「古蝶子の川柳原稿無之候　御取おとしと存入候　御急送奉願候」

荷風が編集のまとめの際に、古蝶の原稿を落したことへの催促である。

この籾山庭後には、「喜音家古蝶先生」という礼賛の文章が《文明》に見えているように、古蝶に対しては特別の思い入れがあったと察せられる。

それから数年後、大正一二年九月一日の関東大震災で喜音家古蝶は一家もろともに行方不明となり、消息はまったく絶えた。

古蝶の正職についてはは知るところがないが、「川柳は捨難きもの職業は尊きものと常におもほゆ」（大正四）の和歌があるのは注目される。

明治の読売川柳研究会で「写生の蔦雄」と呼ばれて声名の高かった平瀬蔦雄と交わりが深かったのも、小阿彌が「十八番は皮肉」という古蝶の目の角度と蔦雄のそれとに、一脈相通じるものがあったのだろう。

以下に、余計な理屈を付けずに、古蝶の作品だけを少しだけ掲げておく。

【明治期】

主として「獅子頭」の「菜花集」から。江戸系を受け継いで歯切れのよい定型に終始している。

自慢にもならぬ役者を兄に持ち
牛を煮た跡へ姑は塩を振り
勿論と云へば意見も面白し
婿とした事が芸者を買ひはじめ
髪結の唾を嚥んではよく饒舌り

「菜花集」の後半では、文語系の口調を試みて、ひと味ちがった句肌を見せもする。

嬉しからずや此文の着次第
自転車のよろけて暮れる新開地
絹夜具に唇薄き三会目
語り得ぬ過去に万てふ金を溜め
鉛筆の音なく折れて懶き日
浅草の秋を白地に泣く女
遠雷の町に鍛冶屋の火の匂ひ
秀才の孝子憐む出席簿
その仲も米の値を云ふ年となり
我姓の偉くも見ゆるいろは順
薄給の子に日曜が早く来て
青柳の窓紗を洩るゝオペラの灯
嗚呼天よ鮟鱇は軒にぶら下り
無心云ふ膝へ芙蓉の灰が落ち
十四字も好んで作っている。
昼寝の顔へ乗せる夕刊
宮仕へして夏も白足袋
逢へば接ぎ穂もあらぬ片恋

【大正期】

大正期、とくに「花山車」掲載の句は、廓・花柳界・芝居に関する、それもいわゆる〈通〉の目で見た機微にわたるものが中心で、現代ではなかなか理解しにくい。といって、それを避けたら古蝶の真価は半分も伝わらない。そんな句も一、二交えて拾ってみる。

連鎖劇とは曲もない夫婦仲
光琳の菊で絵に成る田植笠
畳屋の仰向く顔に人が立ち
魚河岸を遠く見て居る柳行李
寸法に耳を貸合ふ長火鉢
人形町まで行て来る昼夜帯
絵手紙を楽んで寝る旅の留守
逝く秋に驚きもせぬコップ酒
肱が焦げさうに拗ねてる長火鉢
太鼓持俳は江戸座でム《ござ》います
小格子へ極く親切な俥夫が連れ
頼まれた様に寒がる素見物
夫婦でもないが五反田駅で降り

「川柳の生悟り」といって、古川柳を含めてあまり評価しなかった荷風が、古蝶の句には一顧を与えたのは、それを「ほんもの」と見做したからであろうが、そうした一連をほとんどすべて省いたのは残念である。

最後に、作者が「柳歌抄」と名づけた短歌から。

浜町比翼人

なにがなし物を忘れて来たやうに梯子を下る後の朝かな

新藁の青きが涼し水髪の君の博多の白きも涼し

〔「川柳公論」151号（二〇〇二・九）〕

村田周魚略年表

（一八八九〜一九六七）

本　名・泰助（たいすけ）

生　年・明治二二年一一月一七日　己丑

（『現代川柳ハンドブック』村田周魚の項・

神田仙之助「一月一七日」は誤植）

生　地・東京市下谷区車坂町

（大正期の地名　下谷区上車坂四四）

＊現・台東区東上野四丁目

【以下、年齢は数え年】

明治42年　21歳　東京薬学校（私立薬学校＝上野桜木町）修了
のち、東京薬学専門学校→現・東京薬科大学
同年、警視庁衛生部検査所に奉職

大正4年　27歳　薬業月刊誌『薬業の友』主筆・経営

・

＊川柳入門の時期（諸説あり）

○明治34年4月（13歳）〜39年（18歳）まで父に俳諧を学ぶ
父・雪中庵雀子派宗匠・海月菴昇輝、母の実家（京橋の組頭）宅で運座を持つ

○明治38年10月、俳句より転向《『昭和川柳百人一句』初篇・昭和9年1月》

○高等一年生から俳句を作りはじめ、雪中庵の運座などへ父に伴れられたものだが中学を卒へて川柳に転向、今になつている〈「川柳きやり」昭和16年5月「明窓独語」〉

○6歳の頃から発句に親しんでいたが、12歳の折それにあきたらず、川柳の本を読み17歳で新聞などに投句を始めた《『現代川柳ハンドブック』神田仙之助・平成10》

○明治40年1月（19歳）『誹風柳多留』初篇〜3編を熟読、川柳の超越を観じ、俳句を捨てる。この月から川柳関係書を渉猟。
同年初秋から約二年間、一カ月平均八〇〇余を作句。

本名の「泰」を「鯛」とし、当時流行の「坊」をつけて雅号とし、新聞《日本》などへの投句を開始。

また、この頃から、浜田如洗（画家、富岡永洗門）を中心とした趣味の会「根岸派」（のち白菊会）に属し、高木角恋坊の「国民柳壇」へ参加。
明治末年、同い年の花又花酔の紹介で井上剣花坊を識り、明治44年後半には剣花坊選に作品を見る。

日曜日恥かしい顔連れて出る

は、23歳の作品である。
＊因みに、川上三太郎より三年ほど遅い。
大正2年 25歳　当時みずから「柳樽寺の加藤清正」をもって任じていた佐瀬剣珍坊の仲介で、柳樽寺川柳会同人となり、活発な作品活動始まる
大正3年 26歳　下谷・浅草在住の作家による柳樽寺系句会「さくらぎ会」同人。他に吉川雉子郎、花又花酔、浜田如洗ら。上野・池之端無極亭で発会式、翌4年から『さくらんぼ』刊行
大正9年 32歳　4月1日　八十島可喜津の懇請で、水島不老とともに川柳きやり吟社を興す（当初、顧問）
同人は周魚、不老、可喜津・中村鼓舞子（可喜津義弟）
「周魚のことば「勇魚（可喜津）は長男、正光（迷亭）は次男」」
納札（千社札）型三つ折り和紙「川柳きやり」創刊

6月　塚越迷亭、9月　海野夢一佛が加わる
客員　西島〇丸、小林さん翁（9月18日没）
＊同じ年創刊の東京の川柳誌
1月「灰神楽」（石田夢人）　3月「柿」（坂本柿亭）
6月「栗」（富士野鞍馬）　9月「せんりう」（川柳無名会）
＊既刊の主な川柳誌
「大正川柳」（井上剣花坊）　「紅」（白石張六）　「すなご」（柴田南都男）
「黄白」（五味茶童）　「ひさご」（寺沢小尺一）　「やよい」（飯沼鬼一郎）
＊この年、大阪の関西川柳社、ばんがさ川柳会と改称

大正10年　33歳

2月　「きやり」菊半截横綴じ型に

大正12年　35歳

9月1日　関東大震災

大正13年　36歳

住居を東京市豊島区高田本町二―一四六七（俗に「鶉山」）に移す

10月号より「川柳きやり」復刊

昭和2年　39歳

8月1日　雅号「鯛坊」を「周魚」に改める
「小生本日より別号周魚を本雅号といたします」
（「川柳きやり」第8巻第8号）

昭和3年　40歳

1月「きやり」菊判となり、印刷部数三〇〇〇

昭和4年　41歳

きやり吟社一〇周年記念大会（5月号一二八ページ）

昭和7年　44歳　同人は「社人」へ。周魚「主幹」に
この頃から、伝統川柳の牙城とみなされ、新興川柳の攻撃対象となる
昭和12年　49歳　3月きやり吟社の肝煎りで龍宝寺初代川柳「木枯」の句碑再建
＊この年、支那事変始まる
昭和14年　51歳　6月22日　八十島勇魚没　50歳
昭和15年　52歳　紀元二千六百年記念大会
記念行事として「川柳朗読レコード」を製作、2月1日発表
「川柳に手を染めて33年、吟社を興して20年、自分の足跡をふりかへつてみると、まことに恥かしい」（「川柳きやり」15年4月）
同12月　日本川柳協会設立　東京支部長
昭和16年　53歳　『明窓独語』単刊
＊この年、第2次世界大戦始まる
＊この頃から「東京の三巨頭」の通念固まる
昭和17年　54歳　日本文学報国会俳句部会川柳分科会発足
昭和18年　55歳　同日本文学報国大会で講演
昭和19年　56歳　出版物の統廃合で「川柳きやり」休刊
「きやり社内報」として終戦まで続刊
昭和20年　57歳　8月15日　終戦

昭和24年　61歳
同9月　「きやり」復刊第一号

働いた顔は鏡にやせ細り

昭和29年　66歳
30周年記念大会
＊この頃から「東西六巨頭」の通念固まる
1月『村田周魚句集』刊

二合では多いと二合飲んで寝る

春の闇酒の匂ひとすれ違ひ

昭和30年　67歳
『川柳雑話』刊

昭和32年　69歳
上野東照宮参道に句碑建立

「**盃を挙げて天下は廻り持ち**」

昭和33年　70歳
《国文学解釈と鑑賞》至文堂「川柳大鑑」
わが社の主張「川柳の伝統をそのままに受け継がず、近代的な新しい発展の体（すがた）において生かすこと、その主張とするところは、前句附としての趣味を捨て、人間描写の詩として、現実的な生活感情を重んじ、近代の芸術意識を通じて川柳する」
＊古川柳について「実作品として、一応目を通す要あるも、判読取捨

は各々の心まかせにしたい。少なくも十年以上の実作生活によって個性を磨いた上で、表現の妙法と言葉の含みを研究学び取ることを勧めたい」

昭和38年 75歳 向島牛島神社境内に句碑建立

「人の世の奉仕に生きる牛黙す」

昭和40年 77歳 周魚喜寿ならびにきやり吟社四五周年記念大会

昭和41年 78歳 神奈川県大山登山道に句碑建立

「お互いの足をほめあう山の道」

昭和42年 79歳 4月11日 腸閉塞で逝去（満77歳）

辞世 **花生けて己れ一人の座を悟る**

同11月、銀盃下賜

昭和54年 『川柳全集・村田周魚』野村圭佑編

【まとめ】

①何よりも江戸っ子であった

シャボン箱女房でかした初鰹 （昭和15年、大戦一年前）

②家庭を大切にする市井人　ことば「本業第一」

家に居て飲んでればいい星廻り　（川柳全集「村田周魚」）

子にとても甘い周魚が今日見えず　瀧の人（昭和3「すずめ」）

日曜をパパとなりきる鵜山　庭　一（同）

③奇を衒わない

「凡中の妙」→《日常茶飯》

ことば「むづかしさを巧まぬこと」（昭和14年7月）

④川柳への情熱

創立時、八十島可喜津との約束「倒れるまで続ける」

戦中「きやり」続刊への執念

戦後第一声「働いた顔は鏡にやせ細り」

⑤篤実な人柄

鯛坊に村長という語り癖　泰治郎（昭和3「すずめ」）

反れるだけ反って周魚は小さく居る　夢一仏（同）

歌舞伎俳優見立て「市川中車」（昭和4「すずめ」）

押し出しにモウ一寸あつたらとは贔屓の欲得、こども芝居から叩き幾十年の腕の冴えは、あの渋味の名調子とともに天下一品、改名してから納まりすぎたとは楽屋すずめの言ひ草。

東京三巨頭の比較

「句の三太郎、研究の雀郎、人格の周魚」

〔未発表草稿（一九九九・五）〕

「白帆」創刊と山本卓三太

浅草で浅草を聞く焼け野原　幸一

川柳は、廃墟の中から蘇った。

今年、川柳は二五〇年の節目を迎え、発祥地である浅草を中心に各地で記念行事が開催されたが、川柳がこの二世紀半を生き抜いてくる間には、少なくとも前後六度の危機があった。その最大の危機が第二次大戦の敗北と、すべての価値観が転倒した社会情勢にある「はず」だった。

ところが、川柳は戦後の無一物、廃墟の中から頭をもたげ、昭和二〇年から二三年にいたる間に、全国で一〇〇誌を超える川柳誌が復刊もしくは創刊されるという恐るべきエネルギーを発揮している。この根強さの元となったのは、印刷所を焼かれ、紙はなくなる最悪の状況の中でも、人さえ集まればできる句会というものへのこだわりであり、これが唯一、川柳の命脈を繋いでいたのである。日本の最後とも思われた敗戦を挿んで、東京では八月も九月も句会が行われていたのである。川柳の根は、いかなる試練の時代にも枯れることなく生き続けて、焦土の中から文字通り蘇ったのである。

今ここに六〇年を迎えた「白帆」も、その中の一つである。今年はすでに九月、東北の雄、川柳宮城野社が力強く六〇周年を祝い、来年には白帆の兄弟吟社「柳都」を初め、全国で数社が還暦を迎えようとしている。

川柳史二五〇年のほぼ四分の一を占める白帆吟社の足跡、その間四人の主幹のうち、全体の半分を超す三五年間を先頭に立ち続けた成田孤舟現主幹の指導力とバイタリティには敬服以外の何ものもないが、六〇年前、敗戦直後の廃墟の中から会を立ち上げ、みずからが言う「誰しもが生活に汲々たる」時代から二〇年、押しも押されもしない吟社に育て上げた創立者の川柳に注いだ心血とあくなき執念とに、心からなる敬意を表したいのである。

硬質の美学を携えて、戦後の川柳界に覇を唱えた川柳詩人、山本卓三太その人が、これである。

だが、この山本卓三太に触れる前に、省くわけにはいかない作家が一人ある。それは祝竹葉といい、明治二年生まれだから阪井久良伎と同年だが、新川柳とは別の新聞、万朝報（喜常軒三友選）に拠り、雑俳から川柳に入った。東京・柳橋の染物業だったが、関東大震災後蒲田に移って、万友会という雑俳の会を自宅で開いていた。

昭和一一年、折から竹葉が蒲田研柳社という川柳会を興したが、この時、小沢変哲（俳優小沢昭一実父）、今村緑泉らとともに同人となったのが山本卓三太である。蒲田研柳は京浜地区の作家を集めて御園神社で例会を開いた。

昭和一五年、蒲田研柳は、やはり雑俳系の都謡吟社と合併して番茶川柳社となり、竹葉が主幹となったが、卓三太がこれと行をともにしたほか、のちの白帆同人酒井駒人や初めて川柳に接した三條信子などがこの時加わっている。また、竹葉夫人白糸も女流作家の草分けだった。

本名の卓三をもじった「卓三太」という特殊な呼名を初めて聞いた人は、誰でも一度は「え?」という顔をするが、戦争中の東京句会で、この雅号はすでに馴染みになっていた。

＊

やがて日中から太平洋へと戦争が拡大、竹葉は栃木県日光市に疎開したが、終戦直前の二〇年七月二七日、七六歳で亡くなった。

卓三太の川柳は、昭和六年頃に始まり、竹葉とのかかわりから本格化したといってよい。

卓三太は明治二六年生まれ、川崎市木月町に住み、刀剣の研ぎ師を業とした。昭和二二年六月、旧い仲間を語らい都躍吟社を復活、翌年これを白帆吟社と改め、四月二八日、「白帆」第一巻第一号をガリ版刷り、B６判二〇ページで創刊した。卓三太は五六歳だった。

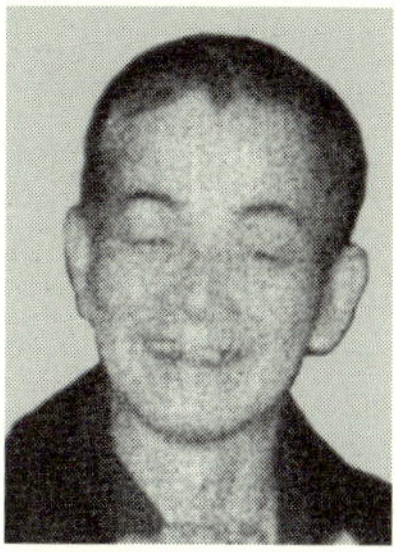

「白帆」時代の
山本卓三太

ちなみにこの二三年、「川柳人」を復刊させた山村寛が五六歳、再生丹若会の前田雀郎が五一歳、十四世川柳を襲名して「川柳」を創刊した根岸みだ六が六〇歳、「川柳思潮」創刊の清水米花が四八歳、「川柳かつしか」の堀口祐助が五六歳、いずれも、いまで言う働き盛りばかりである。

この年は、一月に帝銀事件が起こり、六月には太宰治が玉川上水で心中自殺するなど不安定な世情で、また全学連や主婦連が誕生、米はまだ一日二合七勺の配給が遅配を続けていた。

一方、敗戦から完全に立ち直ったとはいえない川柳界もまた混沌たる様相で、新旧の分布もハッキリしない状況下にあったが、この時機に、卓三太があえて「新しさ」を目指すスタンスを取ったことは特筆しなければならない。

もともと詰屈ともいうべき生硬な表現形式を特徴としていたが、そこから出発して、のちには硬質の抒情とも呼べる「卓三太調」を打ち立てた作句力。作品原野としては、海、青年、酒、貧乏などがキーワードに挙げられるが、その句柄は生涯若さを失わなかった。

昔むかし海ありき青二才を育てる
若き日の海に戯曲のひとかけら
火の酒に野心を育てようとする
いやしくも人間でいて貧乏だ

滑り出した「白帆」は、まず個性ある同人を擁した。からす組を結成（二六年）して革新の旗幟を明らかにする前の中村冨山人（冨二）、戦前の「柳友」ですでに好作家の名があり、スマトラ戦線から帰還したばかりの浅田扇啄坊、「番茶」以来の抒情作家、のちに

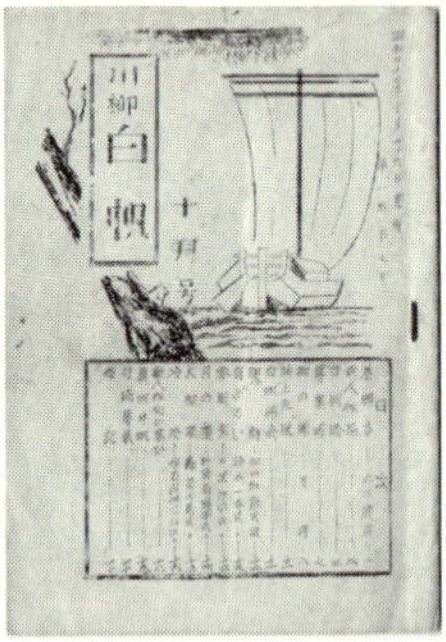

「白帆」7 号（昭和 24 年）
と 10 周年記念号（同 32 年）

「女の駒人」と呼ばれる酒井駒人、扇啄坊、駒人同様旧「柳友」同人で、古くからの僚友井上了洋、堀口梅素、さらに野本明良（のち昭四）、高井花眠、土川渡舟、それに卓三太を加えた九名で、今村緑泉（のち二代主幹）、藤田小次郎などが客員に名を連ねている。

ガリ版誌の編集は了洋が当たり、〈白帆塔〉と題する雑詠欄は冨二が担当した。この雑詠の中に、先般亡くなったのちの同人、唐沢春樹の名が早々と見えているが、ここから戦後を代表する若手作家が数多く生まれている。

句会は、第一回の三月から八月までは、卓三太の地元川崎市内で行われていたが、九月から東京へ移り、品川の鮫洲八幡神社が句会場となった。この東京初句会に出席したのが、白帆と私の出遭いであった。出席者二九名、投句者八名。「会場を此処へ移して新旧変った顔ぶれを見たのは欣ばしい」と、卓三太は発表誌に書いている。

会費は銭湯と同じ一〇円だった。

＊

二〇年代には同人の異動も多く、冨二や扇啄坊が抜け、また高須唖三味の紹介で、のちに革新系川柳の旗手となった初心時代の松本芳味が在籍するなど、ようやく吟社としての落ちつきを見せるのは五周年を迎える頃からである。二七年五月、品川浴場会館で初めて「五周年謝恩大会」を開き、以後、五年ごとに大会を開くようになった。

翌二八年四月、創立四年半、四、五カ月に二、三冊発行していたガリ版刷り「白帆」が、四〇号を期して活版となり、その第一号がＡ５判一四ページとして発行された。この時、同人は二一名を数え、冨山人が去った後の雑詠欄は〈白帆波調〉として、山本卓三太が選に当たり、細川神楽男、山崎蒼平などが顔を見せているが、投句者は同人三名を含む六名であった。

翌月から例会場も品川浴場会館に固定された。

秋田に在った成田孤舟が東京へ出て、白帆句会に顔を見せるようになったのは昭和三一年代で、翌三二年五月には、「創立十周年謝恩大会」が、これも品川浴場会館で開かれている。

この頃の「白帆」について、了洋はこういう、「現在の『白帆』は、その性格が中道を行く柳誌と言われている。二十名近い同志の半々が革新と伝統に色分けされる」。一般的には、全体としての作風によって革新系の吟社とか、伝統系の吟社とか色分けされ、どちらへも偏ない作風を指して中道と呼ぶのが普通だが、一社の中に「革新」と「伝統」の作家が半数ずついるから、トータルして「中道」であるという論理はおもしろく、こうした社中構成が白帆を永続させた秘密かもしれない、と私は思っている。

二〇周年に当たる四二年を一年前にした一二月、主幹山本卓三太が七三歳で世を去る。この数年前から、卓三太は字が書けなくなっていた。指にバネが無くなる一種の職業病（腱鞘炎）と推定され、その間の苦痛のほどが察せられる。

指が疎通して研屋さん満点

という句があるほど、研ぎ師と五指とは密接なものである。

四二年は山本卓三太の追悼句会を品川浴場会館で行い、記念大会は翌四三年五月に、改めて「白帆二十一周年記念川柳大会」として、大田区産業会館ホールで開催された。

＊

ここで、白帆は一つの時代が終わり、「川柳一途に生きた君の遺影に『白帆』は新しい団結を固めた」と、二代主幹今村緑泉が第一一五号に書いたときから、白帆は新たな道に踏み出すのである。

以後については、私などより委しくご存じの方も多いと思うので、駄弁はこのあたりで打ち切りとしたい。

〔白帆吟社六〇周年大会（二〇〇七・一一）〕

3 評論編

『醒雪遺稿』を読む

明治新川柳勃興の陰の恩人

初めから余談になるが、さる九月一日、新宿の伊勢丹で〈モンゴル秘宝展〉を観た。モンゴルは、チベット仏教の影響を受けて密教色の強い仏教美術を生み出したが、なかんずく「モンゴルのミケランジェロ」と呼ばれた天才ザナバザル（一六三五～一七二三）の仏画・仏像の精緻な美しさは、これまで図版でしか見る機会がなかった。

『モンゴルの仏教美術』恒文社より「シタ＝サンヴァラ」

「マイダル（弥勒菩薩）」立像（高さ三一センチ）の端正な美しさ、妃を擁した母《も》タントラの秘密像「シタ＝サンヴァラ」（同二二センチ）の豊かな肉づきと曲線などいつまで見ていても見飽きがしない。
いい機会にめぐり合えたと思っている。

本当の目的は、同じデパートで催されている古書展にあり、大草原の文化に疲れた足腰を励ましながら、人ごみの中を縫って歩いた。特に飛びつきたいような古書は見つからなかったが、それでも数冊を買い求めた中の一冊に『醒雪遺稿』がある。大町桂月の編で、大正七年一二月一五日に明治書院から発行された九百ページになんなんとする立派な本だが、これが金二千円也。

醒雪といえば、東京帝国大学文科大学に在学中、「帝国文学」に連載（明治二七～二九）した「連俳小史」はこの分野の研究に先鞭をつけるもので、三〇年の四月に単行本として刊行された醒雪の処女著作である。

佐々醒雪
（1872～1917）

先鞭といえば、前句附から狂句にいたる雑俳史（川柳史）への門を開いたのも醒雪で、明治新川柳興隆の間接的功労者にもなっている。

本書の年譜に、「同三四年　十二月山口高等学校教授を辞し、書肆金港堂に入りて雑誌『文藝界』を創刊する三〇歳」とある通り、東京の金港堂編集部に在った小谷重（栗村）から招聘されて、新雑誌「文藝界」の編

中根香亭（1839～1913）

「文藝界」

集主幹となり、翌三五年三月、その第一号を創刊した。

　この創刊号の二八五頁から二九一ページにわたって、中根淑（香亭）の「前句源流」が掲載され、以後一〇号まで連載されている。これが、本格的な川柳史の初めで、以後の川柳研究の大本をなしている。

　のち大正二年一月、国民文庫刊行会の国民文庫に編入された、『川柳集 全』の巻頭に、解説に代えて「前句源流」の全文を掲載したのも、同文庫編者の醒雪だった。

　「前句源流」が、新川柳勃興の間接的な契機とすれば、新川柳の教科書的な役目を果たした阪井久良伎の『川柳梗概』が世に出たのも、佐々醒雪の意向によるものだった。すでに前年、稿が成り、博文館、内外出版協会などで出版を拒絶されていた本書が、金港堂文芸叢書の一として刊行されたのは、明治三六年九月だった。

　そうした意味で、醒雪が新川柳興隆に尽くした力は決して小さくはない。

明治四一年一二月の文芸講習会で、醒雪が講演した「江戸文学」は、長文のものだが、その中にかなりのスペースを割いて〈川柳〉に触れている。

江戸の後半期を、「滑稽は、軽妙なもの、それが此の時代の生命であった」と捉え、文芸としての川柳より、個人としての「川柳」を、式亭三馬、山東京伝、明誠堂喜三二に次ぐ「滑稽文士」に挙げているのは、観点としてユニークである。

江戸文学者として、古川柳に理解があったことに不思議はないが、昭和二年一月刊の『訂正増補 川柳吉原志』（春陽堂）の旧版、『江戸研究 川柳吉原志』（育英書院、大正五年六月刊）は、西原柳雨との共著として刊行されたものであり、その序文で江戸を賛美するあまり、「由来、西鶴や門左は難波津の贅六にして、芭蕉は伊賀の浅黄裏のみ」などと書いている言辞には、江戸っ子自身も驚いたろう。しかも、そういう佐々醒雪こと佐々政一自身、京都吉田山の武家の生まれであるのはおもしろい。

『醒雪遺稿』には、当時の雑誌に掲載された長短一一三編の文章が、研究・趣味・教育・時評・俳諧・紀行・演芸・雑録・講演・序文の一〇項に分けて収録されている。

私たちに興味があるのは〈俳諧〉の項で、「正に新風の興る時」「俳句の運命」「明治以降俳壇の変遷」「運命の人としての芭蕉」など一二編、いずれも現代にも通ずる含蓄と説得力がある。

ことに、当時の新傾向俳句に対する論評、たとえば、「その言ひ現はし方においても、檀林と同じく態《わざ》とらしい表現法を取つて、少数の同人以外には、全く感情のエヴオケーション（喚起）が欠けてゐる」（「俳諧時代観」）など、頷かされることが多い。

その中で、最も長文のエッセイは『中学世界』に載せた「半掃庵也有」である。これは、子規が『俳諧大要』（明治二八）で、「鐘楼へは懲りてはひらぬ燕かな」を例に取り、「諧謔に過ぎて品位最も低し」と、評価を与えていない横井也有を逆に称揚したもの。也有を関西文化から江戸文化への橋渡しと位置づけ、「宛《あたか》もこれ春町京伝の草子、蜀山人の狂文、或は川柳点の先駆ともみるべきである」という見方は視野が広く、子規の「世人又此種の諧謔の梢々《やや》川柳点に近きを疑ひ、俳人にして川柳調を為すの信ずべからざるを説く者あらん」といった皮相な認識とは明らかな差が見られる。

はじめ「清節」、のち水野酔香の向こうを張って、「醒雪」と改号。明治四五年、四一歳（満四〇歳一カ月）で文学博士。身長五尺五寸、体重二〇貫は、当時としては「鬼をもひしぐ」といわれた偉丈夫で、酒豪の聞こえ高く、かつ酔うと常軌を逸した行動も往々あったという。些事にこだわらず、服装などに全く頓着がなかった。生涯三度のチフスに罹り、その最後が命取りになったと言われるが、実際に醒雪の命を奪ったのは大酒だったという。享年四六（満四四歳六カ月）。

醒雪は、笹川臨風とともに筑波会の中心で、子規の日本派と対立していた。因に、明治二〇年代から三〇年代にかけて、東京の俳壇（?）には、紅葉を中心とする紫吟社、角田竹冷を中心とする秋声会、さらに、岡野知十、伊藤松宇、大野洒竹などが、それぞれ一派を唱えていた。

醒雪は、もともと俳諧の研究を目指していたもので、一方では、ことば、特に修辞学の権威として、山口高等学校の修辞法の講義では、当時高名の文学者・尾崎紅葉をはじめ幸田露伴、小栗風葉、泉鏡花、廣津柳浪、川上眉山、高山樗牛らの文章を縦横無尽に批評して、学生に人気があった。

『遺稿』の中の「日本特有の修辞」というエッセイでは「更に更に幽かな、こまかい、細い趣味の調和を認めるといふことは、已に万葉の昔に胚胎してをる。蕉風の句法は、唯形式上の進歩に過ぎない」と喝破しており、この道の第一人者らしい自信に溢れている。

主要著書だけで二〇種に余る一流学者の、比較的構えなしで書いた断片的な雑誌掲載原稿が、こうしたかたちで読めることは楽しい。

〔「川柳公論」171号（二〇〇六・九）〕

「視る」ということ

「イメージ」というメインテーマに関連して、今回は「視る」ということについて、粗削りなレポートをまとめてみました。

視るということと、見えるものがそこにある、ということとは本質的に異なります。視るという積極的な選択によって、視られる対象を存在たらしめる、それが「視る」で、ここではあえて「視」という文字を用いたいと思います。

路傍の石ころも、視られることで、一個の存在となります。誰一人、気がつかないで通り過ぎてしまえば、その石ころは無に等しい、というより存在を持たないといっていいでしょう。

在るから見えるのか、視るから在るのか、そんな古い議論を持ち出さなくても、まず

Jean Nicolas Arthur Rimbaud
(1854～1891)

「視る」ことなしに、私たちの文芸は成立しません。それが、第一次現実にせよ、第二次現実にせよです。視ることが、すべての出発点になります。

＊

「ヴォワイヤン」という言葉があります。ご存じの方もおられるでしょうが、フランス語で「見る者」を意味し、日本語では「見者」などと訳されています。

一九世紀の天才詩人アルチュール・ランボオが用いた語で、「見者の手紙」は有名ですが、その中から、少し引用してみましょう。

ヴォワイアンになりたいと努めています。凡ゆる感官を放埒奔放に解放することによって、未知のものに到達することが必要なのです。

僕はヴォワイアンであらねばならない。自らをヴォワイアンたらしめねばならぬ、というのです。［略］「詩人」は凡ゆる感覚の長期にわたる、深刻な、そして論理的

な錯乱を通じてヴォワイアンとなるのです。［略］

　ボードレエルこそ最初のヴォワイアンであり、詩人たちの王者であり、真の神に近い人であります。［略］

これらは、一六歳から一七歳にかけてのランボオが、高等中学校の修辞学の教師ジョルジュ・イザンパアルなどへ出した手紙の一部で、彼の詩観がよく現れています。

　自分自身を限なく探求して、自分の内部に一切の毒を汲み尽くし、その精髄だけをわが物とすることで、あらゆる偉大な病者、偉大な罪人、偉大な呪われ人の仲間入りをし、最高の智者として、未知のものに到達するというのです。

　長期にわたって、自己を「錯乱」の中に投げこみ、その錯乱状態の中から、唯一至高の美を見出そうとする――それが、ランボオのいう「意識的錯乱」であり、ヴォワイアンであり、「視る」ということだったのです。

　彼は耳で色を見、目で音を聞いたのです。「A（アー）は黒、E（ウー）は白、

Voyelles

A noir, E blanc, I rouge, U vert, O bleu : voyelles,
Je dirai quelque jour vos naissances latentes :
A, noir corset velu des mouches éclatantes
Qui bombinent autour des puanteurs cruelles, ・・・

……」（『母音 Voyelles』一八七一）は、そうした錯乱の中での聴覚と視覚の共感覚（色聴）から生れたものでしょう。

醜悪さや汚穢の中に美を見出し、「多少とも歪んでいないものは感銘を与えないように見える。……思いがけないこと、案外なこと、びっくりさせること、つまり規則はずれなことが、美の要素の必要欠くべからざる一部であること…」と喝破した「最初のヴォワイアン」ボードレエルとランボオとの共通点は、容赦ない目による真実の暴露ということでしょう。

この両者に先立って、画家のドラクロワが、「美しいものは、常に奇怪なものである」といっているのも注目されます。飾られた外面の奥に身を潜めている真実の奇怪さ、それを視透す彼もまた、絵画の上のヴォワイアンだったのでしょう。

＊

さて、漢語に「目撃」という言葉があります。

現在は「目撃者」などという使い方をされていますが、本来は「目でさわる」こと、つまり対象を熟視することです。空海が書いた『文鏡秘府論』（八一九〜八二〇）という詩文評論書では、字義どおり「目デ撃ツ」、物事の本質にまで立ち入ることです。「ものを視る」ということは、「ものの本質を視る」ということにほかなりません。

江戸時代後期の西洋風油絵の先駆者・司馬江漢（一七三八〜一八一八）が「写真」（『西

洋画談』一七七九）といったのは、現在のフォトグラフのことではなく、「真実を写す」こと、現在の言い方をすれば「写生」のことです。

俳句にも川柳にも、いまなお「写生」という言葉が用いられますが、それはただ、物象をあるがままに写すということではありません。歌人・齊藤茂吉の写生論（昭和９）に「実相観入」という言葉が出て来ますが、これは、自然と自己の一元化、客観と主観の融合点に、本質を見出そうとするものです。

これと似た言葉が、伊賀蕉門の中心、服部土芳の編した『三冊子』（一七〇二？）には「物に入る」とあります。物の核心にまで踏み入らなければ、隠れた真実の姿をとらえることはできないということで、同じ意味で「境に入る」ともいいます。

＊

意識的に視ようとしなくても、網膜に像は映ります。ここまでは、イヌでもサルでも同じです。しかし、これは単なる視野（ヴィジュアル・フィールド）に過ぎず、兼好法師が「心そこにあらざれば、見れども見えず」といったのがそれです。

人間が「ものを視る」という時は、その対象に「心を置いて」見るということで、そこに人間化された個々の視覚世界（ヴィジュアル・ワールド）が生まれます。

「視る」というのが選択された行為であるとは前に述べましたが、この語には、認知、判断、観察などの意味が含まれています。それが多かれ少かれ、ある種の認識行為と絶えず連携していることは、英語で「I see」といえば、「理解した」という意味であることでもお分かりでしょう。

また、「視る」というのは、その選択行為によって、対象を理解の範囲内に置くことですから、所有することにもなります。そして、これらのことは、視覚の情報処理がすべて脳で行われることを証明しています。

オーストリアの詩人リルケの著名な小説『マルテ・ラウリッツ・ブリゲの手記』の中で、主人公に「私は見ることを学んでいる」と言わせているのは示唆的です。

リルケは、見るということは「不可視（unsichtbar）なるもの」を見ることだと言っておりますが、これも唯一の真実を洞察するということでしょう。ものの真実を奥底まで見とおす力は、その対象に対する「愛」（意志の力）であると言っている人もいますが、これも一面での至言にちがいありません。

余談ですが、リルケはフランス語の三行詩をつくり、これを《Hai-Kai》（アイ‐カイ＝俳諧）と名づけています。その没年である一九二六年秋、こんな句を作っています。

二十の化粧品の中から
彼女は満ちた一つの壷をさがしだす。
石になっていた。　〔原句＝フランス語〕

いわゆる「二句一章」の形式を採っており、できています。

さて、引用ばかりしていても際限がありませんので、もうすこし身近な問題について考えてみましょう。

江戸の言葉で「穿ち」といい、古典川柳の本質とみなされる「ものの見方」がありま す。江戸川柳の良質の部分は、おおむねこの「穿ちの目」に支えられてきたといってよいでしょう。

＊

「穿つ」という動詞は、錐などで孔をあけることですが、そうすることで、日頃は表に現れない部分、視角から閉ざされた部分を暴き出し、意外な実体を取り出してみせる。おおむねは、人間や社会の弱点や歪曲された側面で、いわば人間や社会のアナの部分を指摘することから、「あなを言う」ともいわれています。

上質の句は、それが単なる当てこすりや暴露に終わらず、アイロニーを伴って、読者の笑いを誘います。これは、人間への眼差し、社会への視線が、しっかりしていなければできないことです。『誹風柳多留』前期の作者たちは、経済的にもゆとりのある江戸住民が多く、ものの見方にも余裕が感じられますが、その余裕のある遊び心から「穿ちの目」が育っていったのでしょう。

役人の子はにぎにぎをよく覚え　（柳多留1）

こんな句は、よほど余裕がなければ生まれてきません。これを現在の感覚でとらえると、収賄に明け暮れる役人を弾劾するのに、その子の仕種を引き合いにした辛辣な風刺のように思えます。しかし、役人とは「そういうもの」であり、そうした風景が日常化していた当時の時代背景を踏まえてみると、これは間接的に「役人」をあげつらった句ではなく、最初から「役人の子」そのものを、親を引き合いにカラカった「穿ち」と考えたくなります。いわば、ふつうの風俗句で、風刺句とはいえません。

川柳の目も、この時代はまだ「上へ向く」視線は持っていなかった。上から与えられた制度や仕組みの中にきっちりと嵌め込まれていたのです。

「上以風化下、下以風刺上」と『詩経』にあるように、「下」の視線が「上」を向いたとき、初めて「風刺」が成り立つわけですが、江戸川柳の目は、水平から上へは向かうことがなかったのです。したがって、「役人」への視線も、「許せない」というより、やや皮肉を込めた「運がいい」（前句「うんのよい事うんのよい事」）だったのです。

「視る」ということにも、近代的な自由が保証されていなければ、ブラインドを降ろされたのに等しいということです。

すべてについて「視る」ということが基本になることはいうまでもありませんが、その対象には、三次元の第一次現実と、映画、テレビ、写真、印刷といった二次元的なメディアを通じての第二次現実とがあります。ことに後者によって人間の感情や経験へ繰り返し刷り込まれるイメージ（擬似現実や人工現実）によって、人はしだいに三次元でものを見ることに抵抗を感じるようになり、そのことが、人間の記憶のメカニズムに大きな影響を与えているといわれます。

三次元でものを見ることへの抵抗から引き出されるのは、自己と現実との対応関係の消失ということで、これはファミコン世代とか電脳世代などと呼ばれる若年層ばかりとは限らないようです。

メディアテクノロジーの急速な発達によって、電脳空間（サイバースペース）とか仮想文明などといわれる時代の環境に、否応なく巻き込まれていく中で、私たちはやはり、何が本物で、何が贋物かを見分けるための「視る」行為を続けていかなければならないのです。

人間社会のだんだん見えにくくなる真実、皮膜に遮られた実体から目を逸らせることなく、新しいイメージを紡ぎ出していくこと、それが私たちに課せられた責務だと思います。

いま、ここにしかない一回限りの現象を、ラテン語で「アウラ」(aura) というそうですが、そのような対象を見逃すことなくとらえるために、私たちの目があり、「視る」という行為の選択が与えられているのです。

これが、創造という営為のスタートです。


〔「川柳公論」１３１号（一九九八・九）〕

イメージ

発信と受信のはざま

本日から一一月までの九回にわたって、短詩型とイメージに関する諸問題について考えてまいりたいと思いますが、本日はその第一回として、最も基本的なイメージ一般についてのたたき台を提出、あとで皆さんから自由なご意見をいただきつつ、それが討論にまで発展していければと願っております。

イメージなどといっても、本日取り上げるのは特別なものではありません。というより、われわれの日常、人間関係そのものが、イメージのキャッチボールの繰り返しであるということ——その辺のごく初歩的な再確認を、まず出発点にしたいと思います。

川柳にイメージという言葉を用いる時、イメージを何か特別のものと誤解している傾向が見られます。

イメージというのは、具象にせよ抽象にせよ、句というメディアを通して描かれる風景のことで、それは既成川柳も前衛川柳も変わりありません。

ただ、感情の起伏とか気分とか、人間の内側に生ずる不可視な対象を、可視的な風景として描くことが、明治四〇年代の新傾向川柳から試みられ、イメージと呼ばれる領分が広がったことは事実です。

それは、西欧近代詩の特にサンボリスムの影響を受けたもので、その表現方法としては、心象風景というかたちで、イメージがフル活用されました。

堪へ難し野に入り森を出て又野

これは、明治四四年の木村半文銭の句ですが、森や野を心の風景として映像化し、人生の旅人である自分の索漠たる思い、また挫折感や孤独感に、客観的な風景としての「かたち」を与えたものです。

この場合、ただ言葉で「索漠たる思い」などといっても、それは単なる抽象的な記号に過ぎず、内在的な風景としては何も伝わりません。

これが、イメージの効果です。

＊

イギリスの心理学者リチャードソンは、イメージを定義して、①残像 ②直感像 ③記憶イメージ④想像イメージの4種に分類しておりますが、①、②は感覚器官に近い部分にあるもの、③、④は認知活動にかかわるもので、今後の私たちに関係深いのは、人間の創造に関与する④の想像イメージと、それと不離の関係にある③の記憶イメージでしょう。

したがって、ここでは、③と④を中心に考えていきたいと思います。

心的イメージは、五感——視覚、聴覚、体性感覚（皮膚感覚、深部感覚）、嗅覚、味覚——のすべてに対応して形成されます。そして、蓄積されていきます。

人それぞれの内側には、その人が経てきた時間に応じての記憶が、記号として累積されており（これを「脳内辞書」とか「心理辞書」などと呼んでいます）、その記号に対応して映像化できるスクリーンがあります。

たとえば、発信者から「茶碗」という単語（記号）を聞けば、受信者は時を置かず、自分のスクリーンに茶碗のイメージを浮かべます。けれども、それは、発信者が記号化した茶碗のイメージと同じものではありません。

受信者が、外からの情報を自分の中でイメージ化するに際しては、すでに自分の中にある知識や経験、あるいは常識として形成された既存のイメージ（個人的バイアス）との相互作用によってイメージの再構成を行う、というプロセスを必要とするからです。

「外からの入力」である視知覚と、「内からの出力」である記憶や想像のイメージ生成は、脳内の同一スクリーンでフォーカス・ワークが行われます。

発信者が、自分のイメージに少しでも近い象容を、受信者に伝えるためには、自分の中のイメージから特徴的な点を補足したり、例えばこんな形であるという比喩を用いたりしなければならないでしょう。しかし、類似したイメージまでは与え得ても、まったく同じイメージを共有することは不可能です。

蓄積された経験や記憶の体系が異る発信者と受信者の間で交わされる対話とかコミュニケーションというのは、この内的な記号化、イメージ化の繰り返し、いわば心的イメージのキャッチボールということができます。そして、それが決して正確なイメージの交換とはいえないにもかかわらず、似通ったイメージを共有することで、普通のコミュニケーションは成立しているのです。

コミュニケーションは、双方の誤解のうえに成り立つという逆説的な言い方は、このことを指しています。

個人の中に形成される記憶装置は、絶えず外から与えられる情報によって修正されます。

例えば、ある目的地にいたる道順には、曲がり角の目印などがインプットされ、イメージ化されているわけですが、知らないうちに元の目印が別の建物に変わっている場合があります。

当然、既成のイメージとしての地図は書き換えられなければなりません。新しい交友関係か増えれば、その人の名や容貌などのイメージが付加されます。

私たちの脳内では、外からの入力と、内からの出力が同一スクリーン上で絶えず葛藤を演じているわけですが、面倒なのは、私たちの記憶装置には、五官によって直接知覚した第一次現実と、テレビや3D（三次元）CDなど、マスメディアの発達によって作り出される映像の世界（擬似現実）、バーチャル・リアリティ（仮想現実・VR）とか、アーティフィシャル・リアリティ（人工現実・AR）と呼ばれる第二次現実が、避けがたく共存しており、しかも、第一次現実との境がしだいに朧化しつつあるということです。

テレビなどの視覚メディアが切り取った外界が、恰も写実であるかのような幻想や錯覚を生じさせるのもこのためです。

それでいて、この記憶装置は、頑固な一面も持っており、社会的な認知としてのイメージや、日常的な思考の枠組み、個人的な思い込みが、それを超越した現実をなかなか受け入れさせない。また、最近多発する「びっくり現象」などへの対応にも不器用です。

複数の人が、同じ対象から直接知覚した現実（第一次現実）が、それぞれ異なった記憶装置との照合を経て、それぞれのスクリーンに映し出される時には、したがって一人一人違った形をとることになります。

これをさらに、現場に立ち会わなかった第三者に伝えようとする場合には、受け手もまた自分の記憶装置を透して映像化するわけですから、そのスクリーンに映し出されるイメージ、つまり擬似現実(第二次現実)はさらに実体とは違ったものになるはずです。

脳内辞書には、ふだんは姿を現わさない部分もあります。潜在意識として、辞書の深層に眠っている領域がそれですが、それが発信者、受信者の意識の外で、イメージづくりに加担してきたら、同一対象から出発したイメージは、個の数だけ万化するということになります。

ジェネラル・セマンティックス(一般意味論)に「ノン・オールネス」(ことばは、すべてではない)というテーゼがありますが、発信者のイメージ→記号化と、受信者の記号→イメージ化との間には、絶望的な断層があるということです。

＊

外界からの刺激が、図形イメージを喚起させる能力をランクづけて「イメージ価」と呼んでおりますが、受信者に与えるイメージの度合いは、低い方から「符号」「文字」「音」「図像」「映像」「共有空間」という順になります。

例えば、小説は文字で読むより音声で朗読した方がイメージ価が高くなりますし、さらにヴィジュアルなマンガ(図像化)や映画(映像化)にすれば、比較にならないほどイメージ価は上昇します。

イメージ生成

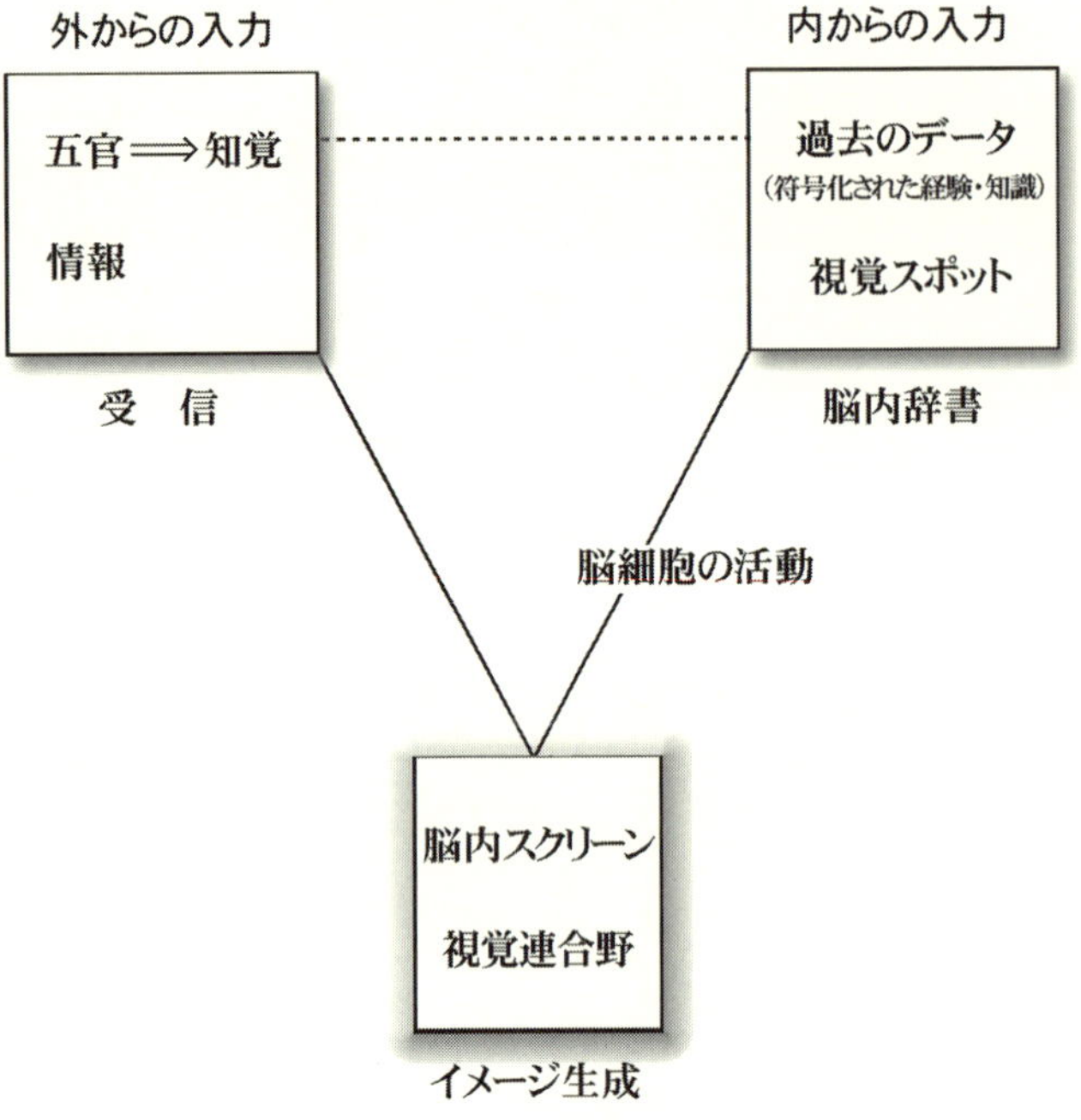

＜イメージ価＞

符号→文字→　音　→図像→影像→共有空間

↓　↓　↓　↓

小説　朗読　漫画　映画

（受信者の参加度）

高くなる　←　→　低くなる

クールメディア　（マクルーハン）　ホットメディア

音声言語は、文字と音とを合わせたものと見做されますが、それをどれだけ連ねても、一枚の図像には及びませんし、その図像を連結させた映像にはさらに及ばないということです。

イメージ価が低いほど、受け手の「参加度」つまり自己のスクリーンへイメージ転写するための努力が必要になります。

余談、というより、あとで考えなければならないことですが、発信者と受信者が確実に同一イメージを共有することはない、というコミュニケーションの原則に立てば、川柳に関してよく言われる「一読明解」などというレトリックが、いかにむなしいことかが理解できるはずです。自分の文字表現が、自分の描くイメージをそのまま読者に伝え得ると信じること、しかもまったく読者の参加度（努力）を必要としない文章があると考えること自体、あまりにも楽天的過ぎるとは言えないでしょうか。

地図がどれほど精密に描かれていても、第二次元のイメージで、第三次元の現地を完全にイメージ化することはできないでしょう。一般意味論で「Map is not territory」という「map」は、もちろん「言語」のことです。

「一読明解」は、見事な錯覚というほかありません。

＊

さて、「鏡花水月」という言葉があります。鏡に映った花、水に映った月は、現実そのもの（第一次現実）ではありませんが、鏡、水を媒体とした擬似現実（第二次現実）の方が、現実より美しいと感じさせることがあります。しかし、同じ花、同じ月でも、媒体となる鏡にひずみがあったり、水が波立っていたのでは、現実に近い像は得られません。これは、すべてのメディアとイメージについて言えることでしょう。

また、花や月そのものには発信意図がありません。しかし、それから何かの情報を読み取ろうとする人間にとっては、それ自体がメディアであり、こうした物言わぬメディアからイメージを紡ぎ出すことのできるのは人間だけです。「石にも説く」といった川上三太郎は、石ともコミュニケート、イメージの交換ができた作家だったということができます。

＊

既成川柳にせよ、前衛川柳にせよ、イメージとして差し出された作品の記号を、どう受け止めるかが読者に課せられた使命ですが、それにはイメージというものの実態を把捉しておくことが作者にとっても鑑賞者にとっても重要です。

その一側面について述べてきましたが、これをたたき台として実践的に生きた作品を鑑賞してみたいと思います。みなさんの自由なご意見を期待いたします。

【自由発言（抄）】

黒いものがどすんとある　どすんと　　冨二

忠兵衛　「黒いものがどすんとある　どすんと」の黒なんですが。私も初めは判らなかったのですが、黒も含めて、色というものは光を当てて識別できるんですけど、どうもあれは光の無い状態を色で言ったのではないか、と感じるわけです。
従って、無いものをあると言った。これは認識の上で、あるいは感じの上で無いと思っているものが、客観的には現にあるということを言ったのではないか。
久子（福島）「黒」のイメージは、全てを吸収してしまって、無いという状態ですから、やはり在るイメージだと思うんです。全てを吸収して存在しているという、何か、行き着く先まで行ってしまったというイメージ。死とか、……。
三柳　「黒」は虚であって、なおかつ実であるということですかね。
久子　それは実体験から。病気になった時の死の恐怖とか、そういうものから。
柚郎　一般的には黒はひとつの色としてイメージされているわけですけど、この句の場合は色として言っているんではないと思います。
忠兵衛　さっき申し上げたのは、言語を使って認識に黒を用いるものは沢山あるんですが、しかし、それで存在界全てが認識出来ているんではなくて、認識出来なくて現にあるものがもっとあるわけです。この、認識出来ていない外側の、現に存在しているものを「黒いもの」と言ったと私は思います。
「ある」で切ったのがすごいと思ったのは、この前先生にお聞きしましたら、亡くなる少し前の作品だということで、当然死の世界、あの世みたいな、タイミングとしても

境涯的なものと思っています。

三柳　この世とあの世は別のものではなくて、繋がっているんですね。我々は目に見えるものと、目に見えないものとで全体をなした世界に住んでいるわけで、世界は見えるものが半分、見えないものが半分なんですね。

　ドイツのノヴァーリスという詩人が書いたものに、「全ての見えるものは見えないものに触っている　聞こえるものは聞こえないものに触っている　感じられるものは感じられないものに触っている　おそらく考えられるものは考えられないものに触っているだろう」というのがあるんですが、「黒」の捉え方と似ていると思うんですね。

　あの「黒」を簡単に死と結び付けると、意外につまらなくなるかもしれませんね、もっと向こうがあるかもしれない。

忠次郎　冨二の句について、僕の記憶では小林正枝さんが先生宛に書いて送られたのが心に残っておりますけど、それを鑑賞する目があって、その作品が生きてくると先生もおっしゃっていますし、これだけいろいろな角度から評価される「黒いもの」は、やはり優れているんじゃないかと思います。

　私も、「黒いもの」とは単純に死だとするのはつまらないと思いますが、ちょっと漠然としている気もします。この前は良いと思うだけで、何を表現しているのか判らなかったんですが…。

忠兵衛　ちょっと気が付いたのですが、イメージは読み手の側に記憶として蓄積されているものが働くということですが、私の体験で五年生の時に、家に帰ったら母も祖母も誰も居なくて、この世に自分一人だけではないかと強く感じたことがあるんです。この「黒いもの」でその体験が蘇ってきました。

久子（福島）「黒」のイメージには時代的背景の差があると思うんです、同じ時代を体験した人なら重なるものがあるでしょうね。

三柳　それはあるでしょうね。

素床　「黒いもの」についてですが、我々は不吉なものと捉えて話しているんでしょうが、それは何故なのかというところから入らないと。葬式は何故黒なのかとか、モーツアルトが最終的に交響曲を作る時に黒服の訪問客が現れるとか。何故そうなのか、黒は人間にとって共通的に不吉なものなのか、あるいは最近の若い人に「黒いもの」「どすん」を読ませると、何を言っているのか判らないとか、楽しいとか。昔、有名な女優が黒はシックで良いと洋服について言ったけど、シックと不吉は違うわけで、ということは男にもバリエーションがあって一方的には見られない。そういう見方から「黒」の使い方を広げて行くと面白いと思うのですが。

三柳　既成観念の中から「黒」を考えようとするのは確かに意味がないね。

ただし、今は冨二の「黒」に限っているんでね。前には冬二の「赤」をやったけれど、冨二の「黒」と冬二の「赤」を取り替えてみたらどうなるか、なんて。

忠次郎　その時は「黒のときめき」になるかも。

三柳　冨二のはやはり「どすん」なんだね、赤や白だと「どすん」とは聞こえてこない。それもやっぱり既成観念かな。我々はそこから出なければいけないんだけれどね。

忠兵衛　それはアイロニーの中にそういうこともひっくるめないといけないんじゃないかと思うんですね。既成のものを疑ってみるという姿勢がアイロニーじゃないんでしょうか。あらゆる既成のものを考え直してみるという…。

三柳　色のイメージとして「どすん」は、揺るがし難いね、「黒いもの」が「ぽちゃんとある」もアイロニーとしてはおもしろいが。

素床　詩人が判っていてやるのはいいけど、素人がやったら酷いことになる。素人が黒を赤にしたのではね。

和男　私は、宗教のことはよく判らんのですが、神に召されるのがすばらしい最期であるという人もいるんですね。

そうすると「黒いもの」より明るいものを考える人もいるんじゃないか。すると、冨二の死生観というか仏教観というか、どういう生き方をしているかが大事であって、この「黒」でよいかどうかは決め難いのではないか。

例えば、我々は死の恐怖といえば暗闇とか、明日が無いとか暗いイメージになるわけで、そうすると「黒いものがどすん」となりますが、全ての人がそうとは限らないわけで、良い悪いは別のものであるような気もしますね。

素床　皆さんが、ある程度共感できる、または判ると言う人と、全く判らないと言う人とどうなんですかね。僕らの年代の人は判るという気もするんだが…。

忠兵衛　この句が判らない、または良くないんじゃないかという人居ますか。

三柳　それは面白い、否定的意見があれば。

正治　私は判る世代の一番下だと思うんですが、冨二の「黒」が死じゃつまらないという考えには大賛成ですけど、時代背景とか、冨二が戦争についてどう思っていたかとか、もし冨二が我々の年代だとしたら、安保についてどう思っていたのか、アメリカについてどうか、どういう圧迫を感じていたのか、などですね。

私がこの句から感じたことは、そういう暗澹たるもの、人から支配され、民主主義もくれたけど他のものも押しつけた、その大きな存在に対して何かを感じていた世代なんです。だから私には「黒いもの」がそういうものであってもよいんじゃないかと…。冨二は安保とは無縁だったでしょうが、私にはそれが想起されて来るわけです。

冨二はその「黒」を何だと思っていたのか、その時代背景を探ったら、冨二の主観と自分の主観的イメージで、何が共通で何が違うのかと考えることも、句を楽しむことになるのではないかと思っています。

三柳　アメリカが一番黒かったんじゃないかな、当時は。

正治　そう思います。私はお坊ちゃん学校に行っていたのですが、集会の日は革命前夜みたいな、肌が痛くなるようなアジ演説が校内の角かどでやられていて、それは全てアメリカを指していました。あれは、私にとっては「黒」だったと思います。勿論、冨二の「黒」とは違うと言われても、私にはその「黒」を楽しむ権利があると思っています。

三柳　それは大いにそうだな。

正治　だから概念と具体例が、読む人と書く人同士で散らばりがあっても許されると思っています。

忠兵衛　おっしゃっていることは、作者から読者への一方通行ではないという、互いに作り上げて行くというお話だと思います。私には私の「黒」がある。その通りだと思います。

三柳　ここまで積極的に作品に参加してもらえれば、作者も本望でしょう。作品は、鑑賞者の中でしか完成しない。

素床　今の中学生などに黒というものがどう伝わっているか。

三柳　この黒は、白黒の黒じゃない。黒そのものなんだ。だから重い。この重さが分かるには人生を必要とするんじゃないかな。

忠兵衛　さっき宗教との関係でおっしゃったんですが、昼間が一番怖い、暗くしないと眠れないということもあるんで、黒が不吉では主旨が違うとは決められないんじゃないか。作句のタイミングからすると、どうも切迫したような気分で「黒いもの」を感じたということで、そのことを「黒」と言っているという読みが成立するんではないかと思うわけですが。

三柳　成立のさせ方はそれぞれの世代で違うんだね。ここには冨二と同世代の人はいないんだな、明治四五年早生まれですから。

〔「川柳公論」１２９号（一九九八・五）〕

「イメージ」に関連して、中村冨二さんの「黒いもの」を取り上げ、この句のシンボルである「黒」について、検証した結果、「発信者と受信者が確実に同一イメージを共有することはない」ということ、つまり「色やかたちから何をイメージするかということに普遍性はない」ことが、それぞれの発言の中で実感できたと思います。

ソシュールのいう「意味するもの」と「意味されるもの」のギャップ、また「コミュニケーションというのは、伝達される何かにではなく、それを受ける人のなかに何が起こるかにかかっている」ことも、おぼろげながら確認できたという意味で、冨二さんの「黒」は、まさに願ってもないテキストでした。

＊

しかし、これは「黒」といった抽象的なイメージに限られたことではありません。

屁をひっておかしくもない一人者

は、ご存じのとおり『誹風柳多留』の古川柳。また、

まだ寝てる帰ってみればもう寝てる

というのは、〈平成サラリーマン川柳〉の一句です。

このような具体的な風景を持った作品に対しても、鑑賞者の立場からは、受信内容の違いが出てきます。

古川柳のほうも、この風景をただ「卑俗な笑い」と平面的にとらえるだけでは、川柳の社会通念を貶めてきた、これまでの考え方を踏襲するに過ぎません。

「屁」というものが、尾籠であるとか、不行儀であるとかいう存在感を持つのも、それに反応する相手が周囲にあって、笑ったり、叱ったりするからのことで、自分一人が、自分のした屁を聞いたり嗅いだりしたところで、自分を出たものが自分に返るだけの無意味な気体に過ぎません。

もはや屁が屁としての実体を失った、いわば透明化を通じての人間の孤独感、この世はしょせん一人生まれて一人死んでいくしかないという、人生そのものの寂寥感に

まで踏み入ると、卑俗である屁が、現実的な概念を超えた重みを持ってきます。

実際、この時代は、男と女の比率が二対一で、男が家庭を持つことが難しかったという背景もあります。

サラリーマン川柳のほうも、これを、コミカルな絵としてだけ見るのは鑑賞者の怠慢で、やはり現代という時代背景のもとに、作者が句の背後に発信しているいくつかの情報を汲み取ってやらなければならないでしょう。

妻が「まだ寝てる」のも「もう寝てる」のも、夫に対する軽侮というにとどまらず、夫が朝早く出て夜は遅く帰るという職住の遠距離化、面倒を見なければならない子もいないという少子化、妻も妻なりに働いていて、休養が必要だという共働きの状況、などなどを読み取ってやるのが、まじめな鑑賞者のつとめだと、私は思います。

作者が意図したイメージの環より、大きな環を鑑賞者が描くことは往々あります。これを「探読み」などといいますが、作品のイメージは、鑑賞者が受け止めてはじめてイメージとしての客観性を持つわけですから、これをいちがいに否定することはできません。

この作品と鑑賞者との関係は、絵画でも詩文でも、そのほかの芸術でも同じことでしょう。

「批評とは、批評家自身を語るに過ぎない」(A・フランス)とか「批評は批評家である」(H・ジェームズ)などといわれますが、例えば、こんな例があります。

去来の「岩鼻やここにもひとり月の客」という句について、作者自身が、たまたまそういう酔狂な男がいたのを見かけて句にしたといったのに対して、師の芭蕉が「わが解、なお探し」といって「その男がほかならぬ自分であって、ああ、わたしも酔狂な男だ」という自嘲的な思いから出た句なら、さらにおもしろかろう、といったことが『去来抄』に見えています。

作者の世界を円とすれば、鑑賞者の世界である円とはなかなか重なり合わないものですが、この場合は、鑑賞者の円が、作者の円を丸ごと呑み込んでしまった特異な例といえます。だからといって、これを単なる「深読み」とはいえないでしょう。

冨二さんの「黒」の場合も、もっぱら「黒」が何を象徴するかに議論が集中しましたが、これは初期の精神分析の方法論に共通するもので、現在の深層心理学では、「ヘビは……を象徴する」といった置き換えは行われていないようです。

ユングの「拡張法」というのが現在は主流を占めており、これはクライエント（患者）の提出するイメージに類似のもの、並行的なものを、人類の神話、伝説、昔話、宗教的絵画などに求め、それによって、もとのイメージの意味を見出していく方法が採られている（河合隼雄『イメージの心理学』）ということです。

私の川柳の鑑賞法と、それにつながる批評法も、おおむねこの分析心理学的な方法を加味した印象批評に拠っております。

句の中心に作者が置いた炎（本質の表現）を見失わない類延に批評家としてのもう

一つの炎を作るとでも申しましょうか。

その場合、当然のことながら、私の中にある記憶装置や脳内辞書が、総動員されることになります。

ユングは「作品の高下を量るのは、享受する人間の、積み重ねられた教養と、研ぎ澄まされた趣味好尚に支えられた感受と共振の能力」(『創造する無意識』松代洋一訳「訳者解説およびあとがき」)といっておりますが、ここでもう一度「黒」にこだわるならば、「黒」を享受するためには、さきほど記したような人類の神話、伝説、昔話、宗教的絵画など、さまざまなジャンルの知識が必要になります。――もちろん、これはあくまでも理想ですが。

いまここに、数冊の書物からメモしてきた「黒」のイメージシンボルがありますが、このうちの単語を棒読みするだけで、一時間はかかりそうです。

【一部を読み上げ――略】

これだけの「黒」を、すべて記憶や脳内辞書に取り入れることはほとんど不可能だと思いますが、われわれが避けなければならないのは、個々の脳内辞書だけで、単純に「黒」とはこういうものだと短絡もしくは観念化してしまうことです。多くの場合、それは、比喩ではなく「きまり文句」に過ぎないのではないでしょうか。

＊

「共感覚」というのは、五感の機能がそれぞれの領域を飛び越えて交感する、例えば、「音を見る」「色を聞く」などの類ですが、冨二さんの句には、これが二重にはたらいています。

作者は、「どすん」という音を視覚化すると同時に、「黒いもの」を聴覚化しています。目で聴き、耳で見たものが、統一的な世界として提示されている、これが、冨二さんの内的風景に迫る鑑賞の出発点になると思うのです。

アルチュール・ランボオの《母音》という詩の冒頭に、

「Aは黒、Eは白、Iは赤、Uは緑、Oは青よ、母音等よ」（堀口大学訳）

という一節があります。

これは、フランス語の母音であるA《アー》、E《エー》、I《イー》、U《ウー》、O《オー》という音声感覚と色彩感覚の交感で、このような音を色でとらえることを「色聴」といっておりますが、明治三〇年代から日本へ入ってきた西欧近代詩、ことに高踏派や象徴主義は、こうした共感覚の世界だったということです。

それまで客観的地平にあった俳句や川柳が、作者の主観に重きを置き、自己内面の世界に視線を向けるようになったのは、西欧近代詩の影響を強く受けたもので、これが新傾向俳句、新傾向川柳の名で呼ばれる一派を生み出しました。

【以下「新傾向川柳」については略】

「わかる、わからない」といった議論は、ここから起こってくるのですが、すでに既成化した川柳界の大勢は、世界の半分、つまり目に見え、言葉で説明できるものしか信じないという陋固たるモノサシを手放そうとしなかったのです。世界の半分を占めている目に見えないもの、言葉で説明できないものを、可視的なイメージとして描こうとした新しい試みには、だから一顧も与えようとしませんでした。

＊

象徴というのは、ヴェロン（仏）の『Esthètique』を翻訳した中江兆民の『維氏《イし》美学』（明治一七年三月）の中で、はじめて「Symborisme」の訳語として用いられたものですが、これの文芸的な運用についてイエイツは、次のように述べています。

「象徴とは、実に、或る不可視的な本質のただ一つの可能な表現であり、霊の焔のまわりの透明な灯りである」

とはいっても、作者の作り出すイメージが、そのまま読者に伝わることを、はじめから期待しているわけではありません。

『海潮音』（明治三八年一〇月）の序文で、上田敏が記しているように、「象徴の用は、これが助けを籍りて、詩人の観想に類似したる一の心状を読者に与ふるにありて、必ずしも同一の概念を伝へんと勉むるにあらず」（傍線筆者）、したがって、読者は「自己の感興に応じて」鑑賞すればよい。結果として、一編の詩に対する解釈が、人によってそれぞれ意見を異にすることもあるというのです。個々に自由なイメージを享受しながら、類似の観想をたのしむのは、象徴詩も川柳も変わりはありません。

ここで、また本稿の冒頭に戻ることになりますが、この鑑賞の際に、「詩人がいまだ解き及ぼさざる」部分、言葉にしていない領域にまで立ち入ることで、その妙趣を受容することができる——こうした予期し得ないイメージの発信と受信、これが作品鑑賞の基本であり、醍醐味というべきでしょう。

＊

私たちは、ごく日常的に「風景」とか「風景化」とかいいますが、これはとりもなおさず「イメージ」、「イメージ化」ということと同義です。

とりわけ、不可視のもの、姿を持たない対象に、かたちを与えることを「風景化」「イメージ化」ということが多くなっていますが、こうした創造上の理念は、おおむね大正期の新興川柳を経て定着していったものです。

江戸時代以来、客観的地平ばかりを彷徨い続けて、それ以上の展開が望めなかった川柳に、作者の主観的な発露、自己内面への視線を取り込んだ明治の新傾向川柳と、それを熟成させた大正の新興川柳、この二つの運動がなかったら、現代の川柳のすくなくとも半分は存在し得なかったと思います。

そしていま、それを一歩でも半歩でも前へ進めたい、というのが、私たちの悲願です。

〔「川柳公論」１３０号（一九九八・七）〕

日常と非日常

――「異化」について――

朱雀会の研修では、いま「色（もしくは）彩」――以下「いろ」――にこだわっている。川柳で、どんな「いろ」が創出できるか。「Aは黒、Eは白、Iは緑、……」という、一九世紀フランスの象徴派詩人アルチュール・ランボオ（一八五四～一八九一）が、聴覚的な「母音」から視覚的な「いろ」を紡ぎ出したヴォワイアンのひそみに倣おうというのが趣旨である。

意識は、それ自体としては透明だが、ひとたび対象を得て、それへ向かうとき「いろ」を持つ。その「いろ」を追究して、川柳に取り込みたい、それによって川柳が「詩」として成立するかどうか、という試みである。

いま仮に、人類が最も早く意識した「赤」を例にとってみよう。赤は、呪いや祝いや信仰の対象として、白、黒とともに、先史時代から使われてきた、その原点にもう一度立ち戻って、それ以後の手垢にまみれてきた赤、概念的な赤、日常的にあるいは習慣的に赤と見做されてきた赤を切り離して、研ぎ澄まされた感覚と新たなイマジネーションの働きで、退嬰的な固定観念の向こうから純正な「赤」を引き出す。

これが、「詩」である。

伝統的な川柳（という慣用的言い方にしたがえば）は、詩ではない。いうまでもなく、詩であることが川柳のすべてではないし、詩でないからといって、それを否定するつもりはもちろんないが、いまここでは、詩以外の川柳は忘れようということである。

繰り返すが、伝統的な川柳の指向するものは、詩ではない、その理由はきわめて明瞭である。

「川柳を詩にしたい。詩は時代の要求である」（「矢車」明治四二・四）と中島紫痴郎（一八八二〜一九六八）が叫びを上げた「新傾向川柳」によって、川柳ははじめて「詩」を意識することになるが、それより以前の既成川柳（といっても、新川柳の勃興からまだ十年も経ていないが）は、江戸川柳以来の視座をそのまま受け継いで、日常的な視覚に直接映じないものは見ようとしなかった。

この世には、見える世界（外在）と見えない世界（内在）が共存していることから目を逸らし、見えないものは対象にならない、それが伝統的な「客観性」であると錯覚していた。

例えば「赤」といえば、赤い（と習慣的に見做されている）ものだけしか対象と見なかった。つまり、半分だけの日常性から一歩も出ようとしない、これが、見えないものを見ようとする詩の領域とは次元を異にする既成川柳の在り方であった。現在もなお大勢を占める伝統的な川柳では、その態度を変えていない。

とはいっても、その反面では、詩を指向する川柳にあっても、詩そのものに対する概念があいまいで、見せかけだけの詩作品もこれまでに寡なくない。

現に、「いろ」にこだわることで、川柳の「詩」を考えようとする目的で試みた習作でも、充分には所期の成果が得られたとはいえない。それは、参加した作家個々の中で、いわゆる「異化」への姿勢が中途半端であったことに理由があると、私は考えている。

【課題「黄」】

現実の作品を少し見ていこう。

戦争で少女が死んだ　レモンの黄

一見、詩的なイメージ作品と思えるが、発想自体が「黄＝レモン」という既成観念に倚りかかっている。言葉のうえの「黄」がほとんど概念としてしか感じられない。

菜の花の沖に繋がるきのうのギター

ヒマワリの海に沈んだ救急車

ともに作品そのものには屈折があり、風景としては評価できるが、「黄」という課題に短絡した「菜の花」「ヒマワリ」に質感や実体感が薄く――その点で伝統川柳の発想から抜け切れていない。

店頭のバナナ昭和を振り返る

「バナナ」は黄色いものですというだけで、前の両句よりさらに詩には遠い。つまりは、作品の上下巧拙とは関わりなく、いずれも「黄」から「黄色いもの」へという伝統的な発想の手順で句が構成されていることで、これが「空は青い」「雪は白い」という仮死的なフレーズの延長とはいわないまでも、パターンは同じである。

砂漠から黄色いものが立ち上がる

この作品がいう「もの」は、伝統的な発想の「もの」ではない。イラク戦争の本質に触れる「なにもの」か――既成の何かに当てはめることのできない「なにもの」かが「立ち上がる」のが見えてくる。

秋の木の葉から「黄」は死と崩壊を意味し、服喪の色であり、不吉の色ともされた。また、かつてのスペインでは異端審問所の死刑執行人は黄色の服を着ていたという。アメリカが死刑執行人で、砂漠に死と崩壊をもたらしたなどとこじつけるつもりはないが、共同幻想的なイメージの連環を感じるのである。

黄色発して銅像　スローモーション

偶然にも、これもイラク戦争に「黄色」を見ている。背信、反逆、臆病、嫉妬、野心、強欲、内密、裏切り、不信、敵意、衰退…もろもろに縁どられた黄のイメージは、深いところでの二つの「黄色」を結びつけているように感じられる。決して思いつきではない。

黄色のアパルトヘイト昼の闇

「昼の闇」という撞着語法に追い討ちをかけた「黄色」が鮮やかである。その鮮やかさが、「黄色人種」などとの単純な連想を拒否している。

「闇」との関連では、

時が停まり闇のかなたにゴッホの黄

この「黄」が単なる「もの」としての「ひまわり」と結びつき易いのが、この作品の弱点といえばいえよう。

「思考の黄色い襞」といったのは、ステファン・マラルメである。そんな点から、次の二句は、中間的な作品と見ることができる。

不登校黄色い闇に閉じこもる

春眠を独り目覚める黄の憂い

それが詩であるか、より高い詩であるか、そうでないかを決定するのは、「異化」の度合いによるといえよう。

研修会では、この「異化」が十分に理解されていなかった。復習しておく必要がありそうだ。

異化（defamiliarization）は、必ずしも新しい思潮ではない。

原語はロシア語でオストラニエーニエ（ostranenie）というように、二十世紀初頭に起こったロシア・フォルマリズムで用いられた詩的言語に関する用語である。

一言でいえば、日用・実用の伝達用語と、文学表現の用語を画然と区別するのが、異化作用である。あるいは非文学を文学に転換させる仕組みといってもよかろう。

漢詩に「詩は常語を避く」といい、またインガルデンの造語「オーパリジーレント（opalisierend）」（詩語はオパールのようにそれ自体が輝きを持つ）という言葉があるが、それらと相通じる。

フォルマリストの指導者ヴィクトル・シクロフスキーの定義によれば、芸術が目的とするのは「認知」ではなく「明視」にあり、そのためには、ものを自動化の状態（日常性）から引き出す、それが異化であり、方法論としては、言語規範からの逸脱により、知覚をむずかしくし、それを長引かせるような難渋な形式をとる。

文学性とは、日頃見慣れた世界から、その日常性を剝ぎ取り、事物に新しい光を当てることによって、いきいきとした不思議に満ちたものに変え、読者が、対象・状況・詩的形態と習慣的、自動的な関係を結ぶのを妨げるのが異化作用であり、文学性を支える芸術の一機能である、というもの。

言語相互の間に非日常的な関係を見いだすことで、新しい言葉が生まれ、これまでになかった概念が創出される。これは当然、日常的な理解を拒否する。意識的に難解な形式を採ることによって、読者の知覚を長引かせ、減速させつつ未知の世界へ誘う――それが異化であり、詩の実体である。

この異化は、言語手段そのものを重視する「前景化」と相互交換的に使用される。

ドイツ語で「異化」(verfremdung)という用語を初めて使ったのは、ドイツの劇作家・詩人のB・ブレヒトで、それが彼の『演劇論』の要をなしている。語幹の「fremd」が「見知らぬ」という形容詞であることからも、この「異化」の指示性もおのずから想像できよう。

一般にわかりきっているように見える既知のものに注意を向けさせて、これを特殊で未知のものに見せること(前景化)で、ほんとうに理解したと思わせる。既知のものが真にわかるものとなるためには、既知のものが持つ目立たないという性格を捨てなければならない。

知っていると信じているものの中に、これまで知らなかった異質のものを認識せざるを得ない時の「不安」の経験が、「異常化の効果」などともいわれるブレヒトの演劇理論である。

実践としては、舞台上の出来事に観客が感情移入することを拒否し、内容の習慣的な受容を妨げるため、滑らかな物語の展開を避けて、エピソードの断片で連鎖するというような方法が採られる。これは、難渋な詩語の連鎖で鑑賞者の知覚を意識的に長引かせるフォルマリズムの言語的手法と共通している。

不安——たとえば、知り切っていると思っていた自分の顔に、鏡に映らない部分があることを突然知った時の不安、フロイト的にいえば、知ることを惧れて無意識に抑圧していたもう一人の自分に出会わなくてはならない不安——その仕掛け人が異化作用であるとすれば、異化こそ真のレアリズムといえるかもしれない。

レアリズムとは、単に外見を忠実に描写するにとどまらず、その表皮を剥ぎ取って、真実をえぐり出す機能である。その真実が、見慣れない異様な姿をもって露わになることは往々ある。それに目を背けていては、永久に真実と触れ合うことはできない。

この異様なものを正視しようとしない伝統的な川柳を詩から分離する境界も、以上に記してきた異化作用の有無にほかならない。

日常の自動的・習慣的な世界に安住し、その中での伝達だけを第一義とする伝統的な川柳の世界にとって、異化の世界は、まさに極北の位置にあるということである。

ここで、生まれるべくして生まれてくるのが、「わかる」「わからない」の議論である。これは、明治の新傾向川柳と同時に起こって、現在なお解決されていない問題の一つであるが、私は、本来この議論ほど愚かで、不毛なものはないと思っている。

いかなる作品でも、居ながらにして「わかる」作品などあり得ようはずがない。「わかる」という内容にも段階があろうが、内容や性格は問わず、受容者側の努力なしに立ち入ることのできる作品は存在しない。

作品による「外からの入力」と、それを受け止める鑑賞者側の「内からの出力」が、何の葛藤もなしにイメージを生成するなどということはあり得ない。イメージ価が高くなればなるほど、葛藤も激しくなるのは当然で、作品の認知は、その結果はじめて受容者の内側に生まれる。

まして、詩と異化、異化と難解は同義である。メタファや韻律など重層するレトリックによって前景化されたテクストへの受容態度には、より積極的な努力が当然必要になる。大江健三郎は、異化された言葉に対する読み手には「意識の集中」と「能動的な態度」が必要であると指摘しているが、川柳から詩を読み取る場合にも同じことがいえる。

一九七〇年代以後、多くの理論家が現われた読者反応批評においては、テクストに対する読者の積極的参加、すなわち作品は読まれることによって存在し、読みによってテクストの潜在的意味が現実化される、言い換えれば、読書の過程でしかテクストの意味は生産されないことが強調されるようになった。

こうした読みとの共同作業と、読者こそ価値の生産者であるという前提があって、異化された川柳もその存在を補完されることになる。いずれにせよ、作品は鑑賞者の中でしか完成されないのだから。

〔「川柳公論」１５５号（二〇〇三・七）〕

中八考

現代人の口勝手と新定型への予感

ここに、一つのデータがある。

入選発表された三〇〇章の作品中六一章が、俗に「中八」と呼ばれる偶数音で占められている。割合は、全体の二〇・三三パーセント、五分の一を超える。

もちろん、川柳界では見られない現象である。

これは、第一生命が、昭和六二年以来毎年募集している「サラリーマン川柳コンクール」の第一〇回、一九九五年度の一般投票の結果である。この年の応募作品総数は五〇九九五通、このうち第一生命社中の選考委員が選んだ三〇〇章（優秀作一〇〇、秀作二〇〇）から一五〇〇〇〇人の人気投票によって百位までの順位を定め、それに二〇〇〇章を加えたものが、対象にした三〇〇章である。

作者をはじめ予選者も投票者も、川柳界とは格別の関係を持たない人びとであり、いわば川柳界の外の出来事であるが、同時に動かしがたい一つの結果でもある。

その五分の一にも当たる人びとが、五七五という川柳の定型を一般投票といっても、それは、残りの八〇％弱がちゃんと定型を選んでいることでも知らないとは思えない。しかし、少なくとも一般投票者の五分の一は、「中八」などという言葉や知類推できる。識とは別に、中八を含む偶数音に否定的でない、というより感覚として特別な抵抗を感じていないらしいことも、この数字は示している。

川柳で「中八」という用語が使われ始めたのは、いつ頃からか。歴史的用語ではもちろんない。基本的な定型の音数律は決まっているのだから、改めて、そんな言い方を必要としなかったはずで、近世までは見られない用語である。

川柳の古典（たとえば柳多留）に中八音句を見つけるのは困難だが、俳諧の発句から、

手をついて歌申上る蛙哉　　宗鑑
人声の遠ざかり行くや朧月　　麒道

見わたせば詠れば見れば須磨の秋　芭蕉
蘆の穂やまねく哀れより散る哀れ　路通

といった類を見つけるのに、そう骨は折れない。しかし、これらの句を「中八」などとは誰も呼ばない。

思うに川柳では、大正期から昭和前期にかけての句会全盛期に、東京の特に句会場裡で批判的用語として口にされ始めたものだろう。新人の句などに対して、「それは、中八だ」という時は、当然その句を批判しているのだが、それがやがて否定にまでエスカレートして、「中八」という一語が罪悪視さえされるようになったのだろう。

ふつう、「中八」という場合は、上下の五音はそのままの三句態（3分節）で、中句だけが一音余剰である場合を指す。その一音の増加によって句調が損なわれることを慮ったのが、「中八」批判のそもそもの始まりと思われる。

断っておくが、私は一概に「中八」を否定するものではない。といって、特別に弁護するつもりもない。定型が七音であれば、七音が正しいのである。私も六十余年間、非定型は試みたが、「中八」は一句も作った記憶がない。

ただ、「中八」と呼ばれる形式が、一も二もなく否定されなければならないほど、一句を損なうものかどうかを検討してみるくらいの度量があってもいいのではないかと考えるのである。

＊

実際、「中八」によって損なわれる句調は、どれほどのものか。それには、音節や音脚（最も単純な一概念を表す言葉）の繋がり具合によって多くの区別が生じ、八音であるというだけの形式的なリダンシー（冗長性）が、意味的なリダンシーにおいて、七音である場合を常に上回るとは言い切れない。むしろ七音では欠如した意味内容に一音を加えることで補完されるという逆な場合もあり、それでもなお、その一音はリダンシーと見なければならないのか。

私は、そうは思わない。「中八」が一句にどういう影響を与えるかを考えることと、直ちに否定することとは次元が異なるのである。

枯れ枝にからすのとまりたるや秋の暮　【東日記】延宝九（一六八一）

枯れ枝にからすのとまりけり秋の暮　【曠　野】元禄二（一六八九）

の中十音、中九音がどれだけ句調を損なっているだろうか。

前者はいわゆる「あら野調」と呼ばれる、寛文・延宝の歌謡調を踏まえたと想像され、謡曲の曲節でいう一字（音）一拍の大ノリに当たる伸びやかな、それでいて力強い聴覚的印象を与える。

芭蕉は「文字あまり、三四字、五七字あまり候而《て》も、句のひゞき能《よく》候へばよろしく」

（高山伝右衛門宛書簡＝天和二）といっている。

調子を損なう、損なわないは、主として主観的、もしくは個人的、習慣的感覚に起因する場合もなくはなかろう。

何語であれ、詩が詩として散文と対置されるのが正しいとすると、詩を詩たらしめる普遍的形式的基準がなければならない。詩とは「拘束された叙述」である。

日本の詩の場合は五七調もしくは七五調を普遍的な形式的基準としてきた。五七調は、三、四の混合拍子的で、音数律の最も初期的な定着の姿と理解され、七五調はなだらかな四拍子的流れに乗って発展した。

日本語の音現象は、拍の等価性（等時拍音形式）と二綴脚を基調とした二拍子もしくは四拍子で、高低（旋律的）アクセントを伴って二音ずつまとまりたがる性質と、奇数拍で落ち着く性格を併せ持つ。この性格を利用して、二綴脚連続の単調なリズムに緊張感を与えようとするのが、一綴脚を交えた定型の奇数音である。

土居光知は、五七（または七五）を休止一拍を置いた一種の八脚律（オクタミーター）とみなし、五七の中に必ず一綴脚が入ることによって、二綴脚が4回以上連続しないことを原則とした。

その原則に従うと、二綴脚と一綴脚の組み合わせにより、一二通りの基本リズムが可能となる。

さきの《音歩論》に則れば、中八とは二綴脚が四つ連続する四拍（ないし八拍）で、日本語のリズム（緊張感）を支えるぎりぎりの限界ということになる。つまり「中八」とは、散文的弛緩とリズム的緊張の中間に、微妙に存在しているといってよい。

古典和歌（万葉集）の字余り、たとえば第二句の偶数音、「やど・を・たち・いで・て（寂しさに）」「うち・いで・て・みれ・ば（田子の浦ゆ）」のそれぞれの8音に共通しているのは、両句とも連続母音がひとつずつある（tati - idete、uti - idete）ことで、これが開口音独特の緩やかな冗長性として聴覚に快さを与えるのだろう。

川柳の中七は、音歩的には「2・2・2・1」「2・2・1・2」「2・1・2・2」が基本形で、中八の場合は、その中の一綴脚が二綴脚となって「2・2・2・2」の4音歩4拍と計算されるが、流れに乗った発語として、むしろ自然にさえ思える。

独立単句としての川柳の原点が柳多留であるならば、川柳の定型の原点も柳多留と見てよかろう。しかし、柳多留にも時代による嗜好の変遷がある。初期の五七調から後期の七五調へという音調の変化をどう捉えるかでも、認識は変わってくる。

たとえば、明治の新川柳以降、はじめて公刊された川柳の入門書『独習自在　川柳入門』（池田錦水著・大学館＝明治三七・九）は、「第二章　川柳の調格」において、こう教える。

「川柳は七五五の音を順序した十七文字を以て正格とする説もあるけれど、予はこの川柳も亦発句と等しく、五七五の音を順序した十七文字を以てその調格の正しいものとするのである」

著者が挙げているもう一つの「説」とは、この書より一二年前に書かれた半沢柳坡著『川柳作法指南』(頴才新誌社＝明治二五・一二)で、それにはやはり「川柳の調格」として、こう記してある。

「川柳の調格は七五五と順序せし十七字を以て正格とす。それと又五七五にもいへるあり。これは変格なとともいふへきものなり。併し正変ともに作者の随意たり」

この「七五五正格」説は、明らかに後期柳多留の句群を根拠としたものである。(現在は、「七五五」を一種のシンコペーション(切文法、句渡り)と見做し、定型の変格とする考え方が多い)

だから、川柳の定型の根拠すら、見方によって変わってくる。これを、独立単句以前の母体である前句附や俳諧の長句、連歌の長句、短歌の上の句に遡っても、決定的な正解を得るのは困難だろう。

要するに、五七五という言い方も、十七音という言い方も「便宜上」ということでしかない。では、どう定義するか。

定型とは、単なる外在的な枠組みでも鋳型でもない。それを作品世界に取り入れることによって、作品個々の音律として有機的に内在化する時間の秩序である。

森羅万象(現実)から、一事象を限定された空間として切り取る。それが作品世界で

《定型の基本形式》

【例句】

夢の中ふるさとびとは老いもせず　前田雀郎

〈音脚構成〉

ゆめの　なか　ふるさと　びとは　おいも　せず
3　2　4　3　3　2
（二句一章）

ゆめ／の・／なか／・・／　4拍
ふる／さと／びと／は・／　4拍
おい／も・／せず／・・／　4拍

12音歩・12拍（休止3拍半）
各文節が音量的に等しい
アクセント12（無音2）
一呼吸半

あるが、このとき、空間と同時に時間も切り取られる。この句の中の時間の基準となるのが、「定型」である。

日本詩歌の定型を構成する音数律とは、長短を繰り返す「時制」、時間の法則を離れて存在しないが、この時制は外在的な時間と切り離されて、独自に内在する。句の内なる空間が個室であると同様、句の内なる時間も個の時間である。定型は、外在的な枠組みであると同時に、作品の中では個の気息と一体化して内在化する。

外在的定型律と内在的気息律のズレを、大須賀乙二は「内在律（腹調子）」と名づけたが、これはのちに「自由律」の代語として用いられた。

主体の外側を流れる客観的な時間と、作品の内側を流れる主観的時間との違いは、そこに醸成される快味ないしは美感によって区別される。鑑賞とは、作品の中の時間を共有し、それと同化することで、快味や美観を引き出すことにほかならない。

さて、定型とは、外在する時間から切り取った、作品に内在する時間構成だが、その長さは概ね一呼吸半、正確には、「拍」をもって計算される。

謡曲の平ノリといわれるものは、三字二拍として七五調一二字を八拍子に取る調子だが、短詩型の七五調は、二音一拍とし、それに休止を含めて八拍子にとるのが、いちばん安定している。

五・七・五の三句態（三分節＝三つの区切り）をそれぞれ同音量の四拍（休止を含む）とみなし、十七音を一二拍に取る。この間、音数のシンコペーションは許されるが、三句態の均衡度が極端に崩れた場合は、総量が十七音でも定型は損なわれる。

さて、定型全体を一二拍に取ると、音数は八・八・八まで二四音の総音数が理論的には可能になる。

これまで、俳句の自由律派によって唱えられてきた23音節定型論（神田秀男）、24音律（山口聖二）、22〜23音（原鈴華）、22音限界説（中村草田男）などの多音、長律説とは別の意味で、定型と総音数には格別の因果関係はないということである。

働き蜂の親もやっぱり働き蜂　範子

は、七・七・六の総音数20音だが、三句態のそれぞれが4音歩、4拍で同音量であり、その均衡の上に定型感を維持している。反面、

千人の爪が伸びていく静けさ　冨二

は、定型音数の17音だが、どこで切っても三句態の音量が不均衡で、定型感がない。非定型とみなすべきだろう。

だから、音数的には「五七五」でも「七五五」でも、四音歩・三句態のリズムに還元できるものは定型であり、これに当てはめれば、中七の第一タイプ（2・2・2・1）のバリエーションである中八（2・2・2・2）は、もちろん定型の範疇内とみなすことが出来る。形式または音数に拘るあまり、意味不明の中七、逆に内容的に空疎な中七より、充溢した中八をこそ採ることが、短詩型の基本精神に沿った考え方であると、私は考える。

五・七・五の定型は、文語をソフトにして気息的に成り立っていた。つまり、日常語と一線を画する文語は、外在する時間から内在する時間を切り離すために磨き上げられていった。この日本の律文の伝統的な基礎をなす文語定型は、いまなお和歌、俳句の世界に伝承されている。

川柳の歴史は、この伝統的文語定型世界との葛藤にあったと考える。時間的には日常

からは切り離されても、川柳の内在的世界は、文語定型の時間（現実逃避もしくは別天地の「雅」の世界）とは相容れないものだった。

同じ一巻の中でも、俳諧の発句と平句とでは、時間的世界が全く違う。俳句の原点は前者であり、川柳の原点は後者である。枠組みは同じでも、取り込まれる定型世界は同質ではなかった。

江戸庶民社会の中から、川柳は独自の定型世界を獲得したが、それは一八世紀半ば以降の江戸語と呼ばれた特殊なリズムを持つ言語を基調としたものである。この新しい七五調を口語定型と呼べるかどうかは別として、以後の川柳は、その延長線上にある。

文語が現代語と馴染まないように、江戸のリズムが、そのまま現代語に通じるとは思えない。現代という時代の空間と時間をどう切り取り、新しい作品世界を構築するか――当然のことながら、定型にも現代の気息（「いま」を呼吸する時間とリズム）が必要となろう。

吉本隆明が指摘するように、音韻と音声の呼吸調和である日本古典の音数律は、すでに明治の近代詩草創期に喪失せざるを得なかった。七五音調の古典的な形式秩序と、西欧近代の精神的秩序とを調和させようとした明治の詩人たちによる試みが失敗に終わり、日本の近代詩が韻律の内在化に向かった（詩学序説）あとも、短詩型はなおその形式を棄てることはなかった。伝統的な形式と近代的な心事との違和をいかに克服するかの難問と常に向かい合いながら。

さて、かつて俳人金子兜太氏は「最短定型（現基準は五七調文語定型）の音律自体が、即物的日常を生きてきた人々の長いあいだの肉体のリズム集積と緊密に関わっている」といっている（「日常で書く」物と言葉）が、それなら、その即物的日常が昔とは一変した現代の日常言語が過去の基準から逸脱しても不思議はない。川柳の柳多留以来墨守してきた定型が、いま静かに崩れようとしていても、食い止めるすべはないかもしれない。

それを、私は十数年前から実感しており、これまで物にも書き、喋りもしてきた。

世の中には、川柳界とは別な領域で、発表作品として日の目を見ないいわば川柳の「水子」が絶え間なく生まれ、そして消えていっている。それが年間数十万とも数百万とも想像はつかないが、私はこの一〇余年来、その中の三〇万句

朱雀会風景

ほどと毎年親しく接してきた。これは、言い換えれば無慮数万に及ぶ「中八」との付き合いといっていい。

そうした経験から、外来語、カタカナ語と新造語に侵食されてやまない現代語の口勝手が、奇数音より偶数音にあることをそれとなく感じ始め、それが数年の間に確信にまでなった。

その口勝手は、世代が若くなるにしたがって、その割合が増加していることを、もう一つのサンプルが示している。

二〇〇五年から〇六年にかけて募集され、五万二千余の投句を見た〈オリックス・マネー川柳〉の全集句を選者・尾藤一泉が分析した結果が、いまここにある。（次ページ図）

まず、定型については、男性投句三三〇九七中の六三・四パーセントに対し、女性投句は一九四〇七中の五七・一一パーセントで、定型感覚という点で女性の方がかなり下回っている。男女とも定型の割合が低いのは二〇～四〇代で五〇パーセント台、年齢が高くなるほど割合は高くなり、七〇代ではともに七〇パーセント台を超えている。

このうち「中八」については、二〇代女性の一九・四五パーセントが最も高く、男性でも二〇代の一八・三七パーセントが一番高い。最も低いのは七〇代男性の九・九一パーセントで、一〇句に一句弱である。

こうして見ると、男女ともに四〇代以下と五〇代以上を境にして、定型感覚にはっきりした差異があることがわかる。定型より口勝手を優先させる定型外の句も、二〇代、三〇代男性の二五パーセント台、同じく女性の三〇パーセント台と、高い数値が出ている。

言葉は時代とともにある。一八世紀以降の江戸語が柳多留にいちじるしい影響を与えたように、新世代の現代語が川柳の歴史的リズムに揺さぶりをかけて、ある部分ではすでに定着さえ見せ始めているのも不思議ではないかもしれない。

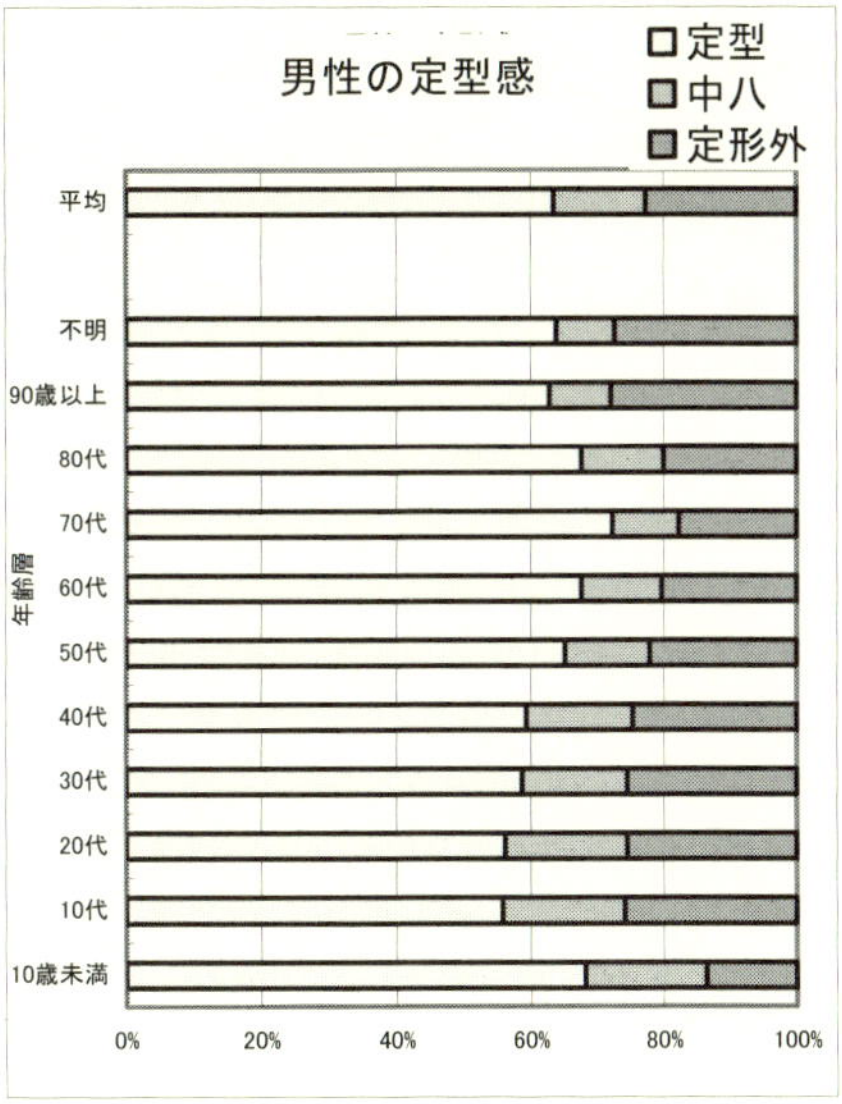

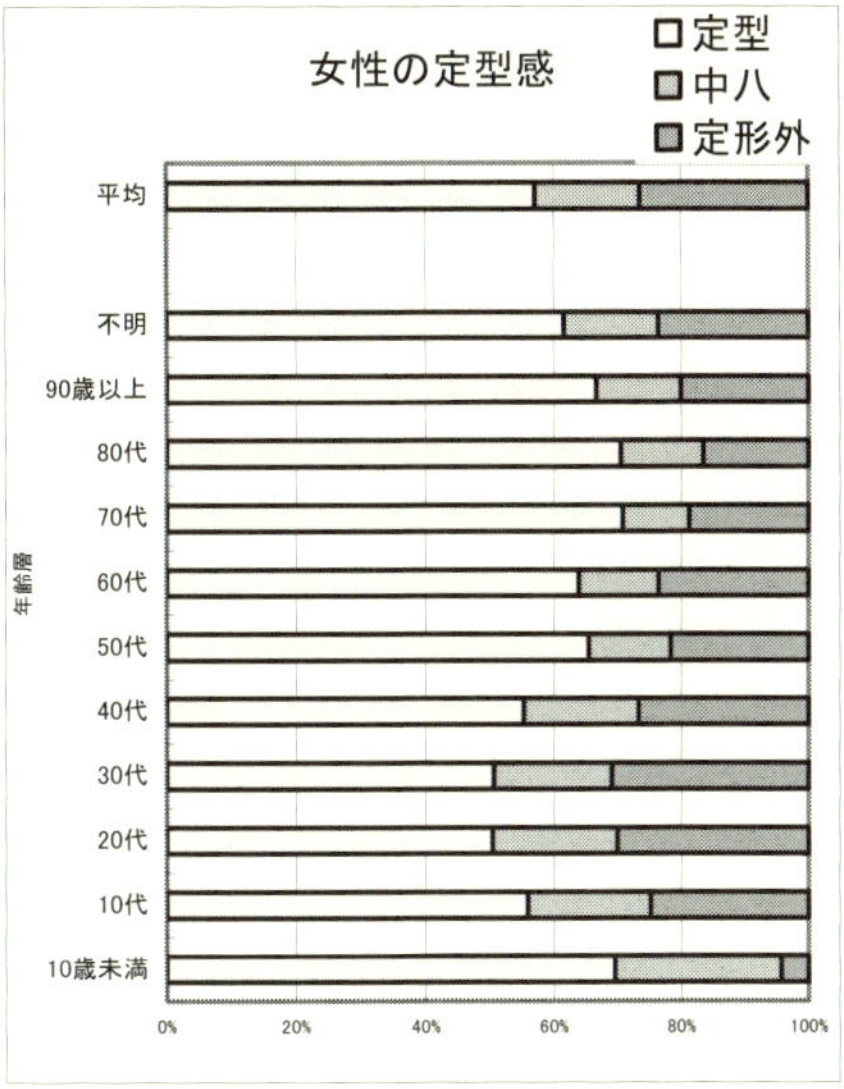

さいわい選者を経由したものは、選者が辛うじてその歯止め役になり、露出する部分もさほど目立たないが、一部企業川柳の入選句にいたっては、勢いの赴くままの状態で、その水面下がどんな状態になっているかが窺い知れる。

これは、もはや一握りの川柳界をもってしては如何ともなしがたい社会現象であり、やがてもう一つの定型が生まれ出る可能性は決して少なくない。そして、それもまた紛れもなく川柳であることをだれも否定は出来ないのである。

〔「川柳学」2―3（二〇〇六・四）〕

十七音は死なず

川柳史5回の危機を振り返る

初代川柳の立机を起点とすれば、川柳はことし（〇四年）で、二四七年を閲したことになる。短歌や俳句の歴史に比べたら足下にも及ばない長さだが、それでも終始平坦な道ばかりを歩み続けて来たわけではない。

江戸中後期から現在に到るまでには、何回かの危機にさらされてきた。文芸そのものの消滅を予感させたこともあった。そして、そのたびに奇跡的に甦り、中絶以前の状態を凌ぐ隆盛を呼び戻している。そういう経緯から川柳はしぶとい文芸だといえる。

いま、改めて過去の危機を振り返ってみよう。

1．三つの死と川柳評の終焉

初代川柳が前句附の点者として並ぶもののない人気を獲得し、選句集である誹風柳多留の刊行も順調で、順風満帆であったこの世界に、最初の翳りをもたらしたのは、川柳夫人女柳の死去（天明六年二月一七日）に続く呉陵軒可有の死（天明八年五月二九日）であった。

川柳の後妻とみなされる女柳は、単に町名主夫人というに留まらず、膨大な夫の点業に少なからず寄与していた才女であったと想像される。繁多な町役のかたわら、一〇日に一度の開巻に、仮に二万を超える寄句（応募句）があった場合（現実に前後八回あった）、これを尋常に閲することは物理的にも困難であり、それを可能ならしめたのには、何らかの形による女柳のサポートがあったと考えるのが妥当だろう。

信憑性は薄いが、のちにそうしたことを示唆する逸話（柳亭種員）もある。が、それ以上に、没後間を置かず、有力作者を集めた「女柳追善句合」（天明六年三月二七日）には、川柳風に深く係わった才女への連衆の思いがあったに違いない。女柳が、ただの八右衛門夫人でなかったことの、あるいは傍証にもなろう。

この時、川柳は六八歳。ようやく心身に衰えを感じる晩年にさしかかっており、女柳の死が与えたショックがどれほどだったか容易に想像できる。

それに追い打ちをかけるように、二年後の天明八年夏には、三〇余年にわたる盟友であり、後援者でもあった呉陵軒可有が世を去った。可有はひとり柳多留の編者というに留まらず、川柳風発祥以来の同派の鼓吹者であり、川柳を川柳たらしめた理論的指導者であったから、川柳風はまさに片腕と片脚をもぎ取られたことになる。

この年、すでに編輯が終わっていた二二篇は可有の序で七月に発兌されたが、これが最後の編著となった。

辞世は、「雲晴れて誠の空や蝉の声」。

天明八年五月二九日は、太陽暦（グレゴリオ暦）で一七八八年七月二日の水曜日に当たる。蝉のまさに盛りだ。

この編に「二代目語涼軒」という名が現われるが、七月二八日に開巻された「呉陵軒木綿追善会」の角力句合（二三編所収）に、桜木連中とともに補助に名を連ねている以外、その後現われることがない。あるいは、二三篇（寛政元年）の序文を書き、編者と想定される「如せい（醒）」あるいは追善会の催主「カタル」に比定されるが、確かなことは不明である。

可有没後も、その年一年間の万句合興行は満会（八月五日から始まり、一二月二五日まで五の日一五回）している。だが、危機は迫っていた。

翌寛政元年には、ついに川柳評万句合の終焉を迎えることになる。八月五日の初会から九月二五日までの六回は無事に済ませ、摺り物も一一枚刊行されたが、後の定例日を残したまま興行はストップ、この年を含めて二年間、柳多留の板行も絶えた。以後の詳細は不明だが、興行のストップから丸一年後の九月二三日には、すべてが彼を中心に廻っていた点者の川柳自身が不帰の人となった。

女柳から隔年ごとに川柳風では大きな死が三つ続いた。と同時に、川柳風は完全に終焉したのである。

2. 寛政の改革と桃井庵和笛の死

川柳の旧知、菅江、葉十、和笛の三人を評者に立てて追福の小祥忌が営まれたのが寛政三年九月、その三評と川柳生前の点句を合わせて柳多留二四篇を出したのは、いわばこれまでの締めくくりのつもりであったろう。

天明六年八月に老中田沼意次とその一党が失脚し、翌七年六月、新たに老中職に加わった松平定信による諸政改革がようやく末端にまで浸透し、川柳が没する直前の寛政二年五月には、市井の出版物取締にまで及んで、柳多留もまた対象になりかねない厳しさを、点者自身も感じ始めていたに違いない。そうした際どい時期に川柳は世を去ったわけだが、生前の隆盛があっただけに、そのあとにぽっかりと開いた闇はあまりにも大きかった。

柳多留の板元花屋久治郎の言葉を借りれば、もはや「雪月花の盞を納めん」としていたのである。

この川柳風最大の危機を救ったのが、神田明神下の宗匠で、故人川柳とは浅からぬ関係にあった桃井庵和笛である。二四篇から三年を経て刊行された二五編の序で、市中庵主が嬉々として記している言葉の節々に、再び目標を見出した作者たちの思いが溢れている。

…尽きせぬ水の言の葉に、柳の老木枯れ果てて、この道すでに絶えなんと。時に笛先生なるもの、川叟の俳風を慕い、これの絶えたるを継ぎ、廃れたるを起こす。聖教に叶い、翁の選評にひとし。社中、まことに闇夜に往きて燈に逢えるがごとく、歓喜の美諷々と耳にみてり。

(送り仮名を補い、新仮名遣いに直した…筆者)

「柳の老木」「川叟」「翁」はいずれも川柳を指す。「笛先生」は和笛、「社中」は川柳風連衆。

川柳が亡くなって、この道(前句)がすでに絶えようとしている時に、川柳の俳風を慕う和笛が現われ、川柳と変わるところのない選評を行なって、一度は絶え廃れた前句の後継者として「川柳風」を掲げ、この道を復活させた——それはまさに闇の夜道に灯火を発見したような歓喜だというのは、絶望の底にあった作者たちの本音であったろう。

そして、寛政八年から一二年までの五年間は、川柳評の延長として、和笛評による二九篇までが続刊された。

しかし、和笛評の五年間も、束の間の泰平だった。

寛政一二年九月、川柳亡き後の川柳風を細々と繋いできた和笛評の柳多留二九篇を刊行するに当たって、雪成舎菅裏（花屋久治郎）は、序文の冒頭に「遺叙」と記している。これは、この篇までの選句を終わった和笛が、板行を待たずに世を去り、次篇はもはや不可能になったこと、柳多留もこの篇をもって終わることを示唆したものと思われる。この年は、奇しくも西暦一八〇〇年のミレニアムだった。

ここで、再び柳多留は終焉する。

翌享和元年から三年までの三年間は、新版の板行はなく、この間、寛政改革の言論取締りに添うかたちで、既刊旧版の改削が行なわれている。柳多留板行者の視線も、すでに過去を向くだけになっていたのだ。

3．花屋久治郎（三代）の離散と天保の改革

すでに息の根が止まったと思われた川柳風が、再度息を吹き返したのは、江戸の三カ所に分散したグループの句会という形であった。麹町、小石川、下谷を中心とする作者群がそれである。

この中で麹町のグループは、すでに和笛評時代から、麹町の紀三井寺屋で、和笛を主評とした月次を立てて、旧連、新連を交えた句会を催していた。和笛没後は、麹町天神裏の窓梅を主評に、川柳の連枝といわれる門柳、如雀を副評に、初音連（鳥に因んだ号

が多いことから俗に「鳥連」とも）と呼ばれる作者集団を形成していた。

一方、小石川には、小石川諏訪町に住む旧連（前表徳・一甫）で、一時は折句の宗匠となっていた文日堂礫川を盟主として、のちに四世川柳となる賤丸ほかの新連を集めた新グループが出来ていた。

下谷には、旧桜木連を中心とした古参、実力者が多く、これらの旧連が動き始めていたが、特別の代表者は決まっていなかった。

これらのグループが相寄って、川柳風総連衆による桃井庵和笛追善の句合を浅草新寺町の西光寺に催したのが文化二年六月朔日、これが第三期ともいうべき川柳風のスタートとなった。この時、判者に立てられて両評を勤めたのが、麹町、小石川の代表である窓梅と文日堂礫川であり、下谷からは代表が出ていない。

この後、九月に二世川柳が生まれているのは、下谷にも盟主が望まれたからであろう。二世は、下谷に住む旧連の一人で、故川柳と因みはあったと思われるが、明治以降の「長男」説は、私は採らない。

分散句会として復活し、しだいに活気を取り戻していった、この文化から文政の中期にいたる約二〇年間を、私は中間期と名づけているが、柳多留もまた各グループ句会の発表誌に様変わりして年間数冊ずつが続刊され、八〇篇に達している。

文政七年、すでに麹町の窓梅は亡く、時の最有力者となった文日堂礫川の推挙で、小石川連の眠亭賤丸（八丁堀同心、人見周助）が四世川柳を襲名するに及んで、新時代を迎える。いわゆる「狂句の時代」である。

この頃には、柳多留板元の花屋も三代目久治郎となり、作者号を菅子と称した。

菅子は、文政八年九月一一、一二日開巻の「四世川柳披露大会」ほか、大規模な大会の催主をつとめており、殊に天保三年一一月開巻の「成田山不動明王奉納大会狂句合」は、寄句高三万を集めて古今の大会と称された。

だが、この大会が、花屋久治郎と柳風との約七〇年に及ぶ蜜月の終焉となったのである。

同大会の四千を超える入選句を分冊で掲載する途次の柳多留一二四篇を刊行後、花屋は突如離散、以後消息不明となった。一二五篇から一二七篇までの続編ならびにそれ以後の柳多留は、市谷門外奎文閣石井佐太郎が引き継いで、花屋の終焉が表立つことはなかったが、柳風に与えた影響が小さいはずはなかったと想像される。

柳多留は、翌五年に一三七篇を刊行したが、それ以降は発行年次も定かでないまま、同一一年頃までに一六七篇を出して終わっている。

これ以前、天保八年には、北町奉行所上司の諭達で四世川柳が引退、鯉斎佃が五世を嗣号したが、その目前には、天保の改革が控えていた。

天保一二年に始まる天保の改革では、四世、五世襲名の柳多留に序文を記し、また木卯の号で作家としても活躍した柳亭種彦や、九三篇に二世南仙笑楚満人として序文の筆を執っている為永春水が、その著作の廉で厳しい処罰を受けるなど、取締りの矛先は狂句の足許にまで迫っていた。寛政の改革以来の受難に際会したのである。

この危機に先手を打つかたちで成文化されたのが、狂句家への戒めともいうべき「柳風式法」であった。

「政事に係はりたる儀は何事によらず句作撰みなど致すまじき事」に始まる八カ条の戒めは、五常を重んじ、良風美俗に徹すべしというもので、文芸としては手足をもぎ取るに等しかったが、これをもって厳しい取締りの趣意に迎合する姿勢を見せようとした五世川柳の苦肉の策ともいえる。

万事派手で、自己顕示欲の強かった四世とは反対に、何かにつけて地味で、あたかも天保の改革にあたり、佃島教化の功で鳥居甲斐守から褒賞を受けるなど、篤実に徹した五世の人柄が、狂句を危機から救ったともいえる。だが反面、その代償として文芸そのものは「教句」と呼ばれるような、詰屈で無味乾燥な閑文字に変わっていった。

4. 団珍狂句の台頭と柳風会の分裂

五世川柳の「柳風式法」および「句案十体」によって骨抜きになった柳風狂句は、ひたすら生硬な漢語仕立ての堅苦しい句体となって明治を迎えた。

そうした目前で、近代的なコミック紙《團團珍聞》が創刊（明治一〇年三月）され、投稿欄に掲載される狂句の生き生きとした社会描写、小気味よい時事諷刺が、新時代の人気をさらった。自由奔放に現実社会をとらえる団珍狂句の前に、観念的な言葉遊びに堕した柳風狂句は、朝日にしぼむ朝顔のように存在感を失った。

やがて、柳風狂句も題材としての時事に目覚めるが、手法としての観念化をどうすることも出来なかった。

柳風狂句は、この頃までに全国組織化を果たし、六世川柳以降は宗家を中核とした柳風会を形成していたが、この柳風会の内部から、無味乾燥な「高番偏重」を批判して、むかしの「中番」中心に戻そうという風潮が興った。卑近な社会風俗を対象とすることで、狂句のおもしろさを取り戻そうという主張の中心は、麹町グループの指導的立場にある古参作家臂張亭〆太であった。

この風潮の端緒が、団珍狂句に対する柳風狂句側の危機感に発していることはいうまでもなかろうが、結果としては、これが柳風会内部を二分し、その対立と論争が期せずして柳風狂句を活気づけた。

明治三〇年代半ばに新川柳が興るまでの二〇年ほどの間、柳風会は時ならぬ隆盛期を迎え、二人の川柳が同時に宗家を名乗るなどの異常事態にもかかわらず、組織を強化していった。だが、もし団珍狂句のような新時代の同種文芸に意識の覚醒を強いられなかったら、相も変わらぬ無内容の閑文字のまま、早晩自滅していたかもしれない。とすれば、当然のことながら新川柳もなかった。

5．第二次大戦中の空白と出版物の統制

日中戦争から第二次大戦終結までの「落丁の時代」については、すでに多くの筆を費やしているので、改めて繰り返さないが、昭和一九年に出版物の統廃合で一県一誌となった川柳誌が次々に消え、空爆によって句会の場も奪われていく過程で、仮に終戦がもう数カ月遅れていたら、川柳そのものがはたして再起できたか、甚だ疑問である。

あの大詩人川上三太郎を判断停止に追い込んだのも、鶴彬を死に到らしめたのも、戦争の狂気だった。

この数年間で、川柳は多くの作家を戦場に奪われ、国内では家を焼かれ、精神的な支えを外されて、茫然と佇むばかりだった。もはや本質を見失って、ひたすら滅亡へ向かうこの文芸を引き止めるものは何もなかった。

しかし、そんな中で一九年いっぱいは、昼夜の空襲にさらされながら、辛うじて句会が続けられていた。中には警戒警報下の大会もあった。東京の川柳界に止めを刺したのは、昭和二〇年三月一〇日の大空襲であった。川柳の象徴である初代川柳の菩提寺、天台宗龍宝寺も、このとき灰燼に帰した。

新川柳が明治に興ってわずか四五年目に際会した最大の危機——しかし、川柳は焼土の中から不死鳥のように甦ったのである。

〔「川柳公論」１５９号（二〇〇四・五）〕

〈前句源流〉の問題点

阪井久良伎の『文壇笑魔経』（明治三五年五月二〇日発行、文星社）の「三月日記（明治三五年）」は、本人も記しているように、同じ年の正月、いかづち会の歌人久保猪之吉のより江夫人が、雑誌《こゝろの花》に書いた「松の内日記」に触発されて、三月一日から二一日まで、こまごまとした日常を記したもので、それなりに面白く、当時の浪人・久良伎の身辺を知るのに恰好の資料でもある。

たとえば「二一日」の項。小遣帳をつける件に「一金十八銭車夫使賃、一金十四銭明星、一金廿二銭文芸倶楽部、一金五銭ランプホヤ、……」とある。「明星」は与謝野鉄幹の歌誌、「文芸倶楽部」は硯友社系の色濃い博文館の文芸誌。また新聞は、《日本》《毎日》《読売》《萬朝報》を読んでいたらしい。

さて、「十六日」の項に、「雑誌『白虹』『新声』来る。『文芸界』と障子二枚買ふ」とある。《文芸界》は、この月の一五日、金港堂から佐々醒雪の編集で創刊された文芸誌である。価格は書いてないが、小遣帳には「一金三十銭」と記入されたことだろう。

久良伎は、発行翌日に新雑誌を手にしているわけだが、この時点で久良伎が《文芸界》を読んだということが、のちの川柳復興と、それ以後の川柳史に少なからぬ影響を与えたのである。

*

《文芸界》第一巻第一号（三六二ページ）の二八五頁から二九一頁にわたり中根淑の「前句源流」なるエッセイが掲載され、「此項未完」とあるのは、連載による続稿を予想させる。

果たせるかな、爾後一〇カ月にわたって約五万字に及ぶ格調高い前句附―狂句（川柳）―雑俳の歴史的考証が展開される。これは、それ以前、全く顧みられることのなかった卑小な分野で、中根淑ほどの碩学が、なぜ、この種の

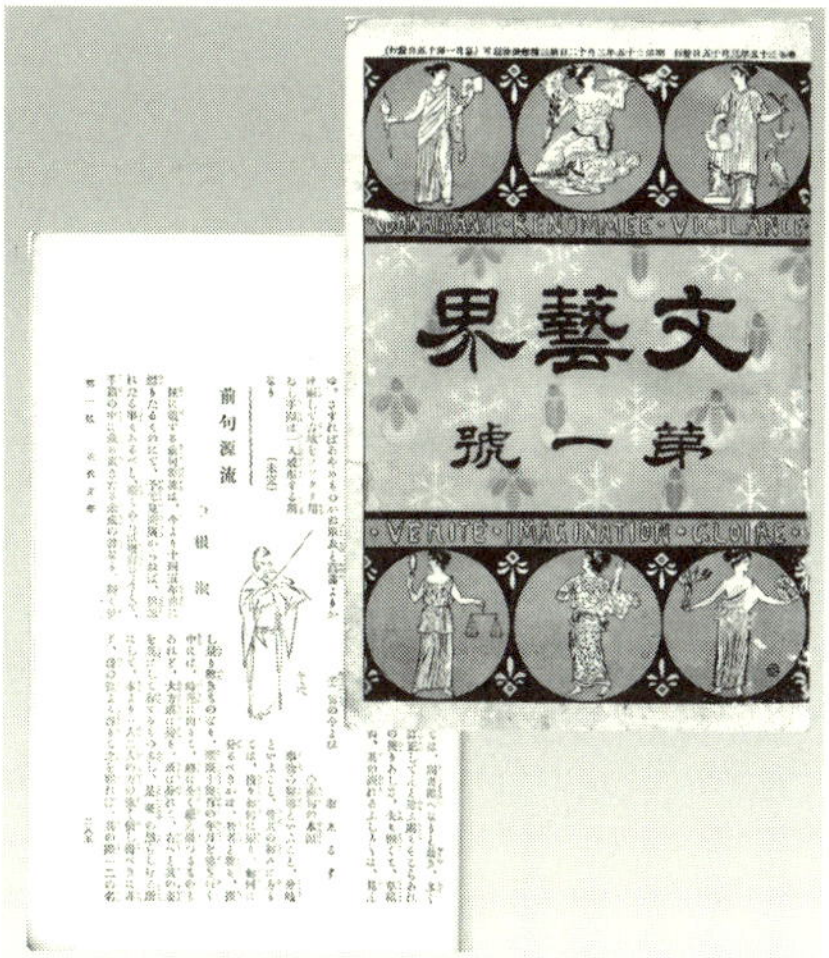

《文芸界》第1号（金港堂）と
「前句源流」第1回（362頁）

通俗的テーマに興味を抱いたのか明らかではないが、本文に先立つ断り書きに、「茲に載する前句源流は、今より十四五年前に綴りたるものにて」とあり「未成の書」と記しているから、明治二〇年前後には素稿が成っていたものと思われる。

明治二〇年といえば、前年、七世風也坊川柳（廣嶋久七、雪舎）が引退し、柳風会一府三県の社中投票で、括嚢舎柳袋（大久保左金吾のち児玉環、化外老人）が八世任風舎川柳として宗家を嗣いだ年であり、明治改元以降の柳風狂句が、最盛期を迎えようとしていた時期に当たる。この二年前の明治一八年九月二三、四日には、初代川柳一百年祭が、江東・井生村楼楼上で、全国からの寄句二万三千余を集めて、盛大に開かれている。

したがって、「前句源流」の筆者が目前にしたのはこの時代であり、

「今日に於いては、縦ひ高材逸足ならずとも、皆競争場裡に駆逐して、大利を博せんことを務め、一字一句の彫虫小技に、日を消すべき時ならねば、かゝる遊戯三昧の小文芸は、後来終に再発の期なかるべく、将た又敢て其の発生を希はざるなり」

とある狂句界の実態と、それとは裏腹に俗世間的には隆盛を迎えつつあった狂句界の現実とは、大きなねじれがある。

それを眼前にしつつ、「唯過去の時代に斯かるものありしことどもを伝ふるのみ」という発意から「前句源流」は書かれたのである。

＊

中根淑とは、いかなる人物か。

天保一〇年（一八三九）二月、幕臣曾根直の次男として江戸・下谷長者町に生まれ、幼名・造酒、幼くして養家に入り中根姓を名乗る。本名・淑、字は君艾、香亭と号した。

中根　淑
(1839〜1912)

三〇歳で勝海舟に属し鳥羽伏見に戦い、幕府監曹、陸軍指揮官に任じ、最後の将軍慶喜の静岡隠棲に随従して、この年創立の沼津兵学校教授となる。陸軍少佐として参謀局に在った明治五年に編纂した『兵要日本地理小誌』は、当時の諸学校が教科書に採用するほど名高く、のち文部省編輯官を経て、一九年四八歳で退官した。

武技に長じ、学は古今に渉って、永平寺の僧に「老子」を講じたという。また、和漢雅俗の文学に通じて、詩歌、文章、書画を良くしたが、自適後は、諸国漫遊、読書に時を費やし、その間、多くの著書を公にした。

『零砕雑筆』『香亭雅文』（漢文）『歌謡字数考』『日本文典』『天王寺大懺悔』（戯文）などのほか、遺稿集に『香亭雑筆』『香亭遺文』など文業は広範にわたるが、「前句源流」に近いものに『歌謡字数考』がある。これは明治一四、五年から三〇年ごろまでに書き集めた未定稿を明治四一年六月、大日本図書株式会社が出版したものだが、その中の「各種歌謡」の中に、「前句附け」「狂句」の項が設けられている。そればかりか、「前句附け」

の末尾に、「(前句附けから枝分かれした雑俳について)其の種類と体裁とは、拙著前句源流に委しく記し置きたり」とあり、この未定稿以前に「前句源流」がすでに成っていたことが分かる。

「前句源流」が、明治一九年、筆者が官を辞してからそれほど時をおかずに成っていたとすれば、連載第一回の断り書きにある「今より十四五年前に綴りたる」と符丁が合う。

この「前句源流」は、のちに国民文庫に『川柳集』が収められる際、編者の佐々醒雪が、自己が書くべき解題の代わりに、一〇年前の雑誌連載全文を転載することを淑ならびに金港堂に乞い、快諾を得たのが大正元年の一二月。それをA5判六八ページにまとめて巻頭に据えた『川柳集』初版が刊行されたのが翌大正二年一月五日。が、それに先立つ三日前、同じ年の一月二日、中根淑は享年七二で病没した。

墓標に代えて、その子虔に一文を残し、晩年隠棲の静岡県興津の松林で遺体を焼き、残灰は海中に投ぜしめた。みずから諡して「清雅院自覚香亭居士」。

＊

明治三五年三月一六日、「文芸界」創刊の翌日に、これを買った久良伎が、同じ発行元の金港堂書籍株式会社から、『文芸叢書　川柳梗概』を出したのは、明治三六年九月二二日、これも佐々醒雪の口ききによるものだった。全文が久良伎一流のシャレのめした文章だが、「現状改革」という意識の芽生えが初めて論じられている点を評価しなければならない。

この著の中で「川柳の歴史なぞは、近頃柳花生（梅本柳花）の『川柳難句評釈』を首め、中根先生の『前句源流』、武島君（武島羽衣）の『川柳の変遷及び特質』などいふのに悉く記されてあるから」と書きながら、自分なりの「川柳史の大要」を展開しているが、この時点での久良伎の知識もこと歴史に関しては極めて幼稚で、自身が挙げた三者を一歩も出ないばかりか、なまじ新資料を持ち出して誤りを重ねている。

梅本柳花『川柳難句評釈』
(明治 33 年 3 月)

「前句源流」より一足先の明治三三年三月九日に文禄堂から出された梅本柳花の『川柳難句評釈』では、巻頭の二五ページを割いた「総説」で、前句附の変遷と川柳の伝系を概説しているが、これが川柳の歴史に触れている。ことに川柳の系譜は、初代から九世川柳の嗣号争い（明治二六〜三一年）にまで及び、長文ではないが要を得ている。これが、川柳の歴史をまとめた最初の公刊書とされているが、実は、これより八年前の明治二五年一二月二三日に、頴才新誌社出版部から半沢柳坡の『川柳作法指南』（文学叢書第四編）が出ており、これに「川柳の起源」「川柳の道統」「川柳系譜」などが明らかにされている。

しかし、柳坡ははっきりと「柄井川柳翁の系譜ハ、第八世の宗家任風舎児玉環といふ人の著ハせる『川柳墓参法筵会』と題する小冊子に第九世の候補者義母子氏が書する系譜を載す」と、当該書からの抜書きであることを断っている。

この『川柳墓参法筵会』(明治二三年一〇月)は、八世川柳の襲名を機に、初代二代三代の墓参を記念した柳風会句筵の摺り本だが、これに付された萬治楼義母子の「川柳系譜」には「明治二十二年十一月調」として、元祖から八世までの略譜が記されており、以後、川柳の道統などを語るときの規矩とされ、柳坡ばかりか、中根淑も梅本柳花もこれを援用している。きわめてアバウトで、考証も不確かでありながら、頼るものがこの一文しか存在しない時代にあって、原本の独断や誤謬がそのまま引き継がれる結果となった。だから、柳坡も柳花も淑も同じような個所で同じような誤りを犯している。

といって、これらを上回る知識は当時の久良伎にはなかった。無理にこれを超えようとすれば、さらに誤りを重ねることになりかねない。のちの中興も、まだそういう時代だったのである。

『川柳梗概』は、啓蒙書としてはそれなりに評価できるが、歴史的な面で久良伎が犯している誤りには、さらに「前句源流」の明らかな影響が見られる。では、「前句源流」には、どんな誤りがあったのか。それを、以下に検証していきたいと思う。

＊

明治三五年という時点で、「前句源流」の存在が、貴重かつユニークな文献であったことは、いまさら指摘するまでもない。それまで振り向きもされなかった通俗文芸の発祥から分岐、変遷にいたる経緯に目を向け、多くの資料を挙げて詳述した初めての文献であり、それがその後の川柳研究の糸口となり、古典への回帰が、顧みて現状（狂句）への否定に繋がり、ひいては革新と近代化への覚醒を促したとする見方も、理由なき付会とはいえまい。

現在目の前にありはしても、この種卑小文芸（狂句、雑俳）の来歴などは誰一人振り向こうともしなかった時代にあって、それに目をつけたというだけで「前句源流」は、ユニークなのである。

しかし、叙述の中には、明らかな思い込みもしくは思い違いと想像される部分も少なくない。

「前句源流」では、まず〈前句の本源〉に始まり、〈前句附け〉〈一言題〉に続いて〈狂句〉という順に進められるが、その〈狂句〉の冒頭に次のようにある。

前章示す所の如く、斯く七八十年盛んに流行し来れる前句附けも、既に其の極度に達したるにや、明和の頃に至り、漸く変化を生じて、狂句となりたり。狂句とは、世に川柳と称するものなり。是は柄井川柳、其の点者として最も勝れたる故、其の点じたる句を川柳点といひたるを、遂に略して川柳といひ、又総べて其の体の句をも川柳といへるなり。

これを見ると、「明和の頃、前句附は狂句になった」「その狂句が一般に川柳と呼ばれ

るものである」ということになるが、これは早速、久良伎の『川柳梗概』に、

柄井川柳と云ッた人の点をした狂句が尤（最も）流行したに依ッて、狂句を川柳点と呼び、再び略して川柳と云ッたものだ。（「川柳史の大要」上）

と引用されているが、これには時代錯誤がある。

まず、一般に「前句」と呼ばれていた前句附の附句（十七音の長句）が「狂句」という呼称に変わる資料的な最初は、文政八年七月の『柳多留』八七篇序（楓山）以降で、その根源となったのは四世川柳の〈俳風狂句〉である。初代川柳の時代、まして「明和の頃」には、その概念すらなかった。

明和二年には、『誹風柳多留』初篇が刊行され、編者呉陵軒可有が「一句にて句意のわかり易きを挙げ」て、収録句の前句をすべて省き、十七音の長句（附句）だけを掲載したことが、独立単句志向への契機となったことは事実である。しかし、この時点で附句が一句建てになったわけではない。

「前句源流」がいう「狂句」が、前句を離れた独立句を指すとしても、これはなお時期尚早である。

柄井川柳は「前句附の点者」であって「狂句の点者」ではない。狂句の名が固定した以後に、初代川柳を「狂句元祖」と見做す通念が生まれはしたが、それは初代没後三〇数年を経てのことである。

そのことを「前句源流」の筆者は知らなかったわけではない。別の個所で「此の種の

句を狂句と称したるは後の事で、初代川柳の頃には、尚前句といふ名を其のまゝに用ひ居たり」とか「四世に至り、始めて之を俳風狂句と唱へ出し」とも記している。

要するに〈一句建て＝狂句〉という観念を敷衍して、初代在世の明和の頃には、実質的にはすでに狂句になっていたといいたいのであろうが、これはきわめて誤解されやすい。

＊

前句附の附句が独立して十七音の単句、今でいう川柳になったことはいうまでもないが、その間に「狂句」と呼ばれる時代があった。

その狂句の独立性を志向したのが初代川柳であり、ゆえに狂句を川柳と呼ぶという「前句源流」の論理を裏付ける文章に「川柳の如き此の道に敏き人は、其の機を察して、前句附けも、附け句のみにて、十分おもしろく伝ふべしと思ひて、一句立ちを唱へたるなるべし」として、柳多留一六篇の頭書「前句にかゝはらず、故事時代の（事の誤植）趣向宜しければ、句者（高番の誤植）の手がらあり」を引いているが、現実には呉陵軒可有が「一句にて句意のわかり易きを挙げて」柳多留を編んだことには一言も触れていない。初代に附句独立の志向があったにせよ、先行する『誹諧武玉川』の顰みに倣った編者呉陵軒の積極的な意思が働かなかったら、附句の単独句集柳多留は生まれなかった。この句集の普及と続刊が一句建てへの足取りを速めたのであって、「一章に問答」という呉陵軒の理念は、前句と附句との問答から一句中の問答へという明確な意図に裏付けられおり、そのために呉陵軒は、柳多留への収録過程で万句合原句の手直しまでしている。「前句源流」の視線は、初代川柳に注がれるに急で、柳多留を論ずるには欠かせない呉陵軒への眼差しが不足していたように思える。

それはさておき、〈狂句〉をもって、初代川柳にまで遡る文芸全体の呼称と見なす考え方は、五世川柳が初代を「柳風狂吟の祖」などと呼び、六世が「一句立を発起」などと書いていることから、この時代（明治）にはごく普通になっていたが、そういう同時代の通念を歴史的時代の叙述にまで持ち込むことは、これを学ぶものにとって、正しい道筋を見失わせる結果ともなる。

「明和頃に至り、漸く変化を生じ」たのは事実（柳多留の刊行）だが、それはこの頃から附句独立の志向が強まった、というべきで、「狂句となりたり」はあまりにも短絡に過ぎる。

また、「狂句の集にて古きものは、柳樽を初めとして、柳筥、川傍柳、末摘花等あり」とあるのは、「川柳評前句附の集にて」もしくは「川柳点の集にて」とすべきである。そうすれば、「其の間人情に適切なるもの多きを以て、正人君子と雖も、之を見て其の妙を歎ぜざるはなきなり」が生きてくる。

＊

川柳没して、柳樽の撰、二十四編を限りとして止みしかば、社中の人々之を惜しみて、其の後を継がんとて、二十五編を出したり。されど茲に怪しむべきは、二つの二十五編あることなり。

これも、何かの勘違いであろう。そのあとに、二六篇の星運堂菅裏の序と、二五篇の市中庵主の序を並べ、「前の文は、歳月は記さゞれども、『ことしも一つおさへて』云云の語、二十四編よりさほど年月を経ざる如く思はる」などと書いているが、「ことしも一つおさへて」の上に「五々の編より」とあるのを見落としている。「五々の編」とはいうまでもなく「二十五編」で、それに「一つおさへ」れば「二十六編」である。つまり市中庵序が二五編（寛政六年秋刊）で、星運堂菅裏序は二六編（寛政八年）であることは自明であるのに、何か社中に別派活動があったように勘ぐっている。

猶又此の後も。星運堂の序の見えたる柳樽はそこばくあれど、市中庵の序あるものは見えず。然れば初代川柳死したる後、其の徒一時競争のさまにて、互に二十五編を出したるも、遂に一方は手を引きたるならんか。

ドラマチックな推理を加えているが、これは明らかな思惑違いで、「市中庵」こと扇朝はその後もよき後援者であった。

因みに、二五篇は、寛政五年丑七月六日開キ（三枚刊行）から八月一三日開キ（同二枚）、九月一〇日開キ（同二枚）、一〇月一六日開キ　紀原追善会両評（同六枚）、一一月二七日開キ　満会（同二枚）の五会にわたる桃井庵和笛評万句合の勝句を収録して、翌年刊行された。これが初代川柳評を離れた最初の柳多留で、以下、柳多留二九篇（寛政一二年）までが和笛評である。

また、二世、三世川柳についても誤記がある。

二世川柳は、寛政中、父翁の跡を継ぎて点者となり、年々柳樽を出版して、二十余年間続きしが、文政元年病没したり。是より其の弟跡を受け、三世川柳となりて、五年間点者たりしが、七年に至り、川柳の名を眠亭賤丸に譲りぬ。

*

これは、何に依拠したものだろう。柳多留などの形ある資料に現れる限りで、二世川柳は文化二年六月以前には存在しない。「寛政中」は、明神下の宗匠・桃井庵和笛が立てられ、「川柳風」と名づけて万句合を引き継ぎ、寛政六年から一二年まで点者として、柳多留は二五篇から二九篇までが出版されたが、和笛の死去に伴って、つづく享和の三年間は柳多留は出ていない。

二世が「年々柳樽を出版し」とあるが、柳多留の板元は星運堂・花屋久治郎で、初代も含めて川柳が直接かかわった出版ではない。文政元年の一一月一七日に六〇歳で二世は亡くなったことになっているから、それはいいとして「二十余年間続きしが」は、和笛時代を計算に入れたもので、正しくは一三年である。

「三世川柳」の名が現れるのは、文政二年の柳多留七一篇で、文政七年には引退しているから、期間は五年だが、実質的にはほとんど見るべきものがない。

*

『川柳作法指南』も、「前句源流」も共通に犯している誤りは、初代川柳を「浅草阿部

半沢柳坡『川柳作法指南』(明治25年12月)

川町の里正」としていることで、これは先の萬治楼義母子の「川柳系譜」をそのまま引き写したものだろうが、これよりさき明治一五年に、六世川柳が向島の三囲神社境内に句碑を建立したときの記念誌『しげり柳』の巻頭付言に、元祖〜六世の事蹟を記した中に「浅草阿部川町の坊正」と記したのが最初である。しかし、記録に残る限りで、柄井八右衛門が浅草阿部川町の名主であったという証はない。正しくは浅草新堀端天台宗龍宝寺門前の名主で、のち幾つかの門前を兼ねたが、初代没後、阿部川町の名主高松家が龍宝寺門前を兼ねたのが前後取り紛れて、右の誤りとなったものだろう。新堀端の名主という概念はない。

因みに、『川柳難句評釈』では「江戸浅草新堀端に住み、同所の町名主であった」とあるが、天台宗龍宝寺門前とまでは記していない。
また、「前句源流」では、二世を初代の長子、三世を次子としているが、その根拠がはっきりしない。

川柳の家譜らしきものは、天保三年、四世川柳が五五歳の正月に、熨斗目裃姿の肖像を香蝶楼国貞に描かせ、それに自ら添え書きしたものが最初で、柄井家三代については、初代と「其子―其弟」としか記していない。四世にとっては両人とも同時代である。ところが五世がその書き物（安政四年）の中で「長子―其弟」とし、六世は先の『しげり柳』で「長男―其の舎弟」とした。九世の「長男―二世舎弟」はそのまま『川柳作法指南』の「長男―二世舎弟」に引き継がれたが、ここまでは「弟」「舎弟」とはあっても、何番目の弟かは示していない。明治三二年に至って、小林昇旭著・九世川柳校閲の『柳風狂句改正人名録』で「長子―五男」説が登場、これは早速三三年の『川柳難句評釈』に採り入れられている。そのあとに「前句源流」の「長子―次子」という具体的な新説が現れる。

あくまでも通説に過ぎないが、それに従えば、宝暦九年生まれの二世は、初代が四二歳、安永五年生まれの三世は、五九歳の時の子になる。不自然は感じられないだろうか。

別に六世の「初代息二世―その子三世」（『新撰狂句川柳五百題』明治一四年）とする三世代説もあるが、文書として残された点句以外に、川柳三代を明らかにする柄井家の親子関係、兄弟関係についての史実は現在なお不詳である。

＊

「前句源流」の大半を占める克明な雑俳史については、私がくちばしを挿む権利はないし、歴史的名論文にあえて瑕をつける意図はないが、やはり読み過ごしには出来ない性格から愚文を草したしだいである。

〔「川柳公論」172号（二〇〇六・一一）〕

二〇世紀海外思潮と川柳との接点　【素描】

川柳と西欧文化との接触は、すでに江戸時代から見られ、それがオランダ語やポルトガル語の文物の名としてそのまま古川柳にも読み込まれている。（宮武外骨「川柳や狂句に見えた外来語」参照）

そうした渡来物は、文明や文化の一端には違いないが、それを読み込んだからといって、江戸川柳の意識や性格に何らかの影響をもたらすというものではなかった。せいぜいが懸賞文芸にありがちな奇を衒う材料にされたという程度の、作者のさかしらの域を出なかった。

一般には狂句と呼ばれた明治の川柳では、二〇年前後から、江戸時代には現れなかった西欧の人名や地名などがシャレやモジリの好材として用いられるようになる。それだけ西欧への関心なり知識が江戸時代よりは開かれたということであろうが、これもまた狂句そのものに格別な変化や影響を与えるものでなかったという点では、江戸の川柳の場合と特別な変わりはない。

1．『團團珍聞』と〝時局風刺〟

しかし、ここで忘れてならないのは、明治の狂句を二分した《団珍狂句》の新しい視点である。

『團團珍聞』は、明治一〇年（一八七七）三月二四日、広島県出身の士族、野村文夫によって創刊された日本で最初のマスコミ週刊誌であり、「時局」への関心を滑稽と風刺に集約したユニークな西欧型出版に視座を置いた。

ヨーロッパの歴訪から帰朝した新しい時代のジャーナリスト野村が目指したのは、西欧の文化を貫く風刺の精神であり、それを一方通行でなく、広く一般読者が参加する戯文、狂句、狂歌、狂詩、都々逸などの投書に求めようという発想だった。

ギリシャのメニッポス（前三世紀）にはじまる西欧のサタイアの精神は、詩・散文・劇形式などに形を変えて、西欧の精神風土を一貫してきた思潮で、花鳥風月の日本的風土とは馴染みの薄い思潮であった。

掲載漫画の行き過ぎで編集長が投獄されたり、不敬罪や政府批判で発行停止処分を受けるなどを繰り返したことでも、その批評精神のはげしさが裏書きされよう。

日本人菊の志るしを穴につけ　我楽多道人

説明は省くが、こんな狂句が平然と載っている(明治一一年七月)のも、興味がある。仲間内もしくは視線を下に向けたからかいや当てこすりを笑いのバネとしてきた体制順応型の古川柳や、コトバ遊びに逃げ道を求める在来の狂句とは一線を画そうとした《団珍狂句》は、めざましいというほどの成果は挙げ得なかったが、二〇世紀の開幕に二十余年も先だって、西欧文化の洗礼を受けた最初の同種文芸ということができる。

この〈時局への関心〉が、奇しくも新川柳の嚆矢となった新聞『日本』の〈時事句〉欄開設(明治三五＝一九〇二)につながり、阪井久良伎についで井上剣花坊がそれを受け持ったが、発案者である古島一雄主筆の言葉を借りれば「久良岐も剣花坊も時事というこ とが分からない」ために、時事風刺欄としての所期の目的は果たせなかった。(古島一雄「新聞『日本』の思い出」)

この間の経緯については、「新聞《日本》と『達磨』」(一九八〇年一月＝『やなぎのしずく』所載)に比較的詳しく書いたので、重複を避けたい。

しかし、その《日本》を拠点として、新川柳は期せずして日常的な風俗文芸(久良伎はいみじくも「新風俗詩」と名づけている）として再発足することになる。（「新川柳のいちばん長い夏」「明治《柳壇》のはじまり」）

もし、この両者に西欧的な「時局」の観念と「風刺」の精神があったら、明治以後の川柳はもっと変わったものになっていたろう。

2．西欧近代詩と新傾向川柳

川柳が、文字通りの意味で西欧文化の洗礼を受けるのは、二〇世紀にはいって一〇年を経た明治四〇年代になってからである。

世界の二〇世紀文化は、一九世紀の伝統的な価値体系を否定する実験的な芸術運動に始まるが、ヨーロッパの都市部を中心にして、モダニズムの名で総称されるこの運動の潮流は、新世紀早々の日本の詩歌・俳句・川柳にも滔々と押し寄せてきた。

狂句脱化という一種のルネサンス（新川柳）から一〇年を経ずして、最初の革新運動である詩化指向（新傾向川柳）をもたらしたのも、この外来の思潮であった。

すでに一九世紀フランスで、リアリズムや自然主義の対抗思想として興ったサンボリスムやパルナッシアンがまとまった形で日本に伝えられたのは、日露戦争終結直後の明治三八年（一九〇五）一〇月に刊行された西欧近代の訳詩集『海潮音』（上田敏訳）が契機である。

それまでの日本では、「詩」といえば中国の律詩や絶句、つまり漢詩一般を指していた。しかし、明治四二年（一九〇九）一月の川柳誌「矢車」創刊号に、同人の中島紫痴郎が「川柳を詩にしたい。詩は時代の要求である」と書いた時、この「詩」は明らかに西欧の特に近代詩を意識していることがわかる。（『川柳二〇〇年の実像』第五章新傾向川柳の興隆）

日本に初めて紹介された西欧近代詩の流れが、川柳にまで浸透する速さに驚くのである。明治四四年二月、満二〇歳になったばかりの川上三太郎が、外来の文人名や用語を駆使した評論を書いている（読売川柳研究会機関誌『滑稽文学』）が、川柳の文章にカタカナ語が頻繁に現れるようになるのもこの頃からで、速さとともに浸透度の深さも推察できる。

西欧近代詩の洗礼によって、川柳はそれまでに無かったまったく新しい詩的原野を獲得した。「自己へ向かう目」と「主観表現」という近代化に不可欠な要素である。〈新傾向川柳〉と呼ばれる、一部少壮作家の運動は、単に「傾向」などと名づけるレベルでは表現できない一大革命を川柳にもたらしたのである。

新しい運動にありがちな理論の先走りや、実践活動とのギャップなど、すべてが理想的に運んだわけではないが、川柳が、西欧近代の新しい血液を拒否し、あくまで古川柳以来の客観的地平にとどまっていたら、伝統文芸としての「現代」はなかったろう。

これが、川柳が西欧文化から受けた第一の波だった。

3．マルキシズムと新興川柳

明治末年から大正前半期にかけて、川柳が既成化していく過程では、海外文化の流入が川柳に大きな動きを与えることはなかった。

しかし、一九一七年（大正六年）、突如として世界を震撼させたロシア革命の成功は、左翼思想の嵐を巻き起こし、それが極東の島国に上陸、平穏そのものだった川柳にまで及ぶのに時間はかからなかった。

川柳にとって第二の波であった左翼イデオロギーは、新興川柳の第一号と位置づけられる「新生」を創刊（大正一一＝一九二二）したマルキスト作家森田一二をはじめ、それに師事した時代の寵児鶴彬など、革命思想を尊奉する作家と理論家を生んだ。

左翼思想だけを標傍しないまでも、エッセイや作品として取り上げるシンパ的な川柳誌はしだいに増加し、活発なイデオロギー論争の最盛期を現出した。鶴彬らを論客として残された膨大なエッセイ群は、川柳史上の金字塔としていまなお光芒を失っていない。（一叩人編『鶴彬全集』、渡辺尺蠖・一叩人編『新興川柳選集』）

こうした政治思想やイデオロギーとの出会いは、川柳にとってはすべてが初体験であり、大いなる試練であると同時に、文芸としての可能性への挑戦でもあった。

しかし、この新しい波も、現象的には昭和前期の国家主義とその弾圧の前に消滅するが、以後の川柳に底流するエネルギーとして引き継がれていく。

４．民主主義と戦後の川柳

満州事変から第二次大戦終了までの一時期は、川柳にとって、いわば判断停止の時代であった。外来のカタカナ語さえ自粛を迫られるような状況下では、文芸の自由などあり得べきもなかった。(「落丁の時代」一九七二〜七三年「柳友」所載)

それまで堰き止められていた海外の文化や思潮が、一斉になだれ込んできたのは、日本の敗戦に終わった第二次大戦後である。なかんずく日本人が初めて出会った民主主義と言論の自由は、あらゆる局面で精神的な革命をもたらし、社会現象として噴出した。川柳が言葉の自由を取り戻し、禁忌を解かれた視野の自由が、本当の意味での時事風刺を根幹とした「時事川柳」を定立させた。明治に興った時事、大正が獲得した風刺が、見事にドッキングして、新しいジャンルとして今日の発展を見せる時事川柳の原点は、昭和二五年四月二五日、読売新聞第一面に開設された《よみうり時事川柳》(川上三太郎選)にあった。(『時事川柳読本』一九九三)

また、大正の思想性を受け継ぐ詩性川柳が、好んで取り入れた「異化」の観念や「因果律の否定」は、戦後早々に流入した実存主義哲学や不条理の文学と無関係ではあるまい。

個人差や環境の差もあろうが、敗戦直後の二〇年代前半に人格形成期を迎えた私などは、一世代前までの通過儀礼であったマルキシズムより、実存主義の影響を色濃く受けている。実存主義といっても、もちろん単一ではない。私の場合は、ハイデガー以後の無神論的立場と、実践としてコミュニズムの側に立ったＪ・Ｐ・サルトルの思想にのめり込んでいった。

新傾向川柳によって試みられた象徴主義やイマジズムなどが一斉に花開いたのも、アメリカ国内で一九三〇年代に興ったニュー・クリティシズムが進行形で流入したのも、戦後の多様化の中である。外国型総カタログが選択自由の時代になったのである。

モダニズムとの出会いに始まり、八〇年以降ポストモダニズムに総括される構造主義やフォルマリズム、ディスコンストラクシオン、ポスト構造主義などが相次いで論壇を賑わしたが、川柳がそのたびに何らかの影響を受けるというには、日本人も川柳も外国文化になじみ過ぎてしまって、おどろきや新鮮な感動を味わうことがもはやなくなったということだろう。

５．そして今後

現在、ヴァーチャル・リアリティという輸入語がしきりに用いられている。もともとはアメリカのＮＡＳＡが開発したコンピューター・グラフィックスによる仮想環境表示システム（ヴァーチャル・リアリティ・システム）が生み出す擬似現実空間のことを指し、仮想現実感とか人工現実感とか訳されている。

メディア・テクノロジーの高度な発達が造り上げるシュミラークル（模像）と、現前するリアリティとの境界が朧化していくという状況の中で、作句という営為がどんな影響を受けるのか、受けないのか、は、川柳の今後を考える上で興味深いことである。

「鏡花水月」という言葉がある。鏡に映った花、水面に映った月は、虚像（ヴァーチャル・イメージ）である。虚像ではあるが、それは限りなく実像に近い。

詩もまた、言語を媒体とした仮象である。仮象をもって、いかに現実感を与えるか、また不可視の現実をいかに可視的に描くか、その虚と実のあわいで結像させるのが詩であるとすれば、詩はもともとV・Rそのものではあるまいか。

むしろ問題になるのは、私たちが「現実」と信じているものが、実は五官によって直接知覚した第一次現実ではなく、テレビや３Ｄ（三次元）ＣＤなど、マスメディアの発達によって造り出される映像から与えられる第二次現実であることの方が多いということであろう。

具体的にいえば、空に在る月は第一次現実、水に映った月は第二次現実である。しかし、映像というイメージ価の高い仮象が、実際に実体を見たように錯覚させ、それが個々の記憶装置に組み込まれていく。

だから、私たちの頭の中には、はじめからそうした擬似現実が知識として無差別に混在していると考えると、それなら一体、V・Rなどといっても、どこまでがヴァーチャル（仮想）なのか、アーティフィシャル（人工）なのか、判別がつき難くなる。

そうした中で、絶えず発信者として川柳という「イメージ製品」を送り続けなくてはならない。これは、なんともシンドイことである。

（本文中カッコ内の著書もしくはエッセイで、筆者名のないものはすべて三柳の既定稿）

〔「川柳公論」１４２号（二〇〇〇・一一）〕

4 講演・講話編

時事川柳が見た

戦後五〇年の国民生活

神風はついに吹かざり　芋を焼く　　三柳

廃墟から復興へ【四〇年代】（昭二〇〜二四）

浅草で浅草を聞く焼野原　　幸一

日本の戦後は、ここから始まった。シンボルの観音様まで焼夷弾の洗礼を浴びた東京の下町では、浅草へ来て、浅草がわからなかった。一面の焼け野原の上で、すべての価値観がひっくり返った。昨日までの「鬼畜米英」は、民主主義を背負ってくるサンタクロースに変わった。

まじないのように唱える民主主義　三笠

「民主主義」とさえ唱えれば、ヤケドのおまじないにでもなりそうな時世。しかし、巷には、働くに職なく、食うに食なく、一一年ぶりで復活したメーデー（四六）は、「米よこせデモ」のウズとなった。

米びつの底に政治が死んでいる　空想

「ニコヨン」（失業対策事業の日当二四〇円）が流行語（四八）になり、「いのち売ります」という新聞広告まで現れる（同）など、戦争は終わったが、胃袋との血みどろの戦いは、なお明け暮れつづいた。

ニコヨンに明日の保証はない夕陽　正治

弁当の分だけ軽いランドセル　政義

そんな中で、国に見捨てられた日本人の飢えを救ったのがヤミ市のたくましいエネルギーだったというのは、皮肉。

闇市を抜ければ今日の風があり　三柳

【五〇年代】（昭二五〜三四）

五〇年代早々の朝鮮動乱は、日本に特需景気をもたらし復興の足を早めたが、折から街頭には新商売のパチンコ屋が登場、勤労者にとっては唯一の娯楽の場を提供した。

パチンコ屋オヤあなたにも影がない　冨二

ここにだけは「軍艦マーチ」が生きていた。だが、一個の玉の行方に一喜一憂しながらも、当時の日本人は、敗戦で失った自分の影をまだ取り戻していなかった。この国にひるがえる旗といえば、異国の国旗だけだった。

日本人に少しずつ自信が蘇ったのは、五〇年代も後半。

プロレスのテレビが済むとみな帰り　迷亭

街頭テレビのプロレス中継に、通勤帰りの足を停めていた人びとの家庭にも、受像機が入り、五七年の五十万台が、翌年には百万台に倍増、皇太子（現天皇）成婚（昭三四）の模様などが華やかに放映されたが、一方、世は神武景気からナベ底景気へと経済状態が安定せず、そうした中で、千円札(昭二五)、五千円札(昭三二)、一万円札(昭三三)が相次いで発行された。

いつまでも千円札でいてくれず　講談倶楽部入選句

五千円札がわが家を通り抜け　蓮夫

万札をくずせばシャボン玉になる　一也

江戸時代の「これ小判たった一晩いてくれろ」（柳多留初編）と同じ庶民の嘆きは、なお続く。

それ以後の流通機構を大きく変えるスーパーマーケット第一号が開店したのは、五三年（昭和二八）一二月。

スーパーで鉢合わせする共稼ぎ　貞香

五〇年代の末（昭三三）には売春防止法が施行され、江戸時代以来の紅い灯青い灯が消された。

旅館転業枕そのまま役に立ち　閥一

豊かさへのスタート【六〇年代】（昭三五〜四四）

夕涼みがてら交番こわされる　和三

十三個師団ハリコの虎が出来　茂

国際的には宇宙時代の幕開きであり、国内的には安保騒動に始まる六〇年代初頭の平均生活費（年間）は、東京で三万二千三百七十八円。すでに戦前の水準を越えた国民生活は豊かさへ向かうと同時に、めまぐるしい明暗を描き出している。

この駅も吉展ちゃんが笑ってる　敏行

村越吉展ちゃん誘拐事件（昭三八・三）。いたるところに貼られたかわいい笑顔の写真が涙を誘った。

六〇年代は、またミニスカートの第一年であり、東海道新幹線の開業、東京オリンピック、学園紛争、ビートルズ、三億円強奪など、枚挙にいとまがない。

三億円ああ千円で何枚か　義明

「イザナギ景気」などと囃されながら、まだ「百円亭主」が健在だった時代の三〇〇、〇〇〇、〇〇〇円である。

ゴミ問題の端緒は、東京オリンピックを控えた六一年（昭三六）四月、東京都でのポリ容器による定時収集のスタートに始まる。この年、東京都の人口は九九三万六九七〇人。

女房とジャンケンをしてゴミを出し　たかし

六〇年代最後の学園紛争、東大安田講堂に立て籠った学生と機動隊との攻防(昭四四・一)が、すでに八八・七パーセントの家庭に普及したテレビによって、お茶の間に放映された。

ゲバ棒の並木に公孫樹見え隠れ　　たけ雄

ＧＮＰが西独を抜いて自由主義圏第二位になり、カラーテレビ、クーラー、カーが新三種の神器になる一方では、全国に共働きの家庭が増え、カギっ子が四八三万人(六九、厚生省全国児童調査)に及んだ。

鍵ッ子へひらがなで書く母のメモ　　夕子

ウサギ小屋と中流意識【七〇年代】(昭四五〜五四)

飛行機の持参金から国が揺れ　　白笑

日本万国博覧会(大阪)に始まる七〇年代は、ドルショック、沖縄の施政権返還、あさま山荘事件、オイル・ショック、そして、「総理大臣の犯罪」ロッキード事件などをからませながら、豊かさとレジャー・ブームへ向かうが、そうした繁栄日本の風景が、外国人の目からは「ウサギ小屋に住む働ききちがい」（ＥＣ非公式報告）としか映らなかったらしい。

ウサギ小屋月のうさぎに覗かれる　周二

働き蜂の親もやっぱり働き蜂　千人

海外旅行者が大幅に増加する反面、サラ金被害で自殺した人の数も少なくなかった（七八、警察庁発表）。

サラ金がつくる終りのないドラマ　啓次

七五年の国民平均貯蓄は一世帯二〇六万円、百円亭主は千円亭主に格上げされ、「中流意識」が定着していく。八四年の総理府調査では、国民の九〇パーセントが「中流意識」を持っていることが判った。

中流のリース・レンタル・クレジット　雅也

中流のウサギが好むジャンボくじ　仙水

つかまってないと中流ながされる　千鶴

きわめて日本的な「中流意識」というべきか。

繁栄の中の混迷【八〇年代】（昭五五〜六四）

八〇年代は、日本車の生産台数が一千万台を突破、世界一になると同時に、欧米との貿易摩擦が激化して、日本たたきが苛烈になる一方、国内ではリクルート事件が拡大、加えて土地の異常急騰がバブル経済を煽り、それに振り回されつつ昭和の終焉を迎えた。

リクルートどこまで続くぬかるみぞ

これは、〈よみうり時事川柳〉だけで、まったく同文の投書が百通を越えたパロディ（『討匪行』全十五番＝八木沼丈夫関東軍陸軍少佐・作詞、藤原義江・作曲、昭和七年＝の歌い出し）である。

分割民営誰がためにベルは鳴る　秀子

「親方日の丸」の国鉄が、さまざまな軋みを残して分割・民営化、ＪＲとして発車ベル。独身女性の三高（身長、学歴、収入）志向がいわれる一方で、地方農村の嫁不足が深刻になり、青森県では、花嫁紹介者に二万円の礼金を出すという村まで現れた(昭五八)。

嫁不足もう替え玉でよござんす　盆太

八〇年代の最後を飾るようにベルリンの壁が崩壊（平成元・一一）、一二月、東西冷戦に終止符が打たれた。

ベルリンの壁も入った福袋　東風

この間、こんな異変もあった。

均等法男の化粧品が売れ　恒子

八四年（昭五九）には、男性用の口紅や眉ずみが大手化粧品会社から売り出されて、二年後（昭六一）の男女雇用均等法に先立って、若い男女の区別がつかなくなっていく。男と女の区別がつかないといえば、

おじいさんのシャツを着ているおばあさん　為雄

という句もあるが、これは長寿時代のほほえましい風景。

【九〇年代】（平二～平一一）

九〇年代は、湾岸戦争、ソビエトの崩壊など、世界的な激動の中で、国内では八〇年代後半からのバブルの崩壊と、それに続く深刻な不況、消費税、ＰＫＯ、保守一党政治の終焉、円高など政治・経済の混迷に追い討ちをかけるように、兵庫・淡路大震災、オ

ウム・サリン事件と世紀末的様相をはらみつつ、戦後五十年を迎えた。

自民党万年床をやっと上げ　朱浪

大あぐらかいてしまった消費税　太士

わが家でも廃案になるマイホーム　和歌

年収の五倍でやっと墓を買い　恭一

「年収の五倍でマイホームを」は、宮澤内閣のキャッチフレーズだったが、本気にする国民はいなかった。

長寿には近いが長者には遠い　窓外

〆切がないから遺書が書きにくい　忠男

平均寿命は伸びるばかりで、ついに世界一の長寿国へ。

帰宅した夫のクビを確かめる　恵太

「リストラ」が流行語になり、今日が明日を保証しない不安な生活。

古い川柳にあるように「川の字」に寝ていた子までが、将来親の世話はしないという(世論調査)ことになれば、家庭の風景も変わってくる。

子を端に預金を中に寝る夫婦　　れい

戦後五〇年の節目といわれた九五年（平七）は、劈頭から関西地方がマグニチュード7・2の大地震（一・一七）に襲われ、安全神話の崩壊、危機管理のズザンさなどが、大きな犠牲の上に改めてクローズアップされた。

学説もビルも真ん中から崩れ　　松竹梅

お茶の間に高速道が横たわる　　正行

五十年記憶を戻す焼野原　　柚郎

この大惨事の余燼も収まらぬ三月二〇日、オウム・サリン事件が列島を震撼させた。想像力の限界を超えたこの事件は、まだすべてが解決されたわけではない。膨大な関連句の中から、最初に新聞掲載（三月三〇日〈よみうり時事川柳〉）された一句だけを掲げておく。

春眠を地獄に落とすサリンガス　　千枝子

東京・大阪の二大都市に、無党派のタレント出身知事が誕生したのも、信じられるものがなくなった乱世の象徴か。

ウソよりもギャグを選んだ大都会　　　太郎

九〇年代もまた変転の多い時代であった。銀行や大企業の倒産、失業者の激増、また学級崩壊や少年犯罪など、暗い社会事象が相次いだ、ここではミレニアムを締め括る海外の重要ニュースと、日本国内に明るい灯をともした最新の事件を一つずつ掲げて、戦後五五年の幕を引くことにする。

抱き合ってそれから先のリアリズム　　　淳子

半世紀の三八度線を越えた南北朝鮮の歩み寄りは、世界的にも大きな事件であったが…。

朝飯の前を尚子が駆け抜ける　　　俊夫

二〇世紀最後のオリンピックで、陸上日本女子史上初の世界制覇を成し遂げた高橋尚子選手の笑顔は、永久にわれわれの脳裏から消えないだろう。

〔「川柳公論」１２５〜１２６号（一九九七・七〜九）〕

抹殺された川柳前史

久良伎を川柳家にした子規との事情

川柳と呼ばれる短詩型は、伝統的な文芸であると同時に、新しい文芸であるという両面を持っている。

というのは、現在、受け継がれて川柳と称している文芸は、短歌、俳句と同様、明治の改革を経たいわゆる近代川柳で、江戸に興った古典としての川柳とは直接のつながりはない。したがって、伝統文芸としては、江戸以来約二五〇年、現在ある文芸としては、明治中葉以降九五年という、二つの歴史を持っていることになる。

この近代への先導をつとめ、川柳史の上で「中興」の一人に位置付けられている阪井久良伎と、短歌、俳句の革新者として文芸史上に大きな足跡を残した正岡子規とは、浅からぬ関係がある。にもかかわらず、その事実は一般文芸史の記録にも残されることなく、今日まで殆ど知られることがない。これは、必ずしも川柳の側に立たなくても、歴史の不当な疎漏だと考える。

さて、とかく卑俗の一語で片付けられてきた江戸の川柳について、幕末の歌人であり、国学者としても知られた西田直養はその著『筱舎漫筆』に、こう記している。

…このもののするどく神妙なることはまた俳諧の発句にまされり。おのれ、この柳樽を好みて、先年、初編より百二十編までを集む。【中略】和歌に比する時は、寿永建久の風なるべし。

「寿永、建久の風」などとは、いかにも歌人らしい言い方だが、藤原俊成の『千載和歌集』や西行の『山家集』が出た時代というだけで、おのずから言わんとする意図は察せられる。

しかし、一般的な社会通念としての川柳は、「狂句」と呼ばれる異相の時代を経て、明治に受け継がれる。

狂句百年を引きずる明治の三〇年代、中根香亭（「前句源流」の筆者）など識者の目からは「遊戯三昧の小文芸」としか映らなかった川柳を、新しい時代に耐え得る文芸にしたいという機運が起こる。現在では明治の新川柳運動などと呼ばれているが、これは、

子規の俳句改革に後れること十年、明治三十年代も後半にいたって、一種の復古運動として展開された。

なかんずく三六年一〇月、『川柳梗概』なる一書を著わして、その第一声を上げたのが、阪井久良伎である。

阪井久良伎——といっても、現在では、川柳関係者にさえなじみの薄い名前になってしまったが、晩年は千葉県の市川へ隠栖して、第二次大戦が終わる四カ月前に、七六歳の生涯を終わっている。

近代川柳の基礎は、おおむねこの久良伎と、やや遅れて井上剣花坊という、この二人によって築かれたといってよい。

ところが、川柳にとっては「中興」である久良伎も、もともと川柳に携わっていたわけではない。明治中期までの世間一般には、ジャーナリスト（美術、相撲評論）及び歌人として知られていたのである。

たとえば、明治三三年一〇月に刊行された栗島狭衣編の『紫紅集』という詩歌集の和歌の部には、宮内省御歌所の召人である中村秋香、黒田清輝、小出粲をはじめ、佐佐木信綱、森しづか、与謝野鉄幹、落合直文、服部躬治、渡辺文雄など当時名高い歌人十人の一人として名を連ねている。

また、こんなエピソードもある。当時一四歳の吉井勇に、歌人として立つ決意を固めさせたのは、久良伎が選に当たっていた『海国少年』(東光館)という雑誌の短歌欄で最優秀になったことが端緒だった。

阪井久良伎は、明治三四年から滑稽・風刺の戯体短歌を創始して、新短歌「へなづち」派宗匠と称しており『珍派詩文へなづち集』(新声社)などの著書も公にしている。子規のもとに集まる根岸短歌会の若き新派歌人とも親しい交流があった。久良伎の紹介で根岸派へ馳せ参じた若者(のちの依田学海ら)もあった。

さて、この久良伎と子規との関係は、それ以前、新聞《日本》にあった子規が、数年におよぶ俳句の革新をおおむね終わった明治三〇年、同じ《日本》に久良伎が入社したことに始まる。お互いは知らなかったが、子規と久良伎は共立英語学校(のちの開成中学)の同期生(明治一七年生)であり、久良伎が一六歳からその門に在った国学者渡辺重石丸の機関誌「闇夜之灯」の記者として新俳句の子規を訪れたこともあった。

歌人であり、美術記者の第一号を持って任じる久良伎こと当時徒然坊は、この年、旧派短歌で大家と見做される歌人の作品を客観的に紹介しようという企画を立て、鈴木重領、黒田清綱、黒川真頼、小出粲、佐佐木信綱、中島歌子、下田歌子ら、十余人の歌人の自選歌を《日本》紙上に連載した。

この連載に目をとめたのが子規で、古くさい当世の短歌に著しい不満を示すとともに、企画者の久良伎を咎め、ついに一社を挙げての問題となった。これが縁となって久良伎との関係が深まり、このことが、子規による短歌革新の契機になった。

翌三一年二月一二日付から、子規が新聞《日本》に連載した「歌よみに与ふる書」が、短歌革新の第一声であることは知られているが、その前後の事情については正規の文芸史や短歌史はもちろん、どの記録からも漏らされている。

子規は、新聞紙上で新短歌論を展開する一方、「百中十首」という試みを開始しているが、それに全面的な協力を惜しまなかったのが、久良伎である。

〈百中十首〉というのは、子規自作の新短歌一〇〇首について、旧派諸大家の批評を請い、うち一〇首を選んでもらおうというものだったが、折から病臥中の子規に代わって、その草稿を携え、諸家の門を叩いて回ったのがほかならぬ久良伎だった。

結果は、どこを訪ねても嘲罵百出、わずかに佐佐木信綱だけが同情を示すにとどまったということだが、久良伎も、徒然坊の名で選者の一人になっている。

このことは、短歌革新の一翼を担った〈百中十首〉も久良伎の労を惜しまぬ献身がなかったら成就しなかった、という意味で、子規の新短歌運動における久良伎の功績が、決して小さなものではなかったことを示すものであるが、この事実を知る人はほとんどいない。

さらに、早くから短歌革新を唱えていた与謝野鉄幹と子規との「蛇口仏心事件」というのも、短歌史上の一事件として知られているが、これも阪井久良伎が火付け役だった。これが、いわゆる「鉄幹子規不可並称説」に発展していったものである。

一言でいえば、万葉調の現実主義（根岸派）と、ロマン的な理想主義（明星派）の対立だが、前者の先頭に立って、子規を擁護し、鉄幹を攻撃してやまなかったのが久良伎であった。

それから三年後の明治三五年五月に出た『現代百人豪』（新声社）というシリーズの第二巻に、やはり子規の弟子である佐藤紅緑（筆者名「無名氏」）が、久良伎の直情ぶりについて次のように記している（文中に「君」とあるのは「子規」のこと）のを見ても、その一斑を窺うことができよう。

君が和歌は現に如何に歌界の刷新を促せしぞ。阪井久良岐氏は磊落にして物に拘らず、昂々として眼中人を見ず、而も猶ほ君に向つては先輩の礼を紊さず、君の為めには屢々狗児鉄幹輩を罵倒して毫も仮借せず。

君は即ち其の攻撃の無用なるを注意せしこと屢々なりと雖も、而も久良岐氏の直情は狗児等の跋扈を見るに忍びず追窮して剰すなし。氏の性よりすれば固と然あるべし。

ふしぎなことの一つは、〈百中十首〉についても、あとの〈鉄幹子規不可並称説〉についても、子規自身がそのことを記すとき、久良伎の名だけはどこにも出てこないということである。ことに、鉄幹とのいきさつは、翌年の「墨汁一滴」で回顧しているが、ここでも久良伎のことには一言も触れられていない。

この事件は、世間一般の関心をも集め、よく知られたことだっただけに、首をひねりたくなるのだが、もちろん理由は不明である。

次の言葉が、この不可解な事柄をトータルして、余すところがない。俳人の小泉迂外がのち阪井久良伎にこういったという。

「子規が久良伎さんから歌を教へて貰つて、一言もそれに言及しないのは身勝手で、江戸っ子としては取り上げない態度だ」（「日本短歌」昭和一一・二〈日本短歌界秘話〉）

この久良伎が、明治三五年三月一日から《日本》紙上に初めて川柳欄が開設されたのを機会に川柳に転進、新川柳の第一号作家・久良伎として生まれ変わった。

時に、久良伎は、次のような歌を詠んでいる。

八右衛門《ねもん》の翁《をぢ》がはじめし十あまり
　七文字の歌に我れはよりなむ

これからは、三十一文字の代わりに、八右衛門川柳が開いた十七文字の歌に身を寄せようという決意を披瀝したものだが、みずから「歌人」であることを捨て、短歌史から消え去ることによって、阪井久良伎は「川柳中興」という新しい照明の中に立つことになり、川柳もまた、新しい歴史の幕開きを迎えることになったのである。

金港堂から上梓した久良伎の『川柳梗概』は、川柳に関する評論の第一号だが、その翌年一二月に金色社から出した『滑稽文学 川柳久良岐点』にいたって、久良伎の川柳観がようやく明瞭なかたちを取る。

この時期、久良伎は新聞《日本》を去って、同系列の《電報新聞》に新たな川柳欄を開いていたが、この投句者が、結社久良岐社の中核となり、三八年五月創刊の「五月鯉」を支えて、初期川柳作家を多く輩出した。

やがて、剣花坊の柳樽寺川柳会、田能村朴山人・窪田而笑子の読売川柳研究会との三派鼎立の時代を経て、新川柳が隆盛に向かうプロセスは、すでに川柳史に明らかである。

ここでは、久良伎の和歌から川柳への転身と、その間の子規とのいきさつだけを取り上げ、まだまだ書き足りない点もあるが、文芸史上から抹殺された事実の一部を記録しておくにとどめた。

〔一九九五・三〕

江戸ッ子が見た江戸

川柳・狂句に現れる八百八町

ことしは、江戸開府四百年の節目を祝う行事が東京各地で催されています。飛鳥山の博物館でも「狂歌で江戸をよむ」という講座が開かれていますが、ここでは川柳・狂句の「江戸」を集めてみました。

以下は、江戸に住む作者たちの本音を覗いた「江戸観」といってもいいでしょう。

大江戸

大江戸の月は須磨より明石より

大江戸は実に日本の目釘也

大江戸の繁華隅にも都鳥　注①
大江戸は広し吹矢の定飛脚　注②
大江戸でちと不自由は小便所
大江戸の色に書きたる物がたり　注③
大江戸の目貫き後藤の拝領地　注④

「花のお江戸」と「お」をつけて呼ばれたのが江戸だけなら、四里四方、八百八丁が整備されて「大江戸」と「大」をつけて呼ぶのも、地名としては江戸だけです。

初代の柄井川柳が登場する一八世紀中頃から大都市江戸のアイデンティティが意識され、江戸言葉、江戸気質、江戸前、江戸風、江戸土産、江戸紫、江戸ッ子など、いわゆる「江戸的なるもの」が産まれると同時に、「大」江戸の概念が醸成されていきました。

注①「隅」は隅田川。隅まで「都」といい掛けたもの。
注②「定飛脚」は定時の町飛脚。「吹矢」の看板のように矢継ぎ早に。
注③「大江戸の色」は江戸紫。「源氏物語」を指す。
注④幕府の金座「後藤」家は本町一丁目（現中央区日本橋本町）に。

八百八町

川柳も狂句も江戸のものですから、口をついて出るのは「江戸自慢」です。

八百の眼で富士を不断見る　注①

八百の軒端に並ぶ国づくし

八百の上ばへおちる日千両　注②

繁昌さ八百万屋の町となり

嘘よりも八丁多い江戸の町　注③

煩悩に七百多い江戸の町　注④

八丁へ日々に三箱のはんじやうさ　注⑤

江戸中を数取りに鳴くほととぎす　注⑥

これは江戸八百八丁の賑わいで、「八百」はその略称です。俗にいう八百八丁は明暦大火後の町数といわれ、実数はさらに多く後期の文化年代には二千六百数十町あったといいます。人口も、一七〇〇年代には五十万人を超える大都市に発展しました。

注①「国づくし」は越後屋、駿河屋、伊勢屋などの屋号。

注②魚河岸、芝居町、吉原には一日千両が落ちるといわれた。

注③「嘘八百」＋「八丁」＝「八百八」丁
注④「百八煩悩」＋「七百」＝「八百八」丁
注⑧吉原の五丁町と芝居の三丁町と魚河岸の八丁合わせて三千両。
注⑥時鳥は「八千八声」、江戸の一丁あたり「百一声」になる。

四里四方

四里四方見てきたやうな新茶売
四里四方御の字の付くありがたさ　注①
四里四方玉を流してみがく也　注②
四里四方水も四角にしみわたり
四里四方木綿のひらに国尽し　注③
四里四方日の出を告る紅葉山　注④
四里四方のうちに五丁の花畑　注⑤
真中に蓬莱山の四里四方　注⑥
繁昌さ四角な四里に諸国住み
御祭礼諫鼓《かんこ》のひびく四里四方　注⑦

日本の臍の大きな四里四方　注⑧

「四里四方」は「し」の音をきらって、「よりよほう」と読みます。この地域内が御府内と定められ、これから外が江戸払いの範囲と決まったのは、『柳多留』が世に現れた年（明和二年）で、それ以前は三里四方とされていました。

注①「御府内」と御をつけて呼ばれる優越感。
注②「玉」は玉川上水。水道の水で産湯を使うのが江戸生まれの自慢。
注③諸国の屋号を記した暖簾や幟など。
注④「紅葉山」は江戸城西の丸の小さい丘。時を告げる太鼓櫓があった。
注⑤「花畑」は新吉原遊廓。江戸町一、二、京町一、二、角町の五丁町。
注⑥「蓬莱山」は江戸城を指す。「舞鶴城」の異称からの見立て。
注⑦「御祭礼」は三王・神田の天下祭。その一番山車が「諫鼓《かんこ》鶏」。
注⑧「日本の臍」とは江戸のこと。

花の江戸

花の江戸もふ入口に桜川　注①
花の江戸御門に桔梗桜也　注②

花の江戸桜のそばに春霞　注③
花の江戸けんくわに迄も枝がさき
花の江戸白魚までが屋敷持ち　注④
花の江戸山吹でさへ子をもふけ　注⑤
花の江戸棒をのんでも喰へる所　注⑥
日に三箱ちる山吹は花の江戸
玉川を掛樋に遣ふ花の江戸

開府早々のお伽草子などに見られる「花のお江戸」といった素朴な概念と、繁華殷賑の極に達してからの「花の江戸」とは、ニュアンスが違っています。

注①「桜川」は江戸の南の入口に当る芝愛宕山下を流れていた小川。

注②桜田門内の内桜田門は太田道灌の定紋に因み「桔梗門」とも呼んだ。

注③「桜」は桜田門、「霞」は霞ヶ関。

注④京橋の東西に白魚献上の網元に下賜された「白魚屋敷」があった。

注⑤銀座の山吹茶屋（茶漬けの店）が江戸中に支店を設けたことを指す。

注⑥棒を口から呑んでみせる大道の見世物。「棒を呑む」という慣用語を背後に効かせた。何でもござれの江戸。

江戸ッ子

「江戸ッ子」という特殊な呼称は、現在までに発見されている文献に関する限り、明和八年（一七七一）の初代川柳評万句合に現れた勝句（入選句）が初出とされています。それ以前からの「江戸者」に代わって、これが専ら遣われるようになったのは、江戸がアイデンティティを持って江戸化する『柳多留』の時代と重なっています。

江戸ッ子のわらんじをはく乱がしさ（初出）　注①
江戸ッ子の生まれそこない金をもち
江戸ッ子にしてはと綱はほめられる　注②
江戸ッ子の妙は身代つぶす繰り
江戸ッ子の声は肩からゆり出し
江戸ッ子の肝ほうほふのゐじき也　注③
江戸ッ子はわたも抜かずに初鰹
江戸ッ子がふかみへはまるぽんと町
江戸児の産声おきやあがれとなき　注④
江戸ッ子の気性に合ふは飛車のきき

それ以前から使われ、それ以後も「江戸ツ子」と併せて遭われた「江戸者」も。

江戸ものでなけりやお玉が痛がらず　注⑤

江戸ものの生まれそこない金をため

江戸ものが九条通りの道をあけ　注⑥

江戸ものにぜひぜひ座頭成つもり　注⑦

江戸ものはもてて奥州ものふられ　注⑧

江戸ものをだまして腕を取り返し　注⑨

両方に出てくる「生まれそこない」の句は、万句合（安永二年）では「江戸ッ子」として勝句となったものを、『柳多留』の編者・呉陵軒可有が「江戸もの」と訂正して一一篇（安永五年）に収録したものです。

注①「わらんじ」は草鞋、「乱がしさは」やかましさ。旅立ちの風景。

注③「綱」は源頼光の四天王、渡辺源次綱。羅生門で鬼の片腕を斬る。

注③「ほうほふ」は鳳凰、吉原の花魁を指す。

注④江戸ッ子の流行語。よしにしろ。ばか言うな。

注⑤伊勢相の山のお杉、お玉という三味線弾き。参詣人の投げる銭を撥で受け止めるが、江戸者は気前よく沢山投げるのでよく当たる。

注⑥朱雀門から羅生門に通じ、夜な夜な現れる鬼を渡辺綱が斬った。
注⑦江戸紫に掛けて検校の地位（紫衣）を欲しがる座頭（盲人の最下位）。
注⑧仙台侯伊達綱宗をふって島田重三郎と二世を契った三浦屋の高尾。
注⑨伯母に化けて渡辺綱から斬られた片腕を取り返した羅生門の鬼。

紫と水

江戸染一たんあたい千金也

江戸染も京染も入る百人一首　注①

江戸紫の下染めは桔梗なり　注②

江戸紫は助六と文四郎　注③

千住品川紫のたもとなり　注④

紫は男の国の水で染め

紫は千箱の玉の水で染め　注⑤

江戸の水玉川三馬井の頭

まくりから呑み初めたる江戸の水　注⑥

鯱をにらむ産湯は玉の水　注⑦
三桝で千両するは江戸の水　注⑧

「江戸紫（江戸染）」と「江戸の水」もまた、江戸を象徴する風物でした。「紫」は多摩郡の一農民が創始したと伝えられ、「水」はいわゆる「水道の水」で、玉川上水、神田上水と、戯作者式亭三馬が売り出した同名の化粧水とがありました。

注①「江戸染」は紫式部、「京染」は赤染衛門。
注②「桔梗」は江戸を開いた太田道灌の異称。定紋が桔梗。
注③「文四郎」は御留川（江戸川）の「紫鯉。「助六」は鉢巻の色。
注④千住（中山道）と品川（東海道）は紫（江戸）の両袂に当たる。
注⑤「玉の水」は玉川上水。
注⑥「まくり」は海仁草。胎毒下しの小児用飲み薬。
注⑦この「鯱」は江戸城もしくは見附を指す。江戸生まれ最大の自慢。
注⑧「三桝」は市川団十郎の紋。市川の水はすなわち千両役者。

そこが江戸

「江戸自慢」という言葉も、江戸ッ子と同時期に遣われ始めたと思われますが、この接頭語によって江戸自慢も極まれりというところでしょう。文政ごろから川柳用語として現れ、天保期に盛んになりました。

そこが江戸水一ぱいを波でのみ　注①
そこが江戸一荷の水も波で売り
そこが江戸初という字に小判金　注②
そこが江戸小判を芥子みそで食い　注③
そこが江戸犬も烏帽子の拾ひ首　注④
そこが江戸小判のゑらを犬が食い
そこが江戸青物丁に肴河岸
そこが江戸三千両は無駄に喰い　注⑤
そこが江戸羊の雌が飯を喰い　注⑥
そこが江戸猫に小判を蒔きちらし　注⑦
そこが江戸日本中を袖に入れ　注⑧
そこが江戸迷子札まで小判形リ

そこが江戸越後者でも角屋敷　注⑳

ずいぶん「つまらないこと」を自慢したものだとも思われますが、この辺にも江戸庶民の一面が読み取れるのではないでしょうか。

注①「波」とは波形模様の寛永銭で、冷水一杯の値段四銭に当たる。
注②「初」は「初鰹」。天明の頃の伝聞に一尾二両三分という記録も。
注③その高価さは、「小判」を食べるようなものだという比喩。
注④「烏帽子首」や「小判のゑら」は捨てられた鰹の頭や鰓。
注⑤江戸の三カ所は「日千両」の消費社会。
注⑥ひつじは髪結い異称。「羊の雌」は女髪結い。
注⑦「猫」は芸妓（古くは踊り子）。「猫に小判」を効かせる。
注⑧品川の海に面した浦曲「袖ヶ浦」。日本中の舟が集まる。
注⑨「越後者」は駿河町の両側一丁を占めた越後屋。

かつて、英国の文学者で日本の俳諧や川柳に造詣の深かったR・H・ブライス教授が、こうした江戸庶民の特に男たちを「カワイソウ」という言葉で表現しましたが、これは「いじましい」というほどの意味であったと私は理解しています。鼻っ張りだけは強いが女房には頭が上がらないお人好し——そんな男たちの姿が、江戸の川柳には見え隠れしています。

＊

本稿では、川柳や狂句を文学として取り上げたわけではありません。個々の例句は当然玉石混淆ですが、作者である江戸在住者が、その江戸をどう考えていたかの一側面はお分かりいただけたと思います。

なお、例句をなるべく沢山見ていただきたいので、一句一句の解説は省いて最小限度の注にとどめ、また読み物には煩わしいだけで、あまり意味のない『柳多留』や万句合の出典もカットしました。

〔渋沢財団「青淵」（一九九五・三）〕

川柳いまむかし

《目》で書いてきた社会と人間のドラマ

現在、私どもが楽しんでおります川柳と呼ぶ短い詩形が、近世の江戸という新興都市に生まれたことは、どなたもご存じと思いますが、それが奇しくも今年と同じ乙酉の年であったということ。干支は六〇年で一回りしますが、ちょうど六〇年前には、日本中が焼け野原となって第二次大戦が終戦を迎えました。この六〇年をさらに三つ重ねた二四〇年前の乙酉の年に、『誹風柳多留』略して『柳多留』と名づけた川柳の原典ともいうべき選句集が出版されました。

これは、当時の名句・秀作を集めた古典の宝庫といってもよい選集で、これの選に当たった柄井川柳という宗匠の名が、そのまま文芸の名として呼ばれるようになり、今日に及んでおります。

孝行のしたい時分に親はなし
寝ていてもうちわが動く親心
母親はもったいないがだましよい
子が出来て川の字なりに寝る夫婦
役人の子はにぎにぎをよく覚え

といった現在でもよく知られた句がたくさん出てまいりますが、その中に、「銚子」という地名も見えております。

江戸に住む人間にとって、「銚子」というところは、特別の意味を持っていたのです。筑紫の大宰府に流された菅原道真の「配所の月を見る」という言葉をもじって「銚子の月を見る」という慣用語がありましたように、お江戸から数十里も離れた銚子は、親に勘当された道楽息子の追放先として知られていたのです。

柳多留にも、

罪あって息子銚子の月を見る
銚子からさすらえの身としゃれた文
銚子まで禁酒しやれと母の文
銚子への路銀にはらう銀ぎせる

といった句が見えており、武蔵、上総は隣接しているにもかかわらず、銚子というと、地の果てのような印象を江戸人は持っていたのでしょう。

さて、現在、千葉県の川柳はたいへん盛んになり、全国的にも引けを取らない位置にありますが、明治後半に新川柳が興隆してから大正、昭和の前半期までは、川柳不毛の後進地域とみなされていた一時期がありました。

ところが、実は江戸時代の後半期から上総特に市原郡は川柳のメッカとして知られておりました。天保ごろから上総国市原郡養老村には、養老連という有力な作家集団があり、幕末の安政年間には、「南総の二秀」と称えられた文堂阿豆麻、雅功堂成之という二人の大家が現れますが、なかんずく市原郡戸田村の名主で、家伝薬「安静丸」の本舗でもあった成之の人望は高く、明治二六年六月二六日に行われた追悼句会は、出句者二〇〇名、集まった句が三万一〇〇〇余、入選句の発表に何と三昼夜を要するという稀有の大会になりました。

江戸川柳の一端を担ってきた上総の川柳——こうしたことから考えますと、ご当地には、現在をもたらした文運の苗床が、早くから用意されていたということでしょう。

では、そろそろ本題に入りたいと思います。

柳多留の時代から現代まで、川柳のおもしろさを支えてきたのは、一にも二にも作者の《目》です。言葉を代えれば、川柳というのは、《目》で書いてきた社会と人間のドラマだということが出来るでしょう。

江戸の川柳にこんな句があります。

本降りになって出て行く雨宿り　初編

一読して、オヤッという矛盾した印象を与えますが、実は、執念深いといっていいほどの《目》が捉えたリアリズムです。

時ならぬ夕立で、クモの子を散らすように軒下に逃げ込む人びと。少しでも濡れまいと身を縮めて雨脚をながめていたのが、これはどうやら本降りで、もう止む見込みがなさそうだと見極めをつけると、一人二人と雨の往来に飛び出していく、あれほど濡れまいとしていた人びとが、こんどは頭からズブ濡れになって。

諦めと自虐がまぜこぜになったような風景を捉えたのは、ことの次第から、終始《目》を離さなかった作者の観察力です。

この句の一つ手前に入れたらよさそうな句もあります。

思い切る姿ができる雨宿り

手拭で頬かぶりをしたり、裾を端折ったり、という悲壮ないでたちでしょう。

仁王門追われる雨はもうやます

この「仁王門」は浅草の観音様。もうやまないとなると、善男善女といえど、いつまでも軒を貸してはおられないというので、強制立ち退きを命じられるのです。

フランスの詩人ボワローは、こういっています。「誰でもが思いついたに違いないが、誰かが初めて表出することを考えたような詩」がいちばん良い詩であると。日常の中に無数に散らばっていながら、取り出されてみて、初めて気が付くような事柄を見つけ出すことで、共感を呼び起こす―こうした《目》によって生まれるのが川柳で、それを私どもは受けついでいるわけです。

それでは、同じ音数の表現形式をもつ俳句と川柳は、基本的にどんな違いがあるのですかという質問をよく受けます。川柳をやっていると、誰でも一度は受ける質問だと思いますが、みなさんだったら、どう説明されますか。

俳句と川柳は、もともと俳諧という一つの根から咲いた二つの花ですが、俳句は主として武家社会に育って五〇〇年、川柳は庶民社会に生まれてまだ二五〇年ほどの若い文芸です。

一般に、俳句は自然を対象とした叙景的な田園詩であり、川柳は人間社会を対象とした叙事的都会詩である、また俳句は感性的、平面的であり、川柳は理知的、立体的である、などという言い方がされ、何よりも俳句における「季語」と形式上の「切れ字」が決定的相違点として強調されます。しかし、川柳が自然を対象としてはいけないという決まりはなく、ものを感性的に捉えた作品も、レトリックとしての「切れ字」も、現在では俳句だけの独占物ではありません。

では、どこが違うか。これを、《目の位置》の違いとして説明することが出来ます。

ご存じ江戸時代の俳人、小林一茶の句集（《我春集》）に、

大根引き大根で道を教えけり

という ユーモラスな句があります。冬の朝、大根を取り入れているお百姓さんがいます。そこへたまたま通りかかった人が、立ち止まって道を尋ねているらしいのが、声は聞こえないけれど、その身振りで分かります。すると、お百姓さんはちょうど手に持っていた大根を水平に突き出して、道の一方を指し示している、と、こんな風景を捉えたいかにも絵になりそうな客観的な俳句です。

一方、この俳句より五三年も前の柳多留（初編）に、

ひん抜いた大根で道を教えられ

という句があります。

同じ風景でも、川柳の場合は、道を聞き、教えてもらっているのは、他ならぬ作者自

身です。一方へ向かって突き出された大根は、すぐ目の前にあって、いま抜いたばかりの泥がこぼれている。「ひん抜いた」という粗野な言い方も、リアリティを増幅しています。つまり、俳句のように遠くから見た額縁的な風景ではなくて、句の中に自分自身が登場して、風景を作り出しているのが川柳です。

題材のおもしろさはあっても平面的な俳句と、触れ合う人間の息遣いまで感じられるような川柳の立体感―この違いが、作者の《目の位置》の違いにあることはお分かりでしょう。

自分の《目》でしっかり捉えなければ、そのイメージを原型に近い姿で読者に伝えることはできません。

春の街電車の道の人通り

これは明治になって、時事的な事象に視線が向くようになってからの句です。東京市内電車の市有案に反対した従業員六〇〇〇余人のストライキは、明治44年の大晦日から翌年の元日、二日にかけて東京市民の足を奪いました。精いっぱい着飾った正月の老若男女が、やむなく路面電車の軌道をゾロゾロ歩く、奇妙といえばいえる光景が目に見えてきます。作者は、井上剣花坊です。

駿河町畳の上の人通り　初編

これが、「電車の道」の下敷きとなった江戸時代の句です。「駿河町」といえば、一町を占めた江戸一番の呉服店、のちに三井呉服店から現在の三越デパートになった越後屋のことです。畳敷きの店内は屋内とは思えない広さで、お客はその上を町なかを往来するように歩いている――ただ口で賑わっているという以上の迫真感があります。

川柳の《目》の働きは、見えるものだけを見るのではありません。物の後ろに隠れている真実や、心の動きも捉えます。

朝帰りだんだん内へ近くなり　11編

この江戸川柳は、帰るべき家がだんだん近くなってくるという物理的な距離や現象を言っているのではありません。このまま帰宅したら何が待っているかわからない、という負い目のある心の揺れ、それが次第に高まってくる心理過程を、自宅との距離の切迫という側面から可視的に描いたものです。作者の中のドキドキが、そのまま読者に伝わって、自分も同じ道を歩いているような錯覚を与えるのは、何の説明めいたものもない、表現のさりげなさにあります。

雨ぞ降る渋谷新宿孤独あり

これは、戦後の川上三太郎の作品です。渋谷・新宿といえば、夜の無い街といわれる東京の盛り場。どこを探しても「孤独」など落ちていそうもないと常識では考えますが、そこから独りぼっちの寂しい魂を掘り出す――それが作者の目です。

世の中、浮かれている人ばかりではありません。普通の日常から阻害されたり、傷ついた心には、そこが明るければ明るいほど、賑やかなら賑やかなほど痛みが染みてきて、魂の孤独が深まっていくのです。まして雨ともなればなおさらでしょう。「群衆の中の孤独」という言葉がありますが、それと共通の位相です。

蛇足ですが、この作品はたいへん技巧的で、「雨ぞ降る」というフレーズは、昭和二〇年代に封切られたアメリカ映画の邦訳題を取り込んだもの、また「渋谷新宿」と連ねた音韻・音感にも充分な計算がなされているということです。

見えないものまで捉える目は、さらに、未来まで予見します。

エノケンの笑いに続く暗い明日

これは、反戦作家として二九歳で獄中死した鶴彬の句です。

昭和一五年五月、巷には一種投げやりなヤクザ小唄が流れ、ドタバタ喜劇に人気が集まる。その中でもエノケンの主演ものは、劇場も映画も満員札止め。場内を埋めた観客は、相次ぐギャグに腹をかかえ、足を踏み鳴らして爆笑します。が、いったん笑いが途切れ、次の笑いに移るわずかな隙間に、すうーっと這い込んでくる得体の知れない不安。それがだんだん広がって、遠くから何か聞こえてきます。それが戦争への足音だと気が付く頃には、抜き差しならない「明日」がそこまで来ていることを誰もが確信します。

あとは虚ろな笑いが続くだけです。

ナンセンスな爆笑の中に鶴彬が捉えた不安が、現実の姿をあらわして、日中戦争が勃発したのは、それから僅か二カ月後のことでした。

院長があかん言うてる独逸語で　豆秋

これは、自己を見詰める透徹した《目》です。

すでに希望を持てない病床にあって、これほど恬淡と自己を客観できる作者に、まず驚かされます。口では「あかん」「あかん」といいながら、長生きをする人はいくらでもいます。が、同じ「あかん」でも、院長がカルテにドイツ語で書いたら、本当に「あかん」はずにもかかわらず、直面した死をなお冗談めかして句にする「あかん」という大阪訛りがこれほど重く響く、おそろしい諧謔を私は知りません。

作者は、この句を残して再び帰らぬ人となった大阪の好作家で、生前は「良寛豆秋」

などと呼ばれておりました。

腕組めばわが影法師も腕を組む　　雀郎

これも、自分と向かい合った作品です。影は分身、というより、ここでは人格化されたもう一人の「我」です。自分ひとりでさえどうすることもできないでいる寂しさ、それを影までが同じしぐさをして二人分に増幅する。その遣り切れなさ。――これは孤独な旅人、前田雀郎の未定稿です。

物理的にも論理的にもごく当たり前のことをいっているだけの言葉そのものには、この句の場合、何の意味もありません。言葉の背後に広がる空間、そこに立ちのぼる作者の思いだけが句の全量であり、それは内容というより内包といった方が適切かもしれません。

この辺で、すこし目を転じてみましょう。

第二次大戦後の昭和二五年、大新聞である読売新聞が第一面の一角に、それも連日、川上三太郎という第一人者の選による時事川柳を掲載することになりました。これは画期的なことで、それまで日の目を見なかった時事川柳が急速に盛んになり、半世紀を経た今日では、一つのジャンルを形成する勢いにあります。

この時事川柳は、絶えず流動する事象を、点として素早く捉える即応性と、正確な《目》が要求される新しい文芸です。

米びつの底で政治か死んでいる　昭21　米寄こせデモ
いつまでも千円札でいてくれす　昭25　一〇〇〇円札
五千円札がわが家を通り抜け　昭32　五〇〇〇円札
万札をくすせばシャボン玉になる　昭32　一〇〇〇〇円札
女房とジャンケンをしてコミを出し　昭36
ゴミ袋提げてパジャマに見送られ　《サラ川》第1集（平3）
つかまってないと中流流される　昭59
リクルートどこまで続くぬかるみぞ　（80年代）
ベルリンの壁も入った福袋　平成2
〆切がないから遺書が書きにくい　平均寿命世界一
お茶の間に高速道が横たわる　平7・1
春眠を地獄に落とすサリンガス　平7・3
平成のピックリ箱に底がない

本県の市川真間に隠棲して、国府台病院長吉田機司などを育て、千葉県近代川柳の礎石ともなった阪井久良伎は、川柳を「社会連帯の詩」といっておりますが、江戸時代の川柳がまさにそうであったように、作者は代弁者であり、それに共感、共鳴する多数の人びとによって共有するのが川柳だというのです。ある句を前にして「そうだ」とうなずいた時、連帯は成立するのです。いま挙げた時事川柳は、そうした機能を留保しております。

まだ寝てる帰ってみればもう寝てる　　《サラ川》第2集（平4）

これは、私の関係している《サラリーマン川柳》の一句ですが、いろいろな批判を浴びながらすでに十五年、数万という一般読者の支持を受けており、すでに古典化した名句も残しております。

この句も、妻とも夫とも言わず、何の説明もなく投げ出された風景によって、少子化、遠距離通勤、当世的な夫婦の在り方などが、読者の目にはっきりと見えてきます。

上質の笑いと思われる最近の句から幾つか挙げておきましょう。

石の上三年経てば次の石

家を買いそれから何も買ってない

晩酌に毎日通う販売機

真夜中の妻の寝顔は世紀末

考えぬ葦に注ぎ込む教育費

目の前を回って過ぎる寿司と運

川柳の生まれる現場は、いまや多種多様です。句会は今も昔もその中心ですが、一過性と思われる句会作品も決して軽視はできません。明治以降、句会作品で名句に数えられるものも少なくありません。次の句は、昭和初年の東京句会の高点句です。

一時間　二時間　ふぐは旨かった

この句の中の不安な時間の経過、それを経て、初めて味が蘇ったという一種のサスペンス・ドラマを、ここまで簡潔に描いた作者も作者なら、それを的確に選んだ選者もすごいと思います。

さて、みなさんは「なぜ川柳をやっているのですか?」と聞かれたら、何とお答えになりますか。

ある合同句集の作者コメントの中で、まだ川柳歴の浅い熟年の女性は、こういっています。「嬉しいから書く川柳、悲しいから書く川柳、それだけです」。たしかに、これ以上つけ加えることはないかもしれません。

とくに、川柳にはカタルシス（浄化作用）という働きがあります。思いを一句にすることで、耐えられない怒りや悲しみを和らげ、洗い流してしまうという癒しの効能です。

こんな話があります。

私の知り合いで、定年後、盆栽と川柳を楽しんでいた人があります。川柳の方は初心の段階でしたが、古くから手がけている盆栽は相当な腕で、高価な鉢も育てていました。ところがある日、この人がいちばん可愛がっていた一鉢が盗まれました。選りに選って、我が子のようにいとしんでいた鉢を持っていかれたのですから、その怒り、悲しみ、嘆きは一様のものではなく、夜も寝られない日が続きました。が、いつまで嘆いていても、失くなったものが返ってくるわけではありません。混乱した頭の中でこう考えました。あれだけの逸品を選んで持っていったくらいだから、泥棒も只者ではない。これほど目の確かな人間なら、植木を粗末にすることは決してあるまい。どこにあっても、大事にされ、可愛がられて、元気でいればそれでよい。

こう考えると、心が静まってきました。そこで、見知らぬ盗人に向かって一句、

ドロボウよ　植木に水をやってくれ

〔銚子「いわし川柳大会」講演（二〇〇五・一一）〕

〈雑詠〉的鼎談

言ってみよう

川柳―正敏―三柳

記念号の特別企画として、川柳公論の一〇年を振り返って、主宰を交じえた三氏に自由に語っていただいた。佐藤正敏氏と脇屋川柳氏は、最も身近な位置から有形無形のご支援をいただいてきた公論のよき理解者。格別に身構えることもなく、絶え間ない笑いのなかに話題は公論から川柳界全般に及び、ときに辛辣な批評の語も飛び出すなど、アッという間に予定時間をオーバーした。――ときは、川柳忌前夜の九月二二日。ところは、柳祖柄井八右衛門ゆかりの天台宗龍宝寺。

発言者〔写真右から〕

脇屋川柳（東京川柳会主幹）

佐藤正敏（川柳研究社前幹事長）

尾藤三柳（川柳公論主宰）

編集室・杉本禮子、尾藤一泉（録音・書き起こし）

陪席　事務局・山田喬子、松下佳古

一泉　本日は雨の中、ありがとうございます。今日は九月二二日、明日は川柳忌ですが会場に龍宝寺を選びましたのは、はじめ初代川柳について考えたり語ったりする会を、現在の川柳忌とは別の形でやってみたらという企画があったからで、それを変更して、公論一〇周年の記念座談会ということになりました。

今年は初代川柳没後一九六回目の忌日に当り、もうすぐ二〇〇回忌ということになれば川柳界でも何か行事をすることになりましょうし、それを別にしても、川柳界には、もっともっと考えなければならないことがあろうかと思います。そこで今日は、三先生にいろいろおうかがいできればと思いまして――。

特別にテーマは決めておりませんので「雑詠」のつもりで自由にお話しくださいい。よろしくお願いします。

川柳に限界はあるか？

三柳　あいにくの雨でして。「雨夜の品定め」ではないが、川柳忌の前夜祭みたいな形で、こうやってお話できるのも八右衛門どのの引き合わせかもしれません。

とにかく公論が一〇周年になりまして、その記念の鼎談ということですが、公論だけに限らず、川柳界全般についても話を広げていただきたいと思うんですが！

日頃から言いたいことを言っている顔触れで、代わりばえしないっていえば、代わりばえしないんだけれども……。（笑）おもしろいのは、川柳公論創刊号（五〇・七）の第一回「３分間インタビュー」が正敏さんなんですよね。

川柳　そうそう。

三柳　で、再開第一回が川柳さん。これも奇しき因縁だと思うんですがね。正敏さん、一〇年前にどんなことを言っているか覚えてないでしょう。（笑）

正敏　ご老体ともなると、そりゃ忘れるわ。

三柳　一号のときは、西潟賢一郎がお宅にお邪魔してお話をうかがったんでしたね。写真もお若い。よく肥ってるわ。（笑）「自己の理論を持て」というご立派な論旨です。とにかく正敏さんには第一年目から顧問として、いろいろとお世話になっているわけで。川柳さんは二年目の…。

川柳　ええ。

三柳　日本民家園吟行（五一・一〇・三一）のときでしたね。

川柳　そういうことです。

三柳　あれからですから、もう九年になるわけですね。そういう形で身近から見てこられたお二方に、忌憚のない目で川柳公論の十年というものを振り返っていただいて、何かお気づきになった点を――。そんなところからお伺いしたいんですけれども。もっとも正敏さんは、『川柳年鑑』（雄山閣一九七八年版）の座談会でちょっと公論のことにも触れられてますが、あれはおおむね独断と偏見によるお間違いで…。（笑）

正敏　僕なんかね。とにかく三柳さんに設立の主旨を聞いて、初めから顧問なんてのはあべこべじゃないかといったくらいなんでね。だけど今考えてみると、三柳さんとしては、とにかく当初は孤立無援みたいな、そんな心境だったんじゃないかと思う。その間の成果ってもんは確かに上がってますね。もう今は僕らなんていらないし、余計者みたいなもんでね。

　ただ、どういう川柳を教えるかということになると、いろいろあるんでね、私なんかの育ってきた過程から考えると――。いつだったかびっくりしたんだが、川柳の新しさといっても正敏あたりが限界じゃないかなんていう連中がいるんだ。亡くなった竹田花川洞さんもそんなことといってたらしい。そうしてみると、その頃は私の句も難解の方に入ってたのかと思ったんだけどもね。

川柳　ほう、難解に…。

正敏　結局、私が「空間に別な自分がさらされる」とか「真空にあくなき自我がよみがえる」なんて句を書いてた頃のことだと思うんだけどね。今の公論てのは、そんなものより遥かに上に行っちゃってるわけでね。

川柳　ええ、ええ。

正敏　けれども、この上へ来たってことについては、私らやっぱり問題を感じるんですよね。まあ最近の傾向っていえは、公論ばかりじゃないんだけども、あまりにも略喩の世界へ入っちゃってね。依然として解る解らないの問題が絶えないし…。で、結局、川柳普及って面からいうと、なんかこうマイナスの道を歩いているような気がするんですよね、僕なんかは。

川柳　うーん。なるほど。

正敏　だからやっぱり、その限界ってものがねえ、あるんじゃないかと。いろんな表現をしようと思っても、なかなかこれはね、十七音なんだから無理じゃないかと思うんですよ。

三柳　それは、川柳公論の、この十年間の句のいき方についてのご意見？

正敏　だんだんそんな形で現在に至っているという…。

三柳　それはね、僕は当然だと思うんですよ。詩っていうものは方向性としてあくまでも未知の世界へ向かうもので、既知の世界に立ち止ったまま既成の観念をひねくり回すことじゃないわけでしょう。だから、どんどんエスカレートして行くのは、これは一面で当然のことだと思う。詩や句の世界に限界なんてものは、だから存在しない。ただ、いま在る川柳との、ある意味での妥協っていうとおかしいけれども、ジャンルとしての仲間意識っていうものは必要で、それからまるっきり切れてしまっても困るとは思うんだけれども、作品そのものについては、たとえば正敏さんの限界を越えなければ、川柳はいつまでも正敏さんの位置にとどまるわけですからね。誰にせよ、個人の作品を限界にするといった考え方はどうでしょうかね。

正敏　限界ってことは結局、理解できる範囲ってことをね、そういってるんですね。

三柳　理解というのほ、あくまでも相対的な問題で、理解できない人には何を見せても理解できないし、理解できる人には何でも理解できるはずだから、対象をどこに置くかで変わってくる。

正敏　勿論、ある程度の鑑賞眼を持ってる作家を対象にしてね。

三柳　となると、作品が進むとともに、鑑賞眼も当然上がってこなければならない。昨日の鑑賞眼が今日の鑑賞眼であっちゃいけないわけですから。たとえば、選者が昔のままの眼で今日の句を見て、これは解らないと片づけられたのでは、現代川柳は救われない。選者自身、自分の勉強が足りないことに気がつかなければ、川柳はいつまで経っても足踏みすることになる。

正敏　そのことは、たしかにね、ただ自分が読んで解らないから、こんなものは川柳じゃないとね、とかくそういう傾向が強いっていうか、ほとんど大部分だったわけだ、今までは。

三柳　そんな場合、自分には解らないというべきで、単に解らないといってしまうと、一般的に解らないってことになってしまう。これは間違いでね、人には解るかもしれないけれども私には解らない——と、こういうんなら分かるんですけどね。そういう点でも、川柳公論はただわけの分からんことだけ言って来たとは思っていません。その点は誤解があるといけないですがね。

川柳公論のめざしたもの

川柳　今日は鼎談ということで、大先輩お二人のお話の中に割り込ましていただきたいと思うんですが、僕は《東京タイムズ》で高須唖三味さんが選をやられてた時分の作品を拝見していて、その後、尾藤三柳選っていう形になったとき、作品内容が少し変わって来たっていう感じを一番最初に受けたんです。その時分僕は、ものすごく断絶してたんです、川柳界と。師匠から外へ出るな、と。で、いわゆ

る選者が変わると、作品が変わるということですが、ところで、何年続きましたでしょうかね、公論創刊までの東タイ川柳は？

三柳　三柳選は昭和三〇年からですから二〇年ですね、公論創刊までに。

川柳　そうするとね。その中で培われたものっていうのは、やはり川柳の持つ伝統性っていうものを残しながら、新しい模索を選者も続けたし、作者も続けてきたということだと思う。で、それが熟成した時期に公論が発足した。二〇年というものすごい土台の上に立ってね。

最近、川柳をやる若い人を見ると、一行詩なんかから入って来る人は、初めから抽象川柳を作ってるんですね。だから、こんど具象川柳作ろうとすると、語彙は無くなっちゃうし、手も足も出ないんですね。仮に『川柳総合事典』（昭和五九年六月二五日刊）が二〇年前に出てたら、たとえば三要素などというものが、後に集約された結果だと、はっきりいい得た人がこれまで無かったわけですから。非常に川柳を誤解して考えている人達や、あるいは既成の川柳で、すでにもう自分の道が固まってしまった人達以外の人を対象にした川柳公論の原点と一〇年の道程はここにあると思う。そして先程おっしゃったような、川柳の中に詩が入ってくるという現実で来てたと思いますね。で、詩の中に川柳が、ぽこっと載っかってるようなポッと出のものではなくて、ここが川柳なんだという原点を押えて、あとは自由に詩的な、あるいは感覚的なものに伸ばしていったと。その点は、なんとなく句会へ来て川柳ってのはこういうもんだっていう自己判断ではなくて、川柳の原形質、川柳の流れを踏まえて、会員の人達の感覚とか、あるいは川柳観っていうものを原点的に引き出し、二〇〇年、二五〇年の流れそのものを最初から自分で学ぶんじゃとても時間がかかってしまうから、そういったものを、実践と講義とでね、一〇年間も新人教育をされてきたという、これは余り他に例がないような気がするんですね。俺は川柳を教えてるって方は、沢山いるんですがね、それがどうもその方個人の川柳なんですね。だから、どうしても学ぶ側は、その方に追随してしまう傾向が出てくる。無論、指導者と教わる側ですから、指導者を目標にするというのは当り前のことですが、川柳の客観性という視点からはどうでしょう。そういった意味で、川柳公論の一〇年の歩みを一言でいうのは大変むずかしいんですけれども、川柳の原形質、源流を教わった人達が、いま仮に抽象なり、詩的な諷詠に変わって行ってるんじゃないだろうか、それが大先輩や、もっと造詣の深い方々の目からはまだまだ足りないところがあるということは、勿論主宰はご承知の上だと思う。少なくとも一〇年やってみて、相応の成果があった。で、そういうことに対して、今の川柳界全体が良い悪いは別として、どう評価するのかという関心が足りないみたいな気がするんですがねえ。

三柳　川柳公論というものについて、僕は最初から仲間や同志を集めて同人システムの吟社を作ろうって気はなかったわけですよね。川柳を客観的に体系化して、未開拓の分野に培殖したい、それが第一でした。その準備に二〇年かかったわけです。

基本的には歴史を見合いにして現代を学んでいくという方法、これが今までなおざりにされてきた。だから、今の川柳はこういうものですよっていうような教え方は、僕はしてないわけです。今風なものだけ、そのかっこだけつければいいという形の指導はして来なかった。ここに第二号（五九・九）があるんですが、こんな手紙が来ています。津久井理一という俳人からの手紙ですが、こう書いてあるんです。川柳ってものがね、「選者中心の課題句で運営されているようで、ここ三十年前の俳壇を思い出します」と。つまり、あの当時の川柳を俳壇に三〇年遅れていると見ているわけです。これは外からの見方で、僕はもっと遅れている、五〇年、半世紀は遅れているってよくいっていたんですけどね。津久井さんの目で三〇年前のことをやっている川柳の遅れをなんとか詰めたい、そのためには、あまりにも古すぎる川柳の体質から、まず変えていかなければならない。さもなければ、新しい結社や運動体は必要ない。東京には沢山の会があったんですから。

川柳　ええ、ええ。

三柳　会が沢山あれば、表面的には川柳が盛んなように見えるんですが、どの会も集まってくる人は同じ、選をしている人も同じ、だから同じような句が同じように出てくるだけの十年一日でね。内容的な進歩はさっぱり。本来、一つの吟社には、創立の趣旨となるべき自前の主張がなくちゃならないわけですよね。自分たちはこれこれの川柳を目指しているというそれぞれの旗印があれば、誰さん彼さんがやって来て、同じような句を作り、同じような選をして成り立つもんじゃないわけですよね。そういう点俳壇は、はっきりしてますね。その主宰者なり指導者なりの主張に共鳴する人だけが集まるわけですから。そんなことから、まず自分の考え、自分の主張を持った川柳。作ったり書いたり、選んだりする前に、まず川柳を考えなくちゃいけないというのが最初の発想で、公論発足のそもそもなんです。ですから既成の吟社とは全く違った方向を目指して作ったわけです。

史観不足の川柳界

正敏　今ちょっと出たけれど、川柳界ってのはね。情けないかな、とにかく俳句界に較べたら遥かに狭いわけよね。だから本来からいえば、たとえば公論なら公論のね、公論はまあ同人っていってないけど、まあ同人、会員でね、成り立ってなけりゃならんわけなんだな。これはどこの吟社もそうなんでね。俳句の方は出来てんだ、一党一派ってのかな。

川柳　ええ。

正敏　やっぱりそれぞれ主張があるんだから、それだけで成り立つように出来てるってことは、それだけ広いわけよね、裾野が。川柳界は悲しいかな、それが出来ないんだな。たとえば雑誌を見ても、「川柳研究」はいま一つになっちゃったけど、雑詠欄が二つあるという場合、全然傾向の違うものを同一誌に載せるのはおかしいんで、本来なら別れるべきなんだよね。ところが、別れたらお互いに潰れちゃうもんだから、そういう妥協的なやり方をしているわけ。しかも、句会となるとそういっちゃ何だけど、これはもう点取りごっこ――。

川柳　ええ、ええ。

正敏　来てくれたから行かなくちゃいけないとか…。（笑）

川柳　ええ、ええ、ええ。

正敏　それで、抜けさえすればたちまち名作家にされて…。そんなもんだった、我々の過去はね。

川柳　その点は、先程の津久井理一さんが、絶えずいっておりますのが、川柳家には歴史観がないと。

三柳　史観がないってことですね。

川柳　ええ、その吟社にね、正しい流れをきちっと捉えるものがないじゃないか、だから見てもつまらないといつもいうんですよね。古い過去はよく分かりませんが、どんな時代でも新人養成っていうよりも、そこへ傾倒すれば自然発生的に、出てこられた時代があったんじゃないでしょうか。明治から大正にかけては、久良伎だとか剣花坊だとかいう

ような人達、また近くでは六大家の傘下であるということ、自分達が素晴らしい川柳家にめぐり合えたということだけで、人間的にも、作品的にも、そんな中で浄化運動が出て来て、自分の作品、諷詠というものを、自分達自身で磨いて来た時代——それが戦前の時代であったとすれば、戦後の時代というのはどうも、自主的に動かなきゃならない時代になって、川柳ってものをやりたいんだけれども、新聞に出てくるようなあんなものじゃとか、あるいは戦後の一時期カストリ雑誌に出たようなものを川柳と、こう認識しちゃってた面があって、とんでもなく川柳の価値が下がったことがあった。こうした川柳志向者、川柳予備軍を正しい方向に導くのが、川柳家なり川柳結社の役目で、それが出来るのが、偉大な指導者ということになる。

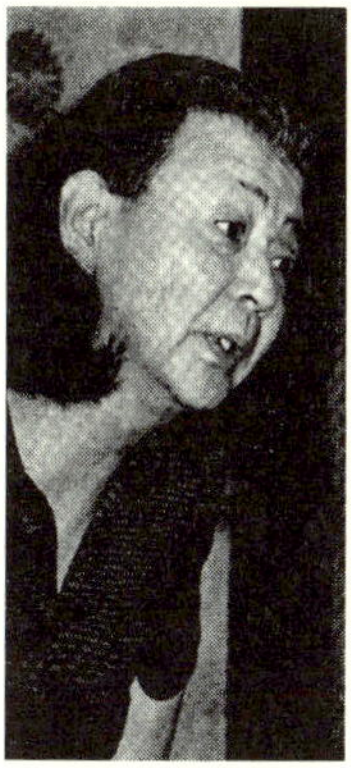

三柳　過去も現在も、川柳界はおおむね句会というシステムに支えられてきたわけですよね。だから外から川柳界へ入ってこようとする人は、ともかくも川柳句会へ出席するより仕方がなかった。雑誌の購読者、会員になるって道もなくはないけれども、それでもやはり句会へ出るようになる。それでね、大体その句会でまず触れるものといえば、川柳の良さではなくて、多くの場合、川柳のくだらなさだった。外から川柳へ入ろうとする人に対して、まず川柳のくだらなさに触れさせるってのは間違いですね。入ってしばらくすれば、よさも悪さもわかるんですよ。それでなくても、心ある人には外側から見る川柳が、いか

にも低俗なものに見えちゃうわけですよね。社会通念みたいなものが、先入観として働いていることも見のがせないだろうけど、それで去ってっちゃう人がいる。これじゃいけないわけでね。やっぱりある程度の素養と教養を持った人を川柳に引き入れて行くためには、何よりも川柳の良さに触れてもらわなくちゃいけない。そこをなんとかしたいという考えもあって、最初はそれぞれの専門家を講師に頼んで、歴史を教える人、現代川柳のうち伝統的な良さを教える人、新しい作品の良さを教える人、そういう人達によって、企業とはいえないまでも、川柳のユニバーシティみたいなものを作ろうかと思ったこともあるんですよ。

正敏　この歴史ってものを公論くらい教えてるとこはないね。

川柳　そうですよね。

三柳　新しい雑誌、新しい会を始めるからには、先行誌や先人がやってこなかったことをやりたい。その思いが先立って、いたずらに空回りするような失敗も始めはありました。勉強会では一時間を歴史的な講義に充てたわけですが、現在のNHKやサークルの生徒だったら、すぐ飽きられてしまうような話をやっているんですね。それでも平均三十人から四十人集まっている。その第一回勉強会のテーマが「発句と平句」。

川柳　ほう。

三柳　いきなり勉強会に来た人に「平句」なんていったって言葉自体が理解できるかどうか。そんなことは考えなかった。あとで聞いたら、三〇何年も川柳をやってて、名を知られた某吟社の主幹が、初耳だといってたという。それほど、僕もカッカしてたんですね。創刊号を見た竹田花川洞さんから、せめてスタートは高校ぐらいに水準を下げたらどうかというハガキが来ましたけどね。ともかく、第一回なんか、一時間余も喋ったのに、何も解らなかったたって…。（笑）

正敏　僕らぐらいの年代のもんの致命傷がそれなんだがね。とにかく現実的には必要ないでしょ。

川柳　作句にはね。

正敏　だから、そういう勉強を怠ったわけよね。今になって自分がね、マスコミやなんかで原稿書くとき、本当にシマッタと思ってるよ。やっぱりそこから書き出さないと、どうにもならないものね。ただ、句を作るテクニックを教えるだけじゃしようがない。まずこういうもんで、こうなって来たんだってとこを教えなくちゃならないのに、それを僕らは全く怠って来たんだ。そういう点で公論の生徒達というか会員達には、ものすごくプラスしてると思うね。ただ、三柳さんが新人を増やすとかいうことだけじゃなくて、指導者になれる作家を育てていくと、これが公論の大きな主張になると思う。そういう成果を遂げつつあるとは思うけどね。

川柳　だから、確かに前半の五年っていうのは、非常にいろんなもの、つまり随分大回りもし、いい意味での無駄もあったと思うんです。ところが、後の五年間ってのはね、そこで育て上げられた人達が、どういう川柳活動を展開していくか、今後どういう道を選んでいくかっていう下地づくりであり、さらに次の五年っていうのは、それらの人々が放射線状に伸びていく可能性が非常に期待できるような気がするんですね。

正しい川柳——とは？

正敏　ところでね。脇屋さんがさっき、正しい川柳っていうようなことをおっしゃったけど、正しい川柳なんてのがあるんだろうかね。何が正しいのかね。（笑）

川柳　正しい川柳っていうよりもね。川柳の正しい認識ってことですか。これは個人的な考え方なんですが、公論の「3分間インタビュー」でも、ちょっと柳多留について喋った。これは間違っているかも知れませんが、少なくとも、いわゆる柳多留というものが川柳の原形質であるものなら、その柳多留にまつわる、どうしてあんな諷詠をして来たのか、作者がどうだったたか、時代がどうだったかということを認識した上で、それを読むのと、ただ面白い、おかしいっていう形で読むのとでは違う、そういった意味での視点の正しさっていう意味なんですわ。ことに、明治の先覚が四世以降をまるで堕落の権化みたいにクソミソに言ってるわけですよね。で、それがずうっと信じられてきたが、それについても果してそうなのか、どうか。そうであるなら、それなりの理由があるだろうし、そうでないならやはり理由があるんだろうということの筋道を正しく認識すべきだということで、正しい川柳っていうようないい方がおかしかったら正しい川柳の認識と、こういい代えてもいいんです。

三柳　確かにそういう努力は必要です。というのはね、前から古川柳学会というようなものがあります。また各大学の少壮学者などにも古川柳研究の専門家が増えていますけどね。これがどうも一つピントを外したところで行われているような気がする。というのは、この道の先覚者である麻生さんとか潁原さんとかという人の書いたことをそのまま鵜呑みにして、そこから一歩も出ないまま出発しちゃってる面があるんですね。つまり、先人の書いていることを全々自分の目でもう一度検証なり確認しようとする姿勢がないこと。まして一般の古川柳研究っていうと、これはもう重箱の隅をほじくるようなね。

川柳　そうそう…。

三柳　句意解釈だけに憂き身をやつしている。解釈も一つの学問には違いないけれど、もっと本質的なものがあるはずでしょう。だから古川柳研究家の多くは、川柳の本質とは遠いところで一種のマスターベーションをやっているといっていいと思うわけですよね。そういうものの嘘の部分を少しずつ剥がして行って川柳のナマの本質を探って行こうってこと、それがやっぱり正しい認識の方法だと思うんです。もともと学問そのものの方向がズレてるわけですから、われわれ新川柳の中で、ちょっぴり古川柳に触れる程度の人達が、本当のこと、分かるはずがないわけでね。だから現在、正しい意味で古川柳を理解する人がいないんです、正直いって。

川柳　これまでのほとんどが、俳諧史の研究の中で、採り上げられてるだけですからね。
三柳　いわば片手間。それをありがたがってきたわけですから。
川柳　学者とすればねえ。
三柳　本気でやってるとは思えないんです。それなのに、麻生さんがああいったから、顯原さんがこう言ったからって…。
川柳　まあ、そうですね。
三柳　そのまま来ちゃってるわけですよね。それを、だから少しずつ解きほぐしていきたい、時間のかかる仕事だが、そんなことやってる人は誰もいません、今。それとももう一つは、そうした歴史性の上に立って新しい川柳はどうあるべきかということを考えなくちゃいけないと思うんですよ。ただ正しい川柳っていい方ではなくて、おっしゃるように正しく理解するって意味でね。
正敏　いわゆる、伝統川柳っていうのかね、そういうものが正しいっていうのなら、こりゃ話は別なんだけども。
三柳　それ以前に伝承川柳の受け取り方が必ずしも正しくないわけですよ。正しく受け取らないと、何も生まれてこない。
正敏　僕はね、自分で書けないせいもあるけど、評論みたいなものは書いたことないんだ。なぜかっていうと、ああいうもの書くと、知らない間に自分の考えに相手を従わせるような結果になりかねないから。

川柳　なるほど。

正敏　人は人で、それぞれ違った川柳観持っててていいんだと思いながらもね、書いたり喋ったりすると、知らない間に相手を自分に屈伏させようってなことになりかねないんで、どうも僕はああいうことはねえ。といって、通信指導みたいなものは結構やってるんだけど…。

川柳　はい。

正敏　とにかく、川柳ぐらい得体の知れないものはないと思ってんです、私はね。

三柳　いくら自分の考えを主張しても、それはあんたの川柳観に過ぎないでしょうっていわれちゃったらそれまでですからね。

正敏　だから僕は新人指導の場合ね、ともかく出来るだけものを読めとね。それから人のいうことをよく聞けというんだが、それでも自分の腹の中でそう思わないものは自分の腹の中で捨てていけばいい。そうしていくうちに、自分の考えってものが出来てくるんだから、決して盲従はするなってよくいってんだけどね。

川柳　その点は、今おっしゃったようにね、誰もが学ぶべき正しい川柳の認識と流れというものが、これまで不足してたというより、無かったに等しいと思うんですね。

三柳　なんていうかなあ、根拠の薄弱ないい伝えみたいなものがね、歴史的真実みたいになっちゃってるわけです、殊に明治川柳——まだ、たかだか八〇年ぐらい前の明治川柳にしてからが、正しく伝えられているとはいえない。久良伎がこういった、剣花坊がこういった、っていう。それなら、いつ、どこで、そんなことといったんですかっていうと、ウヤムヤなわけですよ。これでは、歴史にはならない。実際には言ってないことが、言ったことになっちゃうんです。それはねえ、大正の末期から昭和の始めになって明治川柳初期の人々が、多かれ少なかれフロシキを拡げた傾向があり、一面、芭蕉をダシにした支考みたいな手合も出てきた。

川柳　はあ、はあ。

三柳　それをみんな事実として受け止めてしまった。当人が言うんだから間違いないだろうと思ったわけだけれど、当人がいうことくらい歴史的にいい加減なことはないんですな。（大笑）

川柳　すべて正当化し、美化しちゃう。

三柳　だから、当人はこういっているけれど、本当かなって、一度は疑うべきなんです。それが客観性というものなんだが、先生自身がいったんだから、と無条件に信じ込んでしまうんでは、先程の古川柳の場合と同じです。これは正しい態度ではないんですね。正しい理解ってのはそういうことなんで、明治川柳はどんな経緯でこうなって現在にいたったかってことを自分の眼で知ること、既成事実化したことを、もう一遍客観的に検証し、確認するのが研究の仕事ですからね。それがほとんどなされていない。そういう面でもねえ、川柳界には足りないことだらけなわけです。

〈第2部〉

一泉　えー、これまでは「川柳に限界はあるか」「公論のめざしたもの」「史観不足の川柳界」、「正しい川柳―とは？」といった点について三先生のご高説をうかがってまいりました。何かこう、現代川柳のかかえる本質的問題点にも触れられたようで、たいへん興味深く拝聴させていただきました。

テレビならこの辺でコマーシャル――というところですが、(笑)、それらの問題を解決していくためには、今後の川柳界がどのような方向に向けて進んだらよいのか、また、われわれ川柳をする者が、どのような心構えをもって作句にあたっていったらよいのか？　そのような観点からも、お話を続けていただきたいと思います。

では、主宰から―。

三柳　ところで、川柳という文芸、この十七音の小さな詩形が、もうすぐ二一世紀だけれども、新しい世紀の文芸としてははたして耐え得るか、どうか。

川柳　不安ですね。不安がいっぱい。(笑)

三柳　今のままでは、ですか。

川柳　そう。今のままでは。

三柳　変わるとすれば、どういう風に変わっていくかについては、この前の《3分間インタビュー》(本誌第六〇号)で川柳さんには一応おうかがいしたので、正敏さん、どうですかね。

正敏　川柳っていう文芸か、独特の人間臭さっていうものを失わない限り、僕は滅びないと思うね。が、最近の句の傾向を見ているとね、だんだん人間臭さみたいなものがなくなっちゃったんでね。何かこの悪く言えば、短歌を縮めたようなな。抒情といえば抒情かも知れないけれど、あんまり抒情的になっちゃったところがある。あまりにも微々たることにとらわれちゃって、川柳が何処かへいっちゃったみたい。うっかり言うと、川柳っていうものは自分の考えているだけの川柳だなんていわれちゃうけどね。私のいう川柳らしいものが残っているのが東北で、関西の句なんか見ているとね、どうも…。

川柳　ナイーブでね。

正敏　ただ抒情ベッタリというだけでなく、結局、これには関東のコトバと関西のコトバの違いというものもあるのかなあと考えたりもするんだけれどね。

三柳　多少ともそれはありそうだな。

正敏　ナヨナヨしちゃっているでしょ。

三柳　いつ頃からなんだろう、ああいった傾向は…。

正敏　戦後になっては冬二以後のような気がするんだけど、ね。なんだか力が無いってことは、結局、十七音を踏まえてはいるけど自由律みたいな感じで、なんとなく新しいような印象は受けるけれども、今まで川柳が培ってきた一行詩としての力強さみたいなものがないんで…。

なんだか、女がグチを書いているみたいなね。（笑）

三柳　独立したひとつの形式を持てないと、川柳っていうジャンルは成り立っていかないと思うんですよ。それからね、正敏さんの言う〈人間臭さ〉、これが表現できるのは今や川柳だけだと思うんだな。これはね、大事にしないと。短歌も文語的抒情を離れる傾向にある。今年度（六〇年）の角川短歌賞なんかを見るとそれがわかります。俳句にしたって、だいぶ前に社会性だとか人間派だとかが称えられるようになって、現代文芸たらんとする一種のアガキみたいなものが続いているでしょう。

川柳　まあ、そういったところですね。

三柳　川柳はね、そのままの本質を見失わなければ、人間に密着したものとして、人間が生存するかぎり生き残れると思う。

正敏　僕はね、川柳の特性っていうことになれば、それしかないと思うんです。

三柳　己れを見きわめないとだめですね。

正敏　それはね、形式の問題とかね、たとえば自由律論なんていくらやったって平行線なんで、そんなことより最後にゆずれないのが〈人間臭さ〉だということ。

川柳　そうね。

正敏　これがなくなったら川柳でなくなっちゃうんでね。

川柳　その人の体臭、いい意味での体臭、人間臭さ、それとアイロニー、このふたつが基本条件であろうと…でも、現実はね、一種の流行として雅が優先しちゃってんでしょうね。

三柳　雅ということばが出ましたけど、雅といえば短歌ですよね。王朝以来、高尚な文芸とされてきた。それに川柳が近づこうという傾向は、明治の新傾向川柳以来ずっとあります。川柳を品のよいものにしようとして…。半面ね、短歌の方では、たとえばさっきいった角川短歌賞。その次席になったのが俵万智さんという女性ですけど、…昭和三七年生まれというと何歳になりますかね。

一泉　二三です。

三柳　この人の入選作「野球ゲーム」というシリーズ、これがみんな口語です。たとえば、

　　「嫁さんになれよ」だなんてカンチューハイ
　　　二本で言ってしまっていいの

こんな調子です。どうですか。こういうのが今の短歌の、つまり角川短歌賞の次席に

はいった一連の歌です。つまり、短歌の方も変わろうとしているわけですよ。

川柳　そうですね。

三柳　短歌自体が変わろうとしている時に、何も川柳の方から、それも古いタイプの短歌に近づこうとすることはないと思うんですよ。「野球ゲーム」などはもともと川柳の世界です。

川柳　ええ。

三柳　このへんに明治以来の誤れる方向というのがあるような気がします。やっぱり川柳はあくまでも人間に密着していなければいけないということ。俳句じゃ人間を吐き出せないでしょ。

川柳　ええ。ただね、傾向として雅になっていく、これはすばらしいそうした句を書く人が出て、一般がそれに傾くということなんでしょう。何せね、高学歴社会で暇があって金があるっていう時代になってくると、作品に謙虚さが失われて、自分の体臭を出さずに、自分の知識をひけらかすような傾向が、雅の中に密着しちゃうと、人間もアイロニーもなくなって、川柳ならざる一行詩型の形にだんだんと引きずられていってしまうような。今のような短歌なり、現代俳句なり、川柳をならべてみても、どっちがどうだか分らないような混沌の中に埋没していく将来が懸念されるわけで、そうなるとやはり、川柳は大衆性なり、アイロニーってものをもっと強調すべきだと思うんですけどね。

社会通念と閉鎖性

三柳　今の傾向っていうのは、明治新川柳初期の人々が、川柳は社会的に認識が低いってことを感じた時から始まっているわけです。それで、川柳のすぐ隣りにある短歌や俳句が、同じような形式でありながら、川柳よりはるかに認識が高いというのに気がついてそれに近づこうとした。以来、たえず短歌の方へ、俳句の方へ流れようとする過程で川柳のエキスがだんだん薄くなっちゃったわけで、それが結局、人間を忘れさせることになった。短歌的な川柳であったり、俳句的な川柳であったりすることが、川柳の何かこう、レベルアップにつながるような錯覚を起こしてきたんじゃないかと思うんです。

川柳　そのとおりです。

三柳　それは青龍刀もっとに指摘してましたけどね。だから、川柳が川柳であるためには、川柳の本質をより見極めなければならないのに、よその方へ先に目が行ってしまったわけで、そこから分製が起った。川柳とはいったい何かってことを考えなければ、川柳のレベルアップはできないのに。

それはとにかく、明治三七年といえば、八〇年前になりますが、阪井久良伎がこう言っているんです。

川柳を文芸として認めざるは、目下の通弊に候。しかして非は作者と局外者と双方にこれあり候。

つまり、新川柳がスタートしたそもそもから、社会通念というのは川柳をそういう風に見ていたわけで、それが八〇年たった今もそれほど変わっていないんですね。

川柳 そういった波及効果を、長い間考えないで、川柳人同士だけの集落において、その中では、力もつけてきたでしょうけど、どうしても句会形式を採らざるをえなかった川柳界のあり方に問題があったと思われます。

三柳 川柳がだんだん閉鎖的社会になってしまったことが一つあると思うんです。たとえば、平安時代の寝殿造りから、室町時代の書院造りになって、細分化された部屋で小人数ずつが別れて物事をやるようになった、それと同じようなことがあるわけです。川柳が川柳という世界の中だけで、コマゴマとしたことをやっている。少なくとも初代川柳の時代は開かれた世界だったわけです。ひとりの選者を中心に江戸中に作者がいた、どこからでも入れる扇状の世界です。ところがだんだんと小さな頭が増えて、それぞれが小さくまとまることで、入口が閉鎖されてしまった。社会通念とか何とかいう前に、川柳はみずから社会に背中を向けてきたといっていい。

川柳 そうなんですね。

三柳 正岡子規は開かれた俳句の世界を創ったわけです。それまでの閉鎖的な宗匠俳句ってものをまったく度外視して、新聞《日本》というマスコミを土台に、俳句を開かれた世界のものにした、これが俳句改革の第一歩だったわけです。明治の新川柳も初めはマスコミから出発はしましたが、子規ほどの傑物が出なかった、ここに最初の不幸があったと思います。昔も今もマスコミだけが唯一開かれた世界なんだから。

正敏　たしかに川柳の社会進出だ何だといってもね、友達や親戚に川柳をやらないかなんて言ったところで多寡が知れてるわけ。結局マスコミに頼らなければならないんだけど、新聞川柳なんていうのが戦後はみんな時事川柳になっちゃった。あれがね、えらいマイナスになったと思うんだ。僕らが新聞川柳に投句していた頃はね、たとえば国民川柳なんかでも課題吟なんですよ。ひとり何枚ハガキを出したってかまわない。たとえば「灰皿」って題が出て、百人投句者がいれば、百人終わるまで毎日「灰皿」が続くわけだね。だから、今日載ってなくても、明日は載るか明後日は載るかっていう楽しみがあるから、投句者がどんどん増えたわけだね。時事川柳になると、毎日テーマが変わるわけだし、それでなければ新聞社も困るわけだからね。いい句があっても古くなれば捨てられる、載せられない。だから投句者はイヤになっちゃうんだよね。で、新聞川柳も雑詠とか、課題詠にしてくれればね、戦前みたいに。そこからはいってくる人がずいぶんいると思うんですよ。

結局新聞社はね、ニュース性として取り上げているにすぎないんでね、新聞社としては毎日テーマが変わる時事川柳の方が面白いわけ。だけど、川柳家を増やすのにはマイナスだと思うね。

三柳　ボクのいっているのは、川柳家を増やすということじゃなくて…だから、今のご意見には全く反対なんで。（笑）川柳そのものが生き残るためには、何よりも「今」を書かなくてはダメなんです。一〇年前書いたものと、今日書いたものが同じでは生き残っていけないということですよ。

川柳作家の数と質

三柳　川柳が二一世紀まで生き残るためには、少なくともそれが「今」を捉えなければだめなんですよ。時事川柳というのは、今を捉えた川柳のごく一部にすぎないけれど、正敏さんがいうように、川柳が人間を離れてはいけないということは、その人間が生きている時代から離れたらだめだということでもあるわけです。

正敏　う〜む。

三柳　だからね、たとえば「灰皿」なんて題を出して、明治も現代も変わらないようなウィット競べをしているだけじゃ十年一日の句会と同じだということなんですよ。

正敏　そういう意味じゃないんだ。

三柳　わかります。でも、ボクの言いたいのは、同じ灰皿でも、それが一九八五年の灰皿で、それ以外の何物でもない作品であればいいということです。でも、そんなものが期待できますか。

正敏　あんたの言っているのは作品の内容で、僕の言っているのは川柳家の数を増やすという意味で…。

三柳　どんな作者でも、ただ漫然と増やせはいいというものではないでしょう。
正敏　いや、それは選者の在り方しだいでね。どうしてこれを引っぱっていくかというのが選者の問題なんだよ。
三柳　ただ作者を増やすために興味本位で甘やかすことが、マスコミを通じて二一世紀への足場づくりになるかどうか。
正敏　結局は、関心を持たせなければならないわけだから。
三柳　関心を持たせるより、文芸そのものとしての価値を認識してもらうことが大切で、川柳家が増えれば川柳が生き残れるというものではない。
正敏　それはやっぱり選者しだいだよ。
三柳　たった今、ボタンをひとつ押せば地球がドカンといってしまう時代に、課題を与えられなくちゃ句が出来ないような作家ばかり出て来てしまったら、川柳は時代からまったく切り離されたものになっちゃうし、いつまでたっても片隅で生かされているといった状態からは脱け出せない。「今」を表現できるのは川柳しかないという意識が無ければ、川柳文芸そのものの価値が無くなってしまうと思うんです。だから題をエサにして人集めをするんじゃなくて、あなたは今のただ中に生きている、その生きてる自分を捉えなさい、自分を表現することは時代としての「今」を表現することになる、逆に「今」

の時代を表現することは、そこに生きている自分を表現することになる、というような目覚めた表現で川柳するのでなければ、川柳は生き残っていけませんよ。灰皿だっていい、その灰皿で死の灰が受け止められるならね。でも、ただ吸殻が燻ってるような灰皿ばかりでは、お先まっくらだと思う。今を表現できるのは川柳のほかにはないんだということになれば、それだけで川柳にはいってくる人もあるはずです。川柳なんてものは、ただ五・七・五で何か言っていればいいんではないかと思われているうちは、川柳にのぞみはない。あくまでも片隅のあそびに終わってしまうと思う。あれだけの大芸術の能が、今を表現できないために生き残れないんですよ。

川柳　思うんですがね。今のマスコミ川柳、とくに時事吟ですが、何かこうアイロニーというものと、反体制というものとがゴチャゴチャにされてしまっているようで。

三柳　時事川柳のレベルは低いんです。意識としても、作句術としても。つまり何かを批判していれば事足れりという感じでね。

川柳　今の世の中は与えるものは悪、与えられるものが善っていう考え方で大新聞も書いているでしょ。

三柳　そう。新聞世論に大方が引きずられているけれど、その点やっぱりマスコミ川柳っていうのには限界がありそうですね。大新聞の主張のワクから出られない。大新聞がソ連は良い、アメリカは悪いって言えばそうなってしまう。

川柳　体制と反体制だけがあって、まん中に立って両方を批判する目がない。悪口さえ言っていればいいというような…。

三柳　新聞と同調しているだけで、本当の意味の時事吟というものがまだ存在していないわけですよね。

正敏　むかしの落首的なものが残っているだけだよね。

三柳　だけど、そういう芽を大切にしないと、川柳は滅びてしまうわけでね。現在のところ結果として出た時事吟がどうしようもないものでも、それを全面否定してしまうと、こんどはそれさえ作る人がいなくなってしまって、唯一の開かれた場がなくなる。

川柳　そうそう。むずかしいと思います、その点は。

三柳　現在、時事吟を作っている人々、これを二一世紀への強力な推進力として育てていくことは川柳にとって有力だと思う。小さなグループで二〇人、三〇人集まって句会なんかやってるよりは、いわば開かれた川柳への突破口になる。だから、未熟ではあっても大切にしないとね、この芽を。

正敏　それをやれるのは選者しかないんだからね。

三柳　だから、選者が重要なんです。

川柳　そうそう。そうなんですね。

三柳　そこで、お願いですから、陳腐な灰皿なんか出さないでくださいよ。

正敏　ハッハッハッ。結論が出たね。

三柳　昔はほとんど題を出してやっていた。たとえば、初期の都柳壇がそうだったが、そこから技術的には非常に秀れた作家、雨吉だの花川洞だの芳浪が生まれてきた。でも、それだけじゃ今後の川柳はダメなんです。

正敏　かくいう僕も、いまは全部雑詠でやっているんですよ。ハッハッハ。

禮子　笑いとともに、どうやら一応の結論が出たようですし、予定の時間も多少オーバーしてしまいましたので、このへんで第一部を終了させていただきたいと存じます。ほんとうに長い時間、貴重なお話をいただきましてありがとうございました。たいへんに勉強になりましたこと御礼申し上げます。

一泉　皆様、お疲れさまでした。佳古さん、喬子さん、お手伝いをいただき、感謝いたします。わたくしども編集室の企画も何とか成功させていただけたものと存じます。三先生、ほんとうにありがとうございました。

一泉　みっちり三時間の鼎談を終わり「お疲れさま」と、当夕のホステス役、佳古、喬子両委員に編集室の禮子委員、一泉を交じえての記念撮影。本日の主役三氏はさすがに疲れた表情だが、このあと上野広小路の松山寿司本店階上に席を移し、アルコールの

床の間の柄井川柳像とともに、左から尾藤三柳、尾藤一泉、杉本禮子、佐藤正敏、松下佳古、山田喬子、脇屋川柳。

給油に及ぶと、ふたたび——というより、これからが本番とばかり舌がなめらかになって、今まで聞かれなかった本音がポンポンとび出す。

「ここだから言うが、公論の句には感動できん」という正敏氏と、「感動は個人の問題だ」とする三柳主宰のあいだで、しばらく激論（？）がつづく。こんどはオブザーバー四人も思い思いに言葉をはさんで、議論はあらぬ方向へと脱線して、最後はアハハハとなる。

川柳氏からたまたま家庭の機微に属するような話が出ると、得たりとばかりに女性陣が応酬、テープは回り続けていたが、これはオフレコということになった。

いずれにせよ、肩衣を脱いでの第二ラウンドの方が、内容的にもオモシロかったというのが一同の感想だった。

〔川柳公論（一九八五・一二─八六・三）〕

川柳公論二一〇周年企画

随談・随語

孤舟―尚美―三柳

一〇周年記念号から三回連続で、脇屋川柳、佐藤正敏両氏と本誌主宰・尾藤三柳との「雑詠的鼎談『言ってみよう』」が掲載されたが、このたびは二〇周年記念企画として、八月一七日、猛暑の中を須田尚美、成田孤舟両氏にお集まりいただき、新しい角度から自由にご発言いただいた。上野不忍池を見下ろす日本間で、扇を使いながら和やかに、そして一面きびしい論議が三時間にわたって続けられ、内容は四〇〇字詰め原稿用紙で二〇〇枚に及んだ。

【編集室】

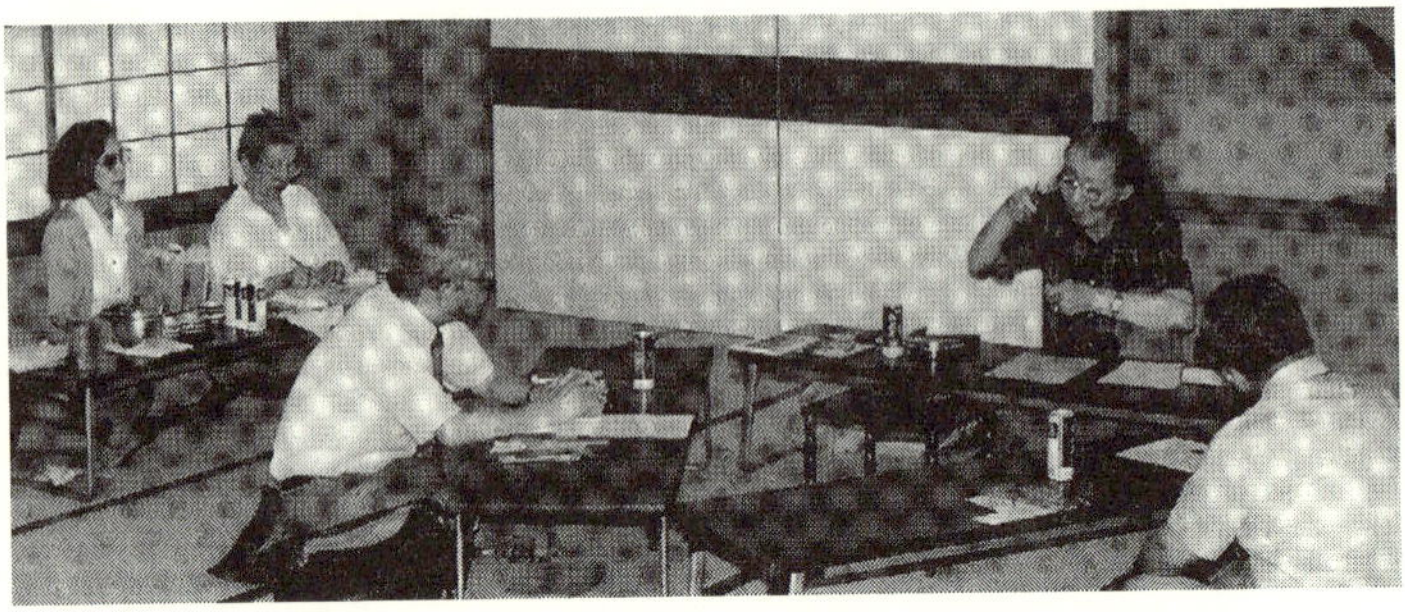

発言者
須田尚美（埼玉川柳社同人）
成田孤舟（川柳白帆吟社主幹）
尾藤三柳（川柳公論主宰）

録音・清記　杉本禮子
カメラ　尾藤一泉
マネージ　松下佳古［事務局］

テーマその一

川柳界外延のブーム現象について

三柳　どうも本日は、お忙しいところ、ありがとうございました。おしゃべりをするのも億劫なほどの炎暑ですが、なにぶんよろしくお願いいたします。

おかげさまで川柳公論も二十歳になりました。お二方には創刊当時からいろいろお世話になっているわけで、まあ、記念号といっても、たいしたことはできないんだけれど、一応の節目として、特別企画を組みたいと。そこで鼎談というかたちで、現在の川柳界のあれこれを話し合ったらということになったわけです。

時事川柳に著しい女性の進出

三柳　ちょうど一〇年前に、佐藤正敏さん、脇屋川柳さんと鼎談をやったわけですけど、それから一〇年経って、その間、川柳は変わったのか、変わらないのか、その辺のところから入っていきたいと思うんです。まあ変わったっていえば、川柳界の内部については、あとでまたお話をうかがうことにして、川柳界の周辺がこのところ賑やかになってきていることは事実なんですよね。これは僕だけの経験でも、一〇年前よりは五、六倍も仕事が増えています。忙しくなっていることは間違いない。といっても、これは川柳界の内側の仕事じゃなくて、すべて外側の仕事なんですね。例えば現在、時事川柳というものがものすごく盛んになりました。それからサラリーマン川柳とか、それに類するビジネス川柳とか、会

社川柳とか、いわば属性のついたナニナニ川柳というのが、ことのほか盛んになってきているということ、これがひとつあると思うんです。それに加えてですね、地方団体とか、大きな企業とかが自社のイメージアップに川柳を使うってことが増えてきている。労働組合の連合とか、自動車総連とか、東京電力なども傘下のイベントとして数百から数千の句を集めています。また大手の銀行も、その機関誌に川柳を採り入れるようになった。そうした意味で、川柳界の外側が、目に見えて賑やかになった、この現象をどう思いますか。

孤舟 うーん、どう思うちゅうか、要するに賛否？

三柳 うん、つまり結構な現象ととらえるか、喜ばしくないと見るか、とりあえずその辺のところから。

孤舟 私はやっぱり、それはもうありがたいことだし、結構なことだと思うけれど……。

三柳 川柳そのものは、いわゆるわれわれがやっているものとは違う形にせよですね、川柳というものがトータルとして盛んになるのは悪いことじゃないと思うんです。時事川柳が盛んになった側面には、特に女性の投句者が増えてきたということがある。

尚実 はあ。

三柳 しかもね、短大生・一九歳とかね、若い女性が増えてきた。これは、あのサリン事件以降のいちじるしい傾向なんです。女性もだまっていられなくなったということでしょうかね。男性の世界から女性の方へ広がっていることは事実なんです。女性は本来時事川柳に適していないと思ってたんですがね。女性の場合、物事を比喩的に婉曲化するということはあまりないんですよ。すべてが直截的で、たとえば麻原が憎いとなると、それはもうストレートに殺しちまえとなるわけ。

ところで、〈よみうり時事川柳〉では、こんど、〈若葉マーク〉ってのを作ったんですよ。

尚美 ああ出てましたね。

三柳 あれはつまりね、新しく参加してくる人のための試みなんですよね。月に三回ぐらいやろうということなんですが。

尚美 結局こういうことじゃないですかね。時事川柳に女性が増えてきたってのは、やっぱり対社会っていう概念がね、これまで日本ではずうっと男性社会でね、表向きはもう全て男、歴史でも女性が出てくるっていうのは、なにか突拍子もない悪女ぐらいなもので、あとはほとんどが男性でしょう。昭和になってからでも、やっぱり社会で働くのは男で、家を守るのは女だという形体がずっとあった。それがいつの間にか変わってきて、女性が社会に進出してきたよと、ただ社会に進出したにしても社会との関わり方がですね、長い男の歴史とは若干ニュアンスが違うもんですから、その辺の違いがやっぱりまだあって、社会を見る、何ていうか、スタンスとでもいいますかね。その違いが、男と女では当然あるでしょう。が、それはそれとして、女性が時事川柳にまで目を向けてきたっていうことはいいことだろうと思いますよ。それから時事川柳全体としてはですね、通信講座をやってまして感じるのは、客観的に事象をとらえてはいるんですけれども、なにかまだ自分は高みにいてですね、何も被害を受けないよという立場から発言してるというような傾向が殆どではないですかね。その中に自分が本当に入りこんで行って発言する、五七五にするということが難しいんですかね。そういう風に思いますけどね。

三柳　時事川柳もですね。ひと頃に比べると、技法的にはかなり進歩していることはしているんですよ。

尚美　え、え。

三柳　かつてままっ子扱いされていたころの時事川柳と、今とではずいぶん違いが見られます。第一に時事川柳の専門作家か出てきたことですょ。第二次大戦後は、時事川柳だけしか作らない作家が出てきたわけで、そういう人たちの試行錯誤の中から、方法論が確立されかけている、一様ではないにしてもです。尚美さんが言われるように、自分に水が跳ね返らないような位置に立って、そこから物をいっているようなのは、これから少なくなりますよ。風刺ってのはね、要するに両刃の剣ですよね。自分が傷みを感じないで風刺なんてあり得ないわけだから。だけど、そういうことが少しずつ分ってきてるんじゃないかと思いますがね。

孤舟　時事川柳の添削をやって感じるのは、女の人の句っていうのは、幼稚ですけど、

わりとストレートに、そのものをいっている、技巧以前の問題として。ですから、まずバチッと当たっちゃうと、素晴らしい句になるし、的がはずれちゃうと全くつまらない。もうちょっと考えなくちゃまずいんじゃないか……。

三柳　女性の句は、あんまり技巧的になっちゃわない方がいい。ナマの句、それにむしろ魅力がある。

尚美　だからね、何ていったらいいか……台所からね、まともな声がぱっと出てくるちゅう感じでね。それはやっぱり男にはできないですね。

三柳　今まで内側だけしか見てなかった人が、ちょっと外を見たらエライことが起こっているというね、そこでにわかに社会に関心を持ち始めたって感じはしますね。それはともあれ、時事川柳に女性が増えてきたということは、現象として面白い。

尚美　女性が本格的に社会に参画し始めたよという一つの証でもあるんでしょうね、やっぱり。

三柳　他の社会では、雇用機会均等法みたいなものがあってね、女性の進出はすごいし、現に一般川柳界がそうでしょう。しかし、時事川柳に限っては、ついこの間まで女性の作家は、数えるほどしかいなかった。

尚美　たしかにそうですよね。

属性川柳の隆盛とその周辺

孤舟　サラ川の場合はどうですか？　女性は。

三柳　サラ川ってのはね。作者の名も顔も見えないから、投句者の性別も全く不明です。それが、一般川柳界の評判を悪くしている第一の理由です。句そのものについては物差しが違うだけですが、既成の物差しを絶対化してそれに合ってないからサラ川はけしからんという考え方は、いささか度量が小さいんじゃないかと思いますね。何といっても、あれだけの支持を大衆から受けている、それを少し考えなくちゃいけないと思うんです。こんなことまで言っていいのかどうか知らないけど、サラリーマン川柳の既刊四冊でかれこれ百万近いんですよ。

尚美　はあ。

三柳　それだけの人が読んでるわけで、それに比べたらひとつかみに過ぎない川柳界の中で、けしからんのおかしいのというのはね、その方がおかしいんじゃないかと思いますよ。

孤舟　ただ私なんかもずっと読んでますけど、あれはいいとか悪いとかいう以前の問題として、ああいう川柳に対する予備軍みたいなのが増えてきた。そんな人たちが自分でいろんな川柳の本なり新聞なんかを読んで、自分の要するにサラ川的な川柳じゃなかなかこれは通用しないと気がつけば、それから自分なりに勉強して、将来は軌道修正していく、やっぱりそうした下地っていうか、そういう草がいっぱい生えてきたととらえれば、これからの川柳界にとって私は非常にいいと思う。それでつまらなければ当人が止めちゃうでしょうし、それなりに評価されれば、根づきもするし根が張って、川柳界がより広がっていく、私はそういう意味では賛成してますけど。

三柳　むろん、彼らを予備軍とみなす考え方もなくはないんですけどね、彼らの場合は既成の尺度ってものを持っていないから、それを既成の尺度に取り込めは、大群をなしてこっちの陣営に入ってくるかというとね、これは期待薄だと思います。残るとすれば、既成の川柳とは違ったかたちでまとまっていくんじゃないかという感じが私にはするんですがね。

孤舟　そうですかねぇ。

三柳　とにかく、オモチャ箱をぶちまけたような恣意性の大群でしょう。しかも、この大群のひとりひとりが自分だけの物差ししか持っていないわけですよ。そうした作者群に、川柳とはこういうものだという画一的な物差しを押しつけることに、どれだけの意味があるか。そしてまた、彼らを支持している大衆がそういうものを喜ぶかどうかという問題もあるわけですからね。ですから、川柳というものを既成の枠だけで考えないで、そういう川柳があっていいという、もっと幅の広い考え方をしなければいけないんじゃないかと私は思うんです。

孤舟 まあ、そうともいえますが……。

三柳 マスコミの投句者とも違う、一般の吟社、機関誌に所属している人とももちろん違う、全く別のところから湧いて出てきたわけでしょう。しかも、年間七万もの句が生まれるということは、これはやっぱり一つの勢力だと思うわけで、その大勢力をね、われわれが一方的に川柳の予備軍とみなすのはどうか、ということなんですよ。

尚美 うーん。結局は、川柳という同じ名称をね、川柳界の中と川柳界の外で、使っているもんですから、いろんな問題が派生してくるわけですけどね。いま言われたように、外側の彼らは川柳界という村を知らないわけです。川柳という一般的な概念だけで作っているわけですよね。川柳というのは自由だから、こちら側のいわゆる川柳界から、それは川柳じゃないよと言うことはもちろん出来るが、同じことは相手方からもいえるわけで、一方だけからの高圧的な言い方は出来ないと思う。

三柳 言えないね。

尚美 ただ、名前が川柳だからということであってね、それがまあ、例えば狂句ってということであれば、あるいは川柳界も狂句ならばいいよというかも知れませんけど、そういうものでもないんですよね、やっぱり。

三柳　川柳という名称を、一握りの人達が独占してる感じがあるのは、明治改革以前の柳風会（川柳派の狂句）と同じ状態です。

尚美　そうですね。

三柳　しかも、外側の彼らはただ「川柳」と言っているわけじゃない。会社とかビジネスとかサラリーマンとか、上に属性を付けて呼んでいる。単なる川柳という概念だけでやっているわけではないんですよ。

尚美　うーん。例えは新聞にしてもラジオやテレビにしても、今そういうのが非常に増えてきましたよね。一般の人達は、そういうものが川柳だという概念で受け取りますから、要するに一種の需要と供給の関係にあるともいえますね。しかも、これからはどんどんこういう分野は広がってゆくだろうと思うんですよね。いいか悪いかは別にしても。

三柳　マスコミの影響力は大きいからね。読売新聞の私の前が楠本憲吉さん、その前が石原青龍刀だったんですが、この人達の選句というのが、やたらに非定型で長かったでしょう。

尚美　ああ、ああ。

三柳　多いのは三十字もあって短歌じゃないかと思うような句が出てたわけですよ。そのころね、五七五の川柳を見て「こんなに短くても川柳ですか」って言った人がいたくらいだから、一千万読者の大部分の頭の中には、ああいうものが川柳としてインプットされてしまう。これも、こわいことだと思う。

孤舟　マスコミによって作られたある種の大きな流れが何処へ行くのか、何らかの形にまとまっていくのか、いかないのか？

三柳　そのまとまりのないのが、属性川柳の特徴じゃないですかね。ゲリラみたいに、どこからどう出てくるのかわからないようなところがある。だからって、それを〈正しい〉流れに導くなんていう考え方は川柳界の思い上がりじゃないかと思いますよ。

尚美　そう、私もそう思いますね。

孤舟　そうね、導くなんていうのは——。私なんかが考えてるのは、まあ、いろんな意見があるでしょうけれど、サラ川でもそうですけれども、ああいうのをずうっと作ってきますと、自分のやっている川柳がこの程度じゃつまらないというか、自分のやっていることが物足りなくなって、次のステップに進んでいく人が、十人に一人、百人に一人は出てくる——そういう意味で、予備軍という言葉はどうか知らんですけれど、私はそういう風に川柳の輪が広がっていく要素があるんだろう……と。

三柳　例えば百人に一人いれば——。何しろ七万句を生み出すエネルギーですからね。自分のやっていることに、もの足りなさを感じるというような自意識や自己変革が彼らの中に起これば……。ところがね、実をいうと、あのサラリーマン川柳も今年は五冊目なんだけど、句柄が奇妙に落ちついてきちゃって、早くいえば、つまらなくなった。

尚美　なるほど、なるほど。

孤舟　そういうこともあるんだね。自由奔放性がなくなってきちゃった。

三柳　その通り、まさにその通りなんです。八方破れのところがなくなって、変に形式化してきた傾向がある。それが自意識の目覚めというのかどうか。ともかく均らされた感じ。

尚美　そうですね。だから、やっぱりサラリーマン川柳ならサラリーマンは、その家庭なり、会社なりが対象になるわけだけれど、そうはないですよね、変わった題材なり、風景が。正直いって、何年かやってれば大体ある程度まで行きついちゃって。

孤舟　ネタがね。

尚美　そう、ネタがね。それから先をどうするかというのが問題になってくるだろうと思うんです。

三柳　このタイプの川柳はマンネリ化しやすいということはいえますね。繰り返しになってくる。そうなって初めて、自分を、こう見返ることができればいいんですがね。そこで止めちゃうとそれっ切りになっちゃう。いずれにせよ、何かにぶつかる。

孤舟　そういうことですよ。自分の独創と思う句と同じようなのがいっぱい出てくると、やっぱりつまらなくなる。で、もうちょっと変わったものを作らなくちゃ、と考えるようになれば……。

外なる川柳と内なる川柳

三柳 ところで、こうした川柳を目のカタキにしている圧力団体のようなものがある。論拠はきわめて単純なんだが……。

尚美 おかしいですね。

三柳 頭から否定する前に、なぜそれが大衆に受け入れられているかを考えなくちゃいけないと思うんですよね。このことは、あとの方でまたお話を伺わなくちゃならないんだけれど、それなら、それを川柳じゃないといっているその人自身が、どれほどの川柳観なり理論を持っているのかということになるわけでね。

尚美 うんうん、だからね、そういう話になってくるとね、例えば今の日本の川柳界の作品だけをね、純粋な目でこう見た場合、じゃあ外の川柳と川柳界の川柳との間にどの程度の差があるのか、どこがどう違うのかということが当然問題になる。確かにニュアンスは違っているかもしれないが、言っていること、発想そのものには、本質的な違いはないと思うんですよ、僕は。ただ、表現技術なり、テクニックなり、そういうことがある程度クリアされているから、ちょっとなんかこう気が利いたようには見えますけどもね、本質的な違いってものは僕はそんなにないような気がするんですょね。

三柳 結局ね、社会なら社会っていうものの見方に、そう変わりはない。多少感じ方の違いはあってもね。

尚美　うんうん。

三柳　だから、客観的には同じ形で出てくる。確かにサラリーマン川柳は技術的に劣ってはいますがね。誰だって最初から技術のすぐれた人はいない。が、逆にサラリーマン川柳などは、技術的に未熟なところが面白いんじゃないですか。つまり、読者には、それだからこそ安心して読めるんですよね。

尚美　そうでしょうね。

三柳　勿体ぶった句が相手だと読む方も構えちゃうでしょう。ところが、サラリーマン川柳なら構えなしで読めるわけです。

孤舟　わかりいいからね。

三柳　自分と同じようなレベルで。

尚美　そうそう。

三柳　読者との連帯感を生むのは、その拙さゆえという逆説めいた要素は見逃せない。昔の大家と呼ばれるような人も最初はほとんど投句から入ってきたんですよ、新聞・雑誌のね。そのうちだんだんに川柳作ることを覚えてくるわけです。まず投句者として現われ、それから川柳界に入ってきた人が大部分でした。

尚美　だからね、僕が例の新人集めて、そろそろ二年になるんですよ。

三柳　いま何人？

尚美　いま一五、六人でやってるんですがね。毎月僕が課題を出して、一人二句ずつの互選をやってるわけ。そうすると、今のいわゆるサラリーマン川柳みたいなのが結構出てくるわけ。だけど僕はね、今の段階では、あえてそれを否定したり、一般の川柳誌を見せたりということは絶対にやっちゃうとね、確かに何人かはついてくるかも知れないけれども、さあその辺がどうかなということがあるんです。

三柳　だから一概にはね。けど、僕は必ず例句を持っていくわけ。川柳界では、こういう題にこういういい句があるんだよ、ということだけでね。しかしやっぱり半分わかって半分わからないような顔をしてます。へえ、これがいい句なんですかっていう風なことですよね、正直いってね。だから、やっぱり余り無理に一方向へ引っ張るのは、まだどうかなという気がするんでね。

尚美　あのね、これはいい句だよってのは、特に初心者に対しては押しつけになるんですよ。

三柳　芽をつぶしちゃうことにもなりかねない。

尚美　そうですよね。

三柳　これをいい句だと思わなくちゃならないのかという強迫観念を与えることになる。

尚美　たしかにね。

三柳　鑑賞力ってのは、ある時期までその人の作句力と並行してるのが普通です。だから新人に新人じゃない人の句を見せて、これはいい句なんだっていってもピンとこないというのは、その通りだと思う。その辺が指導のつらいところだね、お互いに。

尚美　うん。

孤舟　こだわるようですが、要するに昔の人も今のわれわれも、多かれ少なかれ、新聞その他の投句者から川柳界に入ってきたわけでしょう。それと同し、いや同じとまではいかないかもしれませんが、現在のサラリーマン川柳とかそういうマスコミ川柳の人々の中から、川柳界に残っていく人がいるんじゃないか。そういう期待感は持っているんです。

三柳　ですから、川柳界の中に一部を引き込めば、後はどうなってもいいというんなら話は別です。しかし、あれだけ大衆的な支持を受けているんですから、それにとやかくケチをつけるよりは、そっくり川柳界に取り込んでしまえば、これも川柳の多様化の側面として、川柳興隆の大きな力になると思うんですよ。指導は、それからゆっくりやればいい。私は、そう思っている。

名なしは困る

三柳　こんどの五冊目の序文でハッキリ書いたんですが、サラリーマン川柳の特徴ともなっている〈名なし〉作品、あれが今のままでは、やっぱり困る。ご存じのように、あれは作者名の代わりに一句のタネ明かしみたいな、いわば補足をつけたに過ぎない、完全な蛇足です。

孤舟　蛇足ねえ。

三柳　作者があって作品があるのだから、作者名を記すべきです。何かこう蔭に隠れて舌を出しているような落首的性格だけは切り捨てたいが、あれが面白いんだという向きも少なくない。

尚美　それが困る。

孤舟　なるほど。

三柳　つまり落語のサゲみたいにね、あそこへ来て笑うという読者も多いんですよ。

尚美　だから、やっぱりね、いわゆる膝ポン的なね、性格が非常に強いんですね。作る方も、読む方も、ほうナルホドっていうのがね。次元の低い共感っていうか、それが中心になっている。

三柳　例の有名になった「まだ寝てる帰ってみればもう寝てる」って句ネ、それだけで独立した素晴らしい句だと思うんですよ。今の社会的背景をよくとらえていますよね。

通勤圏から離れたマイホーム、少子時代で夫婦だけの生活、女房にアタマの上がらない亭主——そういったもろもろの風景が見えてくるでしょう。だから、それだけで充分なのに、作者名代わりに付けたフレーズが〈遠くの我が家〉——これは全く無意味ですよ。

孤舟　名前というか、その文句まで含めて一句だという……。

尚美　極端にいうと前句があって付句があってというアンバイだな。

三柳　説明つきの句じゃシマらない。

尚美　そうそう。

三柳　あれだけはやめた方がいいと思いますけどね。作品世界そのものをとやかくいう筋合はないと思うんですよ。そういう人達がそういう感じ方で作っているものを、それ以外の第三者が、それは川柳じゃないなんていういい方はおかしい。

尚美　それはおかしい。

三柳　日頃から伝統を唱えている人が、しからば伝統とは何か？　という問いに、どれだけ正確に答えられるか。おそらくは、自分なりにこんなもんだろうという物差を持ってはいるのだろうが、客観的な裏付けは持っていない。その程度の物差を振り回されたのでは、はた迷惑だと私は前まえから言ってるんですよ。

尚美　でしょうね。

三柳　それは川柳界内の——あとで問題提起をしたいんですけどね——一般的な在り方が昔からそうなんですよね。考えることよりも、ひたすら作ることを楽しむ。「議論はいらない」とか「理屈より作れ」とかね。ところが過去の何ものにもこだわらない作家集団が現われると、今度は急に口うるさくなる。

孤舟　あの伊藤園の俳句――あれなんかも、ずいぶんまあ集まるらしい。

三柳　伊藤園の俳句って読んだことないけど、どんな感じ？

孤舟　なんとか的俳句ちゅうんですって。

三柳　それもあやまれる尺度によって通念化された抜きがたい差別思想だね。

尚美　でもね、世の中のいわゆる一般の概念としての受け取り方がね、やっぱり従来そうだったでしょう。

三柳　それが変わりつつあるんじゃないかというのはね、この属性川柳が出てきてからなんですよ。大きな会社や企業がね、年に一回イベントをやる。その中に川柳が入るようになったということは、川柳がそういった方面からも見直されてるってことなのか、今盛んで面白そうだからやってみようというのか、理由はちょっとね、わからないけれど。

尚美　まあ、ただ企業の目的ってのはあくまでも利益ですから、そのための戦術の一つであることは間違いないと思うんですよね。その目的に川柳が役立ち得ると考えたんでしょう、たとえばサラリーマン川柳の人気などを見て――。

三柳　また社会に対する宣伝とは別にね、社内向けのものも多いんですよ。東京電力なんかが社内で募集すると、すぐ一万句ぐらい集まる。昨年の暮れ、「安全」というテーマで全国の社員、検針のおばさんから工事現場の人たちまでが出句したものを審査したんですが、なかなか面白い句が出ましたよ。意識改革ってのかな、社員のね、そういったことに川柳を使ってる、必ずしも宣伝ばっかりじゃないんですよね。

孤舟　要するに、わかりよくって、浸透性がありますからね。

三柳　端的に物が言えますから。ところが、そうした応募句の中にも必ず入っているのが、サラ川の真似をした補足的なアレ。

尚美　句を説明するようなアレね。

三柳　句の下に、おかしなことが書いてある。もちろん採用はしないけれどね。

時代と社会的背景

尚美　僕はね、なんか社会の動きがね、たとえば政治の不信だよと、党派が増えてきたよと、で女性も社会へどんどん出てきたよと、なんかそういうもろもろのことがね、はっきりまだいえないんですけど、下の方でこうモヤモヤしたものがね、なにかそういう格好で出てきてるよ、てな気もするんですよ。いわゆる社会不信みたいなのがね。そういう形でどんどん噴き出してくるのかなあと。特にこんどのオウムだとかね。ああいうのが余計にそれに火を付けたような格好でね、これからそういう分野が増えてくるかなという気がするんですがね。

三柳　無党派層ってのが増えてきたでしょう。それで新聞社の対応なんかもかなり変わってきてるんですよ。

尚美　なるほど。

三柳　いままでは政治のことは政治部がやっていましたよね。なになに党のだれそれ番という番記者がいたでしょう。無党派にはそれがないわけですよ。政治部のワクの外に出てしまった。

尚美、ふん、ふん。

三柳　それをね、たとえば読売新聞では、政治部とは別の世論調査部、いま時事川柳を担当している世論調査部が、フォローしようとしているんです。時事川柳の批判勢力も、早くいえば無党派層だからね。

孤舟　まあ完全に時代背景、時代ですよね。

三柳　二大都市にヘンな知事が出てきたりね。

孤舟　やっぱりまあ、サラ川も、その他の属性川柳も、要するにこういう時代を反映して、なにかとらえどこのない好き勝手な生き方をしているような感じですね。

三柳　時代背景の中で、いや応なく出てきたという――。

孤舟　自由に自分の考え方を出せるということが、まあ背景にあっての川柳という感じがしますから、それは一つの時代の流れということでしょう。

三柳　サラ川も時事川柳も、時代の産み落とした必然的産物かもしれない。

孤舟　まあ一過性じゃなくて、ずうっとこう持続性があるとまたいいですけどね。
三柳　やっぱり他の中に不満が増えてくれれば、そういうものがまだまだ盛んになるかも知れないですね。昔の落首みたいに。しかも、今は新聞だの雑誌があるから、そこでモノがいえる。
三柳　ひと頃よくアンガージュマンという言葉が使われましたが、時代や社会との連帯という面から考えると、属性川柳にはそれが強い。
尚美　そうですね。これは悪いことではない。
三柳　例えば、サラ川なら、サラ川を作る側の人と、読む側の人との思考形態が重なっている。そこから自然に共感、連帯感が生まれてくる。これに反して、いまの川柳界内部の川柳は、自分の方から連帯を拒否あるいは忌避しているように思えてならない。
尚美　そうそう。
三柳　連帯感という点ではね、内なる川柳が、現在いちばん、社会から遊離しちゃってんじゃないですかね。
尚美　かも知れませんねえ。
三柳　だから、外なる川柳と内なる川柳に分けて考えたくなるわけです。短歌などが、戦後五〇年の平和を祈念する会などという、社会的な仕事をやってるのにですよ、川柳じゃそんなことオクビにも出さない。あの心やさしい短歌にさえサリンを憎む、やむにやまれぬ思いがあるのに、川柳界の川柳というのは、相変わらず太平楽をきめこんでいる。平和ボケとより思えない。

尚美　こんどのサリンもそうだし、阪神大震災ね。あれなんかも、いちばん詠われたのは短歌だそうですね。その次は俳句で、川柳がいちばん反応が少ない。

三柳　何が外で起こっていようと、自分の思いだとか、情念だとかばかりにこだわっている現代川柳の「現代」とは、いったい何なんだろう。

孤舟　川柳もいくらかやりはしたけど、やっぱり俳句・短歌ほどにはいかなかったですね。

尚美　だいぶ前になりますが、例の天安門事件の時ね、それに対する文芸の反応が取り上げられましたけど、やっぱり短歌が一番でしたね。結局だからね、単純に考えると、一方は五七五、他方はその下に七七って付く部分がやっぱり、ひとつはあるんですよ。

三柳　短歌そのものも、変わらざるを得ないところまで来ているんでしょうね。歌人にいわせると、短歌は衰弱してる、俳人にいわせると、俳句は迷路に入り込んでる、小説家にいわせると、小説は仮死状態だというんですね。とすると、川柳はどうなってるのか、といいたくなる。

孤舟　ハハハ。なるほど。

尚美　みんなそれはね、感じてるみたいですよ。こないだもね、阿木耀子っていう作詞家がいるでしょう、「プレイバック」とか「魅せられて」なんか作ったあれとね、直木賞とった伊集院静との対談を読んだんですけどね、阿木輝子が、こういうことをいってんですよ。（メモを出して）「作詞の世界でいうと最近歌本をパッとめくるとするでしょう。そうするとまずタイトルにオリジナリティがないの。詞も観念的かあるいは単純というかダイレクトというか、恋愛をうたっても〈お前が好きだ、そばにいたい〉としかいってなくて、からめ手からの切り口みたいなのが少ない。果たしてこれが詞だろうかと考えこんでしまう。このような現象が詞だけではなくてクリエイティブな世界全般に起こっているんじゃないだろうか」ってね。たしかにそうなんだと思う。

三柳 寿岳章子さんが『日本語の裏方』という本で歌謡曲の用語を徹底分析しているんですがね、これが面白い。川柳界ではやってる「きっと」なんてのも、ちゃんと入ってる。

尚美 「きっと」ね。

三柳 きわめて日本的な、あまりにも日本人的なセンチメンタリズムの世界がよくわかる。その単語をつなぎ合わせるだけで、歌謡曲なんていくらでも出来ちゃう。

孤舟 川柳界でもそういうことといってる。

尚美 そうそう。

三柳 結局は繰り返しなんですよね。それでいて、そのぬくぬくした繰り返しをはずれると、異端みたいに見られる。新しい川柳が昔から不当な扱いを受けてきたし、内容は違っても、今はサラリーマン川柳がヤリ玉にあがっている。繰り返しからはずれることが不安を与えるんでしょうね。新傾向川柳が「唐人の寝言」なんていわれた歴史もある。

尚美　そうなんですよ。いつの場合も、イチャモンつけるのは既成川柳界なんですよね。はっきりいってね。

三柳　柄井川柳だって、もう前句附ってものが盛んになっている真っ只中に現われて、いまでいえば前句附を違った概念にしてしまったわけですからね。先輩の点者も沢山いて、当然風当たりも強かったろうが、前句附を川柳にしてしまった。それは大衆を味方につけたからです。だから、今の川柳が、人気で及ばないサラ川に母屋を取られないとは、誰も断言できないんじゃないか。

21世紀に生き残るのは？

三柳　ところで、ご両所は、これから二一世紀にかけて、残るのはどっちだと予想してますか、内と外と。

孤舟　そりゃあちょっとわかりませんね。

三柳　それを結論的な問題としましょう。

孤舟　そこまでは、はっきりいえませんけどね、ただわれわれ川柳家が一生懸命苦吟し、一生懸命作ってる外側で、チャチャっと作られちゃうと、頭には来ますね。あれが川柳か、俺が作ってるのが川柳かって感じがしないでもない。

三柳　川柳界の中では、それは絶えずあるでしょう。でも、外側の川柳世界ではそれはないんですよ。自分が言いたいことをいってるだけで、人が何を言おうとお構いなし、なんですよ。だから、そういう考え方の川柳がね、やがて一つの勢力になるんじゃないかという予感もします。いわば、その雑草的な図太さゆえに。

孤舟　もうちょっと先でしょうね。

三柳　既成のものってのは、新しいものに絶えず恐怖を感じますからね。いくら川柳界からの評判が悪くても、現実に何万句という数が集まる、これは今の川柳界が逆立ちしても出来ないことですからね。全日本大会でいちばん集まったのはどのくらいでした？

孤舟　この間の松本大会では千五百人。俳句が三千ぐらいでしたか。

三柳　どこまでいっても千台でしょう。万にはいかないんですからね。

孤舟　万いった会はないです。

三柳　その違いも考えないといけない。何故そうなるのか、これはかなりシビアなことだと思うんですよ、一般川柳にとってはね。ただ、現象だけを見て拒否していても、得るところは何もない。川柳界にとっても川柳人口が増えることは好ましいはずですから、どんな形にせよ、現実に何万というものが出てくる理由なり、根拠については謙虚に考えてみる必要があるのではないか、と思うんです。この辺のバランスをどう取っていったらいいか、あるいはそんな必要はないのか、その回答を結論にしたいんですけどね。

孤舟　そうしたバランスというのは、なかなかとりようがないんでは……。

三柳　とりようがないとすれば、初めに孤舟さんがいわれたように、そのうちの何分の一かでも川柳界に入ってくれればよしとするっていう考え方も、あまり希望が持てないんじゃないかと……。

孤舟　いや、私が今いったのは、バランスをとるのはむずかしくても、もっと寛大に容認すべきだということ――容認って言葉、わるいかな。

三柳　容認っていうのも、権力的なひびきがある。が、それが川柳界の一般だと思う。

孤舟　何しろ日川協などにしても、物凄く反対の方が多いわけでしょう。ただ私は、そう目にカドを立てなくても、という意味でいったんですがね。

三柳　去年の夏、名古屋で講演したときも、内なる川柳と外なる川柳を、混同することから起こる混乱を避けたいということを言ってきたんです。内と外を比べると、今や外の方が圧倒的に大きいんですからね。

尚美　でしょうね。そうですよ。内は小さいですよ。

孤舟　だから、現在の川柳界はそれを意識しないわけじゃない。無視したくも、無視できないから、いろいろ言うことになる。

三柳　拒否反応も仕方がないとは思うんですよね。古い風俗に馴らされた人が、新しい風俗に拒否反応を起こすのと同じことでしょう。でも、それは馴れてしまうまででね。ミニスカートも、現在では当たり前になった。

尚美　まあ、やっぱりこのまま、しばらくはいくんでしょうね。

孤舟　そうそう。

尚美　だって、川柳界の中だって、結局はこういう三角の形でね。例えば、文芸・文学として川柳を極めようなんていうのは、ほんの一握りというか、あとはもう裾野ですからね。で、この裾野の下の部分と、属性川柳がね、どれほどの差があるのかといえば、はっきり言えるほどの違いがあるとは思えない。だから、それはそれ、こっちはこっちでやっていけばいいんじゃないですかね。

三柳　それを否定するなら、しっかりと正面から、否定してほしい。陰口や感情論は不毛だということです。

尚美　そういうことですね。

三柳　それをはっきり「川柳ではない」と言える人となら、議論の楽しさもあるんですがね。負けても、納得しますよ。論争大歓迎です。

尚美　いま日本の人口がいくらですか、一億二千万として、その中で川柳界の人口がなんぼだかわかりませんけれど、あとの大半がそういうものはそれでいいんだよと認めてるとすれば、これはもう勝負あったでね。（笑）
三柳　まあ、当分は今の状態が続くってことは間違いなかろうけど。
孤舟　考えられますよね。
三柳　ただね、それへの対応とか、そういうことについては、やっぱりもう少し真剣に考えておく必要があると思う。将来のためにね。
尚美　同感ですね。
三柳　じゃあ、この辺で第一テーマは終わりということにしましょうか。

テーマその二　**現代川柳界の問題点**

三柳　第二のテーマですね。現代の川柳界に、どんな問題点があるか、を考えてみたいと思います。ひとつは、組織としてどうなのか、二つは制度としてどうなのか、で、三つ目はまあ、今の全般的状況をどう見るかということになりますが、先ずですね、川柳界の「界」というものを形成している要素といえば、まず第一に結社ですよね。結社がなけりゃ川柳界そのものが成り立たない。

尚美　そうですね。

三柳　それをまあ統合するかたちで、各地方に連盟とか協会があって、さらに日本全部を掌握しているとはいえないけれど、全日本をうたった団体がある。すべては結社から出発するわけだけれど、では、その結社が何をやっているかというと、大部分は句会をやって句会報をだすという、その辺で終っているわけですよね。それがもうずうっと明治以来続いてるわけなんですけど、それだけで、現在もしくは将来にかけて、なお川柳が成り立っていくものかどうか。その結社システムというものについて、まずご意見をうかがいたい。現状維持でいいのか、変えるとすれば、どこをどう変えるべきか、といったことについて。

句会のありかた

孤舟　やっぱり吟社の存在っていうのは、いずれにせよ川柳を作っている人にとっては、なくてはならないものでしょう。作品発表の場でもありますし、句会は競吟の場でもある。だから、ひとつの吟社がつぶれても、次の吟社がすぐに出来てくる。特に東京の場合なんかそういう感じがしますけどね。ですから、四〇年だの五〇年だのという歴史のある句会が、後継者不足などでいったんは消えても、残党っていうと言葉が悪いけど、そういう人たちがまた句会を続けていくというのは、どの地方でも共通のようで、それだけ句会というものが、求められているのでしょう。やっぱり句会っていうのは社交の場でもあり、楽しみの場として、成り立っている。

三柳　うんうん。

孤舟　だから、これを軽々にどうするとか、どう変えるとか問題にするのは、今の時点では考えられないんじゃないかという気がします。

三柳　川柳界の「界」というのは、個人ではなく、結社に支えられている。結社は句会をまずメイクする。それが、どんな大会でも小集でもおおむね同じ形式でやっている。それがもうかれこれ百年近くも続いているわけですが、その間全然進歩が見られない。題を出して、句を作って、選者が選をして、それでおしまい。すくなくとも現代の文芸として、それだけで本当にいいのか、その辺が私には疑問なんですがね。文芸ということについては、もう少しあとでやりたいんだけれども、句会というものが、ただ集まって句を作って選者が選をして、ああ今日は抜けたとか抜けなかったとかいうことだけに終始しちゃってる。それが川柳界を支える句会のすべてであるということに対して、それでいいのかと問いたいわけです。

尚美　ですからね、ここに組織って書いてあるでしょ。例えば、吟社ってものがそれぞれあって、それがひとつの文芸活動の場として、またコミュニケーションの場として句会を開く、やっぱりそういうものがぼくはあっていいと思うんですよ。そのなかでお互いが切磋琢磨してね。

三柳　それが文芸といえるんですか。

尚美　いやいや一寸待ってください。その先はね、要するに切磋琢磨して、いい川柳、社会一般の鑑賞にも耐え得るものを目指そうという意志と努力があればね、ぼくはそういうものがあってもいいと思う。またもうひとつは、その上に県の協会とか連盟とかっていう組織があるわけですけど、それはやっぱりそういう場とは別で、いわゆる社会的に川柳を普及したり、それから振興したり、そういう仕事だけでいいんで、作品をどうこうする場じゃないと思うんですよね。

三柳　「作品」ということについては、また別に考えなくちゃいけないと思うんですよ。

尚美　なるほど。

三柳　要するにね、自己満足の独り善がりの集まりが句会じゃないかと私は思うんですけどね。きれいごと言っても、選者が自分の句を採らなきゃがっかりする、その反対なら喜ぶ、ただそれだけのことが句会のすべてで、文芸がどうとかなんて問題とは次元が違うんじゃないか。さっき孤舟さんが言われた社交性ってことは確かにある。川柳家同士の横のつながりを句会が支えてるってことはあると思うんだけどね、それ以上のものを句会に求めるのは無理じゃないか。

尚美　うん。

三柳　つまり、それはまあ、あとの制度の方になるんだけど、明治以来の選者制度というものが、避けがたく関わっているといえる。この昔ながらの句会の在り方で、はたして耐え得るのかどうか、今後の新しい時代に。

尚美　でも、あんまり難しいこと言ったり、理論だ、枠だってことになると、或いは人員の減少ってことも、当然考えられますよね。人口を減らしてまでなおかつ何かをやるってことが本当に必要なのかどうか。そういう面からも論じられなくちゃいけないような気がするんですよ。

三柳　今までも、それが必要だからやってきたんじゃなくて、何となく、というより無反省、無批判に受けついできたって感じなんだよなあ。

尚美　そうそう。

三柳　それがどうしても必要だからやってるって意識はみんな無いと思うんですよ。

作者と選者

尚美　本来、川柳を書くということは個人芸ですよね。飽くまで個人芸なんだけど、それがなんで集団を作らなきゃいけないのかということがひとつ出てくるわけですよ。僕はやっぱり、その目的っていうのは、さっき言ったようにコミュニケーションじゃないかと思う。集団をつくることで、ある作家がAさんから刺激を受けたり、Bさんからいろんなこと教わったりという価値はある。けれども、それだけで、より高いものを目指すバネになるかどうかというのは、疑問があるかと思うんですよね。

三柳　句会では「個人芸」ってものは、存在し得ないでしょう。個人芸たらんとする川柳と、句会とは逆の方向を向いている。それが、句会の最大の特徴だと思います。そもそも懸賞文芸として始まった前句附の時代から、厳密には個人芸ではなかったのです。

尚美　作者がいて、選者がいて――。

三柳　いや、句会では、その逆です。選者がいて、作者がいるんですね。つまり、多かれ少かれ、選者を意識することなしには、句会は成り立たない。だから、本来個人芸であるべき文芸が、全部とはいわないけれど、句会というシステムでこわされてるってことが言えるんじゃないかと、わたしは思うんですがね。

尚美　たしかにね、そういうことはある、現実に。

三柳　で、それがなければ、川柳界が支えられないというのがねえ。ある俳人は、それを「ごっこ遊び」だと言っていた。いい句を作るより、当たりそうな句を考える。

尚美　それが寂しいんだよね。

孤舟　「百年の負債」じゃないけれど、百年経ってそれが覆せないんだから。

三柳　ただ、吟社句会というもののシステムそのものでなく、性格を変えることはできるような気がする。単なるごっこ遊びやギャンブルもどきではなしにね。

尚美　よく賞品が問題になるが、芸に拍手という見返りがあるように、文芸にもこれは切り離せないと思う。

三柳　それなんだけど、たとえば文部大臣奨励賞などというのに、現在の川柳界を代表するような作品が選ばれてくれれば、その賞にも価値が出るんだが、うかうかすると一般の小さな句会でも抜けるかどうかというような句が選ばれて、それが大新聞で紹介されると、顔から火が出る思いをさせられる。ご両人も経験があるでしょう。

尚美　それは、蒸し返すようだが、やっぱり指導者不足の問題に戻ってくる。

三柳　本質的にはね。しかし、直接にはシステムの問題つまり第二回以降の選考過程に原因があると思う。第一回に私が発案した加盟全理事（吟社主宰）二百数十名による投票から生まれた第一位が、大石鶴子さんの「転がったとこに住みつく石一つ」という見事な作品で、これは全投票者の過半数に支持されています。選句方式が変わった第二回が「省ルック女は神代の昔から」——何ですか、これは。当時「省エネ」が叫ばれており、何かにつけて流行語化していたが、「省ルック」じゃ、まったく意味をなさない。こんな句を第一次選者が最高点に推し、第二次選者がそれに引きずられる。これはやっぱり、選考手続きの不備にあると思うんですよ。

尚美　どんな句も、第一次選者が見落としてしまえば、永久に日の目を見ない。個人・単独選の弱点が、もろに出てしまう。たとえば、一題一〇人選をやると、最高点句はまず重ならない。それほど見方が違ううちの任意の一人だけが、重要な一次選をやるわけだから、二次選にどんないい選者を充てても、結果は同じでしょう。

三柳　私も、そのとき第一次選者でした。

尚美　抵抗及ばず——。（笑）

三柳　いや、抵抗できないシステムになってる。すべてを解決するのは、数ですから。
孤舟　投票制だからね。異議はさし挿めない。
三柳　ことしは、国民文化祭（栃木）の第二次選者になっているが、どんなことになるか。
尚美　新聞に発表されて、はずかしいか、そうでないかは、数で決まる。
三柳　不確定要素が多過ぎるから、標語みたいな句が出てきたりするんだね。どっちにしても、これといった作品が出てきにくいのは、基本的には制度の問題だと思う。
孤舟　いま、全日本大会では、所属結社全部にハガキでアンケートを出しています。十回目くらいからですね。同想句があって、あとで問題になったりするのを防ぐため。だから文部大臣奨励賞が決まるまでに一カ月ぐらいかかる。
三柳　それも何だか、責任のがれか言い訳じみていて、姑息な感じがするね。それより、真に力のある選者一〇人ぐらいで認定委員会みたいなものを作って、徹底的に討論した方がいい。この委員会は固定して、全国共通とする。
孤舟　公認選者の場合と同じで、公認の方法が……。
三柳　ぼくが常任理事だったころの公認選者案は笑い話だったけれど、選者の持つべき素質なり批判力を、客観的数値として出す方法はあるんですよ。その結果によっては既成の川柳界がガタガタになるおそれはあるけれどね。もっとも、何を改革するにもガタガタはつきものだけれど。

孤舟 それは、ちょっと……。

三柳 まあ、誰も賛成してくれないでしょう。（笑）それよりもっと必要なのは、個々の結社を運営する、主宰者なり指導者の意識改革だと思いますよ。

尚美 繰り返しみたいになるけど、吟社の主幹なり、指導者がどれだけ川柳に対して前向きの姿勢を持っているかいないかで、川柳全体がうんと変わってきますよ。ただスケジュールを追っているだけの惰性的な主宰者で構成している川柳界では、多くは望めない。

選者と老齢化

孤舟 吟社運営者の選者選びの責任は重いわけですが、これには老齢化という問題もからんできます。だいぶ前に言ったんですけど、選者は七〇歳まで、といって自分ももうすぐ七〇になってしまうんだけど、せめて八〇になったら、頼まない、受けない。ことに大会はそれより一〇年ぐらい前倒しした方がよい。あれは、大変な労働ですから。

三柳 あれが労働でないという人は、信用できない。どこかで手抜きしているか、少なくとも真剣でないと告白しているようなものだから。私も、公式の場に限っての「選者七〇歳定年論」を書いたことがある。

孤舟 私は、それで苦い目に遭っているんですよ。九〇代で亡くなったKさんが、七〇代の時、選者からはずしたんです。もうメロメロで、披講もろくにできなくなったからですが、そうしたら、本人からえらい反発を食った。しかし、見ているのも辛いくらいでね、読み間違えだけでなく、言っていることがほとんど判らない。

三柳　本人がかわいそうだね。

孤舟　これは、私だけの意見ではなかったんですがね。周囲が見るほど本人は気がつかないいんですよ。

三柳　Ｋさんほどの実績がある人でもね。人間の脳というのは、おおむね七〇で固まってしまって、それ以上に世界がひろがらない、繰り返しになるといわれていたが、十四世根岸川柳のように、七〇を過ぎてから、突然変異のように自由律という新しい句境を拓いた人もあったり、長寿時代になった現在では一概には言えないけれど……。

孤舟　このあいだ、「犬吠」（千葉）の年度賞を見たら、作者が全部八〇代、選者を見たら、これも全部八〇代。いったい、どうなっているんでしょうねえ。（笑）

尚美　永年やってるから、知識も経験も豊富だろうという安直な考えなんだろうね。

三柳　その実、脳細胞は減っている。

孤舟　やっぱどこかに線は必要でしょう。これこれの年齢を越えたら、選は依頼しない、また引き受けないという線を。

三柳　結社の方針として、選者依頼の基準を定めているところが、全国にどれだけあるかねえ。私のところにはあります。順ぐり選、儀礼選、ご馳走選、甘やかし選の類は、二〇年間やってこなかった。

孤舟　ひとつには、題が多過ぎるんですよ、句会の。私のところでは、一回に宿題・席題合わせて六題、そのうち選を依頼するのが四題、年間に四八人の選者が必要になる。これは、大変なことです。中には、もうそろそろなんて、ひそかに順を待っていたりする人もある。

尚美　年功序列みたいなものが、川柳界ではまだ生きている。年数だけが、唯一の基準になってる。

三柳　たとえば、五年間句会へ出ているという、句会だけの五年間で得られるほどのものは、集中的に勉強すれば半年、まあせいぜい一年間で身につく。年数だけが基準とは、何とも心細い限りだね。

吟社運営と選者

孤舟　それはそうでしょうが、吟社には営業政策がありますので。

三柳　営業政策のために、選者や選句の質を犠牲にするというのは、どうかなあ。

尚美　そうは言うけれどね、たとえば大きな吟社になったら、運営者の頭の中には、当然それがある。それが会を維持するための経済的な基盤になるのだから。

三柳　何だか話が、だんだん文芸から遠ざかっていくみたい。(笑)

孤舟　川柳界が、三柳さんのいうような、五年を一年でというような人ばかりならいいけど、実際には、五年やっても一〇年やっても、なかなか物にならないといった人の方が多いわけで、運営者の立場になれば、そういった人たちの身になって考えなければ。

三柳　娯楽の場とすれば、もちろんそれでいい。しかし理想を求めるためには、現状ではね。ま、選者制度を変えるということは、句会制度を変えるということだから、そう簡単にはいかないと思うけど。

孤舟　もう少し選者を減らす、ということは題も減らすという方向へいくのも一つの方法ですよね。

尚美　選者を固定してしまうというわけにもいかないしね。これも、いろいろな弊害が予想されますからね。

三柳　一吟社が依頼する選者の数を減らす。なるべく運営などにこだわらず、実力を優先する。それと、さっきの線引きの問題ね、これで選句の老齢化を防ぐ。

孤舟　個人差はあるだろうけど、前説を訂正して、一応八〇歳ということで。（笑）

三柳　句会というのは、運営者と選者の妥協、選者と作者の妥協、すべて妥協から成り立っている。

孤舟　妥協がなければ、句会なんかやっていけません。運営側からすれば、一人でも多くのお客さんに来てもらいたいわけですから。

三柳　皮肉なことを言うと、妥協の多い会ほど、固有の主張を持たない吟社ほど、人が集まるということになる、その辺が、俳句とは違うところだね。

尚美　吟社があまり個性を出してしまうと、お客が来なくなる。

三柳　現在の半分も集まらなかったけれど、三太郎在世中の川柳研究は、魅力があった。三太郎の一句評で特選を取って、短冊を貰うのが最高の夢だった。いまの句会にはそういう夢がなくなった。

孤舟　三太郎時代、覚えています。

三柳　やっぱり、句会にも勉強の要素が欲しい。

孤舟　その通りですね。

尚美　何かで読んだんだけど、句会回りに夢中になっていた女性が、しばらく句会を離れてみて、どうしてあんなに魅力があったのか判らなくなったって。

孤舟　東京じゃ、半年も顔を出さないと、あいつ、ガンじゃないかなんて。

三柳　うかうかすると殺されちゃう。（笑）

テーマその三　短詩型の将来

三柳　さて、この辺で最後のテーマ「短詩型の将来」といったことについて考えてみたいと思います。現状のままで、川柳は二一世紀に耐えられるのか。その可能性と限界を見きわめたい。

川柳は文学か娯楽か

三柳　そこで、川柳の半分、あるいはそれ以上が、吟社や句会に依存している限り、川柳は果たして娯楽なりや、文学なりや、という問題に絶えずぶつかることになる。三太郎の「両刀論」のように、それが明確に意識されていれば、もちろん言うことはないんだけれども……。

孤舟　そのへんは曖昧ですねえ。

三柳　句会は娯楽、川柳は文学、といった線は引けないものですかね。そうすれば、視野がはっきりしてくるんですがね。

孤舟　でも、やってる人は、娯楽であって文学であると思っていますよ。

三柳　社交性、もしくは射幸性の中に、個性を没却した句会と、個の文学とが、同時に意識されているということですか。もう少し覚めた目で見られないものですかねえ。

尚美　句会で句を作ることもまた文学だという意識は、むしろ一般的でしょう。

三柳　十四世川柳などは、句会は福引だといっていた。

孤舟　それだけではないと、私は思っています。

三柳　日本の短詩文芸というのは、作者と読者が一人の中に存在している。外国の文学は、一握りのプロがいて、それ以外の大多数は読者という仕組みですよね。川柳が、作る楽しみだけを先行させて、作品そのものの文学的価値を高めようとする努力に欠けるのは、よくいえばアマチュアリズム、くだいていえば娯楽追求、これでは作品が客観的鑑賞に耐えられる純粋性を獲得することは難しい。

尚美　だからといって、プロフェッショナルということが、川柳としてね、存在可能かどうか。

三柳　もちろん、それは仮説の域を出ないけれど。しかし、和歌の世界、昔は文芸といえば、和歌と漢詩しかなかったんだけれど、その歌作りにも万葉の時代からプロはあった。柿本人麻呂などは、自分の歌とは別に、人に「読ませる」ための歌を詠んだ。平安時代の紀貫之だってプロでしょう。宮中の歌所は、プロの集団だったといってもよい。こうした歌人たちが、和歌の価値を支えていた。プロは、否応なく勉強しなければならない。次々に新しいものを産み出していかなければ、読者を失うし、プロとして失脚する。絶えず人目に曝される厳しさの中にある。アマチュアリズムには、この厳しさはない。ただし、わたしのいうプロというのは、それで食うとか食わないとかいうこととは別の、作者としての純粋性のことです。

川柳が、そういう純粋なプロの作家と読者だけになれば中途半端な選者だとか、句会や吟社も要らなくなる。文学を離れた娯楽の場としては、句会も結構だが、そこでは、さっき孤舟さんが言ったような文学意識などは一切あたまに置かなくていいから、すっきりしたものになる。

孤舟　ふーん。

三柳　作者と読者の分化――これが、川柳を純粋化する唯一の方法ではないかと思うんですがね。

尚美　でもね、文学としてのプロが、川柳のプロがね、いったい成り立ちますかね。

三柳　経済的問題は、あくまで別ですよ。日本の詩人なんか、それだけで食べている人は殆どいないでしょう。

私の見るところ、現在の女流作家の一部には、「読ませるための川柳」を書ける、プロ候補者がいると思う。こうした女流作家が、新子さんの『有夫恋』のような個の思いをどんどん吐いて、読者の心をつかむ。川柳の客観的な価値も高まるし、それを維持するために本人も研鑽に努める。

つまり、大衆化とは反対の専門化、純粋化ということですが、ま、これは私の夢物語と思って下さい。

「繰り返しの時代」

三柳　さて、この二〇年ほど川柳は「繰り返しの時代」あるいは「静止の時代」にあると思うんです。本質的には何も新しくなっていない。せいぜい言葉を目新しくしたり組立てを変えてみたり、表側の装飾で目先だけを新しく見せかけるだけで、言っていることはステレオタイプ。つまるところ少しも新しくなっていない。

尚美　ちょっと、そのこととはちがうけれど、おもしろい話があるの。俳句の方で、四五〇吟社が集まって「俳題抄」という、こんな分厚いのを季刊で出しているんですけどね、その内容を見るとね、九七パーセントがいわゆる文語・有李・定型で、表記が旧仮名遣いなんですよね。しかも、そのなかの若い人が、こんなことを書いている。旧仮名遣いってのは、戦後生まれの人はもちろん知らない。知らぬがゆえに、こんな表現があったのかって、非常に新鮮に感じられたというんだね。「思う」を「思ふ」と書くだけで、これが魅力だという。いくら世代が若返っても、これじゃ文語・有季・定型は永遠に安泰ということになる。

三柳　形式の魅力ということは、NHK出版の『俳句』で対談した時、山下一海（鶴見大学教授）さんも言っていた。

尚美　ほう。

三柳　日常、口語の世界にいるものが、俳句の時にだけ文語を使うのは和文英訳のようなもので、言いたいことと表現のあいだに当然キシミが出てくる。口語で考えて、文語に翻訳し、ふだんは書いたこともない旧仮名遣いで表記する――これで、本当に言いたいことが言えるのだろうかって言ったら、山下さんは、その日常性を越えた手続きやキシミが楽しいんだと言うんですね。それは不自然ではないかと追及すると、その不自然さが、俳句を存続させる一つの理由になっているというんです。僕には、やっぱり納得できなかったけれどね。若い人は、俳句でレトロ気分を満足させているのかもしれないね。

孤舟　川柳の場合も、伝統川柳から入ってくる方が多いでしょう。
三柳　歴史的な客観性、新川柳の時事性、新傾向川柳の内面描写と主観性、新興川柳の風刺性とイデオロギー性、昭和前期の口語自由律、戦後の俳句的感性と短歌的情念、これで川柳はすべてが出揃ってしまった。どこから入ってきても、繰り返しになる点では同じでしょう。
尚美　歴史的な客観性、いわば既成川柳の客観性とは違った客観性に可能性があるように思える。女性作家主導の詩性、情念が行き着く所まで行くと、また客観的な目が……。
三柳　戻るでしょう。
尚美　社会とか私を、客観的に見る目――。
三柳　僕が言いたいのもそれで、内面的川柳、私川柳のごときものは、少数の専門作家の川柳として残り、客観的川柳は不特定多数の時事川柳として残るだろということだったのです。この二つが、川柳の純粋性を維持していくだろうと。
尚美　私も、時事川柳は残るだろうと思う。というよりもっともっとふくらんでいくような気がする。
三柳　それだけの存在価値が現在すでにあります。しかし、まだまだ技術を磨き上げなければならないし、さらにしっかりした目を具えなければね。これにも資質と適性というものがあるから、やっぱり専門作家を絞り、あとは読者として連帯するのが、理想なんだけれどもね。これも、いつまでもアマチュアリズムでは、大きな期待は持てない。
尚美 僕も以前から「分業論」は言っていました。指導者は指導者、研究者は研究者、選者は選者……。
三柳 それぞれのエキスパートがね。
尚美 専門作家はともあれ、そういう段階にはそろそろ入っていいと思う。さもないと、川柳はどんどん痩せていってしまう。
三柳 それは、一〇年前の鼎談でも僕が提案したが、意見としては、ずいぶん以前からあった。
尚美 そうなんだけれどね、口では言いながら現実には実現しない、議論としては正しいんだが……。
三柳 ただ、選者の専門制度だけは実現させたいね。その気になれば、そうむずかしいことではないと思う。

「一読明解」は錯覚

孤舟 やっぱりまあ我々の年代になると、そんなに先に希望がもてるわけでもないから、周囲から、若い人たちからそういった趨勢が出てこなければ、飛躍的な改革などということは、なかなか……。
三柳 いっそ、あなたが僕のいうプロ作家になればいいんですよ。句会へ一人でも多くのお客を集めようなんてムナしい苦労をする代わりに、新しい作品をどんどん発表して、読者なり孤舟ファンを集めることを考えてみたら。読者が認めれば、作家としての孤舟が成立する。しかし、読者を引きつけておくためには、手抜きは許されないから、いやおうなく研鑽が必要になる。一度、失敗すると、読者は減る。二度失敗したら、みんな背を向ける。

孤舟　それは、きびしい。

三柳　吟社経営者のようなわけにはいかない。

孤舟　仕事やめなけりゃ駄目だ。（笑）

三柳　なにしろ専門家なんだから。

孤舟　飯食っていけなくなる。（笑）

三柳　読者が居なくなったら、自動的にプロ引退。

孤舟　ウーン。

三柳　引退は声明しなければならない。

孤舟　すぐ引退しなきゃならない。（笑）

三柳　保険の外交じゃないけれど、親戚・知人を回り尽くして、ネタ切れになったら、ただちに引退。

孤舟　やっぱり吟社経営者の方がいい。（笑）

三柳　プロ作家とは、それほどきびしいものなのです。たとえば、関西大震災とか、サリン事件とか、おおきな社会的騒動が起こった時、それをプロ作家はどう表現するか読者は固唾を呑んで見守る。それに応えてやるのがプロです。読者にナーンダと思われたら、プロ失格。

孤舟 よく引退したり、失格するんだな。

三柳 プロは、読者のために作るんだからね。いい加減な選者相手では、句は新しくも良くもならないが、これなら川柳は進歩せざるを得ない。価値はどんどん高くなる。

孤舟 その陰に泣くプロ失格者。犠牲者の山。

三柳 これは、まんざら冗談でもないんですよ。ただしプロの句を、読者が必ずしも理解できるかどうかが問題。

孤舟 飯島耕一って詩人がいるでしょう。それが昨日の新聞で「誤解されないような詩はおもしろくない」って書いています。

三柳 その通りですが、いまさらという気もします。エリオットなどが古くから言っていますし、マラルメも、物事を明示してしまったら、詩興の四分の三はなくなってしまうと書いています。

孤舟 かつ難解で誤解されないという表現は……。

三柳 難解と誤解には因果関係はありません。一見、わかりやすいように見えて、誤解されやすい作品はたくさんあります。いずれにせよ、詩は誤解から成り立っているものでしょう。「曖昧の美学」というくらいですからね。

孤舟　曖昧の美学ねえ。でも、川柳では誤解されるような句は許されないでしょう。

三柳　いや、俳句でも川柳でも、鑑賞者がそれぞれ自分なりに解釈しているわけで、作者の描いた内容がそのまま伝わっているわけではありませんから、全部が誤解しているということもできる。言葉がよくわかるから、その句がわかるということではない。たとえば、芭蕉の「古池」だって、まず「池」とはどんな形の池か、大きいのか小さいのか、飛び込んだ「蛙」は何ガエルか、それが一匹なのか複数なのか（雨が近づくと一斉に飛び込む）、したがって「水の音」は幾つしたのか、その音を聞いたのは、芭蕉が独りの時か、一緒に誰かが聞いたのか、時間はいつごろなのか――これらは、読者が自分で想像するよりほかはないから、共通のイメージなんて存在し得ないわけです。

尚美　（トイレから戻る）それを承知しての句だとしたら、そこが芸なんでしょうね。

三柳　作者も自分のイメージがそのまま伝わっていると考えるのはたいへんな錯覚ですが、鑑賞する方にも、訓練と努力が必要になります。

孤舟　だけど、伝統句の場合は、明快な答が出るでしょ。「一読明解」などといって。

三柳　「一読明解」などということは、この世に存在しないでしょう。作者も読者もそう錯覚しているだけで、両者が同心円を描くことは、金輪際ないということです。

孤舟　誰が見ても同じような句ってあるでしょう。

三柳　たとえば、前田雀郎の「磨くほかない一足の靴である」という句のイメージを、ひとりひとり絵に描かせたら、だいたいは同じような風景になるでしょうが、モノクロならともかく、さて色を塗る段階になって、この靴を黒にするか茶にするかだけでも、迷いが出る。逆に言えば、それが句のおもしろさでもあるわけです。

ひどい巻頭・推薦句

孤舟　近ごろの関西の雑誌などを見ていますと、やたらとしゃべり言葉のようなのが多いですね。

三柳　一種の流行なんでしょうね。

孤舟　それも、一般句じゃなくて、巻頭句とか表紙裏の推薦句の中にですね、たとえば「新しい自転車だから盗られそう」だとか、「夢を見たのがそんなに罪でしょうか」といったのがあるけど、そこにどんな川柳を感じたらいいのか、私にはわからない。

三柳　(句を聞き違えて)「新しい自転車だから壊れそう」なんていうの、おもしろいと思う。新しいホヤホヤのやつは、乗っても大丈夫だろうかといった不安を感じさせる、完全なものほど不安を感じさせるようにね。古いのならいつ壊れたって不思議はないけれど、あえて「新しい」といったところにアイロニーがある。

孤舟　「壊れそう」じゃない、「盗られそう」。盗まれそうってこと——。

三柳　何だって。バカみたい。そんなものが句といえるか。何を考えてるんだ。

孤舟　私に怒ったって、しかたない。(笑)

三柳　「壊れそう」なら、相当の句だと思ったのに。
孤舟　聞き違えた方が悪い。
三柳　発音はもっとハッキリしてもらいたいね。
孤舟　八つ当たりされても困る。（笑）
三柳　なにが「盗られそう」だ。甘ったれもいいところだ。冗談じゃない。そんな句を採るやつも採るやつだ。
孤舟　だいたい、そういう句が多くなっている。
尚美　たしかにそういう傾向は強くなってるね。
三柳　〈ただこと歌〉が、ただこと歌として成り立つのは、それとは全く違うんですね。それじゃあ、ただの理屈だ。大山竹二などにいいのがある。
孤舟　こういう川柳がだんだん増えてきた。
尚美　だからね、日記の中へでも書いておけばいいようなことを、わざわざ川柳にして、臆面もなく雑誌に発表して、これが川柳かっていうようなのが、たしかに多くなってきた感じはするねえ。
孤舟　「後ろ姿をほめられたことがある」——なんてのもある。
三柳　何ともイヤ味だね。それでどうしたと言いたくなる。明治新傾向の初期にこの手の句が多かったが、これほど独りよがりではなかった。「出船見て入り船を見て帰りけり」は、やはり新傾向の中島紫痴郎、「子の手紙前田雀郎様とあり」は晩年の雀郎、いずれも〈ただこと〉といわれる句だが、やっぱり違うんだな。こんな句が推薦句や巻頭句になるということは、川柳の衰弱以外の何ものでもない。寒くなるね。

尚美　この種の句は、女性に多いよ、はっきり言って。

孤舟　その発表誌が実績のある柳誌だったりすると、見る人は、ああこれがいい句なんだなと、信じてしまう、それがこわいんですよね。

三柳　選者や当人はポエジーだと思っているのかもしれないけど、こんなものは詩でも何でもない。もちろん、川柳とも呼びたくないね。

尚美　川柳が変わってきたというより、浅くなってきたように思えるんですがね。ただ「詩っぽいよ」みたいなところで中途半端に……。

三柳　川柳が変わるといって、こんな軽度のものに取って代わられるんじゃ、どうにもならん。ただ、この頃はすぐ真似が出てくるから、影響はあるでしょうね。

孤舟　そうなんです。私はそれを言いたいんです。こんなものを麗々しく並べられると…。

三柳　サラリーマン川柳より害毒が大きい？（笑）明治の新傾向俳句から「無中心主義」というのが派生した。それまでの句は、こういうことを言いたいという中心があって、それを形象化したわけでしょう。そうすると、どうしてもその中心になるべき内容を、説明する傾向から抜け出せない。だから、初めから中心を定めずに、目に映るもの、心に浮かぶことを、自動筆記的にそのまま句にする。この無中心主義は、当時の川柳にも採り入れられています。それを考えると、いま孤舟さんがおっしゃったような句は、新しいのではなくて、むしろ古い方に分類されると思う。ただの、ムシ返しに過ぎない。私はそう思う。

孤舟　ともかく、そんなものが麗々しく並べられて、知らない人に、これが川柳か、と思われるのが、いちばん恐ろしい。いや、困ったことだと日頃から感じている。

三柳　それも、新しいものを求める試行錯誤の中から生まれた一時的現象と善意に解釈すれば、解釈できないことはない。ただ、芸が未熟というか、未だしなんだよね。

孤舟　こういった句は、比較的関西に多いんですよ。

三柳　そういう意味では、関西はえらいと思う。つねに新しいものを追求しようという意欲がある。それに反して関東はねえ、相変わらず句会中心で……。

尚美　そうなんだよね。いま例に出た句は別にしても、何かこう新しいものを探っていこうとする姿勢は関西にかなわない。

三柳　久良伎や剣花坊を揶揄して、大阪で「葉柳」を旗揚げした小島六厘坊以来の伝統的な気風ともいえるね。

尚美　どうも関東には、それがないんだよね。

孤舟　でもね、何百人も集まるような大会の高点句も似たり寄ったりでね、ほとんどがこんな句ばっかり。いったい、何をいいたいのかって感じでね。

三柳　昔から関西の句は淡泊だといわれてきた。それが第二次大戦後、逆になって、そこまで言わなくてもと思われるようなデコレーション過剰気味の句が流行した。その反動かもしれない。

孤舟　けど、これじゃあ、淡泊過ぎるだけってことになるんじゃなかろうか。

作家各自の自覚が不足

三柳　そこでですね、そうした傾向も含めて、これからの川柳、もしくは川柳界がどうなっていくかに、そろそろ話題を移したいんですがね。

孤舟　私の感じでは、関東の句と関西の句は、今後とも平行線をたどると思う。関西の句は何となく安易化していくように見える。関東はやっぱり穿ちとか風刺とか……。

三柳　風刺については一概に言えないけれど、東京の一般句会では、いまだに穿ちが中心になっているね。これは将来とも代わりそうにない。機知的な句が、選者にも聞いてる者にもよろこばれる。悪く言えば「膝ポン」の延長に安住している。

孤舟　うん。

三柳　句会吟はいくらでも作るけど、雑詠・創作を作りたがらないし、読もうともしないのが、関東の伝統のようになっている。藤島茶六さんなどは、関東というより東京作家の典型だったと思う。句会ではまず達人の一人だったが、句集を作る際に、創作がほとんど無かった。昭和初年の主宰誌「すゞめ」の同人吟ぐらいのものだった。

孤舟　句会吟、とくに伝統派の句会吟は、繰り返しになるでしょう。昔から。それが川柳に入って間のない人ならともかく、何十年もやっているベテランまでが――。

三柳　繰り返しは、個々の作家の中でと、全体の中でと二重になって、さらなる繰り返しになる。これも名人といわれた河柳雨吉さんの晩年は、もちろん句会でのことだがほとんど自分の句の焼き直しばかりだった。また、全体としては、どこの句会へ出ても、同じようなことを、同じようにいった句が、飽きもせず繰り返される。これには、うんざりするね。

尚美　永い間やってればやってるほど、繰り返しが多くなる、伝統川柳はね。さっきの選者定年説じゃないけど、もう繰り返ししかできなくなったら、作家として考える必要がありそうだね。やめろとは言わないけれど。

孤舟　やめろなんて言ったら、大変なことになりますよ（笑）。

尚美　それはジョークにしてもね、川柳を改革するためには、作者各自がそのくらいの気構えを待たないとね。いまのままじゃ、川柳はだめになっていくばかりですよ。作家に自覚がないかぎり、指導者や選者をいくら責めても、どうしようもない。

三柳　いまは、あり得ないと断定できるようなことがなくなった。宗教と称して毒ガスで大量殺人が行われたり、われわれの在来的な想像力をはるかに超えたところに、まぎれもない現実がある。時代がこれほど変わっているのに川柳には、その変化が反映されない。ありきたりの決まりきったことしか句には現れない。上五を聞けば、すべて分かってしまうような予定調和の集積で、出てくるのは類型と画一化、社会との連帯など初めから頭の中にない。これではどんどん時代からも歴史からも取り残されてしまう。そんな川柳の現状に、どんなレーゾンデートルを求めたらいいのだろう。

孤舟　この課題には、こんな言葉しかないのかというような既成の用語を繰り返している。

三柳　ものの見方から考え方まで、同じ鋳型をいつまでも使っている。この鋳型を捨てなければ、川柳は新しくならない。

孤舟　伝統の鋳型には、牢固としたものがある。

三柳　このことは、必ずしも伝統的な川柳ばかりではありません。たとえは、「Z賞」は一作家三〇章ずつ百数十点、「風のまち」川柳大会は毎年数千句、この両方に目を通していると、やはり同じことを感じるんだね。Z賞などは比較的新しい傾向の作品が集まるんだが、流行語というか、用語の類型がかなり見られる。ことに「〜するわたし」「〜となるわたし」などという、甘ったれたような口調が頻繁に出てくると、どうしてという気分にさせられる。また「風」のほうでは、年を追って取り合わせに類型化が日立つようになっている。風と母、風と父、風と海……それらがほとんど観念の産物だということなんですよ。

孤舟　そういう固定観念や既成概念を、こわしていく努力がなければね。

尚美　そういう志を持っている人と、そうでない人の句が、たまたま同じように見えても、そのプロセスが違う。句会吟だとそれが判別できないから、同じものとして処理されてしまうことが多い。
三柳　句会からはオリジナルなものや、作者の個性は出て来にくい。せいぜいが思いつきの域を出ない。
孤舟　といって、繰り返しじゃ困る。これを突き詰めていくと、また選者制度の蒸し返しになるけど、句会の選句時間がいかにも短いから、句の深いところまでは目が届かない。繰り返しは選者にとっても無難ということになる。

過去が参考にならない時代

三柳　初代川柳の三三年間にわたる選句でも、後半は繰り返しになって、ユニークさが影を潜めていく。これも狂句化への一つの原因になっている。狂句もまた常套化して明治にいたる。明治の新川柳がたちまち既成化する。それから幾つかの新しい運動が興るが、それがまたパターン化して今があるわけだけど、もう五体揃ってしまった川柳が、新しさを求めるとすれば、何があるか。実は、この間、青森で、「現代川柳にとって『新』とは何か」というテーマでしゃべったんだけど、結局は問題提起におわってしまった。安直なことは言えないからね。
孤舟　言えない。
三柳　時代は、どんどん進んでいる。過去というものが何の参考にもならない。まったく初めての時代と対面しているわけだから、いままでそうだったからという物の考え方が通用しなくなった。川柳の内容だけが繰り返しでいいなんてことはないはずですよ。

尚美 だけど川柳がね、五・七・五の十七音という形式でいるかぎり、そう新しい発想を付加価値として取り組むというのは、むずかしい気がする。

三柳 むずかしくても、何かをやらなくちゃ。

孤舟 むずかしいねえ。

三柳 形式が限られている、言葉だって無限ではない。だからこそ、発想に新しさを求めなければならない。もうすでに誰かが食べて、それが食べられることも味も分かっている物を食べるんじゃなくて、食べられるか食べられないか分からない物を食べてみなければ、新しい食べ物は開発できないでしょう。川柳も同じだと思う。

尚美 それは分かってるんだね、理屈としては。

三柳 内容は繰り返しなのに、外見だけを新しいかに見せかける時代が、このところ続いている。その分だけ、レトリックは、物凄く進歩している。

孤舟 それだけ句が難しくなっている。

三柳 レトリックだって新しいものは、慣れていないだけ分かりにくい印象を与える。しかし、それだけじゃ駄目なんだ。レトリックだけがいくら新しくても、内容が繰り返しだったら、アクセサリーを取り替えたという程度で、川柳そのものが新しくなったとは言えない。

尚美　みんな、言い換えに熱を入れているのは分かる。

孤舟　何か自分をゴマ化しているように感じることもある。表現されたものが、本当に作者から出たものかどうか疑わしくなることもある。

三柳　それは、レトリックだけで物事を解決しようとするからですよ。見かけだけ変えても、川柳の本体は少しも新しくはならない。いま、新しい作家たちが試みているのは、撞着語法いわゆる取り合わせのミスマッチだけれど、これは一回性のものでなければならない。誰かが真似をした瞬間に、それはすでに常套になる。しかも、本体そのものが新しくないのだから、どんどんステレオタイプ化していく。これでは、どうしようもない。

孤舟　でも、表現だけでも新しくしようという意欲があれば、まだいいんですけどね。

尚美　伝統川柳には、変わっちゃいけないという頑固な思い込みがあるんだね。おなじことを繰り返すことが伝統だと考えている。

孤舟　意欲があっても、つぶされちゃう。

三柳　その意欲をつぶす仕掛けが、何度も言うように句会システムなんだよね。句会は、地均しの屈強の場だと私は考えている。

尚美　句会では、思いきった冒険はできない。やってもみんな没になっちゃうから。

三柳　しかし、富二などは、句会でも絶えず新しい可能性を求めていた。しかも、それがすぐ模倣されて古くなるから、さらに前へ進まなければならない。本当の革新作家には、安住の時はないんだね。

尚美　いまは、自分の思いを言葉に置き換えるのに、言葉をどうするかということだけが目的になってしまった。

三柳　と同時に、言葉が自分からどんどん離れていく。言葉が細工物のようになっていく。これも、句会がもたらす害悪だろう。

尚美　言葉の先行というのは、伝統にも革新にも共通の現象だね。

三柳　映像芸術でも、昔は筋があって、それを映像化したのが、現在は、映像がまずあって、筋があとからついていくのが新しい。コマーシャルなどにも、その手のものが現れている。だが、そういうものとも違うんだね。

尚美　ともかく何かしなければ、川柳は痩せていくばかりでしょう。そういう意味で、外側の川柳、とくに時事川柳に期待がもてると僕は思ってるんだ。技術的にも、もっともっと進んでいくだろうし、ずうっと広がっていくんではないかと。

孤舟　ご本家の方は、五体揃ってしまって、身動きがつかなくなっているから。

三柳　五体揃っているところへ、時事性という性格が加わる。しかも、時事性は日に日に流動的で、繰り返しにならない。常に時代と連動していく、これが存在感を失わない強みなんだね。

尚美　俳句にとっては大きなお世話かも知れないが、そういう点で、俳句よりも川柳の方が救いがある。

三柳　孫俳句で、俳句人口だけは増えていく。ジャーナリズムの選をしているある川柳家は、「孫はかわいい」という川柳は一切採らないと宣言した。これも繰り返しを否定する見識のひとつだと思う。

孤舟　私は自分に孫もいるけど、孫の句を作ったことはない。どうしても、妥協した気分になるんです。といって、殺したり、蹴飛ばすわけにもいかないしね。

三柳　川柳では、殺しても蹴飛ばしてもいいんですよ。孤舟さんが殺されてもいい。（笑）寝顔を見ながら、「可愛いなんて感じるより、「この孫が私を殺すかもしれぬ」と感じるのが川柳家ですよ。

孤舟　それはおもしろいけど、そんな句つくると、隔離されたり、座敷牢に入れられたり……。（笑）

尚美　句会へ類題句集持ってきて句をつくるような連中にくらべたら、名誉の座敷牢だね。（笑）

三柳　句会へ類題句集をねえ。こりゃ救いようがないねえ。またしても、句会の害毒だ。

孤舟　といって、句会をなくせるかというと、一朝一夕にはいかない。各自の自覚に待つよりないでしょう。

三柳　やっぱり意識の問題だね。

孤舟　それを持ってもらわなくては、川柳なんて変わりようがない。それには、先に立つ人、指導的な地位にある人が、まずしっかりした認識を持たなければ。
尚美　そうだよね。個々の作家はもちろん、それ以上に指導者には勉強をしてもらわなければ。
三柳　他人事のように言ってもらっては困るね。そんな言い方をしたって、自分たちが指導者であることからは逃げられないよ。
孤舟　一部指導者はね、川柳とはこういうもんだ、これは川柳ではないなんて、極め付けることだけが指導だと考えている。
三柳　それは指導者じゃない。ただ偏狭な個人的意見を押しつけているだけだ。
尚美　それじゃ、前には進めなくなっちゃうよね。そんな次元でがちゃがちゃやってるから、いつになっても川柳が前へ進めないばかりか、痩せていくばっかり。
三柳　自分だけの意見に固執して、何の勉強もしない連中は、何十年川柳をやっているからって、指導者とは言えない。川柳を後退させるようなそういう病根を一掃しなければ、川柳に明日はない。しかし、昔のように赤旗を振り回すわけにもいかないしね。
孤舟　同じ革命でも、意識革命。
三柳　そう、絶えざる意識改革だね。これを根気よく続けることが最善の方法だと思う。
尚美　ぼくも賛成だ。
孤舟　前へ前へ。私も常にそれを考えています。

三柳　最後のテーマは、この席で結論が出せるような問題ではなかったか、何となく結論めいたものが出たところで締めくくりましょう。
長時間、ありがとうございました。

【録音・清記係より】

お疲れ様でございました。この鼎談を五回にわたり連載する間に、ちょうど一年、ふたたび猛暑の季節になりました。

ここに活字化したのは全体のおよそ三分の二、そのほかに休憩中の雑談が、漏らすのに惜しい内容だったり、オフレコの部分があったり、量的にはもう一回分はゆうにありましたことをお知らせしておきます。

それにしても、テープおこしをする過程で、意味が理解できなかったり、固有名詞がわからなかったり、川柳全体に対する私どもの勉強の足りなさを痛感させられました。しかし、こんな機会にめぐり合えることは滅多になく、その意味では、ご指名いただいた私どもは、この上ない幸運だったと感謝しております。

また、ご好評のお便りが編集部宛てに届くたびに、喜びを新たにしてまいりました。

最後までお読みいただいた読者のみなさまには心からの御礼を申し上げます。

ありがとうございました。


〔「川柳公論」１１７号～１２１号（一九九六・一～九）〕

大石鶴子―尾藤三柳・対談

はだかの目

――新川柳一〇〇年

新川柳が興って間もなく一〇〇年。その明治改革運動から昭和前期の新興川柳にいたる先頭に立ちつづけた井上剣花坊・信子夫妻を父母に持つ大石鶴子さんが、内側から見た新川柳の経緯と、それに関わった人々の思い出をつぶさに語る。もう一つの近代川柳史。

「大石鶴子って誰だ?」

尾藤三柳　本日はお越しいただきまして、ありがとうございました。お元気そうですね。

大石鶴子　ええ、おかげさまで。老化現象以外は、病気の方はほとんど。

大石鶴子　井上剣花坊次女。明治四〇年六日二〇日、東京生れ。昭和三〇年代から父母の道を継ぎ、柳樽寺川柳会主宰。老齢なお談論、文筆、作句に衰えを見せず。旧日本川柳協会主催の第一回全日本大会（昭和52、東京）の大賞作家。

三柳　お顔の色もよろしいし。六月で米寿になられる。

鶴子　満八八になります。

三柳　明治四〇年のお生まれですね。

鶴子　近頃は百歳の方も多いですから…。

三柳　川柳のためにも、ぜひとも長生きをしていただかなければ。はじめてお目にかかったのは、二〇年ほど前の第一回全日本川柳大会で大賞を取られた折でしたね。野口英世会館の控え室で。あれは、昭和五二年でした。

鶴子　あの頃は、投句するということも、そう重く考えておりませんで、軽い気持ちで出しました。

三柳　大石鶴子として川柳をお始めになったのは、たしか昭和三〇年代でしたね。第一回の川柳大賞というのは、現在とは違った意味で価値が高いと思います。あの時は、日本川柳協会加盟の三百社近い吟社の主宰者による全句の互選だったんです。

鶴子　そうでしたか。

三柳　ですから、その集計も大変でした。東京の吟社代表に集まっていただき、まる一日。その採点表にどんどん点を重ねていったのが、鶴子さんの、

転がったとこに住みつく石一つ　（課題「一」）

でした。それが、最終的にトップと決まった時、当時の幹事を含めた日川協の人たちは、その作者の名前を知らなかったんです。で、「それ、誰だい？」って。

鶴子　あの時の幹事は、どなたでしたか。

三柳　東京の代表は藤島茶六さんでした。

鶴子　あ、茶六さん。

三柳　川柳を六〇年もやっている茶六さ

全日本川柳大会表彰式　垂れ紙に「転がった」の句、右端に楯が見える。

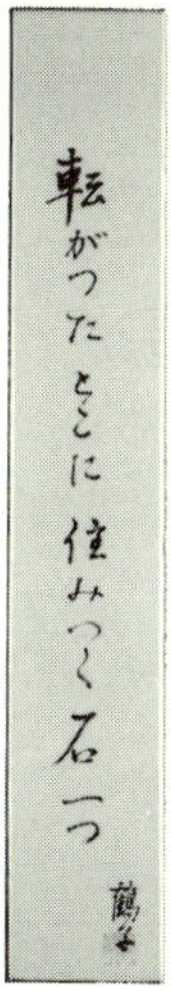

んが、知らなかったのにはおどろきましたが、考えてみると、柳樽寺川柳会は、大正末の新興川柳以後、永いあいだ一般川柳界と交流を絶っていたんですね。

剣花坊自身、ごめんなさい、歴史的人物ですから敬称なしで失礼します。自分の方から既成川柳界は相手にせず、という姿勢をとったのが、大正一四年春の「革新宣言」で、その衣鉢が第二次大戦以後まで引き継がれて…。

鶴子　その頃のことはよく分かりませんが、日常茶飯みたいな句を嫌いましてね、革新、革新なんていって。それでかえって孤立するような形になったんじゃ。

三柳　明治以来、両腕といわれた近藤飴ン坊、高木角恋坊をはじめ古い同志や門下が去っていった。剣花坊の通夜に、信子夫人が詠んだ「一人去り二人去り仏とふたり」は、ただ通夜の客だけを詠んだものとは思えません。

「神田」生まれの「芝」育ち

三柳　ま、そうした歴史的なことについてはおいおいお訊きするとして、その前にまず、鶴子さんご自身のことについてお伺いしたいと思います。

お生まれになったのは、柳樽寺川柳会の発祥地、東京市神田区南甲賀町八番地（現・文京区駿河台）ですね。

鶴子　いやあ、私はよく知らないんです。父もあんまり、私の生まれた時代のことはね、話しませんでしたから。神田で生まれて、そして翌年あたりにもう芝の方へ越したんじゃないでしょうか。

三柳　それは、高輪の東禅寺横ですね。

鶴子　姉なんかは、その前に本郷におりまして、そこで生まれたんですけれどね。

三柳　柳樽寺の発足は明治三七年ですが、では、本郷から南甲賀町へ移られたのは、いつごろでしょうか。

鶴子　さあ、そのへんがどうも。

三柳　南甲賀町（駿河台）から坂を下り切った今の靖国通りに、剣花坊が勤めていた日本新聞社がありました。当時は神田雉子町、現在の小川町のうちです。

鶴子　そうですか。

三柳　その新聞《日本》に「新題柳樽」という川柳欄をひらいたのが明治三六年七月三日。これが定着して「新川柳」のメッカとなった、ということですが、これはまだお生まれになる前のことですね。

鶴子　それに、私は不勉強で…。

三柳　このころ、《やまと新聞》の川柳選者だった市村駄六の句に、「駿河台教会一つ寺一つ」というのがあります。寺はもちろん柳樽寺、協会はニコライ堂です。いずれにせよ、南甲賀町八番地は、日本の川柳史上の重要な地名だから、川柳家は忘れてはいけないと、角恋坊が書いていますが、鶴子さんはそこで生まれて、物心つかないうちに芝・高輪の？

鶴子　東禅寺は下の、山下ですね。そこへ落ち着く前に、山の上のちょっとした小さい家に入ったようです。それから、東禅寺の方へ。

三柳　ここで、明治の「川柳」を継ぐ「大正川柳」が創刊されたわけですね。柳樽寺は、各時代を画する呼び方がされますが、この時代が「駿河台時代」に次ぐ…

鶴子　ええ。「下高輪時代」です。

高輪移転の隠れた理由

三柳　神田から芝へ移ったのは、まだ明治といっていた時代ですが、何か理由があったんでしょうか。

鶴子　ええ。これはちょっと、お話ししていいかどうかと思うんですけど、長兄の麟二が神田におりましたでしょう。それで、そこの、古い学校があったでしょう。あの、錦という字がつく…。

三柳　錦城？　錦城中学？

鶴子　ええ、その錦城へ通っておりましたんですが、土地柄が、あそこは繁華ですからね、ちょっと不良がかってきたんです。そんなものですから、両親がとても心配しましてね、こんな賑やかな場所にいたんでは子供によくないって考えたんでしょうね、それが芝の高輪に引っ越した大きな原因だと思います。

三柳　鶴子さんご自身は五歳ぐらいだったわけですね。

鶴子　それで、小学校二年ぐらいの時に、こんどは同じ芝の二本榎へ移ったんです。

三柳　二本榎西町。大正五年ですね。この時代がいわゆる「二本榎時代」。雉子郎の吉川英治が訪ねて来たというのは、もう少し前ですね。

鶴子　新聞《日本》へ投句をなさっていてね。

三柳　「浅草雉子郎」というのがあまりよく抜ける（入選する）ので、剣花坊が「雉子郎ってのはどんな男か、お前見てこい」といって電車賃まで持たせて、花又花酔を使いにやった、ということを花酔自身が書いているんですが、そんなことについては？

鶴子　知りません。まだ子供ですから。

三柳　というのはですね、吉川英治が自分で書いた年表を見ますと、剣花坊自身が浅草へ自分を訪ねてきたというんです。花酔の書いたものと矛盾するんですね。

鶴子　剣花坊の性格から考えても、自分が訪ねたというのは、ちょっとあやしいですね。

三柳　花酔の書いたものには、訪ねた長屋の様子から自分や雉子郎の着衣、瓢箪池へ映る浅草の灯を眺めながらのやりとりまで書いてある。雉子郎はそのころ、弟の糟庵さんと住み込みで会津塗の徒弟をしていたんですね。

鶴子　三筋町というのは何かで読んだ記憶があります。

三柳　浅草区三筋町。大盛館という映画館があったすぐそばです。今は、小島町に編入されているかも。雉子郎については、あとで思い出していただきます。

剣花坊と新聞《日本》

三柳　剣花坊と日本新聞社との関係は、大正三年の社屋の全焼まで続いていたんですね。

鶴子　渡邊尺蠖さんの「剣花坊伝」によりますと、明治四二年まで日本新聞社におり、その後客員となって角力と川柳を担当するようになったとありますが、火災との関係は知りません。

新聞社へは、私も腰巾着で一、二回連れていかれたことがあります。なんか板張りの上を歩いた覚えがあります。あの新聞社が焼けたんですか。

三柳　大正三年の一二月、暮れも押し迫ってから全焼したんですね。そのころ、《日本》には、剣花坊、角恋坊、それに《読売新聞》の「新川柳」と「へなぶり」の選者だった田能村朴山人がいたことは、同社にいた元柳樽寺の長谷坊こと長谷川蝶二が記しています。

鶴子　もうそのころには、勤めをやめていたんじゃないでしょうか。大正元年頃には。

三柳　小池蛇太郎の「略年譜」（井上信子著『井上剣花坊句集』＝昭和10＝所載）に

は、大正四年の項に「新聞社を辞して漸く閑を得」とあります。しかし、他の年次の解説から推して、あまり信は置けませんが。

鶴子　昭和五年四月一日発行の「川柳人」二一〇号の「川柳百七十年史」に剣花坊自身が書いている年譜にも明治四二年九月に日本新聞社を退いて、客員になったとあります。なにか、毎日勤めに出ていたというような姿を見たことはないんですよ。和服ばかりで、洋服を着たというのも一度も見ていませんし。

三柳　非常勤の客員といっても、担当欄があるかぎり新聞社とは関係があったわけです。もちろん出退社の時間などは自由ですが。その日本新聞社が大正三年の暮れに焼けて、翌年から《中央新聞》に移って、ここにも川柳欄を設けました。

ですから、「上高輪時代」までは、新聞社と何らかの関係を持っていたと私は考えています。

鶴子　それは知りませんでした。

「二本榎時代」の剣花坊

三柳　で、次が「二本榎時代」ですね。この時代に、お母様の信子さんが川柳を始められた。

鶴子　そうですね。

対談中の鶴子氏と三柳

三柳　ここでの数年間は、どんな様子でしたか。

鶴子　二本榎ね。この時代が剣花坊にとっていちばんいい時代だったかもしれません。賑やかな時代でしたね。

三柳　いろんな人の記憶の中に、二本榎が残っているようです。今はみな亡くなりましたが。柳樽寺の句会はご自宅でやられていたんですね。

鶴子　ええ。下高輪でも二本榎でもやったのを覚えております。ことに、七月三日なんか記念日とかいって、いろいろ余興をやったりして。

三柳　七月三日は、明治三六年、新聞《日本》に、「新題柳樽」が誕生した日ですね。

鶴子　庭にホタルを放して、子供たちもお友達と一緒にホタル狩りをしたり…。

三柳　大正九年には、同じ芝の愛宕下に移って、以後が「愛宕下時代」ですが、このころは数えで一四歳になっていらしたわけですね。

鶴子　愛宕下は、もう女学校へ行くころで。

三柳　それでは、句会に集まった人々の顔なども？

鶴子　そのころはまだ川柳のことなど頭にありませんでした。ただ、句会の日はたいていお手伝いで、おせんべいやらミカンやらを皿盛りにして、あっちこっちへ配ったりして…。

三柳　昔の句会というのは、たいてい二階で？

鶴子　二階があったのは下高輪の家だけで、二本榎には二階がなかったもので。

三柳　階下にいても、剣花坊の声だけが二階から聞こえてくると書いてある文章があったもので。剣花坊という人は、たいへん声が大きかったといわれますが？

鶴子　大きい声でした。

三柳　句会で近所まで来ると、もう先生の声が聞こえてくるとか、破れ鐘のようだったとか、柳樽寺の古い人びとから聞いたことがあります。

鶴子　ほんとに今だったら、あの披講の声でも録音しといたらと思うんですのにね。

剣花坊・信子結婚秘話

三柳　この愛宕下で『柳多留』の研究をして、のちに古川柳の著書も書いておられますが、どちらかというと剣花坊は進取の気性というか、新しもの好きではなかったのではないですか、お嬢さんから見た父親像は？

鶴子　やっぱりそうかも知れませんね。山口県のね、《鳳陽新聞》に勤めていたころ、高等学校の学生がストライキをやった時、そっちに味方して新聞に書き立てたり、ものすごく反抗精神、というか体制嫌いっていうかそういうところを若いころから持っていましたね。
三柳　書生趣味なんていっている人もいますが、ものの考えに若さを失わなかったんですね。
鶴子　それはね、私思うのには、高杉晋作や吉田松陰が影響していると思います。剣花坊は、ああいう人たちをとても尊敬してましたから。
三柳　郷土の先賢ですね。かれらは時代の先が見えた新しい考えの人たちですからね。ところで、お母様のことについては、さまざまな逸話がございますが、信子さんは、剣花坊よりたしか一つ歳上でしたね。
鶴子　そうです。
三柳　その結婚前後のことについては聞いておられるでしょう。お洩らしいただけませんか。
鶴子　それは、私があとで信子から聞いたことを「川柳人」に書きました。信子は、最初の結婚をしましたが、その後婚家を出て赤十字の看護婦になりました。そのころ、剣花坊は山口の《鳳陽新聞》の記者でしたが、前妻が三人の男の子を残して死んだあと、親戚だった信子が見るに見かねて家事の手伝いに行ってました。剣花坊の母はまだ健在でしたが、何しろ子供が大勢いて、家庭内は手の付けられない状態でした。それで、信子に来てくれということになったのですが、これは剣花坊の方が熱心でした。

三柳　当時、信子さんは三〇歳、剣花坊が二九歳ですね。そうですか。剣花坊の方が積極的で…。

鶴子　ええ。信子はそう望まなかったのを、ぜひ来てくれって。だから、やはり信子には頭が上がらないところがあって…。

三柳　それが、明治三三年。すると、信子さんは日清戦争の従軍看護婦だったわけですね。

鶴子　そうです。日露戦争にも行きました。

三柳　『井上剣花坊句集』に、信子さんは、私は何も剣花坊を助けていない。内助の功、内助の功などと皆さんがおっしゃるけれど、私は剣花坊のために何一つしていない、と、こういうことを淡々と言えるのがすごい。

私の川柳は父への償い

三柳　愛宕下で関東大震災に遭われて、大正一三年に杉並区の高円寺に移られたわけですね。

鶴子　この家へ越したのは、雉子郎（吉川英治）さんの手引きでした。

三柳　あっ、そうでしたか。
鶴子　信子がね、いま高円寺にはあっちこっちで新築家屋がにょきにょき建っているから、こっちへ来られたらどうですかと雉子郎さんから聞いて、私も信子について高円寺にいきましが、そのころはまだ麦畑ですか、そこらじゅう畑だらけ。雉子郎さんのお住まいもその畑の中の、それこそ三間ぐらいの小さいお家でした。それで弟さんの晋さんが案内してくれて、あっちこっち探しました。その結果、高円寺千番地というところに。

剣花坊と幼い鶴子さん

三柳　その時、雉子郎はまだ独りだったんですか。
鶴子　いえ、もう奥さんがいらっしゃいましたね。前の奥さんが。
三柳　それで、弟さんも?
鶴子　ええ。晋さんは私と齢がほとんど同じぐらいで。
三柳　高円寺に移られた頃、鶴子さんは一七、八歳?　まだ、川柳に関わっていられなかったのですね。
鶴子　川柳をやろうと思ったのは、学校を終えてからですから…。昭和三年ぐらいじやないでしょうか。
三柳　二一、二歳になってからですね。この頃は実践女学校へ通学しておられた。で、専門部というのは？
鶴子　普通の女学校は五年（旧制）ありますね。その上に三年。いまの短大みたいなものです。
三柳　短大ですね。それで専門というのは？
鶴子　ほんとにもう、こればっかりは剣花坊に済まないっていう思いがね、ずうっと付いて回るんですよ。剣花坊は、ちょっと誇大妄想っていうのかしら、私に希望をかけてね、鶴子は文学者になれ、文学者になれって、こういうんです。
三柳　お父さんとすれば、それはそうでしょう。それで、文学を専門に…。
鶴子　私は、それをいわれるたびに、もう肩の荷が重くなってしまって、いやだなぁと思い続けてたんです。だから、あんまり真剣になって勉強もしないで…。なんだか、父が苦しい中から出してくれた学費を無駄にしたようなもんだと思って。
三柳　いやあ、そんなことはないでしょう。
鶴子　いま、一生懸命で川柳やってるのも、その不孝をいくらかでも償えたらと思う気持ちもあるんです。

新興川柳の幕開き

三柳　この高円寺時代ですね、島田雅楽王の「沈鐘会」ができたのは。

鶴子　そうですね。沈鐘会。

三柳　新しい川柳のひとつの出発点ですね。信子さんも三笠しづ子さんもメンバーでしたね。地味だけど、ユニークな研究会。これについては、またあとで触れるとして、高円寺には一年しかおられなかったのですね。

鶴子　高円寺のね、その千番地の家は、二階家でしたけど、句会なんかできるような状態じゃないんですね。そんなもんですから、もっと奥の方を探しまして…。

三柳　馬橋ヶ原へ移られた。

鶴子　そうです。この馬橋の家はね、八畳、六畳ですか、二間続きでね、川柳会もできるというので、喜んでおりました。

三柳　馬橋ヶ原ご転居は、大正一四年ですね。この年は、剣花坊がはじめて革新の旗幟を明らかにした画期的な年なんですね。

鶴子　あっ、そうですか。

三柳　この年の春、法政大学川柳会の席上で、自分の川柳は革新を目指すものであることを宣言、これは一方で、一般川柳に絶縁状を突きつけたことにもなります。

鶴子　あの頃はまあ、なにか皆さん、評論好きでしたね、当時の「川柳人」を読みますとね。

三柳　北海道の田中五呂八が新興川柳を唱えたのが大正一二年ですから、やや立ち遅れた観がありますが、その間には、他の人々とは違った心の葛藤があったと思います。中興の祖といわれ、そのままでも大御所の地位にある人が、何をいまさらという思いは、周囲の誰もが抱いたと思うし、ご自分ではそれ以上に悩んだのではないか。結局は、明治以来の同志や弟子たちを切り捨てることになるわけですから。

関東大震災とその前後

三柳　ちょっと前に戻りますが、大正一〇年一一月に、柳樽寺川柳会では創立十周年の全国大会を開催していますが、その二年後の一二年九月に、関東大震災で愛宕下のお宅が焼けて…。

鶴子　関東の大震災については、剣花坊の記録があります。そのコピーがたまたま見つかりましたので、震災についてお尋ねになる田辺聖子さんにお送りしました。それが『中央公論』に…。

三柳　皆さん、逃げたんですね。

鶴子　ほんとにもう、いま思うと、おかしな格好で。

三柳　笑いごとじゃない。

鶴子　逃げる時は、三方にずうっと火の手が上がってて、夕方になると、それがだんだん近づいてくるんですね。芝公園まで逃げたんですけど、家までは焼けるとは思わず、朝になったら帰ろうといっていたところ、夜が明けたら、もう一面の焼け野原でした。
三柳　それでも「大正川柳」は継続されていたんですね、一号も欠かさずに。
鶴子　剣花坊が白河（福島県）の大谷五花村さんに相談して、五花村さんの肩入れで、少し遅れましたが、大正一二年一〇月号を「震災記念号」として出しました。
三柳　そこで、さきほどの高円寺へ移られたわけですが、この年、剣花坊は阪井久良伎を訪ねていますね。
鶴子　あっ、そうですか。それは知らないです。
三柳　六月一五日です。転居の挨拶だったのかもしれませんか、九段の久良伎の邸は被災を免れたのですね。おもしろいのは、この時、両大家が両吟の「連句」をやっていることです。このことは、別の著書にも書きましたが、あれほど不仲を言われた二人がですね。
鶴子　仲が悪いといっても、あれはやっぱり川柳の上のことで。考えが違うから、ペンの争いは烈しくても、

柳樽寺の機関誌「大正川柳」

人間の本質的な部分では、さほど仲が悪いといったことではないと思います。

三柳　周りがそういう図式をつくり上げてしまったのかも知れませんね。もっとも、新川柳初期の明治三七年に、最初に会見した時も、宮崎水日亭の案内で、剣花坊のほうから訪問しています。剣花坊という人は、謙虚な性格だったんですか。

鶴子　それは、ちょっと違いますね。鼻っ張りが強いといった方が適当です。何しろもう、怖めず臆せず行動的な人ですから。

三柳　久良伎も面と向かっては大人でしょうが、この三七年の初対面の時は、『川柳久良岐点』（明治三七年一二月刊）がすでに印刷過程にあったのです。その内容には、名指しこそしないが、剣花坊批判が随所に出てきます。この本を読むと、初期の両者の関係がよくわかります。

鶴子　うちには久良伎さんの本は一冊もないので、私は今でも知らない。

家庭の剣花坊と妻・娘

三柳　昭和の初めに実践女学校を卒業されたわけですが、それ以後も、お父様とご一緒だったわけですね。

鶴子　今なら、学校を卒業すればすぐ就職でしょうが、その頃は女の就職ということは殆どなかったから。

三柳　普通の家庭では、女性は結婚までうちにいるのが一般的でしたからね。
鶴子　勤めもそうですが、信子ももう、子供達はみんな独立して、私だけですからね、結婚なんかさせるのもむしろ厭だったらしいんですよ。
三柳　なるほど。
鶴子　それだもんですから、こっちも呑気に構えて。

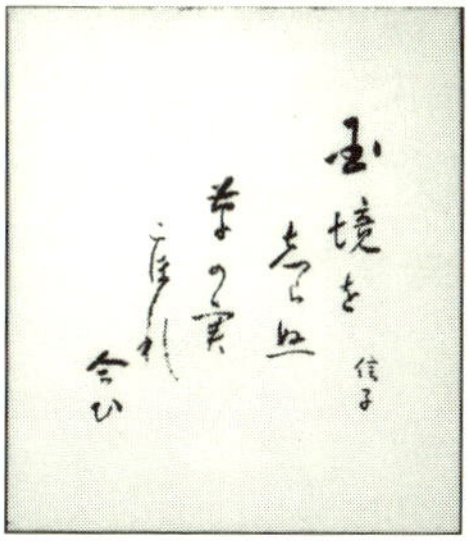

三柳　お父様にも可愛がられて。
鶴子　はい。父から怒られること、ほとんどなかったと思いますね。鼻っ柱は強いんですけどねえ。
三柳　怒るというのは、たとえばどんな場合に？
鶴子　もう何ていうか、机の周りなんか紙くずの山でしょう。でも、それを片付けたりすると、ものすごく怒るんですよ。
三柳　それは、私にもわかりますね。
鶴子　一度、こんなことがありました。信子が、ちょっと旅に出ている間のことでした。明治三年生まれの立派なかたがたで作った「明三会」というのがありましてね。剣花坊もその会員だったんです。で、その時は何か特別の会合だったらしく、紋付きを着ていくべきだったのを、信子が居ないもんだから、私が出したいつもの着物で出席したんですね。帰ってきてから、

私にはいわないけれど、信子に、この間はみんな紋付き着ているのに儂だけが平服だった、といって…。（笑）

三柳　なるほど、なるほど。そうですか。やっぱり奥さんがそばに居ないと、駄目なんですね。

鶴子　自分じゃなんにもできません。（笑）家庭人としては、いま考えても懐かしい人ですね、ほんとに。信子の妹が、いつもしみじみと、兄様はいい方だったって言っていました。

三柳　剣花坊の声の大きさは有名ですが、家庭で家族に対してはどうだったのですか。

鶴子　ええ、やっぱり呼ぶ時はね、大きな声でした。

三柳　家族に、川柳の話などは？

鶴子　川柳の話は、あまり聞いたことがありません。姉がお嫁に行ってから、親子三人で食事をする時など、歴史の話をするのが好きでしてね。また、文学の話では源実朝の歌が好きで、こんな歌があるなんて…。

三柳　川柳は出てこない？

鶴子　歴史上の人物はよく出てきて、足利尊氏は決して悪い人間じゃないなんて、当時の歴史的な常識とは違ったことも、よく言っていました。

三柳　歴史観が的確ですね。

鶴子　まったく、いま、あんな人がいたら、いったいどうやって生きていったでしょうね。およそそういう才覚のなかった人ですから。

三柳　《日本》や《中央新聞》を辞したあとは、もう全然職には就かれなかったわけですね。

鶴子　そうですよ。いま考えると、あの時分よく食べられたと思いますね。

三柳　書き物だけで生活を維持するのは大変だったでしょうね。

鶴子　地方新聞の選があっちこっち、ずいぶん来ていたのは覚えています。それに、講談社がとてもバックアップしてくれていたようですがね。

三柳　身につまされる思いがします。

鶴子　だから、信子が大変だったろうと思うんです。私たちには、そんなこと微塵も知らせないでね。だからわたしなど、ちっとも知らないで…。

男兄弟の剣花坊観

三柳　剣花坊も信子夫人も再婚で、お子さんが三男二女。剣花坊には前夫人との間にすでに三人の男の子が居たわけですね。

鶴子　信子と再婚して生まれたのが、姉と私の姉妹です。私たち兄妹の名前と、その由来をご存じですか。

三柳　ぜひ、教えてください。

鶴子　長兄が麟次、麒麟の麟です。次兄が鳳吉、鳳凰の鳳で、三番目が亀三、そして姉が龍子、龍ですね。これは漢語の「麟鳳亀龍」からとったもので、五番目の私だけが余計物なんです。

三柳　「鶴」はしかし、すぐ前の「亀」に照応します。

鶴子　漢学が好きでしたからね、剣花坊は。

三柳　漢学の素養が深いということは、書いているものでもわかります。一方、久良伎は平田篤胤系の国学ですからね。これも、いい対照です。

鶴子　当時の漢学塾は、今の英語塾みたいなものですね。剣花坊は、一六くらいで代用教員になったようですが、一六歳なんていったら、子供ですものね現在なら。

三柳　小学校ですね、代用教員は。

鶴子　はじめは近くのね、木間小学校というところ。林えり子さんの三太郎評伝（『三田文学』連載）には、「本間」となっていましたが…。

三柳　誤植だと思いますが、折があったら伝えておきます。

鶴子　それに、私のことを「長女」と…。

三柳　それは、私も気がつきませんでした。単行本にする前に知らせておかなくては。ところで、男の兄弟で印象に残っていらっしゃるのはどなたですか。

鶴子　やっぱり二番目の兄がね、いちばん世話をしてくれましたから、金銭的にはね。剣花坊がいいかげんな川柳だけで食べてますからね。私の嫁入りの時も。

三柳　川柳といっても、世間の認識が薄い時代ですからね、大変だったでしょう。

鶴子　私が入学試験の時、父の職業を聞かれて、川柳をやってますと答えたら、川柳って何だっていうんですね。かわやなぎと書くんですといったら、ますます分かんなくなって…（笑）

三柳　戦前までは、玉露の銘柄と間違えていた人が、冗談でなく沢山いましたからね。ところで、話を戻しますが、次兄の鳳吉さんのお話はいま伺いましたが、長兄の麟次さんは、剣花坊が川柳をやっていることを、喜んでいなかったようですね。

鶴子　それは次兄も同じでした。

三柳　麟次さんは『井上剣花坊句集』に、親父の仕事は死ぬまで軽蔑していた、と書いておられる。

鶴子　あれは、困りますよね。長兄は詩ごころが豊かで、大連におりましたが、ずいぶん活躍してたようです。引き揚げてきてからも、自分はどうしても川柳には入れないといって、広島で詩の本を出していました。

三柳　それででしたか、親父は詩人であるべきだったのに、くだらない連中のなかにどっぷりとアグラをかいてしまった、なんてあるのは、最初アイロニーかと思いました。本気にそう思われていたんですね。

鶴子　次兄は次兄で、やっぱり川柳が肌に合わないんでしょうかね、亡くなるとき私に「お前一人で大変だから、もう川柳をやめたらどうだ」と言い残して逝ったんですよ。

生活の苦労をよく知っていたから。

三柳　気持ちはよくわかりますね。

鶴子　その次兄がね、剣花坊の三十回忌に合わせて、『井上剣花坊句集』を出版してくれました。これは、全部売り切れました。

信子夫人と受難の時代

三柳　話があっちこっちに飛んで、申し訳ないんですが、剣花坊が昭和九年九月十一日に亡くなって、同一一月号を「井上剣花坊追悼号」としたあと、翌一〇年八月に『川柳人』が休刊、同じ年の一二月、信子夫人が個人で月刊タブロイドの『蒼空』を発行されていますね。これは、一二年三月『川柳人』が復活するまでの時間的空白を埋めたかたちになりましたが、この前後のことについてお尋ねしたいんですが。

鶴子　『蒼空』ね、あれはでも、ほとんどないでしょう。ご覧になりました？

三柳　いえ、実物は知りません。

鶴子　私はね、北九州の赤とん坊という古い…

三柳　下関の藤井赤とん坊ですね。

鶴子　あの方のお嬢さんがたまたま持っていらっしゃったのを、ご親切にコピーして送ってくださったんです。

三柳　あれでは、鶴彬が献身的に…。
鶴子　鶴彬は、昭和二年ごろから「川柳人」に入りました。だから相当深い交わりになって、編集を手伝ったりしてくれていました。
三柳　発行所（信子宅）に泊まり込んでやっていたそうですね。
鶴子　あの人もね、やっぱり職がなかったから、大変だったと思います。
三柳　どのくらいの部数か知りませんが、印刷費などの費用はどこから出ていたのでしょう。とても購読費だけでやっていけるとは思えない。
鶴子　信子も兄たちの世話になっていたわけで、お金はありませんから。
三柳　大変だったと思います。それに、信子夫人と鶴彬とは思想的に重なり合うものがあったんですか。
鶴子　信子も剣花坊の影響を受けていましたし、日赤にいましたから、お正月には勲記と勲章を家族に見せるくらいですから、反国家思想などとは無関係です。でも、戦争反対みたいな気持ちはあったようです。
三柳　ずいぶん鶴彬を庇護されましたね。
鶴子　昭和の初期からでしょうか、しだいに社会批判の目を持つようになりました。

蒼空
九月號
川柳を藝術として高めること
★蒼空は眞あるレアリズムのものである

タブロイド版の「蒼空」

やはり鶴彬なんかの影響もあったと思います。

三柳　『蒼空』は一三号までで、昭和一二年三月から「川柳人」を復刊（二七四号）されるわけですが、同じ年の一一月、鶴彬の反戦句六章を掲載した二八一号が発売禁止となり、発行人として井上信子は警視庁に勾留され、発行所が家宅捜索されたわけですが、鶴子さんは、その頃すでに結婚されていたわけですね。

鶴子　そうです。その頃、姉は信子の家の隣に住んでおりましたから、信子が警察か何かに呼ばれていったことも、いやおうなく知っていたんですけどね、私たちに余計な心配をかけまいとしたのか、私はあとになって聞いたんです。

三柳　当時、信子夫人は六七歳になっていたはずで、よくそんな修羅に耐えられましたね。高田保が《ブラリひょうたん》で「烈婦」と称揚しているのも、よく理解できます。鶴彬の獄中死も、どれくらいショックだったでしょう。

戦後、「川柳人」を復刊して、みずから主宰となられたのが七八歳の時（昭和二三年八月）、それから一〇年後の三三年四月に、八八歳で亡くなられたんですがどこで？

鶴子　私の家（大石家）で亡くなったんです。その頃次兄の家に一緒に住んでたんですけど、次兄がたまたま大阪の方へ転勤になって、その間、鶴子のところへ行ってたらというので来ていたんですが、それが突然の発作で…。

三柳　突然というと、脳溢血？

鶴子　ええ。前の日まではちゃんと歩いたりしておりましたのに、朝、目が覚めたらね。

信子作品と鶴子作品

三柳　新川柳以降の女流作家としては、すでに明治三七年に活動を開始した阪井素梅女（久良伎夫人）、伊藤政女（銀月夫人）、下村岐陽子（女学生）などが先駆的なひとたちですが、信子夫人が川柳を始められたのは、二本榎時代の大正五、六年ですね。このお母様の川柳、あるいは作家としての井上信子を、どう考えていらっしゃいますか。

鶴子　いつか、山村祐さんですか、あの方が井上信子が女流作家の嚆矢だとおっしゃって、そう書いてくださったんですね。

三柳　いわゆる「作家」という意味では、そう考えて間違いないと思いますよ。さきほど挙げた明治の二人も優れた作品を残していますが、才能のある女性の手すさびという印象があります。

鶴子　信子の句の方が確かにね、剣花坊よりあれですね、なんて言うか…。

三柳　それは情緒性の違いでしょう。

鶴子　そうです。でも、やっぱり剣花坊の句の方が立派なんじゃないかなと思いますけど。

三柳　大正六年の信子さんの句に「鳥歌ひ蝶舞ひ試験不合格」という句がありますが、この美しさとアイロニーはすばらしい。同時期の作品にはまだ稚さが残っているんですが、この句はズバ抜けています。

鶴子　信子の句には、詩っていうか、情緒がありますね。それに、美しい。
三柳　これが最初期の句なんだから驚きます。のちの「国境を知らぬ草の実こぼれ合ひ」より上でしょう。「国境を」は、俗耳には入りやすいけれど、理のにおいが感じられますから。
鶴子　そうでしょうか。
三柳　四〇を過ぎて川柳を始められ、主宰者としては試練の時を経て、戦後「川柳人」を復活、生涯作家として活躍したわけですね。
鶴子　信子はね、あんまり句を作りませんでした、晩年はとくに。「川柳人」には、毎年四月の信子忌号に、谷口絹枝さんが「井上信子覚え書」を書いてくださっています。
三柳　では、鶴子さんご自身の作品について。
鶴子　母が生きていた頃はまだですから。その前からも高木夢二郎さんに勧められて、時々は「川柳人」に句を出していました。今度の『大石鶴子句文集』には、前の方に、結婚前の句も載っています。
三柳　本格的に作句を始められた鶴子さんの川柳観というのは、やはりお父様から？
鶴子　それは、自然になったので。
三柳　自然と申しますと？
鶴子　早い頃のは、やっぱり家庭のことをいろいろテーマにしたりしていましたけど、だんだん世間のことを見つめるようになって、何か自然に…。

三柳　自然というのは、知らないうちに体の中に、その準備ができていたということでしょう。つまり、おなかの中にいるうちから、川柳が始まっていたんですね。

鶴子　ですから、やっぱり剣花坊、信子の思想が体内に流れこんできたとはいえるでしょうね。

三柳　それが、自然ということなんですね。血のつながりから流れ出してきた。

鶴子　そうかも知れません。

三柳　そこで、前にも触れました五二年の大賞作品ということになるんですが、あの句は、どんな経路で発想されたものなんですか。

鶴子　自分でも、よくわからないんです。それほどの句とも思わず、勧められるままに投句しただけですから。

三柳　日川協の第一回大会という歴史的意味もあって、あとあとまで残る名句といっていいでしょう。

鶴子　そう言っていただけると、とても嬉しいんですけれども。

三柳　小手先では、あれだけ奥行きのある表現はできないでしょう。血筋の奥深さを感じさせます。

鶴子　大きな楯をいただいて、嬉しいことです。

三柳　実はあの時、賞状の印を捺すのを忘れまして、日本川柳協会の。失礼しました。

鶴子　そんなこと、まったく気がつきませんでした。

初の女性作家グループ

三柳　昭和五年に、信子夫人が川柳女性の会というのを作られていますね。その頃は女性作家の数も寡く、おそらく初めての試みだったと思いますが、その活動の内容、メンバーはどのくらいだったんですか。

鶴子　一〇名足らずだったと思います。

三柳　剣花坊は、奥さんの句について、何か言われていますか。

鶴子　何も言わないんです。でも、人には、句はわしより信子のほうがうまいかもしれんな、などといっていました。

三柳　それで、女性の会ではやっぱり句会などをやっていたんですか。

鶴子　柳樽寺の会も、今月は女性の会が主催だとかいってやったことがありますが、そんなに大きくは発展しませんでした。

三柳　三笠しづ子さんは、有名になりましたね。

鶴子　それから、吉田茂子さん、少し後れて島田

長谷川時雨を迎えた女性句会
（昭和９年６月10日）

きん子さんなんていう方の句も新鮮で、みんなに騒がれました。でも、女性作家そのものが数えるほどでしたから。

三柳 昭和五、六年というと、新興川柳のいちばん燃え上がっていた時代ですね。こういう時代に、柳樽寺から女性作家の芽が育ったということが、強いては現在の女性作家隆盛につながっていると思います。

鶴子 私も、母が達者な時からやってればよかった。昭和三年頃からちょっとはやっていたんですが、間が永く空いてしまって。

三柳 六年には、大石家の人になったわけですね。それまでは、親子三人で馬橋ヶ原に。

鶴子 馬橋ヶ原は、私の青春のいちばん思い出があるところです。七、八年いました。

「一人去り二人去り…」

三柳 鶴子さんをお嫁に出されてから、ご両親は二番目のお兄さんの阿佐ヶ谷の家に一緒に住まわれた。

鶴子 半年か、そのくらい。でも、やっぱり具合が悪いんですね。川柳の人は来られますしね。それで、また別れて、早稲田通りを隔てた中野区の大和町というところに移ったんです。

三柳　昭和七年ですね。のちに大和町二丁目となったところ。当時は中野区上沼袋。ここが、柳樽寺の最後の地となったわけですね。

鶴子　亡くなったのは、ご存じの通り鎌倉建長寺の正統院です。

三柳　ご葬儀も正統院で？

鶴子　ええ、そのまま建長寺で。

三柳　書いてあるものによると、八年の八月に、動脈硬化の徴候があって、それから一年後の九年九月一一日午前、というより夜明け前の午前五時に…。一〇日、肺炎を併発、と書いてあります。

鶴子　その前に発作があって。九月に入って間もなくでした。

三柳　九月四日に輸血をしたとあります。重態に陥って、信子夫人、令息、令嬢夫妻、それから愛孫及び側近の友人が駆けつけた、とある「令嬢夫妻」というのが、鶴子さんですね。

鶴子　ええ、私と姉ね。

三柳　では、皆さんが駆けつけたのは、中野のご自宅ではなく、建長寺の方だったんですね。すると、信子夫人の「一人去り」の追懐句も、自宅の通夜ではなく、ここで詠まれたものなんですね。

鶴子　そうだと思います、剣花坊没後すぐの句とすれば。でも、私にも、はっきりしません。

三柳　これは、私の思い込みでした。

鶴子　葬儀のすべては、建長寺の管長さんが導師となって執り行われました。その時、久良伎さんから有名な

建長寺さすが和尚の死にどころ　久良伎

という弔句をいただきました。

三柳　剣花坊と建長寺との関係は、どういう？

鶴子　その前は、別に何もないんです。

三柳　句碑も建立されていますし…。

鶴子　句碑は、あとですから。

三柳　誰にでも、できることではありませんから。

鶴子　たしか、鎌倉在住の友人から頼まれて、仕事をするのに、こちらなら涼しいかというようなことで、紹介されたのだと思います。川柳の仕事ではなく。

三柳　「相模国人国記」のような物も、お書きになっていたようですね。

鶴子　そうですか。何か毛利家に関することを書くように頼まれて、その方が…。

三柳　以前から、よくよく深い関係があったのかと思っておりました。そうでしたか、その時が初めて。

鶴子　でも、剣花坊は実際に体も少しずつ悪くなっていたし、一人でいることがやっ

ぱり心細かったらしくて帰りたいといったような気持ちを、信子に書き送ったハガキが二枚、たった二枚ですが残っているんです。

三柳　亡くなる直前の？

鶴子　八月に信子に送ったハガキを読むと、帰る日を楽しみにしているみたいな…。

三柳　それこそ、生の声ですね。

鶴子　自分が死ぬなんて考えていませんから。

三柳　人間が出ていますね。

鶴子　剣花坊、こんな寂しい気持ちだったんだなと。

三柳　やっぱり、最後まで頼りにされていたんですね、信子夫人を。

鶴子　それはまあ、いくら喧嘩してもね、同県人で、親類ではありますしね。

柳樽寺のひとびと

三柳　中興の祖として仰がれながら、新興川柳を境に今まで身近にいた古い盟友や門下が次々に離れていき、悪口さえ言い出す者も出てくるという中で、よく耐えられましたね、剣花坊は。

鶴子　没後は、例の鶴彬の事件ね、あれでみんな離れてしまいました。

三柳　でも、白石維想楼（朝太郎）みたいな人は、最後まで側にいた。

鶴子　維想楼さんはね、私がときどき悔しがって手紙を出すと、今にまた、元祖とか礎石とかいわれて、みんなが目を向ける時代が来るからって、そういう返事をいただいたりしたことがありました。

三柳　飴ン坊、角恋坊は、一番番頭だったはずだが、離れてしまった。

鶴子　角恋坊さんなんか、私のことを赤ン坊、赤ン坊といっていて、私が結婚したことをどこかで聞いて、「あの赤ン坊がねえ」といっていたそうです。信子が日露戦争の従軍看護婦として、家を留守にしていた間、飴ン坊さんや角恋坊さんがやって来て、まるで男所帯みたいだったということを聞いたことがあります。

三柳　鶴子さんは、まだ生まれていませんね。

鶴子　ええ、姉がまだ三つぐらいの時でした。あとは男の子が三人。剣花坊の母がまだ達者でしたが、何やら男たちだけで自炊のようなことをやっていたようです。

三柳　飴ン坊、角恋坊といえば柳樽寺の双璧でしたが、そんな世話場の双璧でもあったんですね。柳樽寺で、ほかに記憶に残る人は？

鶴子　私の川柳は、母が死んでからですが、それ以前から「川柳人」にぽつぽつ句を出すように勧めてくれたのは高木夢二郎さん。あの方の性格が、剣花坊にどこか似ているんですね。

三柳　句・論とも実績を残した人ですね。

鶴子　親しいといえば、中島國夫さんですね。また、國夫さんとは性格がまるで反対の小池蛇太郎さん。
三柳　國夫さんの作品については、私もだいぶ以前から関心を持っていました。筆も立つし、書くものの歯切れがいい。
鶴子　國夫さんは、陸軍技術本部というところへ勤めてらして、お勤めへ行く時は軍服をきちんと着て。それが反戦の句を作っているんですね、その頃から。よく隠すことができたと思って。
三柳　口語自由律の一方の雄でした。
鶴子　自由律になったのは、だいぶ晩いですね。
三柳　戦後の早い時期に、銀座で個展をやりましたね、中島國夫と何とかという…。
鶴子　「魔の詩」です。
三柳　ご記憶がいいですね。そう、「魔の詩」――。このネーミングもですが、川柳の個展ということ自体が珍いことでした。
鶴子　あれは、いらっしゃいましたか。
三柳　いえ、残念ながら。
鶴子　よくまあ、あんな銀座のど真ん中でねえ。
三柳　國夫作品は、一通り読みました。やっぱりコツッとしたもの、骨がしっかりしていますね。
鶴子　この人も剣花坊によく似た性格でした。阿佐ヶ谷に住んでらしたもんで、うちへはいつも庭木戸から入ってきたり、ほんとに親しくしておりました。

三柳 実力的には、鶴彬などよりだいぶ上ではないかと思えます。もっとも、鶴は本当の力が出る前に死んでしまいましたから、そういっては酷かもしれませんが。國夫は、鶴子さんより八つ上ですね。

鶴子 女の方では、三笠しづ子さん。

三柳 やっぱり。

鶴子 あの方も、なかなか。

三柳 しづ子さんという方は、柳樽寺や新興川柳に限らず、一般川柳界の中でも人気があったようですね

鶴子 あの方はまた、美しい人でしたからね。

三柳 高須唖三味さんがやっていた保守系の「柳友」などにも作品を寄せていました。

鶴子 唖三味さんは、信子を訪ねていらしたのを覚えていますよ。

増えてきた親子二代の川柳

鶴子 私の方から質問して悪いけれど…。

三柳 何でしょう。

鶴子 川柳をやろうと思い立ったのは？

三柳　単純な理由です。親父がやってましたから。
鶴子　それは分かってますけど、いつ頃からなさったんですか、お年の…。
三柳　一二歳。ですから、一昨年（昭和六八年）五〇年を祝ってもらいました。
鶴子　はあ…。
三柳　マンガや絵本の世代ですが、まわり中が川柳雑誌でしたからね。〈朝日新聞〉の「出会いの記」にだいぶ前に書きましたが、私と川柳とのそもそもは、自宅での川柳雑誌との出会いでした。小学校の卒業前後から中学へ入る頃には、家中にある全部を三回ぐらい読み終わっていました。茶櫃に三つぐらいありましたかね。
鶴子　それは、お立派ですね。
三柳　立派かどうか分かりませんけれど、やはり環境がそうさせたんでしょう。
鶴子　ああ、やっぱり…。
三柳　ですから、私などの感じでは、鶴子さんがあの環境の中で、なぜもっと早く川柳をなさらなかったのかと。
鶴子　女は、やっぱり駄目なんですね。でも、川柳も親子二代という方が増えてまいりましたね
三柳　親子二代というのはあるんですが、そこで大体止まってしまう。昔は数代続くというのも、かなりあったようですね。ことに、地方の物持ちなどで。
鶴子　俳句の方には多いようですね。

三柳　でも、世襲というのはどうでしょうね。子規以前の宗匠俳句に戻ったような感じで。

鶴子　お父様（三笠）は、柳樽寺へ見えていましたか。

三柳　いえ、出ていないと思います。仲間だった茶六さんはときどき行って、鶴彬なども顔を合わせていたようですが。

鶴子　三柳さんは、角恋坊さんや飴ン坊さんを知っていますか。

三柳　直接は知らないんですが、物心つくころから古い雑誌を読んでいたので、頭の中ではすっかり馴染みになっていました。それに、私が生まれる前後には、うちへもしばしば来ていたということで、半切や短冊が、今でも残っています。これも、親子二代のおかげです。【未完】

この対談は、一九九五年三月七日、東京・雅叙園観光ホテルで、『川柳年鑑』（緑書房）巻頭を飾るべく、三時間余にわたって行われたものである。その後、出版元社長の死亡など、諸種の事情で『川柳年鑑』の発行が不能になったので、本誌の誌面にまとめを兼ねて掲載させてもらうことにした。

〔「川柳公論」131～133号（一九九八・九～九九・一）〕

文芸の接点

俳諧と川柳の交差点

――前田雀郎ノート――

川柳界で俗に「六巨頭」とか「六大家」と呼ばれた東の川上三太郎（明治二四年生れ）村田周魚（明治二二年生れ）、西の岸本水府（明治二五年生れ）、麻生路郎（明治二一年生れ）、椙元紋太（明治二三年生れ）の中で前田雀郎は一番若い、ひとり三〇年代（明治三〇年三月二三日）の生まれである。その雀郎が一番先に世を去った。還暦の祝いを済ませたばかりの数え年六三歳だから、現在でいえば早死にである。

しかし、彼が川柳界に残したものは大きい。

狂句入門と少年時代

慶応三年（一八六七）、当時柳風会宗家だった六世川柳の薫陶を受けて郷里に還った二荒山神社宮司中里衛門（狂号・一面亭ぽつぽつ）が地元に興した五文字会が、縁連から宮比連と改称して、主選者には、十一世の早世でふたたび柳風会宗家を預かるようになった十世狂句堂川柳の平井省三を招いて、月並を開いていた。

地元の三年制宇都宮市立商業学校を一五歳で卒業した雀郎が、幼友達の鈴木二の字に誘われて、はじめてこの運座に連なるようになったのは、大正三年（一九一四）数え年一七歳の時で、平井省三の謦咳に接して狂句を学ぶようになる。狂名は春雅亭文丸（家業の足袋商に因んで「シンガーミシンを踏む」の意）とした。

＊

前田雀郎は、本名源一郎、宇都宮市相生町に江戸時代から足袋商を営む前田屋の長子として、明治三〇年（一八九七）三月二三日に生まれた。父寅吉、母常、姉が一人（きみ）あった。曲師町の市立宇都宮高等小学校から、明治四二年市立商業学校に入学、四五年一五歳で卒業後は、家業を手伝っていたが、この間、市商在学中から『文芸倶楽部』（博文館）の狂句欄（巌谷小波選）や『演芸画報』の川柳欄（井上剣花坊選）に埋木の号で投書して、時に高点も得ていたという。

「川柳四十年―私の履歴書」によれば、この頃、『演芸画報』の剣花坊選で、

凩の音競太夫の声ばかり

という句が初めて「天」に入選したとある。

同履歴書には、「これは少し前、歌舞伎座を見物して」と記しているが、幼い時から足袋職人の中に育って早熟であったといっても、一六や七の少年が一人で東京の木挽町まで行ったとは思えない。しかし、句は出来上がっており、下座の風音やチョボの空弾きをこなせるほどだったとすれば、雀郎の芝居通は少年時代から培われていたのだろう。

津雲国利との出会い

この文学志向の少年は、大正四年、伝手があって東京・銀座の貿易会社に勤務したが、仕事が気に入らずにすぐ退社、宇都宮に戻って、早稲田大学の講義録で勉学、また〈いてふ本〉の『柳多留』などに親しむうち、自分が身を置いている狂句というものへ少しずつ疑問を抱くようになった。

この前後、《野州日報》に投書した文章が、折から安田銀行（のち富士銀行、現みずほ銀行）宇都宮支店秘書課にあった久良岐社の津雲寿橋（本名・国利、西多摩・青梅出身、のち代議士）の眼に留まった。文章の内容は、月並狂句を非難した投書「川柳は老人のオモチャか」に、狂句と川柳の混同があることを指摘、反駁（たまたまそれが雀郎の胸に去来していた明確ではないが当面の思いだった）したものだったが、それを読んで、わが意を得た津雲が、自分の師でもあり新川柳の指導者である久良伎に一度会って、教えを請うてはどうかと雀郎に勧めた。

これが、雀郎が中央の川柳界へ出るきっかけとなった。

この時、雀郎は一九歳になっていたと思われ、すでに講談社への就職が決まっていた。当時の大日本雄弁会講談社は、社員を、丁稚、小僧、手代、番頭と呼んでいた時代だったが、雀郎は社長野間清治宅の住込み書生として職を得たらしい。

同六年、再度上京。大正一〇年の暮まで四年間、同家の玄関番を勤めた。この間、同社発行「面白倶楽部」の川柳選者であった岡田三面子の知遇を得、またその紹介で古川柳研究家西原柳雨を知ったという。

久良岐社の門を叩く

翌大正七年（一九一五）四月末、津雲国利の紹介状を持って、初めて九段の阪井久良伎を訪う。この日が、前田雀郎における本格的川柳活動の第一歩であり、数え年二一歳であった。

明治の川柳復興も成って、今や押しも押されもしない中興の大家となった久良伎の屋敷は、膨大な敷地を擁する江戸幕府の元旗本、梶川与惣兵衛の旧居跡で、麹町区富士見町六丁目一〇番

地の高台にあった。父保佑が残した豊かな遺産である。
俗に九段といわれるこの久良伎邸の門を初めて叩いた日の思い出を、雀郎は後年こう記している。（「川柳きやり」昭和２年10月）

私が初めて富士見町の久良岐社を訪れたのは、大正七年の、日は忘れたが、シツトリと朧した四月も末の夜であつた。先生自身に出迎へられて、通された玄関脇の部屋には、何か社中の集まりと見えて、着物の夜叉郎、洋服の東魚、角帯の也奈貴などいふ人（みな後で名を知つたのだが）二三の顔も交じつて、盛んに談笑されてゐた。先生はじめ、いずれも初対面の人ばかりだつたが、（略）その人達は、新来の私にチラと一瞥を与えたきり、この未知の青年を無用の人として、そのまま彼等は彼等だけの話題を、お互ひに進めてゐた。（後略）

＊

大正七年四月の久良伎居におけるこの会合が何であったか。その前に、当時の東京川柳界の状況を概観してみる。

明治の諒闇が明けてすぐ創刊された柳樽寺の「大正川柳」（大正元年）明治末年の讀賣系下町川柳会の実力者で組織された紅倶楽部の「紅」（大正三年）を二大勢力として、東京日日川柳会（川柳を「寸句」と名づけた近藤飴ン坊主宰）があり、このとし一月には柴崎南都男、渡辺苦笑子らによる「すなご」（すなご吟社）が発足、また、前年創設された飯沼鬼一郎のやよい会、みやこ新聞の川柳選者寺沢素浪人の「黒髪」（みやこ吟社）など既成吟社のほか、青野林鐘子らの川柳辰巳連、小島豆鉄砲の川柳若葉会、寺沢小尺一「ひさご」なども、この年に発行されている。

そこで再び、雀郎が出遭った富士見町の会合は何であったか。

「五月鯉」(明治三八年五月)、「獅子頭」(明治四一年五月)、「川柳文学」(明治四五年一〇月)につづく久良伎の第四雑誌ともいうべき「花束」が雀郎訪問のまさにその月、四月五日付で第一号を発行していたことを、雀郎は気がついていなかったのかもしれない。だから、この夜の集まりは次号、次々号に関わる〈市民詩社〉同人の編集会議であったと見てよい。伊東夜叉郎(編集人)、森東魚、坂下也奈貴と雀郎が挙げたほかに、鈴木古城(発行人)、吉田苔虫、大野空蝉、栗林古雅、矢部赤城子、高木好風、関口文象、篠原春雨、今井卯木などの顔も見えていたはずである。

この「花束」も第一巻第七号では本文四〇頁、写真一葉という紙幅の増加を見せたが、「五月鯉」「獅子頭」ともに満二年という久良伎主宰誌の前例を破ることなく、内紛から消滅する。

雀郎入門から二年目の大正九年九月、ふたたび篠原春雨、伊東夜叉郎を中心に〈無名会〉が結成され、「せんりう」が発行されるが、この折迎えられて雀郎は事実上久良岐社の一員となった。同人は高村愛耳、鈴木竹芝、正岡颯峡らで、数え年二三歳の雀郎は一番の年少だった。だが、これも長くは続かなかったのは、翌一〇年二月に、伊東夜叉郎が独自に川柳詩社を創って代表となり、「川柳詩」を発行したからである。

都新聞入社

放り出されたかたちの雀郎に幸運がめぐってきたのは、同じ年の大正一〇年一一月一日、折から紙面拡幅を計画していた都新聞の人員補充で、都新聞に籍を置くことになったことだった。紹介の労をとってくれたのは、都新聞の社会部長で、文人・俳人としても知られた遅塚麗水だった。

翌年一月講談社を辞して都新聞に入社した雀郎の最初の部署は、一二頁建てとなった九面の婦人家庭欄であった。

さて、この都新聞にはじめて川柳が現われるのは、明治三八年一月二八日の六面に、近藤飴ン坊が「柳桜都ぶり」と欄名して、八句を掲載したもので、以後の投稿を呼びかけたが、投書がないまま散発的に数回で終わっているのが最初である。

同紙が、情歌（都々逸）、川柳欄を正式に設けるのは、その翌年の明治三九年二月一四日で、この頃から平山蘆江（40年）鶯亭金升（43年）ら文人の招聘が始まり、四三年には情歌・川柳欄が一面から月曜の〈よみもの欄〉に移り、選者はともに鶯亭金升となった。その後、長谷川伸（45年）、寺沢琴風（大1）らが入社、大正五年八月一日からは、川柳選者・寺沢琴風（素浪人）、都々逸の選者は伊藤みはる、長谷川伸、平山蘆江となった。

雀郎が入社したのは、そんな状況下であった。

雀郎の都新聞入社が決まった五日後の大正一〇年一一月六日には、柳樽寺川柳界一〇周年の全国大会が、浅草宮戸座前の〈あづま〉で盛大に開かれている。この時の記録に「久良岐子雀郎子を随へて出席」とあり、雀郎が病躯の久良伎の宿題代選に当たっている。大正七年に雀郎が久良伎の門をたたいて三年、師弟水入らずの様子が見て取れる。古い門下に背かれ、期待した弟子に去られた久良伎が、身辺のさびしさから、若い雀郎に目を掛けて連れ回したことは、東京川柳界にまだ馴染みが薄かった雀郎にとって何よりのプラスになったろう。この数年間が久良伎と雀郎の蜜月であった。

久良伎との確執

しかし、こんな師弟関係も長くは続かなかった。

久良伎を初めて訪い、その謦咳に接して「私は先生にお目にかかつてよかつた」と、率直に感動していた雀郎が「運命はついに先生と私とを、相異なる両端に向かひ合ひに立たせてしまつた」というその契機は、大正一二年一月三日、雀郎が《都新聞》の第五面〈よみもの欄〉に「都柳壇」を設け、その選者になったことからだった。

寺沢素浪人選の川柳欄が中絶していた前年大正一一年一二月一三日の七面に「新川柳を再興　来春から掲載」と見出しして、「来春から『新川柳』を再興します。無懸賞。用紙はハガキ五句以内。宛名は本社内新川柳係と願ひます。新川柳と申しても新傾向ではありません。選者は同人がいたします」と川柳欄の再設が予告されている。

大正一一年といえば、いわば新興川柳の前夜、川柳界の一部には明治四十年代以来の新傾向川柳が尾を曳いていた。「選者は同人がいたします」というのは、「社中」と同義で、都新聞の社中にはそのための文人や専門家が確保されているということである。

そして一月三日、新しい《都柳壇》がお目見得した。記念すべき最初の欄を、そのまま掲載しておく。

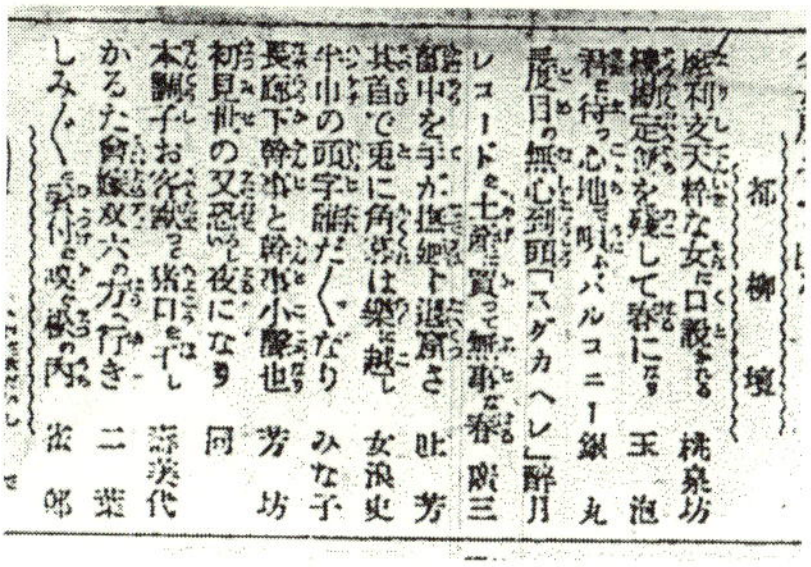

都柳壇

摩利支天粋な女に口説かれる　桃泉坊
損勘定餅を残して春になり　玉泡
君を待つ心地で唄ふバルコニー　銀丸
三度目の無心到頭「スグカヘレ」　酔月
レコードを土産に買つて無事な春　広三
面中を手が撫廻す退屈さ　吐芳
其道で兎に角暮は楽に越し　女浪史
半巾の頭字誰だ誰だなり　みな子
長廊下幹事と幹事小声也　芳坊
初見世の又恐ろしい夜になり　同
本調子お客黙つて猪口を干し　芙美代
かるた会嫁双六の方へ行き　二葉
しみじみと鬢付を嗅ぐ松の内　雀郎

以上の一三句である。

この翌日から、「都俳壇」「都どどいつ」と交互に、一日ないし二日おきに「都柳壇」は定着していく。まさに軌道に乗るかと思われた矢先、好事魔多しで関東大震災に遭遇する。

麹町区内幸町にあった都新聞社は焼失こそ免れたが、当然、機能はストップ、震災当日の九月一日（土）付は何の変哲もない紙面で、瓦全選の「都俳壇」を載せたが、二日付から一週間休刊、九月九日（日）付から復刊したものの、記事内容は全紙面にわたって震災一色で、九月中は娯楽欄を含めた文芸欄はついに掲載されなかった。

都新聞へ入社した年の六月、本所区向島須崎町三番地、三囲神社脇に転居していた雀郎は、ここで焼け出され、淀橋区代々木初台に移る。しかも、精力的に震災記念句集『いらか』を発行している。

都川柳会の創立

「都柳壇」が本格的に活動を開始したのは、だから震災後で、雀郎、久良伎がはじめて対面して五年、この時点で両者が分岐していくレールがはっきりと布かれた。

翌一三年一〇月からは独立吟社「都川柳会」が創立され、坂下也奈貴（発行所）、河柳雨吉、平山かほ丸、船井小阿弥らを同人に雑誌「みやこ」を発行した。翌一四年一月の誌面には、上記の同人のほか、井上矢之倉、渡辺みはる、渡辺桃太郎、田中三太夫、宇佐美めなみ、倉田酔月、篠原錦糸、篠田井窓、鈴木竹芝に前田雀郎を加えた一四人の名が並び、東京川柳界の一角に派を唱えるに充分な陣容となった。表紙は、清水三重三の麗筆で飾った。

東京へ出てまだ六、七年にしかならない二〇代の青年、雀郎のこの挙は、久良伎の眼から見れば、「何を若造が」としか映らなかったに違いない。しかも、この間、雀郎の口にすることいちいちが久良伎の神経を逆撫でしたようだ。

雀郎は言う。過去に頂点までのぼり詰めた川柳は、狂句への堕落という苦汁を味わった。「川柳が柳多留を天井とする限り、また頭を打って狂句に堕する。そこを突き抜けて、もっと自由なところへ出てみたい」。そのためには、いったん母胎（俳諧）に戻り、そこから新しい原野を求めて再出発する、作句者としての在り方は、ふるさとである俳諧の「平句の心持」を常に忘れない――これがのちに「都調」と呼ばれ、一種のかげりをもったトーンの中心をなす思いだが、はたせるかな、久良伎の川柳観と真っ向から対立することになった。

久良伎の雀郎批判は、火の出るような激しさと、しかも歯に衣を着せない文章で、公の場に書き放たれた。

「吾人が狂句に対し古川柳を紹介したのが不都合である由を唱へる川柳家がある。川柳を与へたから狂句が台頭するのだ。この故に俳諧に還元するといふ。理屈は付けやうである。川柳家として立ちながら、川柳を実行する努力が欠けてゐて作句ばかりしてゐるから川柳も飽きて、俳諧のお稽古へと移るのは当然だが、ソレならば屑《いさぎよく》俳句へ降参し移籍するのが当然である。川柳の名を改めて新俳諧提唱とでもするがよい。男らしく態度を明らかにするのが当然であるのに、川柳の名、川柳の勢力を利用して、実質の異なつたものを売り付けようとするところに、落第点がある」

（「さんにち」昭和三年6月）

かなり感情的とも思える筆致で、さらに別の場（同・昭和七年一月）では「半俳半柳」と吐き捨てている。

安藤幻怪坊の場合

久良伎が、この調子で自らの弟子を公の場で罵るのは珍しいことではない。明治の安藤幻怪坊がそうであったし、大正期の宮崎水日亭、伊東夜叉郎などが槍玉に挙がっているが、幻怪坊の場合を例に挙げてみよう。

久良岐社創立の翌月、明治三七年七月一六日、上野公園・忍亭で開かれた第二回川柳会の席上、講演の中で次のように幻怪坊について語っている。

「…所で社中の安藤幻怪坊の如きは、小子と同様の病人、まだ二〇代であるが、横浜弘誓院の院主である。（と、来信のハガキを紹介）とあるので、私は実に自然と涙がこぼれました。（略）今幻怪坊君が此文芸上の決死隊と成られたに、同情をよせねばなりませぬ。（略）」

この年、幻怪坊は久良岐社横浜支部の主任となり、地元の《貿易新報》の川柳欄選者に就任。しかし、久良伎との親密期間はわずか三カ月ほど、久良伎がいう「病人」などとはうらはらの精力的な活動で、四一年一月には横浜川柳社を興し、新雑誌「新川柳」を発行した。これに関連して、久良岐社の退社問題がこじれ、久良伎とは相容れない険悪な関係となった。

明治四四年二月一一日付の久良伎から大野空蝉に宛てた書簡にはこの間の久良伎の思いが、激しい言葉で綴られている。断片的に言葉を拾うと、「貧乏寺の痩院主幻怪」「幻怪の今日あるは全く久良岐の力ありてこそ」「かかる薄情男幻怪」「小さな野心の為にケチクサイ退社問題を起こし」といった具合で、私信だけにより生々しい。

この私信はしかし、《滑稽文学》六-四（明治四四年四月号）の誌上で公の眼にさらされることになった。

また、水日亭、夜叉郎については、久良伎自らが「甲信吟遊」（昭和六年一〇～一一月《『信濃日日新聞』》に記している。

「余の門下に作句の上手な宮崎水日亭、伊東夜叉郎二人があつたが、其作句に慢心し、川柳と短歌とをハキ違へたりして余に叛き、余の妨げをして死んでしまつた」

自分の門下について、しかも公開の場でこんな言葉を吐かなければならない久良伎という人も幸せとは思えないが、雀郎もそうした対象の一人になったのである。

久良伎が雀郎を「半俳半柳」と断じ、「正しい川柳の心」をつかむことのできない理由として、「この点、地方人と江戸っ子との考へが全く違ってゐるのである」とする。

かつて、ライバル剣花坊（長州出身）を「田舎者」扱いしたのと同様の久良伎一流の物言いである。何かというと「江戸っ子」を振り回す久良伎自身が、神奈川県久良岐郡の生まれであることを笑う人もいたが、本人はお構いなしだった。

＊

余談になるが、久良伎のいう「半俳半柳」で想い出したのは、戦後の古い『文芸年鑑』（文芸家協会発行）の会員名簿に、川柳家が二人だけ載っていた。が、雀郎は「俳人」三太郎は「詩人」となっていて、結局、川柳家は一人もいなかったことになる。同協会の文芸家としてのジャンルに川柳がなかったからだが、「俳人」というのは、いかにも雀郎らしいと思った記憶がある。

「都柳壇」の活況

さて、雀郎を選者として《都新聞》の一隅に席を占めた「都柳壇」に目を移そう。

柳壇などといっても一二段組み新聞の下段広告欄に近い記事なかで、一五字詰め一段、5号ゴチックで「都柳壇」とあり、その後に8ポイントで句が一二行、入選句ははじめ毎日一句、すべて平抜きで、最後が選者吟であったが、間もなく選者吟を含めて一五句に拡幅された。しかし、一五字詰めで雅号まで入れると窮屈で、一句がルビ交じりの読みにくい体裁は最後まで続いた。

この小さな、しかも無賞の欄に、当時二〇代の若者が先を争って句を投じた。大正の末から昭和の初期にかけて、この欄を賑わせた作家名だけをいささか記してみる。(順不同)

桃太郎、万川、かほ丸、太郎丸、三太夫、雨吉、矢之倉、酔月、三笠、也奈貴、可喜津、女神丸、雪葉、みはる、一若、美津夫、茶人、豊次、空財布、みそぎ、夕霧、けい坊、卯女子、晶二、花川洞、茶六、あき坊、古詠柳、栄公、井窓、水調子、迷作、小阿弥、直山人、めなみ、呵々子、糸柳、小萩、不倒人、珊瑚、芳浪、利二郎、千寿郎、清美、うさぎ、朝丸、汀柳、きよし、勢至、稲浪子、宵之助、時朗、京三郎、風柳、寿山、初勝男、古川子、青葉冠、勝利、かなめ、柳葉、どくろ、泰次郎、松魚、久春、津弥丸、八千丸、六之助、千浪、駄々坊、雨後亭、山門。

これらの投句者の中には、奥村万柳、三浦太郎丸、伊沢初勝男、田中不倒人、船井小阿弥、小林万川、倉田酔月、坂下也奈貴、八十島可喜津など、雀郎より川柳歴も古く、すでに一家を成した作家も交じってはいるが、最も多いのは、「都柳壇」を川柳のスタートにした若者たちで、彼らの競争心が質量ともにこの欄を盛り上げた。

功名心を競い合う若者たちの活気とともに、作品内容もめきめきと充実して、「都柳壇」

は開設数年を経ずして一個の勢力と見做されるようになった。

この欄に集まる作家たちが都派とか都ぶりとか呼ばれるようになる頃から、雀郎もまた一方の旗頭としての地歩を固め、大先輩の川上三太郎などと対等の位置にまで駆け上っていった。

そして、大正も終わりに近づいていた。

新興川柳の台頭

大正一二～一五年の川柳界といえば、森田一二、田中五呂八などによって点火された新興川柳の火がようやく炎となって全国に広がり、木村半文銭、川上日車などに加えて、十代後半を迎えた鶴彬がまさに活動を開始しようとする、そんな時期に当たるが、既成柳壇では、ほとんどその影響を受けることはなかった。

既成柳壇では、大正一五年九月に、在関東全川柳吟社聯合が主宰した第一回川柳祭の成功から、急速に機運が高まって、のちに三巨頭と呼ばれる三太郎（三六歳）、雀郎（二九歳）、鯛坊（この年八月一日に「周魚」と改号、四一歳）の呼びかけで、東京に全関東川柳聯盟を結成、翌昭和二年二月一一日に発会式を行った。五月五日には機関誌「昭和川柳」の第一号も出て、軌道に乗るかと思いきや、たちまち足の引っ張り合いが起こり、その年のうちに内部崩壊するという恥を天下に晒したばかりだった。

それより少し遡って、大正の末から、伝統柳壇を騒がしくしていたのは、「二頭（二刀）主義」という言葉と、その是非をめぐっての議論であった。

大正一五年二月の「川柳きやり」七ノ三で、当時の論客であった社人の塚越迷亭は、〈続・覚え書〉（三）の一項に次のように記している。

三太郎氏が合評会の席上で、

葱の香のそれも真冬のこゝろぞや

と云ふ境地の半面に、

三匹になつてドラ猫歩き出し

と云ふ句境を捨て切れぬ悩みがある事を言つた。これを二頭主義と云ふ勿れ。それは真実の言葉である。其処に人生の面白味も哲学もある。「葱の香の」の如く、つきつめた境地ばかりで生きることの如何に窮屈であるかを考へて見るがいゝ。モーニングで居る半面に、どてら縕袍でくつろぎたい気持は、日本人の誰もが持ち合せて居る筈である。【後略】

心情的には迷亭のいう通りだろうが、現象的に見れば、これは二頭主義の典型である。前田雀郎もこの議論に加わるが、かれは一個の作家から現象として二つの句境が分裂発生するプロセスを〈自然〉と見るか、〈意識〉として捉えるかによって、議論が分かれてくるという。

例として芭蕉の「憂き我を寂しがらせよ閑古鳥」と「木枯の身は竹斎に似たる哉」の

二句を挙げ、この両極ともいうべきふたつの相を見て、芭蕉を「二頭主義」だの「卑怯」(二頭主義に対して用いられた常套用語)などという者はいないのに、川柳についてはそれが許せないというのは、考えそのものが「あまりにも川柳的な」視野の狭さに由来していると指摘する。

鶴彬の「二刀作家」と雀郎

おそらく雀郎の眼に触れることはなかったろうが、この論文より二カ月早く、大阪の「日本川柳新聞」第二号(昭和二年一月一日発行)に、鶴彬(当時喜多一二)が「二頭作家に就いて」という短い評論を寄稿している。

この中で、鶴は二頭作家を「自我分裂川柳家」と呼び、「詩園の寄生虫」と吐き捨て、その柳壇からの追放を唱えているが、理由は次の通りである。

【略】我々が二つの異つた世界観や人生観を持ち得ぬといふ意味に等しく、詩人としての我々は二つの詩想主観をもつことはゆるされない、なぜかならば、詩的実在への認識は、統一されたる主観潜入によつてのみ達し得るものであるからだ。

否定論者が一般に理由とする「自我の分裂」は、俗耳には入りやすいが、図式的といえば図式的、教条的といえば教条的である。

雀郎は、こう記す。

詩とは、ある感情の統一された表現である。川柳も詩である以上、同じく「統一された表現」即ちハーモニーの美を生命とする文学でなければならない。【略】ある感情――情緒と云つて置く方がいゝかも知れない――を詠ひ出すにあたつて、その感情の最も純粋であるところだけを拾つて、これを整理し、均衡して表現したものが詩なのである。

だから、その表現は、その時の情緒に従つて最もふさはしい言葉と、ふさはしい姿とを選ばなければならない。【略】

喜怒哀楽、我々の感情に斯くの如くいくつもの相がある以上、それを表現する詩の姿にいくつもの相があるのは当然のことである。

（「川柳きやり」八―三　昭和二年三月）

要するに、その時その時の「自分の心を詠ふのに、一番正しい言葉」によって表現されたものを、姿だけとり上げて「二頭主義」などと呼ぶのは、川柳家特有の融通のきかない考え方で、川柳という狭い世界から一歩「足を抜いて眺め」てみれば、『二頭主義』などゝ云ふ問題は直ぐ消えて無くなる」というのである。

いかにも雀郎らしくきれいな論理で収束してあるが、句会全盛期のこの時代に持ち出された二頭主義などというのが、鶴や雀郎が考えるほど筋の立った議論であったかどうかは疑わしい。

あるいは井上剣花坊がいうように「いはゆる既成作家が口で革新川柳を非難しつゝも

内面に於ては肯定せざるを得ないというヂレンマ」もしくは「俺は貴様らの新しい川柳もつくれるぞ！　といふつまらない悪趣味」か、出る会の性格によって巧みに句柄を変える、よくいえば器用、悪くいえば節操のない作家に対する蔭口程度のものではなかったか。この時代の川柳界自体がまだそのレベルにあったものと考えられる。

「二刀主義」批判

さて、雀郎の「二頭主義」肯定が、一転して集中砲火を浴びせたのが、川上三太郎の「二刀主義」に対してである。

三太郎が、目前是非を問われている「二頭主義」を逆手にとって、あえて紛らわしい「二刀主義」を唱えるには、はっきりした意図があった。

「二刀」とは「両刀遣い」の意味で、「右に『大衆』の剣を持ち、左に『芸術』の剣をかざす」ことだと、三太郎は説明する。

川柳は現状を打破して、もっと芸術度を高め、近代文芸として時代の要求に耐えられる位置にまで引き上げなければならないが、反面、外に向かっては大衆に親しまれる開かれた文芸としての川柳を普及しなくてはならない。この場合、当面は内と外へ向かっての「二つの川柳」を意識的に使い分けることが必要である。

これに対して、雀郎はこう反論する。「句の姿に二つのものがあるといふ事を認める点に於いて」また「結果的に見ては少しも変わりはない」けれども、「その依って来るところのものに対する両者の見解」が全く対極にある。すなわち「彼は、この二つの態度を『意識的』なものと見やうとし、私はこれを『自然的』なものと見やうとする」ここに相容れない溝があるとして、雀郎は設問する。

「純粋の立場から、これは大衆向、これは芸術的などゝいふ二つの魂の使ひ分けが出来るものか」どうか。

あるいは「大衆向」とは「意識された『遊び』」ではないか。「川柳の社会化、大衆化といふやうなものは、こんな低いところから始るべきではない」これでは、三太郎の意図する「民衆への『妥協』」は、もっと悪い「民衆への『侮辱』」になりかねない。要するに雀郎は、「大衆向」などというのは、『川柳』を、そして『大衆』を舐めすぎてゐる」のではないかというのである。

一方的に議論を吹きかけられたかたちの三太郎は、やや辟易気味にこう答える。

「現在あるところのものになり来つた」川柳には「二つの流れ」がある。私は「此の『二つの流れ』を共に価値あるものとして認めて」おり、「今日まで未だ嘗て」「一方を価値なしと断案した事は一度もない」。

「前田氏は『芸術的価値』に就いては云々してゐるけれ共、『社会的価値』に就いては何とも言ってゐない」。私は「芸術も亦社会的存在である」と観じるものであり、価値は二つにして一つである。

そして、逆に借問して曰く。「前田氏、果して『大衆向』を一蹴する勇気、否、その理論的根拠ありや」。

水掛け論には終わったが、三太郎にあって雀郎に無いもの、雀郎にあって三太郎に無いものがはっきりした、当時の既成柳壇では得難い水準のやりとりであった。

先輩への不信？

大正の末から、雀郎は何かイライラしているようにも思える。

大正一五年七月五日には、新聞体裁の「川柳すゞめ」第一号が創刊された。これは雀郎選になる〈都柳壇〉に育った二十代の若者が寄った川柳すゞめ吟社の機関誌で、創立同人は藤島茶六、尾藤三笠、鈴木利二郎、小山晶二、木村あき坊の五人だった。「すゞめ」はいうまでもなく雀郎を師と仰いでの借字で、かれらは自分たちを「竹藪から生ぶ声」をあげた「子雀」に擬えている。

「すゞめ」創刊号

さて、その創刊号に、雀郎は「ヒステリー」という一文を寄せている。その中で、雀郎は川柳界の現状について「自覚せざる症状に於いて、いま斉しくそのヒステリーを経験してゐるのではなからうか」といい、「川柳家は今、明日の川柳維新を前に、いづれも軽躁に自分を忘れやうとしてゐるのではないか」と問いかける。

また、「我々は今、もつとも重大なる時期に直面してゐるのである」というが、それが具体的には何を指すのか、はっきりしない。

はっきりはしないが、明治の新川柳から四半世紀を経た川柳が、曲がり角に来ている予感と、このままでいいのかという焦燥感のごときものは感じさせる。

同誌二号の「朝茶一碗の味」には、この疑問の一端が明らかにされる。先輩によって「川柳味」とは「朝茶一碗の味」だとか「鯛の刺身の味」だとか「塩煎餅の味」だとか教えられて、そういうものだとしか考えてこなかったこれまでの「川柳家は幸福である」。「然らばその『川柳味』なる川柳の価値は何所から生れて来るのか」「先輩の言に従へば、そんな事は判らなくていゝのださうである。ツーてばカーが川柳の生命で、川柳に説明は野暮の骨頂ださうである」と続く。

これは、相手こそ特定しないものの、れっきとした先輩批判である。と同時に、これまでの川柳界の体質を暴露したものだ。

短歌、俳句はすでに文学としての本質が明らかにされているというのに、川柳だけが、

「日本の文化史を背景とせる川柳史観一つさへ持たぬ」まま、その本質も明らかにされず、真の価値さえ知らないで、先輩のいう雲をつかむような言に従って、いつまで迷信の中に安じていなければならないのだろうか。

そして、結論としてこう締めくくる。「いつまでも先輩の神秘説を信じて、朝茶一碗の味の夢から醒めない限り、川柳はつひに過去の文学として葬り去られて仕舞ふだらう」。雀郎は、これが言いたかったのだ。これまで先輩から与えられてきた迷妄から覚め、もっと自分を疑い直すところから出発しなければならない——そう言い切るためには、それなりの決断が必要だったに違いない。これが、雀郎をイライラさせていた原因だろう。

この時代、明治新川柳以来の古参・先輩作家は概ね健在だった。上京して八年、二九歳にしかなっていない雀郎にしてみれば、その先輩たちを向こうに回すような現状分析に踏み切らなければ、先へ進めなかったのだ。

「人境一致」の提唱

櫻井子黄氏の『柳人前田雀郎—俳諧から川柳への軌跡—』(平成九年)の巻末年譜では、「大正十五年」がそっくり欠落、一四年から昭和二年に直結している。理由は不明だが、この一五年で見落とせないのは、雀郎初期の川柳観である「人境一致」論が提唱されたのが、同年九月に静岡で開催された講演会の席上であったこと。

「人境一致」というのは、作句上の態度で、ある事物なり対象にこちらの心が川柳しようと働きかける前に、その事物なり対象がこちらの川柳しようという心に働きかけてくれたかどうかを考える。つまり観察する立場にある自分、すなわち「人」と、その対象物、すなわち「物」とが完全に一致して、はじめて趣のある句が生れる。心ばかりを詠ってもいけない、物ばかりを詠ってもいけない、この二つがうまく溶け合ってこそ、本当の川柳となる、と説いた。

いわば、主観と客観の交差する一点に川柳を捉えたわけだが、実は数年後に論者自身がこれを訂正している。

昭和三年一一月に書かれた「影法師と語る」(『川柳と俳諧』昭和一一年五月所載)では、「しかしこれは現在のわたしからすると、平凡どころか、まだ〳〵至らぬ考へであつて、その上そこに或る程度の距離を両者の間に保たせねばならぬものであることに、今から考へて来て気がついたのである」

とし、このあと雀郎は「距離は美の要素なり」を引き、自分と自分との間の距離、自分と物との間の距離を含めた時間的、空間的な距離がいかに大切かを縷々述べている。

なお、この時期(大正末)の書き物としては、雑誌《みやこ》掲載の次の二編がおもしろい。

日本の民詩「川柳」―巴里ッ子の川柳観―(大正一四年一〜二月)

附け句の味―武玉川私解を読む―(大正一四年六月)

「俳諧の懐へ」

昭和三年二月、雀郎はこんなことを書いている。

あの川柳は俳句に近いとか、この俳句は川柳に近いとか、いふ言葉がこの頃よく使はれてゐるが、その人が俳句とか川柳といふ概念の中に作句せず、本当に自分の句をつくらうとするならば、勢ひそこへ――その俳句と呼んでもいい、また川柳と呼んでもいい句境へ行くのは当り前である。なぜなら、それは「句」という詩型の母体であるあの、俳諧の自由な広々とした天地に遊ぶことだからである。【略】

「句」に還れといふ事――俳諧の精神に還れといふことは、と云って決して川柳を殺すものではない。川柳を殺すどころか却ってそれは川柳をよりいき〱と、真面目に生かさうとするものでなければならない。――俳諧という母の懐へ還ることは、本然の姿に立ち戻ることである。

（川柳小事雑稿「潔癖の人々」『川柳と俳諧』所収）

少し長い引用になったが、ここには雀郎の川柳観がまるごと凝縮されており、久良伎を敵に回さねばならなくなったすべてがあるからである。なかんずく、この後の、

江戸座の系統に属する俳書『武玉川』や『俳諧鏛』の作品を川柳と呼んで少しも怪しまない程の雅量ある川柳家が、何も今更、これは何々の領分のと、その境界争ひに角目立てる必要はないではないか。

にいたっては、名指しこそしていないが、「雅量ある川柳家」なるものが、久良伎であることが誰の眼にもわかる。

また、「あの川柳は俳句に近い」といわれた当人は雀郎その人であり、大正十四年ごろには、十四字も試みている。

一度俳諧を出た川柳を、ふたたび俳諧の母体に返そう――これが雀郎の生涯変わらぬ作句理念であり、実践であった。

秋の夜の隣まで来る下駄の音

播古木の障子に寒い夜の長さ

親も身に灯ともし頃の覚えあり

片かげり今や鮨を裂かんとす

十二月振り向く顔を背に感じ

これらが、初期の作品である。

昭和に入って、〈都柳壇〉はなお隆盛を見せ、都ぶり、都調などと呼ばれる出身作家の活躍も目立つようになるが、昭和四年三月、かほり吟社として都川柳会を再興。同人は河柳雨吉、武田駄々坊、渡辺無足、相良仏、下田東川、大谷一孝ら、雀郎を含めて一一人。翌年、一周年の記念句会を開いたが、これは永くは続かなかった。

昭和初期の川柳界

昭和の初めは、新興川柳が第二期ともいうべき盛期を迎えて全国化、鶴彬などの活動も顕著になり、初めてのアンソロジー《新興川柳詩集》（田中五呂八編）が刊行されている。

しかも、こうした新勢力からはお定まりのような揶揄の対象にされながらも、保守本流を自認する伝統派は伝統派で、明治以降の最盛期に際会しようとしていた。

大正末から昭和二年までの二年間は、吟社創立と機関誌創刊のエポックを刻んでいる。大連、朝鮮など外地を含めて保革、大小を含めて百に近い集団が生まれており、川柳全体にとって最初の黄金期を眼前にしていたのである。

昭和一〇年までの東京では、〈都柳壇〉出身で二十代の作家たちが中堅として実力を発揮し始めるが、この若手作家たちにとって三十代前半の雀郎は、産みの親とも育ての親ともいうべき存在であったから、都ぶりの定着とともに、雀郎はいやおうなく一方の旗頭の地位を占めることとなった。

生活も豊かになり、昭和三年九月には湯河原吉浜海岸に別荘「柳庵」を結んでいる。

（これは、のちにガケ崩れで倒壊した）

処女出版『川柳と俳諧』

この時期、雀郎の文筆活動は精力的になる。そしてほぼ十年にわたって各誌に掲載した各種の文章を集めて、処女出版されたのが『川柳と俳諧』(昭和一一年五月一五日発行。交蘭社。四六判・三五〇頁。定価一円五〇銭)である。

内容は大正一四年の「列車衝突と句数制限」を除くと、昭和二年から九年までに執筆された長短のエッセイで、これらの理解を援けるため、巻頭に長文の書き下ろしで川柳略史「俳諧から川柳へ―川柳詩の史的輪郭―」が添えてある。

序に、緑樹園・喜多村緑郎を据えたのは、雀郎の知己の広さを示すものだろう。稿の大部分を占めるのは「慶紀逸の横顔」「蕪村以前の俳諧」「狂句の発生」など史的考証だが、「柳界小事雑稿」としてまとめられた一二編の短文、及び付録の「影法師と語る」「川柳の作り方」に、川柳の〈いま〉に対する所感と、この時点での川柳観を窺うことができる。

いくつか拾い上げてみよう。

『川柳と俳諧』(昭 11)

「本格川柳」について

昭和七年、番傘川柳社の岸本水府によって、伝統川柳に代わる呼称として「本格川柳」が唱導されたが、これは当時勢力を伸ばしつつあった新興川柳への対抗措置で、川柳の本質を護るためのスローガン代わりであったと、のちに水府は解説している。

が、当時にあって、この唱導の唐突感は免れず、何をもって本格とするかも充分に説明されないまま言葉だけが先行して、川柳界を戸惑わせた。というより、単に「わが党の川柳」を指すならともかく、川柳全体を勝手に呼び変えようとするのは潜越であるという批判が集中した。

これについて、雀郎はこう言う。

「昨日の川柳観とはまた異つて行く明日の川柳を前に、一時の安逸をむさぼらんが為めに、いまだ到らざるに自ら歯止めをかけて、徒らに『本格』の名に隠れ、小さく固つて仕舞はうとするその態度に、あきたらぬものを見るのである」(「本格川柳なるもの」昭和七年一月)

提唱者の水府にしてみれば、「本格川柳」とは一番傘の句振りを指した語ではなく、とかく革新側から標的にされ易い「伝統川柳」の語を廃して、革新にも旧套にも傾くことのない新しい呼称をつくろうではないかという提案だったものが誤解されて、番傘のみが「本格川柳」であると宣言したかにとられた側面がある。

句会の「等級制」について

川柳家の無自覚と、展望を持たないその場限りの生き方については、あちこちで触れている。

口では「川柳こそわが一生」などといいながら川柳とは何かなどについては、とんと無頓着で、革新勢力からは、「覚醒せざるもの」と冷笑される川柳家が、昭和八年時点ではごく普通だった。

「我が一生である筈の川柳に対して行はれる柳論の多くは、曰く句会経営論であり、賞品論であり、等級法統一論であり、更に課題論であつて、いづれも集団的川柳遊戯法に就てのあげつろひのみで、その前の川柳とは何かに就ては、あまり考へようとはしない。(中略)川柳界に川柳家多くして、川柳家のすくなき所以である」(「先づみづからへ」昭和八年一二月)

川柳界なかんずく東京柳界あげての句会中心主義が見て取れる。

昭和七年前後から東京では「句会浄化」などということが叫ばれ、句会選者の資格問題などが取り上げられ、また大阪では七年五月号の番傘誌上に岸本水府が「天地人制」の廃止を呼びかけて、賛否両論に沸いたが、結局全国統一までには至らず、番傘一社の廃止で終わった。

久良伎は即座に、この旧い位付け制度廃止に賛意を表したという。が、雀郎は「何所までもそれを固執するものではない」から、「今後私を納得させる名説が現れゝば、いさぎよく等級廃止も断行する考へである」が、「現在行はれつゝあるやうな薄弱な理由によつてゞは、いづれを行ふも結局同じであるし、私は天地人制ある為めに川柳が向上を阻止されてゐるとも、新味を欠くとも、又それを改めたとて立派になるとも思つてゐないので、同じものなら口馴れた天地人制を喜んで当分つゞけて行きたい」（「天地人制に就て」昭和七年一〇月）と、ここでも真っ向から久良伎と対立している。

雀郎講演と久良伎

昭和八年六月、静岡市で第三回全国川柳家交驩会で雀郎が講演、川柳発生当時の宝暦期には、江戸人といっても思想、風俗ともに折り目正しく、のちのイキとかイナセとかいう概念とは異なって、そういう目から見たらむしろ野暮とも思える手堅さ、生真面目さであったということの例に「十八大通」を引いたことが、人の口を介して久良伎の耳に入り、これが問題の発端となった。

つまり十八大通時代の江戸人は、江戸末期の江戸っ子とは大きな違いで、「黒羽二重をもつて象徴し得る人柄」がそれだと雀郎がいったのを、どこでどう行き違ったのか、久良伎は「十八大通すら僅かに黒羽二重を着てよがつてゐたに過ぎない、野暮な話だ」という意味合いに受け取ったらしい。

果せるかな、これに対する激しい抗議を、久良伎は《氷見新聞》の第九六、九七号に「継古庵柳語」として掲載、雀郎講演は「一知半解」であると激しい言葉で決めつけた。

しかし、講演の実際を耳にしたわけでも、書かれたものを見たわけでもない久良伎にして、これは大きな踏み外しのそしりを免れない。

また、雀郎の「川柳は江戸のものではない、日本のものだ」という言葉尻をとらえて、雀郎が地方人であるがゆえに、そのヒガミをもって「江戸」なる言葉に反感を持つのだと、一流の見解を記しているが、これは狭量というより、雀郎個人に対する当てこすりとより思えない。

雀郎はいう。

「時代を無視した江戸一貫主義と国民性を主とした私の無色主義とは、いつまで経つても一致する筈はないし、私はこゝの考へ方の相違から氏と理論的に川柳上の決別をなしたのだから」（「江戸及び江戸ッ子」昭和八年六月）

大正七年四月、夢と希望に胸を膨らませて上京、初めて門を叩いた師と弟子の、これが一五年後の実情だったのである。

柳俳一如とその境界

川柳は歴史的に前句附から出たものだが、「その前句附を飛び越えて、もう一歩前進しなければならない」というのが雀郎の主張である。川柳が前句附からさらに古きへ行くのを「前進」というのが適切かどうかは措くとして、「そこに展かれるものは、初期俳諧の柳俳一如の世界である」。その母体に還って再出発することが望ましい。そうなると、川柳も俳句も区別がつかなくなるのではないかという問いに、雀郎はこう答える。

「では何所で川柳と俳句とを区別するか。（略）私はこれを諷詠態度の相違と見たい。――といふことは、詠まれたものゝ何所に作者が立つてゐるか、その作者の在る場所によつて、その一つは俳句となり、その一つは川柳となる、（略）俳句の作者は、詠まれたものゝ向ふ側に立つ事を願つた、川柳の作者は詠まれたものゝこちら側に立つ事を願つた。かういふ作者達にとつて、諷詠態度が同じ訳はない。俳句の作者は、自然あつての人間だといふ。川柳の作者は、人間あつての自然だといふ。俳句の作者はおのれも景色の一部だと見たがるが、川柳の作者は景色は人間の一つの背景にしか過ぎないとする」

（「人物のゐる風景」昭和九年一〇月）

これを譬えて、雀郎は・南画における自然と人物（俳句）と、浮世絵における人物と背景（川柳）とを諷詠態度の違いに擬している。

「木の芽」論争

『川柳と俳諧』には収録されなかったが、昭和改元間もなく、〈川柳きやり〉誌上で、「木の芽」論争というのがあった。ついでに、ここへ挿んでおく。

それは、雀郎が句会で発表した、

夜木の芽を感じたり

という短律作品（11音）について、塚越迷亭はこれを「新奇形句」と名づけ、さらに矢野錦浪が、これは「解かれた絵の具」だけの句で、「絵の具だけで驚かしてやらうと云ふ好奇的な試みであつたとすれば、いつそ往来へぶちまけた方がよかつたかも知れない」と評したことから端を発した。

驚くばかりの饒舌で、雀郎は反論する。

「この試みは決して鬼面人を驚ろかさう企みではなく、相当の自信があつての事」で、「油絵としては未完成でも、デッサンとしては完全なものだと自ら信ずる」「それなら何故デツサンのまゝ投げ出したか、私は色を恐れたからである。私はこの感覚を純粋なものとして置きたかつた」したがって、「(解かれた絵具のごとき)単なる材料の集積ではない」批評などというものは、「作者のこの気持にまで入つて来て始めて行へるものだと思ふ」「殊に、夜、木の芽を、感じたりと切つて、既成の外形的な韻律からこれらの句の構成を論じられる事は、この上もない迷惑である」

「一切の形式を忘れて反射的に詠ひ出した」この種の句は『夜木の芽を感じたり』と一気に読み下して、詠み終る途端に自分の心に反射したある気持を、そのまゝ味へばいゝので、決して解剖すべきものではない」「かういふ句のリズムは、その句の上に、作者の魂と読者の魂とが触れ合ふ時、始めてそこに生れて来るのである。それを味へぬ人には、一生かういふ句の持つリズムといふものはわからないだらう」そして、「私は川柳家だけれども、ある時はかういふ気持ちから、こんな句もつくるといふ事を云つただけで」「決して川柳として認めて貰ひ度い為めに無駄口を叩いたのではない」と結ぶ。

（「川柳きやり」第八巻第九号）

この最後の言葉こそ、俳諧の胎内にある俳句でも川柳でもない「句」という、雀郎の不変の境地に結びつくキーワードにもなろう。

都新聞退社と独立

『川柳と俳諧』を上梓する二カ月前の昭和一一年三月、雀郎はせんりう社を創立、第二次の「せんりう」を創刊している。同人は、大野琴荘ら後期の都柳壇出身作家で、執筆陣には東西の論客を擁した。

この一年前の都新聞では、三月一日から文化面が独立、雀郎はラジオ面主任に就任していたが、それから一年措いた一二年一月、突然退社している。
原因ははっきりしないが、オーナーである同郷足利市出身の福田栄助社長の子息恭助の入社で、社内に軋轢が生じたらしい。櫻井子黄氏の『柳人前田雀郎』によれば、「文化部長の給料で新人社員が何人も雇える」と恭助がいったとあるが、高給ではあったとしても雀郎は文化部長ではなかったと推定する。

川柳家としての独立を決意した雀郎は、都柳壇の選者は継続しながら、東京・西銀座のひつじ屋二階に事務所を構え、ここを「せんりう」発行の本拠とするかたわら、二月には、初めての作品集『榴花洞日録』を公にした。

『榴花洞日録』
昭和12年2月28日刊

本書は、Ａ６判・一一四頁。非売品で、内容は、都柳壇の選者吟として在社一五年間に発表した作品の中から、比較的新しい三三八章を選んだもので、謂われるところの都調のエキスとも称すべく、その評価は、作者に乞われた久保田万太郎の序文におおかた尽きている。

音もなく花火があがる他所の町

については、この句集の中の「さびしい」という言葉を使ったどの句よりも、その顔の表情の方が二倍も三倍も寂しい、といい、

何となく柳眼につく寒の明け

については、この句があれば大丈夫。私は安心して明日へこの作者を見送れる、と、辛口の中にも賛辞を惜しまない。

作家雀郎の原点は、まさにここにある。

丹若会創立と大家への歩み

「せんりう」誌は、雀郎の好みを反映した内容だったが、断続して一三年には廃刊となった。

都新聞退社による経済的逼迫が現実のものとなり始めていた。

その翌年、雀郎生涯の本拠となる丹若会が発足、七月六日夕刻から上野・池之端のそば処蓮玉庵で初会を開いた。

同人は井上矢之倉、太田みづゑ、深山二呂三、大木笛我、遠藤風子（本部、発行所、日本橋区江戸橋一−一九−二）ら八人で、隔月で「句集」を発行したが、昭和十六年八月八日、永田町の文芸会館で催した例会を最後に公開句会を中止、翌月から非公開の研究会に切り替え、矢之倉、みづゑと引き継がれた会誌は二呂三が発行者となった。

「丹若」というのは石榴と同義で、雀郎の別号榴花洞に通わせたものだという。

以後、「きやり」の周魚、「川柳研究」の三太郎とともに「丹若会」の雀郎と呼ばれるようになる。と同時に、この頃から三人を指して東京の「三大家」あるいは「三巨頭」

と呼ぶ下地のようなものが出来上がっていった。

日本文学報国会加盟と渡満

さて昭和一五年は、皇紀で紀元二千六百年に当たり、折からの支那事変（日中戦争）下とあって、国体明徴の行事が日本全土で行われたが、川柳界にもまた特筆すべき事件があった。

この年一二月、川柳においては初めての全国組織日本川柳協会が発足、一九日、東京・日比谷公園の松本楼で創立総会並びに発会式が行われた。

日本川柳協会創立
総会で宣言を読み上げる川上三太郎常任委員
（昭和 15 年 12 月 19 日）

東京を中心に加盟各結社の主宰者を委員とし、常任委員に村田周魚（東京支部長）、岸本水府（大阪支部長）、川上三太郎のほか、三宅巨郎（書記長）、山路星文洞（会計部長）の五名、そして委員長には前田雀郎が推された。

昭和一七年には加盟吟社も増えて、全国組織としての基礎も固まりかけたが、この年、日本文学報国会が発足。翌一八年には川柳もその傘下に加えられた。ただし、独立部会ではなく、俳句部会（高浜虚子会長）下の川柳分科会として、協会を母体とする運営事務を一本化した。この時点で日本川柳協会は発展的に解消、雀郎は部会の常任幹事ならびに、一月の川柳分科会の発会式で委員長に就任した。

四月には、川柳分科会を代表して、朝鮮、満州各地視察と講演、在留邦人指導を目的に、長途の旅につく。釜山から黒河まで、苦難の旅であったと想像されるが、このとき初めて着た国民服が、雀郎永年にわたる和服生活との訣別であったという。

〈都柳壇〉の消滅

話は戻るが、これより一年前の昭和一七年九月三〇日、この日を限りに〈都柳壇〉が最後を迎えた。

都新聞の経営者による国民新聞買収と新聞雑誌統廃合による新媒体《東京新聞》の一〇月一日発刊に伴う都新聞の廃刊で、〈都柳壇〉も同時にその幕を閉じたのである。

最後の紙面は、第五面の芸能欄に、「都柳壇　雀郎点」として、東海、草吉、庄作、一吉、みづゑ、二呂三、矢之倉など常連の入選句に、選者吟として「御きんとう様に一日終るなり」と添えてあるが、そのすぐ脇の漫画が、キャラクターの吹きだし（セリフ）で新新聞への転載挨拶をさせているのに、柳壇はまったくいつもの通りである。

二〇年にわたって、多くの川柳人を育て、一派を唱えて川柳壇に存在感を示してきた一つの本拠が、東京の名物新聞とともに姿を消したのである。

同じ年の一二月五日、京橋木挽町歌舞伎座前の弁松で、「都柳壇惜別記念川柳大会」が開かれ、集まるもの六〇人の盛況だったが、この種の会の開催が許されるのも、もはやぎりぎりという戦局にあった。

雀郎は、翌一九年三月、東京を去って、郷里へ疎開することになる。

結婚と二人の男の子

雀郎は、昭和四年一月二八日、三二歳で小糸梅子（二三歳）と結婚。新婦は、江戸から続いた上野の料亭「松源楼」の娘で、実家の没落後、向島で小料理屋を営んでいた。雀郎はその客のひとりだった。

翌年、長男安彦、昭和一〇年に次男の正彦が誕生しており、雀郎はこの息子たちの句をよく作っている。

長男今年一年生

いつか子も時計覚えて朝の飯　（昭和12・5・21）

次男中耳炎に悩む

子の耳を痛がる声を聞くばかり　（昭和13・3・16）

朝を待つ子の学帽とランドセル　【次男】　（昭和16・10・24）

元朝をわれに二人の男の子　（昭和17・1・3）

長男はじめて旅に出づ

子の手紙前田雀郎様とあり　（昭和17・7・28）

病　中

子の齢の十二になれば顔を見る【長男】　（昭和17・8・29）

雀郎は、子煩悩であった。

安彦氏の語る貧困時代

本年は、川柳発祥二五〇年の行事が多彩に開催されたが、その主催団体「川柳二五〇年実行委員会」の委員長として精力的な活躍をされた前田安彦氏は、前田雀郎の長男である。一九三〇年（昭和五年）東京生まれ、七七歳。宇都宮大学名誉教授。

昭和一七年七月二八日の「長男はじめて旅に出づ」と詞書のある

子の手紙前田雀郎様とあり　雀郎

は数え年一三の安彦氏の修学旅行であろう。

わたしはこの句を、三條東洋樹賞受賞の記念講演「私の中の雀郎」（一九七八＝昭和五

三、神戸）で、雀郎の「ただことうた」の代表に挙げた記憶がある。
わたしは何かにつけて、安彦氏に雀郎が乗り移っているのを感じるが、昭和一二年、父が都新聞を退社して以後、戦中、戦後の幼少期から成人に至る間の前田一家の貧窮ぶりは誇張とは思えない。
友だちがみんな行くという日光中禅寺湖へ連れていってほしいとねだって、やっと実現したが、それが矢嶋三嵩子（日光在住川柳家。東武鉄道重役）に頼んだ東武鉄道の割引券であったことや、雑誌といえば月遅れ、蜜柑といえばカビの生えているものと思っていた少年時代の話など、彼みずからが語っている。
雀郎が川柳で「一本立ち」しようと決意した昭和一二年の銀座・ひつじ屋独立から、日本経済新聞夕刊の川柳選者となって、何とか家計が成り立つようになった昭和三二年五月まで、何と二〇年間にわたる貧乏暮らしが続いたことになる。

貧乏もしづかに居ればおもしろい　（昭和14・4）

貧乏へよくも似合った夫婦にて　（昭和27・2）

妻梅子（通称たか子）は、「私が頼んで断る人はない」と自負する社交名人だったらしく、また戦中の食糧難にも食べ物の不便はしなかったという才覚の持ち主で、雀郎の貧困期を支えた。

貧乏もついに面だましいとなり

東京の川柳界は死なず

昭和一八年一〇月、第一次学徒出陣で、「柳乃芽」青年作家聯盟の初代代表・岡田千万騎（一九二二～一九四八）が海兵団入団。川柳界に献艦運動、山本五十六墓参会など、ようやく戦時色が濃厚となった。一九年二月には、雑誌統合の余波が川柳界にも及び、東京では川上三太郎主宰の「川柳研究」一誌だけが残されたが、主宰自身が東京から去り、出版不能に陥った。この時、村田周魚主宰のきやり吟社が「社内報」と名を変えたプリントを発行、昭和二〇年八月の終戦まで、一カ月も休まず続刊した。これは、全国で唯一当吟社だけであり、周魚の執念が感じ取れる。

句会も、空襲の合間を縫っては続けられ、これが細々ながら川柳の命脈を一時も絶やすことなく続けられた。東京の川柳界のしぶとさを見せ付けられる気がする。

そして、昭和二一年九月二三日、上野寛永寺で行われた戦後第一回川柳忌（恒例の会場、天台宗龍宝寺は二〇年三月一〇日の東京大空襲で焼亡。本山に当たる当寺で挙行）には、昨日まで焼夷弾の雨と戦っていた柳友たちが顔を揃えた。（櫻井子黄著『柳人前田雀郎』には「二十年九月の戦後第一回川柳忌に雀郎が出席したかどうかは、未だ不明で

ある」とあるが、二〇年に川柳忌は行われず、第一回は二一年で、この日、雀郎も間違いなく宇都宮から顔を見せていた）

同時代史としての拙文「落丁の時代―第二次大戦と川柳―」で「戦中の東京川柳界」「戦後復興期の川柳」などについてはすでに書いているので、繰り返さない。

疎開中の雀郎と川柳活動

雀郎は、といえば、宇都宮に疎開して終戦の一カ月前、昭和二〇年七月一二日深夜、百数十機のＢ29に襲われ、八〇余トンの焼夷弾の洗礼を受けた。市街地の半分が灰燼に帰したこの大空襲の折、雀郎一家は、松ヶ峰の高台にある鈴木宗満居に寄宿しており、類焼は免れたが、別の蔵に残してきた雀郎の蔵書および家財はすべて焼失した。

栃木県立図書館（宇都宮市）に現存する旧雀郎蔵書（昭和三五年一〇月一三日文庫開設）は、すべて戦後になって集めたもので、「過去に持っていた書籍を買い直すほど辛いことはない」と、よく漏らしていた。

宇都宮で五回転居した雀郎一家が、ようやく新川べり安養寺裏の住居に落ち着いたのは昭和二二年だった。ここを宇都宮生活の最後に、同二九年三月一八日、東京の豊島区駒込に移るまでのほぼ七年間、雀郎の戦後の活躍が始まる。

栃木は、宇陽柳風会でも知られるように、もともと旧派柳風会の影響下にあった。それらの吟社が終戦後復活、あるいは新設される過程で、新川柳を標榜したのは、ひとえに雀郎の功績である。

二二年には、宇陽柳風会の二代会長の橋本千鳴が会名を「下野川柳会」と改称したのをはじめ、同じ年の六月には、戦前のおがら川柳社が不二見川柳社となって「川柳不二見」を創刊。東京で丹若会が復活、再発足したのが二三年一月、この四月には地元では関東配電文化会栃木支部から「なんたい」(二四・四命名)が創刊された。二四年は、一月の川柳二荒吟社創立(「ふたあら」創刊)、七月には、足利の両毛川柳会(二六・一両毛川柳社と改称、「両毛川柳」創刊)が復活。又、矢嶋三嵩子により日光川柳社(二六・四「日光川柳」創刊)が名乗りをあげた。これらを統合する組織として栃木県川柳作家連盟(委員長・前田雀郎)が結成されたのが、二五年三月一九日である。

同時期の東京では

では、終戦から五年、雀郎の栃木県以外での川柳活動はどうだったか。疎開以来、地元薬品統制会社の事務に携わっていた雀郎にも、二一年ごろから川柳の仕事が来るようになり、「アサヒグラフ」の玉石集にレギュラーの座を得たこと、またアサヒビールのPR誌「ほろにが通信」のスタッフに招かれたことなどだが、NHKなどにも企画を売り込んで、架空実況中継「喧嘩と手打ち」などを執筆、実現させている。

二三年に復活した丹若会は、それまで二二年に再建された龍宝寺を句会場としていたが、二四年四月から新橋の烏森神社へ移し、この年一〇月九日、同所で一〇周年記念句会を開いた。ちなみに、この会場はお宮さんの本殿で、お賽銭を上げ、鰐口を鳴らし、手を合わせる参詣者が、御簾越しにこちらを拝むのがよく見える。光線の明暗で先方からは見えない。そんな会が雀郎の死去まで続いた。

句会日の前日に上京する雀郎を囲んで、《柳の葉末》輪講や柳風連句会を国電三河島駅前の龍明館（三笠・三柳居）で行ったのも、二四年から二五年にかけてであった。

二五年には、特筆すべきことが二つある。

ブライス教授

第一は、英国の文学者で俳諧の研究家、R・H・ブライス教授と会見、石川欣一を含めた鼎談「川柳と日本人」（NHK）を実現させたこと。昭和二五年二月、前年までブライス教授の教え子であった尾藤三柳の案内で、目白の学習院宿舎を前田雀郎は初めて訪れた。教授は夫人と女の子との三人暮らしで、初めから打ち解け、話題は俳諧から日本人の世界観、文明論に及んだ。

この対談記録は、「川柳公論」をはじめ幾つかの場に提供してきたので繰り返さないが、特に雀郎の発言中、その俳句、川柳観が分かり易く述べられている部分だけを抄出しておきたい。

以下、全文が雀郎の言葉（三柳筆記）である。

――川柳も俳句も、もともとこの俳諧の中に、兄弟としてあったものです。それがおのおのそれぞれに独立すると、この元を忘れて、全く赤の他人のようにお互いをクサし合う。俳句の方は何か自分を一段高いところにあるかのように思い上がり、川柳は川柳で、その侮りに負けまいと、ことさら高下駄を履いてまで背伸びしようとする。そこに、おかしなものが出来上がります。

さきほどお話のあった若い人のいわゆる詩性川柳などというのも、つまりはそういう虚勢の一つの現われとも見るべきもので、そこから反動的に川柳非詩論などというものも生まれてくるわけです。

ですから、私たちは俳句、川柳と分かれた後の自分たちの考えを一ぺん捨てて、虚心、俳諧というおのおのの故郷へ帰ってみることが必要で、その母のふところへ還った時、私たちはそこでしみじみ自分たちが兄弟であることを思い出すに違いないと思います。

最近、俳句の人たちの間にも、ようやく連句が盛んになろうとしていますが、実作者としてこれを経験された人たちは、やはりそこに川柳が必要であることを言います。俳句の無い連句がかたわであるように、川柳の無い連句もまたかたわであることを、必ず痛感する。で、私が連句を奨めると、中には俳句への降伏だなどと笑う川柳人もありますが、ばかばかしい。

今のところ、川柳が川柳として在るがままの姿で俳句とまみえる場は、この連句の世界においてより無いと思う。こうしてお互いが認め合ってこそ、初めて相手の誤解を是正することが出来るので、そのことなく、遠いところでの独り合点や背伸びでは、かえって軽蔑を買うばかりです。

雀郎を宗匠とした川柳側の連句は、まだ途についたばかりだったが、すでに西島〇丸、三浦太郎丸、古谷盈光、三宅巨郎、鈴木一吉、西村円六、小堀和三、秋和成次郎、尾藤三笠・三柳などにより歌仙数巻を試作しており、対談の席上で、その一部を三柳が読み上げた。

レジナルド・ホーレス・ブライス教授（一八九六～一九六四）は、前年、英文の『SENRYU』（北辰堂）を著し、古川柳への造詣と理解を示したが、その後、『世界の諷刺詩川柳』（昭二五、共著）、『日本のユーモア』（昭三二）、『オリエンタル・ヒューマー』（昭三四）『川柳雑俳に現われた日本人の生活と性格』（昭三六）、『江戸川柳』

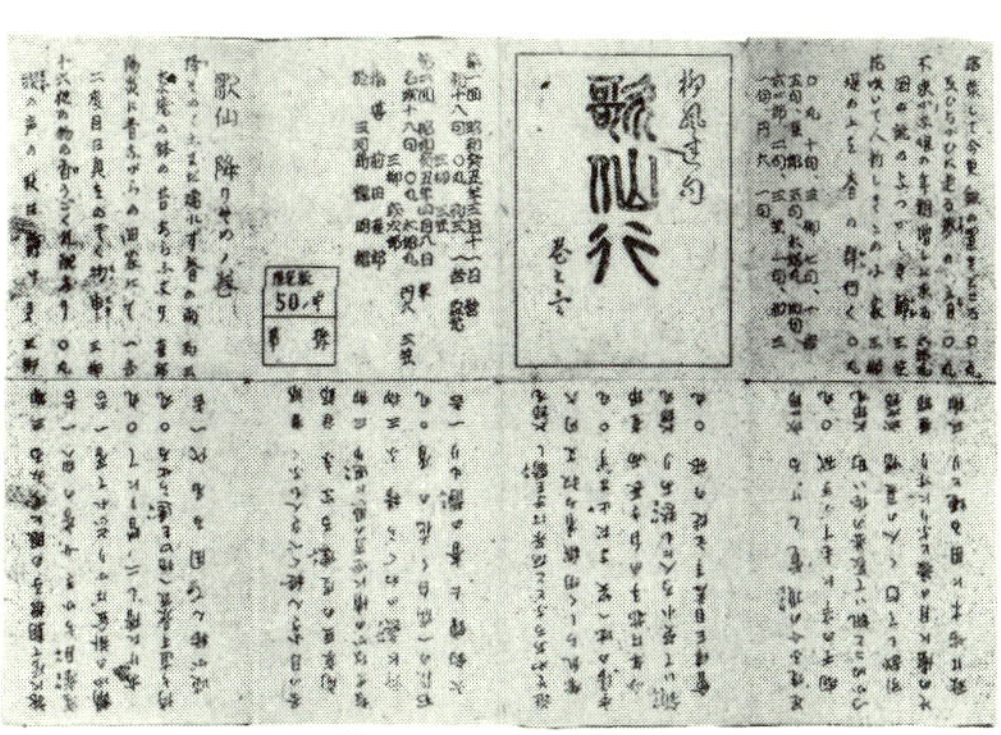

歌仙「降りそめの巻」
（昭和 25 年 3 月・4 月）

（昭三六）などを立て続けに世に出すほどの専門家となった。

昭和三九年、六五歳で没したが、菩提所が北鎌倉の東慶寺（俗称・駆込み寺）というのもその人らしく、墓石には日本語の戒名で、「不来子古道照心居士」と刻まれている。

戦後まだ日の浅い雀郎・ブライスの対面は、どちらにとっても、一つの事件だったと思う。

初代川柳画像との対面

これは東京ではないが、同じ二五年にもう一つの事件があった。というのは、江戸天保期から明治まで旧派川柳宗家に伝えられて、門外不出とされていた初代川柳画像との対面である。

《誹風柳多留》二四篇所載の東橋筆「秋月川柳像」が焼亡したのち、四世川柳が文日

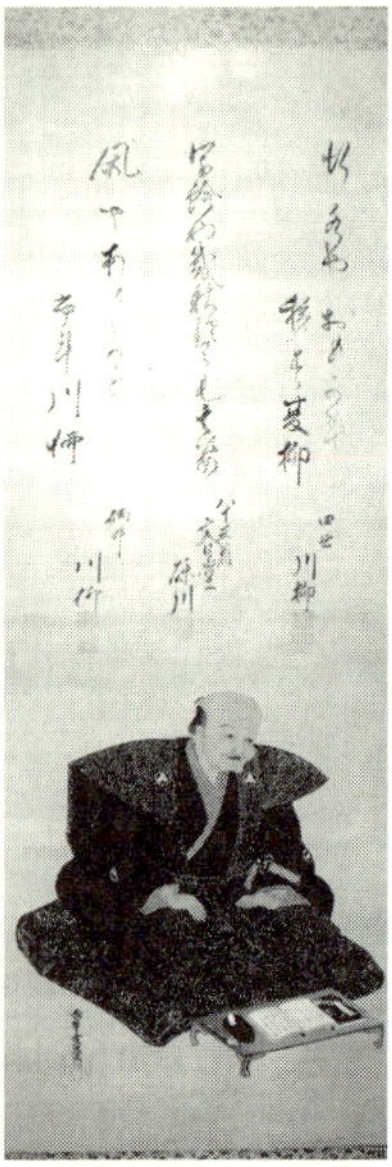

「元祖川柳翁肖像」
〔川崎家蔵〕

堂礫川と図って、長谷川等雪に描かせた川柳像（極密画尺玉絹本）が、初代の面影を残す唯一の画像として、宗家の什物となり、六世川柳以後不明となったが、明治二三年、松楽堂寿鶴が八世川柳に寄贈、八世から次の川柳と目される臂張亭〆太に贈与された。しかし、九世川柳の社中選挙で前島和橋に敗れた〆太は、和橋の緑亭川柳に対して自らも正風亭川柳を名乗り、明治二九年五月、山形県西置賜郡長井村の培柳社で行われた五翁還暦柳風狂句大会の折、当地の佐々木魚心に同画像を預けた。

それから四〇年間ほど画像を見ることはなかったが、昭和一二年、佐々木家からその縁戚である長井市伊佐沢の川崎八郎右衛門（合歓堂李山）方に移され、戦後の当時は八郎右衛門の子で、三井銀行大阪支店長吉兵衛が管理していた。東京を出てから人目に触れることはなかったが、そのために、この貴重な画像は関東大震災にも第二次大戦の爆撃にも遭うことがなかった。

昭和二五年五月、たまたま東北を旅行中だった白河の大谷五花村と前田雀郎の二人が、長井の合歓堂に三井吉兵衛を訪ねた。明治から半世紀以上も門外不出となっている川柳像を、できることなら川柳関係者の手に取り戻し、川柳界の宝物にしたいという意図もあったに違いない。資産家の五花村の発想と推定されるが、移譲交渉は成立しなかった。価格の折り合いが付かなかったというが、川柳界からの二人の客は、明治以後、川柳界の誰も眼にしていない百余年前の絵姿と心行くまで対面した。保存がよく極彩色の本体も表装もほとんど損なわれないまま、画像は二人の前にあった。

この時、雀郎は一葉の短冊を残している。

此の人にわが名すてばや柳かげ　　雀郎

「元祖川柳翁肖像」と箱書きされた件の軸とともにこの短冊は現在も大事に保存されている。

短冊　此の人にわが名すてばや柳かげ　　雀郎　〔川崎家蔵〕

その後、川崎家も代替わり、画像も当主川崎誠一氏（吉兵衛長男）の保存するところとなり、昭和三〇年代川崎家は長井市から東京へ移ったが、それからたった一回、画像は公開されている。

昭和六四年五月、山形県長井市の市制式典と芭蕉の奥の細道紀行三〇〇年祭記念事業の特別展として、現地で一般展示された。

それから二〇年、川柳二五〇年にあたり実行委員会事務局の尾藤一泉の骨折りで、川崎家から貸し出しを許され、東京、北海道初め各地で公開された。雀郎らが初めて対面してから五七年、川柳界は親しく始祖の画像に接する機会を得たのである。

二十年代後半、東京転居まで

それからの四年間、宇都宮に疎開してからちょうど一〇年の昭和二九年三月一九日、東京との長距離往復の生活にピリオドを打って、都内・豊島区の駒込に居を移すまでの雀郎の活動は、川柳の第一人者として完成に向かうめまぐるしい一時期だった。

二七年二月、下野新聞の川柳選者となり、翌二八年八月一六日から三〇年八月二一日まで、満二年七六回に及ぶ同紙への「川柳学校」連載は、総合的川柳解説の第一級資料となっている。この間、二七年一一月三日には、第四回栃木県文化功労者として表彰された。

二四年一月、創立句会の出席者七名から出発、荒川暁村、黒崎奇山、鈴木宗満らと興した川柳二荒吟社は、二九年三月の「ふたあら」をもって発展的終刊となったが、県内川柳改革のスタート地点として、本誌の満五年間は旧体質の本県川柳界に裨益するところ大であった。

二六年の六月には、雀郎の発案で、日光田母沢御用邸を会場に「北関東都市対抗川柳競詠大会」を読売新聞が後援、一月から五月まで、群馬県各都市との対抗戦の締めくくりが、三太郎、五花村、右近、太郎丸、盈光、雀郎を選者として行われたが、翌二七年の第二回は、参加チームが茨城、埼玉、福島、山形を加えた六チームとなり、四月から熱戦を繰り広げた。これはユニークな発想であった。

栃木県の名所、太平山に、当地での活躍の総決算のように雀郎の最初の句碑「太平の曲がれば此所も花吹雪」が除幕されたのは二九年四月一一日で、すでに東京生活に入ってからだったが、この建碑の肝煎りは、二二年六月雀郎の協力で改称、再発足した不二見川柳社の村山東天坊だった。なお、余談になるが、太平山公園と銘打った石碑は前田雀郎の筆跡だが、「大平山」と正しく書いた句碑を、これを彫る際に石工が「、」を加え、通称の「太平山」にしてしまったという。「石工にもノミの誤りだね」と雀郎は笑っていったものだ。

二九年から、最後の東京生活が始まるわけだが、雀郎の六二年を生活の場で分けると、野州狂句のただなかで育ち、川柳に目覚めていく青春期の約二〇年、東京へ出て川柳家としての地歩を築き、師の久良伎とは思想上の確執を生みながら大家への道をたどり、第二次大戦に遭遇するまでの約二五年間、疎開した故郷栃木で新川柳の普及に努める傍ら、川柳が職業として成り立つ社会的地位を獲得していった約一〇年間、再度の東京生活で、三二年五月盛大な還暦記念大会に前後して、「税のしるべ」全国巡回大会や幾つかのラジオ名放送を残すなど精力的に活躍、三四年豊島区駒込から新宿区下落合に転居した翌年、鬼籍に入るまでの約七年間ということになろうが、バランスを欠くのは晩年の七年間が余りにも短か過ぎたということではなかろうか。

短い晩年とその死

その最後の七年間を追ってみよう。
三〇年五月、丹若会の機関誌「せんりう」が新装復刊された。

「せんりう」第18号
表紙画・伊東深水
昭和34年〔朱雀洞文庫蔵〕

それまでのガリ版刷り句会報に代わって、Ａ５判の冊子となり、表紙は伊東深水、口絵に下沢木鉢郎の版画を挿むという雀郎の道楽の一面を反映したもので、川柳誌といえばまだ貧弱な当時の人々をおどろかせた。隔月刊で「前田雀郎追悼号」まで二一冊が発行されている。「せんりう」発行と時を同じくして、毎月の例会場も新橋の烏森神社から人形町のすき焼き屋「今半」の階上に変わった。

税のしるべ社とタイアップした全国一三カ所を巡回した川柳大会は、当時としての大イベントだった。その成果は、講演と入選作品を収めた新書判の『川柳新風』三巻として残されている。

東京大会の雀郎選「騙す」の天位「騙される夜は見事な酒の味　冨二」、川上三太郎選「蟻」の軸吟「蟻アルファベットを踊り水に死す　三太郎」などは、六〇年近く経た現在も耳に残っている。

三二年二月には、《日本経済新聞》の選者として押しも押されもしない地位を築き、五月には、向島吾妻橋畔のアサヒビールで、盛大な還暦記念大会が開かれ、戦後はじめて二〇〇名を超す参加者を見た。赤のチャンチャンコがちぐはぐに見えるほど、真っ黒な髪をした雀郎は若々しく、このあと数年で亡くなるとは誰も思わなかった。

この時期、雀郎は名放送ともいうべき講演を相次いで残した。いずれもNHKラジオ第一で、一は、四月一〇日の皇太子成婚にちなんだ「川柳の中の『人間天皇』」で、これは川柳にとっても画期的な事件であった。ミッチー・ブームなどとフィーバーした当時の寛闊な雰囲気が許したもので、それから再び過敏な状態に戻りつつある皇室関係記事の現状などから考えて、この時がおそらく一回きりのチャンスだったと思う。川柳で「天皇」を論じた唯一の放送として歴史にとどめたい。

この年の川柳忌に、龍宝寺にマイクを持ち込んだNHK第一からの「初代川柳を繞りて」も、雀郎ならではの好放送だった。

下野新聞の「川柳学校」を中心に既発表のエッセイをまとめた最後の著書『川柳探究』を有光書房から刊行したのが三四年、この年山形県の飯豊山に二基目の句碑が建てられている。皇太子ご成婚記念として菅野清吉が尽力、「お二人の笑顔に笑顔おのづから」が成った。前年の放送が形を成したといっていい。

駒込駅脇の急坂の途中にあり、決して住みよいとはいえない環境からようやく抜け出

『川柳探求』
昭和34年
〔朱雀洞文庫蔵〕

し、新宿区下落合の落ちついた住宅地に居を移した雀郎は、翌三五年の年明け早々、尿毒症で北里研究所付属病院に入院、そのまま帰らぬ人となった。一月二七日午後五時五〇分だった。

行年は満六二歳一〇カ月。

その通夜の席上、同人（笛我、辰巳、寿夫、和三、円六、二呂三、稲浪子、三柳）相議して丹若会の終結を決す。

同二九日、同家で葬儀（葬儀委員長伊東深水）。

二月六日、宇都宮市清住町宝勝寺に葬る

法名・俳諧亭源阿川柳雀郎居士

三月一三日、日本経済新聞社ホールにおいて追善川柳大会。

一一月、栃木県立図書館に雀郎コーナー開設。書籍二〇〇〇、川柳雑誌一一三種、その他七〇余種。（図書記号M）

四〇年、宇都宮二荒山神社境内に句碑「夢の中古さと人は老いもせず」。句集『古さと』刊行。

五六年、川柳全集九巻『前田雀郎集』

〔「川柳公論」175号（二〇〇七・五）から178号（二〇〇七・一一）〕

雀郎句碑（二荒山神社境内）
夢の中古さと人は老いもせず

徹底検証　狂　句

——川柳とのさかい——

序説　今なぜ「狂句」か

「狂句」という言葉は、誰でも知っていると思う。では、「狂句」とは何か、と聞かれると、答えられる人はまずいない。それほど、狂句というものは、永いあいだ等閑に付されてきた。川柳二五〇年の歴史の中で、紛れもなく「狂句」と呼ばれた時代が三分の一もあったにもかかわらずである。

それは百年を遡って、それまでの狂句を否定し、近代川柳を唱導したとされる先駆者、例えば中興の祖といわれる阪井久良伎にせよ、「新川柳」という概念を普及させた井上剣花坊にせよ、当面の否定対象である「狂句」については、ついに正確な理解をもたない

まま、時代の趨勢のままに狂句が世間の表面から後退し、気がついたら状況が変わっていたという偶然性に負うところが多い、

「狂句排撃」とか「川柳の改革運動」などというのは、後になってのレトリックで、当時の久良伎は「明治の新狂句を作りたい」（『川柳梗概』明治三六）などといっていたし、剣花坊にいたっては、歴史観の片鱗も持たなかった。

この両者に先立って、初めて川柳および雑俳の系譜を明らかにした《前句源流》の著者、中根香亭の碩学をもってしても、「狂句」という概念には、曖昧さをとどめたままである。

あるいは「狂句とは世に川柳と称するものなり」といい、前句附が「明和の頃に至り、漸く変化を生じて、狂句となりたり」と記している。明和二年は『柳多留』初編が出た年で、確かに掲載句には前句が省かれ、これが一句立ての契機にはなったが、この頃はまだ「狂句」という呼び名はなく、香亭は「独立単句＝狂句」と思い込んでいた節がある。

これは、のちにいう「名称としての狂句」と、のちに狂句と呼ばれるような性格を持った、つまり「風調としての狂句」を混同したものである。狂句的風調はすでに文化の頃から顕著になるが、これは「狂句」とは呼ばれず、普通「前句」と呼ばれていた。

「狂句」（正しくは俳風狂句）と呼ばれるのは文政中期以降だが、名称がついたからといって、それ以前の風調が変わったわけではない。

それが、明治に至って、あらぬ妄説と結びついた。「狂句」の命名者が四世川柳だから、その四世が風調まで捻じ枉げてしまったかのよう受け取られた。これは、四世当時の風調を実際に目にすればすぐ分かることだが、誰一人そうした地道な検討をする者はなく、それまで正式な呼び名がなかった独立単句に名称を与えただけの四世が、諸悪の元凶のように見做された。つまりは、お門違いであった。

実際に「柳風式法」などの大仰な禁忌事項を定め、「句案十体」によって狂句を詰屈なものに性格づけたのは五世であり、狂句の文芸としての堕落はここから始まるのだが、そうした歴史的事実には目も向けず、さしたる論理的根拠もなく、狂句といえばすなわち悪と決め付けた明治先覚者たちの曖昧さが、そのまま受け継がれてきてしまったのが現状である。

たしかに明治狂句の堕落振りが目に余るものであったことは否定しようもないが、それだけで狂句のすべてを律しようとするのは、正しい態度ではない。

成るべくして成り来たった「狂句」には、川柳の歴史を支えた一時代の存在意義があり、一斑だけでしか論じられてこなかった「狂句」に、改めて照明を当て直すこととしたのは、これまで等閑に付されてきた川柳史の欠落部分を再構成したいという思いにほかならない。

「俳風狂句」

いわれるように、「俳風狂句」は、四世川柳の命名である。

天保三年、五五の賀の祝いに、歌川国貞が描く肖像にみずから賛をして、

抑も俗語を旨とし人情を穿ち、新しきを需るに、今は下の句ありて上の句と云へるは少く、始めより一句に作りたるが多ければ、俳風狂句とよべるぞおのがわざくれなるける五十五叟　四代目川柳

と記しているが、趣旨も理由もきわめて明確である。

すでに六〇年前の明和二年（一七六五）五月、呉陵軒可有が『誹風柳多留』初篇を編むに当たって、あえて前句を省いて、「一句にて句意のわかり安きを挙て」以来、絶えず独立への志向を強めてきた附句が、いまや一句立てとなったにもかかわらず、依然として固定した名称を持たないまま放置され、恣意的に「前句」などと呼ばれているのは時宜に適さないと考えたのは、ごく自然である。

＊

江戸南町奉行所筒井伊賀守二番組与力配下の物書同心、人見周助こと眠亭賤丸が、文政八年（一八二五）九月、四代目川柳を襲名、翌九年八月に向島の木母寺境内に末広碑を建立して、「東都俳風狂句元祖　川柳翁之碑」と刻んだのが、その呼称の初めとされている。

しかし、実際にはそれ以前の賤丸時代から、改称の腹案を持ち、周辺もそれを知ってい

たと想像される節がある。

というのも、四世襲名に二カ月先立って刊行された柳多留八七篇の序（楓山）に、花屋の柳多留を指して「世には川柳点と申す狂句の集にて候」と記していることである。楓山は、それまでの「前句」と呼ばず、「狂句の集」と呼んでいることで、これは、この時点で「狂句」の称が一般化していたことを示している。

やがて、この新称が初代川柳にまで遡って、「狂句」と称する通念が生まれる。初代川柳をもって「俳風狂句」の祖と見做す考え方は末広碑建立と同時に始まったことは、この記念大会を掲載した柳多留九七編（文政一〇年刊）の序に、花屋（菅子）が初代川柳を指して「ここに狂句の元祖川柳翁は」と記していることでも明らかである。

四世が「東都俳風狂句元祖四代目川柳」と書くときの「元祖」は「本家」もしくは「家元」の意味で、したがって「四代目」と矛盾しない。のちに《前句源流》をはじめとして、さまざまな憶測を生んだ末広碑も、「初代」を顕彰したもので、四世自身を指しているという説には賛成しかねる。しかし、「元祖」という言い方はいかにも誤解されやすく、その間に混同があっても致し方ない。

＊

さて、「俳風狂句」の称が、四世を嗣いだ賤丸が急に思いついたものでないことは想像に難くないが、では、その発想の元となったものは何であったか。親交のあった狂歌堂や六樹園の「狂歌」からヒントを得たとするのは、手っ取り早くはあるが、いささか単純過ぎる思いがなくもない。

四世が「狂句」の語を用いるのは、これが初めてではない。襲名を遡ること一六年前の文化八年（一八一一）、十返舎一九が序文を書いている柳多留五八篇は、賤丸の独選に近い集だが、その中の句会の一つで、単語題を出題して「五題乱撰」というのを行っている。その「五題」とは「忠・孝・月・芝居・狂句」で、具体的な意味を持つ四つの単語とは別に、「狂句」とあるのに注目しなければならない。

「狂句」とは、作句者に何を求めているのか。それは、全勝句（入選句）の中から、他の四題に該当すると思われるものを除いた残りの句柄から、おのずから明らかになろう。

深く検索するまでもなく、この時の「狂句」とは、いうところの末番句、破礼句、つまり戯れ句、艶笑句一般を指していることが容易にわかる。

のちの「俳風狂句」が、これと同じニュアンスで導き出されたとは思えないが、言葉のヒントはこの辺りに胚胎すると考えられなくもない。いずれにせよ、「狂」は「タハレ」であり、四世自身がいう「世の中の穴を穿ちて、つれ〳〵をなぐさめ」「はらをかかへてかと口に福の神を招く」（柳多留一〇三篇＝文政一一）ことである。

＊

しかし、この「狂句」という言葉には、これらとは別に古い文学史的な歴史がある。そこに少し立ち止まりたい。

「狂句」の名義

「狂句」という語が、日本の文献に初めて現れるのは、二条良基の連歌論書『連理秘抄』(一三四九)に、句体のバリエーションとして挙げられたもので、こう説明されている。

「是は定まれる方なし。只心ききて興あるやうにとりなすべし」

つまり、気が利いて一興ある言い方をするということで、共通した語として、「利口」「利舌」や「異物」「鬼語」「奇言」など、いずれも軽みや機知を指していると思われる。同じ著者の『筑波問答』(一三五七～七二)にも「有心無心とて、うるはしき連歌と狂句とを、まぜまぜにせられし事も常に侍り」あり、ここでは無心連歌が「狂句」に当たる。

これから百余年を経て、文学としての連歌を完成させた宗祇法師の『吾妻問答』(一四七〇)では、「連歌師の俳諧と申すは、狂句の事に候なり。俳諧体と申すは、利口などしたる様の事に候也」とはっきり定義づけている。「滑稽俳諧也」(『史記註』)とすれば、滑稽＝俳諧＝狂句という公式が成り立つ。滑稽(＝酒器)の口から酒が流れ出すように弁舌よどみなく、よく難問を解き(頓知)、是非を言いくるめるのが俳諧であり、連歌師にとっては、これは「狂句」と同義であるというのである。

俳諧も狂句も、もともとは鎌倉時代初頭の「無心連歌」(無文)、末期に興った歌人でない階層による「地下連歌」(地連歌とも)を母胎としたもので、堂上連歌(有心)が、風情、風姿、優美、和歌的風尚を重んじたのに対し、理詰めや機知的発想をよろこび、縁語、秀句（言い掛け）を駆使した俗体を指しており、後鳥羽院は前者を「柿の本衆」、後者を「栗の本衆」と名づけている。

二条良基とその師救済の共編になる『菟玖波集』（一三五六）二〇巻には、巻の十九雑体連歌に当然「俳諧の部」が設けられている。

ところで、わが国における「俳諧」の初出は、九〇五年の古今和歌集巻十九に雑体として見えている「誹諧歌」五十八首である。古今集には「誹」を用いているが、訓みは慣用として「ハイ」であり、「俳」と同義、意味は「俳（わざこと）」を旨とした「おかしみ」を指している。「俳ハ戯也」（『説文』八篇上）である。

俳諧歌とは、したがって「滑稽歌」ということであり、「歌」でない「俳諧」は「狂句」と同義である。したがって、「狂句」の淵源は古今集にあり、それが三百年をへだてて無心（地下）連歌として蘇ったということになる。

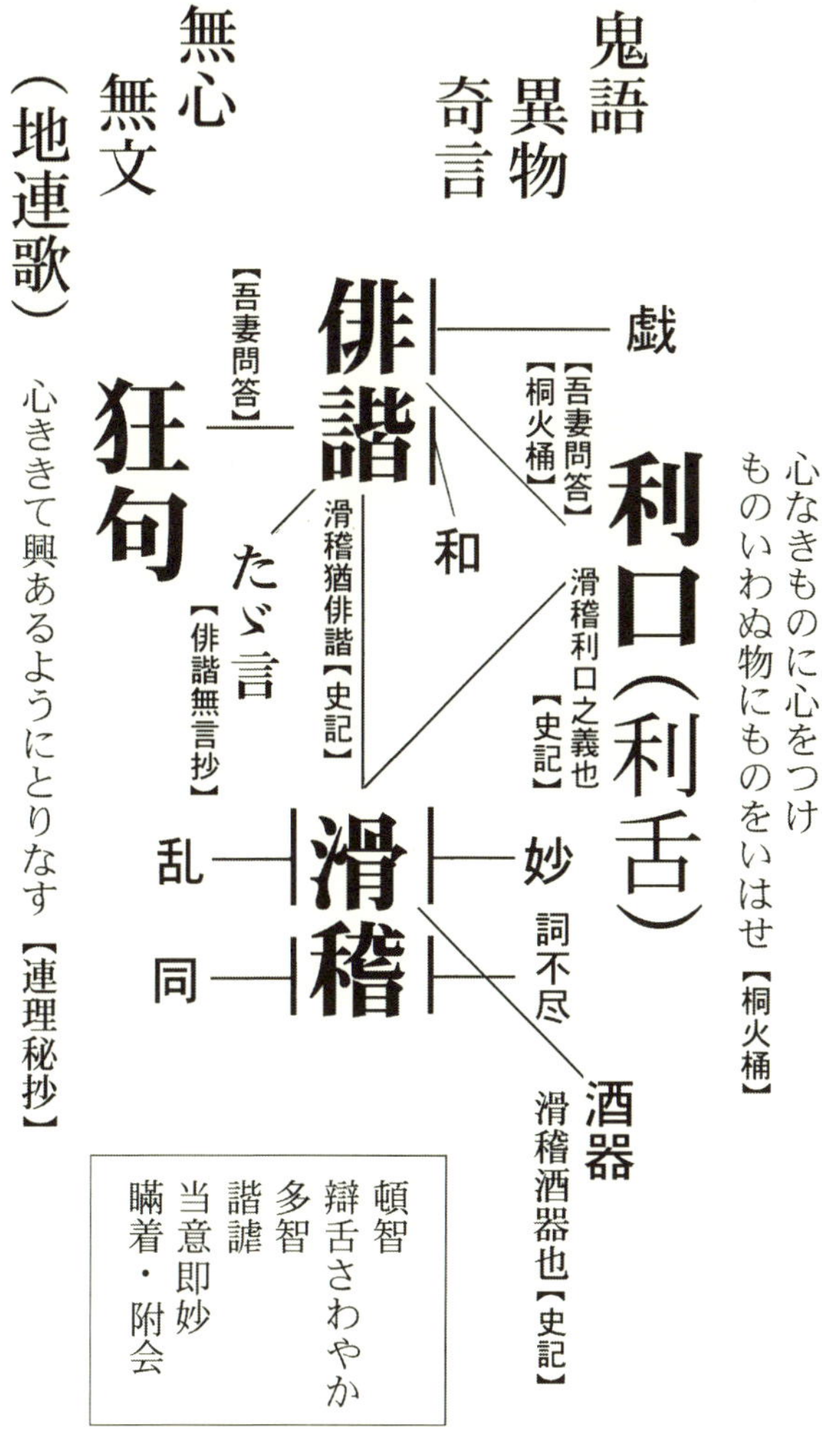
心なきものに心をつけものいわぬ物にものをいはせ【桐火桶】
鬼語
異物
奇言
戯
【吾妻問答】【桐火桶】
利口（利舌）
滑稽利口之義也【史記】
無心
無文
（地連歌）
俳諧
【吾妻問答】
狂句
和
滑稽猶俳諧【史記】
たゞ言
【俳諧無言抄】
心ききて興あるようにとりなす【連理秘抄】
滑稽
妙
詞不尽
酒器
滑稽酒器也【史記】
乱
同
頓智
辯舌さわやか
多智
諧謔
当意即妙
瞞着・附会

芭蕉の「狂句」

「狂句」とは、連歌の俳諧体から出た「俳諧の連歌」すなわち「俳諧」そのものである。これを裏付けるように、近世の芭蕉が、みずからの営みを「狂句」と呼んでいる。よく知られた『笈の小文』(一七〇九)の中の「宝永六年孟春慶旦」の自署である。

「百骸九竅の中に物有。かりに名付て風羅坊といふ。誠にうすものゝかぜに破れやすからん事をいふにやあらむ。かれ狂句を好こと久し。終に生涯のはかりごとゝなす」

この「狂句」を自嘲交じりの卑下と受け取る必要はない。狂句すなわち俳諧なのである。

さらに、これより二五年前の『甲子吟行』(一六八四)に、貞享元年秋八月「名護屋に入ル道のほど調吟す」として、

狂句木がらしの身は竹斎に似たる哉

が見えている。

これはのち、「冬の日」として『猿蓑』に収められた「尾張五歌仙」の巻頭に置かれ、その際、次の詞書がつけられた。

「笠は長途の雨にほころび、紙子はとまりとまりの嵐にもめたり。侘尽したるわび人、

我さへあはれに覚えける。むかし狂歌の才子、此国にたどりし事を、不図おもひ出て申侍る」

旅にすがれた己の姿を、仮名草子『竹斎』（寛永年間頃刊）の主人公に擬えた風狂は、初めて会う芭蕉を手ぐすね引いて待つ野水、荷兮、杜国ら名古屋の連衆を驚かせたにちがいない。

なお、「狂句」の語は、貞享四年（一六八七）の其角撰『続虚栗』にも、山口素堂の序の中に見られる。

「（略）ある時人来りて、今やうの狂句をかたり出でしに、風雲の物のかたちあるがごとく、水月の又のかげをなすににたり。（略）

われわかかりしころ、狂句をこのみて、今猶、折にふれてわすれぬものゆゑ、そぞろに弁をつひやす。（略）」

芭蕉にせよ、素堂にせよ、ごく普通に「狂句」の語を用いているのは、それが「俳諧」と同義とされてきたからだが、すでに辞書にも「連歌の無心の句や俳諧の風狂の句」（『広辞苑』）と登録されている。ただし芭蕉や素堂が、狂句を単に「おどけた句」「滑稽な句」とだけ理解していたかどうかはわからない。

俳諧の概念も、時代とともに変化していることは、俳諧連歌の草分けともいうべき荒木田守武が、すでに『独吟千句』（一五四〇）の跋で「俳諧とてみだりにし、笑はせんとばかりは如何。花実をそなへ、風流にして、しかも一句ただしく、さて、をかしくあらむように」といっていることでも想像できる。

おかしみは俳言を構成する一部ではあっても、すべてではない。俳諧は風狂ではあっても、単なる「たはれ」ではない。用語としての「俳諧」も「狂句」も、この頃は発生当時の原義を失って、形骸化していたと考えていい。

ずうっと後年の碩学高田予清《ともきよ》（国学者）が、

「桃青といふえせものが漫りに正風といふ名をいひ出せしより、こよなう俳諧歌は廃れたり。（略）然れば俳諧歌の正風とは、をかしミあるをいふべきに、この法師（註・芭蕉）が（として発句十を例に挙げて）みなさびしげなる手ぶりにて、少しも俳調（ワザコトブリ）にかなはず。こは正風の字（モジ）を心得ひがめて、戯（タハレ）たることなきをいふとおもひしなるべし（略）」　（『俳諧歌論』文政九年）

といっているのは、俳諧の本質を無視して、幽玄閑寂やさびしをりに置き換えてしまった芭蕉はけしからんという原義への拘りである。俗談平話を旨としながら、芭蕉によって、俳諧の一部は別のものになってしまった。この「別のもの」を「正風」などと称するのは、邪事（よこしまごと）だと、与清はいうのである。

「狂」と狂歌

ここで、「狂」という文字に少し立ち止まってみたい。

連歌の「狂句」とは、どんな経緯で名づけられたものか。

日本には、古く「狂言」がある。中国の詩人杜牧（八〇三〜八五三）が「忽発二狂言一驚二満坐一」と詠んだ「狂言」が、奈良時代の散楽とともに輸入されて、平安の田楽、鎌倉の申楽などと影響し合って能楽の狂言として定着したものと想像されるが、この場合の「狂」は「滑稽」のことであり、これに倣ったと考えるのが自然である。

系統は異にするが、これと同じ経緯で生まれたと思われるものに狂歌がある。漢語で「狂歌」「狂詩」といえば、杜甫の俳諧体や宋の袁淑の『俳諧集』など、遊戯的な詩文を指し、俳体という語もあるが、これはいうまでもなく中国詩の狂体である。

日本の狂詩は、中国から同形式のまま輸入して、江戸の中期に、寝惚先生（太田南畝）、京都の胴脈先生（畠中観斎）を頂点として流行した新しい文芸である。

さて、狂歌であるが、日本の和歌の狂体には二つの流れがあり、万葉集巻の十六に現れる「戯笑歌」の系統は、のちの勅撰集からはずされて落首として巷間にひろがり、古今和歌集に雑体として現れる「誹諧歌」は、狂歌として独立の道へ進んだという考え方には、説得力がある。

その狂歌の概念的な先駆は、現存する最古の集として、鎌倉時代前期の暁月坊（〜一三

二八、藤原為家の子、為守）の『酒百首』（狂歌酔吟藁百首、百酒狂歌）として現れる。

「狂歌」の呼称は、頓阿上人の歌論書『青蛙抄』（一三六〇～六四）に始まると一書にあるが、暁月坊没後二七年後の文和四年（一三五五）三月の記がある同書の序（江湖山人季鞠）には、すでに「百首狂歌序」とあり、冒頭にも「亡師商珍百首狂歌を詠じ、自ら酔吟藁と号く」と見えていることから、この方がわずかに早い。

それまでもそれ以後も、狂歌にはさまざまな異称があった。俳諧歌のほかに夷曲、夷振（ともにヒナブリ）、夷歌（ヒナウタ）、狂言歌（キョウゲンウタ）、佐礼歌（ザレウタ）、戯歌（タワレウタ）、興歌（キョウカ）の類である。

実際に文芸として意識されるようになったのは室町時代末で、俳諧の連歌隆盛と同時に、荒木田守武（『世の中百首』一五二五）や山崎宗鑑など、俳諧師の力によるところが大きい。以後は、戦乱の世と深い関係を持ちつつ笑いが持て囃されるようになり、建仁寺長老永雄の『堀川百首』（一五八八）をはじめ、近世初頭には百科全書的文人松永貞徳に『百首狂歌』（一六三六）があって半ば職業化され、烏丸光広、木下長嘯子らが世に知られるが、実作者としては、石田未得（『我吟我集』）、半井卜養（『卜養狂歌集』）や、鯛屋貞柳（『貞柳翁狂歌全集類題』）などもっぱら貞門の俳諧師によって受け継がれる。

ここでは狂歌の歴史を詮索するのが本意ではない。狂歌のはじめが、俳諧（俳諧の連歌）と深い関係にあったことと、それが「狂歌」と名づけられていくことに、どんな因果関係があったかを考えたい。

古今和歌集の伝統に従えば、おかしみある歌体は「誹諧歌」と呼ぶべきである。すでに和歌の雑体として位置づけられた「俳諧」を「狂」と置き換えたのは、連歌における「俳諧」＝「狂句」と無関係ではあるまい。一方は「歌」であり、他方は「句」であるという違いだけで、この段階での両者には内容的にも共通点が多い、それがともに冠された「狂」であるというのなら、きわめて判りやすい。

「俳諧」同様「狂歌」も、後からいくらでも意味づけは出来る。室町時代末期から定着したと思われる狂歌は、俳諧の連歌とパースペクティブな関係の中で、ごく自然に名づけられたものとすれば、その「狂」は狂句と全く同質のものだろう。

天明期を黄金時代とする狂歌からは、狂文、狂画、狂名、狂詠、狂体など「狂」を被せた派生語が数多く生まれている

もう一つの「狂句」

文化八年（一八一一）、この時『誹風柳多留』は五八篇を数えていた。「いま五十八編の大盞引受けたる志津丸子の手際はすっぱりえらみ出せる句々はみな一本木のまじりけなし」と、十返舎一九が序に記しているように、眠亭賎丸を立評とした小石川連三つの会の勝句集である。

この中の一会（一回）に、金牛、賎丸、礫川三評による「五題乱撰」として、「忠・孝・

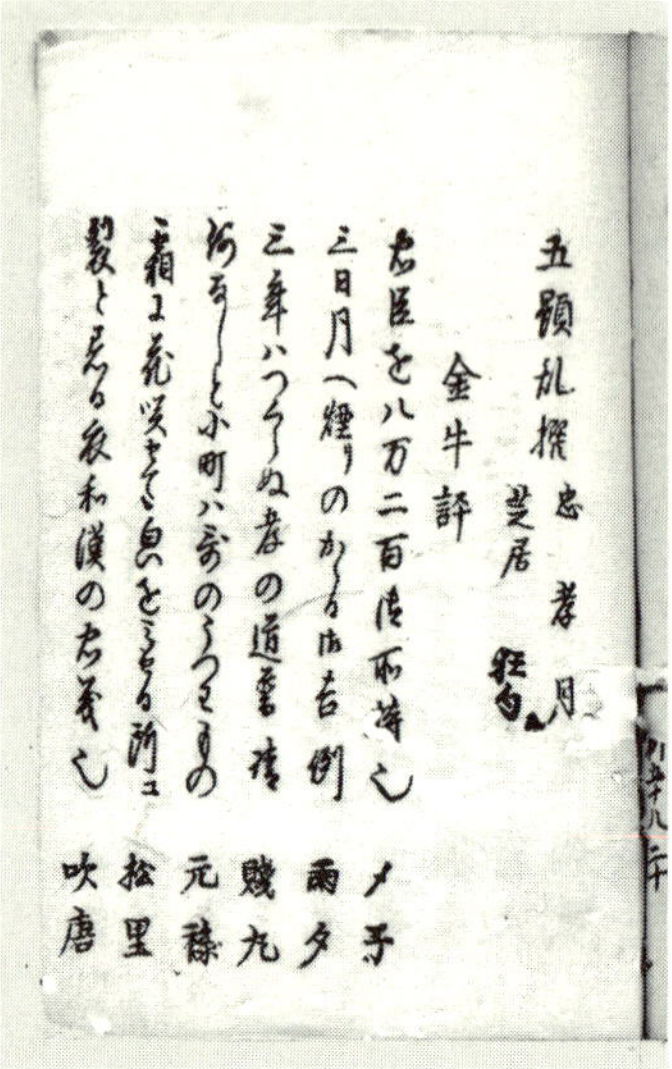

『誹風柳多留』58篇　「狂句」初出

月・芝居・狂句」の五課題が出されている。

「乱撰」は課題別でなく全課題くるめての選ということだが、ここで問題となるのが課題最後の「狂句」である。これだけが具体的内容を持たない課題であると同時に、それがなぜ唐突に「狂句」なのか。そもそも、どこから出てきたのか、戸惑わざるを得ない。

となると、三人の選句内容で、他の四題を素材にしたもの以外の句柄から類推するしかない。そして、すぐ気が付くのは、三評ともいわゆる末番句が異常に多いということである。つまりテーマにかかわりなく、下がかりの「わらい」を要求したのが「狂句」らしい。

現に、自分の選以外の金牛、文日堂両評に通り句となっている賤丸自身（出題者と推定される）の句が、

大山伏を夢に見て弓削めされ

という孝謙女帝を標榜した、いわば艶笑句である。

推測すれば、のちに「破礼句一題」などとして出題される先駆ではなかったか。したがって深い意味はなく、その文字面からほとんど思いつき程度に使われた用語と思われ、われわれがこれまで詮索してきた「狂句」とは、全く関係がないと見ていい。

しかし、それから一四年後、この偶発的な「狂句」が重要な意味を持つことになる。

因みに、「狂」を冠した文芸として、同じ文化のころ、中京地区にやはり前句附、笠附中心の雑俳から「狂俳」と呼ばれる一体が興っている。名古屋は元禄期以後雑俳が流行、美濃、尾張、三河、伊勢、遠江地方を含めて地方点者の興行が盛んに行われていた。狂俳は、一種の破調笠附で、永日庵壷洲などの唱導で、天保年間には最盛期を迎え、『狂俳都の風流男』『選集楽』『太はし集』『続太箸集』『狂俳叢書』などの高点句集が出されている。

四代川柳について

文政七甲申年（一八二五）秋九月一二日の夜明け前から、翌一三日の明け方まで二四時間にわたって、両国の河内屋楼上で、四代川柳の名披露目会が開催された。寄句一万、志評、相評一三名という大会である。四代を継いだのは、眠亭賎丸四七歳、文日堂の強い推挙と社中の推薦によるものだった。この大会の勝句は、柳亭種彦（木卯）の序で、柳

四代目川柳・人見周助
（『狂句百人集』）

多留八一、八二篇に収録されている。

賤丸（志津丸）は初め大塚に住んで、文日堂の折句連にあったが、師とともに川柳風の連衆となり、二世川柳に学んで、文化三年（一八〇六）二九歳の折、二世川柳独選の柳多留三五篇に、勝句八章が初見される。若くして才能をあらわし、三四歳で評者に列し文政七年には、三世川柳の早期引退で仮宗匠となり、九月正式に四代を襲名した。

この頃は人見家に入り、周助と称して江戸南町奉行所（奉行・筒井伊賀守政憲）の二番組与力配下として八丁堀にあった。

この道の師である文日堂は、四世についてこう記す。

「（略）今さちに四代目川柳なむ出て全象始て見え、たゝちに真面目を得たり。（略）」（四世川柳名弘会跋＝文政八年）「（略）もとより一を聞て万を知れるの才いとたくましく、たゝちに古代川柳の滑稽をさとし、既に今斯の如し。（略）」（成田山不動明王奉納狂句合跋＝天保三年）

四世襲名の折七八歳の文日堂にとって、賤丸は手塩にかけた息子のような存在だった。奉行所でも書物役から年寄同心と順調に出世する間、川柳宗家としても経営の才を発揮、ことに万事に派手で社交性に長けた性格から、当時の知名人士、上は大名、旗本から文学界、梨園、芸界、相撲界などの第一人者を連衆もしくは後援者の列に加えた。

肥前平戸六万三千石の太守松浦静山は柳水の表徳で自ら四世門を称したほか、木卯の柳亭種彦（旗本・高屋彦四郎）、卍の葛飾北斎、三升の七代目市川団十郎、株木の十二代目市村羽左衛門、狂歌の双壁六樹園（宿屋飯盛、石川雅望）、狂歌堂（鹿都部真顔）、文筆の為永春水（二代南仙笑楚満人）、桜川善孝、十返舎一九、芸界では船遊亭扇橋を盟主に都都一坊扇歌以下が有力な集団を構成していた。彼らは、あるいは評者として、あるいは柳多留の序文を書くなど、陰に陽に四世を援けている。

この華やかな交際が、宗家としての地位まで脅かすことになる。天保八年、還暦の祝いに、市川団十郎と横綱阿武松緑之助を左右に配し、みずからを行司に見立てた三人立ちの絵姿を、これも親交ある歌川国貞に描かせ、これを蒔絵の盃として諸方に配ることを意図したが、これが上司の耳に入り、北町奉行大草能登守高好に説諭された。四世は家名の維持をとって、川柳宗家を退き、川柳号を副評佃に譲って、みずからは柳翁となった。

幕末文久元年（一八六二）の南町奉行所黒川備中守盛泰の配下三番組に、年寄同心人見周助と物書同心人見為助の名が見えている。

日本の大部分に及んでいた点業を事実上捨てたわけで、在位期間は一四年間だったが、この間に川柳風は大きな転換期を迎えた。

狂句の濫觴――「俳風狂句」

賎丸は、四代川柳を継ぐと間もなく、初代以来恣意的に呼ばれてきた川柳風の独立単句を「俳風狂句」と名づけた。はっきりとした時期はわからないが、文政八年七月刊の柳多留八七篇楓山の序に、「世には川柳点と申狂句の集に候」とあるから、この頃には「狂句」と呼ばれていたことが判る。文政九年八月には向島木母寺境内に一碑を建てて「俳風碑」と称し、碑面には「東都俳風狂句元祖」と肩書きし、中央に「川柳翁之碑」と刻した（現存）。この「川柳翁」が初代川柳の顕彰を意味したものか、四代自らを指すのか未だに議論が分かれるところである。

というのは、この建碑を記念して末広大会を開き、柳多留九七、八篇に収録した板元である星運堂菅子の序にはこうあるからである。

「爰に狂句の元祖川柳翁は、寛政二のとし故人となれり。二代三代の間に俳風碑を催すといへども事ならず。今四代川柳叟の時に至りて、此道の連中打寄り、向島なる木母寺の境内に創立せり。嗚呼川柳翁の末々広々なる事奇々妙々也。（略）」

川柳［翁］（初代）をすでに「狂句の元祖」とし、その碑が四代川柳［叟］に至って完成したのは、川柳［翁］（初代）の末広の徳だといっているのは、碑の「翁」がとりもなおさず初代の「翁」を指しているとしか思えない。

しかし、この後がおかしくなる。

まず、文政一一年三月刊の一〇三篇の序に、四代は「しるすものは俳風狂句の四世川柳なりけらし」と初めて自署するが、これを「俳風狂句の四世　川柳」と読むか、「俳風狂句の　四世川柳」と読むかでは、微妙なニュアンスの違いがでてくる。

そして六年後の天保三年、みずから「東都俳風狂句元祖　五五叟　四世川柳」と、俳風碑の肩書きをそのまま称することになる。

川柳としては四代だが、「俳風狂句」は元祖であるという意味だろう。「五五叟」といって、「翁」の文字こそ用いていないが、事実「元祖」であることには間違いないから、これが俳風碑の矛盾を深める結果となった。

さて、碑面の謎解明はしばらく措いて、四代川柳が創唱した「俳風狂句」とは、どんな意図を持って名づけられたものか。命名者自身は「抑も俗語を旨とし、人情を穿ち、新しきを需むるに、今は下の句ありて上の句といへるは少なく、始めより一句に作りたるが多ければ」と、前句附を離れた独立単句であることだけを強調して、その内

「東都俳風狂句元祖　川柳翁之碑」
（向島・木母寺境内）

容や性格にまでは触れていない。また「世の中のあなを穿ちて、つれづれをなぐさむるは、此のみちのいさほしなるべし」（一〇三篇）といっているのも、特別に俳風狂句だけのことではない。

文芸内容があって名づけられたというより、「まず俳風狂句ありき」というのが、実情だったといってよい。

前句附の前句を省略して、附句（五七五形式）だけを掲載した柳多留以来、独立傾向を強めてきた附句が、文化時代前期に始まる「下女」「居候」などの単語題や当座題（即席題）などを契機に、前句離れの独立単句として定着していくのは、この頃からであり、四代が「今は」といっているのは、それを指している。

これ以後、この文芸は「狂句の時代」に入ることになる。

では、それまで独立した名称を持たなかった前句附の「附句」は、何と呼ばれていたか。柳多留の序文などからアトランダムに引き出してみよう。

前句の盛んなるや…　文化　八［56］
前句の三尊とあふぎし…　文化　九［61］
前句の東都に行るゝ事…　文化一〇［63］
前句の東都に流行ハ…　文化一一［65］
前句の道弥さかんにして…　文化一一［66］

前句師で金箔付ｷの生ｷ仏　文化一一［67］
古川柳のゑらめる前句の風潮は…　文政　一［70］
佃島の佃子前句の癖あり…　文政　二［71］
前句てふもの行はるゝこと…　文政　五［75］
前句は柄井川柳が風潮にしくはなし…　文政　七［79］
前句に狂言奇語も有…　文政　八［87］
川柳点前句集　文政　八［88］

ざっとだが、このくらいで充分だろう。この文芸は、文化・文政を通じて、多く「前句」と呼ばれていたことがわかる。引用の中の「前句師」というのは文日堂礫川を指しているが、連歌師、俳諧師に準えたこんな言い方もされるほど定着していたことが推定される。

この時代を、私は「プレ狂句期」と呼んでいる。のちに「狂句」と呼ばれる句体が、命名より先行して顕著になっていく過程の文化から文政半ばにいたる約二十年間である。

だが、「前句」というのは慣称ではあっても、定称ではなかった。しかも、文芸そのものが前句附とは違ったものになっている現在、いつまでも「前句」でもあるまい、というのが「狂句」命名の端緒だったと思われる。

といって、その「狂句」が、十余年前に戯れ句題として用いた「狂句」と同じ概念とは思えない。また、連歌以来の歴史的概念（「俳諧」の別称）を踏まえているとも考えにくい。

ニュアンスとして一番近いと思われるのは、柳多留一〇七篇（文政一二年）の序で、星運堂菅子が記している「世に劇場有れば、前句に狂言奇（綺）語も有」といっている言葉だろう。世の中全体を劇場に見立て、そこでの出来事を狂言綺語と見做す、のちに夏目漱石の造語となった低徊趣味で、それは本来初代川柳および柳多留初期の文芸精神である。「狂」はこの狂言綺語の「狂」に最も近く、また身近にあった狂歌（当時、双璧といわれた六樹園、狂歌堂は、のちに一九、種彦とともに狂句の評者もつとめている）も当然頭の中にあったはずで、彼が歌ならば我は句という思いも働いたろう。

むしろ問題は、「俳風」である。単純に柳多留の「誹風」を受け継いだものか（初期の「誹風」は、文化の中頃から版元の花屋自身が「俳風」と表記するなど、混同して使われるようになっていた）、新しい意味をもって冠されたものか。「俳」は「狂言綺語」とは縁語であり、「おかしみ」を標榜したものか、それとも柳多留同様、俳諧の隣人（雑俳）をもって名づけたものか。だが、「俳諧」がすでに「狂句」そのものであることを知っていれば、後者は成り立たない。

四代襲名の前年、七七篇（文政六年）の序で柳亭種彦が「川柳の俳風たるや、明和安永の頃より、毘門谷（碑文谷）の二王とひとしく行れ」と書いている「川柳（初代）の俳風」と同義と見て、そう大きな間違いはあるまい。一介の同心である人見周助と食禄二百俵の高屋彦四郎とは身分の差こそあれ、若い時代からの交友で、五つ年下の木卯は四世身近のよき相談役でもあったと思われる。

木卯こと柳亭種彦

俳風狂句を闡明した四代川柳は、一世一代とも言える大寄せ（大会）を行っている。

天保三辰年閏一一月一二日に深川永代寺で開巻された大会狂句合「成田山不動明王奉納」（催主佃、補助惣連）で、寄句の総句高三万三千余、加評二八名。勝番四千三〇員。「かゝるためしをきかず」（佃）という大会で、勝ち句（入選句）は柳多留一二二篇から一二七篇までに分載された。

大会を「俳風狂句合」名づけた初めは、遠州曳馬連の「遠州秋葉山奉納」（天保五年、一三二篇）で、この時の巻奥に、四代は「東都俳風狂句元祖　四代目川柳」と自署している。

天保三年正月の画賛

すでに天保三年一一月の「成田山不動明王奉納」の大会狂句合せにまで触れたが、当然その前に紹介しておかねばならない記事が前後してしまったので、ここに掲げておく。

それは、天保三年正月、四世川柳五五歳の賀に、歌川国貞が描いた肖像画に添えた長文の讃で、この中には、川柳史上初めてと目される柳風の経緯と、自己の文芸の新称号について説明らしきものも記してあり、貴重な内容である。

画工国貞は文中にもあるように「日頃親しき友人」であり、その筆に成る四世は、熨斗目裃で新年の礼服を着し、座蒲団の上に端座した姿、背後には刀架、前に文台を配した極彩色の肖像には、次のような讃が添えられている。（送り仮名、句読点＝筆者）

元亀のはじめ、足利将軍義昭公、京都に御座在りし頃、雨夜徒然、宿直の人々を召し集め給ひ、和哥の御当座ありし後、下の句を置きて上の句をよませ、親ら甲乙を定め給ふに、いとど興深しと屢々御催し在りけるを、都鄙の老若承はり伝へ、もてはやしけるとぞ。是なん前句の始めと申し伝へ侍る。此の遊び元禄の頃より東都に行はれて、宝暦に至り、浅艸新堀端に住める柄井八右衛門と云ふ者、点者となつて川柳と号し、流行日々に盛んにして、文化に其の子弥惣右衛門川柳の号を嗣ぎ、文政に其の弟孝達又川柳と号けたりしが、多病によりて予に其の号を譲りぬ。然りしより引墨に私なく、心を用ふる事十有余年、今評を乞う者三十ケ国に余りて益々盛んなるは、初祖川柳叟の功勘しと云ふべからず。是、併しながら斯かる有難き大御代に生まれ遇ひて、人も我も憂き事知らぬ武蔵野の広き御恵み也。

抑も俗語を旨として人情を穿ち新しきを需むるに、今は下の句ありて上の句と云へるは少く、始めより一句に作りたるが多ければ、俳風狂句とよべるぞ、おのがわざくれなりける。此の頃親しき友人画工国貞、予が肖像を描きて贈れる侭、是に賛して此の道の事の発りを書きつけ、永き代のためしになしぬ。

心にも上下着せん今朝の春

東都俳風狂句元祖五十五叟

四世　川柳(朱印)

維時天保三年壬辰春睦月某日

みずからが言っているように、「此の道の事の発り」を記したこれが初めての文書である。「元亀のはじめ」はともかく、「元禄の頃より」は史実であり、また「宝暦に至り」からの「柄井家の川柳三代」はそれ以後の定説として、川柳の歴史を語る場合の基本史料となったが、確実な裏づけはない。四世が引墨を継いでから宗家的性格が強まり、その系が「三十ヶ国に余り」とあることは、すでに日本の半分以上に及んでいたと見ていい。これが自分で言う「十有余年」、実際に川柳を襲名してわずか八年の間のことだから、四世の政治力が見て取れる。

それと、「俳風狂句」についても、分かりやすく論理的に解説している。ただ、問題になるのは署名で、文政九年に、木母寺に建立した俳風碑の「東都俳風狂

句元祖　川柳翁之碑」が仮に初代川柳を指すものであったとして、みずからもまた「元祖」を唱えたことがはっきりしたことである。が、この場合の「元祖」は、「宗家」もしくは「本家」と同義に捉えればよかろう。

柳多留九七篇（文政一一年）の序に、「爰に狂句の元祖。川柳翁ハ寛政二のとし故人となれり。（略）今四代の川柳叟の時に至りて」と花屋菅子が書いているように、新しい文芸の元祖を初代にまで繰り上げ、自らもいっている（一〇三篇序）ように「俳風狂句の四世の川柳」とみなせば、これまで目くじらを立てて議論されてきた問題も解決する。

この年一一月に開かれた成田大会の発表句とともに、この自署が繰り返されるわけだが、前回見たように、連衆の外側にあるひとびと（たとえば松浦静山）には、そういう大層な称号とは関係なく、文芸は「柳風」であり、彼は「四代の川柳」ということだった。

文日堂礫川という人物

自分の弟子の志津丸（賎丸）を四代川柳たらしめ、約半世紀にわたって前句・狂句界を牛耳った文日堂礫川（一七四八〜一八三四?）とは、そもそもどういう人物か。

桃井庵和笛没後の文化元年に、突如川柳風の主選者として現われ（柳多留三一篇）、以後「小石川の翁」として尊敬を集めた礫川は、もともと一甫と表徳した旧連（初代川柳時代の連衆）で、柳多留では安永八年刊一四篇の亥年角力句合に御幸連から、安永九年刊

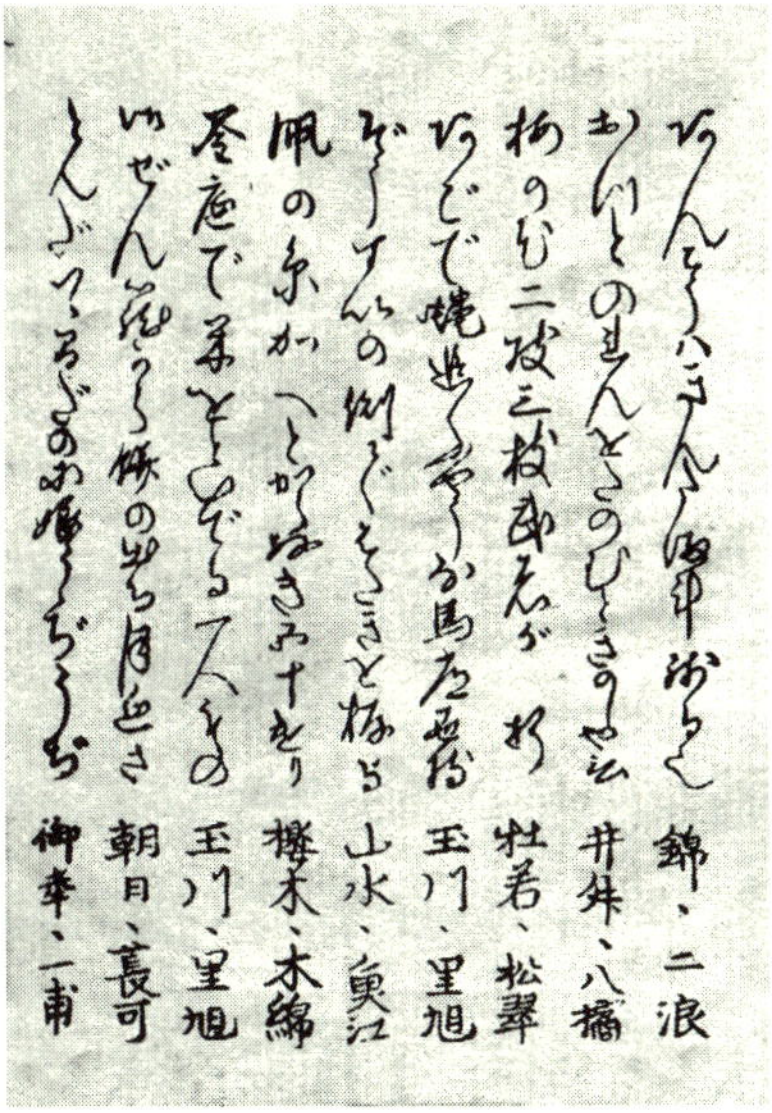

「誹風柳多留」14篇30丁ウラ
文日堂礫川の初出。左端〈御幸・一甫〉
「とんだい、間だのに娘う、ぢうぢ」

一五篇の子正月角力句合に蓬莱連から、それぞれ一句ずつ勝句を載せている。

　いったん柳風を離れ、小石川に折句連を組織し宗匠となっていた。人見周助となる以前の四世は、この時の弟子である。初代川柳および和笛没後、花山麓玉章の慫慂で、一門を率いて柳風に戻り、麹町連の窓梅（和笛の弟子）とともに主選者の座に着いた。

　文化二年の六月一日には、惣連衆の桃井庵和笛追善句合に、窓梅とともに両評を勤めたが、窓梅の急逝（文化三年?）で、その直後に現われる二代目川柳との二人建てとなり、文政にいたる。

　その二世川柳を形の上では立てていたが、遠慮していた様子は見られない。

　文化五年には、初代川柳二三回忌追善会、同一二年には、自己の在世追福会などをいずれも自宅で行い、小石川連の月並を指導しつつ、四代目川柳体制への地固めを怠りなかった。その時は文政七年に到来した。賎丸改め四代目川柳の襲名披露に際して、文日堂が次のように記していることで、彼の二世、三世川柳に対する評価がよく感じ取れる。

「柄井川柳叟世を辞してよりこのかた。二代目三代目その名を継りといへども。句々を判ずるにいたりては。一流の滑稽幽妙を失ふに似たり。たとへバ盲人の象を探りて。足を撫ては桶なりと言ひ。尾を曳てハ箒ならんと言ひて。いかでか其真を見るあたハず。今さちに。四代目川柳なむ出て。全象始て見え。たゞちに真面目を得たり。豈よろこばしからずや。(後略)」

時に「文政八年酉の孟春七十八歳文日堂礫川」と自署している。

それから七年後の天保三年一一月一二日には、古今の大会といわれた成田山不動明王奉納大会の主選者を務める。その大会配り本の跋には「天保三年壬辰仲冬　八十五歳文日堂礫川」とあり、その長命が見て取れる。

天保五年刊(四年刻)の『川柳百人一首』に「八十七翁」とあるが、これは予定数字で、その前年暮れに八六歳で没したと思われる。柳多留最後の所見は、天保四年一一月一二日開キの江戸川連の初会に評者をつとめた一三六篇(天保五年刊)である。

礫川は、文化一二年(一八一五)五月八日、小石川連が催した「在世追福会」の勝句集『樫葉集』(柳多留六七篇所載)の自序で初めて経歴らしきものを記している。「柄井川柳叟雪に古枝の折しよりこのかた、野翁其糸にたよりて、今はた松の思ハんほども恥しく、年老ひぬるまで此楽にふけり、句を吐く事四十余年、句を判するも亦二十余年、さ

「川柳百人一句」より
「みなもとハ月からうかむ物語」

れバ古き名のおのづから爰かしこにきこえつれど…」

この時、礫川六七歳、柳多留の篇数も、これに合わせて六七篇。すでにみずからがこの道の第一人者であることを自認している書きぶりである。

礫川の身許については、同時代に活躍した燕斎叶の《手記》に「小石川諏訪町の平野氏」とあるのが唯一の史料と見做されてきたが、これもほぼ同時代に四世川柳の門に入った松浦静山の『甲子夜話』第三篇巻之六十八【一】に、次の記事がある事を発見、わずかながら前進した。

坂田勝校訂『未刊甲子夜話』全三巻（東京・有光書房。四四年三月〜四六年一〇月）から原文を引用する。

「…昨日小石川ノ水戸殿ニ往、同朋運阿弥ガ舎ニ入テ、小山田与清ナド同会ノ、物語ノ中、運曰某ノ父運阿モ、君ノ懇ヲ蒙シガ、渠ガ弟某モ、柳門ニ入テ礫川ト呼ンデ、柳門ニテハ上足ノ者ナリ、廼某ガ叔父ナリト云、らしい。

つまり、運阿弥の父、先代運阿弥の弟、現運阿弥にとっては叔父に当たるのが礫川で、いずれも小石川の水戸家の恩顧をこうむる同朋衆であり、狂句をよくした仲間であったらしい。

おそらくは寛政年中に公用を隠居し、小石川諏訪町の隠宅に折句の小石川連を作ったというのも、礫川がそれ以前に小石川御門内水戸中納言屋敷の同朋であったとすれば辻褄が合うし、何よりも『川柳百人一首』に描かれた肖像の風俗に納得がいく。同朋衆と雑俳が親密だったことは、河竹黙阿弥の河内山宗春（『天衣紛上野初花』松江侯玄関先）などからも想像できる。

『甲子夜話』の記事は、天保一一年中の記述と想像され、礫川はすでに故人になっているが、「柳門の上足」どころか川柳門に君臨していたといってよい。

実作者としても一頭地を抜いた実力者で、かつ多作者でもあった。半世紀にわたって礫川の権威に異を唱える者がいなかった大きな理由の一つに、この抜群の作句力があったればこそと思われる。

文日堂礫川が、後世批判される理由の一つに、「川柳風」を僭称したということがあるが、文日堂が復帰した文化元年には、柄井川柳の流れを汲む一派の称として「川柳風」はすでに般化していた。

文化二年丑六月朔日、浅草新寺町西光寺で行われた「桃井菴和笛追善句合」に「川柳風」がうたわれているのは、これに先立つ寛政年間の和笛評時代に、初代の俳風を慕う

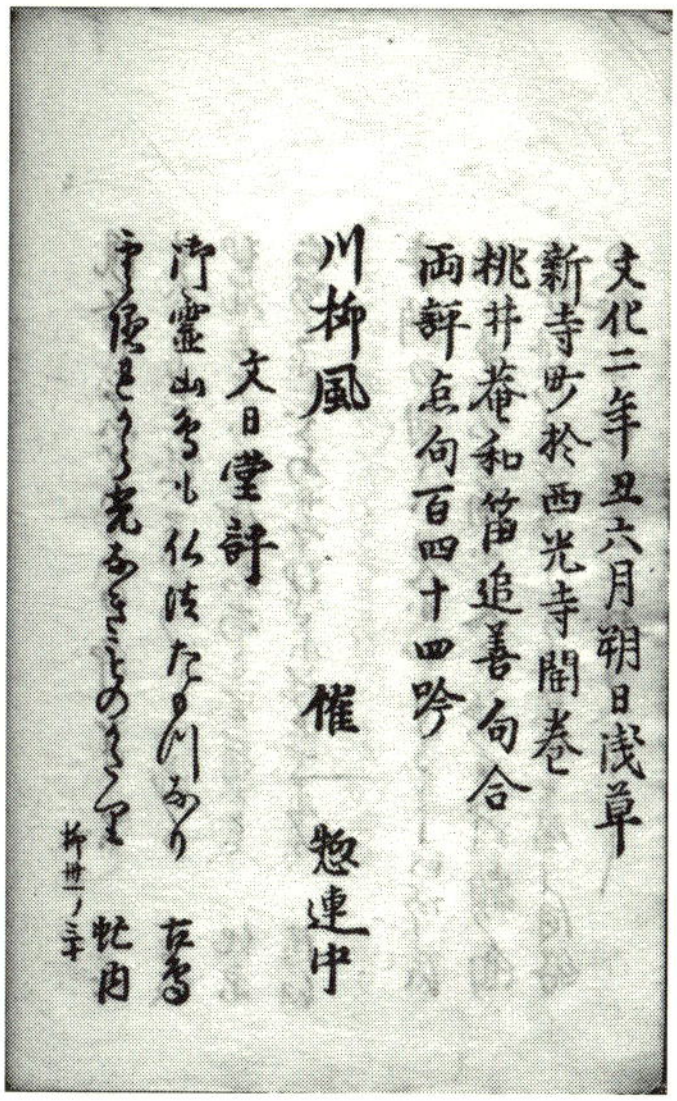
文化二年丑六月朔日浅草
新寺町於西光寺閣巻
桃井菴和笛追善句合
両評点句百四十四吟
川柳風　催　惣連中
文日堂評

「誹風柳多留」31 篇 30 丁ウラ」

意味で名づけられた。だから、この用語は、初代没後間をおかずに生まれた称で、文化の句会復活の際に、改めて意識されたものではない。
右の追善句合が掲載された三一篇三〇丁の「川柳風　催　惣連中」という柱の「川柳風」だけを、次行の「文日堂評」の肩書きのように読み違えた結果、永いあいだ文日堂は不穏当な誇りを受けてきたのである。

＊

川柳風復帰以後は、文化二年の和笛追善（柳多留三一）から作品を見せ、精力的な作句活動を展開する。

孝霊の御代から夢にあてが出来　三二
よくよくの事二間ほどアヒルとび　三二
その面でからしをかけと朝がへり　三七
いい所へ来たとせい高遣はれる　三九
註を読むときに蛍はゆすぶられ　三九

かんざしであす咲く花を嫁かぞへ　四三
泣くよりもあはれ捨子の笑ひ顔　四四
跡のくさめを待ってゐるへんなつら　四四
目で殺す罪は仏も解きもらし　六四
去り状をいただいて取るそのにくさ　三二

以上は、文化年代までの狂句以前の句である。かなり人口に膾炙した句があるのも、礫川らしい。富士と福禄寿の句を好んだというが、自作のうえで特に多いとは思われない。

首一つ九十四眼でにらめつけ　四七
こがね花咲く陸奥の客をふり　八九
うかと時宜ならぬ河童と福禄寿　八九
美しい毒が薬をせんじてる　九一
古きをたづね新しき灸の跡　九四
花の宵今道心が紙ででき　九四
かんざしを煮湯でさがす雪の中　九四

以後、文政一〇年代はようやく作句力にも衰えが見られ、目に立つほどの作品もまばらになるので、引用はこの辺までにしておく。

柳風の普及

川柳点は、江戸府内を中心に興行され、同時代点者の広域募集に比べると、いわゆる江戸意識を打ち出して、初代川柳生存中には、万句合にも柳多留にも江戸以外の地名は見当たらない。ところが、初代没後の寛政一一年（一七九九）、桃井菴和笛評の川柳風万句合に、羽州山形連会の句群が紹介され、以後の交流が予告されており、これが江戸以外の句と表徳が川柳風に現れる最初である。

これより三三年後の天保三年（一八三二）の一月に、四世川柳は「今評を乞ふ者三十ヶ国に余りて」と胸を張っているが、そうなるとこの時点で狂句は日本の四分の三にまで普及していることになる。

ちなみに、同じ年（天保三年）一一月に開巻された「成田山不動明王奉納」大会狂句合の勝ち番四〇三〇員の中から江戸以外の表徳を拾ってみよう。

浜松から雉子・柳志・一泉・沖名・厚丸・方丸・賢丸・文福・琴泉・呑通・恥丸・徳若・里鳳の一三名、浪花から草柳・松鱸・水車・夢輔・梅柳・央友・此江の七名、上総から米山・芦川・敬之・静山・麦寿・一瓢・凸人・雨香庵・蚊腱・梅鶯・秋人・不忘・不倦・鼠笑・文鯉の一五名、下総から民和、伊豆から市人のほか、府外の地名と思われるのは、遠大久保の陀駄坊、遠原西の我柳、荒井の東斎・冷井軒だけである。

ついでに、天保四年制作（五年刊）の『川柳百人一首』には、遠州浜松から五万歳徳若、五峯舎一泉、貫一亭柳志が百人中三人、信（州）松本から方寸舎器水が一人入集している。

この時代、浜松には遠州曳馬連が生まれており、勢力を拡大しつつあった。柳風と信州松本とのつながりは古く、二世川柳時代の文化八年、地元の里冢、五蝶が願主、有幸の補助で行われた「信州松本　天白両社額面奉納」（松歌評、文日堂判、川柳斧）が機縁となって、文化一〇年には地元版の『古今田舎樽』が出ている。大会では遠州松本を上回る勢いの上総は、同国市原郡養老村に南総の有力連と目された養老連が活動期に入っていたと推定される。さて、浪花（大坂）では前年、素行堂松鱸による『狂句梅柳』がようやく初篇を刊行したばかりだった。大会に上記三地方からの勝番が多かったのは、それに見合って求評の数も多かったということだろう。

江戸においても狂句が堅固な地歩を固めていく過程で、江戸以外の特に大坂で、それがどんな風に移植され、定着していったか、その実体をここでは考えてみたい。

大坂の柳風――素行堂松鱸

二世川柳門の尚古堂杜蝶（生国浪花）に前句を学び、文政一〇年、四世川柳から宗匠允可を受けた飛騨高山の産で、江戸・中橋に医業を営んでいた素行堂松鱸（坂倉氏・？〜一八五三）は文政一二年、西遊を志し、まず郷里の飛騨高山に帰り、この地に月並を立てて川柳風を鼓吹、翌一三年一月には、『狂句柳桜』を編んでいる。のち天保二年「飛驒高山連会」として柳多留一一一篇に現れる集団はこの時生まれた。

文政一三年が天保元年となる一二月三〇日より少し前の晩秋から冬にかけて松鱸は大坂永住の第一歩を印している。

素行堂松鱸は、柳多留には文政六年の四世川柳襲名披露句合（八三篇）に初見するが、その作句力は中以上といってよい。論も立ったと思しい。その松鱸が何故大坂へ永住することになったのか、理由は明らかでない。

松鱸ははじめ近江町（現東区釣鐘町二丁目）、のち南本町三休橋（現大阪市東区南本町三丁目）に庵を結んで、この年（天保元年となる文政一三年）一一月、移住早々から月並を立て、毎月一〇題を課して連衆をあつめた。

このさい松鱸は、自己の表徳の肩に「東都川柳側」と冠することを忘れなかった。みずからの狂句が江戸川柳宗家の正統であることを、ことさら誇示したのである。

翌天保二年、前年一一月二日の第一回開キ「浪華定連月並会寅十一月二日開巻　東都川柳側素行堂松鱸撰」から翌二年四月五日開キまでの六カ月間におよぶ月並の選句を集めて、『狂句梅柳』（題簽「狂句むめ柳」）初編を刊行した。

これが、大坂における川柳風の出版物第一号となった。

書名の「梅柳」は、「浪花津に咲くやこの花」と詠われた「梅」と、江戸の宗家川柳の「柳」を合わせた意図のはっきりした命名である。版型も体裁も江戸の柳多留を模した

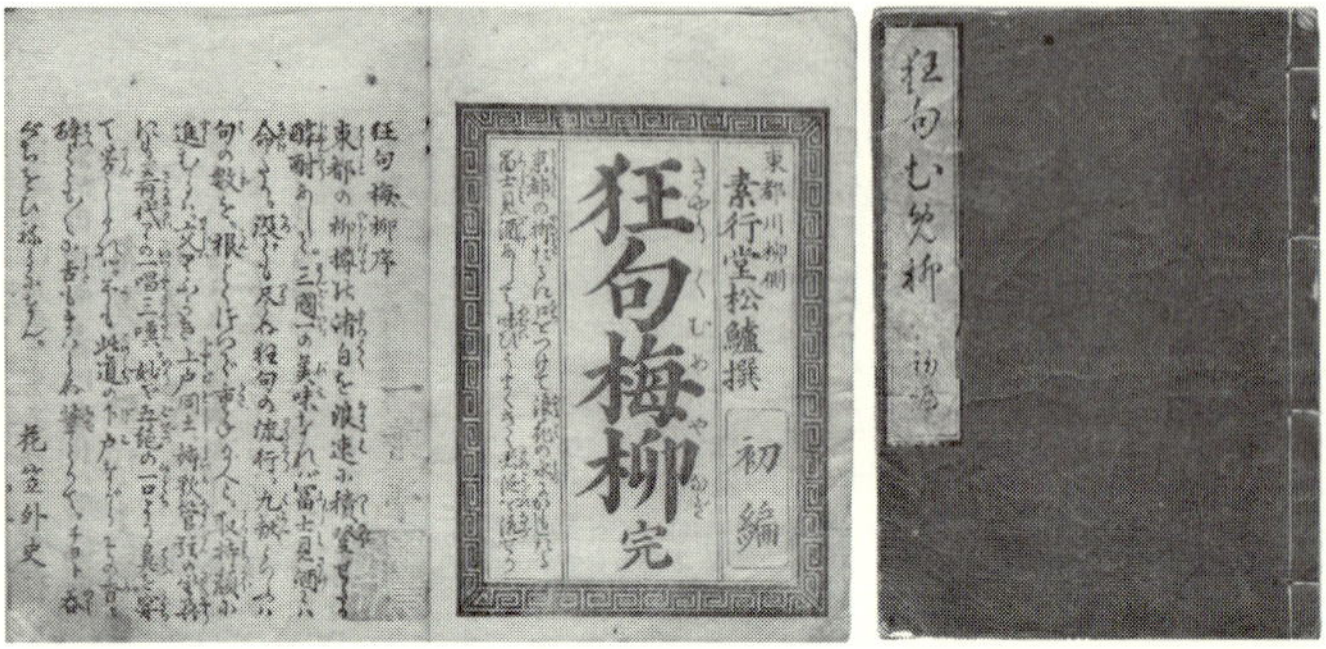

「狂句むめ柳」初編（朱雀洞文庫蔵）

半丁（一ページ）九行仕立て。板元は、大坂心斎橋通順慶町南入の塩屋善助で、同書は以後、天保一四年まで一三年間に二五編が版行されている。

この間、天保八年には四世川柳が引退、佃島の鯹斎佃リが五世川柳を継いでいるが、この佃島の御用漁師水谷金蔵が、天保一三年孝養および貧民救済、善導の功で、江戸南町奉行鳥居甲斐守忠耀から銀三枚が下された折、その褒賞の原文を版に起こして、大坂市中に配布したのが松鱸で、ここにも彼の柳風流布に賭ける情熱が見て取れる。

「東都の柳樽の諸白を浪花に積登せたる醇酎」（初編序）は芳香を放ち、「東京の柳を梅の浪花に植え付け」（松斉＝二世素行堂）た柳の芽は、順調に根を付け枝を張って、江戸の柳多留初篇から六六年を経て、大坂の川柳風も発展への道をたどった。

允されて大坂に門戸を張る高弟が二人、南明閣玉樹、燈下園史友とは白桜社を結び、玉樹には「柳風狂句の伝来」（天保八年）、史友には「柳風の大概」（天保二年）という直筆の各一巻を与えている。のちに尚古堂系の号を襲いだ尚下堂英蝶もこれに列した。

松鱸の偉いのは、生国飛騨高山や浪花で一家を成しても、江戸の宗家（四世・五世川柳）へは師弟の礼を忘れず、「ヒダ高山松鱸」「ナニハ松鱸」として、求評を続けていたことである。

大坂に定住して二三年、嘉永六年（一八五三）一一月二六日、松鱸は長逝。享年不詳。墓所は大阪市北区天満西寺町の円通院に「松鱸翁之墓」として現存する。

辞世　それ爰が憚りと消《け》る雪達磨　　松鱸

『柳風興句集』

松鱸亡き後の東都川柳側大坂狂句界は、燈下園史友を第一人者に、櫓拍子五手が素行堂の名跡を継いで二世素行堂五手として判者に列したほか、月並会の評者をつとめるほどの者が一〇人余りで柳風を支え、江戸の五世川柳とも緊密な関係を維持していた。

安政元年となる嘉永七年の松鱸小祥忌には、盛大な柳風追善会が開催され、追悼句集『梅柳我妻振』が松川半山の挿絵で大坂松雲堂から出されたというが、実物を持たない現状では真偽はわからない。というのは、翌安政二年、同じ書名を〈内題〉とする『柳風興句集』初編が刊行されている。

本書は「東都川柳側合選」をうたい、同年正月から六月開キまでの月並会の入選句を集めたもので、序が燈下園史友、編者が二世素行堂五手、絵が松山半山で、巻頭に「文音祝章（東都五世　川柳翁）」として、「若木なを盛り見まほし梅柳」の一句が刻されている。

内容は、「撰」として柳風燈下園史友、「選」として櫓拍子五手（二世素行堂五手）、「評」として眼蝶改〆素柳堂岸蝶、琴風舎二葉以下一二人の選句が並んでいる。

板元は、河内屋茂兵衛、塩屋弥七、河内屋清七を合わせた浪花書林だが、なぜ本誌が『梅柳我妻振』を内題としているのかは不明。

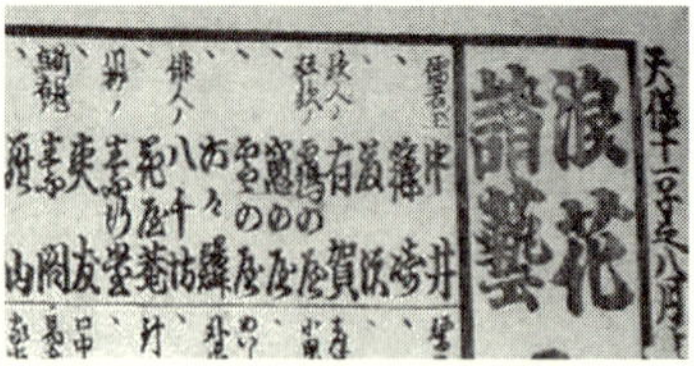

天保 11 年の〈大坂諸芸〉番付
「川柳ノ」として、素行堂と史友の名が見える。

史友は、序で「それ俳諧風興句といへば、大江戸柳樽の抜書、滑稽発句類題集ばかり珍重せし浪速に、今かくさかむなるは、故素行堂翁のいさほし也」と、大坂柳風狂句の始祖ともいうべき松鱸の功績を称えている。

文久元年（一八六一）には、「素行堂松鱸居士大祥忌追善柳風狂句合」が、南明園玉樹らすでに故人となった一門の七霊追福を兼ね、東都五世緑亭川柳翁の判を交えて開催され、この追悼柳風集は『満都廼可気』として、河内屋清七から発兌された。

以後、明治にいたるが、大坂の柳風が劇的に成長したという形跡はない。素行堂とか燈下園などという襲名は続いているが、以後先細りの道を歩くことを余儀なくされたようである。

天保調の展開

四代川柳の在位中は、狂句の黄金期として、初代川柳の最隆盛期にもまさる広がりと人気を高め、多くの個性的作家を輩出した。

この時代の狂句は、のちに「天保調」とか「天保狂句」と名づけられた。

のちに八世川柳となる化外老人柳袋は、この時代の狂句を「盛唐」の詩に準えている。（明治一八年、祖翁一百年祭『風流集』）この時代を代表する作者は、あとで紹介する天保五年板行の『川柳百人一首』に大方収載されている。

文日堂礫川を別格として、五代目川柳を継いだ佃と、その子ごまめ（六代川柳）、のちに文日堂二世を称した千之、芸人集団真砂連を率いた三箱、船橋、扇歌、扇松、市村座座主の株木、柳亭種彦の木卯と二代目木卯を継いだ花菱、二世松歌、さらに巨眼、麹丸、松丸、竹賀、高麗、如雪、虎丸、近賀、佳雪、〆丸、乙テ、如扇、柳泉、古扇改め文和、木馬改め集馬、ベテラン燕斎叶とその父芋洗も天保初年までは健在だった。このほか女郎花連を主宰した葛飾北斎の卍、初めて浪速に俳風狂句を移植した素行堂松鱸とその一連、地方の有力集団として浜松の曳馬連、上総の養老連などが活発な活動を見せていた。

天保期四世在位中の柳多留は、一〇九篇に始まり、引退の一四七編（天保八年）で終わり、以下は詳細不明となるが、この間に現れたいわゆる天保調なる句を少し見て行こう。

泥水で白くそだてたあひるの子　卍
十七で師匠ハ転び弟子ハぬれ　露舟
晴天に稲妻の出る西の方　サ山
江戸の地名に違ィない紀尾井坂　雪山
和らかでかたく持たし人ごころ　佃
呑込メと歯の無い親父云ふくめ　仙子
うんといふ仁王の方に願をかけ　徳若
大門を這入る茗荷に出る生姜　高麗
一ト作つつに胡麻を蒔く謡本　菅輔
道問へば鼓の瀧はみぎのかた　カシワ
金屏風きずの療治に箔をつけ　てコト
＊岡田甫校訂『誹風柳多留全集』（三省堂）ほかに「マコト」とあるのは読み違え。
餅の外ふくれつらせぬ三か日　こまめ
二三年縫込んで置く母の欲　雪女
春風はかぜの中での女形　鄙へ
全盛は盃に迄旅をさせ　龍舎
すっぽんの味鰻とはお月さま　角重
白い歯は互いに見せぬ公家夫婦　十九丸

そこが江戸犬も烏帽子の拾ひ首　　三　箱

代表選手・都々一坊扇歌

都々一坊扇歌
（都々逸の祖）

天保期を通して目覚しい活躍を見せている作者に、どどいつ節の祖といわれる扇歌がいる。天保二年五月から同九年六月までの八年間に二八回の会莚に出て、八七員の勝句を見せているが、いずれも他作者の頭を抜いていておもしろい。

この時代の課題は、漢字二字を句中に読み込む「二字結び」が中心だったが、これに扇歌は特に妙を得ていた。

表徳は、都ゞ一、都々一、ドゞ一坊、都ゞ一坊、都々一坊、扇歌、扇哥、都々一坊扇歌、都々一坊扇哥などまちまちだが、そのうちから、目立つものを挙げてみよう。（カッコ内は結題）

おまんまをはりはりで喰ふ按摩取　　　天保二
大名の家主に成る御本陣　（家・本）　同　四
笑ひ上戸が悔とは間がわるし　（間・笑）　同　四
松葉屋の太夫緑リの成り上り　（葉・太）　同　四
傾城の柳に隠居腰を懸ヶ　　　同　四

鳩胸と猫背茶杓の裏表　同　五
酌人の内でも鳴らす古箪笥　同　五
気に入らぬ客もあらうに柳橋　同　五
オットセイ転バぬ先の薬なり　同　六
蝙蝠が店たてを食ふ橋ぶしん　同　六
大下馬のあたり諸侯の衣紋坂　同　六
天我を見放し給ふ今朝の雪　同　六
品川ハ同し風味を橋でわけ　同　六
入婿ハ小糠交りの愚痴をいゝ　（夜・中）　同　七
中橋の実母深夜に起される　同　七
鋸リの歯屎が雛の肉と成り　同　八
徳久利と聞ハおつとハ無ィと言　同　九
うなる程持たねば撞ヶぬ鐘供養　同　九
石町は無常に遠き鐘の声　同　九

同じ真砂連の大立者で、音曲噺の元祖といわれる船遊亭扇橋の門に入り、高座では即席三題や謎解きに妙技を見せた扇歌の機知的才能が、狂句でも縦横に発揮されている。

『川柳百人一首』

この時代の作者構成を知る資料として『川柳百人一首』(『俳風狂句百人集』)がある。改めてざっと触れておきたい。

天保五年刊。板元は、江戸浅草福井町一丁目、山崎屋清七。中本・序一丁・本文五〇丁。企画・発行人宝玉菴三箱。序文は、編者であり筆耕者である二代武隈楼松歌。画工は歌川国直で、半丁(一ページ)に一作者、計百人の句(四世川柳撰の柳多留掲載句から)と肖像を配する。

第一ページが「狂句元祖　四世川柳」の「夜学にふけて埋火もほたる程」、最終ページが「八十七翁　文日堂礫川」の「みなもとハ月からうかむ物語」。その間に、芝居番付の格付けで九八人を収録するが、各自に組連と庵号が付してある。たとえば二番目が「養老連　紫川堂千之」九九番目が「真砂連　宝玉菴三箱」といった具合である。中には「燕斎叶」「仙女香左一」のように組連に属さない作者、「葺屋町狂言座　俳優屋　株木」(市村羽左衛門)のように独立した書き方のものもある。

江戸以外からは、遠州浜松の三人と信州松本から一人が収録されている。この地方作者四名に、組連から独立した四名、それに四世川柳と文日堂を除いた残り九〇名の内訳から、当時の狂句界を構成するあらましの勢力分布が見て取れる。

収録作者を組連別に分けると、真砂連の三箱が発行人ということもあってか、「真砂連」

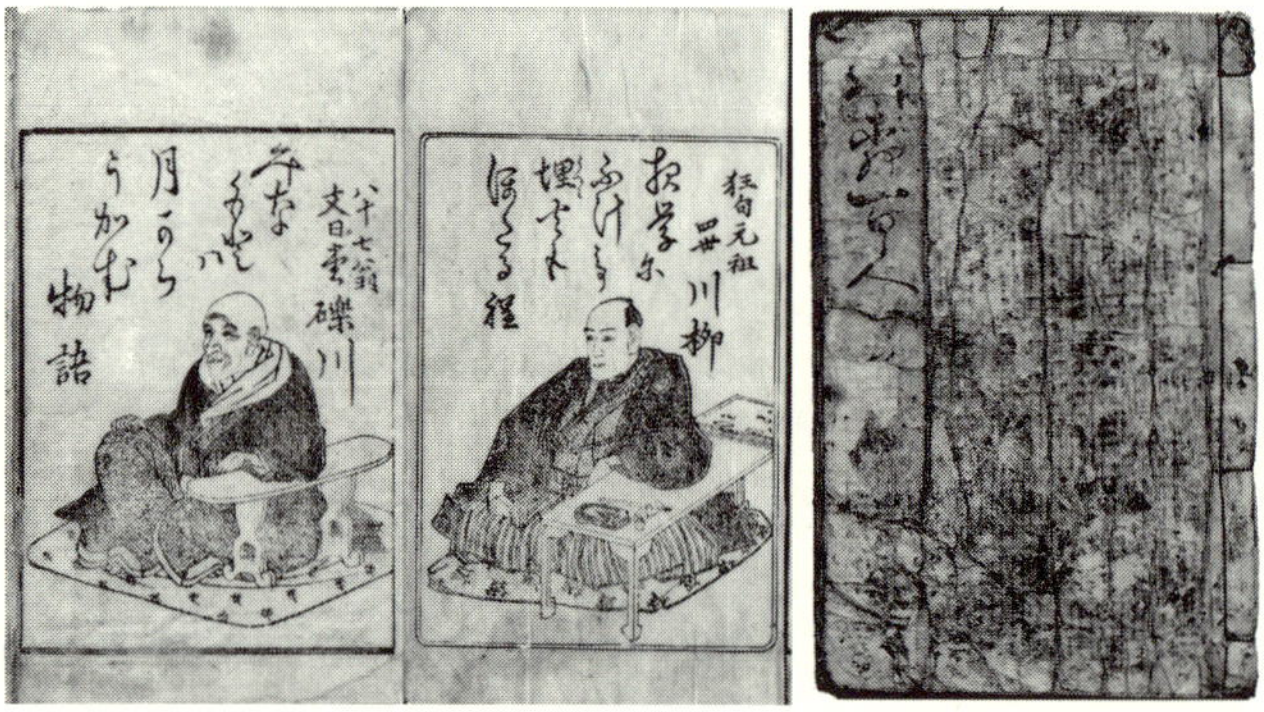

「川柳百人一首」（朱雀洞文庫蔵）

が圧倒的に多い。芸人集団ともいうべき真砂連には、船遊亭扇橋、都々一坊扇歌、大玄堂近賀ら合わせて二六名、次いで転寝庵手枕などの「江戸川連」が九名、舟考楼一紫、雪女と二人の女流を擁する「和歌堀連」が七名。次いで鮮魚業者を中心とした「入船連」の六名、老舗「初瀬連」は竹子改め市谷庵初瀬をはじめ六名、二世松歌の「呉服連」の五名、「琴柱連」が五名、「鳳凰連」、「布引連」がそれぞれ四名、祖山の「小川連」が長男の奴山人を含めて三名、「養老連」も三名、「岸姫松連」が佃、ごまめ親子二名だけ、初代川柳の膝元だった「桜木連」は、二世燕亭木卯と竹賀の二名、以下、「八重桐」、「唐獅子」、「葛飾」の各連が各二名ずつで。「湖月連」が一名となっている。葛飾連のカシワは、めずらしい前髪の少年姿である。

こうしてみると、発行人の身びいきを差っ引いても、真砂連の優位は動かないだろう。これは、催主としての三箱の政治力や、アイデアマンとしての働きが大きくものをいっている。

初世木卯・柳亭種彦

『川柳百人一首』には、一二〇番目に「桜木連　燕亭　二世木卯」が掲載されている。

柳亭・木卯
柳亭種彦（戯作者）

下谷桜木連の花菱が木卯と改めたのは天保三年一二月、翌四年四月に披露されたが、これは初世の木卯である柳亭種彦が号を判者としての「柳亭」一本に絞ったからで、種彦自身は健在だった。この種彦と狂句との関係について簡単に触れておきたい。

　簡単に、というのは、比較的委しい考証は、すでに「川柳公論」通巻一七一号（二〇〇六年九月）に「ゆかりの柳」（賎丸・木卯・佃）として発表したので、重複を恐れるからである。

　種彦が木卯の表徳で柳多留に登場するのが、文政四年（一八二一）八月の八丁堀中之橋月並からで、この時三九歳の種彦は、すでに文筆の世界では人気作者の列に入っていた。文政七年には、四世川柳名披露目大会の序文（八二、八三篇）を書き、みずからは「新連の荒走り」といっているが、これ以前から柳多留の序文を書き、また各月並の評者を勤めている。

　四世の人脈には、ほかに一九、市川三升、卍、春水、善孝、狂歌堂、六樹園などが同時期に存在しているが、種彦ほど連衆の中核にまで入って、狂句を盛り立てた文化人はいない。しかも本業は忘れず、文政一二年一月には、畢生ともいうべき『偐紫田舎源氏』の刊行を開始している。

だが、このベストセラーが多彩の文筆家・種彦の命取りとなった。

初代木卯（初代　柳亭種彦）略年譜

一七八三（天明三）年五月一二日〜一八四二（天保一三）年七月一九日
高屋彦四郎（知久）　旗本（食禄二〇〇俵・小普請組）
号・愛雀軒、足薪翁、偐紫楼。狂名・柳の風成。心の種俊。狂句は木卯のち柳亭。谷文兆に漢画を学ぶ。天明期の狂歌を好み、古俳諧に通じ、歴史・風俗の考証多し。
「足薪翁記」三巻、「還魂紙料」二巻、「柳亭記」二巻、「柳亭筆記」六巻、「用捨箱」三巻、読本「奴の小万物語」（文化四年）、「浅間嶽面影草紙」、「近世怪談霜夜星」（文化五年）、「浅間嶽面影草紙」（文化六年）、「勢田橋竜女本地」（文化一〇年）、合巻「鱸庖丁青砥切味」（文化八年）、「正本製初編」（文化一二年）

文政4（一八二一）39歳　8月28日開キ一会目賤丸評（柳多留七五篇）に「木卯」の名。笹屋邦教《戯作者略伝》（安政三年）柳亭種彦の項に「また川柳が俳風を嗜みて秀吟多し」とあり。

文政6（一八二三）41歳
柳多留77篇序（柳亭種彦）。柳多留78篇序（種彦しるす）
「五霊追善会」（賤丸）

文政7（一八二四）42歳
柳多留79篇序（種彦序）。三世川柳引退
9月、四世川柳（47歳）名披露目大会

文政8（一八二五）43歳
柳多留82、83篇序「四世川柳名披露目大会」
「新連の荒走り木卯と替名せしえせ作者種彦」（82篇）
柳多留88篇　市川三升、柳亭種彦評

文政9（一八二六）44歳
『還魂紙料』2巻（文政7年著）
四世、向島木母寺境内に俳風碑。佃、柳多留91篇序

文政10（一八二七）45歳
柳多留93篇　二世南仙笑楚満人＝為永春水序

文政11（一八二八）46歳
佃、徳行により褒賞。

文政12（一八二九）47歳
1月、『偐紫田舎源氏』初編。
3月、神田から出火。己丑の大火。
柳多留106篇　三升、木卯評

天保1（一八三〇）48歳
伊勢お陰参り、富突き流行。
柳多留109篇　四世川柳、木卯評

天保2（一八三一）49歳
女浄瑠璃禁。百姓・町人の葬・墓を制限。院号・居士号禁。
柳多留112篇　十返舎、狂歌堂、六樹園、柳亭評（一九没、57歳）

天保3（一八三二）50歳

1月、為永春水『春色梅児誉見』初編
四世川柳55歳の賀。「東都俳風狂句元祖　五十五叟　四世川柳」
11月、成田山不動明王奉納狂句合
12月2日開キ樫庵常会に「花菱改木卯」以後、「柳亭」となる。

天保4（一八三三）51歳

1月、筒井伊賀守政憲、南町奉行に。
冬、奥羽・関東飢饉（風水害）
花屋久治郎離散。
4月18日、花菱改二世木卯改名披露会（柳多留133篇＝天保5）

天保5（一八三四）52歳

江戸大火。諸国飢饉。
3月、水野越前守忠邦、老中に。
柳多留129篇（天保4・11・12江戸川）序。二世木卯誌
「岸におふまだ青々しき芽出し柳の」
　田舎源氏で柳亭が旗を上げ　波蝶
『川柳百人一首』（山崎屋清七）「桜木連　燕亭　二世　木卯」

天保6（一八三五）53歳

滑稽本。人情本禁。
秋、種彦、浅草堀田原に修紫楼を建て組屋敷を出て新宅に住む。
『自問自答　戯言句合』（国芳画）

天保7（一八三六）54歳

全国飢饉（奥羽地方10万人死亡）

9月、大草能登守高好、北町奉行に。

天保 8（一八三七）55歳
大塩の乱。諸国飢饉。江戸御救小屋。諸国疫病。
四世川柳（60歳）引退。五世川柳（51歳）嗣号。

天保 9（一八三八）56歳
日本橋・神田大火。都々逸流行。
柳多留146篇　五世川柳名弘会。柳亭種彦序。
柳多留167篇。以下不明。

天保10（一九三九）57歳
蛮社の獄。
9月、川柳五十回忌。
木枯の句碑。大会記（柳亭）

天保11（一八四〇）58歳
遠山景元、北町奉行に。

天保12（一八四一）59歳
1月、五世川柳『新編柳樽』初篇。
『用捨箱』3巻
「元来心頑なれば親しき友たちもなく」
4月、矢部定議、南町奉行に。
5月、天保の改革。
10月、出版物取締10項目上申。
12月、鳥居忠耀、南町奉行に。
12月29日（陰暦大晦日）南北奉行所で板元一斉手入れ。

「新編柳樽」（朱雀洞文庫蔵）

天保13（一八四二）60歳
四世　65歳
五世　56歳

2月5日、板元ら7名、板木師ら3名処罰。春水、国芳処罰。
春、五世川柳、佃島島民教化の功で、白銀三枚下賜。
6月3日、出版取締り通達。
6月20日前後、種彦、小普請組頭呼び出し。7月、再度呼び出し。
7月19日（18日とも）、修紫楼で自害。《田舎源氏》38編で終わる。

辞世・ちるものとさだまる秋の柳かな
我も秋六十帖をなごりかな

法号・芳寛院（殿）勇誉心禅居士。
赤坂一ツ木・平河山浄土寺に葬る

狂句の明文化と五代川柳

佃島の御用漁師・水谷金蔵こと鯉斎佃（一七八七〜一八五八）が、四代川柳から譲られて川柳の五代を嗣ぎ、緑亭、風叟と称したのは、天保八年（一八三七）五一歳の時だった。それから二〇年間、安政五年（一八五八）八月のコレラ流行で没するまで、五代が果たしたのは、狂句の明文化と性格を決定づける集大成だった。

名があって、それに沿う内容がなかった狂句に、初めて狂句としての五体を完備せしめ、同時に、四代の名づけた「俳風狂句」を「柳風狂句」と改めたのも五代だった。

「柳風」は桃井菴和笛が唱えた「川柳風」の略で、すでに文化初年の再建期から、組連句会に冠されて用いられている。もちろん「(初代)川柳の調」の意味である。

五世川柳
(「柳風祭祀狂句合」)

この「川柳」を「柳」一文字に詰めた言い方は、文化九年一〇月二七日に文日堂隠宅で催された「川柳居士二十三回忌」(六四篇所載)の序に、主催者の文日堂が記している「はた此柳ぶりに」とあるのが早い。「柳ぶり」は漢語風に書けば「柳曲」、大和風に書けば「柳風」である。

水谷家に伝えられる家宝の中に、四世川柳の上司であった南町奉行筒井伊賀守政憲が「柳風」と大書した掛け物一幅がある。どんな折に五代に与えられたのか定かではないが、四世に詰め腹を切らせた伊賀守の後継者への励ましの意味もあったのだろうか。

以後、「俳風狂句」は「柳風狂句」となって明治に至る。

さて、この五代が制定したといわれる狂句の定めに、《柳風式法》と《句案十体》がある。前者は判者に与えられた心得であり、後者は狂句を狂句たらしめる句作の基本を示したものである。

《柳風式法》について、前田雀郎はこう記している。

彼（五世）かつての松平定信による寛政改革の際の「柳多留」改版のことなど振り返るところあったのであろう。当時削除の句の品種に鑑み、禁を立て、作者を戒めると見せて、当局の取締りに対し、早くも先手を打って、その緩きを願った。

つまり、幕府の風紀取締り（天保の改革）に先立って、恭順の意を表したということになるが、以下の文章にはその色彩が濃い。

柳風式法

一　政事に関係りたる義ハ何事に寄ず句作撰等致すましき事

一　近世の貴顕官員の実名など句中に取り結びたる風調堅く引墨いたす間敷事

一　恐れ有る事ハ不及申譬ゑ知己に候とも人名を顕し譏謗がましき句体ハ一切引墨致すましき事

一　博奕出火刑罪等の不吉ケ間敷句作ハ一切禁忌たるべき事

一　句撰の規則ハ　天朝を尊敬し敬神愛国を旨とし往古の貴人忠孝道徳五常の教導

技芸の名誉奇特の句体を尊み高番に居べき事
右ハ自然善行の道句案に浮み勧懲の一端にも成るへき故なり

一 句撰ハ決て依姑無之風流専一と引墨すべき事

一 累年我柳風に於てハ聊不埒の者無之候得ども此後万一不法の族あつて句賞に事寄せ通貨など取引候哉の風聞もこれ有り候てハ以の外の一大事の儀に付此段精々注意し、是迄の規矩を崩さず柳風永続致すべ様心掛ケ専一の事

一 開巻席上に於ても相済候迄ハ禁酒いたし雑言の上争論これ無き様慎み風雅ハ朋友と睦み交り厚く人和の基と申大意を心得幾久敷此道の繁栄となり候ハヾ元祖柳翁への孝養風流の功と相心得承知可致の様大略書送り畢

月　日

狂句判者

五世　川　柳

しかし、前後を仔細に読むと、このすべてが天保期に書かれたものとは思えない。明治にいたって一部の書き換えないしは書き足しがなされたのではないかと考えられる節がある。たとえば「貴顕官員」「天朝を尊敬し、敬神愛国を旨とし」などは、明治調の用語である。

明治五年三月に新設された教部省が、天皇制下の国民教化の基準として定めた《三条

の教則》の第一に「敬神愛国ノ旨ヲ体スヘキ事」、第三に「皇上ヲ奉戴シ朝旨ヲ遵守セシムヘキ事」とあるが、こうした文書の影響も想像に難くない。

この《柳風式法》は、大幅に書き換えられて、より具体的な《柳風點式》となるが、それはさらに格調の低いものである。これについては、後章で触れる。

柳風では、判者立机の際、宗家の允許状に添えて、《柳風式法》が渡された。允許状については、六世川柳から風也坊雪舎（のち七世川柳）立机に与えられた写しを掲げておく。

其許義年来柳風執心にて狂句の引墨致し度旨任衆望
立机免許候義実正に候然る上は左に証し候掟の趣急
度相守可仕申し候

右の中にある「左に証し候掟」が《柳風式法》である。いわば、狂句家の家憲として貴ばれたのであるが、川柳固有のおもしろさの半分以上が、同時に失われたといっていい。初代川柳時代の特性であった「穿ち」は、観念的な言葉遊びに取って代わった。

阪井久良伎がのちに「形式機知」呼んだ狂句のテキストともいうべきものが《句案十体》である。

現在、伝わるままを以下に掲げておく。

《句案十体》（句読点筆者）

○句案心持之事

一　乾坤間森羅万象句にならざるハなし。木の葉の散り、小虫の動くにも心を用ゆべし。譬えバ蜉蝣の一時を以て百歳の寿に思ひより、鳥獣の餌をあさるも人間今日の業と皆同じさまなれバ、能々万物に感通すべし。比論の句は多く此類より案ずるもの也

一　先句体に種々ありと雖十体と定め句案の心持とす

○正体　○反覆　○比論　○半比　○虚実　○隠語

○見立　○隠題　○本末　○字響

右の十体とも初心の内ハ掛け合せの縁語を以て句作有るべし。掛け合せといふハ、譬ハ　○水と云に、ぬるゝ、流るゝ、○火といふに、もゆる、こがす等の類ひ也

○正体といふハ

　　鞆の跡弓矢を守護の御祥瑞

　　鈴の緒も鱗大漁の浜鎮守

　　浮橋はどふかへコ〳〵して居さふ

いずれも趣向を工まず其侭の体を懸け合せて句作せしをいふ

○反覆といふハ

　　鈴の緒ハ洗ひ清めた手でよごし

　　貝売ハ道に欠けたが仁になり

勝た女の見苦しさ白眼くら

清めて汚し、道に欠て仁、勝て見苦し、抔反転しにいふ也。尊卑、上下、大小、黒白、等を反転し、詠習ふべし

○比諭といふハ

怠らず学べ遣ハぬ桶ハ漏り

堪忍ハ氷の柄杓取る工合

表ハ飾るな塗物に目だつ塵

己れを誇るな名月も日の反射

奢るなよ鶴の寿ハ得ぬ孔雀の美

右、何れも物に譬へて教訓なす句体なり

○半比といふハ

聖運再度ひらき帆の舩の上

時知らず出所もしらず讃岐不二

髭無きが如しとこすられてハ痛し

ひらき帆の舩、時知らず出所も知らず、こすられてハ痛し、何れも物に比して云なし、聖運再度と讃岐不二と髭無きが如し、にて本体の故事を顕わしたるをいふ

但し○正体○比諭○半比この三体ハ縁語専一に句作有るべし他の七体ハ懸合せ無くとも宜き事あり是等を能く心得べし

○虚実といふハ
夕日にハ富士も日蔭の扶桑木
馬鹿嫉妬臆病午の時参り
鼻を見てたるみを付ける股引や
世に無き事も有るやうに虚を実らしくいふなり
○隠語というハ
大きながぶらり為て居る奈良法師
御ものゝけとハ可笑しき申しざま
しく物ハなしとたゝずむ朧月
上の十二文字を下の五文字にて転じ云顕はす也謎々合せとおなじ案じなり
○見立といふハ
烏羽の文字か島田の黒元結
薄氷馬鹿のむきみの下紅葉
印材の紐は巨燵の上に猫
雨後の白萩新尼の物思ひ
入歯で雑煮泥濘を踏だ下駄
見立の仕立方さま〴〵あり初の三句ハ現在他の物の似寄たる見立なり後の二句は意中の見立なり凡て見立ハ案じ安し

○隠題といふは

　新場から小田原町へ鳩が飛び

　布袋かと思や有ふ事か比丘尼

　行灯ばかり此方を向ひて居る

何れも句の意を言ひ顕さず隠して考えさするなり

○本末といふハ

　三国を伝来ハせぬ神の徳

　その後道淹蓑箱を持たせられ

　最一ツの伝授鶺鴒啼て見せ

都て古事古哥聖語などを其本として其末をいふなり

○字響といふハ

　菓子屋落雁トンカタヽトンカタヽ

　武を秘して敵をかつぎの御計策

　馬を追ふ大悟無智でハ出来ぬ業

トンカタヽ、敵をかつぎ、無智など一語にて両用に掛つゞけたるをいふなり

右十体の外種々の体有れども大略十体より分れたるなり。偖古事古哥古諺俗言名所旧跡雑事に至る迄、能本体を考へ自他を差別し懸合せよく笑ミあるを狂句の肝要とする也

以上が《句案十体》だが、これらすべてを五世川柳が創案したものではなく、すでに行われてきたさまざまな句体から取捨整理して、まとめたに過ぎない。
たとえば初代川柳点初期の万句合から柳多留初篇に採られた中にも、この種の狂句調は見えている。

紅葉見の鬼にならねばかへられず　柳多留　初-6
弁天の前では波も手をあはせ　柳多留　初-34
伊豆ぶしも八代まではだしがきゝ　柳多留　初-24
雪隠の屋根は大方屁の字形リ　柳多留　初-32
色事に紺屋のむすめうそをつき　柳多留　初-37

すべて縁語仕立ての形式的な面白さだけで、「紅葉見」以外は内容というものが殆どない。発想としての狂句は、だから初代川柳時代からすでにあった。それが目立たなかったのは、柳多留の編集者である呉陵軒可有の文芸観の確かさに負うところが大きいと思われる。

穿ちの文学として一度は完成した川柳風の前句が、しだいに形式的な言葉遊びに移行して行った理由は、いろいろ考えられる。
まだ狂句と名づけられる以前の文化から文政の前半期にかけて、その傾向を強めていった形式化の最大の原因は、幕府の風紀取締りにおける一環した言論封鎖ではなかったか。寛政の改革に続く享和の三年間に行われた既刊柳多留の改刪に見られる個々の例が、そのヒントを与えてくれる。

公用語に類する奉行、白洲といった単語、博打をはじめとする火付けなどの犯罪用語、春本、和じるしなど猥褻に近接した卑俗な日常語までが法度の対象になりかねないという窮屈な世の中にあっては、作者の視野はブラインドを掛けられたに等しい。世間の「アナを言う」べき穿ちの目が遮蔽されてしまっては、生きた社会は対象にならなくなる。目が外へ向かわなくなれば、頭の中だけでいわば観念の遊びを繰り返すより仕方がない。この生きた社会との別離の過程が、和笛評の中間期十余年を経てプレ狂句期にかかる狂句前夜の状況だった。

野や草を江戸へ見にでる田舎者　柳多留31（文化2）
しづむとき念仏のうく風呂の中　柳多留32（文化2）
店中のしりで大家はもちを搗き　柳多留45（文化6）
うつくしい富士三日月が二つ出る　柳多留51（文化8）
亀四匹鶴が六羽の御縁日　柳多留54（文化8）

桃井菴和笛の死で、一度は灯の消えた川柳風の再興期である文化初年には、のちに隠題、反覆、隠語、見立などと呼ばれる句体がすでに現れている。

穿ちの目に代わるのが、のちに明文化されるこれら形式機知（久良伎の用語）にほかならなかった。しかし、頭の中の小文芸化した狂句が、世間の表層でおもしろがられたことも否定できない。文化—文政—天保を通した四〇年間に、狂句は最盛期を迎え、全国化していった。

五代目川柳の閲歴

五世川柳（水谷金蔵）は、天明七年（一七八七）正月、江戸は日本橋南茅場町に生まれる。幼くして父母を亡くし、佃島の漁師太平次に養われる。のち家を継いで御用漁師（「香の図」の焼印の魚問屋）になり、努力して財を成し、名主職に就く。

文化四年七月、二一歳の折、養父母への孝養で、文政一一年四二歳の折には、徳行を愛でてお上から褒賞を受け、さらに川柳宗家として迎えた天保改革の折（一三年）には、全島が一向宗（西本願寺）門徒の佃島にあって、よく貧民救済、教化に尽力したという功で、老中指図により南町奉行鳥居甲斐守から白銀三枚を下され、

身にあまる風にひれふす川柳

と詠むなど、生涯三度の褒賞を受けている。

二世、四世の薫陶を受けた川柳風では、家業の佃《リ》を表徳として文化年代後半から頭角を現わし、『柳多留』では六二篇（文化九年）が初出。この時、二六歳。

文政年間、地元に月並を立て、四世川柳、柳亭の評を受ける。九一篇（文政九年）に

鯉斎佃として初めて序文を書いているが、その含羞ぶりに人柄が表れている。

天保八年（一八三七）五一歳の折、四世川柳がにわかに勇退、その点式を佃に託す。同年三月一一日、五世を襲名して、緑亭、風叟と号す。催主・舛丸による「五世川柳名弘会」は翌九年正月の一四六篇に掲載、その序文の中で柳亭（種彦）は、こう記している。

「実に風雅の人にしあれバ、先生と崇められ宗匠と尊まるゝハ、原来願ぬ事なるを、四世の川宗故ありて其名を譲るに否がたく、佃子の諾されたるハ、いはゆる以心伝心なり、かく名聞にかゝはらぬ子が性質なるにより、別に大会を催さず、唯月並の会を評して、名を継たるよしを披露す」

この翌天保九年『誹風柳多留』が一六七篇で終わる。

天保一〇年九月、初代川柳五〇回忌を新堀端の菩提寺、天台宗龍宝寺で開催、本堂左脇に木枯の碑を建立、背後に一株の柳を植えた。碑は根府川石で、高さ約四尺、幅約二尺〜二尺五寸、表面に田畑松軒筆で「こからしや跡て芽を吹け川柳」、背面に「于時天保己亥九月吉祥日　柄井川柳五十回忌為追善建之」「五代目川柳　世話総連　催主　寿山舛丸」とあった。

また「前句附狂吟祖柄井川柳五十年忌追善会」を翌一〇月一五日に開巻、『俳風柳のいとぐち』上下二巻を版行、柳亭種彦が序文を書いている。

天保一二年（一八四一）、この年は天保の改革に連なる出版物取締りの布令が出され、歌舞伎三座が浅草に移転させられるなど身辺繁多になるが、それより先の一月に、五世は

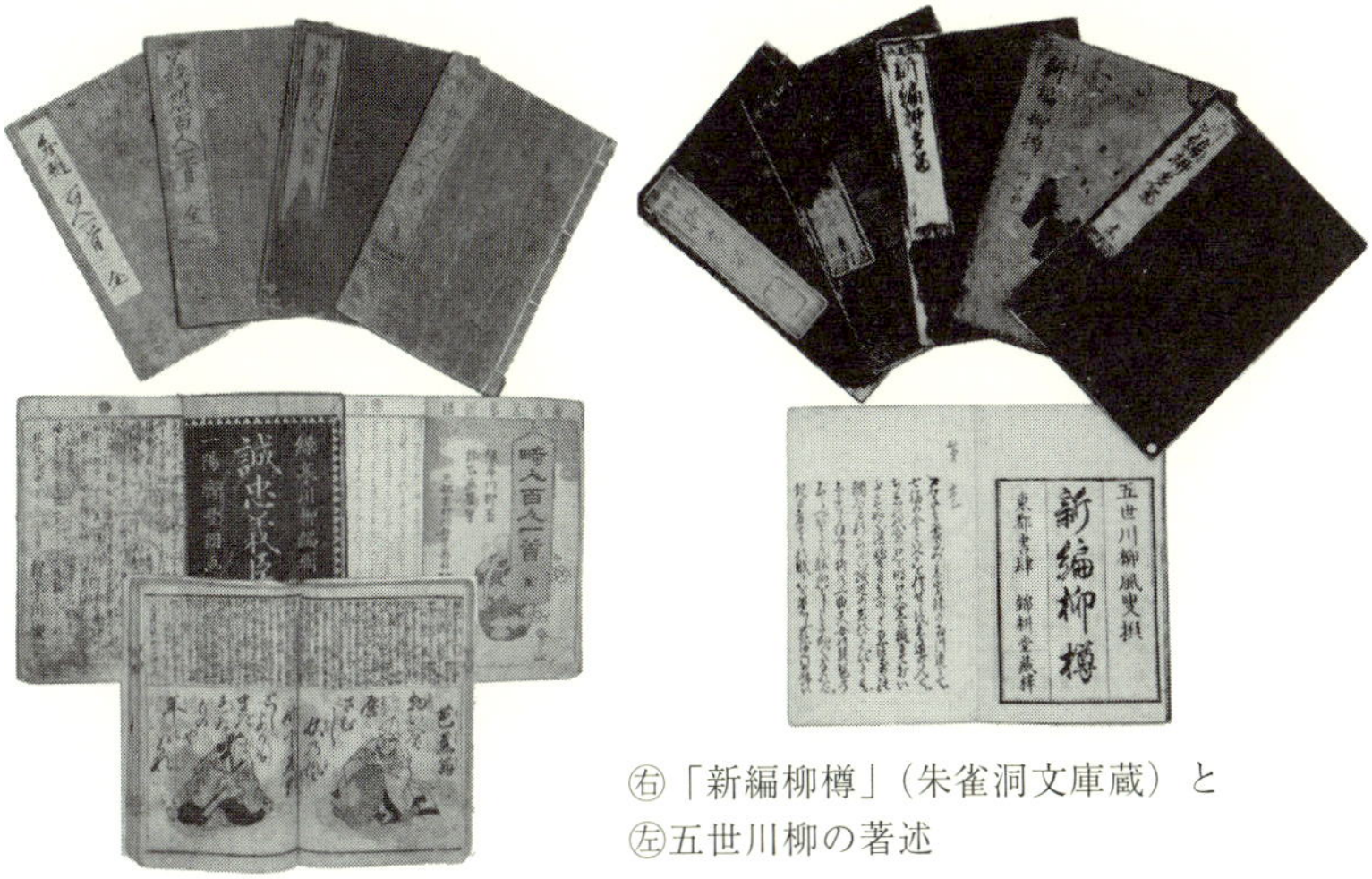

㊨「新編柳樽」(朱雀洞文庫蔵)と
㊧五世川柳の著述

尻切れとなった誹風柳多留に代わって、『新編柳樽』初篇を、山口屋藤兵衛から創刊した。序文に柳多留が「ゆへよしありて今其数さだかならすなりぬ」と記している。これは、嘉永二年まで八年間に五五篇を続刊した。

　折から、天保の一二、三年にかけて風紀取締りの容赦ない嵐は、この小文芸の周囲にまで迫っていた。出版に関わる多くの処罰者の中に、最も身近な柳亭や為永春水がおり、四世とは懇意の画工国貞やその身代わりとなった国芳、また判者をつとめたこともある七代目市川団十郎が追放されるなど、同じ年に褒賞を受けた五世にとっても、わが文芸への危機を感じざるを得なかった。

　その事前処置というか対抗策として、五世が打ち出したのが《柳風式法》であり《句案十体》で、「俳風狂句」を「柳風狂句」と改める弘化、嘉永、安政期にかけては、狂句を教化の具とする基本精神を堅固なものとしていく過程だった。美談、義挙を題材とする稗史の類に多く筆を執ったのも、この時期だった。

『遊仙窟春雨草紙』（初～五篇。二代豊国画。弘化）
『誠忠義臣略伝』（二代豊国画。山口屋藤兵衛。弘化五年）
『祥瑞白菊物語』（初～六篇。芳虎画。嘉永）
『俳人百家撰』（国輝画。和泉屋市兵衛。嘉永八年）

などにその文才を発揮しているが、一方、江戸府内唯一の盆踊りであった佃島の盆唄なども作詞している。

安政五年八月一六日に七二歳で没したが。《武江年表》安政五年の条、同年夏のコレラ流行で物故した「有名の人」の中に「狂句点者五代目緑亭川柳」と見えている。法名・真実院釈浄宝信士。築地の西本願寺別院に葬られたが、大正一二年の関東大震災のあと、世田谷区代田の同寺新墓地に移された。さらに杉並区の築地本願寺和田堀廟所に移葬。

辞世は、「愛されし雅を思ひ出に散る柳」

狂句の主な作物では、

五世川柳墓
（築地本願寺和田堀廟所）

五世川柳句碑

「和らかてかたく持たし人心」

（向島・三囲神社境内）

かんざしの足くたびれる紋日前

にこにこと出る三月は主の恥

十月の晦日八百八町寝る

ありがたさ捨ても拾ひもせぬ命

ハヒフヘホ腹の立つ日の音でなし

嶋へ嶋忍んだ果ハ嶋の沙汰

酒を止めたれどやつぱり銭がなし

『狂句百味箪笥』（全四冊。国芳画。山口屋藤兵衛。天保）

　向島・三囲神社境内（明治三年四月築地本願寺に建立、同一四年五月当地に移す）と佃島・住吉神社境内（昭和四四年一一月建立）に、『百人集』から「和らかくかたく持たし人心」（現句「和らかで」）の句碑がある。

柳多留65（文化一〇）

柳多留74（文政四）

柳多留74（文政四）

柳多留82（文政七）

柳多留88（文政六）

柳多留88（文政六）

柳多留100（文政一一）

柳風の全国組織化

初代川柳が万句合の興行地域を江戸市中に限ったことと、江戸風の勃興とが重なって、川柳風は江戸中心的な色彩を強め、それは柳多留にいたって頂点に達する。ある意味では江戸の地方文芸ともいうべきこの文芸は、千人に足りない江戸在住の作者だけに支えられてきたが、狂句期を迎える頃には地方三十余国に作者が広がり、四世の時代には、川柳の名を宗家とする求心的な兆しが胚胎しつつあった。

五世の《柳風式法》にも「わが柳風」とあるように、川柳家を統括者とする意識から《句案十体》なども制定されたものだろうが、これをさらに進めて「柳風会」と名づけた全国組織にまで発展させたのが六世川柳だった。

六世川柳は、文化一一年、五世の長男として生まれ、一四歳で柳多留九九篇にごまめの表徳で初見される。安政五年八月のコレラ流行で父が没した後ただちに六世を嗣号、和風亭川柳と号した。

明治と時代が変わる頃には、日本各地に大小の狂句グループが個別な活躍を始めていたが、これらを地方支部として宗家に統合、地方判者允許の制度などを含めて組織化した。

また、父五世が幕府から生涯三度の褒賞に与っているのに続き、六世は佃島島政の功や細民への施与で、明治政府や東京府庁から表彰を受けるなど篤実な性格の上に、日頃から島内窮民との接触が多いところから、狂句をもって教化の具たらしめようとする思いが一方にあってか、「教句」の文字を多く用いた。《柳風式法》や《句案十体》に標榜された五世の堅苦しい倫理観に輪をかけたような六世の教化思想は、狂句という文芸をいっそう窮屈なものにした。

組織の拡大とはうらはらに、文芸としての柳風狂句を、二進も三進もいかない袋小路に追い込んでしまったのである。

六世川柳の閲歴

文化一一年（一八一四）、江戸・佃島に五世川柳（水谷金蔵）の長子として生まれる。幼名・金次郎。のち金蔵を継ぎ魚問屋を営む。また謹と改め、通称・謹五と称した。

文政九年（一八二六）八月二八日開キの四世川柳末広碑建立大会に出席して初めて狂句を作り、勝句を得る。時に一三歳。父の表徳と家業に因んで鯷斎ごまめと号す。この勝句は翌文政一〇年の柳多留九九篇（末広大会号）に初見。

　木鋏みで帆をはさみ出ス庭つくり　　ごまめ

父とともに岸姫松連を立て、若くして上手の名を得、天保五年の『川柳百人一首』に入集したのが二一歳。「餅の外ふくれつらせぬ三カ日　岸姫松連　鯷斎ごまめ」と見えている。

安政五年（一八二七）、父五世川柳の死に伴い、四五歳で父のあとを継ぎ六世川柳となる。和風亭と称す。初仕事は、嗣号早々の安政五年、前年五世が企画して開ｷを待たずに逝った「祖翁七〇回忌」の引継ぎという試練であった。しかし、六世を役不足と考える社中はすでになかった。ごまめの実力はつとに認められていたのである。

この一〇年後に明治と改元、近代を迎えての最初の宗匠として、六世が努力したのは、何よりもまず四世以来の宗家体制をより堅固にすることで、明治改元と同時に柳風狂句を標榜する全国組織「柳風会」を結成して、中央集権化を強め、その頂点に立った。判者や地方判者への允許制度なども、この時制度化された。五世は、狂句の実質的内容を分類・定義かつ明文化、六世は柳風狂句を全国組織化し、家元中心の統括団体とした。

明治一三年（一八八〇）七月、六七歳の折には、佃島細民への施与を賞して東京府庁から木盃を受け、「慈善重ねよとの教諭の御賞盃」と詠み、また翌一四年には、やはり佃島島政の功で有栖川一品親王殿下から国歌一首「川風の吹く方よりに靡けども乱れざりけり青柳の糸」を下賜されて、「吹き下す風にひれ伏す糸柳」と奉答している。

名望があり、渡し舟（佃の渡し）の船頭は、六世を訪ねる乗客からは渡船料を取らなかったという。明治一五年（一八八二）六月一五日、日本橋伊勢町の離宅で卒。享年六九。法名・安楽院釈祐正信士。東京・築地の西本願寺別院の五世川柳墓に合葬。

向島・三囲神社境内に「つまらぬといふは小さな智恵袋」（明治一四年五月建立）の寿碑がある。

明治一六年六月、東京・柳橋の万八楼で開かれた「六世川柳一周忌追善会」は、寄句が全国から三万余、加評・志評者が八〇余名に及び、開巻には二四、二五日の二昼夜を要し、史上最大といわれる大会になった。なお『六世川柳翁追善狂句合』（和本活字）は同年の八月に上梓された。

本復の力だめしにたゝむ夜着　柳多留126（天保四）
くらわんか慮外者めと田舎武士　柳多留127（天保四）
若いとき遣はぬふりを親父する　柳多留132（天保五？）
飴に菓子よは子をねかす合言葉　柳多留132（天保五？）
藤式部時分は色もまだ薄し　柳多留140（天保六？）
梅の外配所へ供奉の黒牡丹　柳多留141（天保六？）
女気の真ン中へ乗る渡し船　柳多留149（天保九？）

柳風狂句の黄金期

四世川柳の天保期に、国内三〇カ国を数えた川柳が、五世、六世の幕末から明治の柳風会組織化を経て、どれほど全国に普及していったか。さしずめは大会などの勝句集からその大略をうかがうよりない。勝句を得た表徳が全体のどのくらいの割合になるか知ることはできないが、勝句の比率をもって、その地方地方の勢力関係を推量することはできる。

明治二〇年前後といえば、江戸の安政生まれが三十代、弘化生まれが四十代、天保生まれでも五十代で、明治生まれは成人するかしないかの時代である。

【上総】里月、名山、広雄、鶯春、寿、小夢、清月、山八、新玉、窓月、和漢蘭、喜丸、〆丸、安静、川名、移柳、鼠子、楽山、清里、桃崖、菊月、成之、松雲、支那押、花蝶、其月、葉雀、満月、松仙、一水、竹友、山人、闇蜘、玉柳、下久保、白菊、梶谷、李仙、静柳、みとり、楽遊、米花、楽蘭、花成、夢中、三光

【羽前】杜鶏、雅外、漁公、香堂、里水、大染、常研、義山、漁子、其枝、麟角、樵夫、雅松、柳水、かけん、家泉、松夫、銅金、悠哉、佳嶽、不足、芳川、義旭、忠房、起峯、卜枝、ミとり

【飛騨】小菊、総成、三羽、茂美知、雲蓋、握り玉、永樹、保都美、豆人、菊仙、喜良久、風月、木かけ（蔭）、兆寿、久保見、丸々、柳枝、老楽、千丸、蛇の目、津霞、和亀、蓮子

【八王子】おほこ、紅葉、綾瀬、鯉好、千登里、甚輔、一柳、夢丸、いさみ、さん知、鯱、伊佐美、半、〆子、遊雅、宜牛

【甲州】ミとり、花宴、かなめ、音琴、素丸、素遊、あら井、水玉、三丸、三ツ輪、和泉、雨石、楽調、文庫、寿的

これが、ベストファイブである。この中にも全体の中にも、浜松と信州が出てこない

のは理解できない。
以下は、こんな具合である。
【大坂】岩橋、花鳳、朗、厚丸、山笑
【磐城】東規、昇山、魯丸、松枝、毛桃
【尾ノ道】夢玉、雅専、菱雨、聴雨
【厚木】イ、三泉、三扇、撰鉢
【長崎】臨笑、芦泉、崎長人
【土佐】古斎、雲畔、渓山（高知）
【シバタ】半酔、真直
【羽後】三枝、秀月
【西京】二橋
【越後】魚住
【淡路】糖袋
【下総】柳蛙
【横浜】六石
【仙台】貞新

句調の変遷

五世、六世川柳を境に、それ以前の狂句と、それ以後の狂句とは大きく様変わりした。同じ言葉遊びでも、天保調には自由があり、躍動があった。文芸としてのおもしろみがあったことも、都々一坊などの一連を見ればわかる。この自由な躍動感が完全に影をひそめたのが、五世・六世以後である。

《柳風式法》（のち《柳風点式》）や《句案十体》のくびきの中で、言葉は生気を失い、句は空虚な教条の骸と化した。

この傾向は、七世・八世川柳の「高番偏重」へと繋がっていく。

後任の宗家が未定のまま六世の死に遭い、苦慮した柳風会では、柳袋、〆太、真中の三長老が相謀って、五世の外縁に当たる広嶋久七（雪舎、一

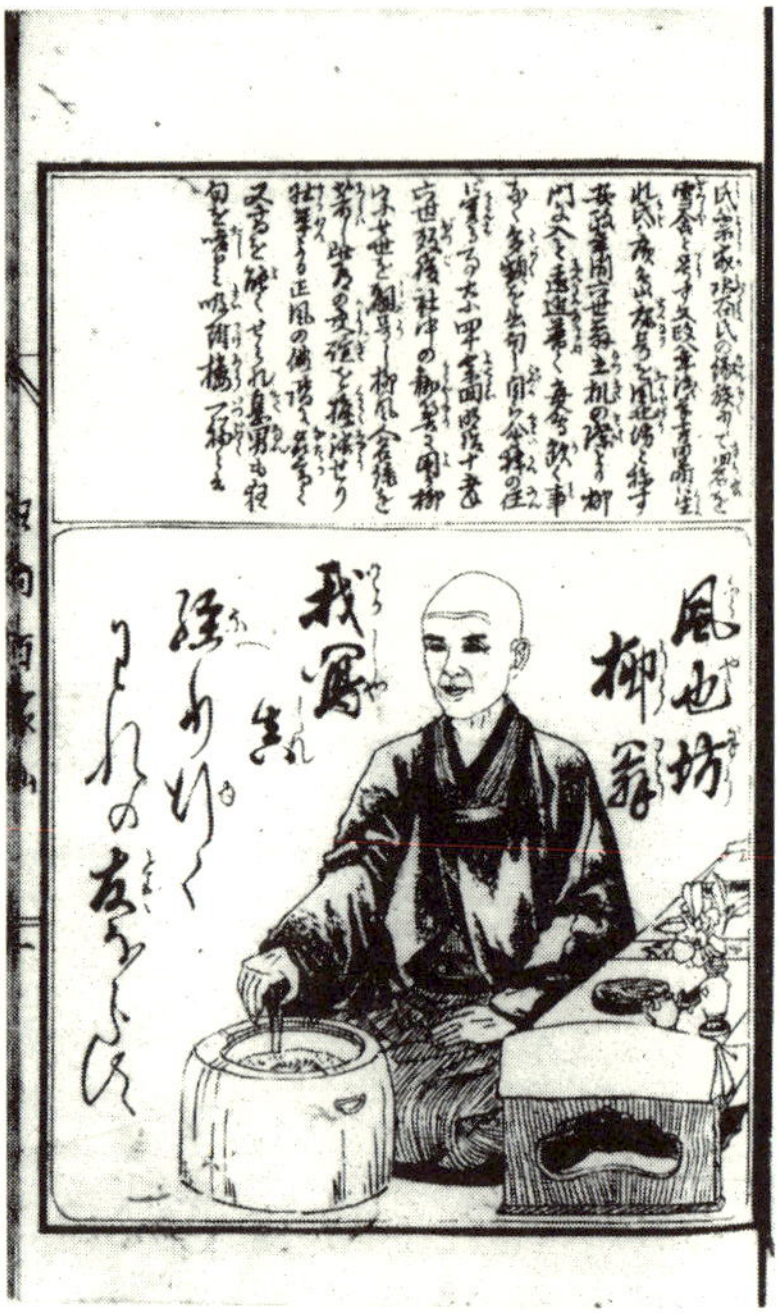

「柳風肖像　狂句百家仙」（明治 23）

八二五〜一八九一）を立てて七世に推した。雪舎は、五九歳、甘海門、得蕪、燕壌、満市斎などとも称し、浅草吉野町で煙草商を営んでいたが、明治一五年一一月、立机して風也坊川柳と名乗る。

七世は在位四年。その間明治一八年一一月、江東・井生村楼で主宰した「祖翁一百年祭」は、求評者百有余名、寄句二万三千余、開巻に二三、二四日の二昼夜を要する大会だったが、翌一九年一一月、病気のため引退、柳翁となる。

後任については、五連、寿鶴、氷月に義母子が加わって、六年前の還暦に生前葬を済ませ、化外老人と称していた五世門の長老、括嚢舎柳袋を担ぎ出し、同年一一月、一府三県の投票によって選出、翌年五月、立机して八代目任風舎川柳となった。

すでに六八歳になっていた八世は、かつて佐藤一斎に学んで漢学の造詣深く、かつ狂句改革の意図を強く持っていた。

当時の柳風狂句の句ぶりについて、古詩に譬えて記した柳袋の漢学者らしい文章が、さきの一百年祭の摺り本『風流集』（明治一八年冬）の跋として残されているが、評論をほとんど持たない柳風史では貴重な史料である。

彼はまず「我柳風狂句ノ若キモ、風調ノ変転スル事、恰モ時勢ノ変転スルガ如シ」とし、文政以前の作を「古詩」に、天保以後安政の頃を「盛唐ノ詩」、万延より維新にかけてを「晩唐ノ作」に譬えた上で、「方今ノ作ノ如キハ、綺言漢語ヲ調セザレバ、句ト称セズ、開明新奇ヲ列セザレバ、撰ニ適セズ」、これを「宋元ノ風体」に準えている。しかも、これらはすべて「時勢文運ノ然ラシムルモノ」とする。

これは、江戸末期以来、卑俗、卑猥といった社会通念を免れないまま明治を迎えた狂句観に対する反動として、詰屈な漢語調によって威儀を正し、新時代に受け入れられようとする苦肉の策にも見える。

八世はまた、「五世時代、佳句、妙案ト称セシ吟モ、今ヨリ之ヲ見レバ、児戯幼作ノミ」といっている。狂句を集大成した五世は、従来の卑言（例えば、下女、居候の類）は措

「川柳第八世翁略伝記」軸（明治 25）（長岡民雄氏蔵）

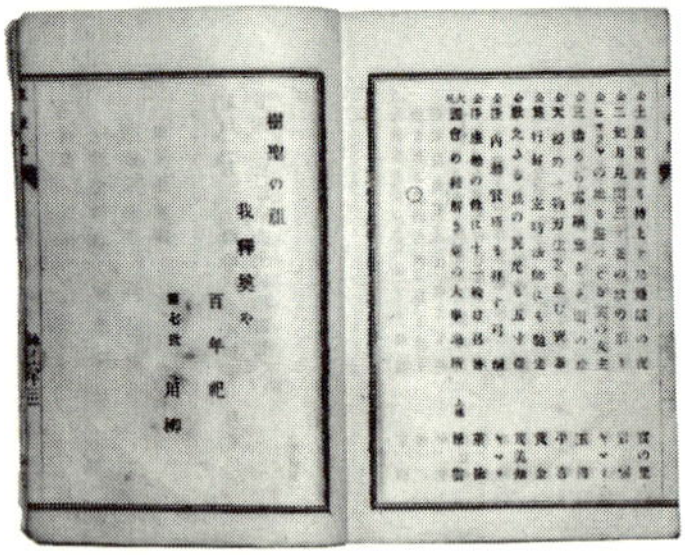

いて、句の品格を一変、滑稽、洒落も和漢の故事に材をとり、教導を旨としたが、その《柳風式法》の趣意を発展させたのが漢語調である。といって、五世時代の句が、現在でもそのままお手本になるというのではなく、むしろ幼稚に見えるというのである。

安政五年（一八五八）、祖翁七〇回忌（志評者六三名、寄句三万八千六百余吟、開巻三昼夜にわたる）の志評者として、今また一百年祭（明治一八年）の選者に列するものは、南総の成之、阿豆麻、甲斐の楽調、神戸の関山、東京の〆太および柳袋（八世）のわずか六人。その間、三代の川柳があり、江戸は明治に変わった。その「時勢ノ消長ト人事風調ノ変遷」が、狂句を変えたのである。因みに、前章で引用した六世川柳の柳多留盛期を思わせるような句柄も、明治を境にがらっと変化するのである。

試みに、七、八世川柳の選句の一部を掲げ、その一斑を知る参考としたい。

七世風也坊川柳撰　（明治一二年一一月、風也坊川柳立机会）

各国の初日和朝の余り影　（巻頭）　蟹麿
御簾になる竹の上着を草履にし　鶯斎
らう竹屋不景気舌を巻煙草　一樹
肘を食たらひもじさが猶増り　五連
ルーデサックは故郷へ着る錦　左瓶
詞花の八重垣赤縄のこま結び　（大尾）　沖魚

八世任風舎川柳撰（明治二三年一一月、柳水園一橋上京祝賀柳風狂句合）

建国の良材首府へ御召集（巻頭）　真中
出藍の才京染に優る色　柳
織出す錦西陣へ寄る人気　亜閑坊
横綱の注連も凜々しき野見神社　義母子
飛だ妙だと鳥を見て笑む二神　旭
水魚の交り上下で和す会議（大尾）　昇旭

高番、中番、末番をそれぞれ選んでみたが、これらが古川柳はもとより、天保狂句とも相容れない異形の十七字であることがわかろう。この風潮を、「高番偏重」と呼んでいる。

「柳風点式」について

「柳風式法」が、現在に伝えられているものは、五世川柳制定といわれる原文ではなく、明治に入ってから新時代に合わせて一部書き換えと見做される条項が見られるもの（六〇二ページ参照）だが、さらにそれを書き改めた「柳風点式」というものがある。もちろん明治以降に作られたものだが、いつ、どの宗家が関わったものか明らかではない。式法の八項目を、おおむね前半の四項目にまとめ、それに「句作心得の事」として、それぞれの場合における句作のあり方を具体的に規定している。
以下に、全文掲げておく。

柳風点式

一　国安妨害及ひ、現世の人名を譏謗せし句、並に賭博、火災、刑罪等渾て不吉の句作ハ、一切禁忌すべき事

一　句撰の規則ハ　天朝を尊敬し、敬神、愛国、勧善、懲悪を旨とし、忠孝、道徳、五常の教導、技芸の名誉、奇特の句体を尊み、高番に撰挙す。大尾の句ハ、内に猥褻を含有せしも、句表に高尚の句を撰挙すべし。

一　句撰は、親疎に靡かず、決て依怙の挙動を致すまじき事。

一　開巻席上、披講中ハ高声の雑談を禁忌の事。

句作心得のこと

一　神仏奉額会にハ、其神仏の功徳ハ勿論、古事の美談、近辺の名所、花蝶風月の雅致を含有し、其会に応して温和に句作すべし。

一　新年発会ハ、春季の句を好しとすれ共、又雑句にても目出度句意に、名誉有りと心得べし。

一　寿の賀莚にハ、動物の没斃、草木の枯朽、渾て衰退、不吉なる調を禁忌すべし。

一　餞別会にハ、不吉なる詞ハ勿論、帰らず、空しき、踪跡なし、倒るゝ、などの詞

を禁忌すべし。

一　新居開きの会にハ、不吉の詞ハ勿論、焼る、潰れる、倒るゝ、移転などの詞を禁忌すべし。

一　割烹家、茶店、掛額にハ、其の地辺、其家の繁栄を讃美し、酒宴娯楽に拘ハる、美挙を好とし、渾て額面ハ、連外の多く看る物なれバ、最も早解悟の句を得意とすべし。

これに「詠草書式」がついて全文だが、式法ほどの風格も感じられず、ただの可から ず集の趣きである。「大尾」についてなどは、苦笑を禁じえないが、参考までに。

「團團珍聞」の新時事狂句

組織としては大をなしたが、個々の句は詰屈になり、独善の傾向を辿りつつあった柳風会に、大きな刺激を与えたのが、西欧の風刺新聞を模倣して創刊された日本最初の週刊誌『團團珍聞』であった。

内容的には文芸の名に値しない閑文字に成り下がっても、ひとたび大会を呼びかければ、全国から二万、三万の志評を集める組織の堅固さを誇った柳風会とは、全く無縁のところから狂句とも川柳とも呼ぶ新しい同種文芸が発生したのは、明治一〇年である。

この年三月、洋行帰りの異色のジャーナリスト野村文夫（一八三三～一八九一）によって創刊された『團團珍聞』は、New Japanese Comic Paperをうたう戯画、戯文によるヨーロッパ的滑稽と諷刺を眼目としたB４判の週刊誌で、度重なる責任者の処罰や発行停止の弾圧にも当局批判の矛先を緩めない不屈の姿勢が、たちまち江湖の人気を集めた。

新しい製版技術をいち早く取り入れた戯画と、それに添えられた諷刺的な文章が目玉だったが、この中面、〈雑録〉〈寄書〉とある欄に、川柳、狂句の投句が多くなり、第四〇号で固定欄となり、二年目の第八六号には七七句が見られる。第九五号からは第一面の目次に「川柳」がうたわれて独立欄となり、この後しばらく川柳と狂句がまちまちに使われるが、川柳の直流である柳風会に遠慮してか、やがて目次も欄名も「狂句」に定着していった。

「團團珍聞」19号（明治10）
（朱雀洞文庫蔵）

これが、のちに《団珍狂句》の名で呼ばれる新しい勢力となるが、何よりも顕著なのは、その内容である。

句材としての「国体」「政事」「実名」「犯罪」等を禁じ、「天朝」「敬神愛国」「勧善懲悪」「忠孝」「道徳」「五常の教導」「技芸の名誉」「奇特の句体」を奨励して、柳風狂句を自縄自縛に陥らしめたような詰屈な規制は、団珍狂句には一切なかった。あらゆるタブーから離れて、心にままに生きた社会を捉え、縦横に批判を加える自由人の眼が、そこには生き生きと働いていた。柳風狂句との比較で唯一劣っていたとすれば、それはアマチュアリズムの技術的レベルだったろうが、題材の新しさがそれを補って余りあるものだった。

「高番偏重」への批判

新興勢力「団珍」狂句に押されて、硬直化だけが顕在化した柳風狂句のいわば危機状態の中で六世川柳は亡くなった。その後を継いだ七世、八世川柳の間に、柳風狂句は一変した。一言でいえば、漢語を並べただけの味も素っ気もない十七音が大手を振って「新風」を呼号し、いわゆる「川柳らしさ」は全く影をひそめた。八世にいわせれば、これらはすべて「時勢文運ノ然ラシムルモノ」であるとする。これまで卑俗・卑猥と見られてきた社会通念から脱するこれが最良の策と彼は考えたのである。

これを煎じ詰めれば、五世の式法、六世の教句と同じ精神に発するものだが、この両者に輪をかけたかたちになり、狂句を袋小路に追い込む結果になった。

だが、この考えには、柳風会の中にも反論があった。反対派は、これを「高番偏重」と呼んで、狂句をいたずらに堅苦しいものにしてはならない、伝統的な世態人情の世界、いうなれば「中番」の世界を取り戻すべきだとする。

高番・中番・末番は、前句附の万句合以来、番勝句の内容的雅俗によった分類で、これをバランスよく配列し、各部の一番から順位をつけたものが点者の選句形式であった。高番とは、今でいう新聞の一面で、治世、神祇・釈教、四季、和漢の故事など、改まった内容で俳諧の初表に位置する句柄。中番は、新聞なら社会面で、世の中の出来事、世態人情を対象とした句柄で、平番ともいわれ、俳諧の名残りの表裏に該当する。末番は、中番をより寠し、性風俗などの卑俗な一群をいい、その極端なものは「破礼句」と呼ばれ、巻末に置かれたが、その最後に来るものを特に「大尾」と名づけられた。もちろん、句の醍醐味は社会を映した中番にあり、柳多留の名句と称されるものも、すべて中番である。

試みに同じ作者（後の八世川柳）の①高番句②中番句③末番句を並べてみよう。

① 規矩準縄も完備して御造営　柳袋
② 朝顔の木戸なら千代は居づくまり　柳袋
③ 口をすぼめて再縁をいたく秘し　柳袋

（明治一八年『風流集』七世川柳選）

①は「規矩」「準縄」「完備」「造営」と四つの漢語だけで出来た句。②③には漢語は一語も使われていない（「再縁」は国字）。

本来は②に有るべき選句の比重がくずれ、天保ごろから幕末にかけて、③が著しく増加、これが川柳・狂句は卑俗・卑猥なものという社会通念を根強く植えつける要因になったことは否定できない。世態人情を穿つ中番句で人気を得てきた柳多留が、しだいに末番句の比重を高め、末番だけの選集『末摘花』『柳の葉末』などが世に出るに及んで、川柳・狂句に対する固定観念が生まれ、それを引きずったまま明治となった。また発想の自由を奪われた明治狂句が、末番に捌け口を求めようとした一時期もあった。

この反動として起こったのが、①への限りない偏り「高番偏重」である。「大尾の句ハ、内に猥褻を含有せしも、句表に高尚の句を撰挙すべし」（「柳風点式」）といった姑息幼稚な規則まで作るに及んでは、むしろ苦笑を禁じえない。

五世の《柳風式法》なども末番横行に対する警鐘であったが、それが反動的に行き過ぎた結果が過度の締め付けや押し付けとなり、文芸を窮屈なものにした。新時代を迎えて、狂句の面目を一新し、社会通念に訴えかけようとした「高番偏重」は、さらに徹底していた。たしかに卑俗・卑猥の世界からは一変したが、その代わりに、内容もいたずらに硬化の一途を辿り、無味乾燥な四角張った文字を並べただけの形骸と化した。

こうした風潮や選句態度に対する批判も、社中にないわけではなかった。歴史ある麹町連を率いる古老、臂張亭〆太などは、中番復活を持論としたが、大勢を覆すまでには到らなかった。

こうした時に現れて、たちまち人気を攫ったのが『團團珍聞』の〈団珍狂句〉である。

自由奔放な〈団珍狂句〉

題材から用語まで詰屈なタガを嵌められ、「教句」と名を変えるほど教化の具に成り果てた柳風会狂句に比して、団珍狂句と呼ばれ始めた新勢力の句柄は、何からも束縛を受けない奔放さが特徴だった。発想の自由と、用語の自由の前には、政治批判はもとより、皇室も貴顕もひとしく槍玉にあがっている。それは、文芸というより落首の系譜を色濃く継いでいる。

江戸の豕京都のチンに追出され　（安政四年）落首

これは落首である。「豕」は豚肉が好物だった徳川最後の将軍慶喜で、鳥羽伏見の戦いの結果京都から追い出されたというのだが、イヌの狆を利かせた「チン」はもちろん天皇である。江戸から明治へという過渡的な時代には、この種の落首は多かった。

喰ちがひ先づ五百円ぼうにふり　（明治一〇年）

これは、団珍初期の句。明治七年一月、廃藩置県を断行した右大臣岩倉具視が、赤坂喰違見附で暗殺未遂の厄に遭い負傷した事件を指す。「五百円」は月給。とんだ食い違いの意。

西郷はもう隆盛の枕めし　（明治一〇年）

まだ西南戦争が継続中の掲載句。「西郷」は最後、「隆盛」は高盛りが利かせてある。「枕飯」はすでに西郷を死者とみなした非情な句である。

日本人菊のしるしを穴につけ　（明治一一年）

皇室の象徴菊の御紋を揶揄した卑猥な句。肛門を、その形状から「菊座」もしくは「菊花」と称したことから。こんな句が、作ることも掲載することも許されていたことが不思議である。

天子でも馬車の屁だけは嗅ぎ給ひ　（明治一三年）

これも、卑猥である。馬車馬の放屁は誰でも避けるすべが無いが、「天子でも」というのが極端であり、用語としての敬語が揶揄を強めている。

徴兵令出たで小糠をやたら捨て　（明治一三年）

徴兵の詔書が出たのが、明治五年一〇月。この徴兵を逃れるため、中学へ進学したり、跡取りとして養子縁組したり。この句は、そうした小糠三合を捨てる手合いが増えたことを言ったもの。中には六歳の幼女の入婿に入った例もある。

サアベルの鞘10銭で間に合わせ　（明治一五年）

「サアベルの鞘」は売春婦の隠語。浅草十二階下の銘酒屋（飲み屋を看板にした売春宿）などが最も安価な「鞘」になった。日露戦役後の句に「凱旋をして吉原で捕虜になり」といった同類句もある。

技術的には仮にもスマートとはいえないが、時局に即した題材と怖いものなしの躍動感が、ドロ臭さを超えて庶民の人気を博した。

その辛辣な風刺画や「茶説」で筆禍事件を繰り返している《團團珍聞》だが、狂句が厄を蒙ることはなかったから、その風刺精神は自由に成長、奔放な「滑稽嘲虐」が人気を高めて、自由民権から日清、日露戦争など新時代の生きた歴史を眼前に捉えつつ、明治四〇年まで三〇年間にわたって、風刺短詩の軌跡を鮮明にとどめている。

この新勢力の急速な発展が、それまで仮死状態にあった柳風狂句にとっても見過すことにできない脅威と受け取られ、明治一〇年代の柳風会を揺さぶった。柳風会の中からも題材としての時事と、表現としての「中番中心」を唱える声が高くなった。

柳風狂句の「時事性」

柳風狂句が、《柳風式法》によって禁じられている「政事」や「当分の儀」(ただ今のこと)、いわゆる時事に題材を求め、柳袋がいう「開明新奇に列する」句を選するようになったのは、団珍狂句の影響が大きいが、現れたものはソレとは全く別のものだった。

こころみに、明治一八年の祖翁一百年祭入選句集『風流集』から、団珍と同種の句を挙げてみよう。

風流集　鹿鳴の慈善五節の舞に増し　甘屋
団　珍　世の秋も知らず鹿鳴館のきやく
風流集　徴兵志願憂国の合格者　阿豆麻
団　珍　徴兵試けんの落第は目出たがり

風流集　菊作る辛苦維新の勤王家　　　　　三ツ輪
団　珍　ノミよけに安眠するも菊の恩
風流集　勲功に隠逸はなし菊花章　　　　　柳
団　珍　軍人は人ころすたび賞を受け

わずかな例だが、その違いはハッキリしている。ともに時勢を題材にしているが、前者は体制順応の肯定的時事であり、後者は体制批判の否定的時事である。つまり、柳風狂句には「下以風刺上」（下ハ風ヲ以テ上ヲ刺ス）という「諷刺」の姿勢は全く見られないのである。

これが近代文芸として柳風に欠如した部分だが、柳袋が「漢言綺語」と指摘する漢語趣味が当時の流行に乗って新鮮に見えたのであろう、柳風は後退するどころか、異常な隆盛を見せることになる。

それが盛んであるかどうかを測るバロメーターに、寄句の多寡と志評者の数がある。自分の選句分の賞品を用意して評に加わる志評者が多ければ多いほど入選率と褒賞の割合が高くなり、会をにぎやかすことになる。それが射幸心を煽って寄句を嵩上げする。そういう意味では明治一〇年代から二〇年代にかけての柳風狂句は最盛期を迎えたといってよく、その中心が化外老人柳袋から八世を継いだ任風舎川柳（一八二〇～一八九二）その人だった。

嗣号時、すでに六九歳（文政三年生まれ）になっていた八世の川柳在位期間は、没年の明治二四年一〇月一日まで足掛け五年に過ぎなかったが、その間、毎春催された両国・中村楼における大会には、常に寄句数万、開巻に二昼夜を要したという。

八世川柳の閲歴

八代目川柳（一八二〇〜一八九二）は、文政三年庚辰、士族富田某（上毛の人）の男として武州秩父に生まれる。幼くして江戸の幕臣久保田家を継ぎ、藤原姓を冒して忠龍左金吾と称す。江戸城お広敷御用番より御三卿清水家詰となる。このころ、漢学を佐藤一斎に学ぶ。

天保一三年壬寅、二二歳のとき、五世川柳ならびにごまめに出会い、柳風狂句を知り括嚢舎柳袋を表徳とする。五世没後、六世の厚遇を受け、柳風の上座を占める。性温厚謙譲。

文久年間、京師に在勤。幕府瓦解後、源姓児玉に改め、通称環を名乗り、官吏となる。奥羽の乱（慶応四年五月）平定後、新潟県に奉職して凡そ一〇年。帰京してからは、谷中清水町に漢学塾を開く傍ら風月を友とし、再び柳風に遊ぶ。

明治一三年四月還暦を迎えて、大過堂真中とともに生前葬を営み、以後、化外老人と称する。

明治一五年六月、六世川柳没後、七世襲名を辞退、風也坊雪舎を立てて七世とし、みずからは副評に甘んず。同一九年一一月、七世引退ののち、東京、神奈川、千葉、山梨

八世川柳
「柳風肖像　狂句百家仙」より

の一府三県を集めた社中公選で八世川柳を嗣号、任風舎と号す。翌二〇年五月、残遊館で立机披露した。時に、六八歳。

この三年後の二三年、松楽堂寿鶴が所持していた「元祖川柳翁肖像」（四世川柳調製。長谷川等雪筆、極彩色尺玉絹本）が寄贈され、以後柳風会宗家の什物となった。

八世は在位こそ晩年五年間に過ぎなかったが、この間、柳風狂句に黄金期をもたらし、毎春、両国の中村楼で開催される大会には、常に寄句数万、開巻に二昼夜を要するのが通例となった。

同二五年六月末から病臥、一〇月一日没。享年七三。法号・川柳院徳法環翁居士。小石川区（現文京区）茗荷谷の曹洞宗青龍山林泉寺なる大久保家代々の菩提所に葬る。

辞世　**散るもよし柳の風に任せた身**　任風舎　八代目　川柳

しかし、この八世の死後、柳風会は前代未聞の局面を迎えることになるが、それに触れる前に、この時代の狂句を理解する一助に、是非挿んでおきたい一書がある。

遠来舎友得　『一夜酒』

明治一六年六月二日版権免許と奥付けした『初心必読　狂句虎の巻全』という興味ある一書がある。校閲・風也坊（七世）川柳、編輯・月廼戸（篠田）須本太（二代笠亭仙果）、序・括嚢舎柳袋、出版兼発売人・滑稽堂（秋山武右衛門）。半紙半截・木版・四〇丁。

表題は変えてあるが、扉に「旧名一夜酒」とあり、巻頭に「原稿・故遠来舎友得」とあるように、本書は柳風会の長老友得（ともえ）が書き留めた写本『柳樽一夜酒』を増補、刊本としたものである。友得は本名・平田征四郎男爵（一八二五～一八八二）、文政八年生まれ、五世川柳の晩年から六世時代に活躍、名人とも上手ともいわれた。別号・信斎。明治一四年、惜しまれて五七歳で世を去った。

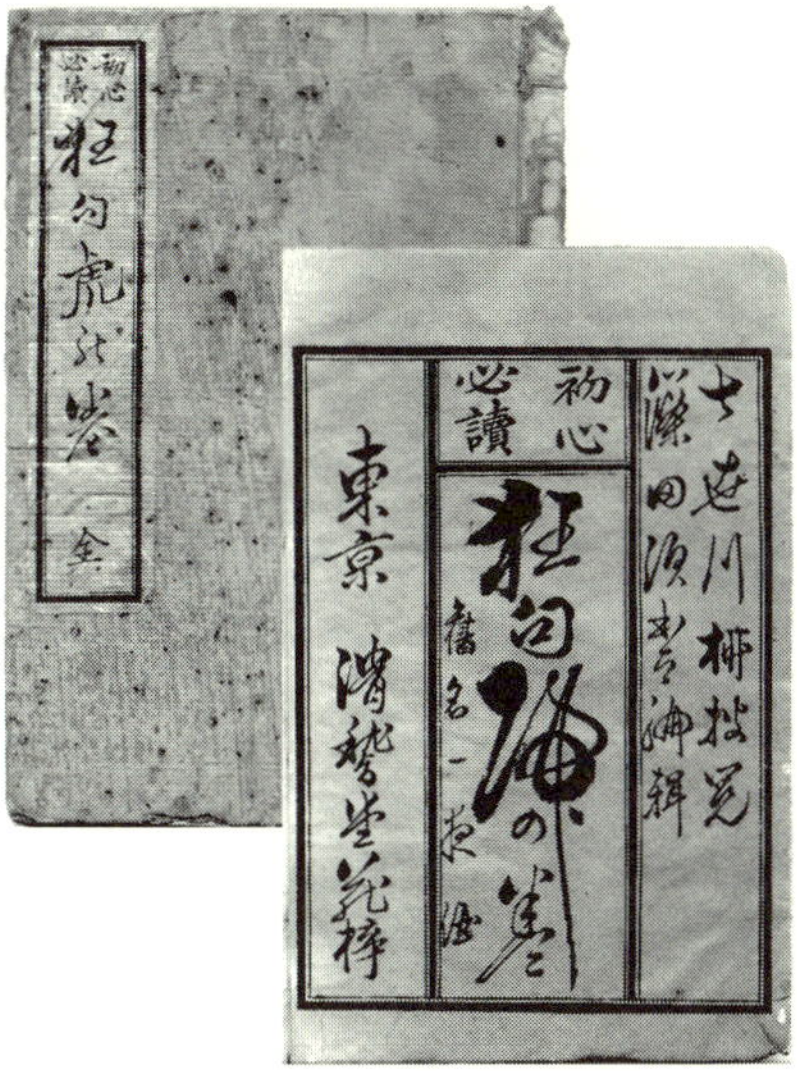

「狂句虎の巻」（別名「一夜酒」）
〔朱雀洞文庫蔵〕

同書の内容は、「川柳翁立机免許の写」に始まり、「柳風式法」「句案心得方（句案十体）」を紹介、また五世、六世の狂句観、選句姿勢などについては実例を挙げ、実際の体験をもとにした「一字の自他」などは貴重な記録。ほかに「廻文」「結び題」の作句心得から初心者向き「詠草の認め方」に及び、最後に「明治狂句新調」と「附録　川柳宗師継続伝」で終わる。

少なくとも狂句についてこれだけ纏まった解説書は、ほかに出ていない貴重な史料である。

以下に、その一部を紹介しておく。

【九代目緑亭川柳によれば「句案十体」は友得が纏めたものというが、本書でその「句案十体」に続く部分を抜粋する】

一　句作第一の心得と為るは、判者の好嫌ひと時世の遷り変り、新古の流行を能く察すべし。譬ば唐土の古事、本朝の神代より代々の御聖徳、或は仏語、忠孝、貞烈、人情の上に至る迄、判者の好む所と、時の流行を考え案ずべし。何程句作調ひたりとも、判者嫌忌の句は其詮無るべし。之判者の性質に拠ものにして、其例は五世の川柳師は生質強直にして、更に諂ひ餝る事なく能きはよし、悪気は悪しと顕して云気質なり。又六世の川柳師は心広く、寛仁（緩やか）に他の善悪を云はず。故に句の好む所も自然と異なれば、判者の心を深察なす事専一とは云也。されば、五世川柳師の抜萃第一番には、少しも餝ず、正体の位高き方よろし。

龍に翼は折桂の御教訓

只忘れざるのみに練る御代の武備

雨凌ぐ藁蓑高千穂の余徳

何れも正体也。亦六世川柳師の好む所は、尊卑に関係ず、表強く、内如何にも温和なるを能とす。故に、多くは反覆の句あり。

内に仁満て天然和面国

五七五の遷化手爾葉で世を治め

斧鉞とる神にやさしき常陸帯

日本別名和面国を云んとして内に仁と和らげ、東照宮の神徳を五七五の手爾葉と和らげ、鹿島の御神の勇威を常陸帯と和らげし也。何れも強柔の反覆にて、判者の心を取る事、此意を味ふべし。

一　一句の内、首体足を能く備へるやうに注意（心づく）べし。上五文字悪敷は首に病ひ有るが如く、下の五文字調はざれば躄（あしなえ）の如し。住吉奉額会に鍛喬連故音琴の句に

村雲は龍に添ふべき御神劔

此句已に清書に廻りし処、音琴より会世話人里童へ来翰あり。開き見れば「御神劔」の五文字悪し、「自然の理」と改めたき由なり。里童驚き、当会の一番は此句に止めたりと云ひしが、果して立評第二番に居たり。又、入船連故ミサゴの句に

養老酒提て行たし瀧桜

是を五世川柳師加筆にて「提て行かばや」と直し、撰みに上られたり。亦、同人の句に

節も無く即位代を継ぐ竹と詠

是も「千代を賀す即位」と加筆ありて、縫恵追善の会第一番に上られぬ。首体足の備方、右の句体にて知るべし。

一

一字にても軽率に為すべからず。入船連故柳嘉の句に

道を捨て和布《わかめ》は人に愛せられ

友得文台にて此句を披口なせしに、五世川柳翁諭して曰、この句、人の文字君とあらば、鳴門の中将の句にて、大尾に居べきを、惜ひ哉、人と有るによつて只和布の句なれば、改むるに及ばず、末番に上たりと示されたり。友得此事を柳嘉に語りければ膝を打つて発明せられぬ。亦、鍛喬連故里う五、友得に語りけるは

謡が済で箱の紐解かゝり

この解の訓（よみ）解きかゝりと云ば婿の句なり、解けかゝりと云ば嫁の句なり。婿にして宜や嫁に為てよきや、自他の差別付け難く、解の文字のみを認め、捨仮名をキともケとも書かで出せしに、五世翁、解ケと仮名付けして撰みに上げられたり。捨仮名一字にて自他の隔有る事右の如し。斯くまで心を入れてこそ、名人の域にも至るべし。亦、友得の句に

畝火山これぞ和朝の初日の出

此句、元治元甲子の歳旦に出せしに、撰みに上がらず。翌丑年の歳旦に、末の五文字「初日蔭」と直して出せしに、該会第一番に撰まれたり。友得披ロの時、六世川柳師の曰、右の句再度見当りたり。然はあれど、前には初日の出と有り。日の出にては只景色のみの句にて、初日かげなれば如何にも皇統永く国威輝ける様、余情に有り。依て第一番に居たりと示されたり。友得は更に其心得も無く手に葉を改めたるを、此教によりいみじくも改め替たりと大ひに悦び、弥々一字の手爾葉にも心を用ひられぬ。

一　古人の句体を借りて心を変る事　（略）

一　狂句は文字数少ければ余情言外といふて詞の外に感じさする心有るを専一と案ずべし。亦、句の表裏を能く案ずべし

　　蔵広し碁盤ぐらいは片ッ隅

此句表は只土蔵を詠みしが如くなれど、裏は蔵の一字に武蔵東京の広きを云ひ、碁盤に西京の町碁盤割にして、東京に比して西京の狭きを詠みし句なり。亦、故唄種の句に

　　赤種の西瓜へ毒な木曾の蕎麦

此句、表には喰合せの毒を詠しなれど、裏は赤種に平家の一門を云ひ、木曾の義仲を詠しなり

一　廻文の句を作るには　（略）

一　都て句作は、山を高しと為、雪を白しと為は面白からず。山の高きも低きに詠み、白きも黒きに執なし、尊きも賤しく、卑しきも尊く云ひなせば、自然反覆の句にも成り、笑しみ有りて句作も自在なるものなり。是、狂吟の本分なり。

一　次に結び題の心得は　（略）

一　次に入句の心得方は　（略）

一　神社奉額には　（略）

一　茶店割烹家などの掛額には　（略）

一　歳旦会には　（略）

一　追善会には　（略）

一　餞別会は　（略）

一　大会には　（略）

一　凡て大会は諸人心を入れるものなれど、小会は怠り勝なり。五世翁の曰、大会は誰々も麁略無き故出精尤たるべし。小会は人々心入れ薄ければ別て出精為べし。意外の勝利を得る事有りと示されたり。此心得狂句のみに非ず、今日の生業の上にも有りと思ふべし。

一　次に詠草認め方に　（略）

一　詠草は半紙一枚へ　（略）

一　出句者楽評の時は　（略）

一　詠草一葉の内へ　　　　　（略）

狂句社会（なかま）心得方

友得、五世川柳師に狂句の撰方心得を問しに、師の曰、撰み方は旧武鑑の如く為べし。先将軍とも覚しき句を第一番に居え、二、三と順に禄の多少に拠り席を定む。また句の趣向は面白けれど品格卑しきは、先祖は武功の家なれども、当時小禄なるに等ければ末番とし、其内禄は少しと雖位高き門閥家とも思ふ句を大尾とす。大会にて一番に居んと思ふ句数吟あらば系図を調る如く元を正して一句を定む。残れる句は、其会の撰に上ず。是将軍を無理に臣（けらい）と為に同じければ也。若第一番に定む可き吟二句有る時は、佃島住吉の神前にて二句を別々に認め、幣鬮にて窺ひ神慮に任して一番を定むるなり。一の句は二に居ず、二の句は一とせず、大尾も同断なりと示されたり。是等を思へば一度出句なして、撰みに上らずとも、慥に思ひ入りたる句は、会を見計ひ度々出すべし。（以下略）

柳風会の分裂

さて、前代未聞の事件に話を戻すことにする。

明治二五年一〇月一日、八世川柳が病没すると、柳風会内は時ならずも騒がしくなった。

臂張亭〆太㊧と九世川柳・前島和橋㊨

次の嗣号者として大方の予想は、八世に次ぐ古老で、財力も実力もあった臂張亭〆太に集まっていた。〆太は文政八年生まれの六九歳、麹町区山元町に店を張る紀州家御用の畳職中村万吉で、幕末弘化年代から五世川柳の門に入り、明治を跨いでの古参判者。しかも、桃井菴和笛—窓梅—初音連（鳥連）と連綿たる歴史を持つ麹町連の統領で、今以亭〆内など「〆」を名乗る門下を各地に擁していた。

そればかりか、八世逝去の前年、宗家の家什ともいうべき「三種の神器」をひそかに譲り受けていた。四世川柳が調製した長谷川等雪筆の極彩色絹本「元祖川柳翁肖像」である。

だから、誰の眼にも九世は〆太と映ったが、もう一人対抗馬が出てきた。〆太より一〇歳若く、実力ナンバーワンともいうべき万治楼義母子である。義母子は五世の遠縁（孫甥）に当たり、新聞投書家として早くから名を成し、現在は有喜世新聞主筆として文筆の才幹を揮うジャーナリスト前島和橋としても知られていた。この義母子を支援する社中も多く、この時点で柳風会は二分したのである。

注目すべきは、立候補に際して、〆太が意見書を出し、高番尊重がいまや高番偏重になり、狂句が硬直化していることを指摘、本来の中番中心に復帰すべきであると、かねての持論を公に展開したことである。これには賛同者も少なくなかった。

両陣営が互いに退かぬ中で、翌二六年、ついに全国社中公選に持ち込まれた。投票は四月二三日、浅草公園地内、割烹店五色亭で行われ、開票の結果は「〆太　四四二票」「義母子　五五五票」で義母子の勝ちとなり、これは幾つかの新聞にも報道された。

だが、問題はそれからだった。

晴れて九世緑亭川柳となった義母子こと前島和橋は、翌二七年一一月、柳風会機関誌「柳の栞」を創刊、宗家継承を公に披露した。

一方、選挙期間中の買収が新聞沙汰になった〆太は、この投票結果を承服せず、自派後援者に推されて、これも九世川柳を名乗り、正風亭と号した。初代川柳の画像を所持することを、その正統性の切札としたわけで、これに従う社中の地方吟社、個人も少なくなかった。

正風亭は二七年の夏、八世追善句合せを催し、東京はもちろん、甲斐、飛騨、羽前、大阪、京都などから参集した二百数十名の中には、評者や幹事として山々亭有人（採菊山人）や骨皮道人（西森武城）など、他分野でも高名な社中が顔を揃えている。少なくともこれらの人々によって、〆太は「九世宗家」を認められていたわけで、中には中央の事情を全く知らない地方もあった。

これに対して、緑亭側も対抗策が必要になり、一二六年六月、初代川柳の曾孫・源理（一ツ橋家茶道）以後無縁となっていた柄井家の塋域（東京・浅草栄久町、天台宗龍宝寺）を修復し、さらに五男中吉に柄井の戸籍を再興させて、みずからも柄井川柳と名乗った。

それまで闇の中にあった川柳史を掘り起こすなど、文人である緑亭はさることながら、正風亭もまたひとしなみの畳屋の主人ではなかったことがその文章などから予想され、それなりの尊敬を集めていたに違いない。それにしても、同じ時期に「川柳」が二人、「宗家」が二つあるというのはいかにも異様な風景であり、この状態は、明治三一年一一月二〇日、正風亭が没するまで五年間続いた。

「元祖川柳翁肖像」の行方

正風亭川柳は、亡くなる二年前の明治二九年五月、羽前（山形県）西置賜郡長井町で開かれた柳風狂句合の大会に杖を曳いている。

山形の川柳は古く、初代川柳没後の寛政一一年、桃井菴和笛評時代の柳多留二八篇に「羽州山形連会」として現れるが、それより以前、川柳評が開始された二年目の宝暦九年に『いなか曲紅はたけ』が出ている。また、享和三年の『俳風最上土産』安政二年の『最上川柳』などがのこされている。

ことに、西置賜郡長井町は川柳のメッカともいうべく、その中心をなす培柳社には、緑庵三世の判者・加藤雅外、のちに衆議院議員になった遊泳子こと佐々木魚心など、錚々たる指導者を擁し、しかも正風亭を支持する地方の大きな地盤であった。（もちろん、羽前がすべて正風亭派ばかりでなかったことは、それより以前の明治二七年六月、東置賜で緑亭が引き墨していることでも想像できる）

正風亭を迎えて開かれたのは、雅外を初めとした「五翁還暦賀会狂句合」というもので、地元一市三郡のみならず、東京、大阪、飛騨、上総などから万余の寄句を集め、立評五百番は上総の宗匠・文堂阿豆麻と正風亭川柳、それに多くの祝評を加えての開巻は、同地摂取院で、五月一三、一四日の二昼夜をかけて行われた。

「已斯道に遊ぶこと五十余年曾てかゝる盛会を見す携へし祖翁の画像も軸を抜て為に賀さんかと怪しまる」（九代目正風亭川柳『五翁還暦賀会狂句合』序。明治二九年九月）

この文章から二つの事実がわかる。一つは、この大会が稀に見る大盛会であったこと。

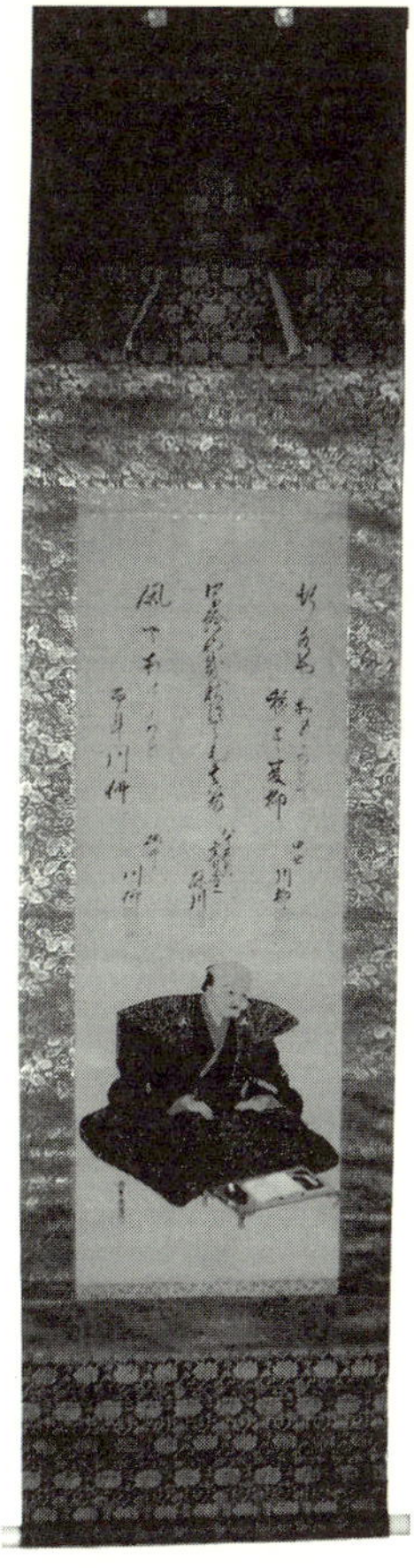

「元祖川柳翁肖像」〔個人蔵〕

もう一つは、正風亭がこの大会に出席するに際して、川柳宗家の什器である「元祖川柳翁肖像」を携行していたことである。門外不出といわれる什物を正風亭はなぜ持ち出したか。

七二歳という齢に鑑み、後事を託すのに、東北の名家佐々木魚心を措いて無いと正風亭は考えた。当地では、九世川柳の正統を投票多数の正風亭と信じ、実際には勝者である緑亭の方が「敗退者ウルサキ行為ヲ廻ラス」と考えられていた。したがって「風波治マリ他日適材ノ立机者現ル丶マデ」培柳社の佐々木魚心に委嘱するというのである。天保九年生まれの魚心は、正風亭より一三歳年下の五九歳。明治初年、岸田吟香らと横浜で冊子型新聞《横浜新報もしほ草》を発行するなど、早くから名を知られており魚心なら文人和橋（緑亭川柳）に充分太刀打ちできる人材であると、正風亭は考えたのだろう。

正風亭のひそかな思いを察知しながらも、魚心は後継者たることを辞退し、画像と無名庵印ならびに硯一面を預かった。以後、佐々木家の門を出ることはなかったが、家系の断絶に伴い、昭和一二年七月二日、縁戚である伊佐沢の生糸商、川崎八郎右衛門（号・李山、合歓堂）に託され、昭和三〇年、李山の子吉兵衛（三井銀行大阪支店長）の東京移住に伴って三井の金庫に納まり、さらにその子元三井信託銀行会長川崎誠一氏が現役引退の折、自宅に保管された。

その間、昭和二五年五月、東北を旅行中の前田雀郎と大谷五花村が、合歓堂の川崎吉兵衛を訪ねて、宗家什物の川柳界への譲渡を打診した経緯があるが、成功しなかった。

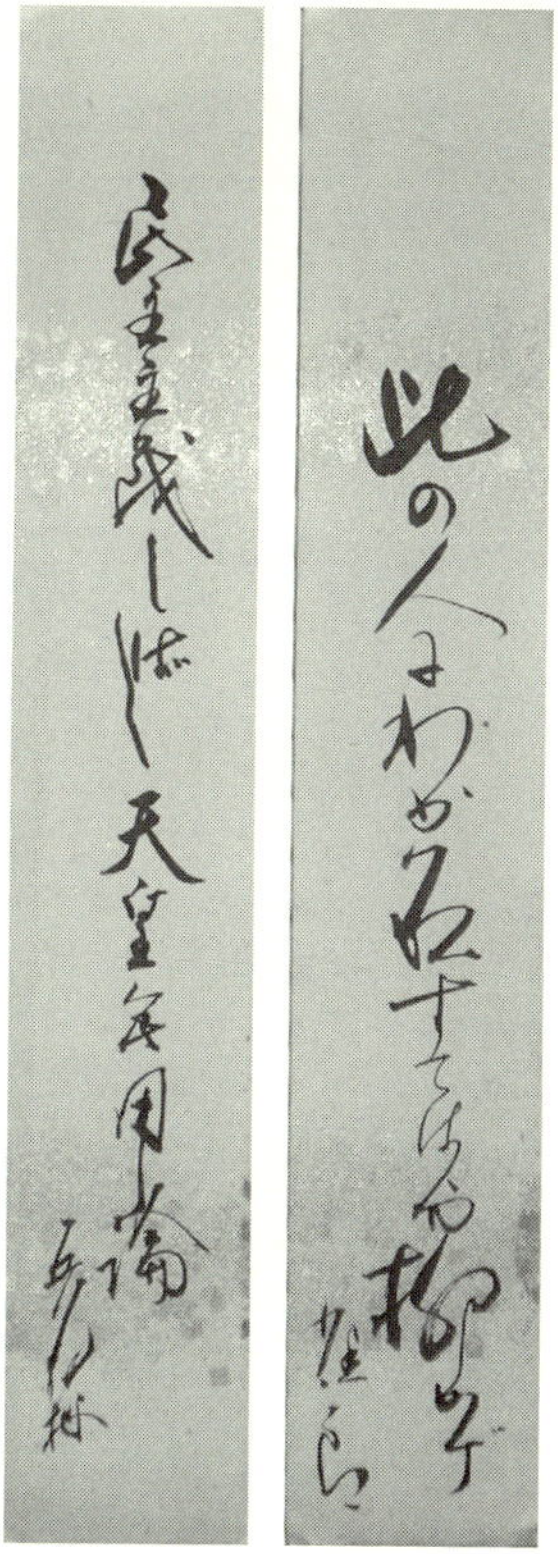

「元祖川柳翁肖像」に添えられた雀郎と五花村の短冊〔個人蔵〕

昭和六四年五月には、山形県長井市主催「奥の細道紀行三百年祭」記念事業の特別展として、元祖川柳翁肖像が公開され、「川柳宗家の神器―ついに東京で発見」と新聞に報道された。

さらに平成一九年の「川柳二五〇年」記念行事の会期中、移動展で展示された。

柳風会機関誌《柳の栞》

社中投票で晴れて九世宗家を嗣いだ緑亭川柳は、翌明治二七年一〇月一五日、「狂句機関」と銘打った柳風会機関誌《狂句機関　柳の栞》第一号（発行所・東京浅草区新旅籠町四〇　柳風会、発行人・柄井和橋、四六判・四〇頁、定価六銭五厘）を創刊、これぞ「柳風道の官報」と胸を張った。

その意気込みが見て取れる創刊号の内容を紹介すると――。

いかにも文人らしく、第一号四〇ページの八〇パーセント以上を自筆で埋め、わずかに「新調」の募集句と発刊の祝詞・祝吟が間を塞いでいるに過ぎない。

曰く。前句狂句之二説、句調の沿革、柳風人物誌「柳亭種彦」、川柳事跡考、柳風の文章、狂句の作法、句作に用ふる符帳の事、古語故事の注解、漫録、雑報——ここまで三四ページ、息も継がずにウンチクの限りを書き続けている。

緑亭は「社中の新古を問わず義務購求を」と希望しているが、売れ行きははかばかしくなかった。第一号の最終ページ「本誌規定」に「発行期日ハ毎月一回トシテ」とあるように、初めは月刊のつもりだったと推定されるが、第二号は一二月（三五頁）、第三号は翌年二月（三五ページ）、ここで一旦廃刊となり、同年六月、「狂句 柳之栞」と改題して第壱号（三五ページ）が出ている。

柳風会の機関誌であることをみずから廃して、一般誌に衣更えしたわけだが、内容が変わったわけではない。その主張するところを句の方からみていきたい。

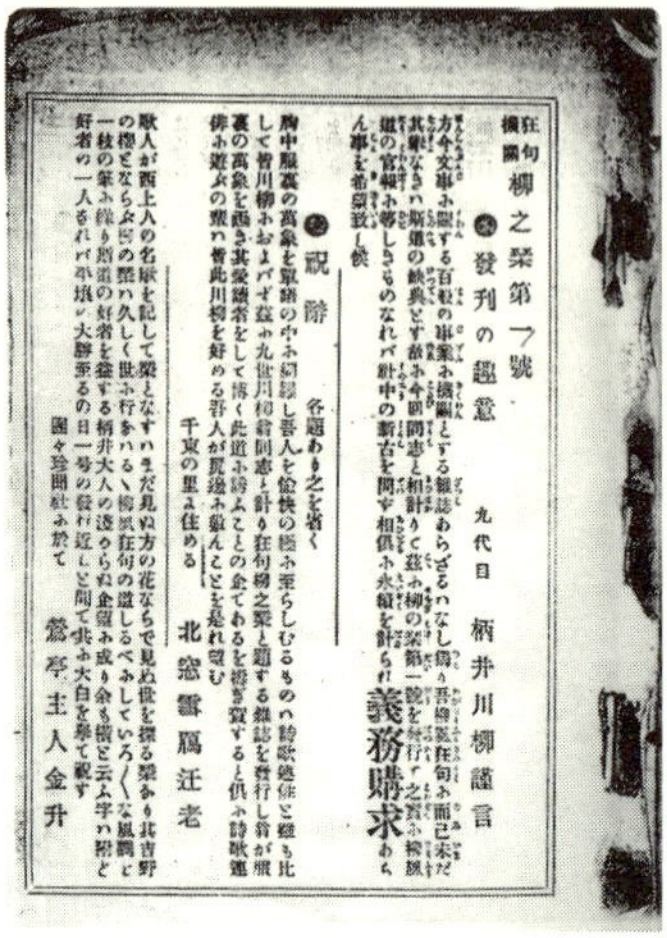
狂句機關 柳之栞第一號

發刊の趣意　九代目 柄井川柳謹言

方今文事に關する百般の事業に機關とする雜誌あらざるはなし獨り吾柳風狂句に而已未だ其聞なきは斯道の缺典とす故に今回同志と相計りて茲に柳の栞第一號を發行す之實に柳風道の富榮に導しきものなれば社中の新古を問ず相倶に永續を計られん事を希望致し候

義務購求あら

祝辭　各題あり之を省く

胸中眼裏の萬象を筆端の中に網羅し吾人を愉快の極に至らしむるものは詩歌連俳と雖も比して皆川柳におよばず茲に九世川柳翁同志と計り狂句柳之栞と題する雜誌を發行し翁が眼裏の萬象を述き其愛讀者をして博く此道に詠ふことの企てあるを讃賞すると倶に詩歌連俳に遊ぶの輩は皆此川柳を好める吾人が範圍に歓んことを是れ望む
千束の里に住める　北窓雪鳫迂老

歌人が西上人の名歌を記して栞となすはまだ見ぬ方の花ならで見ぬ世を探る栞なり其吉野の櫻ならぬ世の盛れ久しく世に行はるゝ柳風狂句の道しるべにしていろ〳〵な風調と一枝の筆に綴り斯道の好者を益する柄井大人の透らぬ企畫に成り余も梢と云ふ字は聞ど好者の一人なれば平壌に大酔至るの日一号の發行近しと聞て共に大白を擧て祝す
園々珍聞社に於て　鶯亭主人金升

「柳風機関　柳の栞」第１号
〔朱雀洞文庫蔵〕

募集欄には、「本欄は新調中の最新調句を載す」とあるが、この「新調」とは、句材が

「時事」というだけで、句調や表現の新しさではない。あたかも日清戦争のさなかであり、時事といえば題材は限られる。もちろん戦争を批判する句など、当時は想像もつかない。

第二号には「本集は感吟二句あり」として、次の二句に賞品が出ている。

怠たらず総隊進む和の軍備　ヨコハマ　さる松

龍宮は蒸し暑い日が水雷火　ナゴヤ　鯱鉾

前者は中七に軍隊用語をそのまま使った機転、後者は意表をついた機知だけの句。あとは推して知るべしである。漢文崩しからは脱したが、技術的には少しも進歩していない。募集吟に比べると、無明庵月並などの句会吟の方がおもしろい。

こうした状態で、九世緑亭の時代は日露戦役の明治三七年まで続くが、二つの戦争に挿まれた一〇年間、柳風会はほとんど無風状態で、進歩も退歩もないまま、世間の関心から遠ざかっていった。

この緑亭が三六年に行った金龍山浅草寺永代奉額狂句合はなお全国の狂句家の支持を得て、狂句最後の大会となった。しかし、この前後から狂句界は、新川柳勃興の矢面に立たされることになる。

新川柳の台頭

日露戦役を境に、新聞・雑誌の多くが川柳欄を新設、柳風会を中心とする旧派とは全く別の方向から、川柳のブームが起こりつつあった。

北津時事	（天津）		35
新聞〈日本〉	新題柳樽	井上剣花坊選	36・7・3
電報新聞	新柳樽	阪井久良伎選	37・5・1
読売新聞	新川柳	田能村朴山人選	37 「狂句」改め
やまと新聞	新編川端柳	市村駄六選	37
時事新報	新風俗詩	阪井久良伎選	38
東京日日新聞	狂句	岡田三面子選	37
中央新聞	ダース川柳	高木角恋坊	37
都新聞	柳桜都ぶり	近藤飴ン坊	38
万朝報	（狂句）	喜常軒三友選	
二六新報日曜附録	（狂句）	柳川春葉選	
横浜貿易新報		安藤幻怪坊選	37
大阪新報		小島六厘坊選	38
大阪日報		高尾楓蔭選	38

海南新聞（愛媛）　窪田而笑子選　39
北国新聞　時事川柳　窪田銀波楼選　38
文芸倶楽部　狂句　岡田三面子選　37
文庫　藤波楽斎選　37
日ポン地　戦時柳樽　山本松谷画　37

火付け役は、新聞〈日本〉だった。明治三五年三月一日に始まった久良伎らによる短詩欄模索が、一カ月を経ずして失敗した後に入社してきた井上秋剣による「新題柳樽」は、新文物を題材にした独詠を掲載すること二カ月、九月に投書第一号があり、以後投句欄として定着した。しかも、急激に人気を高めて、一年後には「坊」号を名乗る作者が三〇〇にものぼった。現存する狂句とは全く無関係のところから産まれたこれら素人集団は、何ものにも束縛されず、自由にというよりむしろノウハウを持たない無邪気さで言いたいことをいい、それがまた選に入って、この欄に火をつけた。

世辞にも上手とか巧いとかいえるものではなかったが、読んでおもしろかった。三八年にはいると、もはや新川柳の大本山の趣を呈し、その間、この欄を真似た川柳欄が東京の新聞・雑誌に続々と生まれて、「川柳の大流行」（『文庫』七月号〈文壇無用語〉）とまでいわれるようになった。

駄鳥巣会　明治 38 年 3 月 19 日

この素人集団がはしゃいでいるうちに、読者の人気を集め、反面で玄人集団ともいうべき伝統ある柳風会狂句は忘れられていった。彼らには大勢の人の目に留まる公共の発表機関がなく、仲間内の摺り本か、神社の奉額、料亭の掛け額がせいぜいで、新時代の新聞・雑誌には太刀打ちできなかった。

気がつくと、素人集団が選者中心の結社を作り、機関誌まで出すようになっていた。日露戦争を境に風景は一変したのである。これを「川柳の中興」と呼ぶ歴史用語は必ずしも正しくなく、全く別のところから生まれた新旧が入れ替わっただけである。

川柳風狂句の瓦解と新川柳

平成一九年は、川柳二五〇年ということで、文化庁、東京都、台東区などの後援を得て、全国的な記念行事が年間を通じて行われた。

ところで、この二五〇年というのは、江戸は浅草・新堀端の天台宗龍宝寺門前町の名主で、柄井八右衛門という人が、川柳（かわやなぎ）と名乗って、自己の処女選句を発表したのが宝暦七年（一七五七）八月二五日であるということで、つまり現在なお受け継がれている文芸の呼称「川柳」が初めて世に出たのが、二五〇年前だということである。

この二世紀半という時間のつながりは大変なことには違いない。しかし、これは二つの歴史から成り立っている時間で、一本の線上にある時間ではない。川柳の発祥から明治後半までのほぼ一三〇年と、以後の一二〇年とは直接の繋がりを持たず、その上を川柳という時間が経過していっただけである。

俗にいう明治の新川柳は、現在する柳風狂句とは全く関係のない新聞の一隅、それも小さな小さな新設の募集欄から興った。明治三五、六年から東京の新聞にポツリポツリと現れた新聞募集欄に顔を見せ始めた一握りの投稿者が、三七年になると横の繋がりを持ち始め、新聞・雑誌の選者を中心に初期的な結社、研究会が生まれた。三八年になると機関誌が創刊され、小規模ながら川柳〈界〉と呼び得る体制が整ってくる。この間、わずか数年、あっという間に新作家の数は増加していった。

新川柳の指導者、阪井久良伎によれば、日露戦役を境に「狂句と称せる者は全く其影を潜めた」という。百数十年の歴史と伝統を持ち、この時期、十世を数える宗家を中心にした全国組織柳風会は、それなら、どこへ行ってしまったのだろう。

川柳風狂句を錦の御旗に覇を唱えた狂句王国は、実際に一夜にして消え、気が付いた時は、新派と呼ばれる新川柳の世の中になっていたのである。こんなことが現実に起こり得るものなのだろうか。

あの堅固を誇った徳川の幕藩体制も二八〇年で瓦解した。誰の手を借りたわけではない、内部から自壊したのである。また、初代川柳以来、連綿と受け継がれた川柳風狂句が、一五〇年の歴史の幕を閉じたのも、他律的な起因はほとんど考えられず、瓦解というに相応しい終焉だった。

すでに宗家を中心とした家元制度を確立、全国各地に支部を置いて、すべての権限をもった川柳嗣号者がその上に君臨した狂句王国が、なぜ数年の間に滅びたか。それを、検証してみる。

狂句の隆盛度を計る一つの目安として、大寄せ（大会）の寄句高（参加総句数）と志評（自景持ち希望選者）の数と、その抜句数の多寡による見方がある。

たとえば、川柳風では史上最大とされる祖翁七十回忌（安政五年）の例を見ると、集句が三八六〇〇余吟。志評者六三名、このうち百番（一〇〇句）以上に出景《呈賞》するもの二八名とあり、開筵《入選句発表》に三昼夜掛かったという。寄句の三八六〇〇というのが、作者数にしてどのくらいなのかは不明だが、句数が多ければ会は潤うわけである。そして参加者には、立評以外に志評者六三名分の入選機会があり、そのうち二八名からは賞品獲得の機会も倍加する。この結果、何千にも及ぶ入選句を三昼夜もかけて披講するわけだが、大会の運営者側からすれば、参加意欲と射幸心をそそるためのこの志評制度が、句のレベルに及ぼした影響は大きい。

たとえば、初代川柳在世中の安永八年一〇月二五日、一会の集句が二五〇二四を数え、点業三三年間での記録を作ったが、この時の勝句《入選句》六六〇は、川柳一人の目を通った同水準の作品であり、高い評価が与えられている。他方、同じ三〇〇〇〇余句の中からの数千句でも、こちらは目の高さも評価基準もまちまちな六〇余名が恣意的に選び出した寄せ集めであり、価値の違いは明らかである。

一人選の場合は、寄句の多いことが入選句の水準を高める可能性につながるが、志評制度では、寄句が多ければ多いほど入選句のバラツキと低下を呼び込むことになる。

寄句の多寡が素直に人気と直結して考えられたのは、句数と内容に同一曲線が予想できた初代川柳在世時までで、それ以後の大会では、盛会であること、すなわち寄句の多いことが、逆に入選句の低下に拍車を掛けていった。

その最初が、「古今の大会」といわれた成田山不動明王奉額会（天保三年）で、寄句三三〇〇〇余、立評四世川柳のほかに楽評が三八名で、これも勝句四〇三〇吟の開巻に一一月一二、一三日の二昼夜を要し、その入選句は柳多留一二二篇から一二七編の六冊に分載されている。

四世時代になると、大小の句会をプロモートする集者（個人のプロモーター）の活動が活発化し、花屋や組連が随時つとめた催主、差添などをプロが代わってやるようになっていたが、彼らは当然のことながら人集めを重視し、そのために腐心した。

会場費用やチラシ、立評の賞品は主催者持ちとなるが、これだけでは寄句の増加（ということは入花＝会費＝の増加）を図ることがむずかしく、参加者への入選機会と賞品を増やすために志評者を増やすことになる。平抜きは一句について半紙一帖が決まりで、五十番抜きなら半紙五〇帖を用意すれば選者になれる。地方判者の允許制度が定まる五世の《柳風式法》以前は、特別な認定制度がなかったから、志評制度も成り立った。

文芸的堕落の始まりは、初代川柳亡き後、稀代の実力者のあとを埋めるのに、不特定多数の選者を当てたことで、歴代川柳も文日堂礫川も、決定的存在にはなり得なかったことだが、この時点ですべてのタガが完全にほどけてしまったのである。

四世川柳から五世、六世と引き継がれて明治にいたり、この間、宗家制度を支える柳風会が組織され、その内規ともいうべき《柳風式法》が定められ、柳風狂句の定義づけとも目される《句案十体》が示されて、川柳風狂句は一種の閉鎖社会を囲い込んでしまった。

五世とその遺志を継いだ六世親子には、明らかに狂句をもって文芸たらしめるより教化の具たらしめようとする意思が強かった。〈式法〉も〈十体〉も、その明文化にほかならない。旧幕時代の古い体質に明治新政府の国家主義教育のシンニョウをかけたのが、柳風狂句であった。手を代え品を代えても、詰まるところは文芸とはほど遠い世の中の道理であった。七世、八世は、これに漢語交じりの詰屈さを加えただけの無味乾燥な高番志向を遵守するにとどまった。

それでいて、狂句隆盛、柳風会安泰を錯覚させたのは、大会の寄句が相変わらず高水準を維持していたからである。

明治一八年、七世川柳が行った「祖翁一百年祭」は寄句二三〇〇〇余、開巻に一一月二三、二四日の二昼夜を要している。

参加者の数で盛会、不盛会の物差しにすることは現在でも変わっていない。たとえば、大会などで沢山の選者を並べ、参加者が多ければ、川柳は盛んであると考える。この場合、選者や参加者、参加作品の内容や質は全く度外視される。最低レベルの作品しか生まれなくても、人さえ集まればよしとする。文芸的向上への指向など片鱗もない。参加者の質までは手が届かなくても、選者の選択ぐらいは運営側でどのようにでもなると思われるが、その能力もない。これらの選者は、かつての志評と何の変わりもない。人を集めることに汲々として、自らの文芸への軽視と軽蔑を呼び込んでいるのは、明治の柳風会も現在の統合団体も全く同じである。

この間、明治一〇年にはヨーロッパ帰りのジャーナリスト西文夫が、西欧風の諷刺新聞『團團珍聞』（旬刊）を発刊、その中の読者寄稿欄から、ユニークな狂句が産まれ出た。江戸的な旧い体質と明治新政府の詰屈な儒学的教育方針に順応しようとする《柳風式法》に縛られて身動きできない旧派の句に対して、諷刺という日本にはなじみの薄い西欧的な精神が投書の狂句にまで反映されて、自由に、のびのびとした十七音が、開化のひとびとの関心を集めた。

この新勢力の台頭には、狂句本家をもって任ずる柳風会もいたずらに手を束ねているわけにはいかず、社中に高番尊重への批判が起こり、八世川柳没後《明治二四年》の宗家継承問題がこじれ、明治二六年四月二三日には全国社中投票が行われたが、一方がこの決定に従わず、一時は九世川柳が二人できるという珍現象も起こったことは、すでに記した。が、それも何とか解決して、代々宗家のうち最後の大立者と目される前島和橋の九世川柳が、明治三六年に行った「金龍山浅草寺永代奉額狂句合」が、旧派と呼ばれた柳風会が世間の表面から退場する最後の花道となった。

その九世川柳が亡くなったのは明治三七年四月一一日だが、それより僅か二カ月後には、新川柳の結社第一号である久良岐社が誕生し、第一回の句会が開催（明治三七年六月五日）されている。

つまり、新川柳は、すでにそこまで来ていたのだ。

狂句に罪なし

頑固な社会通念に打ち勝つため、一方的に狂句を悪者に仕立て上げたのは、一にかかって明治の改革者、なかんずく阪井久良伎の思い込みによるものだった。しかし、これはお門違いで、社会通念と狂句とは何の関係もなかった。

川柳（狂句）を「卑俗なもの」とする社会通念と、明治改革期の久良伎などによる「狂句は無価値」とする〈狂句排撃〉とは、本来別なものである。社会通念の根源となっているのが、狂句の性格とは関係のない「猥褻性」であり、久良伎などの論拠となっているのは、狂句そのものの「無内容な言葉遊び」である。これが習合して「狂句＝卑俗」となった。

通常の人にとっては、川柳も狂句も概念的な区別はない。ただ幕末以後の末番句流行が「そういうもの」として受け取られただけである。言葉遊びは、膝を打たせる契機にこそなれ、社会通念にとって否定すべきものではなかった。

しかし、久良伎らにとっては、その言葉遊びこそが親の敵であり、低俗さの元凶とされた。一種のすり替えが行われていたのである。

川柳が無内容化していくには歴史的なさまざまな理由がある。外部的には幾たびか重なる風紀の粛正や言論の統制、内部的には定型短詩ゆえのマンネリ化で、これが本来のウイットから形式的（言語による）ウイットへ移行するのは、むしろ自然だった。

平安時代に完成された文飾の技巧が、歌体よりもシラブルの少ない短詩にもそれなりに有効であることを、前句附の作者たちはすでに知っていた。世間の気風が寛闊だった時代には、それが特に表に出てこなかっただけである。しかし、それも駄目あれも駄目という世知辛い世の中になっては、そんなことで鬱憤を晴らすより仕方がなくなる。それが、言葉遊びである。

川柳でいえば、文化、文政の頃からその兆しを見せ、天保期にいたってその最盛期に達する。この傾向とは関係なしに、この中間の文政七年に「俳風狂句」と名づけられている。そこで「狂句＝言葉遊び」の概念が出来たが、これは元来別々の道を辿ってきたものだ。

方法論としては、秀句（洒落）、縁語、言い懸け（懸け詞）、語呂、地口、捩りなどの技術によって、一句に表裏の意味を対立させて、反語的効果を上げ、また二重唱を奏でることで像を一層鮮明にし、さらに一転しては謎をかけて、技巧的な笑を誘う。現代的ないい方をすれば、暗喩的見立て、シネクドク（提喩）、メトミニー（換喩）の類も有力な武器で、これらは本来言語芸術の創造の源ともされるものだ。近代詩が、一義化した言語の多義性を回復し、辞書的意味から情動的意味を引き出そうとするときの初期意味論的基本形である。

もちろん狂句では、表面的な形を借りたに過ぎない。重層した概念や曖昧なイメージなど、現代が求めるものとは関係のない表層での仮構である。が、たとえ真似事であっても、この技巧そのものを否定する理由はないし、敵視する対象でもあり得ない。

言葉遊びと狂句の名称は、ひたすら社会通念を振り払うためのスケープゴートにされたのである。「川柳改革」が即「狂句排撃」に短絡したのには、こんな経緯があったのである。

久良伎は、狂句という言葉そのものを生理的に忌避した。そのために、狂句には学ぶべき点もあることを見落としてしまった。狂句が持つ言語の操作技術を取り入れて言葉の幅を広げていたら、久良伎の「新川柳」ももっと垢抜けたものになっていたろう。

　これは、現代にも同じことがいえる。いろいろの新しい運動も大方出尽くして、にっちもさっちもいかない行き詰まり状態を打開するためには、狂句のノウハウに学ぶことも一策ではなかろうか。それが繰り返しに陥った川柳を活性化する最良の手段ではないにしてもである。

附①

大名を弟子にした小役人

稀觀手記〈川柳應問集〉が語る松浦静山と四代川柳の師弟関係

「川柳應問集」という、これは誇張でなく珍重に値する自筆本がある。

「平戸藩　樂歳堂叢書」とある半丁一〇行の罫紙一八丁に、半紙二つ折の表紙を付けただけの仮綴じの文書（六六八ページ参照）だが、これが大変おもしろい。

筆者は肥前国平戸六三〇〇〇石の三四代藩主松浦壱岐守で、「甲子夜話」正続各百巻ほかの著者としても知られる静山こと俳名流水（柳水）である。

宝暦十年、江戸浅草の藩邸に生まれ、一六歳で平戸藩主、文政六年、六二歳で退隠、この応問集はそれから一六年後の天保八年に筆を起こし、没年となる天保一二年まで、五年間の書き付けである。

表題の「川柳」というのは、もちろん文芸名ではなく、川柳その人、正確には四代目川柳（と、その引退以後）を指し、彼と自作についての「応答」を中心に書き記した小記録ということが出来る。

隠居とはいえ、諸侯に列する大名と、町方の一同心とでは、今でいう都道府県知事と一警官、あるいはそれ以上の身分的隔たりがあったはずである。それが、一方は弟子、他方は師という関係で、どう辻褄を合わせていったか、それが手に取るように描かれている。

本書には、柳水を囲むさまざまな人名が出てきて興味深いが、ここでは四代川柳との師弟のやりとりだけに絞って読み解いていきたい。


記述は、まだ「流水」を用いた天保八（一八三七）年丁酉五月（？）のあやめ葺きの記事に始まり、没年となる天保一二（一八四一）年辛丑の三月一七日花見の記事で終わる足掛け五年間である。

壱岐守清は、前記のように六二歳で退隠、浅草の藩邸から北本所の下屋敷へ移って、自ら「本庄の大名」とか「本庄に隠れた大名」とか称した。

それから三年後の文政七年（一八二四）一一月、四七歳の人見周助こと賤丸が、四世川柳嗣号の披露大会を催し、自らの文芸を「俳風狂句」と名づけた。

二人が出会う天保八年までには、この後一三〜一六年間あり、このとし四代川柳は宗家としての川柳を退き、柳翁となっている。本書にも「今の川柳」から「前の川柳」になっている。この間、「狂句」という称が世間に馴致されるには不足のない時間が経っているはずである。

にもかかわらず、『川柳應問集』には、「狂句」という用語が一度も出てこない。

句作の呼び名としては、「川柳の句体」「川柳句」「川柳調」「柳風」と、この四種を出ず、柳水はもちろん、当の四世までが「俳風」とも「狂句」とも口にしていない。

これは、常識的にいささか当惑せざるを得ない。

というのは、『甲子夜話』には、四世襲名以前の文政四年の項に、すでに「狂句」の語が用いられているからである。

「一一」　奥勤の画工下城し来れる者、懐中より一ツの狂句を出して云。今日殿中にて某の見ゐたるを傍看して写せりと、

やくに立つ立ぬも銭の裏表

これは銭の背面にて今の閣老二人の家紋となればなり。云々。

「文政六年十月朔日」と明記されただけで、出典不明のこの「狂句」は、どこから出てきたのであろう。柳多留などの文書的には、文政八年以前に「狂句」と記したものは見当たらない。

それを先取りしながら、『川柳應問集』ではおくびにも出さなかったのには、理解に苦し

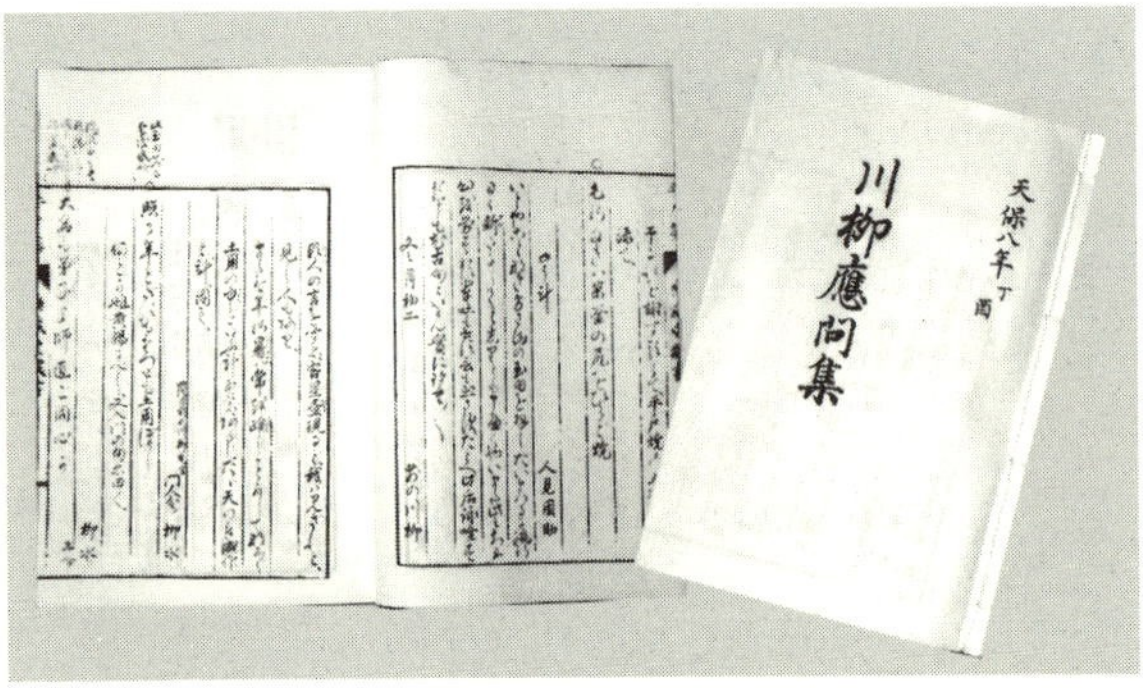

「川柳應問集」〔松浦史料博物館蔵〕

まざるを得ない。

同書は、「予久しく川柳の句体を悦ぶ、林氏も亦屢々賞す」で始まる。これで、四世との出会い以前から川柳風に親しみ、柳多留などに目を通していたことが分る。

『甲子夜話』文政六年ごろの記述に「川柳風の点者は、軽俊の才気今も衰へざるにや」と、その選句を激賞している。

「林氏」とあるのは大学頭林述斎（一七六八〜一八四一）で、先祖代々の親しい家柄だった。同書の他の部分にも、『甲子夜話』にも「林子」「林氏」は頻繁に顔を出す。この儒者も、川柳風にはことのほか理解があったらしい。

そこで、初めて「今の川柳四代」に句を請い、その礼物として一樽の酒に季節のあやめと艾を添え、「流水」の号で短冊に一句を認めた。この書に関する限り「流水」号は、この時一回きりで、以後はすべて「柳水」となって、川柳に入門したことを明らかにしている。ただし、落款だけは彫り直すことなく、大小二種類の「流水居士」を用いている。

最初は、四世川柳が引退（理由は本論に記したように、人見周助は名よりも実を取ったのである）する寸前で、以後は「前の川柳」「前の四世川柳」などと記し、「柳翁」はこれも一度も使われていない。

四世の応答の冒頭に必ず「御うけ」（御請）とあるのは、尊い身分の人から自作の評を乞われる側からの承諾と返信を意味し、四世川柳はひたすら褒め詞に徹している。

評すべき一句の上に「いとやんごとなき方さまの玉句を拝し奉るに」と、その都度言葉を費やさなければならない身分制度は動かせなかったのである。

大名も弟子よ師匠ご同心か　　柳水

これが、柳水が改めて入門の意思を示した句である。大名といえども弟子であるということに同心下さるか、と、四世の職である八丁堀の同心をきかせた、やや押しかけ弟子といった形だが、この句を四世は「風流に貴賤の隔てなく、心は同じである」と読み取っていたく感動し、入門を許した。

「さらば正しく弟師の礼を行うべし」と、これも柳水の方から、論語を引き、朱子註を合わせて、「束脩」の儀を質し、正式に師弟の関係を結んだのである。

ちなみに、束脩といえば一般に入学・入門のとき納める謝金とされているが、「脩」は「脯（ホシジ）」で、薄く割いた乾肉、十で一「束」とされ、これが古くは師に見えるときの礼物であった。この先例に倣い、柳水は国産（肥前国特産）のするめを竹に挟み、それに蔵版の紙料、群鶴箋と楮葉箋を添えて贈っている。

㊤松浦静山
㊦四世川柳

師弟の関係といっても、直接顔を合わせるわけではない。相互の文通の仲立ちは、元小十人組でいまは隠居をしている石川碩斎が当たったと思しい。四世からの返辞が遅いと、柳水は碩斎に催促させている。川柳宗家を退いた後も、人見周助としての公務に閑がなく、講評、添削の返信は遅れがちであったようで、四世は盛んに言訳をしている。

天保八年と想像される「七月廿四日」の日付がある書面では、この月が「月番」で、麻布藪下の売女とその抱え主一四九人を、同役四人で召し捕ったが、その間自宅は昼夜とも不在で、今暁帰宅したが、その間「御請」が延引したことを幾重にも詫びている。

また、翌八月の文面では、すでに六〇になっていた四世は「程なく隠居仕候間」と現役引退を仄めかせ、その節はゆるゆる拝見仕るべく、と、これも苦しい言訳をしており、柳水の方は、侍者の口を借りて「定廻り扱いそがしゐ人見かな」などと交ぜっ返している。

柳水と四世川柳が初めて会したのは、この年の十三夜で、月見に柳水方を訪問した中に、周助を誘った来客がいたという。両者は初対面の挨拶を交わし、悦び合った。

同じ月に、「川柳は卑官、予は隠居なれども大名なれば」これまで文書の往復に何かと堅苦しい書簡を添えなどしてきたが、これは労が多いばかりか、風流には意味がないことだから無用にしようと、柳水の方から言い出して、応答を簡略化する申し合わせが出来た。

「雌黄」というのは、砒素と硫黄の混合された黄色の鉱物で、主として薬用、顔料に用いるが、古く黄紙に文字を写すとき、誤りを雌黄で塗りつぶして正したことから、詩文の添削・改竄などにも言うようになった。

貴人から「雌黄せよ」などといわれても、好き勝手に弄り回すわけにもいかない。

褒めておくのが一番無難だが、この応問集の中で、唯一加筆した例がある。そして、明らかに失敗している。

「このほど、弓町能見物の刻　松風を大夫勤めたる時、口ずさみ候」と詞書があって、

浅草奥山蹴鞠の図（筆者画）『甲子夜話』より

「松風のときはむら雨聞てゐる」とある柳水の原句を、四世は、

松風の濡れをむら雨聞てゐる

と、改めている。この場合、「濡れ」は全く言わずもがなである。能の詞章では「つひにも聞かば村雨の、袖暫しこそ濡るゝとも」というところ。聞いている胸の苦しさから、袖を濡らすのは村雨の方で、そこで行われているのが「濡れ場」なのだなどとぶちまけてしまっては身も蓋も無いことぐらい、四世ともなれば気がつかないはずがない。にもかかわらず、柳水の平均的力量から察して、むしろ褒められていい作品を、逆に壊してしまったのはなぜか。

さすが才気煥発の四世も、身分の隔たりという強烈な光に眩まされて、正しい判断力を見失ったとしか思えない。

二人の応答は五年間断続した。この間、柳水は終始フランクに「川柳門人」を唱えたが、四世はひたすら恐縮するばかりで、六万三千石の元大名隠居と、役料を入れて三五俵二人扶持十両の現役物書同心との応答による通信教育は、あまりスムーズに運んだとはいえないようである。

柳水からの「雌黄賜るべし」「この紙に直に直し賜え」「先生の意奈

何」「先生屹度御評　々々　々々」「こたへ聞まほし」など、弟子らしい添え書きに対し、四世から柳水に返した詞はすべてが褒詞といってよい。曰く、「実に珍重々々」「別而愛慶　感吟々々」「奉感読」「殊に愛慶」「御句作妙々」「おかしみありてめでたし」「其さま見へおもしろし」「殊によろしく」「殊に愛たし」「近来の御秀吟、珍重々々　々々」「滑稽あつて見事の御出来珍重々々」——これが、使われている詞すべてである。これで、柳水が満足していたかどうか。

ある時期からは、柳水の方がサジを投げた様子も見られ、ある時、川柳の許へ返事を聞きにいくという家来に、冗談を言っている。

定廻はりへんじのときはるすだらう

この「へんじ」は言うまでもなく「返事」と「変事」で、どうせまた留守だろうというやや投げやりな口調である。これが入門早々の八月四日だから、有難いというには身分が高過ぎる弟子を、川柳が持ち扱いかねていたと見られなくもない。

俳諧の其角も、身分の高い弟子を持ち、その屋敷に出入りすることが多かったが、彼の場合は独立独歩の業俳であり、誰に指図を受けるという立場ではなかった。四世の場合は、低い地位とはいえ官の末端にあって、自由人ではなかったことが、精神的に師弟関係をスムーズにいかせなかったのであろう。

附② 主な狂句資料

正式名称としての狂句の発祥（文政七＝一八二四）から、新川柳台頭期（明治三六＝一九〇三）まで約八〇年間を対象とした。

俳風さくら鯛	文政6	名古屋（3篇から江戸）
すみれ草	文政6	一日庵反朱
浪華柳多留	文政7	北窓梅好　大坂
誹風妻楊枝	文政7	真酔選　名古屋
誹諧狐の茶袋	文政11	越雪中　京都
神事行燈	文政12	大石真虎画　尾張
狂句柳桜	文政13	素行堂松鱸　飛騨
米沢柳多留	天保1	五月庵　米沢
狂句発句類題集	天保2	素行堂松鱸　大坂
白山大権現奉納額面会	天保2	花屋久治郎
狂句むめ柳	天保2	素行堂松鱸　大坂
狂句浜の真砂	天保4	
狂句富士見多留	天保4	

「さくら鯛」二編

「神事行燈」（文政）

俳風柳の栞　井宗叔追悼	天保6	
柳の葉末	天保6	四代川柳序
俳風狂句百人集	天保6	宝玉庵三箱
川柳百人一首	天保6	宝玉庵三箱（改版）
戯言句合	天保6	柳亭種彦作
住吉社奉額狂句合	天保6	五代川柳
風流庵弘会	天保7	
神田御社奉納額画会句合	天保7	
京都音羽山開帳奉納額面会	天保8	
俳風柳のいとぐち　上下	天保10	柳亭種彦序　五代川柳（祖翁五〇回忌）
俳風柳のいしぶみ　上下	天保10	柳亭種彦序（「俳風柳のいとぐち」に同じ）
若柳	天保10	
一安居士追福狂句合	天保14	五代川柳序
教句図会	天保14	万亭応賀　英泉ほか画
秀句妙詠　誹風新柳樽　6冊	天保14	素行堂松鱸撰
みよし野柳多留	天保14	為永春友序　五代川柳評
和国居士追福会狂句　全	天保15	五代川柳序
回文題　柳樽	天保15	今井黍丸　蓬莱春昌画　大坂

「俳風狂句百人集」と「川柳百人一句」

「和国居士追福会狂句」

教訓柳樽	天保末?	八島五岳　大坂
新板江戸一風流教句尽	弘化1	(絵本柳樽三篇)　万亭応賀　英泉画
俳風新柳樽　3冊	弘化1	大坂
睦会狂句合	弘化1	
狂句画抄	弘化2	(絵本柳樽四篇)
狂句百味箪笥　全4冊	弘化2	五代川柳　国芳画
教句図会	弘化3	白山人北為画（絵本柳樽5篇）
いろは蔵新柳樽	弘化2	十方舎一丸　大坂
佃嶋住吉社奉納狂句合	弘化2	五代川柳
川柳きなきな草紙	弘化3	東里山人　貞房画
新撰画本柳樽	弘化3	五代川柳撰　英泉画
四世川柳追福　しげり柳　上下	嘉永1	五代川柳序
俳風狂句新五百題　上下	嘉永3	
秀句妙句　俳風新々柳多留	嘉永5	大坂
梅柳吾妻振	嘉永7	大坂
絵本柳のみどり	嘉永	一筆庵（英泉）編　英泉画
絵本柳のみどり	嘉永3	柳下亭種員編　芳虎画
柳の栞	嘉永6	柳下亭種員　広重画

「忠臣蔵新柳樽」
(「いろは蔵新柳樽」)

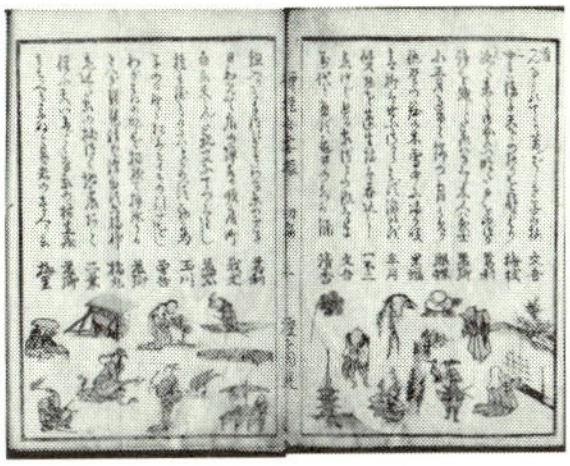

㊧「柳樽吾妻振」初編

最上川柳　安政2　山形

柳風興句集　安政2　大坂（梅柳吾妻振）

海内柳の丈競　安政3　五代川柳

燕斎叶の手記　安政3　（椎の実筆）

祖翁七十回忌　安政3　六世川柳撰

柳風狂句合　安政3　成田山奉納狂句合

よしほ居士追悼　柳の露　安政4　（類題）

柳句群千鳥　安政5　（類題）五代川柳

絵本柳樽　安政5　五代川柳撰

絵本柳樽　安政7　六代川柳撰

三箱居士追福狂句合　万延1

新調絵入柳多留　文久1　六代川柳

故素行堂松鱸居士大祥忌追悼柳風集　満都廼可気　文久1　大坂

故素行堂坂倉松鱸居士三回忌　柳風追善会　文久2　大坂

新調画本柳樽　文久3　六代川柳撰　芳春画

御嶽山奉額会　桃に柳　文久3　三ツ輪　山梨

松の寿　慶応2　素遊　山梨

柳樽一夜酒　慶応　遠来舎友得

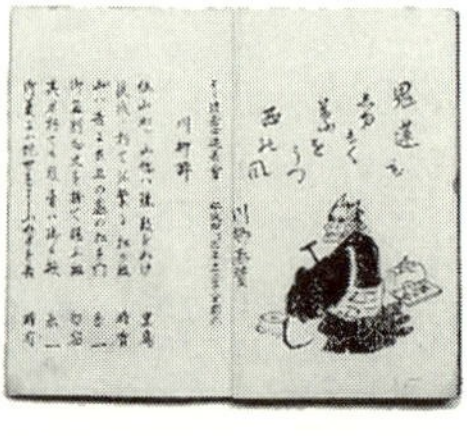

「柳の露」

「柳風狂句合」安政3

国恩会狂句合　明治2　五代川柳序　素遊　山梨

兼題旅　明治1　五代川柳

柳風狂句合　明治3　北山、鈴也　山梨

甲府新京楼額面会　柳風狂句合　明治4　山梨

柳廼栄　明治4　六代川柳（五世川柳追福）

柳の庭　全　明治4　六代川柳

祝　柳　明治6　六代川柳

新選川柳点絵草紙　明治6　小信画　大阪

桔梗楼額面狂句合　明治6　山梨

操、東耕両霊追善会狂句合　明治9　山梨

宮島新柳樽　明治9　十方舎一丸

待受会万世鼓腹会狂句合　明治10　六代川柳序

開化家内喜多留　明治10　水谷謹（六代川柳）編

狂句鱗競　明治11　芦原陽三郎　仙台

開化の笑顔　新柳樽　明治12　笹木芳滝編・画　大阪

明治新撰柳多留　明治12　松坂屋金之助板

東照宮奉額会記　明治12　六代川柳序

甲府石和八幡宮奉額狂句合　明治12　三ツ輪　山梨

㊨四世追善「しげり柳」
㊧五世追善「しげり柳」
と㊦五世追福「柳の榮」

飛騨高山　柳風狂句合　明治12　故早流丸翁神霊記
明治新撰柳多留　明治12　佐野金之助編
明治庚辰・発会狂句合　明治13　六代川柳
鴨涯八百伝楼開巻　都の柳　明治13
開化新撰柳多留　明治13　浜野千蔵
金龍山奉額会柳風狂句合　明治13　六代川柳
明治新開　月鼈集　明治13　二代笠亭仙果校　六代川柳選　芳年画
一守居士、雨楽居士　両霊追福狂句合　明治13　かなめ　山梨
新選狂句　川柳五百題　上中下　明治14　榊原英吉　大阪
川柳横浜版　明治14　小出留五郎　神奈川
南総養老　不倦一得両霊追善会　六代川柳
しげり（志計理）柳　完　明治15　六代川柳　私家版
散る桜　六代川柳追悼　明治15　水谷磯太　柳風会
新調柳多留　明治15　六代川柳閲　前島和橋
狂句持あふ岐　明治15　真加軒筆山
柳門七世嗣号立机狂句合　明治15　柳北僊史序
狂句虎之巻　明治16　七代川柳閲　月廼戸須本太（二代仙果）著（＝『一夜酒』）
古事注解　部分狂句明治集　明治16　七代川柳閲、篠田須本太著

「金龍山奉納額柳風京句合」

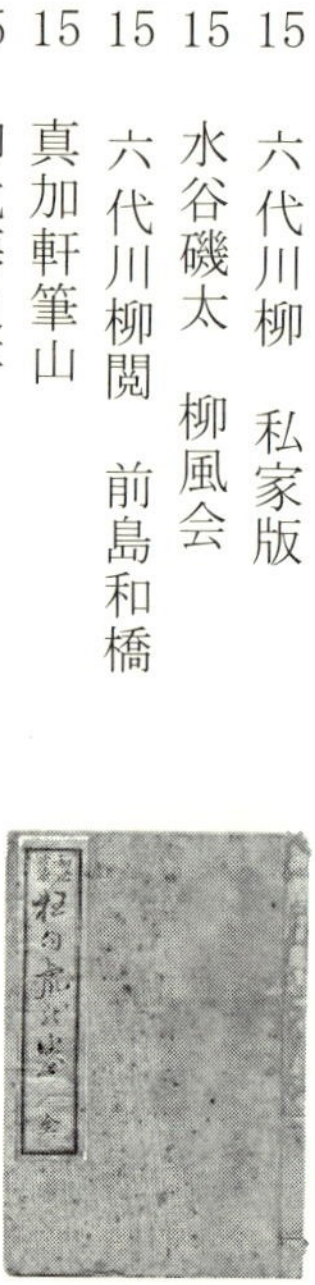
「狂句虎の巻」

開化教訓道戯百人一首　明治16　前島和橋　立斎広重画
狂句導戯百人一首　明治16　中井芳滝　京都
新選絵本柳多留　明治16　風也坊雪舎（七代川柳）序　山本安次郎
六世川柳翁追薦狂句合　明治16　吉沢六石　七代川柳
狂句百面相　笑門来福　明治16　七代川柳序　前島和橋（明治17大阪版）
狂句太郎　明治17　白露庵
今井楼掛額狂句合　明治17　村雨
培柳蕃植会狂句合　上下　和合亭柳志　山梨
祖翁一百年祭　風流集　乾坤　明治18　七代川柳
柳風交誼人名録　明治19　七代川柳
丙戌発会兼昇旭名弘柳風狂句合　明治20
五世六世川柳祭祀狂句合　明治20　万治楼義母子
如柳居士追福狂句合　明治21
新風狂句柳彦生栄　明治21
八世川柳立机披露会柳風狂句合　乾坤　明治21　真中編　八代川柳
昇叟還暦会　柳風狂句合　明治21　八代川柳序
柳風力くらべ　明治22　高山利助
元祖二世三世川柳墓参法莚会　明治22　八代川柳序　万治楼蔵版

「柳風祭祀狂句合」

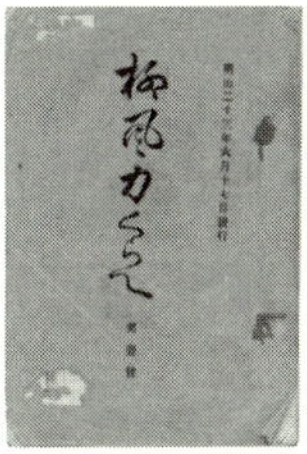

「柳風力くらべ」

正当百年祖翁忌　柳風狂句合　明治22　八代川柳
海内競争狂句大相撲会　明治22　蝶々子、甘屋
柳風肖像　狂句百家仙　明治23　八代川柳　児玉環蔵版　小林峻画
現今大家略伝川柳狂句集　明治23
和風亭川柳兼十霊追善狂句合　明治23
柳家柳好居士追善会　柳風狂句合　完　明治23　柳水園二橋
五連翁送別会　柳風狂句合　全　明治23　寿鶴
成之居士追善会狂句合　上下　明治24　千葉
桑弧集　明治25　稲廼家三ツ輪　山梨
海内競争相撲会柳風狂句合　明治25
紅梅軒立机　柳風狂句合　明治26
時事狂句　蛙の声　明治26　自他楽房　團團社
南総東海連輝月居士追善狂句合　明治27　千葉
文堂阿豆麻古稀賀莚柳風狂句合　明治27　九代川柳序　千葉
八世川柳追善句合　明治27夏　正風亭川柳
名弘柳風狂句合　明治27　市村孚　岐阜
水天宮奉額柳風狂句合記　明治28　九代川柳序
置賜柳咸芳名録　明治28　無名庵　山形

㊧「正当百年祖翁忌 柳風狂句合」
㊨「柳風肖像　狂句百家仙」

五翁還暦賀会狂句合　明治29　正風亭川柳序　山形
柳風会狂句　清水柳　明治29　九代川柳序
狂句清水柳　手踊庵化笑27回忌追善柳風会　明治29
柳風狂句合　明治30　九代川柳
柳風狂句合　明治31　千秋庵万歳序
霊芝庵菊仙立机披露兼古稀賀会狂句合　明治31
米賀・芳野・兀磨居士　三霊追善狂句合　明治31　九代川柳序
柳風狂句改正人名録　完　明治32　万治楼義母子閲・撰　小林昇旭ほか
古人今人柳風人名録　明治33　小林昇旭
甲斐身延山奉額会柳風狂句合　明治36　柳志、かなめ　山梨

〔「川柳公論」179号（二〇〇八・一）から187号（二〇〇九・五）連載〕

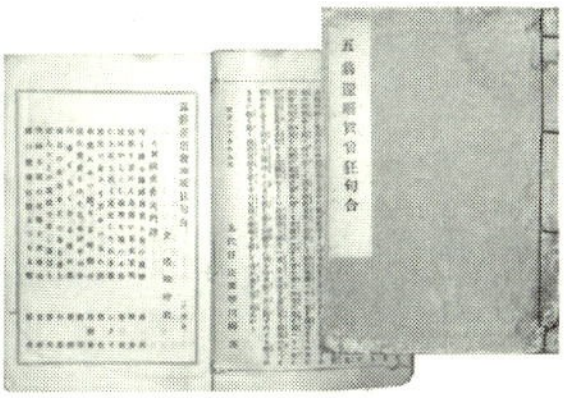

「五翁還暦賀会狂句合」

㊧「柳風狂句改正人名録」
㊨「柳風交誼人名録」

尾藤三柳略歴

（びとう・さんりゅう＝本名・源一）

昭和 4 年（1929）8 月 12 日東京生まれ。学習院大卒、新聞記者（昭和 28～48）。昭和 23 年、前田雀郎に師事（作句歴は昭和 16 年より）。黎明、きやり、柳友、せんりう、川柳研究、人、対流などの同人を経て、昭和 50 年、川柳公論社（現・尾藤三柳事務所）を創設。

【傘下グループ】朱雀会、川柳フォーラム時事、朱談会、桜柳吟社、大原川柳会、城南詩社、下谷柳苑、笹塚川柳会、たちかわ川柳会、千登世川柳会ほか。

【川柳歴】S. 30 東京タイムズ川柳選者（H. 3 まで）、S. 50《川柳公論》創刊、S. 51 日本川柳協会常任理事（S. 56 まで）、日本国有鉄道文芸年度賞審査員（S. 62 まで）、S. 52「週刊民社」川柳選者、S. 53 第 11 回三条東洋樹賞受賞、S. 54ＮＨＫ文化センター川柳講師（S. 63 まで）、月刊「小説宝石」川柳選者（H. 10 まで）、月刊「大法輪」川柳選者、S. 56 大蔵省印刷局文芸コンクール川柳部門審査員、S. 57ＮＨＫ第一放送文芸広場川柳選者（S. 58 まで）、H58 ハワイ川柳吟行、H. 60 川柳公論 10 周年記念出版『合同句集〈川〉』刊行、H. 61「公明新聞・日曜版」川柳選者、「点字こう

めい」川柳選者、「広報いたばし」川柳選者、東京カルチャーセンター川柳講師、ＮＨＫ学園川柳講師(S. 62 まで)、S. 62「静岡新聞」川柳選者、S. 63 日本現代詩歌文学館振興会評議員、短詩形文芸賞審査員、読売新聞〈よみうり時事川柳〉選者、H. 1 日本川柳ペンクラブ理事長、H. 2 読売・日本テレビ文化センター川柳講座監修、日本伝統美保存会・川柳カレンダー選者、H. 3『平成サラリーマン川柳傑作選』第 1 冊、角川 50 周年記念出版『俳文学大辞典』川柳部門担当、東京テレビ「レディス４」へ出演（以後、連年）、H. 4 連合・全国文化運動協議会「ゆとり川柳」審査員、社会保険研究会「年金時代」川柳選者(H19 まで)、カタログハウス「面白生活」川柳選者、公明党機関誌「月刊公明」川柳選者(H. 11 まで)、新内の人間国宝岡本文弥と対談、H. 5 ゼンセン同盟「友愛」川柳選者、大塚製薬「大塚薬報」川柳選者(H. 19 まで)、自動車総連全国川柳コンクール審査員、読売・日本テレビ文化センター「時事川柳通信添削講座」監修、H. 6 緑書房版『川柳年鑑』94 年版監修、ＮＨＫラジオ大みそか二元放送に出演、中央労働災害防止協会「JISHA めんばあず」川柳選者、NHK『俳句』で山下一海教授と対談、朝日新聞夕刊文化欄「であいの風景」連載、H. 7 さくら銀行機関誌「サンライズ」川柳選者、TBS テレビ「ドラキュラが狙っている」へ連続出演、東電本社で「安全川柳」審査、東都のれん老舗の会（日本橋・三越）に川柳コーナー、H. 8 読売新聞中部本社に「とうかい時事川柳」開設、品川文化大賞審査、『毒笑・快笑・平成時事川柳』１、２巻編纂、日本心臓財団「ハート川柳」審査員、NHK テレビ「作法の極意」出演、ロサンゼルスタイムズで川柳取材、H. 9 上野東照宮境内に句碑建立、月刊誌『潮』12 月号に「今年の顔 FACE」グラビア紹介、英訳時事川柳『SENRYU』選句、監修、H. 10 川柳フォーラム朱雀会結成、サッポロ麦酒「ビール川柳」公募選

者(H. 19まで)、NTTインターネット文芸アベニューへ〈三方位川柳〉開始、H. 11 仙台文学館「ことばの祭典」、インターネット版川柳公論「ドクター川柳」アップ、月刊「KYOWA」川柳欄開設（H. 20まで)、H. 12川柳フォーラム時事結成、川柳人協会相談役就任、東京都「少子化に関する川柳」審査、〈よみうり時事川柳〉50年大賞、H. 13『親ひとり子ひとり』監修、H. 13『川柳マガジン』時事川柳選者、近代川柳百年を記念する会主催、H. 15協和発酵「バイオＤＥ川柳」公募選者、博報堂「『サラ川』てならい専科」、川柳人協会第１回指導者セミナー、口語俳句全国大会審査、H. 16協和発酵「花粉症川柳」公募選者(H. 19まで)、「公募ガイド」〈尾藤三柳の川柳道場〉開設、H. 18 社団法人全日本川柳協会相談役就任、岩谷産業『Marui ムティ』〈誰でも川柳〉選者、川柳公論30周年記念出版『合同句集〈天〉』刊行、附録パンフレット「川柳公論30年略史」配布、H. 19 雄山閣出版『川柳総合大事典』第１巻（人物編）第３巻（用語編）監修、川柳250年祭実行委員。

その他、各地こうねん大学、成人教室、市民講座などの講師。

【主な著書】『川柳の基礎知識』（雄山閣、S. 53初版S. 59重版）絶版、『川柳作句教室』（雄山閣、S. 56初版S. 59重版S. 62改装版）1300円、『川柳総合事典』（雄山閣、S. 59）絶版、『川柳—基礎・実作・歴史・鑑賞』（東京カルチャーセンター、S. 61)、『川柳入門—歴史と鑑賞』（雄山閣、H. 1）1300円、『川柳小百科』（雄山閣、H. 1）1300円、『川柳二〇〇年の実像』（雄山閣、H. 1）2500円、『平成サラリーマン川柳傑作選』全18冊、共著（講談社、H. 3～）各1000円、『三柳漫語・やなぎのしずく』(川柳公論、H. 4)、『時事川柳読本』テキスト（読売・日本テレビ文化センター、H. 5）1000円、『男と女の辛口川柳』（同文書院・

H. 7）1000 円、『現代川柳ハンドブック』（雄山閣、H. 10.）2800 円＋税、『選者考』（葉文館出版・H. 11）2667 円＋税、『新堀端今昔』（川柳公論・H. 14）非売品。

【分担執筆】講談社版『大百科事典』特別項目〈川柳〉（S. 51）、『川柳への誘い』（構造社、S. 51）、『川柳のすすめ』（有斐閣、S. 54）、『俳文学大辞典』（角川書店、H. 7）。

【作品集】『帰去来』（S. 47 私家・限定版）、『柳風どどいつ／江戸も明治も』（S. 49 ラスリーズ社）、『尾藤三柳句会作品集』（S. 51 ラスリーズ社）、『三柳句集・やなぎのしずく』（川柳公論、H. 5）。

【主なエッセイ】「時事諷刺序説」（叢文社《川柳時代》連載 S. 55〜56）、「選者考—選と批評の問題点—」（《川柳公論》連載 S. 62〜H4）、「土佐句私観－形式の変遷と特質」（《川柳公論》H. 4〜5）、「わたしの其角メモ」（《川柳公論》H. 6〜H. 7）、「俳諧と川柳の交差点」—前田雀郎メモ—（《川柳公論》H. 19）、「狂句」－川柳とのさかい－（《川柳公論》H. 20〜21）。

尾藤三柳評論集
川柳神髄
○
2009年3月25日　初版
著　者
尾　藤　　三　柳
編　集
尾　藤　　一　泉
発行人
松　岡　　恭　子
発行所
新　葉　館　出　版
大阪市東成区玉津1丁目9-16 4F 〒537-0023
TEL06-4259-3777 FAX06-4259-3888
http://shinyokan.ne.jp/
印刷所
FREE PLAN
○
定価はカバーに表示してあります。

ISBN978-4-86044-366-5